Droemer
Knaur®

Ludwig Ganghofer
Das große Jagen

Roman aus dem 18. Jahrhundert

Droemer Knaur

© Copyright bei Droemersche Verlagsanstalt
Th. Knaur Nachf., München 1987.
Das Werk einschließlich aller seiner Teile ist
urheberrechtlich geschützt. Jede Verwertung außerhalb der engen Grenzen des Urheberrechtsgesetzes
ist ohne Zustimmung des Verlags unzulässig und
strafbar. Das gilt insbesondere für Vervielfältigungen,
Übersetzungen, Mikroverfilmungen und die Einspeicherung
und Verarbeitung in elektronischen Systemen.
Umschlaggestaltung: Atelier Höpfner-Thoma
unter Verwendung des Gemäldes »Treibjagd auf einen Hirschen«
von Vittorio Amadeo Cignarolli; Museum der bildenden Künste, Budapest.
(Foto: Alfréd Schiller/Artothek)
Satzarbeiten: Mühlberger, Gersthofen
Druck- und Bindearbeiten: Clausen & Bosse, Leck
Printed in Germany
ISBN 3-426-19212-8
ISBN 3-426-19210-1 (Kassette)

2 4 5 3 1

1

Am zweiten Februar des Jahres 1733, am Lichtmeßabend, peitschte der stürmische Westwind ein dickwirbelndes Schneetreiben durch die Gassen von Berchtesgaden. An den Häusern waren alle Flurtüren versperrt, alle Fensterläden geschlossen. Obwohl die Polizeistunde noch nicht geschlagen hatte, war auf der Martkgasse kein Mensch mehr zu sehen.

Das dunkle Häuserschweigen in dem weißen Gewirbel hatte trotz allem Lärm des Sturmwindes etwas Friedliches. Dieser Friede erzählte von sorglosen Menschen in gemütlichen Stuben. Eine grauenvolle Lüge! In Erregung, in Zorn und Sehnsucht pochten hinter den verriegelten Türen Hunderte von verstörten Herzen. Zwischen den stillen Wänden wohnte die Ratlosigkeit neben Haß und Angst, feiges Mißtrauen neben dem Mut, duldende Stärke neben der hämischen Bosheit, nicht immer geschieden durch Tür und Mauer. Kampf und Erbitterung schwelte, wie zwischen Nachbar und Nachbar, auch zwischen Mann und Weib, zwischen Bruder und Schwester, zwischen Vater und Sohn.

An allem Fürchterlichen, das sich einsperrte in die Stuben, brauste der wirbelnde Schnee vorüber.

Auf den Türmen des Stiftes und der Franziskanerkirche schlugen die Glocken im Sturm die neunte Stunde. Unter dem Rauschen des Windes war es ein milder Hall. Wie eine warme Gottesstimme sprach er zu dem frierenden Leben, das nur lauschte auf den eigenen Zorn und die eigene Sehnsucht. Dann wieder die stumme Gassentrauer unter dem wehenden Flockenfall.

Aus dem Häusergewinkel, das die nördliche Stiftsmauer umzog, kämpfte sich ein schwarzgekleideter Mensch heraus, den Kopf mit der Pelzkappe gegen den Wind geschoben, die Arme unter dem Radmantel. Immer dicht an den Häusern hin und rasch in eine Gasse. Ein Pfiff, wie der Schlag einer Amsel. An einem schmalen Seitengebäude, das sich von den Nachbarhäusern auffällig unterschied, öffnete sich die Tür ein bißchen, und eine greise Stimme fragte im Hausdunkel: »Hochwürden?«

»Komm!« Auch diese Stimme klang nimmer jung.

Eine kleine Mannesgestalt in zottigem Fuchspelz mit dicker Kapuze huschte aus dem Haus und schloß die Türe, die von innen verriegelt wurde. Wortlos, der Kleine neben dem anderen, der groß und hager war, schritten die beiden quer über das Ende der Marktgasse, vorüber am neuen Pflegeramt, vorüber an den Stallungen des alten Leuthauses. In der halb bebauten Straße, die zur Franziskanerkirche führte, traten sie in einen mit hohen Bretterplanken umzäunten Garten. Auch hier öffnete sich die Haustür wie von selbst. Aus der Finsternis des Flures sprach eine Mädchenstimme: »Gelobt sei Jesus Christus und die heilige Mutter Marie!«

Der Kleine im Fuchspelz antwortete zaghaft: »Von nun an bis in Ewigkeit, Amen!« Und der andere sagte, als er in das Dunkel hineintrat: »Schau nur, Luisa, wie gut du den Bekenntnisgruß zu brauchen weißt!« Seine Stimme hatte einen heiteren Ton: »Jetzt hast du wieder dreißig Wochen Ablaß gut! Tust du denn in deinem jungen Leben des Bösen so viel, daß du deine künftige Fegfeuerzeit so fleißig verkürzen mußt?«

»Hochwürden, ich mag das nit, wenn Ihr so redet!« Das junge Mädchen verriegelte die Haustür. »Ein geweihter Priester soll ernst nehmen, was heilig ist.«

»Luisichen! Oft wohnt von allem Ernst der tiefste hinter einem hilfreichen Lachen.«

Der Kleine hatte den Pelz abgelegt. Jetzt nahm auch der Geistliche den Mantel herunter, und da quoll ein Lichtschein auf, als hätte Luisa die Blechmaske an einer Blendlaterne gehoben. Der helle Strahl überglänzte die beiden Männer. Der Kleine trug das Berchtesgadnische Bürgerkleid mit der Bundhose über den weißen Strümpfen und mit dem braunen Faltenkittel, über dessen Kragen sich die weiße Hemdkrause herauslegte. Ein scharf geschnittener Judenkopf mit blassem Gesicht. Der Spitzbart so weiß wie die hohe Stirn. Unter dem Lederkäppchen quollen graue Locken heraus. Zwei stille, heißglänzende Augen. Das war der aus Salzburg nach Berchtesgaden zugesiedelte Arzt und Handelsmann Simeon Lewitter, der vor fünfzehn Jahren bei einem Judenkrawall das Weib und seine zwei Kinder verloren und in der Verstörtheit dieser Greuelnacht die Taufe empfangen hatte. Für die Bauern galt er noch immer als der Jud, genoß aber als Leibarzt des Fürstpropstes zu Berchtesgaden leidliche Sicherheit. Nur die Trauer seiner Augen erzählte von den Schmerzen einer vergangenen Zeit. Der schmale

Mund unter dem weißen Barte hatte das Lächeln einer steingewordenen Geduld.

Neben diesem scheuen Greise sah der katholische Priester, der seit sieben Jahren emeritierte Stiftspfarrer Ludwig, fast wie heitere Jugend aus, die sich als Alter vermummte. Schon ein bißchen gebeugt, war doch in seinem sehnigen Körper noch lebhafte Beweglichkeit. Er machte auch eine gute Figur in dem geflügelten Schwarzrock mit den weißen Bäffchen, in der seidenen Bundhose mit Strümpfen und Schnallenschuhen. Den geschnörkelten Lockenbau, der bei den Herren Mode geworden, verschmähte er. Glattsträhnig hingen die aschfarbenen Haare um das rasierte Gesicht, in dessen Fältchen ein Spiel von freundlicher Spottlust zwinkerte. Er hatte zwei braune haarborstige Warzen, die halb entstellend wirkten und halb wie eine drollige Parodie auf die Schönheitspflästerchen der vornehmen Damen waren: eine kleine auf dem linken Nasenflügel, auf der rechten Wange eine große, die sich sonderbar verschob, so oft der Pfarrer lachte. Wenn er ernst war, bekam sein Gesicht durch diese Warzen etwas Grausames und Hexenmeisterhaftes. Das verschwand aber gleich, sobald seine Augen heiter wurden, diese hellblauen Augen, die im Gesicht des Siebzigjährigen noch wie die Augen eines lebensgläubigen Jünglings glänzten.

»Luisichen?« fragte er munter. »Warum beleuchtest du mich so scharf? Magst du nit lieber dich selber illuminieren? Zum Erquicken unserer müden Männerseelen?« Lachend nahm er die Blendlaterne aus Luisas Hand und richtete den Lichtkegel auf ihr Gesicht.

Eine Achtzehnjährige von herber Schönheit, über ihr Alter gereift in einer Zeit, in der die Redlichen ein härteres Leben hatten als die Gewissenlosen. Braunblonde Zöpfe lagen gleich einem schweren Seilgeflecht um die Stirne. Der Mund war wie ein strenges Siegel dieses jungen, schon geprüften Lebens und zeigte doch das Rot einer Kirsche, die reifen will. In den dunklen Augen war ein fast ekstatischer Glanz. Oder kam das vom Widerschein des blendenden Lichtstrahls? Der zeigte auch das rote, mit Silberblumen bestickte Mieder, aus dem sich die weißen Glocken der Spitzenärmel herausbauschten. Eine zarte Gestalt, in der sich das junge Weib zu formen begann.

Auf der Wange des Pfarrers hüpfte die große Warze. »Luisichen? Hast du dich für uns zwei Alten so wohlgefällig gemacht – Oder hat dein schmucker Abend einem Jüngeren gegolten?«

In Unmut zog das Mädchen die Brauen zusammen: »Ob jung

oder alt, das frag ich nit. Mir gilt: getreu oder schlecht, Christ oder Gottesfeind. Und heut am Morgen hab ich den heiligen Leib genossen. Da trag ich mein bestes Gewand, bis ich schlafen geh. Man muß sich innen und außen unterscheiden von den Gottlosen.«

Der Pfarrer blieb stumm. Aus seinen Augen sprach Erbarmen mit dieser freudlosen, von aller Härte der Zeit gegeißelten Mädchenseele.

Droben ein Schritt. Licht fiel über die Stiege herunter. »Seid ihr's?« fragte eine erregte Stimme. »Ich hab schon geforchten, ihr könntet ausbleiben, wegen des schiechen Wetters.«

»Meister, da kennt Ihr uns schlecht.« Der Pfarrer lachte, nicht ganz so froh, wie eine Minute früher. »Wir kommen zu unserem lieben Abend, da kann es schneien oder lenzen, Mistgabeln oder Kapuziner regnen.«

Die beiden wurden droben von einem Fünfundvierzigjährigen empfangen, der ähnlich gekleidet war wie Lewitter. Ein mähniger Kopf mit langem Bart, dessen helles Braun schon Silberstriche hatte. Unter den Brauenbogen fieberten zwei dunkle Augen mit dem Trauerblick einer gequälten Menschenseele. Es waren die gleichen Augen, wie die Tochter sie hatte, das einzige Kind des Bildhauers Nikolaus Zechmeister. Die Nähe der Gäste ließ den Hausherrn aufatmen, als käme jetzt eine bessere Stunde seines Lebens. Und es war ein seltsamer Gruß, den die drei einander zuflüsterten: »Mensch bleiben!« Den Händedruck mußte Meister Niklaus mit der Linken erledigen. Vor siebzehn Jahren hatte man ihm zu Hallein die Schwurhand auf dem Block vom Arm geschlagen, weil er gegen seinen Untertaneneid zwei evangelischen Inkulpaten, hinter denen die Soldaten Gottes her waren, zur Flucht verholfen hatte. Sein Weib war gestorben vom Schreck. Und das Kind hatte man dem der Irrlehre Verdächtigen weggenommen und zu gutchristlicher Erziehung in ein Kloster gegeben. Erst seit dem verwichenen Herbst war Luisa wieder daheim – als Wächterin des Vaters, um ihn zu behüten vor einem Rückfall in den evangelischen Wahn.

Am rechten Arm trug Meister Niklaus in braunem Lederhandschuh eine künstliche Holzhand, die er durch einen sinnreichen Mechanismus zur Mithilfe seiner Arbeit belebt hatte. Zwölf Jahre lang, bis die linke Hand sich zu schulen begann, war er seinem Beruf entzogen. Um Arbeit zu haben, hatte er in dieser Zeit für die Schnitzereien der Berchtesgadnischen Heimarbeiter ein Verlegergeschäft begründet, bei dem er, ein wohlhabender Mann, für die Notstillung seiner Dienstgesellen oft mehr verbrauchte, als er von ihrer Ware für sich selbst gewann. Seit fünf Jahren gehörte Meister Niklaus wieder seiner Werkstätte, in der sich Kunst und Handwerk miteinander verschwisterten. Aber so fröhlich, wie er als junger Mann gewesen, wurde er nimmer. Und seit der Heimkehr seiner Tochter schien er ernster, als er es je in der Zeit seines Leidens war.

Während Lewitter in die helle Stube trat, rief Niklaus über das Stiegengeländer hinunter: »Gelt, Luisa, bring uns nur gleich den warmen Trunk!«

»Wohl, Vater!«

Der Meister blieb über das Geländer gebeugt, als hätte er Sehnsucht, noch ein Wort seines Kindes zu hören. Da legte ihm Pfarrer Ludwig die Hand auf die Schulter: »Niklaus? Wird's besser mit euch beiden?«

Der andere schüttelte den Kopf. »Sie glaubt nit, daß ich glaub.«

Der Pfarrer bekam das grausame Gesicht. »Viel Ding im Leben hab ich verstanden. Eins versteh ich nimmer: wie der Herrgott es dulden kann, daß man in seinem Namen die Seelen der Menschen frieren macht? Kann sein, daß Gott sein heißt: in alle Ewigkeit für uns Menschen ein Rätsel bleiben.«

Ein bitteres Lächeln zuckte um den Mund des Meisters: »Hätt mein Mädel das gehört, so tät sie nach dem Klosterbüchl ausrechnen, wieviel Jahrhundert Fegfeuer das wieder kostet.«

Die beiden traten in die Stube. Als die Tür geschlossen war, legte Pfarrer Ludwig herzlich den Arm um die Schultern des Hausherrn: »Du?« Wenn die drei allein waren, duzten sie einander. »Glaubst du, daß ich die Menschen kenn?«

»Aus dem Beichtstuhl hast du tief hinuntergeschaut in ihre Seelen.«

»Noch tiefer in der Sonn, die ich außerhalb der Kirch gefunden. Und ich sag dir das voraus: In deinem Mädel wird das rechte Leben noch blühen, wie am Johannistag die Rosen aus deinem Garten.«

»Gott soll's geben!«

»Was für einer?« Die große Warze tänzelte. »Der meinige, der deinige, der seinige?« Bei diesem letzten Wort deutete Pfarrer Ludwig auf Lewitter, der die Brust an den warmen Kachelofen preßte und dieses Kunstwerk des hilfreichen Menschengeistes mit den Armen umschlang, schaudernd vom Gassenfrost, frierend in der Kälte seines alten, einsamen Lebens.

Unter dem reichbesteckten Kerzenrade stand auf rundem Tisch ein Schachbrett und daneben ein Körbchen mit den geschnitzten Beinfiguren. Während der Meister das Spiel zu stellen begann, warf er lauschend einen Blick zur Tür und fragte flüsternd: »Hast du Botschaft aus Salzburg?«

Der Pfarrer nickte. »Seit das große Jagen begonnen hat, sind's nach der letzten Zählung dreißig Tausend und sieben Hundert, die man aus dem Land getrieben.«

»Ist das nit Irrsinn?« stammelte Niklaus.

»Nein, Bruder!« Die große Warze kam in Bewegung. »Wie mehr man die Zahl der Fresser mindert in einem Land, um so fetter werden die Erben. Das ist die fromme Rechnung unserer Zeit. Wie länger ich das mit anseh, um so lustiger macht es mich.«

»Mensch! Wie kann man das heiter nehmen?«

»Anders tät man den üblen Brocken nit schlucken. Die Zeit ist so schaudervoll, daß man sie nur als eine Narretei des Lebens beschauen kann. Wollt einer sie ernst nehmen, so müßt er an der Menschheit verzweifeln. Wie mehr man lacht über ein böses Ding, um so ungefährlicher wird es.«

»Still!« mahnte Lewitter. »Das liebe Mädel kommt.« In seiner Art, zu sprechen, war kein jüdischer Klang. Er sprach, wie die Herren reden, die unter Bauern wohnen. Hastig trat er auf den Tisch zu, stellte die letzten Schachfiguren und sagte: »Heut seid ihr beide am Spiel. Da hab ich für euch einen Anfang ausgesonnen –«

Luisa trat in die Stube. Auf einer Zinnplatte brachte sie drei Becher, in denen der Würzwein dampfte.

»So! Und so!« sagte Lewitter. Er machte von jeder Seite des Spiels fünf Züge. »Wie gefällt euch das?«

Meister Niklaus, seine Erregung verbergend, nickte: »Das ist neu.«

»Aber schön!« Der Pfarrer ließ sich lachend auf den Sessel nieder. »Was man nit allweil behaupten kann von Dingen, die neu sind.«

Luisa hatte die Becher ausgeteilt. »Gott soll's den Herren gesegnen.«

Lewitter antwortete: »Gott soll dir's danken, lieb Kind.« Und der Pfarrer redete fröhlich weiter. »Wie fein das duftet! Hast du das im Kloster gelernt?«

Ein Zornblick. »Die frommen Schwestern haben Wasser getrunken.«

»Wenn du dabeigewesen bist. Was haben sie geschluckt, wenn du's nit gesehen hast?«

Niklaus, der ein strenges Wort seiner Tochter zu befürchten schien, sagte rasch: »Ich dank dir, Kind! Weiter brauchen wir nichts. Tu dich schlafen legen!«

»Ich muß noch schaffen.« Sie maß den Vater mit einem Sorgenblick. »Auch beten muß ich. Heut mehr als sonst.« Ihre Augen glitten über die beiden anderen hin. Dann ging sie.

Lewitter flüsterte: »Sie hat Mißtrauen gegen uns.«

»So? Meinst du?« Der Pfarrer schmunzelte. »Dann hat sie ein Näsl, das so fein ist wie nett.«

Ein bißchen unwillig sagte der Meister: »Warum tust du sie auch allweil reizen?«

»Weil's hilfreich ist. Wie soll ein stilles Wässerlein sich bewegen, wenn man keinen Stein hineinwirft? Aber komm, da steht ein schöner Gedanke auf dem Schachbrett. Wir wollen uns freuen dran! Was Leben und Welt heißt, soll uns weit sein bis um Mitternacht.« Der Pfarrer faßte den Becher. »Her da! Wärmet den Herzfleck! Laßt uns anstoßen als treue Bundesbrüder des duldsamen Glaubens! Auf alles Gesunde in den Menschen! Aller dürstenden Hoffnung zum Trost! Auf den Glauben an die gute Zeit! Auf das totgeschlagene und noch allweil nit wiedergeborene Deutschland! Auf das kommende Reich, das neu und schön sein wird!«

Die drei Becher klirrten über den Schachfiguren gegeneinander, und Niklaus sagte: »Wann wird das kommen, daß unser Volk und Reich den ersten Schrei seines neuen Lebens tut?«

Simeon verlor das steinerne Lächeln. »Am Erlösungsmorgen nach einer harten, tiefen und gewaltigen Not.«

Der Meister nickte. »Dann haben wir Hoffnung, daß wir es noch erleben. Härter und tiefer ist nie eine Not gewesen als die von heut!«

»Hart und tief!« Die Warze im Gesicht des Pfarrers bewegte sich munter. »Bloß das Gewaltige fehlt. Wohin man schaut, alles läppisch und erbärmlich. Das neue Reich erleben wir nimmer.

Komm, laß uns Freud haben am schönen Spiel der Stunde! Du, Nicki, mit den Weißen hast den ersten Zug!«

Niklaus rückte eine Figur. »So, mein' ich, wär's am besten.«

Die beiden vertieften sich in das Bild des Schachbrettes. Und Simeon verfolgte aufmerksam die Züge. Als Pfarrer Ludwig eine Wendung fand, die den Sieg zu seinen Gunsten vorbereitete, nickte Simeon und erhob sich. Beim Geschirrkasten füllte er zwei langstielige Tonpfeifen mit Tabak, brannte sie an einer Kerze an und brachte sie den beiden Spielern. Er selber rauchte nicht. Um außerhalb des Qualmes zu bleiben, den die beiden Spieler hinbliesen über die Schachfiguren, rückte er ein Stück vom Tische weg. Und als das Spiel dem Ende zuging, streifte er einen Schuh herunter und zog unter der eingelegten Filzsohle ein dünnes, eng beschriebenes Blatt hervor.

»Was Gutes?« fragte der Pfarrer.

»Seit langem hab ich Tieferes nit gelesen. Ich hab mir auch schon überlegt, wie ich's für euch übersetzen muß.«

»Hebräisch? Aus deinem Talmud?«

»Was Besseres.«

»Wenn du das sagst, so muß es eine neue Offenbarung sein.« Pfarrer Ludwig schob das Schachbrett beiseite.

»Neu? Was in dem Brief da steht, ist bald an die hundert Jahr alt. Mir ist's neu gewesen. Das Gute in der Welt hat einen langsamen Weg.«

»Wer hat's geschrieben?«

»Erst mußt du es hören. Man soll nit den Namen vor das Werk setzen, sondern das Werk vor den Namen.« Lewitter begann mit leiser Stimme zu lesen, während auch Meister Niklas etwas Heimliches aus dem Unterfutter seines Kittels herausholte. Nach einer Weile schlug die alte Kastenuhr die zehnte Stunde. Sie hatte einen tiefen dröhnenden Ton. Dabei überhörten die drei, daß an der Haustür jemand pochte, nicht laut, doch ungeduldig.

Luisa und die Magd, beim Spinnen in der Küche drunten, vernahmen das Pochen.

Die Magd erschrak. Es war ein dreißigjähriges, weißblondes Mädel, das einen wohlgeformten Körper und träumende Augen hatte, doch kein frohes Gesicht. Mit dreizehn Jahren, bei Luisas Geburt, war die Sus als Kindermädel in des Meisters Haus gekommen. Nach dem Tode seiner Frau, als ihm die Tochter um des reinen

Glaubens willen genommen wurde, hatte die Sus getreu bei dem Einsamen ausgehalten und hatte um seinetwillen ihre Jugend versäumt, sich zerschlagen mit Eltern und Geschwistern, die es ihr nie verziehen, das sie atmete unter dem Dach eines Verdächtigen.

Beim Hall der pochenden Schläge war sie bleich geworden und hatte vor Schreck das Spinnrädl umgeworfen.

»Bleib, Sus! Ich geh schon!« sagte Luisa. »In dir ist Angst, in mir ist Gott. Drum hab ich nit Ursach, mich zu fürchten.«

Der da draußen mußte die Stimme des Mädchens vernommen haben. Das ungeduldige Pochen wurde still.

»Jesus!« stammelte Sus. »Ob's nit die Schergen sind?«

»Die kommen zu schlechten Menschen, nit zu uns.« Luisa entzündete die Blendlaterne. »Mag sein, man holt den Lewitter zum gnädigsten Herrn. Dem ist zuweilen in der Nacht nit gut. Die ihn verleumden, sagen: vom vielen Wein. Ich sag: von seiner schlaflosen Sorg um den reinen Glauben.« Sie ging zur Haustür und schob den Riegel zurück.

Der da draußen wollte hastig eintreten. Weil die Tür noch an einer Kette hing, öffnete sie sich nur um einen schmalen Spalt. Während die Schneeflocken hereinwehten, flüsterte in der Nacht eine erregte Jünglingsstimme: »Lieb Mädel! So tu doch auf!«

Obwohl sie die Stimme gleich erkannte, fragte sie: »Wer pocht so spät in der Nacht an meines Vaters Haus?« Es klang wie Zorn aus ihren leisen Worten.

»Einer, der es gut mit deinem Vater meint.«

»Mein Vater kann bauen auf Gottes Hilf. Menschenhilf braucht er nit.«

Der da draußen schien die Geduld zu verlieren. »Sei doch verständig, Mädel. Ich will deinen Vater warnen.«

»Der ist kein Treuloser und Unsichtbarer.«

»Bei Christi Leiden! Da steh ich in der Nacht und spiel um mein Leben, weil er dein Vater ist!«

»Kannst du spielen um dein Leben, so wird es so viel nit wert sein.«

Ein zerbissener Laut der Sorge. Dann ein wunderliches wehes Auflachen. »Tust du dich fürchten? Vor mir?«

»Fürchten? Weil auf heiligem Kirchgang deine Augen mich beschimpft haben? So bist du. Fürchten tu ich dich nit.« Die Türkette klirrte, und Luisa trat in die Nacht hinaus. Mit der Linken hielt sie die Tür fest, damit der Schnee nicht hineinwehen möchte in den Flur, mit der Rechten hob sie die Laterne.

Das Licht umglänzte einen Sechsundzwanzigjährigen in verschneiter Jägertracht. Ein junger blonder Bart umkrauste das feste, kühne Gesicht, das so braun von der Sommersonne war, daß drei Wintermonate diese Wangen nicht hatten bleichen können. Wie hundert kleine silberne Mücken flogen die beglänzten Schneeflocken um sein im Winde wehendes Haar und um die weitgeöffneten Augen, in denen Sorge und Sehnsucht brannten.

Die beiden schwiegen eine Sekunde lang. Dann die strenge Mädchenstimme: »Du bist das Licht nit wert. Es hilft dir lügen und macht dich anders, als du bist! Man hat mir gesagt, du wärst ein Unsichtbarer, wenn die Sonn am Himmel scheint. Da bleib du auch unsichtbar in der Finsternis!«

Das Licht erlosch; nur noch ein schwarzer Schatten stand in dem weißen Gestöber, und die ernste Jünglingsstimme klagte: »Bist du ein lebiges Ding mit warmem Blut? Du bist wie zur Winterszeit ein kalter Stein in deiner Kirch!« Ohne zu antworten, wollte Luisa zurücktreten in den Flur. Da sprang er auf sie zu, umklammerte mit seiner Stahlfaust ihren Arm, hielt sie fest, wie heftig sie sich auch wehrte, zog sie so dicht an seine Brust heran, daß sie seinen heißen Atem empfand, und flüsterte: »Willst du deinem Vater die Hausruh wahren, so sag ihm: ›Es ist ein heilig Ding, da wird ein Messer durchgestoßen, noch heut in der Nacht!‹ Er drehte das Gesicht, als hätte er ein Geräusch gehört. Da draußen, im Dunkel, beim Leuthaus drüben, glomm es wie ein matter, gaukelnder Lichtschein auf; kaum erkennbar war es; doch die nachtgewohnten Augen des Jägers erkannten, was da kam. »Hinauf! Zu deinem Vater!« Mit Sätzen, wie ein gehetzter Hirsch sie macht, verschwand er.

Luisa stand im weißen Gewirbel. Nun war die Sus bei ihr und zog sie in den Flur zurück, verriegelte die Tür, gebärdete sich wie eine Verstörte und bettelte: »Tu nit Zeit verlieren! Das mußt du dem guten Herrn sagen! Und tust du's nit, so spring ich selber hinauf –«

Die Stimme der Magd war so laut geworden, daß man sie droben vernommen hatte. Niklaus kam aus der Tür gesprungen und rief über das Geländer: »Was ist da drunten?«

»Ich komm, Vater!« Luisa huschte über die Treppe hinauf. »Einer hat gepocht an der Haustür –« Ein kurzes Zögern. »Ich mein', es ist von den Söhnen des Mälzmeisters Raurisser der älteste gewesen, der Leupolt.«

»Sag's doch!« klang die angstvolle Stimme der Magd. »So sag's doch dem guten Herrn.«

Der Name, den Luisa genannt hatte, und die Mahnworte der Magd schienen den Meister in Sorge zu versetzen. Er zog die Tochter über die Stubenschwelle und verschloß die Tür. Auch im Blick der beiden andern war Unruh. »So red doch, Kind! Was ist mit dem Leupolt?«

»Das ist ein sündhafter und schlechter Mensch.«

»Der Leupolt?« fragte Pfarrer Ludwig verwundert. »Den prächtigen Buben kenn ich seit den Kinderschuhen.«

»Er hat gottferne Augen und hat unsittig zu mir geredet.«

Niklaus wurde ungeduldig. »Red doch, Kind! Was hat er gesagt?« Er meinte: jetzt, an der Haustür.

Luisa dachte an den sündhaft gewordenen Dreikönigstag. »Auf heiligem Kirchgang hat er zu mir gesagt: ich tät ihm gefallen.«

Aus Simeons Gesicht verschwand die Ängstlichkeit, und Pfarrer Ludwig begann zu lachen. »Was für eine Zeit ist das! Ein junges Mädel! Und hält es für gottwidrig, wenn sie einem festen Buben gefällt! Alle Natur verdreht sich in Unvernunft. Jedes Wörtl wird überspreizt. Keiner redet mehr, wie es menschlich wär und wie Herz und Blut es begehren müßten. Alles wird aufgeblasen. Jeder lustige Erdenfloh muß sich verwandeln in einen Höllenrachen.«

Auch Meister Niklaus schien aufzuatmen. »Und da ist der junge Raurisser zur Haustür gekommen? Weil er gern mit dir einen Heimgart gehalten hätt?«

Ein Zornblick funkelte in Luisas Augen. »Das nit. Ich hätt es ihm auch nit verstattet. Er hat sich frech und unnütz aufgespielt. Du bist, wie du bist, Vater! Da braucht nit einer warnen. Und braucht nit sagen: ›Es ist ein heilig Ding, da wird ein Messer durchgestoßen, noch heut in der Nacht.‹«

Über die Stirn des Meisters ging ein Erblassen, und Lewitter machte eine erschrockene Handbewegung gegen das Schachbrett hin, während Niklaus stammelte: »Kind! Warum hast du das nit gleich gesagt?«

Luisas Stimme bekam einen fremden Klang. »Vater? Ist dein Gewissen nit rein vor Gott?«

Zur Antwort blieb dem Meister keine Zeit mehr. Lärmende Rufe im Sturm der Nacht, dröhnende Schläge an der Haustür, ein dumpfes Krachen, Gesplitter von Holz und das gellende Angstgeschrei der Magd. Als der Meister die Stubentür aufriß, hörte man im Flur befehlen: »Ein Vigilant zur Haustür! Einer in loco hujus vor das Kuchlmensch. Einer hat Vigilanz bei der Stieg! Die drei anderen mit mir! Citissime!«

Heiter tätschelte Pfarrer Ludwig die Schulter des vor Schreck wie zu Stein gewordenen Mädchens: »Fein, Luisichen! Kindlich über alle Maßen! Den Vater ins Rattenloch bringen! So hat's dein heiliger Gott den Kindern befohlen! Viertes Gebot!«

Mit erwürgtem Aufschrei jagte Luisa zur Stubentür. Kaum hatte sie dem Tisch den Rücken gewandt, da riß Lewitter unter dem Schachbrett das hebräisch beschriebene Blatt und ein anderes hervor, das zwischen enger Schrift einen Holzschnitt zeigte – ein Blatt aus dem Nürnberger Sendschreiben des vor achtundvierzig Jahren aus Berchtesgaden ausgetriebenen evangelischen Bergmannes Josef Schaitberger. Hurtig quetschte Simeon die Blätter in zwei kleine Knäuel zusammen, die er verschlingen wollte.

»Halt, Bruderherz!« Pfarrer Ludwig riß ihm die Knäuel vom Munde weg. »Papier ist untauglich für einen Menschenmagen. Gib her! Ich hab ein gutkatholisches Versteck.« Während die große Warze tanzte, zerrte der Pfarrer die Bäffchen vom mageren Hals weg und ließ hinter ihnen die zwei Papierknäuel verschwinden. »So! Gleich mit dem ersten Ruck ist dein Spinoza und des Niklaus Schaitbergische Schrift hinuntergerutscht bis in die Magengrub. Außerhalb der Gedärm ist's weniger ungesund.«

Zu diesen heiteren Flüsterworten klangen vom Stiegenflur die aufgeregten Fragen des Meisters, das Weinen der Magd, die Stimmen und das Schrittgetrampel der Soldaten Gottes.

2

Der Feldwebel des Pflegeramtes, Nikodemus Muckenfüßl, war ein wohlgenährter, gutmütig dreinschauender Mensch, der seiner biersanften Natur die Unerbittlichkeit des Polizeitones immer gewaltsam abringen mußte. Als er, den dünn ausgezogenen Schnurrbart um den Finger kräuselnd, mit Meister Niklaus und den drei boshaft umherspähenden Musketieren lärmvoll in die Stube trat, saß Pfarrer Ludwig mit Simeon Lewitter beim Schachspiel und sagte: »Ich weiß nit, warum das Schachbrett allweil wackelt? Es steht doch kerzengrad auf dem blanken Tisch!« Er hob das Brett in die Höhe und guckte drunter. Niklaus verstand diesen Wink und atmete erleichtert auf. Und während Luisa sich verstört an die getäfelte Stubenmauer preßte, fragte der Pfarrer sehr erstaunt: »Mein lieber Feldwebel? Seid Ihr so ein leidenschaftlicher Freund des Schachspiels, daß Ihr aus Ungeduld, ein gutes Spiel zu sehen, gleich die Haustür eines redlichen Mannes einschlagt?«

Nikodemus Muckenfüßl machte verdutzte Augen. Das Bild, das er in der Stube vorfand, schien seinen Erwartungen nicht zu entsprechen. Seine obrigkeitliche Geistesgegenwart versagte für einige Sekunden. Nun fand er die strenge Dienstmiene und sagte in dem Polizeideutsch, an das er sich in der Pflegerkanzlei gewöhnt hatte: »Vor Reverende prästiere ich in christschuldigem respecto. Aber Spaßettibus wider die von Gott instituierte Obrigkeit sind denen Subjekten nit permittiert. Ich inquiriere sub loco hujus in Amtibus.«

»Muckenfüßl«, staunte der Pfarrer, »Ihr redet beinah so gut Latein wie der Kirchenvater Augustinus.«

»Silentium!« brüllte der Feldwebel gereizt. Der Scherz des Pfarrers bekehrte ihn nicht zu einer reinlicheren Sprache. In diesem Punkte gehorchte er nur seiner Frau, die zu Hause, wenn ihr Nikodämerl so unverständlich kanzleielte, immer sagte: »Red deutsch, du Rindvieh!« In dem Schweigen, das sein Befehl erzeugt hatte, erklärte er würdevoll: »Es ist der wachsamen Obrigkeit ad aures arriviert, daß in loco hujus des in specie verdächtigen Nikolaus Zechmeister verbotene conventicula stattfindlich sind, mit abuso ketzerischer libelli und pamphletica. Ich bin von Amtibus ordiniert, die Namen der Präsenten ad notam zu rapportieren, in quasi eine Orts- und Leibesvisitationem legaliter fürzunehmen.«

Pfarrer Ludwig erhob sich: »So viel Arbeit? Weil wir drei einen Becher Würzwein schlucken und Schach spielen: Meister Niklaus unter seinem eigenen Dach, als Hausgäste der Leibmedikus Seiner Hochfürstlichen Gnaden und ich, von dem Ihr wissen solltet, daß ich ein gutkatholischer Priester bin?«

»Der Erzschelm Luther«, rief einer von den Soldaten Gottes, »ist ehnder auch einmal ein katholischer Klosterbruder gewesen.«

»Riebeißl«, gebot der Feldwebel, »du tust das Maul tenieren. Der Öberste, der kommandieret, bin ego ipsus.«

»Also?« fragte der Pfarrer. »Muß ich vorn aufknöpfen oder hinten die Hos herunterlassen?«

Muckenfüßl überhörte zartfühlend diesen derben Scherz. »Reverende steht sub geistlicher judicatura. Ich hab mich nur zu occupieren mit denen weltlichen Personibus.«

Da rief ein schwarzbärtiger Musketier, der keinen Blick von der Haustochter verwandt hatte: »Vor allem müßt man die Weibsleut visitieren. Die sind am flinksten mit dem Verstecken und haben die Plätz dazu, wo leicht zum Suchen, aber hart zum Finden ist.« Er streckte schon die Fäuste, um Luisa zu fassen.

Hatte sie bei der wachsamen Obrigkeit einen treubesorgten Schutzengel? Der Feldwebel befahl mit gedämpfter Strenge: »Lasset die frommgläubige Jungfer in Fried! Visitieret die Mannsleut!«

Luisa stammelte: »Ich bürg mit Seel und Leben für den Vater. Auch für die Sus.«

»Für uns zwei nit?« fragte der Pfarrer lachend und wandte sich zu Lewitter, von dem ein Musketier den Kittel herunterschälte. »Das müßt Ihr leiden, guter Simeon Lewitter! Jeden Kranken untersucht Ihr bis auf die Nieren. Da dürft Ihr nit klagen, wenn's vice versa Euch selber einmal geschieht.« Er guckte zur Tür hinüber. »Luisichen! Jetzt wirst du aus der Stub gehen müssen. Sonst könnten deine frommen Augen einen unheiligen Anblick haben. Ein getaufter alter Jud ist als nackichter Adam auch nit schöner als ein alter, katholisch geborener Christ. Und schau, Luisichen, du könntest uns zur Begütigung des Schrecks noch einen Becher Würzwein kochen. Oder gleich ein Dutzend! Die tapferen Soldaten Gottes sind wohl auch in der kalten Winternacht einem heißen Schluck nit abhold.«

Er brachte, während Luisa stumm aus der Stube ging, sein Pfeiflein wieder in Brand, ließ sich auf den Sessel nieder und begleitete die ernste Amtshandlung mit freundlichen Reden, die spöttisch unterfüttert waren.

Zwei Soldaten entkleideten und visitierten den Hausherrn und den fürstlichen Leibarzt. Der Musketier, der sich sehr mißtrauisch mit Simeon beschäftigte, fand auch in den Schuhen die eingelegten Filzsohlen, lüftete sie und stocherte mit dem Finger drunter.

»Ja, Mensch«, sagte der Pfarrer, »das mußt du genau nehmen!

Wer weiß, ob unter dem Pantoffelfilz nit ein Eimerfäßl ketzerischen Seelenweines verborgen ist.«

Während der Visitation der beiden Männer schnüffelten Muckenfüßl und Riebeißl in der Stube nach verbotenen Schriften. Sie öffneten jeden Kasten und jede Truhe, rissen jede Schublade heraus und drehten das Unterste zuoberst. Auf den Knien rutschten sie über die Dielen, klopften die Bretter ab und fühlten nach verdächtigen Fugen. Der Pfarrer guckte ihnen lustig zu. Plötzlich scheuerte er heftig seine Nabelgegend und sagte lachend: »Feldwebel, Ihr müßt einen hungrigen Kanzleifloh mitgebracht haben! Der ist hergehupft auf mich, und jetzt beißt er mich in der Magengrub.«

Muckenfüßl brummte was Unverständliches und begann die braune Vertäfelung der Mauer nach Geheimfächern abzuklopfen. Die drei Männer – der eine im schwarzen Priesterkleid und die beiden anderen, die irdisch enthäutet in der Stube standen – sahen nicht nach der Mauerstelle hin, die der Feldwebel mit besonderer Sorgfalt abhämmerte. Aber während sie ruhig miteinander redeten, funkelte ein gespanntes Lauschen in ihren Augen, und alle drei tauschten einen frohen Blick, als Muckenfüßl seine obrigkeitliche, den reinen Gottesglauben behütende Tätigkeit weiter gegen die Tür hin verschob.

Die zwei gründlich Visitierten durften wieder in ihre Kleider schlüpfen.

Luisa und die weißblonde Magd, die einen verzweifelten Sorgenblick auf den Meister heftete, brachten die sieben dampfenden Würzweinbecher. Muckenfüßls Amtsmiene milderte sich beträchtlich. Doch bevor er sich völlig zurückverwandelte in ein wohlwollendes Menschenkind, mußte er noch die wirksamste seiner Künste zur Anwendung bringen und sagte mit inquisitorischem Ton: »Gelobt sei Jesus Christus und seine heilige Mutter Maria?«

Meister Niklaus, der Pfarrer, Simeon und Luisa antworteten: »Von nun an bis in Ewigkeit, amen.«

Jetzt nickte Muckenfüßl. »Alles in ordine befunden. Will's der Obrigkeit ad notam rapportieren, daß der Angeber ein füreiliges rhinozerum gewesen ist.« Lachend griff er nach einem Würzweinbecher. »Zur Salutation, ihr ehrenwerten Monsiörs!«

Man stieß miteinander an und schwatzte heiter, als wäre nicht das geringste geschehen in dieser Stunde, die mit der Freiheit dreier Männer gespielt hatte und vorüberging wie eine Fastnachtsposse.

Als der Feldwebel und die Soldaten Gottes ihre Becher geleert hatten, sagte Niklaus zu den beiden Mädchen: »Sind die Leut aus dem Haus, so müßt ihr die beschädigte Tür verstopfen, daß der Schnee nit hereinweht. Dann legt euch schlafen.«

Wortlos umklammerte Luisa den Arm des Vaters. Dann verließ sie mit jagendem Schritt die Stube. Und Muckenfüßl sagte: »Ich muß die Herren noch specialiter monieren in respecto der Polizeistund.«

»Ja, lieber Feldwebel!« lachte der Pfarrer. »Da machet nur, daß Ihr mit Euren christlichen Gottesstreitern flink in die Federn kommt! Ihr seid die einzigen, die sich gegen das obrigkeitliche Gebot versündigen. Meister Niklaus ist in seinem eigenen Haus, ich als Kapitelfähiger des Stiftes steh außerhalb des Polizeigesetzes, und Lewitter als Medikus hat Freipaß bei Tag und Nacht.«

»Als Medikus! Ich observiere aber nit, daß einer von den Monsiöribus marod ist?«

»Doch! Mir bremselt's in den unteren Gründen. Da hab ich den Medikus nötig. Oder wollet Ihr mich davon erlösen?«

»So ein alter Senior! Und allweil Spaßettibus!« Den Kopf schüttelnd, ging Muckenfüßl zur Türe. »Daß die Menschheit doch nie zu Verstand arriviert.«

Während die Schritte der Musketiere über die Stiege hinunterpolterten, standen die drei Männern ernst um den Tisch herum. Als wäre in jedem der gleiche Gedanke, reichten sie einander die Hände. Und Niklaus murmelte durch die Zähne: »Wär man kein Rebell, sie täten einen machen dazu!«

»Ist schon wahr«, nickte der Pfarrer, »einen Aufruhr hat nie das Volk gemacht. Allweil fabriziert ihn die Obrigkeit. Jedes sinnlose Polizeiverbot ist Mist für den Acker, auf dem was Widerspenstiges aufgeht.«

Simeon schwieg. Meister Niklaus nahm den Kopf zwischen die Hände: »Was für eine Zeit ist das! Sie stellt die Lumpen als Wächter vor jedes Ding, das wahr und heilig ist.« Er lauschte. Im Haus kein fremder Laut mehr; nur ein Brettergerappel drunten im Flur.

Pfarrer Ludwigs braune Warze tanzte zwischen seinen Wangenfalten. »So! Jetzt können die heimlichen Gewissensflöh wieder aushupfen.« Er löste die Knieschnalle und schlenkerte das Bein. Ein Papierknäuel rutschte aus der seidenen Finsternis heraus. »Guck! Einer ist schon da. Allweil sag ich's: der ewige Menschendrang zum Licht!« Er dröselte den Knäuel auseinander. »Wo bleibt der hebräische Philosoph? Das ist der evangelische Dorfapostel Josef Schaitberger. Ein Ketzer.« Lachend hob er das Blatt zum Kerzenreif hinauf. Niklaus machte eine Bewegung, als möchte er hindern, was der Pfarrer tat. Da züngelte schon rasch die Flamme. »Laß brennen, Herzbruder! Dein Haus wird ärmer um eine Gefahr.« Die Papierflamme war klein geworden, war herabgebrannt bis zu den Fingerspitzen des Pfarrers. Nun blies er kräftig. In vielen Flokken, von denen ein paar noch glühten, schwamm die Asche in die Luft hinaus. Wieder schüttelte Pfarrer Ludwig die schwarze Seide seiner Hose. »Guck, Simmi! Ist auch schon da! Dein neufärbiger Philosoph! Ein gefährliches Mannsbild! Weil er am tiefsten ist in seiner Weisheit. Gelesen haben wir sie. Mich rührt es nit an. Dem Niklaus ist sie gleichgiltig. Du, Simmi, hast sie im Köpfl. Besser, wir lassen das Amsterdamer Tulpenknöspel verschwinden. ›Feuer ist allweil hilfreich!‹ sagten vor anno Tobak die Hexenrichter, wenn sie die alten Weiblein verbronnen haben.« Wieder eine Flamme. Wieder das Auseinanderschwimmen der Asche.

Nun saßen die drei am Tisch. Der Pfarrer faßte Lewitters Hand. »Erzähl uns von ihm! Wann ist er gestorben!«

»Vor 56 Jahren, an der Schwindsucht.«

»Weisheit, die Tausende begnaden kann, verbrennt die Seelen, in denen sie wächst.«

»Er hat den Tod in der Werkstatt eingesogen, als Glasschleifer. Die jüdische Synagoge von Amsterdam hat ihn ausgestoßen als Verfluchten. Und er ist von den wärmsten Menschen einer gewesen, ein Erdenkind mit dem ewigen Gottesfunken in der Seel, mit dem Durst nach Wahrheit in Blut und Gehirn.«

Die Augen glänzend von einem kummervollen Träumen, sah Niklaus ins Leere. »Wann wird das kommen, daß jeder leben darf nach seiner Farb? Die Zeit, wo jeder spürt, daß er mit gleichen Rechten ein Bruder des andern ist? Mensch neben Mensch?«

Die alte Kastenuhr mit den tiefen Glockentönen schlug Mitternacht. Pfarrer Ludwig erhob sich. »Die Zeit geht auf den Morgen zu. Lasset uns beten als Brüder, die dem Licht entgegenharren.«

Die beiden anderen standen schweigend auf, und Meister Niklaus ging der Wandstelle zu, die der Feldwebel des Pflegeramtes mit erhöhter Aufmerksamkeit abgepocht hatte. Er drückte auf einen Nagelstift, der verborgen in der Täfelung saß. Die mit einer dicken Gipsmasse unterlegte Wandverschalung öffnete sich doppeltürig und zeigte in der Mauergrotte ein geschnitztes Bild, das einer mittelalterlichen Weihnachtskrippe glich und von kleinen farbigen Lämpchen mystisch erleuchtet war – ein Werk, in dem sich innige Kunst und kindliche Einfalt miteinander verwoben.

Eine plastische, durch Farben belebte Berglandschaft unter blauem Himmel. Der höchste Gipfel hatte die gebrochene Zahngestalt des Watzmann. Auf den Höhen noch der Winter, im Tal der Frühling mit Blumen, mit grünen Wiesen und belaubten Wäldchen. Kleine Dörfer mit zierlichen Hütten, in deren aus Glassplittern gebildeten Fenstern das Licht der bunten Ämpelchen schimmerte, als wär's ein Morgen um die Stunde, in der die Sonne kommt. Die Herden auf der Weide. Viele winzige Menschenfigürchen dazwischen: Bauern und Sennleute, Köhler und Holzfäller, ein Jäger mit Büchse und Hifthorn, ein Floß mit Flößern auf den Glasbuckeln des Baches, am Ufer des Wassers ein Fischer mit der Angelrute, auf der Straße ein Trupp Musketiere im Marsch. Über grüner Anhöhe ein Kirchlein, aus dessen Tor eine Prozession mit vielen Fahnen herausschreitet. Ganz vorn zur Linken ein Häuschen, in dessen Stube man hineinsieht; es ist die Werkstätte eines Spielzeugschnitzers, der mit seinem Weib und vielen Kindern bei der Heimarbeit am Tische sitzt. Und zur Rechten eine offene Scheune, in welcher alte und junge Leute andächtig um einen Greis herumknien, der aus einem Buche vorliest. Zwischen diesen Gruppen ist die Erde geöffnet, und man sieht hinunter in die Schachttiefen des Salzwerkes, sieht die Salzhäuer bei der Arbeit, sieht die Förderung mit den rollenden Hunden.

Dieses Kleine, Feine und Zierliche war nur ein Rahmen für den größeren Mittelpunkt des Bildes. Da stand auf blumigem Hügel ein Kreuz errichtet, mit der Gestalt des leidenden Erlösers. Unter dem Kreuze beugt die Heilandsmutter, gestützt von den Armen des Johannes, sich zärtlich nieder und umschützt mit ihrem blauen, sternbestickten Mantel drei kleinere Figürchen: einen katholischen Priester mit der Stola, den Moses mit den Gesetztafeln und einen evangelischen Prediger mit dem Kelch.

Ein leises Knistern war in den Ampelflämmchen, und der dünne Rauch, der sich in der Grotte gesammelt hatte, quoll wie Nebel um die Schneegipfel der Berge und begann hinaufzuströmen gegen die Stubendecke.

Stumm, die Herzen erfüllt von träumender Inbrunst, standen die drei Männer vor dem Bilde, das so ergreifend wie kindlich, so tiefsinnig wie voll Einfalt war. Und dieses Schweigen war das verbrüderte Gebet ihres duldsamen Glaubens, war das ungesungene Lied ihrer gemeinsamen Hoffnung auf einen Menschenmorgen, von dem sie wußten, daß er kommen muß – bald, meinte der eine; nach Jahrzehnten, glaubte der andere; nach Jahrhunderten, hoffte der dritte. Und nicht die Farben und Figürchen, nicht die Lichter und Dämmerungen des Bildes weckten die Andacht in ihren Herzen. Ihr andächtiger Glaube war es, der ihnen das tote Gestaltengewimmel belebte und seine flimmernde Enge weitete zum lichtdurchfluteten Bilde einer werdenden Welt.

Da hob der Pfarrer lauschend den Kopf. »Niklaus! Ich hör was.«

Der Meister tat einen schweren Atemzug. »Hinter der Mauer ist meines Mädels Kammer. Da liegt der arme Klosterspatz auf den Knien und litaneit in Höllenangst um unsere drei verlorenen Seelen.«

War der Sturm erloschen? Außerhalb der Wände kein Rauschen und Sausen mehr. Draußen die stummgewordene Nacht. Auch Stille im Haus. Nur immer dieser eine gleiche Laut, diese stammelnde Mädchenstimme.

Eine weiße Kammer, freundlich anzusehen. Man merkte an ihrem Gerät, wie zärtlich dieser Raum bereitet war von der Liebe eines Vaters, der sein Kind in Sehnsucht erwartet hatte nach Jahren des Leidens.

Die Kerze flackerte auf dem Gesimse des von schweren Läden verschlossenen Fensters, neben dem weißverhangenen Kastenbett. Schon entkleidet, lag Luisa auf den Knien vor einer Truhe, die ineinandergekrampften Hände hingerückt gegen ein Altärchen, das zwischen Leuchtern und künstlichen Blumen unter schimmerndem Glassturz eine von Goldflittern glitzernde Madonna mit dem wächsernen Jesuskinde zeigte. Fünf Ave Maria, die Litanei zur Gottesgebärerin, wieder das Ave Maria, immer mit der gleichen bebenden Stimme, die wie ein leises Schreien aus angstvoller Seele klang. Und so lange betete Luisa, bis der Glaube an die Hilfe wieder leuchtend in ihrem Herzen war. Sie bekreuzte die Stirne, den Mund und die knospende Brust, beugte sich vor und küßte das kalte Glas, das sich behauchte von ihrem Atem. Dann trat sie auf den nackten Sohlen zum Kastenbett und begann die braunblonden Flechten zu lösen. Gleich einem schimmernden Mantel fiel ihr das Haar um Nacken und Schultern. Mit der Linken streifte sie die linde Woge über den rechten Arm zurück und wollte die Hände heben, um das Haar zu knüpfen. Da weiteten sich ihre Augen. Regungslos betrachtete sie den weißen Arm. Der hatte zwischen Schulter und Ellenbogen vier blaue, strichförmige Male. Lange verstand sie das nicht. Nur eine Schreckbewegung, ein Erstarren ihres Gesichtes. Es waren die Denkzeichen jener stählernen Jägerfaust, die bei der Haustür im Schneegestöber ihren Arm umklammert hatte. Und ihr war, als klänge wieder die erregte Jünglingsstimme: »Es ist ein heilig Ding, da wird ein Messer durchgestoßen, noch heut in der Nacht!« Wie eine Sinnlose sprang sie auf das kupferne Weihwasserkesselchen zu, tauchte die ganze Hand hinein und wusch die blauen Male, immer fröstelnd, als berühre sie etwas Häßliches. Dann blies sie die Kerze aus und betete in der Finsternis mit flehendem Laut: »Hilf mir, heilige Mutter Marie! Tu mich reinigen an Leib und Seel!«

Das Kastenbett krachte ein bißchen, als es die leichte Last einer zarten Jugend empfing.

Luisa lag unbeweglich. Ihr Atem ging schwer. Hatte ihr Arm eine Wunde? Von der Stelle der blauen Male rann es ihr wie Feuer ins Blut. Und immer sah sie ein Bild in der Finsternis: wehendes Blondhaar, eine braune Stirn und zwei stahlblaue, sehnsüchtige Jünglingsaugen, die von hundert silbernen Mücken umflogen waren.

Die Hände über der Brust verflechtend, fing sie zu beten an. Das unheilige Bild verschwand nicht. Sie setzte sich in den Kissen auf und hob die gefalteten Hände. Die Heiligen, die sie herbeischrie, halfen nicht und wollten das unreine Bild nicht auslöschen, wollten den Unsichtbaren, der sich sichtbar machte, nicht zurückstoßen in die Finsternis.

Mit klagendem Wehlaut hob Luisa sich auf die Knie, beugte sich über das Fußgestell des Bettes und riß die Tür auf, die in die anstoßende Kammer führte. »Gute Sus? Du tust noch allweil nit schlafen, gelt?«

Eine müde Stimme: »Mögen tät ich. Mein Schlaf ist, ich weiß nit, wo.«

»Ich tu dich bitten, komm ein bißl zu mir!«

»Kind, was ist dir?« Etwas Graues huschte lautlos aus dem Dunkel heraus. »Du bist doch nit krank?«

»Krank nit. Ich tu mich sorgen, daß ich sündig bin, weil ich höllische Gespenster seh!«

»Geh, du Närrle!«

»Tu mich halsen, Sus! Noch fester! Jetzt ist mir wohl. Und alles ist wieder schwarz. Komm, Sus, tu beten mit mir.«

Leis erwiderte das Mädel: »Beten kann ich nit. Allweil muß ich an die Soldaten Gottes denken, und was dem guten Herren hätt drohen können.«

Es wurde laut im Haus. Eine Türe ging. Schritte und Stimmen; am deutlichsten die Stimme des Meisters.

Da tauchte plötzlich die Sus das Gesicht gegen den Schoß der Haustochter und brach in erwürgtes Schluchzen aus.

»Sus? Du Liebe! Was hast du denn?«

»Mir ist so weh, ich kann's nit sagen. Es bringt mich noch um.«

»Das sind die Soldaten nit. Das ist der Vater, den der Himmel jetzt erlöst – von den anderen zwei, die ich nit leiden mag. Gott tut mich warnen vor ihnen. Die bet ich noch fort aus unserem Haus. Sei still, liebe Sus! Da mußt du nit Angst haben.«

»Es ist nit Angst. Es ist die Zeit. Die liegt auf jedem als wie ein Stein.«

»Die Zeit muß keiner fürchten, der gläubig ist. Komm, Sus, du frierst. Ich spür, wie du zitterst. Laß dich zudecken! Einen Menschen haben, ist gut.«

Die drei Männer, die draußen hinuntergingen über die Stiege, hatten eine Weile im Flur zu schaffen, bis sie die mit Brettern und Holzscheiten verbarrikadierte Türe frei bekamen.

Durch die Klüfte der zerschlagenen Haustür wehte kein Schnee mehr herein. Das Gestöber war versiegt. Draußen eine schweigsame Winternacht, durch deren ziehendes Gewölk der Vollmond herunterglänzte.

Während Meister Niklaus im Flur die Barrikade wieder baute, schritten Pfarrer Ludwig und Simeon Lewitter lautlos durch den Schnee.

Hunde schlugen an, bald nah, bald ferne, mit Stimmen, die halb erloschen im Rauschen der Ache.

Simeon flüsterte: »Die Nacht ist wieder ohne Ruh.«

»Es wandern die Unsichtbaren.«

Die beiden folgten der Straße. Da faßte der Pfarrer den Arm des Freundes und deutete über eine Wiese. »Dort! Siehst du's?«

Etwas Wunderliches war zu sehen: ein im Mondschein gleitender Menschenschatten, ohne daß man einen Menschen sah.

Rasch watete Pfarrer Ludwig in die Wiese hinaus und stand vor einer Gestalt, die bis zu den Füßen in Leinwand gekleidet war, so weiß wie der Schnee, über dem Kopf eine Kapuze mit Löchern für die Augen, in denen es funkelte gleich geschliffenen Gläsern. »Wer bist du?« Keine Antwort. Der Pfarrer lachte ein bißchen. »Ich bin nit gefährlich. Nur neugierig wie Kinder und alte Leut. Gehst du zum Toten Mann? Oder kommst du von ihm?« Keine Antwort. Nur das Strömen eines schweren Atems. »Leupolt? Bist du's?«

»Wohl.«

»Was suchst du noch?«

»In Sorg bin ich gewesen. Um den Meister. Jetzt weiß ich, wer bei ihm gewesen ist. Da bin ich ledig aller Sorg.«

»Heut hast du ihm viel zulieb getan. Wie hast du wissen können, daß die Soldaten Gottes bei ihm einkehren?«

»Der Vater hat's heimgebracht vom Pflegeramt und hat mit der Mutter geredet. Ich hab's gehört.«

»So? Und da bist du weggesprungen über Vater und Mutter! Und hast dem anderen geholfen? Warum?«

»Weil ich's tun hab müssen.«

»Als sein Bruder in Gott? Gelt, ja? Und sonst aus keinem anderen Grund!« Wieder lachte der Pfarrer. »Geh schlafen, lieber Bub! Die Gefahr ist vorbei. Steig nur nit gar zu fleißig auf den Toten Mann! Dir vergönn ich ein lebendiges Glück. Will auch helfen dazu, so gut ich's versteh. Zwei Herrgötter sollen dich hüten, der deine und der meine. Doppelt genäht hält allweil besser.« Der Pfarrer stapfte durch den Schnee zur Straße zurück. Als er das Gesicht wandte, sah er keine Gestalt mehr, nur noch den unbeweglichen Menschenschatten.

3

In den Schneekristallen funkelte der Mondschein mit farbigen Blitzen.

Lewitter stellte keine Frage, als der Pfarrer wieder an seiner Seite war. Wortlos wanderten die beiden gegen den Markt hinüber und kamen an einem neuen, zierlichen Bau vorüber, der hinter hoher Mauer in einem Garten stand. Ein feiner, zirpender Spinettklang war zu vernehmen. »Hörst du?« flüsterte Pfarrer Ludwig. »Die Allergnädigste ist noch munter.«

Simeon schwieg.

Als sie an der Mauer vorüber waren, murrte der Pfarrer: »Hast du beim Tor die frischen Fußstapfen im Schnee gesehen? Süße Mitternachtsfährten! Und der Allergnädigste trägt die Unkosten. Maîtresse en titre heißen sie das in der fürnehmen Welt. Es gibt keine Ferkelei, für die man jetzt nit einen parisischen Namen findet, der allen Lebensdreck in eine höfische Fineß verwandelt. Wer's von den Herren nit mitmacht, glaubt nit Fürst zu sein. Er wär ein Minderwertiger unter seinen Standesbrüdern, wenn er dem französichen Hof nit alles nachschustert: die Sittenverderbnis, das Schuldenmachen, die Karossen und Läufer, die Peruckenfasnacht, die gestutzte Gärtnerei, den ganzen Jägerschwindel à la mode und das ›Große Jagen‹ auf die haufenweis zusammengehetzte Kreatur – Mensch oder Vieh!« Der Pfarrer verstummte nicht, obwohl ihn Simeon beschwichtigend am Mantel zupfte. »Ach, Bruder, die Zeit ist ein übles Kehrichtfaß voll Heuchelei und Sinnenbrodel, voll Grausamkeit und verwesenden Dingen. Man sollte die ganze Schweinerei verbrennen, um aus der Asche etwas Neues wachsen zu lassen. Ob der Mann schon geboren ist, der das fertig bringt auf dem deutschen Acker?«

Lewitter atmete auf, weil der andere schwieg, und machte flinkere Schritte.

Ein bißchen lachend, zürnte der Pfarrer: »Allweil bist du wie eine Maus. So scheu, so flink, so lautlos.«

Simeons Stimme war wie ein Hauch. »Der Schnee verschärft jeden Laut. Und wie stiller eine Mauer ist, um so offener sind ihre Ohren.«

»Recht hast du! Siebzig Jahr! Und noch allweil bin ich der gleiche Hammelskopf, der sich die Hörner nit abgestoßen hat.«

Sie gingen in der Marktgasse schweigend an der Häuserzeile entlang, die im schwarzen Mondschatten lag. Außerhalb des Dunkels funkelte der Schnee im bleichen Licht, und die weißen Mauern der anderen Häuserseite sahen unter den dicken Winterkappen aus wie blasse Riesengesichter mit vielen finsteren Augen. Bei der Gasse, wo die Wege der beiden sich schieden, reichten sie einander die Hände. Jeder flüsterte die zwei gleichen Worte: »Mensch bleiben!« Dann der Pfarrer: »Das wird mich nit schlafen lassen heut.«

»Die Sorg um den Niklaus?«

»Auch. Und was du uns fürgelesen hast.«

Nun lächelte Lewitter. »Du hast doch gesagt, dich rührt's nit an.«

»Ob das allweil so ist? Bei den neuen, tiefen Gedanken? Es ist wie ein Funken, den man nit fallen spürt in sich. Und gählings wärmt er und wird ein Feuer, das leuchtet! – Ich will mir's heut in der Nacht noch aufschreiben. Guten Morgen, mein Simmi!« Lautlos ging der Pfarrer durch den funkelnden Schnee davon. Lewitter zappelte in die enge Gasse hinein, in der nur die Giebel noch Mondschein hatten. Nun schrak das Männchen heftig zusammen, weil es auf der Steinschwelle seiner Haustür ein zusammengekrümmtes Mannsbild sitzen sah. »Wer bist du? Gelobt sei Jesus Christus und die heilige Mutter Maria!«

Der junge Bauer antwortete, vor Frost mit den Zähnen schnatternd: »Von nun an bis in Ewigkeit, amen! Der Christl Haynacher bin ich.«

Lewitter schien aufzuatmen. »Kommst du wegen deines Weibes?«

»Wohl, Herr! Tut mir die Lieb und kommt zu meiner Martle! Ich bin beim Feldscher gewesen. Der hat nit raus mögen aus dem warmen Bett. Aber das Weibl kreistet, es ist zum Erbarmen.«

»Ich komme gleich.« Als Lewitter sich gegen die Schwelle wandte, pfiff er leis, und die Tür öffnete sich. Er trat in einen finsteren Flur, in dem ein angenehmer Duft war, wie gemischt aus den Gerüchen einer Apotheke und eines Gewürzlagers. Hinter ihm wurde die Tür verriegelt. »Eil dich, Lena«, flüsterte Simeon in das Dunkel, »hol mir die braune Tasch!« Während er über eine steile Stiege hinaufhastete, glänzte ein matter Lichtschimmer im Hausflur. Vor einer Türe schob Lewitter die Füße in zwei große Filzpantoffel, um den Schnee nicht hineinzutragen in diese Stube, die das Heiligtum seines einsam gewordenen Lebens war.

Ein großer Raum mit vielen Teppichen. Die zwei Fenster mit dicken Innenläden verschlossen, durch Eisenstangen verwahrt. Von der Decke hing eine alte Silberampel herunter, deren Licht von einer roten Glastulpe umhüllt war. Zierliche Stühlchen und ein Tisch, an dem die eingelegte Perlmutter wie Rubine funkelte. Allerlei Frauengerät, Haubenstücke und Kochgeschirr, ein Spinnrädchen und ein Garnhaspel, ein kleiner Webstuhl und ein Gewürzmörser. An den Wänden waren hohe Gestelle mit Spielzeug in solcher Menge angeräumt, daß die Stube fast aussah wie ein Kramladen der Kinderfreude.

Während Lewitter in dem roten Lampenlichte huschend umherging und alles Nahe mit zärtlicher Hand berührte, brannte in seinen Augen eine dürstende Sehnsucht. Sein Gesicht hatte die steinerne Glätter verloren und war durchwühlt von einer schmerzenden Erschütterung. Sooft er diese Stube betrat, seit fünfzehn Jahren, immer war es so. Immer wurde das Glück in ihm lebendig, das er verloren hatte, und immer mußte er jener grauenvollen Stunde denken, in der er wie ein Irrsinniger an den Leichen seines Weibes und seiner Kinder vorübergetaumelt war und unter den Fäusten wahnwitziger Menschen geschrien hatte: »Ich glaube, ich glaube, ich laß mich taufen!«

Müd und zitternd, fiel er auf eines der kleinen Stühlchen hin, bedeckte das Gesicht mit den Händen, saß unbeweglich und fuhr erschrocken auf, wie geweckt und gerüttelt von einer Pflicht seines Lebens. Seufzend ließ er die Augen hingleiten über das verstaubte Spielzeug, hatte wieder das steinerne Gesicht, das geduldige Lächeln, murmelte ein Segenswort seines unverlorenen Väterglaubens und verließ die Stube. Als er die Treppe hinunterstieg, erlosch das Licht im Flur. »Hast du die braune Tasch?« Er fühlte sie vor seinen Händen und trat in den Schnee hinaus. »Komm, Christl!«

»Der Himmel soll's Euch lohnen, guter Herr!«

Simeon lächelte. »Heut sagst du: ›Guter Herr!‹ Am Weihnachtsabend, wie ich auf vereistem Weg an dich angestoßen bin, da hast du ›Saujud‹ gesagt.«

Verlegen stammelte der junge Bauer: »Ein Mensch im Ärger ist dumm. Mein armes Weibl wird's nit entgelten müssen. Selbigsmal, am Heiligen Abend, hab ich einen schiechen Verdruß hinunterschlucken müssen. Ein Mensch, der Unrecht leidet, wird allweil ein Lümmel.«

Die beiden überschritten den Marktplatz, um hinunterzuwandern ins Tal der Ache. Das Bauernlehen des Haynacher lag da drunten, hinter der Saline Frauenreuth. Vor dem Tor des Stiftes sprang ihnen die Schildwach entgegen. Die beiden mußten ihre Namen nennen, ehe sie weiter durften. Der junge Bauer, ärgerlich über den Aufenthalt, knirschte zornig vor sich hin: »Gescheiter, er tät den Unsichtbaren nachspringen, eh daß er einem Gutgläubigen den Weg verstellt. Wie ich hergelaufen bin, ist überall die Nacht lebendig gewesen. Die im Stift da droben haben noch allweil blinde Augen.«

»Die brauchst du ihnen nit zu öffnen, Christl! Sag mir lieber, was ist mit deinem Weib? An Weihnachten hab ich gesehen, daß sie gesegnet ist. Wär's an der Zeit mit ihr? Hat dich die Hebmutter geschickt?«

Der junge Bauer schüttelte den Kopf. »Ich bin sehr gelaufen, aber ich weiß nimmer, was das ist. Die Hasenknopfin –«

Lewitter wiederholte rasch: »Die Hasenknopfin?«

Zögernd sagte der junge Bauer: »Wohl! Die Hebmutter von Unterstein.«

»Dein Lehen gehört zum Markt. Warum mußt du die Hebmutter von Unterstein haben?«

»Die vom Markt«, erwiderte Christl scheu, »die mag mein Weib nit. Es ist ein Kreuz, Herr!«

Mehr brauchte Simeon nicht zu hören. Nun wußte er, daß die Haynacherin eine Unsichtbare war, die ihren Leib von einer katholischen Wehmutter nicht berühren ließ. »Dein Weib muß leiden?«

»Heut nach der zehnten Stund, da hat sie zu schreien angehoben und ist wie unsinnig gewesen.«

»Ein natürlich Ding, Christl!«

Wieder schüttelte der junge Haynacher den Kopf. »Vor anderthalb Jahren hat mir mein Martle ein Bübl geboren. Sie sagt, da wär's anders gewesen. Und die Hasenknopfin kennt sich nimmer aus. Sie meint, es wäre schon drei Wochen über die Zeit. In mir ist eine Angst!«

»Die Hasenknopfin wird falsch gerechnet haben. Hast du Feuer daheim?

»Der Ofen ist warm, der Herd ist kalt.«

»So spring voraus, mach Feuer auf dem Herd, daß du kochendes Wasser hast, bis ich komme.«

Der Bauer fing zu rennen an, daß ihm der schnellste Läufer des Fürstpropstes nicht nachgekommen wäre. Diese straffe, gesunde Gestalt, die noch was Jünglingshaftes hatte, schien Sehnen von Stahl zu besitzen. Der graue Lodenmantel wehte dem Christl vom Halse weg, und das harte Gesicht mit dem kurzen Braunbart war nach vorne gestreckt. So rannte er durch den Mondschein wie ein vom Tod Gehetzter. Der gutgläubige Christl Haynacher mußte sein Martle, obwohl sie eine Unsichtbare war, von Herzen lieb haben. Er rannte keuchend durch die Dampfwolken, die das Frauenreuther Salinenhaus umdunsteten. Über eine Holzbrücke hinüber, durch ein kleines Gärtl und in das niedere Haus. »Tu dich getrösten, Martle!« rief er atemlos in die Schlafkammer, in der das stöhnende Weib die Hände nach ihm streckte. »Gleich kommt der Jud. Der ist geschickter als der Feldscher. Jetzt muß ich zum Herd. Der Jud will haben, daß ich Wasser sied.« Er sprang zur Küche.

Bei allen Schmerzen wurde das junge Weib von der Sorge geplagt, daß der Mann eine falsche Pfanne nehmen könnte. Angstvoll schrie sie ihm nach: »Nit das neue Kupferpfändl. Das müssen wir aufheben fürs Kind. Nimm den alten Blechhafen!«

Christl dachte: ›Sie sieht nit, was ich nimm.‹ Er haßte das kommende Kind, das sein Weib so schreien machte in Schmerzen, und für sein Martle war ihm die neue Kupferpfanne gerade gut genug. Wär' eine silberne im Haus gewesen, der Christl hätte sie genommen. Eine Minute, und das Feuer züngelte auf dem offenen Herd, die Kupferpfanne hing darüber und rauchte. Jetzt konnte Christl zum Bett seines Weibes springen. Am Türpfosten zwischen den beiden Wohnräumen hing eine qualmende Specklampe und beleuchtete die Stube und die Kammer. In der Stube stand neben dem warmen Feuersteinofen die Wiege, in der das Bübchen schlief; es hatte rote Wangen und schien den braunen Krausbart des Vaters als Perücke zu tragen. Christl warf einen zärtlichen Blick auf das kleine Bürschl, das er jetzt doppelt lieb hatte, weil es vor seinem ersten Tag die Mutter nicht so grausam geplagt hatte wie dieses neue kommende Leidwesen, das er haßte. Als er hineinsprang in die kleine Kammer, die nicht viel größer war als das plumpe Doppelbett, kam er gerade recht, um dem jungen Weib, das sich in Schmerzen wand, die verkrampften Hände zu lösen. Seine Nähe schien sie ruhiger zu machen. Er lag vor dem Bett auf den Knien, und Martle, ihre Pein verbeißend, umklammerte seine braunen Fäuste. Ihr hübsches Gesicht war entstellt, und das wirre Blondhaar hing um die von Schweiß überglitzerten Wangen. Kaum verständlich stöhnte sie: »Mann, ach Mann, ich tu nit gebären, ich glaub, daß ich sterben muß.«

Er bettelte: »Herzweibl, magst du nit ein bißl christliche Besinnung haben? Magst du nit einen frommen Notschrei tun zu den vierzehn ewigen Helfern?«

Heftig wehrte das Weib: »Sterben, wenn's sein muß. Nit lügen! Täten die Soldaten Gottes kommen, jetzt tät ich es sagen, daß ich eine Unsichtbare bin.«

Er klagte in Gram und Zorn: »Der Himmel tut dich büßen. Not und Elend will kommen über uns, weil du weit bist von meinem Herrgott und dich versündigst am rechten Glauben.«

»Elend und Not kommt über mich, weil du fern bist von meiner Seligkeit. Du bist so weit von mir – schier sehen dich meine Augen nimmer.« Nach diesen Worten ein gellender Schrei ihrer Qual.

Nicht dieser Schrei erschütterte ihn. Was ihm das Herz bedrückte, war der Blick der Liebe, der nach ihm dürstete aus ihren verstörten Augen. Wie ein Wahnwitziger keuchte er: »Schick mich den Höllenweg! Ich tu's, Martle, nur daß ich dich nimmer leiden seh! Soll ich dir einen holen von den Deinigen? Daß er dich tröstet?«

Sie zog seine Hände an ihren Hals. »Mein Vater und meine Mutter haben mich verlassen, haben mich verstoßen. Von den anderen, die meine Geschwister sind in Gott, darf ich keinen beim Namen nennen. Magst du mir was zulieb tun, so hol mir mein Paradiesgärtl und tu mir's unter das Kissen legen. Dann ist mir leichter.«

Christl sagte wie ein Gefesselter: »Ich tu mich versündigen für alle Ewigkeit. Wo hast du das Büchl?«

Sie spähte gegen die Stubentür und lauschte. Dann zog sie ihn an sich und flüsterte an seinem Ohr: »In der Milchkammer steht die Kleienkist. Tief mußt du unter die Klei hinuntergreifen. Ganz unten ist das Mehlsäckel versteckt. Im Mehl, da findest du einen Pack. Sieben Lodenfleck sind drumgewickelt.« Ihre Augen begannen zu glänzen. »Da drinnen ist das heilige Büchl.«

»Martle, ich muß es bringen.« Er sah ihr in die glücklichen Augen. So hatte sie ihn angesehen vor drei Jahren, am Hochzeitstag, als er nach dem Kirchenritt die junge Frau heruntergehoben hatte vom rotgesattelten Brautschimmel. Und während er hinaustaumelte durch die Stube, raunte er wie ein Verzweifelter: »Im Mehlsäckl! Jetzt hat sie's im Mehlsäckl. Und hundertmal hab ich das ganze Haus schon ausgesucht nach dem gottverfluchten Teufelsgut!«

Als er das Buch – das evangelische Paradiesgärtlein des Johann Arndt – gefunden und aus den mehligen Lappen herausgewickelt hatte, mußte er draufspeien in seinem frommen Christenzorn. Erschrocken wischte er den Speichel wieder fort und hatte, als er in die Schlafkammer trat und sein Weib in Freude die Hände strecken sah, das quälende Gefühl, daß er nicht hätte beschimpfen sollen, was seinem Weibe heilig war. Sie selber schob das Buch unter das vom Schweiß ihrer Schmerzen durchnäßte Kissen. Nun streckte sie sich aus, faltete die Hände und sprach mit lächelnder Innigkeit die leisen Worte: »Vergelt's Gott, du Lieber! So viel wohl ist mir jetzt. Gott verläßt die Seinen nit, die zu ihm stehen in Treu und Redlichkeit.« Während Christl stumm sein lächelndes Weib betrachtete, als geschähe an ihr ein Wunder, klang ein hartes Pochen durch das stille Haus: Lewitter klopfte an der Schwelle den Schnee von den Schuhen. In Freude stammelte der junge Bauer: »Martle! Die Hilf ist da!« Er rannte in den Flur und wollte fast verzweifeln, weil Lewitter so lange brauchte, um sich aus dem Pelz herauszuschälen und auf dem Herd die Hände in heißem Wasser zu waschen.

Mit der braunen Tasche ging Simeon in die Kammer und zündete, während er freundlich zu der Leidenden redete, eine hellbrennende Kerze an. Dann schloß er die Tür. Christl mußte in der Stube bleiben. In qualvoller Erwartung saß er auf der Ofenbank. Um einen Trost für sein hämmerndes Herz zu haben, nahm er sein Büberl aus der Wiege und sang mit erwürgter Stimme ein Schlummerlied, obwohl der Kleine aus dem festen Kinderschlafe gar nicht erwacht war. Zwischen den Strophen des Liedes stammelte er seine Stoßgebete, immer eines, mit dem er die Heiligen um Hilfe anbettelte für sein leidendes Weib, dann eines, mit dem er Gott um Verzeihung bat für die Todsünde, die er durch Förderung der Gottwidrigkeit einer Unsichtbaren begangen hatte. Da öffnete Lewitter die Kammertür. Er schien erregt zu sein. »Ich hab deinem Weib was geben können, was die Schmerzen lindert. Aber man muß die Hasenknopfin holen. Allein möcht ich auch nit bleiben. Kannst du nit einen Nachbarn drum anreden, daß er zur Wehmutter geht?«

»Wohl!« Christl preßte die Wange an das schlafheiße Gesicht seines Bübchens und legte das Kind in die Wiege. »Ich spring, was ich springen kann.« Durch den Schnee und über den Zaun hinüber. In dem Haus, an dem er pochte, wollte niemand erwachen. Oder war niemand daheim? Waren das auch solche, die sich unsichtbar machen in der Schneenacht? Über die Straße zum nächsten Haus. Hier wurde der alte Bauer wach und murrte in der Fensterluke: »Aus dem Markt will ich die Hebmutter holen. Der Hasenknopfin geh ich nit ums Leben ins Haus.«

»Jesus, Jesus, ich brauch aber die Hasenknopfin.«

»So mußt du selber nach Unterstein. Gelobt sei Jesus Christus und die heilige Mutter Marie.« Der alte Bauer schloß das Fenster und sagte in der Stube zu seinem Weib: »Jetzt muß der Haynacher auch nimmer rechtgläubig sein. Er hat den Fegfeuergruß versagt.« Christl hatte der gutkatholischen Antwort nur aus Schreck vergessen. Und während er sich besann, zu welchem Haus er nun rennen sollte, sah er von der Saline her einen Menschen durch die Mondhelle kommen. Im Schneelicht erkannte Christl den Jäger Leupolt Raurisser, mit der Feuersteinflinte unter dem Radmantel. »Jesus, Christbruder, was hast du für einen Weg?«

»Zum Königssee.«

»Gott sei Lob und Dank. Da mußt du durch Unterstein. Magst du nit der Hasenknopfin ausrichten, sie soll zur Haynacherin kommen, gleich! Magst du es tun?«

»Gern, Bauer!«

»Vergelt's Gott tausendmal!« Das sagte Christl, während er schon davonsprang. Dann fiel ihm ein, daß er den Ablaßgruß vergessen hatte. Im Springen schrie er über die Schulter: »Gelobt sei Jesus Christus und die heilige Mutter Marie!«

Leupolt gab keine Antwort. Rasch, mit federnden Schritten wanderte er durch den Mondschein, aufwärts an der Ache. Der Schnee knirschte unter seinen eisenbeschlagenen Schuhen. Als er den Wald erreichte, fuhr ein Wildschweinrudel, das von den Untersteiner Sümpfen kam, an ihm vorüber und brach mit Knacken und Rauschen durch den Wald. Nun kam er wieder zu offenem Feld, kam zu den ersten Häusern von Unterstein. Das Haus der Hasenknopfin lag mitten im Dorf, an der Straße. Leupolt pochte. Es rührte sich was in der Stube, das Fenster wurde geöffnet, und eine leise Mädchenstimme fragte: »Was willst du?«

»Die Hasenknopfin soll zur Haynacherin kommen.«

Ein mißtrauisches Zögern. »Die Mutter ist auswärts.«

»Ich will zu ihr hinlaufen. Wo ist sie?«

Das Mädel schwieg, weil es den Jäger im dunklen Mondschatten nicht erkannte. Da beugte Leupolt sich vor und flüsterte: »Es ist ein heilig Ding. Ist deins und meins. Tu reden, Schwester!«

»Die Mutter ist bei der Kripp, in der das heilige Kindl hat liegen müssen.«

Leupolt sprang über die Straße, hastete den verschneiten Wiesenhang hinauf und erreichte den Wald. Im schwarzen Schatten unter den Bäumen nahm er den Mantel ab, zog aus dem Bergsack ein weißes Leinenbündel heraus, schlüpfte in das Schneekleid der Unsichtbaren und verwahrte den Sack, das Hütl und die Flinte in den Stauden. Durch den Wald emporsteigend, kam er zu einer Lichtung. Zwischen den letzten Bäumen vernahm er das Schnalzen eines Eichhörnchens – das Wächterzeichen. Leupolt antwortete mit dem gleichen Laut. Wie hier, so war es in dieser weißen Nacht an vielen Orten des Berchtesgadnischen Landes, auf der Gern, zu Bischofswiesen und Ilsank, auf dem Toten Mann, in der Ramsau, am Taubensee und auf dem Schwarzeneck. Überall wanderten die Unsichtbaren, um Gottes Wort zu hören.

Die geschulte Jägerei des Stiftes zählte in ihren Bezirken jedes hauende Schwein, jeden jagdbaren Hirsch und jede Gemse. Doch unter den fürstpröpstlichen Jägern wußte nur Leupolt Raurisser, wie viele Eichhörnchen in den Berchtesgadnischen Wäldern schnalzten.

4

Auf der Waldlichtung lag ein Bauerngehöfte, still, mit schwarzen Balkenmauern unter dem weißen Schnee. Kein Laut, keine Spur von Leben. Viele Schrittfährten waren durch den frischgefallenen Schnee getreten, gegen das Gehöfte hin. Leupolt klopfte an der Haustür, dreimal und einmal. Die Tür wurde lautlos aufgetan; eine Hand faßte im finsteren Flur den Jäger am Arm und zog ihn durch ein enges Gängelchen. Warmer Stallgeruch quoll ihm entgegen, und als er die feuchte Holztür öffnete, war ihm ein Dunst vor den Augen, als träte er in eine Waschküche mit dampfendem Kessel. Das matte Licht einer trüben Laterne. Damit auch von dieser schwachen Helle kein Schimmer hinausfiele ins Freie, waren die zwei kleinen Fenster dick angestopft mit Heu. Die Hennen glucksten leise in ihrer Steige, zwei Ferkelchen quieksten in einer Bretterkiste, und drei Kühe und zwei Kälber, die enggedrängt an der Futterkrippe standen, rasselten mit ihren Ketten, drehten die Köpfe hin und her und schnaubten. Aller übrige Raum des Stalles war Schulter an Schulter angefüllt mit Leuten, die entlang der Mauer standen oder auf Strohgarben saßen. Alle waren in das gleiche weiße Schneekleid eingehüllt, wie es Leupolt trug, alle hatten die Kapuzen mit den dunklen Augenlöchern über den Köpfen. Inmitten des heiß atmenden Menschenknäuels saß auf dem Melkschemel eine gebeugte Mannsgestalt, unter deren Kapuze ein weißgrauer Bart herausquoll. Das war der Fürsager, der Älteste der versammelten Gemeinde, die noch nie einen Prediger ihres Glaubens gehört hatte. Auf den Knien hielt der Alte das heilige Buch, das der Erwecker ihrer Seelen war, die Quelle ihrer Sehnsucht und die Stillung ihres Zweifels.

Bei Leupolts Eintritt war Schweigen im Stall. Nur die Raschelgeräusche der Tiere. Und alle dunklen Augenlöcher der weißen Kapuzen drehten sich gegen den Jäger hin. »'s Gotts Willkommen!« grüßte der Fürsager, als die Tür wieder geschlossen war. »Bringst du Botschaft, Bruder?«

Leupolt erhob die Hand. »Ist eine unter euch, die man nötig hat zwischen Wehbett und Wieg? Sie muß zur Schwester Martle kommen, gleich.«

Von den weißen Gestalten erhob sich eine, küßte fromm das heilige Buch, das der Fürsager auf den Knien liegen hatte, und verließ den Stall. Wieder das Schweigen, bis die Tür sich geschlossen hatte. Dann sagte der Alte mit seiner sanften Stimme: »Ein Kind will eintreten ins Elend der Zeit. Lasset uns hoffen, daß ihm der Heiland den rechten Lebenstrost hineinhaucht ins auflebende Herzl.« Alle Köpfe senkten sich, jedes Händepaar klammerte sich vor der Brust ineinander. »Jetzt redet weiter, Leut! Wer ein Unrecht erfahren hat, soll's fürbringen vor dem heiligen Buch. Wissen, daß wir alle leiden müssen ums Himmelreich, das kräftet die Wehleider und die Schwachmütigen!«

Einer, mit heißer Erbitterung in der Stimme, rief aus dem Kreis heraus: »Weil ich verdächtig bin und bei einer gutkatholischen Näherin ein Hemmed hab nähen lassen, bin ich gestraft worden um vier Gulden, därf kein Hemmed mehr am Leib haben und muß nackig unter dem Kittel gehen.«

Ein Weib knirschte zwischen den Zähnen: »Ich bin ums Betläuten in der Kuch gesessen und hab Butter gerührt. Da braucht man zwei Händ dazu. Ein Musketier ist gekommen: ›Weibsbild, warum hast du nit den Rosenkranz in der Hand?‹ Ich sag: ›Weil ich bloß zwei Händ hab, nit drei.‹ Da hat er mich viermal ins Gesicht geschlagen. Der Unchrist!«

Mühsam erhob sich ein alter Mann: »Mich hat einer angezeigt, ich weiß nit wegen was. Man hat mich ins Loch geschmissen, daß ich nimmer Sonn und Mond gesehen hab. Am neunten Morgen haben sie mich auslassen. Und wie ich gefragt hab, was ich verbrochen hätt, da hat mich der Bußknecht aus dem Stiftshof hinausgestoßen und hat mir nachgebrüllt: Du Schafskopf, bist du neugieriger, als wir sind?«

Mit Tränen in den Augen sagte eine Frau, die Wittib war: »Am Sonntag hat meine Kuh gekälbert. Drum hab ich die Predigt versäumen müssen. Das hat fünf Gulden gekostet. Sieben Kreuzer sind mir auf Brot für die Kinder geblieben.«

»Mein Nachbar«, sagte einer, »hat dem Pfleger verraten, ich hätt das evangelische Paradiesgärtl bei mir versteckt. Die Soldaten haben umgewühlt in meinem Haus wie die Säu. Einer hat gemeint, ich könnt das Buch unter dem Fußboden haben, und da hat der Schweinkerl in meiner sauberen Stub sein Wasser abgeschlagen, daß es hineingeronnen ist in die Bretterklumsen. Wär das heilige Büchlein da versteckt gewesen, so hätt ich dreinschlagen müssen in meinem Zorn und wär ins Eisen gekommen.«

Eine gellende Mädchenstimme, die sich anhörte wie der Aufschrei einer Fieberkranken: »Sie haben in der Weihnächtswoch den Schaitbergischen Sendbrief in meinem Bett gefunden. Bis gestern bin ich im Bußloch gelegen.« Mit zuckenden Händen riß das Mädel am Hals den Latz des Mieders auseinander, daß man die blutunterlaufenen Male der Faustschläge sehen konnte. »Leut! Schauet mein junges Brüstl an! So haben die Soldaten Gottes mich zugerichtet.«

Unter der zornknirschenden Bewegung, die über die weißverhüllten Köpfe hinging, bedeckte der Fürsager mit dem heiligen Buch die mißhandelte Blöße des Mädchens. »Im Hohen Lied des Königs Salomo steht: Wie schön sind deine Brüstlen, sie sind wie Elfenbein! – Tu nit schreien, liebe Schwester! Augen, die aufschauen zum Heiland, müssen sein wie Taubenaugen!« Er ging zurück zu seinem Schemel. »Wer muß noch klagen?«

Schrillend rief eine Stimme. »Wär's noch allweil nit genug? Gibt's keinen Helfer auf Erden? Hilft da der deutsche Kaiser nit?«

Ein hartes Mannslachen. »Die Salzburger haben Hilf gesucht beim Kaiser. Da hat er dem Bischof wider die Evangelischen sechstausend Soldaten als Helfer geschickt.«

Wieder jene Mädchenstimme: »Du Kaiser im Untersberg! Steh auf und hilf! Es ist so weit, daß die deutsche Welt verzweifelt.«

»Schwester, tu nit die Ruh verlieren!« mahnte der Fürsager. »Uns helfen die Fürsten nit, uns hilft nit das alte Märlein von der guten Zeit, die im Untersberg versunken ist. Uns hilft nur Einer. Der hat mir ein gutes Sprüchl eingegeben:

Ich trau auf Jesu Huld,
So wird sich's finden.
Stillhalten und Geduld
Kann alles verwinden.«

Da konnte Leupolt nicht länger schweigen. »Fürsager, du redest, wie's den Müden um die Seel ist. Wir Jungen spüren es anders. Geduld ist ein heiligs Wörtl. Aber Stillhalten ist ein unmännliches Ding. Mit Stillhalten findet kein Menschenfuß zu gutem Weg, mit Stillhalten geht der beste Wagen nit fürwärts, mit Stillhalten bringen wir die unsichtbare Kirch der Freiheit nit entgegen. Es muß einmal ein End haben mit dem Ducken und Schweigen, das dem Glauben an Gottes Wahrheit zuwider ist.« Viele Stimmen, mit Beifall oder Abwehr, fuhren ihm in die Rede. Er reckte sich im weißen Schneekleid, und immer wärmer klangen seine Worte: »Leut! Mit unserem mutigen Glauben ist die mutlose Furcht gemenget, wie im Müllersieb das Mehl mit den Kleien. Muß nit bald der Schüttler kommen, daß die Kleien im Sieb bleiben und das Mehl in den Kasten fallt? Hat nit jeder von uns Unsichtbaren schon gespürt in seiner Seel, daß er Unrecht tut? Den Rosenkranz um die Hand wickeln, die Faust in den Weibrunnkessel tunken, unredlich im Beichtstuhl reden, sich begnügen mit Christi Leib und sein heilig Blut entbehren, niederfallen vor einem hölzernen Bildstöckl, das uns nit heilig ist – alles, was wir tun, um die Seel vor Musketier und Kaplan zu verstecken – ist das ehrlich und evangelisch, Leut? Ich mag da nimmer mittun. Ich bin dafür, daß sich die Unsichtbaren sichtbar machen. Die Wahrheit ist ein grüner Stecken, an dem ein jeder sich aufrichten kann. Und in der letzten Neumondnacht hat uns der Fürsager auf dem Toten Mann das Heilandswort gelesen: Wer mich verleugnet vor den Menschen, den will ich auch verleugnen vor meinem himmlischen Vater.«

Tiefe Erregung erfaßte die Herzen der anderen. Unter lärmendem Wortgewitter drängten alle Weißverhüllten gegen den einen hin, der so geredet hatte.

»Es ist nit so, daß ich euch was einreden möcht«, sprach Leupolt weiter, »ich sag halt, was ich mir denk. Ich kann's nimmer mitmachen. Jetzt geht es ins vierte Jahr, daß die Unsichtbaren leiden unter der Seelenprob, die der römische Bischof Benedikt erfunden hat. Grüßen muß man: Gelobt sei Jesus Christus und die heilige Mutter Marie! Und sagen muß man drauf: Von nun an bis in Ewigkeit, amen.«

Einer lachte zornig: »Jesus Christus, die Heilandsmutter und das ewige Leben? Sind das nit heilige Wörtlen? Warum soll man söllene Wörtlen nit sagen können?«

»Weil der römische Bischof einen Sündenablaß auf seinen Scheidwassergruß gesetzt hat: daß jeder, der so grüßt, um 30 Wochen früher aus dem Fegfeuer käm! Das geht wider unseren Glauben. Ein Fegfeuer gibt's nit. Jeder von uns, der so grüßt, befleckt seine redliche Seel mit einer gottswidrigen Lug. Und es ist nit das allein. Der Gruß ist ein Grausen worden für jeden Rechtschaffenen. Das ist ein Gruß, der Tag für Tag geschändt und verschumpfen wird. Kommt ein Kartenbruder ins Leuthaus: Gelobt sei Jesus Christus! Jeder Besoffene hebt seinen Krug mit dem Wörtl: Gelobt sei Jesus Christus! Packt ein Schmierfink ein Mädel bei der Kittelfalten, so tut er's mit Gelobt sei Jesus Christus!«

Jene gellende Mädchenstimme: »Jedes Blutmal auf meinem Brüstl ist ein Gelobt sei Jesuchrist gewesen!«

In dem schweratmenden Schweigen, das diesem Zornschrei eines gemarterten Lebens folgte, sprach der Jäger mit ernster Ruhe: »Schon seit dem Sommer hat das Gewissen in mir geredet. Ich kann nimmer lügen. Es geht mir gegen den Herzfrieden. Soll's kommen, wie's mag. Glück oder Elend, von heut an will ich den Gruß nimmer sagen, und grüßt mich einer, so geb ich die Antwort nit.« Leupolt legte die rechte Hand auf das heilige Buch. »Ich tu's geloben.«

Viele weiße Arme streckten sich nach ihm. Ein Verhüllter schrie dazwischen: »Nit, nit, um's Himmels willen, ihr Leut! So haben's vor dritthalb Jahren die Salzburger angehoben. Dreißigtausend hat der Bischof aus seinem Ländl hinausgeschmissen. Das beste Höfl, das drei, vier Tausend wert ist, hat man aufgeschrieben mit fünf, sechs Hundert, eine milchende Kuh mit vierthalb Gulden, ein jähriges Kalb mit 40 Kreuzer. So hat man die evangelischen Wanderleut betrogen um Gut und Blut, hat zwischen Mann und Weib eine Mauer geschoben, hat dem Vater oder der Mutter die Kinder von der Seel gerissen!« Mit beiden Fäusten packte der Aufgeregte seine Brust. »Mein gutes Weibl ist römisch blieben, man tät mir die Kinder nehmen. Die laß ich nit. Mein Haus und Acker ist mir als wie mein Herzfleck. Müßt ich hinunter zum lutherischen Sand und tät keinen Berg mehr sehen, ich wüßt nimmer, wie ich noch schnaufen könnt. Es geht nit, Leut! Fürsichtig bleiben ist besser.«

Leupolt legte ihm die Hand auf die Schulter. »Meinst du, das wär schlechter: sich aufrecken zur Redlichkeit?«

»Tu mich auslassen!« Der Erregte schüttelte in Zorn die Hand des anderen von sich ab. »Hast du Weib und Kind? Hast du Acker und Haus? Wieviel verlierst denn du mit der Redlichkeit? Bist du ein Naderer*, der die Fürsichtigen verletzen will?« Manche von den Unsichtbaren hatten den Leupolt Raurisser an der Stimme erkannt. Sie schalten den aufgeregten Widersacher um des bösen Wortes willen. Aber andere, die nicht wußten, daß es der Leupolt war, wurden mißtrauisch: »Was bist denn du für einer? Wer reden will wie du, muß sichtbar sein!«

Leupolt streifte die weiße Kapuze über den Scheitel zurück: »Meine Brüder im Heiland! Arg evangelisch habt ihr jetzt nit geredt. Evangelisch sein heißt glauben und trauen.«

Jetzt schrien ihm alle freudig zu. Und die Jungen, ob Buben oder Mädchen, zerrten die weißen Kappen von ihren Köpfen und zeigten die erhitzten Gesichter mit den blitzenden Augen. Was der Leupolt tat, das konnte man nachmachen ohne Sorge. Auch der Aufgeregte wurde ruhiger. Er enthüllte wohl die Augen nicht, streckte aber dem Jäger die Hand hin und sagte herzlich: »Tust du mir mein fürschnelles Wort verzeihen?«

»Gern.« Leupolt faßte die Hand des anderen. »Jetzt weißt du, wer ich bin. Ich hab nit Haus und Acker, nit Weib und Kind, nit Kälbl und Kuh. Aber Vater, Mutter und Brüder hab ich. Da wird

---

* Polizeispion.

eine Mauer wachsen, die nimmer fällt. Was Berg und Heimat heißt, das ist mir tiefer im Herzen als Blut und Leben.« Der Blick seiner glänzenden Blauaugen irrte ins Leere. »Auch hat ein schönes Glück vor meiner Seel gehangen. Das muß ich verlieren. Um der Wahrheit wegen, an die ich glaub.«

Noch tiefer als der Sinn dieser Worte griff der Klang seiner Stimme in die Herzen der anderen. Ein schweres Schweigen. Dann mahnte der Fürsager: »Was uns der Leupolt hat raten müssen, das reden wir heut nit aus. Da muß man in der Neumondnacht auf dem Toten Mann die Alten hören. Und jetzt zum Heimweg soll Einer reden, der's besser kann als ich.« Er hob das Buch in die trübe Laternenhelle und las in seiner sanften langsamen Art die Worte der Bergpredigt. Alle Köpfe waren geneigt, jede Seele lauschte in dürstender Sehnsucht. Die Hennen glucksten in der Gattersteige, die Kühe schnaubten an der Krippe und rasselten mit den Ketten. Dann fingen die Sichtbaren und die Unsichtbaren mit versunkenen Stimmen zu singen an:

»Ein feste Burg ist unser Gott,
Ein gute Wehr und Waffen –«

Als das Lied zu Ende war, griff der Fürsager in ein Faß, das an der Mauer stand, schöpfte mit der Hand von dem roten Viehsalz und hob es den Schweigenden hin. »Zum Zeichen, daß wir alle eines Herzens und Glaubens sind.« Eines ums andere tauchte den an der Zunge benetzten Finger in das Salz und nahm die bitteren Körner zwischen die Lippen. »Bleibet beständig und befehlt euer Leidwesen dem gütigen Heiland! Geht heim und seid mit der Zeit zufrieden, wie sie ist. Es wird noch ärger kommen.« Wer das Salz gekostet hatte, verließ den Stall. Eine von den Kühen brüllte der frischen Luft entgegen, die hereinwehte durch die offene Tür.

Als Leupolt vom Waldsaum über das weiße Gehäng hinuntersprang zur Straße, trug er wieder das dunkle Jägerkleid und hatte die Feuersteinflinte unter dem gespreizten Radmäntelchen. Hastig schritt er neben der rauschenden Ache hin, deren Wasser heraussprudelte aus dem gefrorenen Königssee.

Das beschneite Eis der Seefläche war von Sprüngen durchzogen, und immer, wenn eine von diesen Frageln weitersprang, war ein schwebender Ton zu hören, als hätte man an eine große Glocke geschlagen.

Aus dem Dunkel einer Schiffshütte holte Leupolt den Beinschlitten heraus, stellte sich auf das Brett und begann mit dem langen Stachelstock den Schlitten zu treiben. Eine sausende Fahrt, vorüber an der Insel Christlieger, dann in den Schatten der Falkensteiner Wand hinein. Hier hatte das Eis nur wenige Risse, und sie waren so schmal, daß der sausende Schlitten drüber wegsprang wie über eine ungefährliche Schnur. Nun aus dem Schatten wieder hinaus in das funkelnde Mondlicht, hinein in den ruhelos klingenden Weitsee. Und da wurde die Fahrt immer langsamer. Jetzt stand der Schlitten, und die schlanke Gestalt des Jägers blieb unbeweglich.

Was da schimmernd vor seinen Augen lag, das hatte er schon hundertmal gesehen, aber noch nie so zauberschön wie in dieser klaren Mondnacht. Oder steigerte ihm das eigene Denken und Gefühl den Schönheitstraum der Erde ins Überirdische? Während der Fahrt, bei der die scharfe Zugluft seine Wangen wie mit spitzen Nadeln gestochen hatte, waren ihm in Sinn und Seele zwei Gedanken gewesen, von denen der eine den anderen peitschte: der Gedanke an das Sichtbarwerden der Unsichtbaren, an das mutige Bekennen des verschleierten Glaubens – und der Gedanke an ein strengschönes, dunkeläugiges Mädchengesicht, um dessen Stirn wie ein schweres Seilgeflecht die braunblonden Zöpfe lagen. Daß er ein Unsichtbarer war, das wußte sie. Von ihrem Vater? Nein. Der Meister Niklaus schwatzte nicht. Da muß es ihr wohl die Sus gesagt haben, die im vergangenen Winter manchmal mit dem Meister im Schneekleid die heilige Fürsagung besucht hatte. Jetzt kam sie nimmer. Weil auch der Meister nimmer kam, seit Luisa wieder im Haus war. Gleich am ersten Tag nach ihrer Heimkehr aus dem Kloster hatte Leupolt sie gesehen, in der Marktgasse, und hatte immer an diese Augen denken müssen, die nicht Mensch, nicht Mauer zu gewahren schienen, nur immer so heilig ins Leere glänzten. Noch siebenmal war er an ihr vorübergegangen. Von jeder Begegnung wußte er den Tag, die Stunde, und ob Sonnenschein oder trüb Wetter gewesen. Am Dreikönigstag, als sie mit der Sus von der Kirche kam, hatte er das Hütl gezogen und hatte ihr's grad in die Augen gesagt: »Du tust mir gefallen, ich bin dir gut, tätest du zürnen –« Er hatte sagen wollen: Wenn ich werben möcht bei deinem Vater? Das hatte sie ihn nimmer zu Ende reden lassen. Ihr Zornblick war ihm ins Herz gegangen wie ein Messerstoß.

Ihr Zorn? Warum dieser Zorn? Hab ich's mit dem ersten redlichen Wörtl unschickig angestellt? Oder hat sie – die jeden Morgen zur Messe und oft zu ihrem Beichtiger ging – schon damals gewußt, daß er ein Bruder der Unsichtbaren war? Er herüben und sie da drüben, und zwischen ihm und ihr ein Wasser ohne Steg! Eine, die meint, sie tät dem Himmel gehören, wird nicht die liebe Hand nach einem strecken, von dem sie glauben muß, er wär' verloren auf ewig. Mit harten Fäusten hatte er sein Herz gepackt, hatte sich gezwungen, dieses Hoffnungslose in seinem Blut zu ersticken. Und da war der Abend gekommen, an dem es der Vater heimbrachte vom Pflegeramt: ›Heut kommt der Muckenfüßl über den Meister Niklaus; Gott soll's verhüten, daß der Meister verborgene Schriften im Haus hat.‹ Weder die Mutter noch der Vater hatte dem Leupolt etwas angemerkt. Und aus der Kammer zum Fenster hinaus! Barmherziger Herrgott, was für eine irrsinnige Sorgennacht war das gewesen, bis ihm der Pfarrer die Angst vom Herzen herunternahm! Und immer, während der ganzen sausenden Fahrt über die schwarzen Fragen, die wie Glocken läuteten, immer hatte er Luisas Stimme gehört, hatte immer wieder das Wort vernommen, das sie im Schneegewirbel zu ihm gesprochen: ›Du bist das Licht nit wert, es hilft dir lügen und macht dich anders, als du bist!‹ Das hatte er nicht verstanden. Weil ihm die Ruhe fehlte, um zu hören? Weil ihm die Angst um sie und ihren Vater die Sinne verstörte? Oder weil er empfunden hatte, wie fern sie von ihm war? Auch noch an seiner Brust? An der Brust des Unsichtbaren? Und wenn er sichtbar wird, und Schimpf und Verfolgung, Buß und Schergen kommen über ihn? Dann wird das Wasser zwischen ihm und ihr so tief sein wie der Königssee. Ob's nicht am besten wär', hinunterzusausen durch eine von den Fragen, aus denen das schwarze Wasser herausquoll über den weißen Schnee? Das war gedacht und schon verworfen als eine feige Sünde. ›Wer Gottes ist, muß leben und tragen, muß ein fester Stecken sein für die Schwächeren! Es zählen die anderen, Mensch, nit du!‹ Und da war ihm, als er herausglitt aus dem Schatten, diese silberfunkelnde, klingende Erdenschönheit in die Seele gesprungen.

Er stieg vom Schlitten, stemmte schräg den Stachelstock vor sich hin und staunte stumm hinein in das flimmerweiße, läutende Mondnachtwunder. Der weite Bogen der hohen Berge war durchwürfelt von Schimmerlicht und tiefen Schatten. Fern, am Fuß der gleißenden Wände, lagen drei schwarze Punkte im Weiß, die beschattete Kirche, der Jägerkobel und das Herrenschlößl von St. Bartholomä. Dahinter stieg das leuchtende Märchen empor. Zwischen den schillernden Eiskaskaden der in Tropfsteinformen gefrorenen Sturzbäche lagen seltsam gezeichnete Schattengebilde, bald wie schwarze Riesentiere, bald wie finstere Männerköpfe und Frauengestalten. Droben in der höchsten Höhe mußte Föhnsturm wehen. Wie silberne Bänder, wie duftige Schleier, wie weiße Mäntel, gesäumt mit Regenbogenschimmer, flog der aufgewirbelte Staubschnee von den Bergspitzen gegen den Himmel hinauf, an dem die Sterne wie winzige Nadelspitzen glänzten und fast verschwanden neben dem Vollmond. Der war anzusehen wie ein rundes Funkelfenster, in dem ein Mann und ein Weib einander küßten mit unersättlicher Inbrunst. Ruhelos tönten und sangen dazu mit tiefen und hohen Glockenstimmen die vielen Fragein, die an hundert Stellen das vom schwellenden Seewasser emporgedrängte Eis entzweirissen – ein klingendes, dröhnendes Andachtsläuten der Natur, die ihren Schöpfer lobte. »Herrgott im Himmel, wie mächtig und groß bist du!« Diese Worte stammelnd, klammerte Leupolt die Fäuste ineinander. Er betete: »Herr, wenn ich dich nur hab, so frag ich nimmer nach Himmel und Welt. Auch wenn mir Leben und Seel verschmachten, bleibst du mein Heil und meines Herzens Trost!« So hatte in der letzten Neumondnacht auf dem Toten Mann ein Salzburger gebetet, der aus dem Brandenburgischen gekommen war und Botschaft brachte von den in Ostpreußen angesiedelten Exulanten. Und der Salzburger hatte erzählt: so hätte er den preußischen Königsprinzen Friedrich beten hören, der ihnen Hand und Hilf geboten wie ein Bruder den Brüdern.

Noch lange stand Leupolt unbeweglich im Schnee. Plötzlich quoll ihm ein heißer Laut aus der Kehle. War's ein erwürgtes Schluchzen oder ein erstickter Schrei der Sehnsucht in seinem Blut? Nach einer Weile das leise Wort: »Ach, Mädel, wie hab ich dich lieb! Wo ich hinschau, überall bist du!«

Ihm war im Schnee und im knirschenden Winterfrost so schwül, daß er an der Brust seinen Jägerkittel aufreißen mußte. –

Und um die gleiche Stunde, in einer von zwei Kerzen erhellten weißen Stube, in deren Feuerloch die Kohlen noch glühten, fror ein Schlafloser, daß ihm beim Schreiben die Zähne schnatterten. Der Pfarrer Ludwig.

Er hatte den Mantel um Hals und Brust geschlungen, daß unter dem schwarzen Saum nur die Fingerspitzen mit der Kielfeder hervorguckten. Leib und Beine waren noch in eine wollene Decke gewickelt. Die Feder raschelte und spritzte ein bißchen, während sie in lateinischer Sprache ein Buchstäbchen ums andere hinmalte auf das gelbliche Papier. Was Pfarrer Ludwig in seinem Kirchenlatein vom Inhalt des hebräischen Briefes, der sich in Asche verwandelt hatte, für seine einsamen Stubenstunden versuchte festzuhalten, das hätte in deutscher Sprache gelautet:

›Alles Wissen und Geschehen muß dem Leben dienen, damit der Lebende des ihm möglichen Glückes teilhaftig wird. Als Anfang mußt du erkennen, Mensch, daß alles ein Einziges ist. Der Vater hat viele Kinder. Sie kommen und gehen. Er ist der Einzige, der immer gewesen ist und immer sein wird. Ob du Gott sagst oder Natur, Geist oder Körper, immer nennst du das gleiche. Das Ewige ist in sich geschlossen und muß vollkommen sein. Da Gott nicht begehren kann, was er nicht schon hätte, kann er ein Werdendes nicht wollen um eines neuen Zweckes willen. Alles ewig Werdende ist ein ewig Gewesenes. Gott ist Bewegung und Ruhe, ewiges Wirken und ewige Zufriedenheit. Das fühlst du, Mensch, wie ein Tropfen fühlt, daß er ein Teil des Meeres ist. In jedem Körper ist Geist vom Geiste. Fühle dich als Gottes Kind, als Blutstropfen des Ewigen, als Körnchen im Berge von Gottes Größe. Weil du als Teil das Ganze nicht sehen kannst, drum siehst du immer ein Unzulängliches. Sei ein Suchender, und du näherst dich der ewigen Wahrheit! In jedem Ding ist Trieb nach der Heimat, in jedem Wesen ein Trieb zu Gott. Jeder Schritt, dem Vollkommenen entgegen, erhöht deine Kraft. Wende dich ab vom Zug des Ewigen, und Furcht und Reue werden dich erfüllen. Du bist nicht schuldig deiner selbst, nur schuldig deiner irrenden Straße. Vom Guten und Schlechten hast du ein ewiges Wissen in dir: die Sehnsucht und den Ekel. Gott leitet und warnt dich nicht, alle Stimmen deiner Wege sind in dir selbst. Schau in die eigene Seele und in das eigene Blut; je tiefer du schaust, so deutlicher sprechen die Weiser deines Weges. Jedes Rasten ist Verlieren. Der willig Schreitende ist ein Wachsender an Macht und Freude. Willst du zu Gott, so wirst du bei ihm sein. In seinen Armen bist du ein Freier, ferne von ihm ein Knecht ohne Hände.‹

Pfarrer Ludwig legte die Feder fort, und während ihn immer wieder ein Frostschauer rüttelte, überlas er, was er geschrieben hatte. »Ob ich es richtig verstanden hab?« sprach er leise vor sich hin. Der Ernst seiner Augen begann sich aufzuhellen. »Man muß da halt auch wieder glauben!«

Mit einem wunderlich frohen Lächeln, das seinem Warzengesicht einen kindhaften Ausdruck gab, ließ er aus der dicken Platte seines Schreibtisches ein nur fingertiefes Lädchen herausspringen, verwahrte die beschriebenen Blätter und drückte das Geheimfach wieder zu.

Hurtig, immer ein bißchen mit den Zähnen schnatternd, wikkelte er den Mantel von sich herunter und begann sich zu entkleiden. Als er schon barfüßig war und nur noch das Hemd und die Bundhose trug, fiel ihm der schöne, fast lebensgroße Crucifixus in die Augen, der, ein Jugendwerk des Meisters Niklaus, an der weißen Mauer hing.

Sinnend blickte Pfarrer Ludwig zu dem von Dornen gekrönten, gütig lächelnden Antlitz empor. »Mir scheint, ich weiß ein bißl, was du jetzt denkst von mir!« Er höhlte die Hände um die Füße des Gekreuzigten. »Du Fröhlicher! Verzeih's deinem alten treuen Narrenschüppel, weil er um so sehnsüchtiger ein Mensch sein möcht, je näher ihm das kommt, daß er einer gewesen ist!« Zärtlich küßte er den eisernen Nagel, der durch die Füße des Erlösers getrieben war.

5

Seit drei Tagen hatte bei klarem Himmel der Föhn über die Berge hingeblasen und hatte schon an sonnseitigen Gehängen den Schnee zusammengebissen zu einer dünnen Kruste. Gegen den vierten Morgen begann man den lauen Südwind auch im frostigen Tal zu fühlen.

Bei Tageserwachen, ein Freitag war's, beschlugen sich die Spitzen der Berge mit dem Goldglanz der kommenden Sonne. Dennoch hatte der Morgen keinen reinen Himmel. Von den Zahnspitzen des Watzmann strebten kleinzerstückelte Wolkenstreifen gegen Norden. Die waren anzusehen wie endlose Züge kleiner Weißgestalten, die von Süden emporstiegen und da droben hinwanderten über blaublühende Leinfelder.

Dieser Gedanke kam dem Meister Niklaus, als er durch das große, schwervergitterte Fenster seiner Werkstätte zum Himmel hinaufsah. Er mußte an die Tausendscharen der Salzburgischen Exulanten denken, die aus der Heimat nach dem Norden gezogen waren. Der Freiheit, dem ungehinderten Glauben entgegen? Oder zu neuer Not, zu noch tieferem Elend? War den Stimmen zu trauen, die aus dem Pflegeramt herauskamen und sich überall im Lande lautmachten, so hatten die Salzburger ein hartes Los gefunden. Zu Hunderten waren sie auf ihren Wanderwegen siech geworden und gestorben, und jene, die den Frost und die Not des Hungers überstanden, bekamen Spott und Schimpf zu erdulden, Unrecht und Mißhandlung. Man hatte den Emigranten ihre Kühe und Pferde weggenommen, hatte ihre Wagen und Karren zerschlagen, ihre Schiffe mit Steinen versenkt, hatte die Dörfer und Städte vor ihnen versperrt und die um Erbarmen Flehenden mit Steinhagel und Flintenschüssen davongetrieben. Den wenigen, so hieß es, die zu einem Ziel gekommen, hätte man ungesundes Sumpfgeländ oder dürren Sandboden zugewiesen, ohne Gerät und Bauholz, ohne Vieh und Zehrpfennig, ohne Beistand und Hilfe.

Jene von den Unsichtbaren, die im Berchtesgadener Lande schon ans Wandern dachten, waren vor solchen Warnerstimmen so stutzig geworden, daß sie das müde Dulden in der Heimat dem härteren Elend in der Fremde vorzogen. Dann war in der letzten Neumondnacht ein heimlicher Botschaftsträger der Salzburger zum Toten Mann gekommen, hatte das üble Gerede vom Schicksal der Exulanten widerlegt, hatte alles Schwarze in schönes Weiß verwandelt und die gelästerte Wanderschaftshölle geschildert als einen freundlichen Himmel brüderlichen Erbarmens. Was war da Lüge, was Wahrheit? Die Widersprüche waren so schwer, daß auch die Vertrauensvollsten zur Vorsicht rieten. Man durfte, sei es im Guten oder Bösen, nicht jeder umlaufenden Botschaft glauben, mußte die eigenen Augen auftun. Zwei von den Verläßlichsten hatten sich zur verbotenen Wanderschaft gemeldet, der Mann der Hasenknopfin von Unterstein und der Christoph Raschp von der Wies, sie wollten ihr Leben dransetzen, um die Wahrheit zu erfahren. An der Grenze hatte man die beiden nicht gefaßt; sonst wären sie auf offenem Markt schon längst am Schandbalken gehangen. Nun waren sie schon in die dritte Woche auf der Wanderschaft, auf dem Wege zur Wahrheit. Was werden sie bringen? Den Trost einer neuen Hoffnung? Oder das hoffnungslose Sichbeugenmüssen? Diese Frage brannte in den Gedanken des Mannes mit der hölzernen Hand, während er hinaufsah zu den im Blau des Himmels wandernden Weißgestalten. Fröstelnd zog er den mit Pelz besetzten Hauskittel enger um die Brust und wollte die Arbeit beginnen. Weil er die Tür gehen hörte, drehte er das Gesicht über die Schulter.

Die Sus brachte zwischen den Armen einen festen Pack Buchenscheite und ging zum Ofen.

Der Meister lächelte. »Als hättst du erraten, daß mir kalt ist! Allweil spür ich deine treue Fürsorg.«

Schweigend kniete das schlanke Mädchen beim Ofen nieder und schob ein Scheit ums andere in die rote Glut. Leuchtende Schimmerlinien säumten ihre Wange, das weißblonde Haar, die Schulter, den runden Arm und die Hüfte.

»Wie fein das ist, wenn dich die Glut so anstrahlt! Könnt ich nur auch das Holz so schneiden, wie das Feuer den lebigen Körper nachzeichnet!« Er rückte einen hohen, dreibeinigen Stuhl, der etwas Verhülltes trug, in das Fensterlicht. »Ist das Kind noch droben?«

Das Mädel, schon bei der Türe, schüttelte den Kopf. »Ums Tagwerden ist sie zur Frühmeß fort.«

Es zuckte um den bärtigen Mund des Meisters. »Statt besser wird's allweil ärger. So blaß und seltsam wie in den letzten Tagen ist sie noch nie herumgegangen.«

Sus nickte. »Es muß was geschehen sein in ihr. Die halben Nächt hör ich sie beten. Oft ruft sie mich in der Finsternis, weil sie fürchtet, es täten böse Gespenster umgehen.«

»Gespenster? Freilich, die gehen um. Bei Tag und bei Nacht. In allen Köpfen. Kein Wunder, daß jeder Mensch nach Trost und Beistand dürstet. Ich verdenk dem Kind den ruhlosen Kirchweg nit. Es sieht so aus, als könnt sie den Schreck nit vergessen, den uns der Muckenfüßl ins Haus geschmissen. Da wird sie von ihrer Seel den Zorn über den schlechten Nachbarn wegbeten wollen, der uns im Pflegeramt vernadert hat.« Wieder das müde Lächeln. »Ist sie im richtigen Beten, so haben wir ein Stündl Zeit. Seit dem Sonntag ist's mit meinem Figürl nimmer aufwärts gegangen. Ich brauch dich wieder. Magst du das Wollkleid antun und kommen?«

Mit einem Aufleuchten in den Augen ging das Mädel davon. Der Meister hob das grüne Tuch von seiner Arbeit und betrachtete das fast vollendete Werk. Auf ovaler Holzplatte war in doppelter Spannenlänge aus rotem Wachs ein Hochrelief herausgebildet: die Verkündigung, die Gottes Engel der Maria bringt. Aus den Lüften herniederschwebend, reicht er der Auflauschenden die Rose über die Schulter herab. Zwischen den Flügeln, die straff gespannt sind – so, wie Falken die Flügel stellen, wenn sie nach steilem Stoßflug sich niederlassen auf einen Baumwipfel – neigt sich der von Locken umfallene Engelskopf heraus, an dessen Antlitz der Meister die strenge Schönheit seines Kindes nachgebildet hatte, mit einem keuschen Zug ins Knabenhafte. Nur der Kopf, die Arme und Schultern des Engels mit den Schwingen wachsen plastisch aus der Holzplatte; von den Flügeln nach abwärts wird die Gestalt immer unkörperlicher und verschwindet unter dem Faltengewoge des Gewandes, das im Sturme zu flattern scheint und überrollt ist an allen Säumen. Im Gegensatz zu diesem Auslöschen alles Körperlichen hebt sich der schlanke, schwellende Mädchenleib der auflauschenden Jungfrau um so irdischer aus dem Bilde. Neben dem Webstuhl, von ihm abgewendet sitzt Maria auf einem Schemel, die linke Hand noch am Weberschifflein, die rechte in Ergebung ausgestreckt zu einer innigen Geste des Empfangens. Dieser Körper lebte, hatte Atem, hatte Blut und Fleisch. Die schmiegsamen Falten des zarten Gewandes verrieten ihn mehr, als sie ihn verhüllten. Dazu ein fremdartig berührendes, kühl stilisiertes Köpfchen, wie herausgenommen aus einem anderen Bilde und auf diesen Hals gesetzt, zu dem es nicht gehörte. Beim Beginn der Arbeit hatte Niklaus im Antlitz der Maria die Erinnerung an die Züge seines Weibes nachzubilden versucht, das vor Jahren aus Schreck über den verstümmelten Arm ihres Mannes gestorben war. Als Luisa das neue Werk des Vaters zum erstenmal betrachtete, sagte sie in ihrer strengen Weise: »Vater, das Gesichtl der Gottesmutter schaut nit himmlisch genug.«

»So ist der Blick und das gute Lächeln deiner Mutter gewesen.«

»Wie das gewesen ist, das weiß ich nit. Ich weiß nur, das Gesichtl der Gottesmutter ist unheilig. Das darfst du nit dreinschauen lassen wie beim Heimgart im Ofenwinkel. Du mußt es schauen lassen wie in seliger Gottesnäh.«

Dem Kind zuliebe hatte der Meister geändert und verhimmelt, bis das Köpfchen verdorben war. Der strengen Prüferin gefiel es jetzt, für den Meister war es ein Makel, der ihm die Freude an seinem Werk verbitterte. Er war in die unzufriedene Musterung so versunken, daß er die Tür nicht gehen hörte. Die Schritte der Sus waren lautlos, ihre Füße nackt. Anstelle ihres Magdgewandes trug sie ein langes, lind gegürtetes Kuttenkleid von weißblauem Wollstoff, der sich ihrem Körper anschmiegte wie ein Schleier. Erst als sie den Schemel auf den Antritt stellte, sah der Meister auf. »Ich dank dir, gute Sus! Versuchen wir halt, ob's besser wird!«

Das Mädel ließ sich wortlos auf den Schemel nieder und ordnete das Gewand. Von jedem Fältchen schien sie zu wissen, wie es liegen mußte. Schweigend begann der Meister die Arbeit, bei der seine Linke sich bewegte, als wäre sie fast so geschickt geworden wie seine Rechte gewesen, die man ihm abgeschlagen hatte. Damals, wenn auch schon berührt von den Seelenkeimen der Zeit, war er doch immer noch gewesen, was man einen Katholiken hätte nennen können. Erst der Niklaus mit der hölzernen Hand war ein Unsichtbarer geworden.

Immer rascher ging ihm die Arbeit vonstatten. An seinen glänzenden Augen war es zu merken, daß beim Schaffen die Freude wieder in ihm erwachte, der Glaube an sein Werk. Der Wahrheit des Lebens gegenüber wurde der junge Frauenkörper, den er formte, immer wärmer und wahrhafter. Einmal murrte der Meister im Eifer der Arbeit vor sich hin: »Ach Gott, mein Pfötl, mein dummes! Ich seh, wie ich's machen muß! Aber die unschickigen Finger erzwingen es nit!«

Der unbeweglichen Sus rollten zwei große Tränen über den Mund. Sie schwieg. Weil sie wußte, daß es ihm die Arbeit entzweiriß, wenn sie sprach. Und immer müder wurde sie, immer schwerer ging ihr Atem.

Als er Bild und Leben wieder einmal mit prüfendem Blick verglich, ging er plötzlich auf das Mädel zu und sagte: »Der Gürtel ist ein bißl gerutscht.« Er schob ihn um eine Fingerbreit höher gegen ihre Brust.

Sie bekam ein glühendes Gesicht und fing zu zittern an.

Eine Furche grub sich zwischen seine Brauen. »Geh, Mädel!« Das Wort hatte einen herzlich mahnenden Klang. »Tu verständig sein!« Nach einer Weile, als er wieder bei der Arbeit stand, sagte er zögernd: »Man muß sich gedulden.« Er sah die Sus nimmer an, und seine Hand war nimmer so flink wie zuvor. »Das wird nit ausbleiben, daß mein Kind sein Glück findet. Und daß ich wieder ein Einschichtiger bin, der auf niemand zu achten braucht.«

Da fuhr die Sus erschrocken vom Schemel auf. »Sie kommt.« Hastig schob sie den Antritt gegen die Mauer und war schon zur Tür hinausgehuscht, bevor der Meister das Gesicht vom Fenster abwandte. Draußen im weißen Garten kam Luisa mit gesenkten Augen durch den Schnee gegangen, eingehüllt in einen dunkelgrünen Mantel. Als wäre sie die Bringerin einer helleren Zeit, so glitt bei ihrem Eintritt in die Werkstatt der erste Sonnenschein des Morgens durch die Fensterscheiben. Von der Frühkälte waren Luisas Wangen wie Pfirsiche vor der Reife. Über den Zöpfen trug sie ein mit weißem Federtuff bestecktes spanisches Hütl, das noch aus der Mädchenzeit ihrer Mutter stammte. Der dunkelgrüne, an den Schultern aufgepuffte Radmantel verhüllte die schlanke Gestalt. Vorne guckten zwischen den Mantelsäumen die Spitzen der Handschuhe heraus, die Perlen des Rosenkranzes und ein blaues Gebetbuch mit schöner Silberschließe. »Gelobt sei Jesus Christus und die heilige Mutter Marie!«

»Von nun an bis in Ewigkeit, amen!« Der Meister lächelte ein bißchen, nicht heiter. »Kind, du sagst den Ablaßgruß so oft, daß du aus dem Fegfeuer schon herauskommen mußt, noch eh' du drin bist.«

Ein Zucken ihrer Augenbrauen bewies, wie sehr sie die unfromme Rede mißbilligte. Schweigend nahm sie das Hütl ab und trat an die Seite des Vaters. Als sie sein Werk betrachtete, schien ihr Unmut sich noch zu steigern. »Du hast das noch allweil nit geändert? Daß ihr der Engl ein Rösl bringt. Das geht nit, Vater! Es müssen die unschuldigen Lilien sein.«

Der Meister sagte geduldig: »Ich muß das wächserne Fürbild formen für das Holz. Aus dem spleißigen Holz ist ein Lilgenstengel nit herauszuschneiden, ohne daß er nit ausschaut, als wär's ein Besen. So eine Staud? Die tät mir doch jedes Verhältnis stören. Es ist ein Gesetz in aller Kunst –«

»Die Kunst muß sich bescheiden vor dem Heiligen. Irdische Rosen hätt die Gottesmutter bei der Verkündigung nit genommen.«

»So? Wer hat dir denn das gesagt? Dem kannst du ausrichten, er soll mich mein Holz schneiden lassen, wie ich glaub, daß es sein muß. Ich schwefel ihm auch nichts drein, wie er reden soll mit einem Beichtkind! So wie mit dir? So nit! Aber ich red ihm nichts drein.« Immer schärfer klang die Stimme des Meisters. »Obwohl ich als Vater verlangen könnt, daß mein Kind, wenn es heimkommt aus der Gottesnäh, für mich ein menschliches Wörtl findet und einen guten Blick. Von einem Lachen will ich schon nimmer reden. Das ist versunken in meinem Haus.«

Luisa schien nicht zu hören, was der Vater sprach. Während sie sein Werk betrachtete, fingen ihre Wangen in Zorn zu brennen an. Gleich einer Verzweifelten sah sie auf und stammelte: »Vater! Gott verzeih dir die Sünd, was hast du denn da getan?«

»Getan? Und Sünd? Ich weiß nit, was du meinst.«

Ihre Lippen zuckten, als wäre ihr das Weinen nahe. »Es muß so sein, daß die Höll mit ihren bösen Mächten durch unser gutgläubiges Haus gegangen ist. Ich hab von mir die Versuchung fortgebetet, wie sie gegriffen hat nach meinem Arm. Du, Vater, bist dem sündhaften Geist erlegen. Er hat den Segen von deiner Hand genommen, so daß du dein frommes Werk entheiligt und verdorben hast.«

Erschrocken sah Niklaus in die fieberhaft glänzenden Augen seines Kindes. »Mädel, mein liebes? Bist du krank?«

»Vater? Siehst du es nit?« Mit der zitternden Hand, um deren Finger die Perlenschnur des Rosenkranzes gewickelt war, deutete Luisa auf das rote Wachsfigürchen der Maria. »Das ist die reine, züchtige Gottesmutter nimmer, die ich allweil an deinem Werk gesehen hab. Was heilig gewesen, hast du verwandelt in ein sündhaftes Weib. Tät es über den Marktplatz laufen, so wär gleich einer da, der sagen möcht: ›Du tust mir gefallen!‹« Aus ihren Augen fielen die Tränen. »Du mußt das wieder auslöschen. Oder dein Bildwerk ist verdorben. Es ist nichts Gutes mehr an ihm als nur das fromme Köpfl der heiligen Mutter. Alles andere ist schlecht.«

In Erregung griff der Meister nach dem Wachsmesser. Hätte er dem ersten Zorngedanken nachgegeben, so hätte er das leblos himmelnde Köpfchen der Marienfigur vom Halse geschnitten und gesagt: ›Das ist das einzig Schlechte an meinem Werk. Alles andere ist gut.‹ Ein Blick in die angstvollen Augen seines Kindes machte ihn ruhiger. Er legte das Messer fort. »Komm, liebes Mädel! Du hast in der kalten Kirch gefroren. Wir wollen uns neben den warmen Ofen auf das Bänkl setzen.«

Sie entzog sich seinen Händen. »Tust du mir versprechen, daß du die Gottesmutter wieder heilig machen willst?«

Er sagte unter klagendem Lächeln: »Ja, Kind! So heilig, als ich es fertig bring mit meiner hölzernen Hand.« Da duldete sie, daß er ihr das Mäntelchen von den Schultern nahm, das Gebetbuch aus ihrer Hand herauswand, die Perlenschnur von den Fingern wickelte und die Handschuhe von ihren Händen zog. Während er alles beiseite legte, ging sie schweigend zu dem braunen Bänkl, das neben dem wärmestrahlenden Ofen an der weißen Mauer stand und überglänzt war von einem Lichtband der Morgensonne. Er betrachtete sie. Trotz der kämpfenden Bitterkeit, die ihn erfüllte, hatte er seine Freude an ihrem schmucken Bild. Sie trug das Mädchenkleid ihrer Mutter aus einer Zeit, in der die französische Mode den spanischen Schnitt noch nicht verdrängt hatte. Die gelben Lederstiefelchen verschwanden unter den Falten des braunen Röckls, und zwischen den abstehenden Schoßzacken des Leibchens lugte der rote Miedersaum hervor. Gleich einer großen weißen Blume lag die gestickte Leinenkrause um den schlanken Hals, und auf dem jungen Busen hob und senkte sich das kleine Elfenbeinkreuz der Klosterschülerin. Sie hielt im Schoß die schlanken weißen Hände übereinander gelegt und sah mit den dunklen Augen, die einen heißen Schimmer hatten und voll Sorgen waren, in Erwartung zum Vater auf.

»Ach, Kind, wie lieb bist du anzuschauen!« sagte er herzlich. »Und wie viel Vaterfreuden könntest du mir schenken unter meinem Dach!« Er nahm ihre Hand und ließ sich neben ihr nieder. Weil er den Arm um ihre Schultern legen wollte, rückte sie von ihm fort. Da war auf seinen Lippen wieder das bittere Lächeln, in seinen Augen die Trauer. »Wir wachsen nit aneinander als Vater und Kind. Jeder Tag und jedes Stündl baut an der Mauer zwischen uns.«

»Das ist nit meine Schuld.«

»Wahr, Kindl! Was zwischen uns liegt, das hast du aus dem Kloster mit heimgebracht.«

»Wider das Kloster darfst du nit schelten, Vater!«

»Das tu ich nit. Ich mein nur, die Zeit, in der wir uns nimmer gesehen haben, ist zu lang gewesen. Da hast du den Vater vergessen. Und das Denken an deine Mutter hat man in dir erlöschen lassen.«

»So ist das nit. Es ist im Kloster kein Tag gewesen, an dem ich nit dreimal für dich gebetet, nit fünfmal zu meiner seligen Mutter gerufen hab um ihren Beistand.« Luisas Augen irrten gegen die Sonne hin. »Ich muß ihr den Himmel neiden. Im Himmel ist's besser als in der Tief, in der wir leiden.«

Meister Niklaus verlor seine Ruhe. »Himmel! Und allweil Himmel! Nie ein Bröselein Welt: Das ist Elend! Man hat dir im Kloster mehr vom Himmel gesagt, als gut ist, und weniger von der Welt, als nötig wär. Wir alle, Kind, sind Menschen und müssen Wärm und Sonn, einen Trost und Freuden haben, wenn wir schnaufen sollen und nit ersticken.« Die Stimme zerbrach ihm fast. »Bist du denn nit mein Blut? Spürst du denn nit, daß ich dein Vater bin? Schau mich an! Bin ich nit schon ein halb Erwürgter? Willst du mir nit das bißl Sonnenschein geben, das ich zum Schaffen brauch? Tu mich anlachen, nur ein einziges Mal! Oder ich muß verhungern, muß verfaulen bei lebendigem Leib!«

Erschrocken sah sie ihn an und erhob sich. Heiße Glut übergoß ihre Wangen, um sich wieder zu verwandeln in wächserne Blässe. »Warum tust du nie so inbrünstig hinaufschreien zu Gott? Warum tust du ihm nit dein Herz hinbieten auf frommen Händen? Warum tust du nit abschütteln von dir, was dich wegzieht aus seiner Näh? Tät ich's machen wie du, ich wär verloren gewesen in einer sündhaften Nacht. Mein Gebet hat mich erlöst. Höll und Menschen haben nimmer Gewalt über mich.« Sie hob die Hände, und ein träumendes Lächeln irrte um ihren Mund – ein Lächeln, das sich ansah wie die Verzückung einer gequälten Seele.

Mühsam atmend ließ Meister Niklaus seine Fäuste auf die Bank fallen – die Holzhand schlug wie ein Hammer auf. Ohne die Morgensonne zu spüren, die ihn umleuchtete, sah er stumm seine Tochter an. Nun stand er auf. »Streng bist du allweil gewesen, seit deiner Heimkehr in mein Haus.« Er zwang sich zu ruhigen Worten. »Seit drei, vier Tagen ist was Neues in dir. Das macht dich reden, daß ich es nimmer versteh.« Da mußte er an die Soldaten Gottes denken, und fast heiter konnte er fragen: »Kind? Bist du denn neulich in der Nacht so arg erschrocken –«

Unter seinen Worten zuckend wie unter einem Nadelstich, drehte sie das erglühende Gesicht zu ihm und stammelte: »Ich wüßt nit, über was ich erschrecken müßt.«

»Ich hab's doch selber gesehen, daß du um alle Ruh gekommen bist, wie uns der Muckenfüßl die Haustür eingeschlagen hat!«

»Deswegen bin ich nit erschrocken.« Ihre Stimme hatte wieder den strengen Klang. »Daß die Soldaten einmal kommen, hab ich lang geforchten. Du hast Menschen lieb, die deinem kranken Glauben zum Schaden sind. Allweil hat mich mein Herz vor ihnen gewarnt. Ich hab auch Warnungen hören müssen, wo ich Rat gesucht hab in meiner Seelenangst.«

Ein Erblassen ging über das Gesicht des Meisters. Dann fuhr ihm wieder das dunkle Blut in die Stirn. Seinen Augen war's anzusehen, daß martervolle Gedanken sich unter seiner Stirne jagten. Mit rauhem Auflachen trat er auf das sonnige Fenster zu und streckte die Arme, als möchte er hinausgreifen durch die leuchtenden Scheiben. ›Nachbarsleut! Ihr guten, schuldlosen Nachbarsleut! Verzeiht mir die schlechten Gedanken! Es ist mein Kind gewesen, mein eigenes Kind!‹ Eine Sorge, die ihn ganz verstörte, riß ihn vom Fenster weg. Die Schulter des Mädchens mit der Faust umklammernd, keuchte er: »Hast du auch heut wieder solchen Rat gesucht?«

»Wie es sein hat müssen. Ich bin seit der bösen Nacht des Trostes bedürftig gewesen an Leib und Seel.«

»Und da hast du ihm alles gesagt, deinem Tröster? Alles?«

»Ich tu nit lügen, Vater! Ich hab gesagt, was ich sagen hab müssen.«

»Und da hast du auch – Gott soll's verhüten, daß es wahr ist – –« Er konnte nicht weitersprechen, mußte nach Atem ringen. »Kind! Du hast doch um's Himmels willen nit den Namen des guten Buben verraten, der mich gewarnt hat?«

Sie schwieg, erschüttert durch die Sorge, die heiß aus ihm herausbrannte.

Er las die Antwort aus ihren Augen und sagte mit schwerer Trauer: »Armseliger Star! Wüßt ich nit, daß du in deiner weltfremden Jugend töricht bist ohne Maß, so müßt ich sagen: du bist so schlecht, wie nur der Zwist um Himmel und Glauben die Menschen machen kann!« Immer mit der Holzhand an seinem Halse, ging er durch die Werkstatt hin und her, und während Erregung und Sorge in ihm wühlten, stieß er mit heiserer Stimme vor sich hin: »Ein guter und redlicher Bub! Und bietet dir auf ehrlicher Hand sein Glück und Herz! Und wirft um deinetwegen sein junges Leben vor meiner Haustür hin! Und du in deinem gutgläubigen Seelengezappel verklampferst den Buben! Und lieferst ihn an den Schandpfahl! Und da droben in den Lüften ist niemand, der's verhindert, kein Engel mit dem Lilgenstengl und keine hilfreiche Mutter in Züchtigkeit!« Ein zorniges Auflachen. »Wahr ist's, Mädel! So was Heiliges darf man nit irdisch formen! Das muß man himmlisch machen, grausam und ohne Erbarmen!« Wieder lachend, faßte er einen schweren Hammer und hob ihn zum Schlag. Aufschreiend versuchte Luisa den Arm des Vaters zu fangen. Da fuhr der zornige Streich schon auf das Bildwerk nieder. In Strahlen spritzte unter dem Hammerschlag das rote Wachs auseinander, und was auf der Holzplatte noch verblieb, war eine formlose Masse. Schweigend warf der Meister Niklaus den Hammer fort und umklammerte die Stirne mit der linken Hand. So stand er ein paar Sekunden. Dann sprang er zur Tür der Werkstätte. Draußen seine schreiende Stimme: »Sus! Den Hut! Den Mantel!«

Luisa stand in der Sonne wie eine steinerne Säule, die langsam zu menschlichem Atem erwacht und beim ersten Blick ins Leben geschüttelt wird von Angst und Grauen. Die Arme streckend, trat sie auf das vernichtete Werk ihres Vaters zu, beugte das Gesicht und küßte die rote Masse des zerquetschten Wachses. Ihre Stimme, die verwandelt war zu den dünnen Lauten eines verängstigten Kindes, bettelte ins Leere: »Tu ihm verzeihen, hilfreiche Mutter! Ich – will büßen – für seine Sünd –« Mit den Bewegungen einer Schlafwandlerin ging sie umher, fand ihr Mäntelchen, den Hut, das blaue Gebetbuch und den Rosenkranz, wickelte die Perlenschnur um ihre zitternden Finger und verließ die Werkstatt.

Während sie mit irrendem Blick zu ihrer Kammer hinaufstieg, klang aus dem verschneiten Garten die angstvolle Stimme der Sus durch die offene, wieder geflickte Haustür in den Flur herein: »Um Gottes Barmherzigkeit! Meister! Was ist denn geschehen?« Luisa hörte keinen Laut dieser von Sorge zerrissenen Mädchenstimme. Sie lauschte nur in die eigene Seele. Was sie da klagen hörte, entstellte ihr Gesicht.

Als sie in ihrer Kammer die Tür verriegelt hatte, stand sie unbeweglich. Immer sah sie das weißverhüllte Bett an, und immer sah sie, was sie in jener Nacht gesehen hatte: diese stahlblauen Jünglingsaugen, die von hundert silberweißen Mücken umflogen waren – und sah das zerquetschte Wachs, sah die Martergestalt einer heiligen Frau, die rot war und zu bluten schien aus tausend Wunden.

Langsam, immer wieder die Augen schließend, hängte sie das Mäntelchen in den Kasten, verwahrte das Gebetbuch, den Rosenkranz, die Handschuhe und das Hütl. Sie schnürte die gelben Stiefelchen von den Füßen, nestelte den Spenser herunter und legte ihn gefaltet in die Lade. »Büßen – büßen –« lispelte sie mit entfärbten Lippen vor sich hin. »Für den Vater büßen – alle erlösen, die schuldig sind.« Welche von den Sündenstrafen, die sie im Kloster gesehen hatte, war die härteste? Hungern müssen am Mittagstische? Zehn Vaterunser lang auf einem scharfkantigen Holzscheit knien? Sieben Rosenkränze beten, mit den nackten Füßen im Schnee? Sie sann und sann. Und da erwachte in ihr die Erinnerung an ein Bild, vor dem sie zitternd gestanden, als sie es zu warnender Abschreckung im Kloster hatte betrachten müssen. Wie man jene junge, sündhafte Schülerin bestrafte, die in der Messe ein verstecktes Spiegelchen aus dem Ärmel herausgezogen hatte – das war von allen Klosterstrafen die quälendste gewesen.

Ihre Augen glitten über die Mauer hin. Höher, als sie mit den Händen reichen konnte, war an der weißen Wand ein festes Zapfenbrett, aus den Jahren, in denen Meister Niklaus diese Kammer bewohnt hatte – bei der Heimkehr seines Kindes hatte er die Stube geräumt, weil sie in seinem Haus die sonnigste war. Wie eine Träumende verriegelte Luisa auch die andere Tür, die hinausführte in die Kammer der Sus. Aus der Truhe nahm sie zwei weiße Tüchelchen, knüpfte aus jedem eine Schlinge und schob sie über das Handgelenk. Sich bekreuzigend, ging sie zum Bette, tauchte die Finger in das Weihbrunnkesselchen und besprengte das Gesicht. Ihre Bewegungen wurden rascher, etwas Frohes schien in ihren irrenden Gedanken zu erwachen. Sie rückte unter dem Zapfenbrett einen Schemel an die Wand und stieg hinauf. Mit dem Rücken sich gegen die Mauer pressend, schob sie die Schlingen, die an ihren Handgelenken waren, über die zwei äußersten Holzzapfen des Brettes und stieß den Schemel fort. Mit den Fußspitzen eine Spannbreite über dem Boden, hing sie an den ausgestreckten Armen und begann mit einer Stimme, die bei aller Innigkeit wie das Stammeln einer Betrunkenen klang, die Litanei zur heiligen Jungfrau Maria zu beten – nur daß sie nicht betete: »Bitt für mich!« sondern immer betete: »Bitt für ihn!«

Solange sie noch bei Kräften war, hielt sie den Kopf an die Mauer gepreßt und sah mit heißglänzenden Augen zur Höhe. Bald sank ihr die Wange gegen die rechte, bald gegen die linke Schulter hin. Als sie in beginnender Pein das Gesicht zu drehen versuchte, sah sie an ihrem Arm, von dem der weiße Ärmel zurückgefallen war, die vier gelblich gewordenen Male, die vom Griff jener stählernen Jägerfaust geblieben waren. Zusammenzuckend, schloß die Büßende die Augen, ließ das Gesicht vornüberfallen, und ihre betende

Stimme wurde zu einem versunkenen Schreien. In Schmerzen begann der stammelnde Mädchenmund zu lächeln, und auf dem glühenden Gesicht erschien ein Ausdruck der Entrückung. Nicht die härteste der Klosterstrafen hatte sie ausgesucht, sondern die süßeste und heiligste – eine fromme Marter, die durchzittert war von dem Seligkeitsgefühl: zu leiden, wie der Heiland gelitten hatte für die Menschen, die er liebte. Während sie lächelte in Qual, begann ihre Stimme sich zu verwirren, verlor die frommen Anrufungen der Litanei und behielt nur noch die drei innigen Flüsterworte: »Bitt für ihn – bitt für ihn – bitt für ihn –«

Gleich einer goldenen, immer breiter wachsenden Säule schob sich das leuchtende Band der Morgensonne über die Mauer hin und umschimmerte die in Süßigkeit und Schmerzen Betende, die für Andacht und Buße hielt, was ein noch Unsichtbares in ihrem Herzen war, ein Unbewußtes in ihrem Blut.

6

Der Föhn brauste über die Schornsteine von Berchtesgaden und verbündete sich mit der steigenden Sonne. Von allen Kanten der Hausdächer fielen Tropfen, die wie Goldkörner funkelten. In der Gasse war kein allzu emsiges Leben. Die Frauen, die aus den Kaufläden kamen, huschten flink an den Häusern hin, und Mannsleute waren nicht viele zu sehen. Oft lenkte einer plötzlich schräg über die Gasse hinüber. Immer war's wie der Wunsch, einem andern nicht Gesicht in Gesicht zu begegnen. Und grüßte der andere spöttisch: »Gelobt sei Jesus Christus und die heilige Mutter Marie!« – dann guckte der Ausweichende über die Schulter und antwortete noch viel lauter: »Von nun an bis in Ewigkeit, amen!« Man konnte, bevor man in der Marktgasse vom Pflegeramte bis zum Brunnen kam, ein paar Jährchen Fegfeuer von seiner Seele ablösen.

Meister Niklaus, in der Erregung, die ihn durchwühlte, vergaß ein paarmal des vorgeschriebenen Grußes. Er wollte schon in das Gässelchen hinter der Stiftsmauer einbiegen. Da kam aus dem Stiftstor eine heitere schwatzende Gesellschaft. Vier von den jungen, adeligen Domizellaren, in weltlicher Tracht, umflattert von den pelzverbrämten Seidenmänteln, mit dreispitzigen Hütchen über den gepuderten Frisuren, begleiteten unter französischem Scherzgeplänkel eine junge Dame, die zwischen den behandschuhten Händen ein winziges Gebetbuch hielt. Auf hochgestöckelten Schuhen trippelte sie zierlich durch den Schnee. Der Föhnwind blähte den himmelblauen Samtmantel auseinander und bewegte den reichgebänderten Steifrock wie eine Glocke. Mit einem Busch von Reiherfedern saß ein Pelzkäppl schief über dem großen Lokkenbau, von dem der Puder davonstäubte. Das reizvolle Grübchengesicht hatte ein rosiges Kreuzermäulchen, hatte schwarzgezeichnete Brauenbogen über den Veilchenaugen und trug zwei neckisch angebrachte Schönheitspflästerchen, das eine neben dem linken Mundwinkel, das andere hoch auf der rechten Wange. Vor dieser Dame salutierten die Musketiere mit den langen Feuersteinflinten. Das fröhliche Fräulein, dem sie diese fürstliche Ehre erwiesen, war die Nichte des Berchtesgadnischen Pflegers und Kanzlers v. Grusdorf, war Aurore de Neuenstein, die »Allergnädigste«, des Fürstpropstes standesgemäße Freundin en titre.

Neben der französisch aufgeputzten Gesellschaft erschienen die Bürgersleute in ihrer veralteten Tracht wie das Volk einer Zeit, die sich verspätet hat um ein halbes Jahrhundert. Die Allergnädigste achtete bei ihrem heiteren Gezwitscher aufmerksam darauf, ob auch jeder Vorübergehende mit genügender Ehrerbietung grüßte und jede Bürgersfrau und jedes Mädchen bis zu pflichtschuldiger Tiefe hinunterknickste. Meister Niklaus weckte bei der jungen Dame ein munteres Verwundern. Hinter ihm herdeutend, zirpte sie mit ihrem Kinderstimmchen in französischer Sprache: »Schon wieder von den Rebellen einer, die ohne Ehrfurcht sind vor Gott und Obrigkeit!«

Der Meister strebte flink in die enge Gasse hinein. Als er atemlos in die weiße Stube des Pfarrers trat, saß der Hochwürdige beim Frühstück und tunkte die gerösteten Weißbrotschnitten in die Milch. »Herzbruder? Sturm unter dem Haardach?«

Niklaus sah die Türen an. »Hört uns niemand?«

»Bei mir kannst du schreien wie ein Jochgeier. Jeder Backofen ist feinhöriger als meine Schwester.«

»Weißt du, wer uns den Muckenfüßl ins Haus geladen hat?«

»Das merkst du erst heut?« Der Pfarrer lachte. »Die übermäßig Frommen sind im Leben wie ein Pulverfäßl. Nie weiß man, wann die Bescherung in die Luft geht.«

Kummervoll nickte der Meister. »Mein törichtes Mädel hat heut den Namen des Leupolt ausgeschwatzt.«

Der Pfarrer fuhr vom Sessel auf. »Das ist hart.« Dann fragte er, als wäre das eine Hoffnung: »Meinst du, sie war im Beichtstuhl?«

»Das weiß ich nit.«

Pfarrer Ludwig riß eine Tür auf und brüllte: »Franziskaaa!« Er kam zurück. »Meine Schwester wird's wissen. Jeden Morgen geht sie beichten. Um mich unverdächtiger vor Gott und den Chorkaplänen zu machen. Bei Gott gelingt es ihr, bei den Kaplänen nit.«

Eine sechzigjährige Frau, halb Bäuerin, halb bürgerlich, kam in die Stube. Ein bißchen mißtrauisch grüßte sie den Meister und sah erwartungsvoll ihren hochwürdigen Bruder an. Durch die Muschel der Hände fragte der Pfarrer, ob das Luisichen heut wieder gebeichtet hätte. Franziska schüttelte den Kopf. »Heut nit. Heut nach der Frühmeß ist sie zum Chorkaplan Jesunder in die Wohnung gegangen. Des Jesunders alte Mutter hat am Fenster genäht. Gählings ist sie vom Fenster weg. Und wie das Kind aus dem Haus war, hat des Jesunders Mutter flink einen Weg gemacht. Zum Pfleger.«

Eine tiefe Glocke schallte durch das Haus, so laut, daß es auch die Schwester Franziska hörte. Erst guckte sie flink in der Stube herum, ob da nicht irgend was Verdächtiges läge, dann ging sie, um die Flurtür zu öffnen.

»Wenn's beim lieben Herrgott einmal ausläßt mit der Allwissenheit«, sagte der Pfarrer, »da braucht er nur meine Schwester fragen.«

In Unruh stammelte der Meister: »Man muß dem Buben ein Wörtl schicken, daß er sich fürsieht.«

»Das wird nit helfen. Der Leupolt ist von den Graden einer, die vor Wasser und Feuer nit ausweichen. Sonst könnt man ihm beibringen: er soll sich ausreden auf sein Wohlgefallen an deinem Mädel, soll sagen, er hätt die Warnung ausgesonnen, um einen Weg zum Luisichen zu finden. Aber der Bub wird das Eisenköpfl schütteln und die Wahrheit sagen. Verschweigt er was, so tut er es nur, um dich nit auch noch einzutunken. So oder so, man muß versuchen, ihm beizuspringen.«

Da kam Franziska. »Der Hochwürdigste soll zum Fürsten hinüber, gleich!«

Der Pfarrer tat einen leisen Pfiff. »Herzbruder, die Kanon ist geladen.« Während er den Mantel nahm, schwatzte er lustig, um den Schreck der Schwester zu beruhigen. Draußen auf der Stiege zischelte er: »Spring hinüber, zum Mälzmeisterhaus! Red mit des Leupolts Mutter!«

»Das ist doch eine gut Katholische?«

»Eben drum! Weil sie eine gute ist, drum hat sie das Herz auf dem rechten Fleck. Aller Zwist im Glauben kommt von den Halben und Falschen her. Ob Heid oder Jud, ob römisch oder evangelisch, was einer ganz und redlich ist, das macht in ihm den Menschen besser und aufrechter. Dem braven, gottesfrommen Weibl kannst du dich anvertrauen ohne Scheu. Dann such mich wieder auf!« Der Pfarrer umfaßte mit festem Druck die Hand des Freundes. »Mensch bleiben! Und denk an den Amsterdamer Singvogel! Man ist nit schuldig seiner selbst, nur schuldig seines falschen Wegs. Laß uns den rechten suchen!«

Mit hämmerndem Herzen sprang der Meister hinter den Häusern in das Staudenwerk der Berglehne. Hier konnte er gedeckt zum Garten des Mälzmeisterhauses kommen, das an der Salzburger Straße lag. Die Hintertür stand offen, und als der Meister in die Küche trat, fand er die kleine, rundliche Frau Agnes beim Backofen beschäftigt. »Gelobt sei Jesus Christus und die heilige Mutter Marie!«

»In Ewigkeit, amen!« antwortete die Mälzerin, ohne sich umzugucken. Auf flacher Holzschaufel zog sie ein großes Zopfgebäck aus dem Backofen, bestrich es mit Eierklar, ließ es wieder in der duftenden Backhöhle verschwinden und schob das kupferne, von Blankheit spiegelnde Türchen zu. Auch alles andere Metall an den Wänden funkelte. Dieser Küche entsprach die Hausfrau in dem reinlichen Braungewand und der blauen Glockenschürze. Aus dem weißen Häubchen lugte das freundliche Frauengesicht heraus wie ein heiteres Nonnenantlitz. Trotz der fünfzig Jahre sah man in den zwei blonden Haarsicheln, die sich unter dem Häublein hervorschwangen, noch keinen grauen Faden. Ihre Augen waren ganz die Augen des Sohnes, nur sanfter. »Soooo!« sagte sie und wandte sich. »Ooh, der Meister Niklaus!« Ein leises Lächeln. »Durchs Hintertürl?«

»Deine muntere Stimme hören, tut wohl. Und da muß ich dir als ungeuten Dank eine Sorg bringen.«

Ganz ruhig blieb sie. »Kram nur aus! Mit den Krabbelkäfern, die man Sorgen heißt, bin ich noch allweil fertig geworden.«

»Ist einer von deinen Mannsleuten daheim?«

»Keiner. Der meinige mit den zwei Jungbuben ist im Bräuhaus, und der Leupi ist am Königssee, in Barthelmä.«

Niklaus atmete auf. Das gab Sicherheit für einen Tag. Solang die Sonne schien, war der See nicht befahrbar, erst in der Nacht, wenn der Frost das Eis wieder härtete. »Gott sei Dank!« Er zog die Gartentüre zu, schloß auch die Tür zum Flur und wollte den Riegel vorschieben.

»Das nit!« wehrte Mutter Agnes. »Die Magd ist in der Tenn beim Bohnenklauben. Gute Ohren hat sie freilich. Müssen wir halt ein bißl Lärm machen.« Im Glutloch des Backofens entzündete sie ein Reisigbündel, legte die aufknisternde Flamme auf den offenen Herd und schichtete Latschenäste drüber. Nun krachte das züngelnde Feuer, als würde in der Küche der Mutter Agnes ein Musketenscharmützel ausgefochten. »Da ist ein Bänkl. Tu dich hersetzen! Und red!«

Mit den Lippen an ihrem Ohr, erzählte er, was Leupolt getan. »Mein verstörtes Mädel ist bei Jesunder gewesen und hat's ausgeredet in ihrer frommen Angst. Des Jesunders Mutter ist zum Pfleger gelaufen, den Pfarrer hat man zum Fürsten geholt, und jetzt brennt in mir die Sorg um deinen guten Buben.«

Mutter Agnes schwieg. Trotz aller Seelenstärke, die sie aus ihrem vertrauensvollen, vom Zeithader unberührten Glauben schöpfte, war ein Erblassen über ihr Gesicht geronnen. Vom Feuer angeflackert, saß sie auf dem Bänkl, die verklammerten Hände im Schoß. Ihr Blick hing an den sternschönen Lichtfunken, die jagend hinauffuhren in den großen Rauchtrichter des Schornsteins. Wie dieser glühende Funkenzug, so flog ein Gebet ihres Herzens hinauf zu dem Hilfreichen, an den sie glaubte. Sie wußte: das Ausschwatzen eines Amtsbefehls in Glaubenssachen wurde so streng gebüßt wie versuchter Landesverrat. Den Kopf beugend, preßte sie die Hände an ihre Schläfe. »Wir armen Weibsleut! Wo wir hinfallen, ist allweil steiniger Boden. Wird eine nit gesegnet, so verschrumpfelt sie freundlos am Lebensbaum. Ist man Mutter, so bröckelt man sein Leben in die Kindersupp.«

Niklaus legte den Arm um ihre Schulter. »Weißt du einen Rat?«

Sie trocknete mit den Handballen die Augen. »In der Nacht geht ein Bierschlitten über den See. Da können wir dem Buben einen Zettel schicken. Den will ich hineinbacken in einen süßen Krapfen, mit einem Kränzl aus Zibeben drauf. Da merkt der Leupi: es ist eine Botschaft drin. Nur daß er weiß, was ihm zusteht. Helfen kann bloß der Einzige, der wissen muß, daß es der Bub nit schlecht gemeint hat. Daß er's tun hat müssen, begreif ich.«

»Weißt du, warum?«

»Ich müßt keine Mutter sein, wenn ich's nit lang schon gemerkt hätt. Aber ich sorg, es ist eine Mauer zwischen den beiden.« Mutter Agnes hob die flehenden Augen. »Sag mir's!«

»Was, Mutter?«

»Ist mein Bub –« Ihre Stimme brach. »Ist der Leupi schon ganz da drüben?« Sie wollte sagen: ›Auf der falschen Seit!‹ Weil sie fürchtete, daß es den Meister kränken könnt, sagte sie: »Wo die anderen sind, die man nit sieht.« Er schwieg. Da griff sie nach seiner Rechten, fühlte unter dem Handschuh das Holz und erschrak, als hätte sie etwas Glühendes berührt. »Sag mir's! Es soll verschlossen bleiben in mir.«

»Mit Sicherheit weiß ich es nit. Und wenn ich es wüßt, ich dürft es nit sagen.«

Aus ihren Augen fielen zwei Tränen, die im Rotschein des Feuers wie rinnendes Blut erschienen. »Der Bub ist aufgewachsen zwischen meinen Händen. Sein erstes Betsprüchl hat er mir nachgeredet mit seiner Kinderstimm. Ist fromm und gläubig gewesen sein ganzes Leben lang. Ist ein redlicher Bub geblieben. Und ist doch ein anderer geworden, ich weiß nit, wie, und ich weiß nit, wann! Wie kann das kommen über einen Menschen?«

»Wie dort die Funken fliegen auf deinem Herd. Im Schornstein droben verlöschen sie. In eines Menschen Herz ist Boden, wo sie weiterbrennen. Das geht am leichtesten in einer Menschenseel, die kein Unrecht sehen kann oder Unrecht leiden muß.« Er hob seine hölzerne Hand vor die Augen der Mälzmeisterin hin.

»Das hat nit der getan, der die Händ erschaffen hat.«

»Ist dir alles recht, was sie tun und predigen?«

»Es gibt auch Schuster, die schlechte Sohlen machen. Deswegen hab ich noch nie den richtigen Weg verloren.«

»Die den besseren suchen? Verwirfst du die?«

Sie sah ihn mit großen Augen an. »Soll ich mein Kind verwerfen? Ich? Die Mutter? Allweil sinn ich drüber und versteh's nit. Wie ich bin, so muß ich bleiben. Von meinem Buben weiß ich, er ist ein guter Mensch. Das bleibt er auch auf dem anderen Weg. Und die ihm als Brüder und Schwestern gelten, können nit schlecht sein. Sonst tät's mein Bub nit halten mit ihnen.«

Der Meister nahm ihre Hand. »Täten alle denken wie du, so wär nit Streit und Hader um jeden Gottesweg. Wir zwei, Mutter, helfen zusammen, gelt? Hast du eine Bleifeder? So schreib ich den Zettel, derweil du den Teig für den Krapfen rührst.«

»Wahr ist's: helfen ist besser als reden.« Frau Agnes sprang zur Flurtür und verschwand. Gleich war sie wieder da, mit Blatt und Bleifeder. »Kannst du denn schreiben mit deiner Linken?«

»Muß einer, so lernt er's.«

Sie rückte einen kleinen Tisch vor den Meister hin, und während er die steifen Buchstaben zu kritzeln begann, rührte Frau Agnes in einer hölzernen Schüssel den Teig. Plötzlich stammelte sie erschrocken: »Ach, du barmherziger –« Sie riß das kupferne Türchen des Backofens auf und zog den vergessenen Zopf heraus. Der roch sehr übel und war so schwarz wie Kohle. Kummervoll sagte sie: »Der erste, der mir verbronnen ist!« Frau Agnes lächelte ein bißchen. »Bin ich jetzt eine schlechte Hausfrau? Jede Nachbarin tät's glauben.« Sie schob das verdorbene Gebäck ins Herdfeuer, in dem es zu rauchen und zu glühen begann. »Man darf die Leut nit einschätzen nach den Zöpfen, die sie verbrennen lassen.« Wie das gute Holz verwandelte sich auch das verdorbene Backwerk in fliegende Feuerfunken. »So geht's mit einem Backofen! Und jedes Menschenkind hat drei: einen im Blut, einen in der Seel und einen im Hirnkästl. Ach, der liebe Herrgott! Auf wie viel verbronnene Zöpf muß er herunterschauen! Und nie noch hat er die Geduld verloren. Bloß auf der Welt verliert man sie allweil, und am ungeduldigsten sind die Bäcken, die das Brot versalzen und die meisten Wecken verrußen lassen!« Sie setzte sich auf die Bank, nahm die hölzerne Teigschüssel zwischen die Knie und begann mit beiden Händen hurtig zu rühren.

Meister Niklaus grübelte, um des Pfarrers Ausrede in Worte zu bringen, die nichts verrieten und für den Leupolt doch verständlich waren. Während er kritzelte, mußte er immer an den Hochwürdigen denken. Der hatte wohl jetzt im Fürstenzimmer des Stiftes eine gefährliche Viertelstunde zu übertauchen? Was Meister Niklaus da vermutete, war ein Irrtum. Und ein Irrtum war es auch, wenn Mutter Agnes ihren Buben in der düsteren Jägerstube sitzen sah, bedrückt von Gewissenspein und Sorge. –

Leupolt war um diese Stunde von Sonne umglänzt, von blendendem Weiß umfunkelt. Und Ruhe war in seinem braunen Gesicht, in seinen stahlblauen Augen. Er stand auf dem Beinschlitten, hinter einem großen Sack, in dem er gedörrte Rüben für das hungernde

Hochwild zu dem Ufer bringen mußte, das der Fischmeisterei von Bartholomä gegenüberlag. Da hinüber war's nur ein kurzer Weg, und dennoch mußte Leupolt einen langen machen, um den durch das Eis gerissenen Frageln auszuweichen, aus denen das geschwellte Seewasser mit Gesprudel herausquoll. Alle Kraft des Jägers gehörte dazu, um gegen den Föhnsturm aufzukommen. Jetzt mit einer flinken Wendung ans Land, den Sack auf die Schulter und über die weiße Böschung hinauf. Von zahlreichen Hochwildfährten war der Schnee zertreten zu einem brösligen Wirrwarr. Gleißende Lichter und blaue Schatten. Das beschneite Gezweig der Buchen war wie ein wundervolles Silbergespinst, das der Goldschmied Gott verziert hatte mit Millionen farbigblitzender Edelsteine. Auf vierzig Schritte standen im weißen Walde schon die Muttertiere mit ihren Kälbern und warteten. Und ein paar geringe Hirsche bei ihnen, und schlanke, feinbewegliche Jüngferchen. Von den Gutgeweihten, die Leupolt zählen mußte, war noch keiner zu sehen. Scheu waren auch sie nicht; die Not des Winters zähmt die Wildesten; aber weil sie die Starken waren, konnten sie geduldig sein und der Schwäche den Vortritt lassen.

In flinker Arbeit schleppte Leupolt die Heubündel aus der Scheune, füllte die Raufen und schüttete das Kernfutter in die langen Tröge. Dann schlüpfte er am Ufer unter den kleinen verschneiten Hegerschirm, der einen doppelten Ausguck hatte. Die eine Luke guckte nach Bartholomä und zeigte ein von Sonne umflimmertes Bildchen. Die kleine Kirche, halb weiß und halb im Blauschatten; daneben der altersgraue Jägerkobel, ein Balkenhaus, das unten Schiffhütte war und im Oberstock die Stuben der Jäger und Fischer enthielt; dahinter das langgestreckte Jagdschlößchen der Stiftsherren, umgeben von den Silbergestalten der verschneiten Bäume, als Hintergrund die Kletterwände des Watzmann mit dem blauen Himmelsdach. Die andere Luke des Hegerschirmes war gegen die Wildraufen gerichtet. Hier blieb's noch eine Weile still. Wo die Sonne glänzte, blitzten viele von den farbig funkelnden Edelsteinen durch die Luft herunter und versanken im Schnee. Nun sicherte langsam ein Muttertier mit dem Kalb heran. Dann erschien ein Spießerchen im spanischen Tritt und blieb noch eine Weile mutlos. Zwei Jungfern kamen herbeigetrippelt, und als diese ersten mit den Äsern in die Futtertröge fuhren, galoppierte das Kahlwild mit Geprassel von allen Seiten gegen die Raufen hin.

Lächelnd sah Leupolt diesem grau durcheinanderdrängenden Gewimmel zu und konnte beim Schauen seine Gedanken wandern lassen. Sie gingen auch heute den gleichen Weg wie seit der Schneezeit an jedem Wintermorgen. ›Der Kirchgang ist lang vorbei. Jetzt muß sie schon wieder daheim sein.‹ Er hat sie noch nie am Haus und bei der Arbeit gesehen; und hätte sich das gerne ausgedacht; doch immer sieht er sie mit dem Federhütl und in dem dunkelgrünen Mantel, aus dem die Rosenkranzperlen hervorgucken. Ihre Augen sind gesenkt. Leupolt sieht in dem feinen Gesicht nur den roten Mund, das zarte Näschen, die weißen Lider und die Sicheln der Wimpern. Und wenn sie die Augen hebt, so sieht er den Zorn in ihnen funkeln, die Verdammung des Unsichtbaren. Wie wunderlich das ist: sooft er sie in Wirklichkeit gesehen hat, war's immer ein Schmerz für ihn, eine quälende Hoffnungslosigkeit. Und hier, im weißen Wald, bei diesem stillen Träumen wird alles für ihn zu einem frohen und zärtlichen Glück.

›Ob sie nit spüren muß, wie oft ich denk an sie? Bei Tag und Nacht!‹ Mit dürstender Sehnsucht ist die Frage in seinem Herzen: ›Denkt sie wohl auch an mich?‹ Ob sie nicht betet für ihn? Für seine Seele, die sie für eine verlorene hält? Gibt es Frömmigkeit, die nicht barmherzig wäre? Frömmigkeit, die nicht beten müßte für jeden, den sie für einen Irrenden hält? Und wenn sie hinaufruft zu einem ihrer vielen Heiligen? Flüstert sie da nicht manchmal ein leises ›Bitt für ihn?‹ Wie eine Süßigkeit klingt es in seinem Ohr, in seiner Seele: ›Bitt für ihn – bitt für ihn –‹ Dabei sieht er sie in der kalten Kirche knien, ein bißchen frierend, mit dem braunen Hütl über dem schönen Haar, in dem dunkelgrünen Mantel, aus dem die Fingerspitzen der gefalteten Hände hervorlugen.

Tausend Gedanken denkt die Menschenseele in jeder Stunde. Einer ist halbe Wahrheit. Die anderen sind Irrtum.

7

Pfarrer Ludwig mußte im Korridor vor dem Fürstenzimmer noch immer auf seine Vorlassung warten, weil der Haarkräusler beim Allergnädigsten war. Die hundert Locken einer fürstlichen Perücke verlangen ihre Zeit. In einer hohen Fensternische an den Kreuzstock gelehnt, zeigte der Hochwürdige ein ruhiges Gesicht. Je heißer in ihm die Sorge wühlte, um so gleichmütiger sah er über die Wände hin, an denen zwischen Hirschgeweihen, Heiligenbildern, großen Jagdgemälden und pröpstlichen Bildnissen zwei weltgeschichtliche Kriegstrophäen hingen: die Eisenhüte, Brustpanzer, Schwerter, Terzerole und Schärpen zweier schwedischer Kürassiere. Was da rostend und verstaubt an der Mauer hing, das war fast die einzige Welle gewesen, die der Dreißigjährige Krieg aus dem verwüsteten Deutschen Reich hereingespült hatte in die Stille des Berchtesgadnischen Landes.

Blut, Hunger, Verarmung, Seuchen und Brandschatzung, die Hälfte der Deutschen erschlagen, versunken und verfault; Handel und Wohlstand vernichtet; alle Bande des Reiches gelockert und zerfetzt; eine Kluft des Mißtrauens und des Hasses zwischen Nord und Süd; ein für ewige Zeiten unlösbar erscheinender Zwiespalt zwischen deutschem Katholizismus und deutschem Lutheranertum; ein entzweigekeiltes, an Sitte und Leben verpestetes, in hilflose Fetzen zerfallenes Volk, das seine nationale Erneuerung wieder beginnen mußte, wie ein Kind nach dem Windelschmutze seine Menschwerdung anfängt in den ersten Schuhen – und als einziges Erinnerungszeichen dieses grauenvollen Geschehens hingen im Fürstenkorridor zu Berchtesgaden zwei schwedische Kürasse. Die hatte man in der Ramsau zwei verirrten und von den Bauern erschlagenen Botschaftsreitern vom blutenden Leib geschält.

Nur ein einziges Mal in jenen dreißig Jahren hatte Berchtesgaden für wenige Winterwochen eine Einquartierung erlebt. Während die deutsche Welt in Jammer und Elend sank, hätte das ›Ländl‹ in seiner Abgeschlossenheit gedeihen können, wenn ihm, angesteckt durch Seuchenkeime der Zeit, die Zermürbung nicht im kleinen erwachsen wäre wie draußen dem Volk der Deutschen im großen.

Aus dem Fürstenzimmer huschte ein spitznäsiges Männchen heraus, der Perückenmeister, den man aus Paris verschrieben hatte. Ein deutscher Bartscher brachte doch so was Himmlisches nicht fertig, wie es jetzt die Herren auf ihren Köpfen trugen. Pfarrer Ludwig tat einen tiefen Atemzug und ging zur Tür. Bevor er sie erreichte, vollzog sich ein Ereignis, das störend in den Gang der Berchtesgadnischen Regierung eingriff. Am Pfarrer rannte einer vorüber und ihm voraus, der auf der Schwelle des Fürstenzimmers den Vortritt sogar vor den fremden Gesandten hatte. Der Wildmeister. Er brachte die aufregende Nachricht, daß die Stiftsjägerei bei den Untersteiner Sümpfen drei kapitale hauende Schweine bestätigt hatte. Die Keiler lagen unentrinnbar fest, und die Netze waren schon gezogen, nicht zu einem ›Großen Jagen‹, nur zu einem kleinen ›Eingestellten Treiben‹, das flink zu erledigen war. Bei solcher Sachlage hatten die Wildschweine den Vorrang vor dem Landswohl und der Fürsorge für den unverfälschten Glauben. In den Korridoren sprangen Lakaien und Jägerknechte hin und her, im Stiftshofe wurden vier zierliche Schlitten aus den Remisen gezogen, und zwei buntgekleidete Läufer, mit weißen Straußenfedern auf den grünen Samtkappen, surrten unter dem Brausen des Föhnwindes durch die Marktgasse, um die edle Aurore de Neuenstein und den Kanzler von Grusdorf zum Eingestellten Treiben zu laden. Der Onkel Kanzler mußte zur Wahrung der guten Sitte immer den Regierungstisch verlassen, wenn die allergnädigste Nichte sich beteiligte an den winterlichen Weidmannsfreuden ihres maître adoré.

Pfarrer Ludwig, der sonst auf das neumodische Jagdgepränge nicht gut zu sprechen war, segnete an diesem Tag zum erstenmal den ›französischen Schwindel‹. Aufatmend um des Zeitgewinnes willen, eilte er heim und brüllte der Schwester ins Ohr: »Kommt der Niklaus, so sag ihm, daß ich vorausgegangen bin zu seinem Haus!« Dann schoß er davon, um zwei nötige Dinge zu erledigen. Er mußte das fromme Klostervögelchen zum Singen bereden, mußte zu erfragen suchen, was Luisa dem Chorkaplan Jesunder gesagt hatte. Und mit Lewitter, den er seit dem gestörten Schachspielabend nicht mehr gesehen, mußte er das gemeinsame Verhalten vor dem Fürsten bereden. Ungeduldig trommelte er mit dem Klöppel an Lewitters Haustür. In dem dunklen Flur, in dem die Gewürze dufteten, kam für den Pfarrer eine schwierige Unterhaltung mit der alten Lena, deren Zeichensprache er nur halb verstand. »Gut sind wir aufgerichtet, der Simmi und ich! Die meine hört nit, und die seine kann nit reden!« Dem wahren Gott zuliebe hatte man der Magd vor fünfzehn Jahren in Salzburg die Zunge kürzer gemacht, weil sie die Obrigkeit belogen hatte, um Weib und Kinder ihres Herrn zu retten. Nur mit den Händen konnte sie noch reden.

Ungefähr verstand der Pfarrer, daß Simeon nicht daheim wäre; man hätte ihn am verwichenen Abend wieder zu einem kranken Weib geholt, das seit drei Tagen in den Wehen läge und nicht gebären könne; Lewitter wäre wieder die ganze Nacht außer Haus gewesen und auch am Morgen nicht heimgekommen. »Ach, das Leben! Könnt ein Gärtl des lieben Gottes sein und wird ein Saustall des Teufels! Und da plagt sich jetzt der hilfreiche Simmi, um einem neuen Leidgesellen der Menschheit den Eintritt ins Leben zu erleichtern!« Den Kopf gegen den Südwind bohrend, eilte Pfarrer Ludwig dem Haus des Freundes entgegen, immer grübelnd: ›Wie muß ich es machen, daß ich das Mädel zu Verstand bring? Zu einem Herzschlag, der menschlich ist?‹

Ein Weiberschrei voll Sorgen machte ihn aufblicken. Vom Zauntor kam die Sus gelaufen: »Wo bleibt der Meister? Ist was geschehen?«

»Nichts, gute Sus! Wo ist das Luisichen?«

»Die Haustochter hab ich nimmer gesehen, seit sie heimgekommen ist von der Frühmeß. Der Meister ist ganz von Sinnen gewesen. Und da bin ich allweil beim Zaun gestanden, hab gewartet und bin nur ein paarmal hineingesprungen zum Herd, daß mir das Fleisch nit aus dem Sieden kommt.«

»Recht so, liebe Sus! Dein Herr und dein Herd!« Der Pfarrer sagte scherzend: »Gelt, Mädel? Dich plagen keine Seelenzweifel und Glaubenskämpf?«

»Mich nit!« antwortete sie ehrlich. »Ob des lieben Herrgotts Kittel grün oder rot ist, das ist mir eins. Kittel her oder hin, der Herrgott ist drin. Mir ist das Leben recht, so lang der Meister seine Ruh hat und schaffen kann. Und weil man schon nimmer weiß, wie man beten muß, drum bet ich am Morgen katholisch, am Abend evangelisch. Eins muß dem Meister allweil nutzen.«

»Betest du nit auch für dich?«

Sus schüttelte den Kopf und trat in den Flur. »Ich zähl doch nit.« Als sie dem Pfarrer den Mantel abnahm, sagte sie: »Eh der Meister fort hat müssen, ist die Haustochter bei ihm gewesen.« Sie öffnete die Tür der Werkstatt. »Kindl? Bist du noch da?« Auch der Pfarrer war über die Schwelle getreten. Nun sahen die beiden im gleichen Augenblick die Holzplatte mit dem formlos auseinandergequetschten Wachs. Die Sus bekam ein Gesicht, so weiß wie Kalk. Und der Pfarrer stammelte: »Gottes Not! Das hat doch der Meister nit selber getan! Mädel? Ist ein Chorkaplan im Haus gewesen?« Sus hörte nicht. Immer sah sie die Reste des vernichteten Werkes an, als wäre das der Untergang einer kostbaren Welt. Den Mund von Tränen überkollert, lispelte sie: »Wie heilig und schön ist das gewesen!« Unbeweglich blieb sie vor dem Gewirr des roten Wachses stehen, als Pfarrer Ludwig hinaussprang in den Flur.

»Luisichen!« rief er, während er hinaufhastete über die Treppe. »Luisichen!« Er stieß die Wohnstube vor sich auf. »Luisichen! Luisichen!« Er rüttelte an des Mädels verschlossener Kammertür. »Aber Kind! So tu doch reden! Bist du da drin?« Er vernahm einen Laut. War's ein lallendes Beten? Ein Stöhnen in Schmerz? Mit aller Kraft seiner Sorge warf sich der Greis gegen die Tür. Der Riegel klirrte in die Stube hinein, Pfarrer Ludwig taumelte über die Schwelle und tat im ersten Schreck einen heiseren Schrei. Erstarrt hing Luisa vor ihm an der weißen Mauer, wie eine Gekreuzigte, umwoben von der Sonne. Ihre Arme, von denen die leinenen Ärmel zurückgefallen waren, hatten eine gedunsene Form und waren so rot wie das Mieder, unter dem die junge Mädchenbrust in heftigen Stößen atmete. Oberhalb der schnürenden Tuchschlingen waren die Hände dunkelblau, mit gespreizten, leblosen Fingern. Und der Kopf mit den schweren Haarflechten hing entkräftet vornüber. Ein paar lallende Laute noch. Dann schien eine Ohnmacht die Sinne der Büßerin zu umschatten.

Pfarrer Ludwig schrie den Namen der Sus, sprang auf Luisa zu, riß das Messer heraus, das er wie ein Bauer an der Hüfte trug, umklammerte die Bewußtlose mit dem linken Arm und schnitt die gestrafften Tuchschlingen von den Holzzapfen. »Da möcht man doch verzweifeln an der Menschheit!« keuchte er und trug die Ohnmächtige hinüber zum Bett. Als er die Sus kommen hörte, befahl er: »Lauf, was du laufen kannst, und bring einen Becher Kirschwasser!« Er zerrte die Tuchschlingen von Luisas Handgelenken, begann ihre starren Arme zu kneten und rieb ihre Hände, bis die blaue Färbung verschwand und der Blutlauf wieder in Gang geriet. Nun brachte Sus den Becher und stammelte: »Was ist denn geschehen?«

»Nit viel!« Er konnte lachen. »Ein bißl Dummheit geht um in den Menschenköpfen. Wer weiß, wozu es gut ist! Ein Holländer hat mir neulich gesagt: ›Kein Ding, das dem Leben nit dienen könnt, auf daß die Menschenkinder teilhaftig werden des Glükkes!« Mit dem Becher beugte der Pfarrer sich über das Bett und flößte einen festen Guß des Kirschwassers in Luisas Mund. Sie schluckte. »Soooo, Kindl! Gelt, das ist gut!« Er stellte den Becher fort und rückte den Fußteil des Bettes von der Mauer weg. »Flink,

Sus! Auf die ander Seit hinüber! Mach dem Mädel das Mieder und den Rockbund auf. Wir müssen schauen, daß wir sie unter die Deck bringen.« Hurtig rieb er die Hand der Ohnmächtigen. »Dann nimm ihren anderen Arm und tu mir alles nachmachen, fest und flink!«

»Was ist denn, Hochwürden?«

»Ach, so dumme Mädelgeschichten! Da ist sie ein bißl krämpfig worden.«

Während Sus das rote Miederchen der Haustochter aufnestelte, klagte sie vor sich hin: »Um Gottes willen!«

»Nein, gute Sus! Gott ist da nit dabei. Nur Überfluß an jungem Blut und ein bißl Mangel an gesundem Verstand.«

Unter den vier kräftigen Fäusten wurden die zwei starren Mädchenarme heiß und beweglich. Auch das verschluckte Kirschwasser wirkte mit, um das junge Blut seinen vernünftigen Weg wieder finden zu lassen. Luisa öffnete die Lider wie eine Schlaftrunkene. In schwimmendem Glanze glitten unter den langen Wimpern die langsamen Augen. »Guck!« Der Pfarrer ließ auf seiner Wange die große Warze tanzen. »Wie munter das liebe Kindl schon wieder ins Leben blinzelt! Lauf, gute Sus! Und spring hinüber zu mir! Da wartest du auf den Meister. Kommt er, so bring ihn heim und sag ihm: das Kindl hätt einen Purzelbaum gemacht. Aber sag's nit so, daß der Meister erschrecken muß. Sag's lieber so, daß er lachen kann.« Die Sus, aufatmend, surrte in den Flur hinaus. Aller Schreck der verwichenen Minuten erlosch ihr in dem Gedanken, daß sie hinlaufen durfte, wo der Meister war. »So, Luisichen, komm, jetzt nimm zur Aufmunterung noch ein kleines Schlückl!« Pfarrer Ludwig schob den Arm unter Luisas Nacken und führte den Becher an ihren Mund.

Gehorsam, wenn auch noch immer ein bißchen duselig, öffnete sie die Lippen und trank. Nach dem ersten Schluck erweiterten sich ihre Augen wie in Entsetzen. Mit beiden Händen versuchte sie sich zu wehren und lallte: »Jesu mein, Ihr gießet mir ja die Höll ins Leben!«

»Umgekehrt! Ich lösch in dir die unsinnige Höll mit einem nötigen Lebenstrunk! Tu schlucken! Fest!« Er hob und goß, bis der Becher leer war. Weil sie nicht schlucken wollte, preßte er die linke Hand auf ihren Mund, faßte mit der rechten den feinen Mädchenhals und rüttelte die widerspenstige Kehle. »Schluck, mein Luisichen! Schluck!« Ob Luisa wollte oder nicht, sie mußte schlucken. Die brennende Kirschwasserhölle war drunten. Daraus ergab sich eine sehr sonderbare Wirkung. Obwohl von Zorn und Ekel die Tränen in Luisas Augen traten, konnte sie die kühlen Greisenfinger an ihrem Halse nicht ertragen, mußte aufkreischen, mußte lachen wider Willen. »Ooooh, Luisichen?« Der Pfarrer wurde lustig. »Muß man dich kitzeln, damit du das menschliche Lachen lernst? Das kann ich besorgen. Lach, mein Luisichen, lach! Wie mehr, so gesünder ist es!« In der Art, in der man schäkert mit einem zappelnden Buben, begann er sie am Hals zu kitzeln, am Kinn, an den Ohren, an den Ellbogen und unter den Armen.

Sie wollte sich wehren und wurde hilflos, wand sich und kreischte, schüttelte die sich lösenden Zöpfe von ihrer Stirn herunter und schrie und lachte. Immer wollte sie betteln: »Hör auf, hör auf!« Und konnte nicht reden, weil sie lachen mußte, immer lachen und lachen.

»Brav, mein Kindl! Netter bist du noch nie gewesen, als jetzt in deinem zappligen Übermut! Gelt, ich hab recht? Bloß ein Lachender merkt, wie munter und kostbar das irdische Leben ist!«

Es gelang ihr, sich seinen Händen zu entwinden. Halb noch lachend, halb von Jähzorn befallen, faßte sie eines von den zwei weißen Kissen ihres Bettes und warf es dem Pfarrer Ludwig an den Kopf.

Er haschte das gelinde Geschoß, umschlang es an seiner Brust und sagte fröhlich: »Gott sei Dank! Eine menschliche Regung! Kindl, jetzt kann man bei dir auf Genesung hoffen!«

Zitternd fiel sie zurück und preßte den Arm über die Augen. Der Pfarrer setzte sich auf den Bettrand hin, behielt das weiße Kissen auf seinem schwarzen Schoß und betrachtete unter freundlichem Lächeln das stumme, glühende, um Atem ringende Menschenkind, das die Augen vor ihm versteckte. Einmal versuchte Luisa den Arm zu heben, ließ ihn wieder auf die Augen fallen und lispelte: »Ich weiß nit, was das ist – alles tut sich drehen um mich herum.«

»Kindl«, sagte der Pfarrer vergnügt, »da hast du einen Schwips. Vom Kirschwasser. Ja, Luisichen, wer anderthalb Jahrzehnt das kühle Brunnenwasser im Kloster genossen hat, vertragt was Wärmeres nit aufs erstemal.« Er lächelte. »Lernen brauchst du das nit, daß du Kirschwasser vertragen kannst wie Geißmilch. Heut ist's nötig gewesen. Sorgen brauchst du dir wegen des kleinen Räuschls nit zu machen. Das verschlafst du wieder!« Seine Stimme bekam einen zärtlichen Klang. »Auch ist das so, daß alles Schönste im Leben mit einem Räuschl anfangt, sei es im Hirnkästl oder sei es im jungen Blut.« Luisa blieb stumm. Während die Morgensonne herglänzte über das weiße Bett, ging ein schmerzvolles Zucken um den heißroten Mädchenmund. Manchmal überrieselte noch ein Nachschauer des Lachens den zierlichen Körper, und unter dem Arm, der die Augen verhüllte, quollen die Tränen hervor, kollerten über die glühenden Wangen und versanken im braunblonden Schimmerkissen der gelösten Zöpfe. Sich vorbeugend, sagte der Pfarrer langsam: »Kindl, wie bist du lieb und schön! Was tät der Leupolt geben drum, wenn er an meinem Plätzl sitzen dürft. Und morgen oder übermorgen muß er am Schandpfahl hängen. Der redliche Bub!« Ein knirschender Laut; Luisa warf sich herum und vergrub das Gesicht in die Fülle ihres Haares. So lag sie lautlos, während ein heftiges Schütteln ihren Nacken und ihre Schultern befiel. Als sie ruhiger wurde, gab sie Antwort auf jede Frage. Alles sagte sie, ehrlich und ohne Rückhalt.

Der Pfarrer fröstelte ein bißchen. Obwohl die Sonne durchs Fenster hereinfiel und draußen der laue Föhnsturm brauste, war es mehr als kühl in der ungeheizten Stube. Und Pfarrer Ludwig hatte schwitzen müssen. Als er vom Garten herauf die Stimme des Meisters hörte, erhob er sich, legte das Kissen über Luisas Füße und zog ihr die wollene Decke bis an das Kinn. »Versuch zu schlafen! Die heilige Mutter Marie, an der wir hängen in treuem Glauben, du und ich, die soll dich erwachen lassen zu einem wärmeren Leben! Von dem kindischen Narrenstückl, das ich sehen hab müssen, soll dein Vater nichts erfahren. Der tät das nit so gut verstehen wie ich alter Pfarrer.« Er strich mit der Hand über den Scheitel der lautlos Zuckenden. »Was ich erfahren hab müssen, das ist gebeichtet, gelt? Ich, Kindl, ich schweig in heiliger Pflicht. Wärst du am Morgen in deiner Herzensnot zu mir gekommen, so hätt die Mutter Jesunder dich nit umtragen müssen im Tratschkörbl, und der Pfleger hätt nichts erfahren vom Leupolt.« Er hob die zwei zerschnittenen Tüchelchen von den Dielen auf, löste die Schlingen, die noch am Zapfenbrette hingen, und schob sie schmunzelnd in die Tasche. Forschend guckte er über die Schulter nach dem Bett, verließ die Stube und schloß hinter sich die verbogene Tür, so gut sich das noch erledigen ließ.

Da kam der Meister über die Stiege heraufgehastet, Sorge in den Augen. »Was ist denn mit dem Kind?«

»Nichts, lieber Nick! Oder doch nichts Böses. Im Gegenteil. Dein Kind hat einen Sprung aus dem Kalten ins Warme getan. Das geht nit ab ohne festen Beutler. Jetzt müssen wir dem kleinen Weibl ein bißl Ruh vergönnen und müssen sie schlafen lassen.«

In den Augen des Meisters wollte die Sorge nicht erlöschen. »Schlafen?«

»Aufs erste Kirschwasser schlaft man allweil! In späteren Jahren mindert sich die gute Wirkung. Komm! Wir gehen hinunter in die Werkstatt!« Er wurde ernst. »Da hab ich gesehen, was mir arg mißfallen hat. Mensch bleiben heißt bauen und schaffen, nit in Scherben schlagen.«

Drunten im Flur stand die Sus mit seitwärts gespreiteten Armen an der Mauer, zitternd, im Blick den Ausdruck einer qualvollen Angst. Etwas Tierisches und dennoch etwas Schönes war in ihren Augen. Der Pfarrer ging an der Magd vorüber, ohne sie zu gewahren. Meister Niklaus blieb stehen und sah sie an, verwundert, als sähe er etwas an ihr, was er noch nie gesehen hatte. »Sus!« Sie neigte vor seinem Blick die Stirn: »Jetzt muß ich zum Herd. Das Wasser wird eingesotten sein und das Fleisch wird schlecht.« Ein müdes Lächeln. Dann ging sie davon. Er sah ihr nach und blieb noch immer stehen, obwohl die Sus in der Küche schon verschwunden war.

Der Pfarrer stand in der Werkstätte vor dem roten zerquetschten Wachsklumpen. »Herzbruder Nick? Was hast du denn da getan?«

»Fast weiß ich es selber nit.« Meister Niklaus faßte erregt ein breites Messer und schnitt die formlose Wachsmasse von der hölzernen Platte. »Es ist mir, als hätt ich's im Zorn getan.« Mit der Linken knüllte er das Wachs zu einem Ballen. »Oft ist's wie ein Fremdes, was man tut. Kann sein, ich hab Platz machen müssen für ein Ding, das besser ist.« Er wurde ruhig. Und während er mit dem Pfarrer sprach – von Luisas Heimkehr am Morgen, von seinem jähzornigen Hammerstreich, von der Mutter Agnes, vom Eis auf dem Königssee und von dem süßen Krapfen –, preßte er eine Wachsflocke um die andere auf das Holz, schnitt mit dem Daumennagel und formte mit den Fingern. Und plötzlich, die Arbeit unterbrechend, sah er den Pfarrer an. »So sag mir doch die Wahrheit! Was ist mit dem Kind?«

»Das ist schnell gesagt. Sie hat den Leupolt gern und weiß es noch nit. Da rumort das Neue ein bißl hitzig in ihrem kühlen Klosterstübl.«

Aufatmend flüsterte Niklaus: »Das wär ein Glück! Da tät's wieder heller werden in meinem Haus.«

Ein Summen an den Fensterscheiben. Man hörte rasch nacheinander aus weiter Ferne den Hall und das Echo von fünf Gewehrschüssen. »Hörst du?« lachte der Pfarrer ingrimmig. »Derweil die Herzensnot der Menschen umlauft im ganzen Ländl, erlustigt sich die Allergnädigste an den Untersteiner Wildsauen. Ein Gutes hat das auch. Die Sorg um den Leupolt ist aufgeschoben. ›Tod ist Tod‹, sagt meine Schwester allweil, ›aber besser morgen als heut.‹ Dein Mädel tu schlafen lassen, bis es von selber aufwacht. Nach dem Quantum Kirschwasser, das ich dem blinden Klosterspatzen eingegossen hab, wird's lang dauern, bis er wieder piepsen kann. Und du bleib bei der Arbeit, Nick! Sie ist von allem Lebenstrost der beste.«

8

Im Wehen des Föhns, bei blitzendem Tropfenfall und in Sonne, schmetterten vier Hifthörner die Sautodweise durch den Untersteiner Wald. Auf rotfleckigem Schnee, zwischen der grünmaskierten Fürstenkanzel und dem mannshohen Stellnetz, lagen die drei zur Strecke gebrachten hauenden Schweine, festlich aufgeheitert, mit Fichtengrün bekränzt, mit kirschroten Seidenmaschen an den Lusern und an den zottigen Schwänzen. Die graulivrierte Stiftsjägerei war in Reihe gestellt, und rings um die erlegten Keiler gaben die weiß und braun getigerten Saurüden in ihren dick unterfütterten Barchentpanzern Standlaut. Nach einer vierstimmigen Fermate schwiegen die Hörner, um gleich darauf die sanfte Dianenweise zu beginnen, die zu Ehren der edlen Aurore de Neuenstein geblasen wurde. Mit Grazie kam der Hofzug durch den Schnee geschritten, voraus der Fürstpropst Anton Cajetan mit der Allergnädigsten en titre. Nach französischer Vorschrift für ein Eingestelltes Treiben auf Wildschweine trug er ein hechtgraues, reich mit Silber besticktes Jägerkleid, an dem zwei kleine Bäffchen den Priester unvordringlich andeuteten, und darüber einen offenen, kostbaren Pelz, der durch den degenförmigen Hirschfänger vom Körper angespreitet wurde. Unter dem silberbetreßten Dreispitz quoll ein geschnörkelter Lockenbau hervor. Zwischen den Haarschnecken spitzte sich ein weißes, tadellos rasiertes, schon greisenhaftes Schmalgesicht heraus, launig lächelnd, ein bißchen spöttisch und nicht ohne Energie.

Ehe Herr Anton Cajetan im vergangenen Jahr von den sieben Stiftsherren zum Fürstpropst gewählt wurde, war er durch zwei Jahrzehnte als Dekan des Stiftes ein geschäftiger Vorkämpfer der Kapitularen um ihre Selbständigkeit gewesen, um ihre Loslösung von der mönchischen Regel, um ihre Verwandlung in freie Chorherren mit allen weltlichen Vorrechten edler Geburt. Da hatte er scharfe Worte, nicht nur gegen die begründeten Ansprüche des wohlmeinenden Churfürsten von Bayern, auch gegen den Papst geredet und geschrieben. Im Streite gegen die ›evangelischen Rebellen‹ hatte er eine aus Vorsicht und Konsequenz gebildete Faust erwiesen. Während aus dem Salzburgischen die ›gottsfeindlichen Landsverräter‹ zu vielen Tausendscharen ausgewiesen wurden, statuierte Herr Anton Cajetan als Dekan und Propst nur ein paar abschreckende Exempel und hatte, wie er noch immer glaubte, seine Stiftslande frei erhalten von einem staatsgefährlichen Anwachsen des Schwarmgeistes. Seit Beginn des evangelischen Aufruhrs im Salzburgischen hatte der Fürst, um alle aufreizenden Nachrichten von außen abzusperren, jede Straße durch einen Grenzriegel von Musketieren verschlossen. Daß dadurch der Wohlstand im Lande sank, aller Handel unterbunden war und die Steuerkraft der Bauern, Handwerker und Kaufleute vermindert wurde, das zählte nicht. Wenn nur die Landsruh und der reine Glaube erhalten blieb! Bis wieder bessere Zeiten kamen, konnte man borgen. Aber wo? Die Schulddokumente des Stiftes füllten schon viele Schränke, erschreckend wuchsen von Jahr zu Jahr die Kosten der höfischen, aus Standesrücksichten unerläßlichen Pariserei, und immer bedrohlicher begannen die hilfreichen Brunnen zu versiegen, um so mehr, je übler es der Berchtesgadnische Hof mit dem Churfürsten von Bayern verschüttet hatte, der früher dem Berchtesgadnischen Land ein hilfbereiter Schutzfreund gewesen war. Die Frage, wo neue goldene Hilfsquellen zu erschließen wären, verursachte Herrn Anton Cajetan schlummerlose Nächte. Das Bauerngerede, daß der Allergnädigste nicht schlafen könne, weil ihm der allzu viele Wein den Magen versäuere, war eine Verleumdung. Im Gegenteil: Herr Anton Cajetan bedurfte reichlich der spiritualen Beruhigung, weil ihm die gähnende Kassensorge den Schlummer verwehrte.

Diesen Regierungsgram hatte er nicht zur Wildschweinhetze mitgenommen. Er blickte heiter in die Sonne, und das leise Spottzucken seiner Mundwinkel war feingalantes Vergnügen an der Tatsache, daß seine hübsche Freundin en titre sich gläubig einen weidmännischen Erfolg hatte aufschwatzen lassen, den sie nur dem korrigierenden Beistand der Domizellaren verdankte. Die zerschmetterte Wirbelsäule des einen Keilers war einwandfrei ein Werk ihrer kleinen Dianenhände. Die Blattschüsse der beiden anderen Keiler waren höfische Nachhilfe, die von allen Schützen mit den heiligsten Eiden verleugnet wurde. Aurore de Neuenstein war so geartet, daß sie an Männerschwüren niemals zweifelte. Bei der grünen Fürstenkanzel hatte sich nach den fünf Flintenschüssen ein galantes weidmännisches Gerichtsverfahren abgespielt, das den Glauben der Allergnädigsten an die Unfehlbarkeit ihrer Geschosse befestigt und Herrn Anton Cajetan sarkastisch erheitert hatte. Da er seiner standesgemäßen Freundin gegenüber in anderer Weise nicht ganz auf seine hohen Kosten kommen konnte, hielt er sich zuweilen dadurch schadlos, daß er sich innerlich um so mehr über sie lustig machte, je liebenswürdiger er sie äußerlich behandelte.

Unter den Klängen der Dianenweise führte er sie an hoch erhobener Hand zur Strecke. Der Wind zauste ihre hechtgraue Pelzglocke und blies den Puder aus ihren Locken. Glücklich und stolz, den geschminkten Kreuzermund mit dem Schönheitspflästerchen vorgeschoben, stelzte sie durch den zerwühlten, mit roten Flecken übersprenkelten Schnee, in der Rechten das buntgebänderte Jagdspießchen führend, das einer für Kinderhände berechneten Schäferschippe ähnlicher sah als einer Saufeder. Dem hohen Paare folgte der Kapitular Graf Saur mit dem Kanzler von Grusdorf, der die Regierungssorgen nicht zu Hause gelassen hatte und zwischen den Lockenschnörkeln gallig in die Sonne blinzelte. Seinen verwandtschaftlichen Beziehungen zur Allergnädigsten verdankte er die bevorzugte Stellung am Hofe; doch weil er an Podagra litt, verurteilte er weniger aus moralischen als aus sanitären Gründen diese häufigen Elefantenfahrten, die ihm kalte Füße verursachten. Den Zug beschlossen die Domizellaren in hechtgrauer Junkertracht: die drei Barone von Hausen, Stutzing und Kulmer, und der bildhübsche zwanzigjährige Graf Tige, der seit dem Weihnachtsspiel, in dem er als Partner der Allergnädigsten den heilbringenden Engel dargestellt hatte, ihr bevorzugter Günstling war.

Die Hörner schwiegen, der Wildmeister sagte in einer Sprache, die er nicht verstand, seinen gereimten Spruch auf – französische, sehr galante Verse, die Graf Tige verfaßt und dem Wildmeister eingelernt hatte wie einem Papagei. Dann nahm Herr Anton Cajetan die drei grünen Brüche, die ihm der Wildmeister auf dem Dreispitz hinbot, und befestigte sie am Busen der holdselig lächelnden Diana. Das vollzog sich auf eine Weise, daß es auch bei einer Chasse royale im Parke zu Fontainebleau nicht graziöser hätte geschehen können. Unter dem schmachtenden Rondo der Dianenweise schloß sich an dieses stilgemäße Jagddrama noch ein improvisiertes Satyrspiel. Einer der erlegten Keiler hatte im Verenden unter Todesqual noch eine letzte irdische Verrichtung vollzogen. Was dabei aus dem Leib des Tieres umfangreich in die Sonne getreten war, faßte Graf Tige lachend auf eine Fichtenborke, beugte elegant das Knie, hob die nach dem Weidmannsgeschmacke der Zeit mehr bewundernswerte als anrüchige Sache bis vor das zarte Näschen der etwas erschrockenen Diana und zitierte aus dem ›Livre de la chasse du Grand Seneschal‹ die berühmten Verse:

>»En la saluant humblement
>Mes fumées lui presentay.
>Elle me respond doulcement:
>Et à vous! dont me contentay«*)

Der Doppelsinn dieser Reime im Zusammenhang mit den galanten Beziehungen, die zwischen Graf Tige und der Allergnädigsten en titre bestanden, weckte heiteres Gelächter. Auch Herr Anton Cajetan schmunzelte. Ein bißchen boshaft. Und Aurore de Neuenstein, halb verlegen, halb geärgert, schmollte mit ihrem Zwitscherstimmchen: »Ingrat! Vous parlez trop par métaphores!« Scherzend senkte sie die Klinge des von Bändern flatternden Jagdspießchens gegen die Herzstelle des knienden Junkers und mimte den Todesstoß einer zürnenden Göttin. Lächelnd erhob Herr Anton Cajetan die wehrende Hand: »Ma chérie! Vous changez les rôles contrairement à la nature de vos enfantillages.«

---

*) Ich bot ihr ehrfurchtsvolle Grüße Mit meinen Weidmannsdüften hin – »Dank Euch«, so sprach zu mir die Süße, »Von dem ich sehr befriedigt bin!«

Neues Gelächter. Unter den Klängen des Herrengrußes kamen die Schlitten vorgefahren. Die Heimreise begann in munterer Laune und mit schicklicher Platzverteilung: der Fürstpropst nahm den Grafen Saur zu sich in den Schlitten, und Aurore de Neuenstein schmiegte sich wieder an ihren frierenden Elefanten. Weil Herr von Grusdorf das Französische nur mangelhaft beherrschte, mußte die Allergnädigste bei dieser Klingelfahrt sich ihrer heimatlichen Sprache bedienen. Geboren in der Gegend von Dillingen, schwäbelte sie ein bißchen. Das klang sehr niedlich. Doch plötzlich verstummte ihr Gezwitscher, und verwundert sah sie die alte Bäuerin an, die aus kleinem Gehöft einen plumpen, mit rauchendem Kuhmist beladenen Hörnerschlitten herauszog. Kindlich fragte Aurore: »Warum schaut denn dees Weible so bös?«

Herr von Grusdorf erwachte aus seinen Regierungssorgen. »So schauen sie hier alle. Die Untersteiner sind von unseren Subjekten die Obstinatesten. Ich besorge, daß sich da wieder ein evangelischer Provokativus remarkabel macht. Wir haben Suspizien auf einen vulgo Hasenknopf.« Das edle Fräulein lachte über den sonderbaren Namen und zirpte: »Laß ihne doch alle die Köpf runterschlage! Da habe mer Rueh, und der Glaube bleibt rein erhalte.«

Bei den letzten Häusern von Unterstein stockte die Schlittenzeile. Herr Anton Cajetan sprach mit einem Musketier, der aufgeregt dem Fürsten entgegengelaufen war. Auch der Landesherr schien in Erregung zu geraten. »Grusdorf! Da bringt man uns eine höchst mirakulöse Nachricht. Die Bäuerin im Haynacherlehen soll ein Mißgeschöpf geboren haben, das zur Hälfte weiß ist und zur Hälfte schwarz.« Aurore de Neuenstein in ihrer holden Unschuld erfaßte sofort den Humor der sonderbaren Sache und erklärte eine solche Farbenmischung für complètement incroyable, da doch kein Neger im Lande wäre.

Flink begannen die vier Klingelkisten zu jagen. Man unterhielt sich lustig und rief graziöse Späße von Schlitten zu Schlitten, ohne zu ahnen, daß man Scherz trieb mit dem Schicksal eines jungen Menschen, dessen junges Hausglück sich verwandelt hatte in etwas Grauenhaftes.

Ehe die Hofschlitten das Haynacherlehen erreichten, hatten in Christls Gehöft schon viele Menschen sich angesammelt. Die Bauern, Weiber und Kinder der Nachbarlehen standen in Gruppen beisammen, und vom Sudhaus waren die Pfannenknechte herübergesprungen. Was in dem kleinen Haus geschehen war – an sich eine natürliche Sache, nur mißraten unter einem seltsamen Irrtum der Natur –, verwandelte sich für die schwer erschrockenen Leute zu einem ungeheuerlichen Ding, das die Gehirne verwirrte und die Gemüter verstörte. Weil die Haustür verriegelt war, drängten die Leute sich klumpenweise um die drei kleinen Fenster. In der Stube sahen sie die Wiege mit dem weinenden Bübchen, sahen auf dem Tisch was liegen, bedeckt mit einem rotfleckigen Leilach, und sahen die blasse Hasenknopfin hin und her laufen, immer mit einer irdenen Waschschüssel zwischen den Händen. Am Kammerfenster war nichts zu erspähen. Man hatte innen das rote Vorhängelchen zugezogen. Nur vier Stimmen waren zu hören: das Gestammel der Hasenknopfin, die ängstliche Stimme Lewitters, die Klagelaute des jungen Bauern und eine ruhige Frauenstimme, die mit gläubiger Inbrunst zu beten schien. Leute, die am Fenster lauschten, verstanden einzelne Worte der Haynacherin. Einer fragte: »Was betet denn die?« Andere erkannten die Worte, die sie heimlich schon oft gelesen hatten – im verbotenen Paradiesgärtl – und diese anderen schwiegen, Ergriffenheit in den harten Gesichtern. Sie wußten, daß die unsichtbare Haynacherin in ihrer Todesstunde eine Sichtbare wurde.

Ein klobiges Mannsbild, einer von den fürstpröpstlichen Pfannenknechten, schrie: »Der Tod bringt's an den Tag. Die Haynacherin ist irr im Glauben. Der Christl hat's geduldet in seiner verruckten Lieb. Jetzt hat ihn der Herrgott gestraft.« Und ein aufgeregtes Mädel kreischte: »Die Hälft am Kindl hat christliche Unschuldsfarb! Der Haynacherin ihren Halbteil hat die Höll verschwärzt.« Ein alter Bauer mit grauem Bart – der Fürsager aus dem Stall der Unsichtbaren von Unterstein – sah die beiden Schreier mit zornfunkelnden Augen an: »Ihr zwei? Ihr tut euch Christen schimpfen? Ja? Und hundertmal sagen im Tag: von nun an bis in Ewigkeit? Ja?« Der Pfannenknecht brüllte: »Bist du auch einer, du?« Er sprang auf den Alten zu und packte ihn an der Schulter. Gleich drängten sich fünfe, sechse zwischen die beiden und deckten den alten Mann. Auch der Knecht fand Kameraden, und es wäre zu einem üblen Handel gekommen, wenn nicht am Stubenfenster ein Kinderstimmchen gerufen hätte. »Jetzt kommt der Jud!« Die Leute guckten.

Simeon Lewitter, mit der Ledertasche in der Linken, eingehüllt in seinen dicken Fuchspelz, trat aus der Haustür, die hinter ihm von der Hasenknopfin wieder verriegelt wurde. In seinem erschöpften, kreidebleichen Gesichte mischte sich scheue Ängstlichkeit mit Zorn und Trauer. »Seid doch verständig, Leut, und geht zu euren Dächern. In des braven Christls Haus ist das Unglück eingekehrt. Vergönnt ihm aus Erbarmen den Frieden, den er nötig hat!« Zwanzig, dreißig Stimmen redeten durcheinander und verstummten plötzlich. Ein Peitschenknall, ein heitertönendes Schellengeklingel. In der rotwerdenden Nachmittagssonne kamen die vier Hofschlitten angefahren. Der Vorreiter sprengte durch das Zauntor: »Platz für den allergnädigsten Herrn!« Das Gehöft war leer. Die Leute rannten hinter den Schuppen, kletterten über den Zaun, wateten durch den schlammigen Ackerschnee und verschwanden hinter den Hecken.

Simeon Lewitter blieb. Nicht gerne. Er nahm das Käppchen von seinem weißen Haar und täppelte zögernd dem ersten Schlitten entgegen. Sorge wühlte in ihm. Was er in dem kleinen Haus getan, das hatte er tun müssen aus Barmherzigkeit für den verstörten, von Grauen und Verzweiflung gebrochenen Christl. Aber er fühlte: was er tun hatte müssen, konnte sich für ihn selbst in eine Gefahr verwandeln. ›Wär ich nur schon daheim in meiner Kinderstub!‹ Da hielt der Schlitten des Fürsten. Der zweite Schlitten fuhr dicht an den ersten heran, weil Aurore de Neuenstein hören wollte und der Kanzler von Amts wegen hören mußte. Aus den zwei anderen Schlitten sprangen die Domizellaren heraus und wateten lachend durch den Schnee. Lewitter verbeugte sich tief.

»Simeon? Du?« Der Fürstbischof schmunzelte ein bißchen. »Ist das wahr, daß die Haynacherin ein Kind geboren hat, halb weiß, halb schwarz?«

Der kleine Mann schüttelte kummervoll den Kopf. »Es ist noch ärger, gnädigster Herr! Nur mit den Farben stimmt es. Das eine Kind ist weiß wie ein Rösl. Das andere ist schwarz – vom Brand.«

Das letzte Wort überhörend, fragte der Fürst verwundert: »Zwei Kinder?«

Lewitter nickte. Dann sagte er's in kurzen Worten: daß es mit der Haynacherin drei Wochen über die Zeit gewesen wäre. Seit vier Nächten hatte sie unter furchtbaren Wehen gelitten. Und vor einer Stunde gebar sie zwei Mädchen, ganz natürlich entwickelt, mit allen Gliedmaßen, doch von der Schulter bis zur Hüfte aneinandergewachsen – das eine tot, schon erloschen unter dem Herzen der Mutter, während das andere nach der Geburt noch Spuren von Leben gezeigt, noch offene Augen und ein schlagendes Herz besessen hatte – Leben, unlösbar mit dem Tod verwachsen.

»Quelle chose effroyable!« lispelte Aurore de Neuenstein erblassend und vergaß ihre pariserische Bildung. »Dees ischt ja doch nit zum glaube!« Und der Fürstpropst fragte erschrocken: »Gibt es das?«

»Ein seltenes Ding!« sagte Lewitter mit schwankender Stimme. »Ich weiß nur noch von einem einzigen Fall. Er hat sich zu Regensburg ereignet, vor vierhundert Jahren. Ganz der gleiche Vorgang war es. Auch damals mußten Kinder und Mutter sterben.«

Der Fürstpropst beugte sich vor. »Sterben? Auch die Mutter?«

»Als ich das Haus verließ, begann sie zu erlöschen. Keine Hilfe mehr. Ich habe den Schmerz des Mannes nimmer sehen können. Drum bin ich gegangen. Der Mensch, wenn er hilflos ist, hat feige Stunden. Und was ich getan habe, das hat den Mann nicht getröstet.« Lewitters Blick war ängstlich. »Ich meinte, daß es ihn aufrichten würde in seinem Schmerz, wenn sein weißes Kind christlich würde, solange noch Leben in ihm war. Drum hab ich ihm die Nottaufe gegeben.«

»Lewitter!« murrte Herr von Grusdorf erschrocken. »Wie konnte er sich verleiten lassen zu einer solchen Inkompetenz? Die causa des Leupolt Raurisser hätte ihn vorsichtiger machen sollen.« Auch der Fürstpropst schien unbehaglich berührt: »Simeon! Das hättest du besser unterlassen!«

»Herr!« Immer ruhiger wurde Lewitter. »Das Erbarmen kann ein Riese werden, der uns zwingt.«

»Mag sein! Aber –« Herr Anton Cajetan stieg aus dem Schlitten, und der Kanzler tat rasch das gleiche. »Warum hat nicht der Kindsvater das Kind getauft?«

»Weil er die schwarzweiße Mißform seiner verlorenen Kinder nicht mehr ansehen konnte, ohne daß ihn der Kummer halb erwürgte. Und weil er immer wieder in die Kammer sprang zu seinem erlöschenden Weib.« Der Körper des kleinen Mannes streckte sich, und etwas Schönes war in seinem Blick. »Schon vielen Menschen hab ich beigestanden in ihrer letzten Stunde. Aber nie noch hab ich ein Menschenkind so voll Gottvertrauen versinken sehen wie dieses arme, leidende Weib.«

»Mais donc –« Herr Anton Cajetan wurde ungeduldig. »Warum hat nicht die Hebmutter die Nottaufe an der noch lebenden Hälfte exekutiert?«

Den Grund – daß Christl sein Kind durch eine Unsichtbare nicht taufen ließ – wollte Lewitter nicht bekennen. Er sagte: »Die Frau war um das sterbende Weib beschäftigt.«

Im Kanzler erwachte ein Verdacht. »War es, um methodisch vorzugehen, die Hebmutter des Marktes?«

Jetzt gab es kein Verschweigen mehr. »Es war die Hasenknopfin von Unterstein.«

Der Fürst und Herr von Grusdorf tauschten einen Blick. Anton Cajetan machte einen Schritt gegen das Haus hin, wandte das ernste Gesicht und sagte zu dem hübschen hechtgrauen Junker: »Mon cher Tigue! La Neuenstein désire fort d'être chez elle!« Bei der Vermutung, daß seine Freundin en titre sich einem nervenquälenden Anblick zu entziehen wünsche, hatte er nicht mit der Gruselsucht der holden Dame gerechnet. »Non, non, non«, sie schlüpfte hastig aus dem Schlitten, »je veux voir ça, moi! So ebbes Seltsames versäumt me doch nit.« Die Schultern zuckend, ging der Fürst auf die Haustür zu. Die anderen hinter ihm her. Simeon Lewitter blieb bei den leeren Schlitten stehen. Weil sich niemand um ihn kümmerte, wurde ihm die Entscheidung leicht. Nur erst daheim sein! Keuchend zappelte er durch den Schnee davon.

Der Kanzler mußte mehrmals an der Haustür des Christl Haynacher pochen. Aus dem Innern des Hauses klang ein verzweiflungsvoller Laut, nicht wie menschliche Stimme, wie der Schrei eines Tieres. Den hatte der junge Bauer ausgestoßen, als er im Gesicht seiner Martle das blasse Sterben erkannte. Immer ungeduldiger pochte Herr von Grusdorf, und mehrmals beteuerte Aurore de Neuenstein, daß jeder Nerv in ihr vor Spannung und Erbarmen fiebere. Endlich öffnete die Hasenknopfin. Zitternd stand sie im Dunkel des Flurs. »Gelobt sei –« Weiter kam sie nicht, weil die hechtgraue Diana gleich die Frage zwitscherte, wo die unglaubliche Sache zu sehen wäre? Schweigend wies die Hasenknopfin zur Stube, neben deren Ofen das kleine Bübchen in seiner Wiege weinte, und deutete auf den Tisch, auf das weiße, dunkelgefleckte Leilach, das den neugeborenen Jammer des Christl Haynacher barmherzig verhüllte.

In der kleinen Stube begann es grau zu werden. Draußen flimmerte wohl die Sonne noch auf dem schwindenden Schnee, doch über den Fenstern lag schon der Schatten des vorspringenden Daches.

Mit beiden Händen die steife Glocke ihres Dianenkleides zusammenpressend, schmiegte sich Aurore de Neuenstein durch die schmale Stubentür, den ovalen Rocktrichter flink voranschiebend. Das weinende Bübchen, als es diese seltsame Glocke mit den zwei weißen Spitzenschwengeln erscheinen sah, wurde stumm vor Schreck. Und während aus der Kammer das erwürgte Schluchzen des jungen Bauern zu hören war, trippelte die Neuenstein in der schaukelnden Kleiderglocke dem Tisch entgegen, faßte mit den Fingerspitzen zu und hob einen Zipfel des Leilachs. Jähes Grauen rüttelte ihre feinen Schultern. »Mon dieu! Quelle chose affreuse!« Als hätte sie sich die behandschuhten Finger verbrannt, so hastig ließ sie den Leilachzipfel fallen, stieß einen zarten Schrei aus und bot den Anblick einer Dame, die in Ohnmacht zu fallen wünscht. »Eh bien, la voilà!« sagte Herr Anton Cajetan halb nachsichtig, halb ärgerlich. Er deutete auf die mit beiden Händchen Rudernde, die das Niederfallen auf den grauen Bretterboden noch verzögerte, und sagte zum Grafen Tige: »Remplissez donc votre devoir d'un bon camarade!« Der hübsche Junker mit den winzigen Bäffchen umschlang die pelzverbrämte Diana, wobei sie die Augen schloß und schlaffe Arme bekam.

Unter Mithilfe des Domizellaren von Stutzing, der im Türschacht die Kleidglocke ovalisieren mußte, beförderte Graf Tige das edle Fräulein auf seinen Armen aus der Stube, aus dem Haus und über das Gehöft zum Schlitten. Eine zornscharfe Mädchenstimme – jene gleiche Stimme, die im Stall der Unsichtbaren geschrien hatte: »Schauet mein junges Brüstl an, so haben die Soldaten Gottes mich zugerichtet!« – diese zornscharfe Mädchenstimme schrillte hinter einer nahen Hecke: »Leut! Das bablische Laster zappelt driköpfig in der Sonn umeinander! Tät's ein Wunder sein, wenn der Ewige dreinschlagt mit Zeichen und Ruten!« Stutzing und Tige waren so fürsorglich um die in der frischen Luft sehr rasch erwachende Diana beschäftigt, daß sie anderer Dinge nicht zu achten vermochten. Sie überhörten die schrillende Mädchenstimme. Und als sie das zierliche Persönchen im Schlitten und die winzigen Füßchen im Fußsack hatten, schwang Graf Tige sich opferfreudig an die Seite der Neuenstein und befahl dem Kutscher: »Schnell! Nach Haus!«

Munter tingelten die Schlittenschellen, und die zwei guten Kameraden rutschten über den knirschenden Straßengrund. Noch ein bißchen zitternd vom überstandenen Grauen, klammerte Aurore de Neuenstein sich an ihren Ritter, schlug die unschuldsvollen Augen auf und lispelte: »Alles, Liebster! Alles – –« Nein! Deutsch konnte sie das nicht sagen. Sie mußte sich der Feinheit ihrer Bildung besinnen und hauchte dem Junker flehend ins Ohr: »Tout, mon ami! Tout ce que vous voulez! Mais jamais un enfant!«

Der Domizellar von Stutzing kehrte in das Haus des Christl Haynacher zurück. Als er die Stube betrat, war schon wieder mit dem Leilach bedeckt, was auf dem Tische lag. Auch das Verhör der Hasenknopfin war beendet. Bleich, einen harten Zug um die farblosen Lippen, stand das Weib vor dem Kanzler. Während der Fürstpropst und Graf Saur in französischer Sprache diesen schwerbegreiflichen Irrtum der Natur erörterten, sah Herr von Grusdorf immer die Hasenknopfin an und sagte schließlich: »Man wird ihr befehlen, wann sie sich für weiteres Zeugnis vor der Obrigkeit zu präsentieren hat. Dann wird sie sich der Wahrheit besinnen. Wird auch wissen, wo ihr Mann sich befindet. Heute wird sie recte erfüllen, was ihres Amtes ist. Um rebellische Rumore und den Zulauf kuriöser Leut zu verhindern, wird sie die Haustür verschlossen halten bis zur Dunkelheit. Was tot auf dem Tische liegt, das bringt sie nach Anbruch der Nacht in notwendiger Heimlichkeit dort hin, wohin es gehört. Man wird das in der Finsternis bestatten. Über alles hat sie strengstes Stillschweigen zu observieren. Befehl der Obrigkeit: ein totgeborenes Kind, nicht weiß und nicht schwarz, ein Kind, wie Kinder zu sein pflegen. Weiteres ist hier nicht bekannt. Für jedes böswillige Leutgerede ist sie haftbar. Versteht sie?« Er machte mit dem Stock eine Bewegung, als möchte er das Weib von sich fortschieben, und wandte sich gegen die Kammer, aus der kein Laut mehr zu hören war. Die Hasenknopfin tat mit entstelltem Gesicht einen schweren Atemzug, nahm das schlucksende Bübchen aus der Wiege und rettete sich mit ihm in den dämmerigen Ofenwinkel. Während sie das Kind an ihrem Herzen schaukelte, spuckte sie immer aus, als könnte sie die Lügen, die sie aus Angst geredet hatte, wieder fortspeien von ihrer Zunge.

Herr von Grusdorf hatte die Kammertür vor sich aufgeschoben. Im gleichen Augenblick machte er eine abwehrende Bewegung, wie in Sorge, daß sein gnädigster Herr ihm folgen könnte. Was er sehen mußte, war kein Anblick für fürstliche Augen. Die kleine Kammer war erfüllt von einem rötlichen Schein. Ihr Fensterchen lag gegen

Westen, und die untergehende Sonne verwandelte den kleinen Lichtwinkel in ein glühendes Viereck. Das Ehebett des Christl Haynacher und seiner seliggewordenen Martle glich dem rotfleckigen und zerwühlten Schnee, in dem die hauenden Schweine mit den kirschfarbenen Seidenmaschen gelegen hatten. Nur lagen hier, in diesem Rotschimmer, zwei andere Dinge: der ruhige, schöne Tod und der besinnungslose Jammer, ein unbeweglicher und ein noch zuckender Rest zweier Menschen, in denen die Liebe war und mit der Liebe zugleich das Mißtrauen, der Zorn und die Glaubensfeindschaft. Lebendig war nur die Liebe noch. Was Feindschaft, Zorn und Mißtrauen gewesen, war erlegt von einem Schützen, der so sicher traf, daß man ihm Jagderfolge nicht aufzulügen brauchte, war zur Strecke gebracht ohne Hifthörner, ohne hechtgraue Jägergala, ohne französische Verse und galante Reimsprüche.

In dem engen Gängelchen neben dem Bett auf den Dielen kniend, lag Christl mit gestreckten Armen hingeworfen über den Schoß seines Weibes, lautlos, zitternd am ganzen Leibe, einem Menschen gleich, der durchschüttert wird von jähem Frostschauer. Mit den braunen, groben Händen machte er suchende Bewegungen, wie um sein Weib bei den Händen zu fassen, die ineinandergeklammert waren nach Art einer Betenden. Diese Hände lagen im Schatten von Christls Schulter und waren weiß. Das Gesicht, das wie Wachs geworden war, bekam von der Sonnenfarbe zur Hälfte ein leuchtendes Rosenrot, zur Hälfte einen violetten Schatten. Ein schmuckes Mädel und Weib war die Martle immer gewesen, aber in keiner Stunde ihres Lebens so schön wie jetzt im Tode. Eine heilige Ruhe war ausgegossen über das schmale Schimmergesicht. Den stillen Mund, der keinen Zug des Leidens mehr erkennen ließ, umgab ein träumendes Lächeln. Und unter den vom Lichte in poliertes Gold verwandelten Flechten hatten die noch offenen Augen einen unbeweglichen, fast überirdischen Glanz.

Erschrocken, in wachsendem Staunen, betrachtete Herr von Grusdorf das tote Weib. Wo waren an dieser Abtrünnigen die Spuren ihres Seelenkampfes mit dem Teufel? Hatten die Gerüchte gelogen, die seit dem Herbste über die Haynacherin umherliefen? Hatte die Hasenknopfin die Wahrheit gesprochen, als sie sagte, daß die Martle unter den obrigkeitlich vorgeschriebenen Gebeten wie eine rechte Christin gestorben wäre? Wider Willen fühlte der Kanzler eine Regung des Erbarmens. Aus den früheren Jahren seiner Richterzeit war er gewöhnt an die Bilder der Folterstube. Was er in dieser Kammer sah, zerbrach ihm den Panzer der Gewohnheit und faßte ihn an einem Muskel seines Menschentums. Er legte die Hand auf die Schulter des zuckenden Bauern und sagte freundlich: »Ermanne er sich, Haynacher! Gott hat gegeben –« Da verstummte er in Zorn und Empörung. Er sah nicht den zerbrochenen Menschen, der sich mühsam aufzurichten versuchte; sah nicht diese irrenden Verzweiflungsaugen und dieses entstellte Gesicht. Er sah nur das abgegriffene Buch, das neben den Fäusten, mit denen Christl vom Bett sich aufstemmte, unter dem Kopfkissen der entseelten Haynacherin hervorglitt. Gleich erkannt er's. Von diesem Buche hatte er an die zwanzig konfiszierte Exemplare in seinem Aktenschrank. Wie ein Falk den Vogel faßt, so griff er über den Kopf des Bauern hinüber, packte das Paradiesgärtl des Johann Arndt und rief entsetzt: »Das crimen ist notifiziert.«

Christl, wie jäh belebt, war an der Mauer in die Höhe gefahren, tappte mit den Händen und schrie: »Das Büchl tust du ihr lassen, du! Das Büchl ist ihre Seligkeit gewesen und ihr heiliger Tod!«

Der Kanzler war schon bei der Tür und kreischte in die Stube hinaus: »Reverendissime! Quittieren Euer Liebden schleunigst dieses verfluchte Domizilium der Ketzerei! Hier ist kein Fundament für allergnädigste Sohlen.« Man hörte französische Worte, hörte den flinken Schritt der Herrenstiefel, die sich entfernten. Und der Kanzler betrachtete mit flammenden Augen den Christl Haynacher: »Ein verlorener Mensch! Ist er beteiligt an dieser unverzeihlichen Todsünde?« Der Bauer schüttelte den Kopf und wehrte kraftlos mit den Händen. »Um seiner Seligkeit willen hoffe ich, daß seine Deklarazion sich als Wahrheit erweist.« Der Kanzler deutete mit dem Krückstock gegen das Bett. »Was mit dem Kadaver zu geschehen hat, das weiß die Hasenknopfin.« Er wollte gehen.

»Herr!« keuchte Christl und streckte in Verzweiflung die Hände. »Alles! Herr! Nur lasset mein gutes Weibl in christlichen Boden tun! Man muß doch wissen, wo man sich findet einmal. Und schauet, Herr, so schauet das Weibl doch an! Man sieht's noch allweil, gnädiger Herr – mein Weibl ist so fromm und heilig gestorben – schöner könnt auch der Papst nit sterben!«

Der Kanzler erledigte in sich einen schweren Kampf seines privaten Mitleids mit dem Amtsgewissen. »Bene! Um seinetwillen! Wir wissen, daß er immer ein verläßlicher Sohn der reinen Kirche war. Drum soll ihm konzediert sein, dieses Weib, statt auf dem Freimannsanger, auf seinem eigenen Acker zu verscharren.« Nach diesen Worten menschlicher Barmherzigkeit verließ der Kanzler die rote Kammer.

9

Regungslos, mit schlaffhängenden Armen, stand Christl wie an die Mauer genagelt. Nur seine Augen, die trocken geworden, bewegten sich. So betrachtete er sein Weib, als könnte er die Wahrheit dieser Stunde noch nicht begreifen. Dabei hörte er draußen im Flur den Kanzler mit erregter Stimme sagen: »Reverendissime! Das Fürchterlichste an dieser chose effroyable haben wir noch gar nicht diskutiert. Ein getauftes Kind und ein ungetauftes. Entsetzlich! Die Erbsünde angewachsen an die Erlösung! Der Himmel mit der Hölle verknorpelt! Wie soll man diese unmögliche Kopulation begraben! Hier erwachsen theologische Diffizilitäten von inkommensurablen Konsequenzen!«

Christl Haynacher in der roten Kammer begriff den Sinn dieser Worte nicht. Er verstand nur, daß sein Glück zerschlagen, sein Leben zerbrochen, sein Herz zerrissen war. Und aller Jammer, der in ihm wühlte, rann immer dem unerträglichen Gedanken zu, daß sein Martle, die so heilig gestorben war, nicht in christlichen Boden kommen, sondern ewig ruhelos liegen sollte in ungeweihter Erde. Immer, wenn's einem anderen geschehen war, hatte Christl das als guter Katholik für gerecht erkannt. Jetzt zum erstenmal begriff er es nicht, weil es ihm widerfuhr in seinem eigenen Kummer. Und sind die Herren im Unrecht bei seiner Martle, so waren sie auch bei den anderen nie im Recht, die sie auf dem Freimannsanger, im Wald oder auf ungeweihtem Acker verscharren ließen. »Wenn die Herren unrecht haben, darf man dawider handeln.« Daß die Martle in geweihten Boden kommt, da braucht der Christl keinen Chorkaplan. Nicht der Kaplan macht es, sondern das geweihte Wasser und der Segen Gottes. Einem braven Weib, das gestorben ist wie seine Martle, kann Gottes Segen nicht fehlen. Und geweihtes Wasser hat der Christl im Haus. Wie oft es die Martle auch ausschüttete, der Christl hat immer wieder neues heimgetragen. Und wie die Martle ihr Paradiesgärtl unter den Kleien versteckte, so hat der Christl unter dem Heu den Gutter mit dem Weihwasser verhuschelt. Jetzt wird es den Acker heilig machen, in dem Martle ihre Ruhstatt findet. Tät es ein Unrecht sein, so kann es der Christl beichten. Keinem Chorkaplan im Markt. Da wird er über den Lattenberg hinübersteigen müssen ins Bayerische, wo die Pfarrherren gutmütiger und drum auch christlicher und geduldsamer sind. So wollte er's machen. Dabei glaubte er ein guter Katholik zu sein und wußte nicht, daß es genau so bei jedem anderen begonnen hatte, der ein Unsichtbarer geworden, weil er Unrecht leiden oder Unrecht sehen mußte. Nicht die Zweifler machen den neuen Glauben, die Unduldsamen im alten säen ihn aus, und die Geplagten in ihrer Sehnsucht ernten ihn.

Auf den Boden hinfallend, klammerte Christl die Arme um den Kopf seines Weibes und lallte an ihr kaltes Ohr: »Dein Wasen wird heilig sein. Das Büchl hab ich ihm lassen müssen, ein Herr ist stärker als hundert Bauren.« Die Augen eingepreßt in das feuchte Kissen lag er unbeweglich, bis der rote Schein sich verwandelte in graue Dämmerung. Die Hasenknopfin kam und sagte: »Ich hab gekocht, jetzt mußt du dem Bübl das Mus geben. Von mir nimmt es nit.« Weil der Christl sich nicht rührte, half sie ihm, sich aufzurichten. »Auch die Küh brüllen schon die ganze Weil. Die mußt du melchen.« Während sie ihn hinausführte, warf er einen scheuen Blick auf den Stubentisch. Da war nichts mehr. Er fragte nicht: Wo ist es? – atmete nur auf, weil das Fürchterliche nimmer da war, das seiner Martle das Leben zerrissen hatte.

Beim Ofen brannte die rußende Specklampe. Das Bübl war schläfrig, öffnete aber gleich das Mäulchen, als es den warmen Holzlöffel an den Lippen fühlte. »Kindl, wie hast du's gut! Du tust nichts wissen.«

Die Hasenknopfin arbeitete in der Küche. Manchmal hörte Christl ein Gemurmel von Stimmen, ein Pochen an den Fenstern, ein Klopfen an der Haustür. Alles war ihm, als käm' es aus weiter Ferne und gälte irgendeinem, nicht ihm. Er legte das sattgewordene Büblein in die Kissen, blieb auf der Ofenbank und schaukelte mit dem Fuß den schweren Wiegenkasten. Draußen war es finster geworden. Auch still. Da kam die Hasenknopfin halb zur Tür herein und sagte: »Christl, ich geh.«

»Wohl!« Er nickte. »Vergelt's Gott, Weibl! Mit der Zahlung mußt du mir Zeit lassen bis morgen.«

»Nit nötig, Christl! Für die Schwester Martl ist alles umsonst.« Es schien, als möchte sie noch etwas sagen. Aber sie schwieg und ging und zog hinter sich die Tür zu.

Den kleinen weißen Pack auf ihren Armen hatte Christl nicht gewahrt. Er dachte immer nur dieses eine: ›Jetzt muß ich es tun!‹ Als das Bübchen schlief, machte er den Docht der Specklampe klein, zündete eine Laterne an, ging in den Stall, molk und fütterte die Kühe und goß in der Steinkammer die Milch in die hölzernen Rainen. Beim Heuholen hatte er auch gleich den Gutter mit dem versteckten Weihwasser vom Dachboden mit heruntergebracht. Aus dem Stiegenwinkel kramte er die Spitzhaue und den Spaten hervor, löschte die Laterne und verließ das Haus. Der Föhn war stumm geworden. In der Nachtkühle begann der Schnee zu gefrieren. Sterne funkelten am Himmel. Der abnehmende Mond war über die Seeberge noch nicht heraufgestiegen, strahlte wohl schon die Zacken des Watzmann an, ließ aber das Tal noch finster. Gegen den Untersberg sah man die erleuchteten Fenster des Stiftes glänzen, als hätte die Erde viel größere Sterne, als der Himmel sie hat.

Gleich außerhalb der Hecke lag der Gerstenacker des Christl. Das Feld hatte schon einen schneefreien Fleck – es war die gleiche Stelle, an der im Sommer immer so viele Blumen im Getreide blühen. Muß da der Boden nicht wärmer sein als anderswo? Hier begann der Christl zu graben. Und grub und grub. Dann sprengte er die Hälfte des Weihwassers über das Grab, betete ein Vaterunser, streckte die verkrampften Fäuste zum Himmel hinauf und bettelte: »Gelt, tu den Ackerboden segnen, Herrgott, in den ich das Martle hineintun muß!« Das alles war leicht gewesen. Jetzt kam das Schwere. Er ging zurück ins Haus. Da trat ihm aus dem Nachtschatten der Hecke jemand entgegen: »Nachbar? Brauchst du nit einen, der dir tragen hilft?«

Christl mußte um Atem ringen, bevor er antworten konnte: »Wohl, Mensch! Ich zahl dich gut.«

»Nit nötig!« erwiderte der andere. »Für die Schwester Martle ist alles umsonst.«

Erst in der Stube erkannte Christl in dem Mann einen alten graubärtigen Bauern von Unterstein. In Leilach trugen sie die Martle zum Acker. Als sie zur Grube kamen, standen fünfe oder sechse neben dem Hügel. Alle halfen, um die Martle sanft hinunterzulegen. Noch andere kamen aus der Nacht herausgeschritten, Männer und Weibsleute. Christl hatte keine Tränen, kein Wort.

Immer knirschten ihm die Zähne. Er haßte und verfluchte sie alle, die zum Grab seines Weibes kamen, und war doch einem jeden dankbar.

Als die Martle drunten lag, nahm Christl den Krug und wollte geweihtes Wasser auf den weißen Schimmer hinuntersprengen. »Nit, du! Das ist falschgläubig!« Schon wollte Christl im Zorn erwidern. Da schob der alte, bärtige Bauer das Weib beiseite und sagte leis: »Laß du den Christl tun, wie er meint, daß es gut ist! Magst du nit duldig sein, wie willst du hoffen, es sollen die anderen duldig werden gegen dich und uns?« Er faßte den Spaten und legte die ersten Schollen sacht in die Grube. Eines ums andere nahm die Schaufel. Der weiße Schimmer da drunten verschwand, die Erde wuchs aus der Tiefe herauf. Und während Christl auf den Knien lag, das Gesicht in die Hände vergraben, zuckend und schauernd, fing der alte Fürsager der Unsichtbaren von Unterstein mit leiser Stimme zu reden an.

Auf der nahen Straße kam ein Klirren und Klingeln aus der Nacht heraus, kam immer näher. Erschrocken fuhr Christl auf: »Die Herren!«

»Nit!« flüsterte ein Mädel. »Es ist der Bräuschlitten. Der geht zum Königssee.«

Man sah ihn gleiten, schwarz vor dem weißen Schnee, wie sonst beladen mit den zehn, zwölf kleinen Fässern. Nur ein Ding war anders als sonst: hinter den zwei dampfenden, klingeligen Pferden saß der Bräuknecht nicht allein auf dem Bockbrett. Neben ihm, dick eingewickelt in Mantel und Kapuze, kauerte eine kleine rundliche Frau. Die Mutter Agnes. Sie war der Meinung gewesen, daß sie ihrem Buben noch besser ins Herz zu reden verstünde, als es der süße Krapfen mit dem Zibebenkränzl fertig brächte. So hatte sie ihrem verstörten Mann diese Nachtfahrt abgetrutzt. Und während sie vor sich hinsah in den Dampf, der von den klirrenden Pferden aufging, überlegte sie die Mahnworte, die sie ihrem Buben sagen wollte, um ihn wieder auf die rechte Glaubensstraße heraufzuziehen.

Bei den Untersteiner Häusern, zwischen denen es wunderlich lebendig war, kam der Schlitten in den Mondschein. Nach einer Weile hielt er am See. Zwei Lehrburschen des Bartholomäer Fischmeisters erwarteten ihn am Ufer. »Du«, sagte der eine zum anderen, »du bringst den Bierkasten allein übers Eis. Ich nimm die

Mutter Agnes auf den Beinschlitten. Da geht's flinker. Aber Schneid mußt du haben, Weibl! Heut ist ein ungutes Fahren. Der Föhn hat die Frageln bös ausgebissen.«

»Das tut nichts!« sagte Mutter Agnes und trippelte über das Eis hinaus. »Wer redlich schnauft, steht allweil in Gottes Hut. Fahr los!« Der junge Knecht stellte sich hinter ihr auf das Brett und brachte den Beinschlitten in sausende Fahrt, weil es je flinker, um so ungefährlicher war. Manchmal zischte der Schlitten durch breite Wasserflächen, von denen sprühende Tropfenfahnen in die Luft rauschten. Ein paarmal ging es über Frageln hinüber, die schon so sehr erweitert waren, daß der Beinschlitten einen bedrohlichen Hupf machte. Frau Agnes mußte sich tüchtig anklammern. Seufzend dachte sie: ›Mein Leupi tät mich sänftlicher fahren!‹ Auch heut dröhnte das Eis, doch das Licht des Mondes war matt, und Dunst umschleierte die Bergwände. Ein paar hundert Schritte vom Ufer lag eine schwarze Wasserfläche. Der junge Fischer mahnte: »Obacht, Meisterin!« Die Warnung kam zu spät. Der Beinschlitten machte einen tischhohen Sprung, und als er niederklatschte, löste sich Frau Agnes vom Brett und kollerte durch das handtiefe Wasser. Das Erbarmen des jungen Knechtes bestand darin, daß er fürchterlich lachen mußte. »Aber, aber«, schmollte Mutter Agnes, während sie sich heraushob aus der dunklen Wassersuppe, »wozu so viel überflüssige Müh, ich bin doch schon getauft.« Es rieselte von ihr. Und so kalt war's, daß sie zu schnattern begann.

Jetzt verging dem Buben das Lachen. »Gelt, tust mir die Lustigkeit nit verübeln, Frau?«

»Gott bewahr! Lach, wie du magst! Das Lachen erlöst von der Zeit!«

Um die Zitternde noch ungefroren ans Ufer zu bringen, stachelte der junge Fischer wie verrückt und schrie dabei mit gellender Stimme: »Leupi! Leupi! Leupi!« Weil man zu Bartholomä den Bierschlitten erwartete, waren die Mannsleute und auch die Fischmeisterin noch wach. Sie kam gelaufen. Neben der weißen Kirche fuhr der Beinschlitten ans Ufer, und Leupolt erkannte die Mutter. »Herr Jesus!« lachte er in seiner Freude. Als er ihre starren Hände und den hartgefrorenen Mantel fühlte, wurden ihm die zwei gleichen Worte zu einem Schreckenslaut: »Herr Jesus!« Er schlang die Arme um die Mutter und hob sie vom Boden auf.

»Geh!« wehrte sie erschrocken. »Du wirst mich ja doch nit tragen wollen! So ein Endstrumm Weiberleut!«

»Ich trag einen Zwölferhirsch vom Berg herunter. Schwerer wie ein liebes Muttertierl bis du nit!« In Sorge rief er: »Fischmeisterin! Trückene Wäsch für die Mutter! Und heiße Weinsupp einen ganzen Hafen voll!« Er sprang zum Jägerkobel, über die Freistiege hinauf und flink in seine Stube, in der die Lampe brannte und der Ofen noch schöne Wärme hatte. Bis er die Mutter aus dem gefrorenen Mantel schälte und die Schuhe von ihren Füßen brachte, kam die Fischmeisterin mit Bettzeug und Wäsche. Leupolt hängte Mantel und Schuhwerk über das Ofengestäng und schob die langen Buchenscheite so reichlich in die Glut wie ein Bäcker, wenn er backen muß vor einem großen Feiertag. Dann verließ er die Stube. Draußen stand er auf dem schmalen Söller. Aus der Stube hörte er den Sorgenjammer der Fischmeisterin und die munteren Antworten seiner Mutter. Er wußte, daß sie sich am heitersten zu geben verstand, wenn sie verbergen wollte, daß ein Schweres auf ihrem Leben lag.

Warum kam sie?

Die Fischmeisterin trat aus der Stube. »Die Mutter liegt schon. Den Glühwein bring ich gleich.« Sie faßte den Jäger am Arm und sagte leis: »Ich mach mir ein bißl Sorg.«

Leupolt erschrak. »Meinst du, sie hätt sich verkühlt?«

»Das nit. Aber du weißt doch: wenn's morgen föhnt, und es gibt einen linden Tag, so druckt er das Eis noch ganz in Scherben. Und das Weibl kann sitzen müssen in Barthelmä, wer weiß, wie lang.« Das war so. Er selber hatte schon dran gedacht. Dennoch wär' es ihm lieber gewesen, wenn die Fischmeisterin das nicht gesagt hätte. Sie und ihr Mann, ihr Mädel, ihre zwei Buben, die drei Fischerknechte und der Platzjäger, alle waren sie evangelisch, von den Unsichtbaren des Berchtesgadnischen Landes die Ungestörtesten. So lange Frau Agnes im Hause war, mußten die Neun sich hüten, konnten am Abend nicht Frag und Antwort geben nach dem Spangenbergischen Katechismus, nicht vorlesen aus dem heiligen Buch.

Aus der Stube klang es ungeduldig: »Bub? Wo bleibst du?«

»Ja, Mutter!« Zur Fischmeisterin sagte er hart: »Ich will's überlegen.« Es verdroß ihn, daß es Menschen gab, denen seine Mutter nicht willkommen war. Er trat in die Stube. Frau Agnes, angetan mit einem weißen Kittelchen, das zu eng war, saß in dem klobigen

Jägerbett wie ein Hühnchen im Metzenkorb. Lächelnd streckte sie ihrem Sohn die Hände entgegen: »Bub! Jetzt wird's aber gleich einen Streit geben!«

»Zwischen dir und mir?« Er setzte sich auf den Bettrand. »Wär das erstmal im Leben!«

»Doch, Bub! Wenn ich dir sag, warum ich gekommen bin, so glaubst du's nit.«

»Dir glaub ich alles.«

Sie nahm diese Worte wie eine Hoffnung. »Bub, ich bin übers Eis gefahren, bloß daß ich dir einen süßen Krapfen bring.« Das glaubte er nun wirklich nicht. Frau Agnes nickte. »Wohl! Greif nur hinein in den Mantel! Da steckt er. Hoffentlich ist er nit auch getauft worden.«

Leupolt ging zum Ofen. Richtig! Aus dem Mantel kam ein zusammengeknüpftes Tüchelchen zum Vorschein. Der Inhalt duftete so fein, daß man seine Wesensart auch ohne Jägernase gewittert hätte. »Aber Mutter!« Leupolt lachte, und Frau Agnes bekam zwischen den Brauen eine Falte, als hätte sein sorgloses Lachen ihr wehgetan. Er ging zum Tisch, knüpfte das Tüchelchen auseinander und wickelte den goldgelben Krapfen heraus. Schon wollte er hineinbeißen. Da sah er das Zibebenkränzl, wurde ernst und drehte rasch das Gesicht über die Schulter. »Mutter?«

»Ja, Bub! Den hab ich keinem anderen nit anvertraut.«

Er brach das Backwerk ruhig entzwei, fand das kleine Schilfröhrchen und nahm den dünn zusammengerollten Zettel heraus. Als er die Schrift sah, fragte er verwundert: »Das ist doch Vaters Hand nit?«

»Derweil ich den Teig gerührt hab, hat der Meister den Zettel geschrieben.«

Seine Augen wurden groß. »Wer, Mutter?«

»Ihr Vater. Der Meister Niklaus.«

Heiß schoß ihm das Blut in die Stirn. Die Hand zitterte ihm ein bißchen, während er die Lampe von der Mauer herunternahm, um besseres Licht beim Lesen zu haben. In Sorge betrachtete ihn die Mutter und begriff nicht, daß er so ruhig bleiben konnte. Als er gelesen hatte, ging ein Lächeln um seinen Mund. Eine Weile sah er stumm vor sich hin. Dann sagte er: »Mutter, jetzt muß ich was Ungutes verlangen von dir. Gibt's morgen einen föhnigen Tag, so wüßt man auf Wochen nimmer, wie man hinauskäm. Ich muß dich, eh der Nachtfrost ausläßt, auf den Schlitten setzen. Sorg mußt du nit haben. Ich weiß den trockenen Weg und bring dich gut wieder heim. Am Morgen muß ich draußen sein. Ich mag mich nit suchen lassen. Ich will mich stellen.«

Frau Agnes entfärbte sich, versuchte aber doch, ein heiteres Wort zu finden. »So! Jetzt bin ich umsonst ins Wasser gekugelt. Freilich, tiefer als bis aufs Häutl ist's nit geronnen. Altes Leder ist wasserdicht.« Sie wollte lachen, streckte aber plötzlich die Hand und flüsterte: »Leupi? Muß das sein?«

»Was anderes weiß ich nimmer.«

Sie wollte fragen: ›Weißt du, was dir bevorsteht?‹ Aber das verschwieg sie. »Bub? Alles Grobe wird linder, wenn man ihm Zeit läßt. Wer weiß, wie die Herren denken über drei Wochen? Wenn du vor Tag hinaufsteigen tätst zum Hegerhäusl am Fundensee? Und tätst dich bis über Ostern einwehen lassen im sicheren Hüttl?«

Er kam zum Bett und nahm ihre Hand: »Da tät der Wildmeister sagen: ich wär ein schlechter Jäger, der nit weiß, daß vor der Osterzeit da droben kein Wild nit steht. Die Steinböck, die das Tal nit mögen, sind ausgestorben.« Er winkte gegen den Zettel hinüber. »Weißt du alles?«

»Von ihrem Vater.«

»Tust du mir's verdenken?«

»Was?«

Er wußte nicht, wie er es sagen sollte. Da fiel ihm das Wort ein, das Pfarrer Ludwig zu ihm gesprochen hatte: »Daß ich wegspringen hab müssen über dich und den Vater?«

»Geh, du Närrle! Das zählt doch nit. Jetzt geht's um dich!« Sie zog ihn näher zu sich heran. »Den guten Rat, den der Meister gegeben hat? Magst du den nit ein bißl nutzen?«

»Lügen?« Er schüttelte den Kopf. »Tätst du das christlich heißen?« Seine Stimme wurde leis. »Und an das Mädel mich anhängen mit einer Falschheit? Mutter, das geht nit. Da ist sie mir viel zu gut dazu!«

»Die?« Frau Agnes verlor die Ruhe. »Die dich hineinstoßt in Eisen und Not!«

»So ist das nit. Einer geht über den Berg und muß hintreten auf einen Stein, der ins Laufen kommt. Da kann man nit wissen, daß der Stein einem Bäuml ins Leben schlagt. Wie fromm sie ist, das weißt du doch. Schau, da hat ihr halt eine Stimm in der Seel geboten: ›Red!‹« Er lächelte, fast wie ein Glücklicher. »Jetzt weiß ich doch, daß sie an mich hat denken müssen.«

Erschrocken sah Frau Agnes ihren Buben an. »So lieb hast du sie?«

Seine Augen glänzten. »Lieber als mein Leben. Ich bin so, daß ich mir auf der Welt bloß ein einziges Glück weiß. Sonst kein anderes. Da heißt's halt: finden oder dran vorbeirutschen.«

Sie klammerte den Arm um seinen Hals. »Wenn du sie so lieb hast? Wär's da nit denkbar, daß sie dich wieder hinüberzieht –« Sie stockte. »Auf den alten und guten Glaubensweg?«

Leupolt blieb unbeweglich und stumm.

»So tu doch reden, Bub!«

Da sagte er schwer und langsam: »Wenn's für einen so kommt, daß Blut und Glück ein ander Ding werden als Seel und Wahrheit? Mutter, das ist hart. Aber wie man da gehen muß, da ist kein Zweifel nit. Gott, um die Menschheit zu erlösen, hat den eigenen Sohn gegeben. Muß da nit der Mensch die Kraft haben, um Gottes Willen zu geben, was ihm lieber ist als Sonn und Freud?« Er fühlte ihre heißen Tränen an seinem Hals und umschlang sie. »Einmal müssen wir reden drüber. Nit jetzt. Lieber auf dem Heimweg. Die Stub hat hölzerne Wänd. Ich mag nit, daß dir einer in Spott oder Unmut nachredet, was du mir sagen mußt. Da drüben in der anderen Kammer –« Er verstummte, riß sich aus dem Arm der Mutter, sprang hinüber zum Ofen und warf das Schildröhrchen und den heimlichen Zettel ins Feuer. Das war geschehen, bevor Frau Agnes fragen konnte: »Was ist denn?«

»Die Hausmutter kommt.«

Nach einer Weile klangen die Schritte der Fischmeisterin auf der Freistiege. Sie kam mit dem dampfenden Glühweinkrug und brachte einen Brotwecken und geräucherte Saiblinge. »Sooooo!« Die Frau warf einen spähenden Blick auf Leupolt. Er sagte ruhig: »Grad reden wir drüber, daß die Mutter vor Tag hinaus muß übers Eis. Morgen könnt harter Weg sein. Aufstehen braucht keiner im Haus. Ich mach schon alles.«

Da war die Fischmeisterin verwandelt in ein gefälliges Weibl, schwatzte immerzu, putzte die Saiblinge, schnitt das Brot und ließ den heißen Becher nicht leer werden. Frau Agnes mußte reichlicher schlucken, als sie wollte. Wenn das Zureden der Fischmeisterin nimmer nützte, sagte Leupolt: »Trink nur, Mutter! Da kriegst du einen festen Schlaf.« Er saß auf der Ofenbank, verzehrte den Krapfen und griff immer wieder in die Höhe, um zu fühlen, ob die auf den Stangen hängenden Kleider trocken würden. Der Glühwein, die heiteren Worte, mit denen Mutter Agnes ihre Sorge verschleierte, und die drolligen Scherzreden der Fischmeisterin machten die Nachtstunde in der kleinen Stube so lustig, daß ein fremdes Ohr auf drei Menschen hätte raten können, die ferne waren von allem Zeitkummer. Als die Fischmeisterin endlich nach einem letzten Spaß die Stube verließ, sagte sie das »Gelobt sei Jesus Christus!« wie eine gute Katholikin. Sie und ihre Leute verstanden sich aufs Unsichtbarmachen. Bei den häufigen Besuchen der Chorherren, die das Schlößl zu Bartholomä nicht nur zum Jagen besuchten, auch häufig in Begleitung, um à la mode ein bißchen Pariserei zu treiben – bei diesen Besuchen hatten es die Fischmeisterleute gelernt, ihren Seelenwandel unverdächtig zu machen. Sie wußten geschickt voneinander zu trennen, was Religion und Brotkorb hieß. Die Fischmeisterei zu Bartholomä war eine einträgliche Stellung, für die man schon einige Rosenkranzperlen bewegen konnte.

Leupolt schien anders zu denken. Während die Fischmeisterin sich gutgläubig entfernte, blitzte der Zorn in seinen Augen. Stumm erhob er sich und drehte auf der Ofenstange den Mantel der Mutter um. Frau Agnes nahm den glühenden Kopf zwischen die Hände und versuchte zu lachen. »Bub, ich hab ein Quartl zu viel verschluckt. Die Hitzen fahren mir auf, als wär der Teufel zu unterst in mir.«

»Oft sagt man Teufel. Und da ist's die beste von aller Lebenswärm. Jetzt muß ich mich nimmer sorgen, daß du dich verkühlt hast. Gut schlafen wirst du auch.« Sie tat einen schweren Atemzug. Mit dem Beten wartete sie um seinetwillen, bis er die Lampe ausgeblasen hatte. In der Finsternis sagte Leupolt: »Gut Nacht, Mutter! Ich weck schon, wenn es sein muß.« Er streifte die schweren Schuhe von den Füßen, zog den Kittel aus, legte ihn als Kissen auf die Ofenbank und streckte sich hin. Flüsternd wiederholte Mutter Agnes: »Wenn es sein muß?« Bei diesen vier Worten sah sie den Kanzler, den Richter, den Pfahl mit dem Eisen und das kommende Leiden ihres Sohnes. »Bub?« Gleich erhob er sich und ging auf den Strümpfen zu ihrem Bett. Sie suchte im Dunkel seine Hand. »Sag mir, Leupi, tust du denn nimmer beten?«

»Wohl, Mutter! Fleißiger wie sonst.«

»Was betest du?« fragte sie in Angst.

»Jetzt bet ich allweil –« Er schwieg. Dann sagte er mit völlig anderer Stimme: »Ich bet: ›Herr, wenn ich dich nur hab, so frag ich nimmer nach Himmel und Welt; und täten mir Leben und Seel verschmachten, du bleibst mein Heil und meines Lebens Trost!‹«

Ein Laut wie in heißer Freude. Frau Agnes hatte nicht nur die Worte des Sohnes gehört, auch das Klingen einer Seele, das Herzgeläut seines tiefen Glaubens. »Jesus, Jesus«, stammelte sie im Glück des Augenblickes, »betet einer so, da kann's doch so weit nit fehlen.«

»Nein, Mutter es fehlt nit!«

Sie zog ihn zu sich herab, umschlang seinen Hals und preßte das heiße Gesicht an seine Wange. »Jetzt bin ich ruhiger. Da brauchen wir auch nimmer reden miteinander. Wer betet wie du, ist nie verlassen. Was hätt das Reden für einen Sinn? Mir redest du nichts ein, und dir, das merk ich, ist nimmer auszureden, was dir wie Eisen in Herz und Seel ist. Begreifen kann ich's nit, aber es ist so. Müssen wir's halt nehmen, wie's ist. Und was kommt, das müssen wir tragen als Mutter und Kind. Zwischen uns sollen Zeit und Herren nie einen Graben aufreißen. Gelt nein?«

»Nie, Mutter! Vergelt's Gott! Jetzt hast du mir's leicht gemacht.«

Wie wohlig seine Worte klangen! Dann ging er zu seiner harten Bank. Frau Agnes lag unbeweglich und lauschte immer zu ihm hinüber. Ihre Augen schlossen sich nicht, obwohl der Glühwein die Gedanken ihrer Sorge und ihres Trostes ein bißchen durcheinanderwirbelte. Auch Leupolt sah mit offenen Augen in die Nacht. Sein Atem ging so ruhig, daß die Mutter immer glaubte: jetzt schläft er. Gegen drei Uhr morgens erhob er sich und schob ein paar Buchenscheite in die Ofenglut, damit die Kleider und Schuhe der Mutter völlig trocknen möchten. So leise tat er es, daß kein Mäuschen hätte erwachen können. Als er sich lautlos wieder hinstreckte auf die Bank, sagte Frau Agnes: »Vergelt's Gott!«

»Ich tu's doch gern. Schlaf nur! Es ist noch Zeit.«

Wieder die stillen, wachenden Stunden. Aus der Nebenkammer hörte man das Schnarchen des Platzjägers. Und draußen im Zwinger schlugen die Hunde an. Da kam wohl hungerndes Hochwild über den Gartenzaun gesprungen, um an den Obstbäumen zu beißen. Die schwindende Mondhelle verriet dem Jäger, wie weit es an der Zeit war. Gegen die fünfte Frühstunde erhob er sich. Gleich sagte die Mutter: »Guten Morgen, Bub!«

»Du hast doch ein bißl geschlafen? Nit?«

»Die ganze Nacht. Und gut.«

»Gott sei Dank!« Er stellte den Rest der Weinsuppe zum Aufwärmen in die Ofenröhre. »Dein Zeug ist trocken!« sagte er, nahm die Kleider von den Stangen und legte sie auf das Bett. »Draußen putz ich deine Schuh. Da kannst du dich gewanden derweil.«

Als sie wegfertig waren, tranken sie den warmen Wein und aßen einen Bissen Brot dazu.

Die Feuersteinflinte mit dem Riemen um die Brust, hinter den Schultern den Bergsack, auf dem Arm das Radmäntelchen und zwei wollene Bettdecken, blieb er auf der Schwelle stehen und warf noch einen Blick in die dunkle Stube, in der die Lampe schon ausgeblasen war. Draußen sagte er: »Da mußt du Obacht geben, Mutter! Das Treppl ist ein bißl vereist.« Auf dem Beinschlitten hüllte er sie fest in die zwei Bettdecken und wickelte ihr auch den eigenen Mantel noch um Kopf und Hals. Alles ließ sie schweigend geschehen, sah nur immer mit großen, nassen Augen zu ihm auf. Bevor er hinter der Mutter auf den Schlitten stieg, drehte er das Gesicht und ließ die Augen langsam hingleiten über den grauen Jägerkobel, über das schmucke Herrenschlößl und über den weiten Bogen der von schwarzem Schatten umwobenen Berge. Ob er das im Leben noch einmal sehen würde? Wortlos stieg er auf das Brett und begann den Schlitten zu treiben. Mit jagender Eile glitten die beiden in die Nacht hinaus, ihrem Schicksal entgegen.

Manchmal klang das Dröhnen einer Eisfragel, die entzweisprengte, was aneinandergewachsen war. Und immer hörte sich das an, als hätte man stark an eine große Glocke geschlagen, irgendwo, in der Tiefe oder hoch in der Luft.

10

Bald nach Anbruch des Nachtschweigens war zu Berchtesgaden im Haus des Chorkaplans Jesunder die Torglocke mit erschreckender Heftigkeit gezogen worden. Jesunders alte Mutter Apollonia streckte den Kopf mit der großen Nachthaube zum Fenster hinaus, gewahrte aber keinen Menschen und war gewohnheitsmäßig der Meinung, daß wieder einmal ein gottverlorener Heimtücker eine unverzeihliche Büberei gegen die Kirche verübt hätte. Alles, was Frau Apollonia zu Leide geschah, empfand sie als Verunglimpfung des Himmels.

Hatte sich auch die Kühle der Nacht an ihr versündigt? Frau Apollonia hielt es für notwendig, einen Beruhigungstrunk aus Kamillenblüte zu bereiten. Als sie, innerlich aufgewärmt, wieder zur Ruhe gehen wollte, vernahm sie vor dem Haustor eine Männerstimme, die sehr sonderbare Worte schrie. Trotz aller Neugier wagte Frau Apollonia sich nicht mehr ans Fenster, bevor sie nicht drei Unterröcke, die wollene Jacke und einen armdicken Schlips in mehrfacher Windung am Leib fühlte. Bis diese Wandlung vom Kühlen ins Warme vollzogen war, hatte die Zeterstimme vor dem Haustor sich ausgewachsen zu einem Gewirre aufgeregter Menschenlaute. Und noch immer kamen Musketiere, Stiftslakaien, Jägerknechte und Stallwärter von allen Seiten herbeigelaufen. In sorgenvoller Ahnung kreischte Frau Apollonia auf das Gewühl hinunter: »Was ist denn, was ist denn?« Eine verständliche Antwort bekam sie nicht. Sie hörte nur die vier dunklen Worte: Kind und Teufel, weiß und schwarz.

Das Amtsgeheimnis, das Herr von Grusdorf der Hasenknopfin auf die Hebmutterseele gebunden hatte, wurde innerhalb weniger Minuten zum Geschrei von hundert Menschen. Was auf Befehl der Obrigkeit ein Kind gewesen war, nicht schwarz, nicht weiß, ein Kind, wie eben Kinder sind, das waren doch zwei Kinderchen, weiß und schwarz, entseelt, von den Schultern bis zu den Hüften aneinandergewachsen. Es war ein unverzeihliches Verbrechen von seiten der Wahrheit, sich einem obrigkeitlichen Befehl zuwider so unvertuschelbar in die breiteste Öffentlichkeit zu begeben. Alles, was durch die Klugheit des Kanzlers hätte vermieden werden sollen: der Zusammenlauf kuriöser Leute und die Entstehung rebellischer Rumore – alles war vorhanden, dazu noch in kunstvoll gehobener Entwicklung. Herr von Grusdorf erlebte eine verzweiflungsvolle Mitternachtsstunde und verwünschte die staatsgefährliche Subjektin, die den Gram des Christl Haynacher nicht mit heimlicher Vorsicht in die Armeseelenkammer getragen, sondern rachsüchtig dem Chorkaplan Jesunder auf die Hausschwelle gelegt und mit fürchterlichem Gebimmel die Lärmglocke gezogen hatte. Das sollte die vulgo Hasenknopfin büßen! Zu diesem Zwecke arbeiteten Herr von Grusdorf und der kanzleideutsche Muckenfüßl mit solcher Beschleunigung, daß die Hasenknopfin, als sie gegen die dritte Morgenstunde ausgehoben werden sollte, schon seit vielen Stunden verschwunden war. Ganz verschwunden! Nicht nur mit ihrem Mädel und aller tragbaren Habe. Auch die Hausgeräte waren unsichtbar geworden, Kalb und Kühe davongetrieben, die Hennen in unauffindbare Nester gesetzt. Doch Muckenfüßl brachte von seinem zwecklosen Dunkelheitsmarsche wenigstens ein polizeilich verwertbares Gerstenkörnchen in die Kanzlei. Nach eindringlicher Bemühung der Soldaten Gottes hatte es eine Nachbarin der Hebmutter unter Nasenbluten ausgeschwatzt, daß der Hasenknopf vor 18 Tagen heimlich ins Preußische ausgewandert wäre, um sich vom Schicksal der Salzburger Exulanten zu überzeugen. »Ins Preußische!« Muckenfüßl hob den Zeigefinger der Polizei. »Jetzt weiß der ego ipsus, was das zwiefärbige miraculum als Gottesstraf in loco hujus bedeutet! Die preußischen coloribus sind Schwarz und Weiß. Ergo, wo die Hasenknopfischen sich betätigen, muß sich alles ins Preußische permutieren. Jaaa, der Himmel laßt mit dergleichen Materien keine Spaßettibus nit machen.«

Dieser Beweisführung, obwohl sie einleuchtend war, wagte Herr von Grusdorf sich nicht völlig anzuschließen. Doch besaß er so viel politischen Verstand, um einzusehen, daß die Ausstreuung des Muckenfüßlschen Gedankenganges sich eher nützlich als schädlich zu erweisen vermöchte. Solch ein Zusammenhang der göttlichen Strafe mit der Hasenknopfin mußte die Subjekte zur Einsicht und Reue mahnen und auf ihre Gemüter ähnlich wirken wie ein Kriegskomet mit schreckerregendem Feuerschweif. So bekam der Feldwebel eine Belobung für seine Geistesschärfe und dazu den obrigkeitlichen Befehl, den Wechselwirkungen zwischen Himmel und Hebamme eine segensreiche Publizität zu prokurieren. Mit diesem staatsmännischen Weisheitsblitze waren die Amtshandlungen des Kanzlers in dieser ereignisvollen Hornungsnacht noch nicht erledigt. Die Forschungsreise des Hasenknopf ins Preußische gab ihm so viel zu denken, daß sein Gehirn ein bißchen kongestiv und die unteren Extremitäten desto blutleerer wurden. Um die Regierungsgeschäfte weiterführen zu können, mußte er ein Schaff mit heißem Wasser bringen lassen und die schmerzenden Zehen hineinstecken. Weil das Wasserschaff unter dem Schreibtisch stand und die grauen Dunstwolken zur Linken und Rechten des Regierungssitzes emporquollen, bot der rotbefrackte, um den reinen Glauben bemühte

101

Kanzler mit dem perückenlosen Kahlkopf einen geradezu satanischen Anblick. Man wurde an die Walpurgisnacht erinnert, nur daß es an einem verführerischen Hexchen mangelte. Aurore de Neuenstein hatte wohl ebenfalls eine schlaflose Nacht, doch statt sich an den kummervollen Amtsgeschäften ihres Onkels zu beteiligen, zog sie es vor, sich gemeinsam mit dem Grafen Tige der Lektüre eines Pariser Schäferromans zu widmen und die Kapitelpausen durch zärtliches Spinettspiel auszufüllen.

Zwischen den quirlenden Dampfwolken reihte die Logik des Herrn von Grusdorf alle Indizien unerbittlich aneinander, um Klarheit über die fürchterliche Tatsache zu gewinnen, daß die evangelischen Schwärmer im Lande augenscheinlich zahlreicher waren, als die Regierung bei aller gewohnten Umsicht vermutet hatte. Auf eigene Rechnung war der vulgo Hasenknopf doch sicher nicht ins Preußische gewandert. Da hatten viele zusammengesteuert. Eine ganze Rotte! Herr von Grusdorf überschlug die Kosten der weiten Reise, nahm hypothetisch einen erst noch auszuforschenden Begleiter an und brachte eine Ziffer von Unsichtbaren heraus, die ihn mit Beklemmung erfüllte. Es mußten an die zehn, zwölf Dutzend sein. Er fing zu schwitzen an. Nicht nur aus Ursach des heißen Wassers, noch mehr aus quälender Regierungsangst. Nur für das Nötigste diktierte er um die fünfte Morgenstunde eine Ordre auf Haussuchung unter allen Dächern von Unterstein, eine Ordre auf Verhaftung des Jägers Leupolt wegen Verrates polizeilicher Amtsgeheimnisse, eine Ordre auf Dingfestmachung der beiden Hasenknopfischen Menscher und eine Ordre an alle Grenzwachen: weder Mensch noch Vieh aus der Landmark hinauszulassen, insbesondere aber auf das Erscheinen des aus dem Preußischen heimkehrenden Hasenknopf samt hypothetischem Begleiter ein wachsames Auge zu dirigieren. Nach diesem reichlichen Papierverbrauche konnte Herr von Grusdorf die sonderbar gestalteten Zehen aus dem heißen Wasser ziehen und des Glaubens sein, daß er von allen Berchtesgadnischen Regierungssäulen in dieser Hornungsnacht die härteste Geistesarbeit geliefert hatte. Er irrte sich.

Eine noch viel grausamere Nacht erlebte Frau Apollonia in ihrer explosiven Fröstelsorge um den hochwürdigen Sohn, zu dem sie aufblickte wie zu einem Heiligen auf Erden. Zum Teil verdiente er das. Er hielt sich von französischen Ausflügen ferne, war ein ruhelos im Dienste des Himmels wirkender Priester, ein Vierzigjähriger von tadelloser Sittenstrenge, hart gegen sich selbst wie gegen andere. Dazu in theologischen Dingen ein großer Gelehrter. Für seine Doktorschrift hatte er sich das Problem gestellt: ›Wird ein Stück Erde mit einer Mauer umzogen und weiht man dieses Grundstück zu einem Gottesacker, wie weit dringt dann die Weihe durch Mörtel und Ziegelsteine in das Innere der Umfassungsmauer ein? Genau bis zur Mitte? Oder weiter nach außen?‹ Über diese schwierige Frage hatte er ein lateinisches Werk von 763 Folioseiten mit unzählbaren Zitaten verfaßt und klar bewiesen, daß diese Frage mit Sicherheit nicht zu entscheiden wäre – verläßlich ließe sich nur behaupten, daß die Innenseite des Gemäuers der Weihe teilhaftig würde, die Außenseite aber logischerweise nicht. Es gab nur wenige Menschen, die dieses bedeutende Werk studiert hatten. Aber man rühmte allgemein den Chorkaplan Jesunder als einen Theologen von fabelhafter Belesenheit. Noch herrlicher sah ihn die Mutter. Und nun widerfuhr ihm das! Undank der bösen, niederträchtigen Welt!

Nicht nur Frau Apollonia, jeder im Lande wußte das: war eine Jungfrau entehrt oder eine Frau genötigt worden und gebar sie ein totes Kind, so ließ sie dem Menschen, der schlecht an ihr gehandelt hatte, den kleinen, klagenden Leichnam zur öffentlichen Verfemung auf die Haustürschwelle legen. Und das geschah ihrem schuldlosen Sohn! Welch ein Geschrei würde das geben! Und gar noch – so was Sinnloses – wegen der Haynacherin, die er verabscheute als eine des Irrglaubens Verdächtige! Und die er am Weihnachtsabend mit pflichtschuldiger Strenge aus der Kirche gestoßen hatte, weil sie die unchristliche Hand nicht in den Weihbrunnenkessel tauchte. Ach, was ist Gerechtigkeit auf Erden! Als Jesunder in der Nacht hat sehen müssen, was man gottesfeindlich an seiner Haustürschwelle verübte, war er, die Zorntränen der beleidigten Schuldlosigkeit an den Wimpern, in seiner Stube so lange betend auf den Knien gelegen, bis man ihn hinüberholte zur nächtlichen Kapitelsitzung. Nun dämmerte der Morgen schon, und noch immer wollte der Sohn nicht heimkehren zu seiner verzweifelten Mutter, die in dieser mehrfach gestörten Sorgennacht den heißen Kamillenabsud reichlicher schlürfen mußte als eine genesende Wöchnerin.

Das große gotische Rosettenfenster des Kapitelsaales glänzte wie ein entzündetes Riesenauge in das kalte Morgengrau. Und die

Nachtsorgen des gedünsteten Kanzlers, die Seelenqualen der Frau Apollonia? Was waren sie gegen den geistigen Kampf, der hier, unter niedergebrannten Kerzen, noch immer kein befriedigendes Ende finden wollte, nach einer siebenstündigen, zu heißer Erbitterung emporgewachsenen Sitzung! Wahrhaftig, Herr von Grusdorf hatte sich als verblüffender Prophet erwiesen, da er auf der Schwelle des Haynacherlehens erschrocken den Ausbruch ›theologischer Diffizilitäten von inkommensurablen Konsequenzen‹ vermutet hatte. Man stand vor einem Rätsel, dessen Lösung eine völlig undenkbare Sache war. Zwei Kinder, das eine getauft, das andere ungetauft. Das erstere besaß ein geheiligtes Recht auf geweihten Boden, das andere, als unentsühnter Sprößling einer Irrgläubigen, war dem Freimannsanger verfallen, auf dem Gnadenwege einem Grübchen in ungeweihter Erde. Und das eine Kindchen angewachsen an das andere, die Hölle ineinandergemengt mit dem Himmel, das Heidnische und Christliche unlösbar verschwistert, oder, wie es Herr von Grusdorf äußerst charakteristisch bezeichnet hatte: verknorpelt. Schrecklich! Wo war da ein Ausweg? Nicht einmal das Exempel des Gordischen Knotens vermochte die Schwierigkeit zu lösen. War ein Schnitt denkbar, der vom Ungetauften nichts hinüberschnipfelte zum Getauften, vom Getauften kein Fäserchen hängen ließ am Ungetauften? Und konnte man dem christlichen Feldscher zumuten, das Heidnische zu operieren? Durfte man es dem Freimann gestatten, sich an christlicher Schuldlosigkeit zu vergreifen? Chorkaplan Jesunder meinte: vielleicht ginge es mit einem Chirurgen, der wohl halb ein Christ, aber auch halb ein Nichtchrist wäre?

Da redete Pfarrer Ludwig, der bislang schweigend auf seinem Kapitelstuhl ausgehalten hatte, das erste Wort und gleich ein sehr heftiges: »Denkt Ihr an den Simeon Lewitter? Wollt Ihr solches Metzgerwerk einem medico zumuten, in dessen Händen die Obhut für das Lebenswohl unseres Fürsten liegt?« Bevor eine andere Stimme sich äußern konnte, entschied Herr Anton Cajetan, der jetzt das schwarze Hofkleid eines gefürsteten Prinzen trug: »C'est juste, révérend! Das geht nicht. Meinetwegen könnt ihr den Wildmeisterknecht mit der Sache betrauen. Er ist geschickt im Zerwirken. Mein Leibarzt hat außer Spiel zu bleiben.« Dennoch sah auch der Fürstpropst ein, daß es klärend zu wirken vermöchte, wenn der Arzt als Zeuge des Vorgangs im Haynacherlehen vernommen würde, um seine fachmännische Ansicht über die anatomische Schwierigkeit darzulegen. Simeon Lewitter wurde aus dem Bett geholt. Er hatte nicht das steinerne Lächeln wie sonst. In kurzen Worten schilderte er, mit welcher Geduld und Tapferkeit die fromme Haynacherin das grauenvolle Leiden dieser vier Tage und Nächte überstanden hätte.

»Fromm?« wiederholte Jesunder. »Habt Ihr denn nicht gemerkt, daß dieses Weib eine Irrgläubige ist?«

»Nein. Im Gegenteil. Sie erschien mir im Sterben als eine Christin von seltenen Herzenskräften.«

»Für solche Unterscheidungen gebricht es Euch an der angeborenen Fähigkeit. Wie beurteilt Ihr die Sache als Medicus?«

Die Verwachsung der beiden Kinder wäre ein Irrtum der Natur ab ovo gewesen. Doch alle beide hätten leben können. Der vorzeitige Tod des einen Kindes wäre einer äußerlichen Ursache zuzuschreiben, einem Stoß, den die Haynacherin bekommen hätte, oder einer schweren Kränkung. »Der junge Bauer erzählte mir, daß es mit seiner Martle seit der Weihnacht nimmer richtig gewesen wäre.« In dem Schweigen, das dieser Bemerkung folgte – ein Schweigen, bei dem sich viele Augen auf Jesunder hefteten – sprach Lewitter nur noch wenige Worte. Sie hatten den Klang einer tiefen Menschlichkeit. Und plötzlich, nach allem spitzfindigen Debattengewoge, stand klagend und erschütternd das Erlöschen zweier armer Seelchen, der heilige Tod eines leidenden Weibes und das zerschlagene Lebensglück eines redlichen Menschen zwischen den stummgewordenen Herren.

Jesunder sagte heiser: »Kommt zur Sache! Schließlich seid auch Ihr es gewesen, der uns in diese Schwierigkeit versetzte. Nun zeigt auch einen Weg, wie wir da herauskommen. Ihr haltet doch als geschickter Chirurgus eine Trennung der feindlichen Gebiete ohne Grenzverletzung für möglich? Ja?« Dieses letzte Wort war nachdrücklich betont. Verstand Lewitter nicht, daß man von seinem Ja eine Erleichterung der Sachlage erhoffte? Er schüttelte den Kopf, blieb als Arzt bei den Tatsachen, sprach von der Verwachsung der zarten Knöchelchen, von der Verwebung der Muskeln und machte so, um der wissenschaftlichen Wahrheit willen, die verzweiflungsvolle Streitfrage noch unlösbarer. Als man ihn ungnädig und nicht ohne warnenden Hinweis auf die Bedenklichkeit seiner Lage entlassen hatte, ging der Wirbeltanz der widersprechenden Meinungen in gesteigertem Grade los. Herr Anton Cajetan, der schon mehrmals hinter der schlanken Hand gegähnt hatte, übertrug dem Kapitular Graf Saur den Vorsitz und sagte: »Von dem Beschlusse, den die Herren fassen, bitte ich mich am Morgen zu verständigen.« Nach der Entfernung des Fürsten gestaltete sich der Sitzungsverlauf noch aufgeregter. Man hatte sich früher wenigstens im Ton gemäßigt. Jetzt wurden die Köpfe heiß, die Kehlen rauh.

Schweigend sah Pfarrer Ludwig in den wirren, wachsenden Lärm hinein. Was er da erlebte? Wie war das menschenmöglich? Und wer trug die Schuld daran? Keiner von diesen erhitzten Schreiern! Sie alle, mit kleinen Einschränkungen, waren ehrenhafte, wohlmeinende Männer. Da glaubte jeder seine Pflicht zu erfüllen, den Gesetzen der Kirche und dem Himmel zu dienen. Was will der Himmel? Was die Kirche? Nur immer das Veraltete und Überlebte? Wenn das die Kirche zu wollen scheint? Kann auch der Himmel das wollen? Der Schöpfer eines ewig sich erneuernden Frühlings? Der Vernichter des Morschgewordenen, der rastlose Erwecker neuer Blüte? Bei diesem Gedanken mußte Pfarrer Ludwig umherblicken in dem alten gotischen Kapitelsaal. Der ganze Bau des Stiftes, draußen der Markt, alle Gassen und Häuser, die Dörfer im Tal, alle Bilder des Lebens, sogar die Formen der steinernen Berge hatten im Laufe der Jahrhunderte sich geändert, sich gewandelt zum Neuen und Besseren. Nur dieser alte Saal der Entschlüsse – ein Gleichnis der Dinge, die in ihm geschahen – war seit länger als einem halben Jahrtausend immer der gleiche geblieben. Und da wunderten sich die Lakaien des Alten in ihren verblichenen Tressen, daß zwischen den Rippen der Sehnsuchtsvollen immer ein Neues wuchs und sein Recht begehrte! Freilich, der Wert alles Neuen ist schwer zu erkennen. Aber ist es nicht schon das Bessere, nur weil es das Jugendliche ist, das Kräfteschenkende, das Strebende? Wie sagte einer zu Amsterdam, den sie verfluchten? »Sei ein Suchender, und du näherst dich mit jedem Schritt der ewigen Wahrheit!«

Die freudige Zustimmung, die ein Vorschlag des Grafen Saur gefunden hatte, weckte den Pfarrer Ludwig aus den Gedanken, in die er versunken war. Der Vorschlag hatte etwas Bestechendes. Man sollte unterhalb der Umwallungssteine des Friedhofes ein Grab ausheben, senkrecht unter der Mauermitte, mit der einen Hälfte hinausreichend in die ungeweihte Erde, mit der anderen

Hälfte hereingreifend in den geweihten Boden. In diesem heidnischchristlichen Grabe sollte man das schwarzweiße Doppeltödchen bestatten, die schwarze Erbsünde nach außen, das weiße Heil nach innen. Dann sollte man, scharf an der Grenze des Weißen und Schwarzen, aus Gipsguß eine Scheidewand verfertigen und draußen die ungeweihte Erde einfüllen, innen die geweihte.

Alle Herren klatschten dem Grafen Saur den verdienten Beifall zu. Nur Jesunder machte eine wehrende Handbewegung. Der Vorschlag berührte sein Doktorwerk über die Penetrabilität einer Mauer für die Weihe. Da mußte er sich äußern. »Meine hochedlen Herren! Ein scharfsinniger Fürschlag! Gewiß! Aber Diffizilitäten seh ich auch hier. Es soll vorerst noch unentschieden bleiben, ob die gipserne Scheidewand genau unter der Mitte der Mauer anzubringen wäre. Ich verweise auf meine Dissertation. Aber kann denn unter der dicken Mauer ein Grab mit solcher Genauigkeit ausgehoben werden, daß die geweihten und ungeweihten Schollen nicht durcheinander kollern? Und wenn man dagegen ein Mittel fände: Wird da nicht späterhin das unterirdische Larvengewimmel eine Grenzüberschreitung begehen, die verhindert werden muß? Unter allen Umständen! Aber wie?« Die Debatte war von neuem entfesselt. Man kämpfte, bis die Morgenglocken läuteten. Und nicht die Klärung der Ansichten löste den leidenschaftlichen Streit, nur die Ermüdung, nur der begreifliche Wunsch nach dem dringend benötigten Frühstück. Ehe man die Sitzung ergebnislos vertagte, versuchte man es noch mit einer Abstimmung. Es schien nun doch zur Lösung des Dilemmas nichts anderes übrig zu bleiben, als die unvereinbaren Gegensätze des Schwarzen und Weißen durch einen operativen Eingriff voneinander zu scheiden. Graf Saur, der als erster seine Stimme abzugeben hatte, zuckte die Achseln: »Ich bin ratlos, parfaitement!« Sein Beispiel beeinflußte die anderen, keiner wagte nein oder ja zu sagen. Pfarrer Ludwig, als er zur Abstimmung aufgerufen wurde, ließ zwischen den Wangenfalten die große Warze tanzen. »Auseinanderschneiden? Was Besseres findet ihr nit? Also gut! Schneidet!«

»Doch wenn vom Getauften was hängen bleibt am Ungetauften. Da wird sich der Himmel kränken.«

»Soweit ich den Himmel kenne, ist das nit wahrscheinlich. Doch wenn ihr's vermutet, muß es vermieden werden.«

»Wenn aber vom Ungetauften was hinüberschleicht ins Geweihte? Da wird sich in Bosheit die Höll freuen!«

»Gotts Not und Leiden!« Pfarrer Ludwig verlor die Geduld. »Soll sich die Höll halt freuen! Vergönnt ihr doch in so schauderhaften Zeitläuften ein bißl Vergnügen! Amen. Ich leg mich ins Bett.« Ohne des empörenden Lärms zu achten, der sich hinter ihm erhob, verließ er den Kapitelsaal.

Drei Viertelstunden später vertagte man die ergebnislose Sitzung bis zum Abend.

In der grauen, kalten Armeseelenkammer lag auf der langen Totenbank ein kleines, weißes Bündel mit noch unentschiedenem Schicksal – ruhte hinter vergittertem Fenster und versperrter Türe, deren Schlüssel beim Chorkaplan Jesunder in Verwahrung blieb.

Und im Tal der Ache, die durch den erwachenden Morgen rauschte, saß ein Gebrochener neben der Wiege seines schlafenden Bübchens und schnitzte an einem hölzernen Kreuz, das er auf den geweihten Grabhügel der Martle stecken wollte, noch ehe die Sonne käme.

Eine Nachbarin erbot sich, für den Christl die Morgensuppe zu kochen. Er nickte dankbar, ohne ein Wort zu finden. Als auf dem Herd das Feuer prasselte, setzte er sich in die Wärme, und während seine zitternden Hände an dem kleinen Kreuze schnitzelten, erzählte er mit leiser, wunderlich versunkener Stimme, wie fromm und gottergeben seine Martle gestorben wäre. Eine Weile sah er schweigend in die Flamme. Nun hob er das entstellte Gesicht. »Nachbarin?«

»Was, guter Christl?«

»So heilig sterben können, das ist nit irrgläubig.« Er tat einen schweren Atemzug. »Gott verzeih mir die Sünde: ich tu darauf schwören, daß meine Martle droben ist in der Seligkeit.« Seine Augen hingen am flackernden Feuer. »Schier mein' ich, es kommt auf Kittel und Farb nit an, bloß allweil aufs Ehrliche in der Seel und auf den redlichen Menschenweg.« Die Nachbarin, die eine Gutgläubige war, blieb stumm. Barmherzig war sie gerne, aber auf solche Reden wollte sie sich nicht einlassen. Da faßte Christl die Frau am Arm. »Du? Hast du nit gehört, was sie da droben machen im Herrenstift?«

Was er meinte, verstand sie gleich. Mit dem Kochlöffel in der Pfanne rührend, schüttelte sie den Kopf.

Er stellte das vollendete Kreuz in den Herdwinkel, legte das Messer fort und nahm die Stirn zwischen die Hände. »Jesus, Jesus, jetzt muß ich mein Herz auseinanderreißen in vier Viertelen! Eins für mein Bübl in der Wieg, eins für die Martle auf dem Gerstenakker. Und zwei Viertelchen – ich weiß nit, wohin ich die schmeißen muß!« Mit den Bewegungen eines schwer Betrunkenen taumelte er hinaus in den erwachenden Tag.

11

Die Dinge der vergangenen Nacht bekamen laufende Füße. Ehe der Morgen hell wurde, erörterte man schon in allen Stuben von Berchtesgaden die ungeheuerliche Sache. Für die Unsichtbaren war's eine bange Beklommenheit, für die Treugebliebenen gab das schwarzweiße Himmelszeichen Anlaß zu abergläubischem Schreck oder zu zorniger Erbitterung gegen die evangelische, will sagen preußische Gefahr, auf die der Herrgott mit strafendem Finger hingewiesen hatte.

Es war an diesem Morgen der Kirchweg reichlicher bevölkert als sonst. Zwischen den aufgeregten Leutgruppen wanderten zwei Menschenkinder, die sich nirgends verhielten und mit niemand sprachen – Luisa und Sus. Dem Sorgenblick der Magd war es anzumerken, daß sie von der schwarzweißen Gotteswarnung schon Kenntnis hatte. Sie schwieg nur, weil der Meister ihr geboten: »Red nit drüber mit dem Kind!« Um der Sache selbst willen machte sie sich keine schweren Gedanken. Eine Verirrung der Natur und das Unglück eines braven Menschen. Was anderes war es nicht für die grade, verständige Sus. Aber ruhelose Sorge wühlte in ihr, weil des Meisters Freund in die Sache verwickelt war, und weil sie früh im Morgengrau den Muckenfüßl mit vier Gottessoldaten hatte hinausmarschieren sehen zum Mälzmeisterhaus. Unbeschwichtigt zitterte in ihr auch noch der Kummer über das zerstörte Bildwerk, das nach ihrer Meinung seit Erschaffung des Paradieses das Schönste von allem Schönen gewesen war.

Blaß und schweigend, mit gesenkten Augen, ging Luisa neben der blonden Magd. Aus den Glockenfalten des grünen Mantels lugte wie immer der Rosenkranz hervor, dessen Zittern nicht nur herrührte von der Bewegung des Schreitens. An Luisas schmerzhaft zusammengezogenen Brauen war es zu sehen, daß peinvolle

Gedanken in ihr kämpften. Erst beim Eintritt in die Kirche, aus deren Dämmerung die brennenden Wachskerzen wie schöne Geheimnisse herausflimmerten, löste sich die irrende Qual in ihrem Gesicht. Sie war bei Gott, und bei Gott ist Wahrheit. Gerechtigkeit geht von ihm aus, um alle Menschentorheit gütig zu vergeben, alle leidenden Seelen zu erfüllen mit reiner Kraft. Unbeweglich kniete sie in ihrem Kirchstuhl und hielt unter inbrünstigem Gebet die Stirn auf ihre verklammerten Hände gepreßt. Als die Schellen zur Wandlung klingelten, hob sie das ruhiggewordene Gesicht. Der Glanz eines neugestärkten Glaubens leuchtete wieder in den klaren Mädchenaugen. Während Luisa sich bekreuzte, sprach ihre Seele: ›Gott weiß, was in den Menschen ist, allweil kennt er die Seinen; auch gegen die anderen, die wider ihn trutzen, bleibt er gerecht und wird durch einen irdischen Richter nit bestrafen lassen, was guter und redlicher Wille war.‹ Diese Zuversicht blieb in ihr, als sie neben der blonden Magd die Kirche verließ. Mit einer seltsamen Freudigkeit sagte sie: »Geh heim, gute Sus! Daß der liebe Vater auf sein Frühmahl nit warten muß. Ich hab einen Weg, den ich nit verschieben darf.« Von dem, was Luisa sagte, schien Sus nur die drei Worte ›der liebe Vater‹ gehört zu haben. Eine Blutwelle schoß ihr in die Wangen, und sie rannte, um so flink wie möglich dem Meister zuschreien zu können: »Heut hat sie gesagt: der liebe Vater. Meister, es wird heller in deinem Haus!«

Unter dem Strom der Leute ging Luisa hinüber zur Wohnung des Chorkaplans. Als sie die Glocke ziehen wollte, kam Mutter Jesunder aus der Sakristei. Die alte Frau war so dick in warme Dinge gewickelt, daß man glauben konnte, ihre Magerkeit hätte während dieser aufregungsvollen Nacht das Sorgenfett in kugeliger Fülle angesetzt. Auch roch sie auffällig nach Kamillen. Bei Luisas Anblick versuchte sie einen zärtlichen Augenaufschlag. »Ei guck, da ist ja unser frommes Kindl schon wieder —«

»Mutter Jesunder?« Das klang so ernst, daß die nachtschwache Frau sofort ein heftiges Mißtrauen empfand. Streng betrachtete Luisa das jähverwandelte Runzelgesicht. »Was ich in meiner Herzensnot dem hochwürdigen Herrn hab anvertrauen müssen: Ist es wahr, Mutter Jesunder, daß du das in deinem Marktkörbl zum Pfleger getragen hast?«

»Aber Kindl«, begann die Frau zu klagen, »wie kannst du nur so was denken von mir —«

Schweigend wandte Luisa sich ab. Die Verlegenheitsglut, die der alten Frau mit Pfingstrosenfarbe ins Gesicht gefahren war, hatte deutlich gesprochen. Unter erschrockenem Wortgesprudel rannte die Jesunderin dem Mädchen nach und beschwor ihre Schuldlosigkeit. Luisa ging davon, ohne das Gesicht zu drehen. Da erkannte Frau Apollonia die Zwecklosigkeit ihrer Zungenmühe, schickte dem Mädchen einen Wutblick nach und murrte: »So eine unverschämte Gans! Die will ich ankreiden bei unserem Herrgott!« Diese Drohung war so ernsthaft gemeint, wie Frau Jesunder überzeugt war, daß Gott Vater das Menschengeschlecht nach ihren Ratschlägen regiere. Das schloß aber die betrübliche Wahrheit nicht aus, daß Frau Apollonia in dem nassen Schneequatsch kalte Füße bekam, einen Rückfall ihres nächtlichen Leidens befürchtete und mit Beschleunigung ihrer Haustür zustreben mußte. So wurde sie an der Beobachtung der sonderbaren Tatsache verhindert, daß Luisa die Richtung nach dem Hause eines zwar nicht vor Gottes Allwissenheit, aber doch vor dem Scharfblick der Frau Apollonia höchst verdächtigen Mannes einschlug.

Pfarrer Ludwig, als er das zaghafte Pochen an seiner Stubentür vernahm, ließ die große Warze in ein vergnügtes Schmunzeln hinübergleiten. »Nur allweil herein!« Beim Anblick seines Gastes zeigte er den Ausdruck einer erstaunten Menschenseele. »Liebes Kind? Was suchst du bei mir?«

Die Art, wie der Pfarrer das letzte Wörtchen betonte, erzwang von Luisa die zornige Antwort: »Zum Jesunder geh ich nimmer.«

»Oh! Ooh! Ooh!« Mißbilligend schüttelte Herr Ludwig den weißen Kopf. Ein Diplomat schien er nicht zu sein. Statt Luisa zu beruhigen, wie es doch vermutlich seine Absicht war, blies er durch sein Verhalten kräftig in das Feuer der Erregung.

»Zum Jesunder geh ich nimmer!« wiederholte sie unerbittlich. »Ich tu's nit, und müßt ich auch verzichten auf jede Seelentröstung.«

»Kind! Was hast du gegen den Jesunder?«

»Hochwürden?« Sie sah erschrocken zu ihm auf. »Wisset Ihr nimmer, was Ihr in meiner Kammer geredet habt zu mir?«

Da sagte er mit ernstem Vorwurf: »Was ich an junger Narretei hab sehen müssen in deiner Kammer und was wir geredet haben, das war gebeichtet. Nit? Und da liegt für mich ein Schleier des Vergessens drauf, den keine Menschenhand nimmer hebt. Genau so heilig wie der Beichtstuhl ist jedes menschliche Vertrauen. Eh' man da einem redlichen Priester ein Wörtl entreißen könnt, da tät er sich lieber die Knochen aus dem Leib herausbrechen lassen. Du tust dem Jesunder unrecht! Daß seine Mutter nit so schwerhörig ist wie meine Schwester, dafür kann der Jesunder nichts. Oder – – Kind? Du wirst doch nit glauben, daß ich was ausgeredet hätt? Vor deinem Vater?« Ohne das heftige Kopfschütteln des Mädchens zu bemerken, sprach der Pfarrer in Erregung weiter: »Nein, liebes Kind! Dein Vater ist der wahrhafteste von allen Mannsleuten. Da müßt er im Leben zum erstenmal ein unwahres Wörtl geredet haben! Nein, nein, nein! Das kann ich nit glauben von einem so redlichen Menschen!«

Sie hatte in Hast das Gebetbuch und den Rosenkranz auf den Tisch gelegt. »So ist das nit. Daß der Vater von meiner so sündhaften wie törichten Narretei kein Fäserlein erfahren hat, das hab ich gut gemerkt. Der Vater –« Sie stockte. Und ihre Wangen fingen zu brennen an. »Der Vater glaubt was anderes von mir.«

»Was anderes?« fragte der Hochwürden überrascht.

»Der Vater glaubt, ich hätt so einen hilflosen Wirbel im Köpfl, weil ich –«

»Weil du?« half Herr Ludwig nach.

»Weil ich dem Leupolt gutgeworden wär.« Sie fügte stammelnd hinzu: »Aus Sorg und Barmherzigkeit, meint der Vater.«

»Um Gottes willen!« Der Pfarrer schlug die langen Hände zusammen. »Wie kann denn so ein gescheites Mannsbild so was Unmögliches denken!« Nach diesen Worten blieb es in der weißen Stube still, und Herr Ludwig guckte verwundert drein, ganz ehrlich verwundert. Er schien eine Antwort erwartet zu haben. Sie kam nicht. Den Kopf mit dem spanischen Federhütl in den Nacken gepreßt, stand Luisa unbeweglich und sah durch das Fenster hinauf zu einem blauen Himmelsfleck. Diesen Moment der Ablenkung benützte Pfarrer Ludwig zu einigem Nachdenken. Dann nickte er. »Das ist merkwürdig –«

Rasch wandte Luisa die Augen. »Was, Hochwürden?«

»Daß einem das unsinnigste Ding um so glaubhafter fürkommt, je länger man drüber studiert. Es könnt wohl sein, Kindl, daß dein gescheiter Vater recht hat. Einem sonst so redlichen Buben gut werden? Ja, ja! Aber – nur aus Barmherzigkeit? Das begreif ich nit. Allweil bin ich des Glaubens gewesen: man liebt aus Herz und Seel, aus Blut und Jugend. Freilich, was versteh ich altes Pfarrle von solchen Sachen! Ich weiß nur, du hast zu barmherziger Sorg um den armen Buben einen Grund. Und weil du deine heilige Barmherzigkeit nit vereinen kannst mit deiner Treu im Glauben? Und dem Buben doch gutsein mußt? Deswegen bist du zu mir gekommen? Um Hilf und Rat?«

Sie schüttelte den Kopf. »Nein, Hochwürden!« In ihrer Stimme war wieder die alte Strenge. »Zwischen mir und dem anderen ist kein Weg. Da darf ich mir einen Rat nit geben lassen.«

»Gut also! Soll der Bub in sein Elend rennen. Dein unverdächtiger Vater darf sich nur warnen lassen von einem Gutgläubigen. Tut's ein anderer, der muß ins Eisen, darf Sonn und Mond nimmer schauen. So ist es christlich. Aber gekommen bist du doch zu mir? Da muß ich fragen: warum?«

»Schier weiß ich es selber nit.« Luisas Gesicht, aus dem jede Spur von Farbe verschwunden war, bekam den Ausdruck einer qualvollen Verzweiflung. »Es hat mich halt hergetrieben in meiner Not. Mir ist so weh ums Herz, ich weiß nit, wie. Alles verdreht sich in mir.«

»Sooo? Deswegen willst du einen Trost von mir? Für dich allein?«

Sie stand wie betäubt. Dann nickte sie müde.

»Kind! Bevor ich dich trösten kann, muß ich wissen, ob du Vertrauen hast zu mir. Es ist mir so fürgekommen, daß du nit nur ein unbegründetes Mißtrauen gegen deinen redlichen Vater hast, sondern daß deine frommgläubige Seel auch mich für einen Verdächtigen nimmt.«

Sie senkte das erglühende Gesicht.

»Kindl? Ist das so oder nicht?« Da nickte sie ehrlich und war in diesem schamvollen Bekennen so hold und liebenswert, daß der alte Pfarrer die Arme streckte, als möchte er das brennende Mädchengesicht zwischen seine Hände nehmen und zärtlich diese flehenden Augen küssen. Doch er wurde ernst und fragte: »Kind? Wer ist nach deinem Glauben unter allen, die gelebt und gelitten haben, der Wahrhafteste und der Gerechteste gewesen?«

Sie lispelte: »Unser heiliger Herr Jesus Christ.«

»Da denkst du wie ich.« Er legte den Arm um Luisas Schulter. »Komm! Und schau ihn an! Da hängt er an der Mauer, so schön, wie ihn dein gläubiger Vater herausgeschnitten hat aus dem Holz!

Das ist länger her, als du lebst. Ja, Kindl, damals hat dein Vater die geschickte Hand noch gehabt, die ihm ein ungerechtes Urteil hat wegschlagen lassen. Warum? Weil dein Vater barmherzig gewesen ist. Weil er in seiner Güt nit unterschieden hat zwischen römisch und evangelisch, zwischen weiß und schwarz. Und weil er denken hat müssen: Mensch ist Mensch, und wo einer leidet, da muß man helfen.« Während der Pfarrer langsam diese Worte sprach, betrachtete er Luisas Gesicht mit forschender Aufmerksamkeit. Und plötzlich fragte er verwundert: »Kind? Was tut dich erschrecken?«

Luisas erweiterte Augen waren in Pein und Hilflosigkeit auf das Kreuzbild gerichtet. Gleich einer frommen Opfergabe hingen da zwei weiße Tüchelchen an dem eisernen Nagel, von dem die blutenden Füße des Erlösers durchbohrt waren.

Pfarrer Ludwig schien von einem heißen Verlegenheitskummer befallen zu werden. »Ach, Gott, ich bin aber doch ein grausamer Esel!« Er sprang auf das Kreuzbild zu, packte die zwei Tüchelchen, stopfte sie in die Hosentasche und sagte betrübt: »So wenig hab ich mir denken können, daß du zu mir kommst! Sonst hätt ich doch nit die zwei weißen Fähnlen deiner Torheit aufgesteckt, wo du sie sehen hast müssen auf den ersten Blick. Das ist mir leid.«

Stumm, unter Tränen, schüttelte Luisa den Kopf.

»Aber ich seh doch, es hat dir weh getan, daß die Tüchlen dich erinnert haben an deine gottferne Narretei. Wie ich heimgekommen bin aus deiner Kammer, hab ich sie da hergehangen und hab zum Allergütigsten gesagt: ›Gelt, tu dem jungen Kindl nit verdenken, was ausgesehen hat wie ein Kinderspott auf dein heiliges Leiden, sie hat es nit so gemeint, ihre Seel ist fromm.‹«

»Nit, Hochwürden«, unterbrach sie ihn leise, »ganz verdreht bin ich gewesen. Und die zwei Tüchlen sehen müssen, das ist mir gewesen jetzt wie eine verdiente Straf.«

»Jetzt sind sie doch nimmer da. Und wo sie gewesen sind – schau, Kind, da leg ich, um dein Vertrauen zu verdienen, meine Hand jetzt hin und sag: Ich bin im Glauben geblieben, der ich allweil gewesen bin. Wie ich gelebt hab, so will ich sterben, als Christ und getreuer Mensch. Ich glaub an Gottes Güt und Gerechtigkeit, glaub an sein ewiges Walten. Ich glaub an den Himmel und glaub an das Recht der Menschen auf Gottes Gnad, glaub an die Pflicht der Menschen zu redlichem Leben und zu hilfreicher Barmherzigkeit gegen Freund und Feind. Ob einer getreu ist oder da drüben steht, ich weiß nit, wo – ein leidender Mensch, da muß man helfen. Ja, lieb Kind, das hab ich gelernt von deinem Vater.« Nach diesen ernsten Worten fragte der Pfarrer lächelnd: »Ist das ein Christentum, das dir verdächtig erscheint?«

Sie schüttelte den Kopf. Dann streckte sie die zitternde Hand und bat: »Hochwürdiger Herr! Tu mir verzeihen in christlicher Güt!«

»Verzeihen?« Er streichelte ihr schönes Haar. »Dir bin ich doch nie nit harb gewesen. Allweil hab ich verstanden, wie wertvoll deine liebe Jugend ist. Und komm, jetzt setzen wir uns zum Fenster hin!« Er führte sie in die helle Mauernische und stellte für sie einen Stuhl ganz nah an die Scheiben. Da konnte sie alles gewahren, was da drunten geschah, in dem von weißen Schneeresten übersprenkelten Hof, der zwischen der Kirche und dem Gerichtsgebäude lag. Aber Luisa wandte keinen Blick zum Fenster; in dürstendem Erwarten sah sie zum erregten Gesicht des Pfarrers auf, der schwarz an der weißen Mauer stand und in den Hof hinunterspähte, als müßte da drunten was geschehen, was er mit Ungeduld erwartete. »Schau, Kindl, eh wir reden können von dem Trost, den du suchst für dich allein, müssen wir ein bißl reden von einem anderen.« Er sah das jähe Erglühen ihres Gesichtes und lächelte. »Von deinem Vater.« Sie atmete erleichtert auf. »Wie kommt es, Kindl, daß du so mißträulich gegen deinen Vater bist?«

»Man hat mir viel von ihm gesagt, worüber ich hab erschrekken müssen.«

»Sooo? Freilich, die Graden reden grad, die Krummen krumm. Einmal, am Königssee, der ein Stündl von Berchtesgaden liegt, hat ein kleines Bübl mich gefragt: ›Was ist das für ein buckliges Häufl da draußen?‹ Weißt du, was das Bübl gemeint hat? Den großmächtigen Untersberg. So sehen deinen Vater die Leut, die sein mannhaftes Herz nie gesehen haben in der Näh!«

»Oft redet der Vater, wie man als Christ nit reden sollt.«

»Sooo? Da hab ich nie was gehört davon.«

»So hab ich ihn reden hören mit dem Lewitter.« Scheu fügte sie hinzu: »Und oft mit Euch.«

Der Pfarrer lachte, als hätte dieses Wort ihn freundlich erheitert. »Mit mir? Und deswegen bin ich verdächtig worden für dich? Aber schau, ich versteh noch allweil nit. Was reden wir?«

»Lewitter und mein Vater nehmen Gottes Wort nit, wie es verkündet steht. Sie machen was anderes draus, sie deuten es um.«

»Tust du denn das nit auch?«

Erschrocken stammelte sie: »Um aller Seligkeit willen, das tu ich nit. Das wär eine arge Sünd. Was Gott geredet hat, steht geschrieben. Das muß man glauben, wie Gott es gesagt hat.«

Wortlos betrachtete der Pfarrer eine Weile ihr heißes Gesicht. Dann sagte er leis: »Wie seltsam!« Wieder warf er einen raschen Blick durch das Fenster.

»Hochwürden? Was ist seltsam?«

»Daß die anderen, die man die Unsichtbaren schimpft, genau so predigen wie Du. Die legen die Hand auf das heilige Buch und sagen: ›Was Gott geredet hat, steht geschrieben, das muß man glauben, wie Gott es gesagt hat.‹ Ja, Kind! Und du bist doch nit irrgläubig?« Der Pfarrer schmunzelte. »Da mußt du mir jetzt erzählen, was im Paradies geschehen ist, beim Apfelbaum, bevor Frau Eva, die Mutter von uns allen, sich versündigt hat zum erstenmal.«

»Sie wär gehorsam geblieben, wenn nit vom Baum herunter der höllische Verführer zu ihr geredet hätt.«

»Wer?« fragte Pfarrer Ludwig.

»Der höllische Verführer.«

»Ooooh?« Der Pfarrer griff zu seinem Schreibtisch hinüber, nahm ein kleines dickes Buch, schlug es auf, spähte durch das Fenster, las mit lauter Stimme den lateinischen Text des Sündenfalles und schüttelte den Kopf. »Kind, auf mein Latein versteh ich mich. Da find ich kein Wörtl vom höllischen Verführer. Da steht: die Schlange.«

»Das ist er ja doch gewesen!«

»Wer?«

»Der höllische Feind!«

»In Gottes Wort, da heißt es: die Schlange! Aber schau, lieb Kind, ich denk wie du. Wir zwei, wir wissen, daß Schlangen nit reden können. Drum deuten wir das Gleichnis der Falschheit um, machen was anderes draus, was wir verstehen, und sagen: der höllische Feind und Verführer. Aber was wir selber tun, mein Kind, das dürfen wir doch den anderen nit zum Fürwurf machen?« Plötzlich, wie von Kummer befallen, sah Pfarrer Ludwig durch das Fenster hinaus und flüsterte: »Ach, Gott! Der gute, schuldlose Bub!«

Erblassend, von einem Taumel der Verstörung befallen, sprang

Luisa zum Fenster hin. Der Pfarrer streckte erschrocken die Arme: »Vom Fenster weg! Das sollst du nit sehen! Das tät dich schmerzen.«

Sie klammerte die Hände um den Fensterriegel, preßte die Stirn an das geriefelte Glas und atmete schwer. Was da drunten geschah, war deutlich zu erkennen, obwohl es verkrümmt wurde durch die Rippen des Glases: zwischen einem lärmenden Leuthaufen führten zwei Fronknechte den Jäger Leupolt Raurisser vom Gerichtsgebäude zum Gefängnis hinüber. Er trug die gekreuzten Fäuste hinter dem Rücken. Nun verschwand der lärmende Schwarm, und der Hof da drunten war wieder leer.

Luisa wandte sich langsam vom Fenster ab und tastete gegen den Pfarrer hin. »Das darf man doch nit geschehen lassen! Das tät ein Unrecht sein!«

»Unrecht!« klagte der Pfarrer und schritt mit seinen langen Beinen aufgeregt durch die Stube. »Unrecht! Freilich ein Unrecht! So deutest du es aus mit deinem guten Herzen. Aber da ist der Mukkenfüßl! So ein Rindvieh und Kummer Gottes! Und der Landrichter mit der Sauermilch im Gehirn. Der macht aus einer redlichen Sach das Gegenteil und wirft den schuldlosen Buben in Schand und Eisen. Und sagt: Dem muß man den jungen und schmucken Leib zermartern! Den muß man zerbrechen an Herz und Seel! Bloß weil er als Mensch barmherzig gewesen ist und nit leiden hat mögen, daß man ein Unrecht verübt an deinem schuldlosen Vater. Tu mich nit falsch verstehen, Kind! Mich erbarmt Leupolt nit.« Er sah den Zorn auf ihrer Stirn und beteuerte: »Was geht mich der Leupolt an? Der steht da drüben. Ich denk wie du, lieb Kind! Aber Unrecht ist allweil ein Ding, das den Gütigen am Kreuz da droben traurig macht.«

Der zarte Körper des Mädchens schien zu wachsen und ihre Stimme bekam einen schrillen Klang. »Man darf so ein Unrecht nit geschehen lassen. Da muß man helfen!«

»Helfen? Wer denn? Du vielleicht? Geh, sei verständig, Kind! Du willst doch nit gar hinüberlaufen zum Richter? Du? Ein verzagtes und mutloses Mädel? Das tät ich verhindern müssen. Und schau, was tätst du dem Richter sagen? Ich wüßt nit, was.«

Jetzt wurde ihre Stimme ruhig und rein. »Ich tät ihm sagen, was wahr ist! Daß der Leupolt den Vater nit gewarnt hat aus Ungehorsam wider die Obrigkeit.«

»So? Nit? Und warum dann sonst?«

»Er hat's getan –«

»So sag's doch! Sag's!«

»Bloß weil er mich lieb hat.«

»Aber Kind, du töriges! Wahr ist's freilich, tausendmal wahr! Der hat dich lieber als Vater und Mutter, lieber als Augen und Leben. Aber daß er da drüben steht bei den Verdächtigen? Das darf man doch nit vergessen.«

Mit erregter Strenge sagte sie: »Ein Mensch ist allweil ein Mensch.«

»Freilich, freilich, aber ich weiß doch, wie so ein dummes Mädel ist! Da könnt der beste von allen Buben um ihretwegen versterben müssen – von Liebhaben und süßer Vertraulichkeit, vom Heimgart, zu dem er hätt kommen mögen, von Spinnrädl und Haustür, von so was redet doch ein Mädel nit vor dem Richter. Auch nit das redlichste und tapferste. Da muß man rot werden, verlegen und geschämig sein! Da muß man –«

»Hochwürden!« In Luisas Augen war ein Glanz, wie in den Stunden, in denen sie betete. »Da kennt Ihr die redlichen Mädlen schlecht.« Sie nahm ihr Buch und den Rosenkranz. Bei der Türe wandte sie das Gesicht. »Den Trost, um den ich gekommen bin für mich allein, den hol ich ein andermal. Jetzt muß ich zum Richter.« Ruhig wehrte sie mit der Hand, weil der Pfarrer eine Bewegung machte, als möchte er sie festhalten. »Das muß ich tun. Gelobt sei Jesus Christus und die heilige Mutter Marie!«

»In Ewigkeit, amen!« antwortete Pfarrer Ludwig mit einer Stimme voll inniger Zärtlichkeit. Er sah die Tür an, lachte vor sich hin und kam überraschenderweise zu einem ähnlichen Urteil, wie es Frau Apollonia Jesunder über Luisa ausgesprochen hatte. Nur der Klang war ein anderer. »Du liebes Gänsl! Lauf nur! Und lauf durch Schmerzen hinein in dein junges Glück!«

Aus der anderen Tür der Stube schob Schwester Franziska den Kopf herein, mit Sorge in den Augen. Der Pfarrer sah sie an und sagte heiter: »Schwester! Wärst du nit taub wie ein Ofenloch, so tätst du mich jetzt für einen argen Komödianten halten nach einem Stündl, in dem ich für ein leidendes Menschenkind ein hilfreicher Priester war.« Franziska verstand nicht, aber sie atmete auf, weil sie den Bruder lachen sah. Er trat auf sie zu, legte ihr die Hand auf die Schulter und schrie ihr ins Ohr: »Vor sieben Jahr, wie wir ausgezogen sind aus der Stiftspfarrei: Ist da nit ein kleines Kistl dagewesen, mit alten Schlüsseln?« Geschäftig nickte die Schwester, lief davon und war von einer Sorge befreit, ohne zu ahnen, daß sie zur Mithelferin einer Heimlichkeit wurde, bei der ihr hochwürdiger Bruder, weil er menschlich empfand, um Ehre und Freiheit spielen mußte.

12

Im großen frostigen Flur des Richterhauses standen viele Leute, die ihrem Verhör entgegenbangten. Alle Verwandten der Hasenknopfin waren da, Bauern und Weiber von Unterstein und von der Wies. Simeon Lewitter stand blaß in einer Fensternische. Nun wurde er vorgerufen. Während er sich zur Richterstube hinzappelte, trat Meister Niklaus heraus. Der hatte eine rote Stirn, aber ruhige Augen; ohne ein Wort zu sagen, tröstete er den Freund durch ein aufmunterndes Blinzeln und durch das verabredete Zeichen dafür, daß Leupolt kein Wort gesprochen hatte, das die Freunde belastete. Pfarrer Ludwig hatte das richtig vorausgesagt: »Auf uns wird sich der grade Bub nit ausreden. Wird nur sagen: Er hat uns für schuldlose Leute gehalten, und drum hat er uns warnen müssen. Über das Mädel schnauft er keinen Laut. Nur über sich selber wird er die Wahrheit sagen, die ihn verläßlich ins Eisen bringt. Bei jedem redlichen Wörtl wird die Sauermilch auf dem Richterstuhl glauben: Das ist gelogen! – Sancta justitia!«

Simeon Lewitter trat in die Richterstube, und Meister Niklaus schritt durch den langen Flur der Haustür zu, ohne der aufgeregten Männergruppe zu achten, in deren Mitte eine halb von Schmerz erwürgte, halb wunderlich verzückte Stimme zu hören war. Die Zeugen, die über das schwarzweiße Doppeltödchen auf der Schwelle des Chorkaplans Jesunder etwas auszusagen hatten, die Musketiere, Lakaien und Jägerknechte standen um den Christl Haynacher herum, der immer vom heiligen Sterben seines Weibes erzählte. Das war in ihm zu einem Rad geworden, das mit eisernen Zähnen die verstörte Seel des Christl gefaßt hatte und nimmer losließ. Die aufgeregte Leutgruppe, die ihm zuhörte, schied sich deutlich in zwei Parteien: in eine solche, die sich über den Christl ärgerte oder über ihn lachte, und in eine solche, die schweigend lauschte, mit heißem Glanz in den Augen. »Allweil bin ich ein Gutgläubiger gewesen!« klang die bebende, von einem fast unheimlichen Unterton durchfieberte Stimme des Christl. »Nie hab ich mich arg versündigt, Leut, und trotzdem bin ich elend worden an Leib und Seel. Und muß mein Herz auseinanderreißen in vier Viertelen, in eins für meine gottselige Martle –«

»Gottselig?« unterbrach ihn von den Musketieren einer. »Als Gutgläubiger mußt du sagen: verflucht auf ewig. Hat man nit das verbotene Teufelsbuch gefunden in ihrem Bett?«

Christl Haynacher hob die Arme. »Wahr ist's, Leut! Aber ein Weibl, das so gottselig gestorben ist, wär wieder rechtgläubig worden, wenn's noch leben hätt dürfen! Da glaub ich dran, so fest, wie ich glaub, daß mein Weibl im Himmel ist.«

Eine Stimme lachte: »Im Himmel, ja, wo man die Leberwurst mit Schwefel schmälzt!« Viele von den anderen, die bisher schweigsam geblieben, schalten den groben Spötter. Und Christl Haynacher mahnte: »Nit streiten, Leut! Auf der Welt muß Fried werden. Gütigkeit muß mithelfen, daß die verloffenen Seelen wieder heimfinden zur heiligen Mutter. Freilich, da därf man die Leut nit an Weihnächten aus der Kirch jagen. Und hätt man nit meiner Martle auf ihren gesegneten Leib einen Stoß gegeben, daß eins von ihren lieben Kinderlen hat schwarz werden müssen unter ihrem gottseligen Herzl –« Seine Trauer erwürgte, was er sagen wollte. Geleitet vom Feldwebel Muckenfüßl kam Lewitter aus der Richterstube, huschte flink wie ein Wiesel davon und war schon verschwunden, noch ehe Christl Haynacher die verlorene Stimme wieder fand.

»Meine Martle hat leiden müssen, ärger als ein vergrabenes Leben unter hausgroßen Steinbrocken. Aber nit ein einziges Zornwörtl hat sie dawider gehabt, daß man sie gepeinigt hat bis auf den Tod. Und wie sie sterben hat können, ihr guten Leut, das ist gewesen wie ein schönes Wunder. Allweil ist Gott ein Trost für die Seinen, hat sie gesagt. Und wie der Schnee im Frühling wegrutscht von den Berghalden, so ist der Wehdam abgefallen von ihrem gemarterten Leib. In den Augen hat ihr ein Glanz gebronnen, so heilig, als tät sie das Himmelreich offen sehen. Glaubet mir, Leut, so fromm und schön ist nie noch ein Bischof und Papst gestorben. Wär das Martle nit droben im Himmel, so wär der Tag nimmer Tag. Der Singvogel müßt ein Käfer in der Mistgrub sein. Und einer wie ich, so ein

Elendsbröckl, ich wär ein vergnügtes Mannsbild mit drei gutgetauften lebendigen Kinderlen und einem lustigen Weibl, das tanzen geht, hoppsa und hiserla –« Der Christl nahm den Kopf zwischen die Fäuste und brach in Schluchzen aus.

In dem Schweigen, das ihn umgab, klang es streng von der Richterstub her: »Was ist denn das in loco hujus für ein fürlautes Subjektivus?«

»Schauet, ihr christlichen Leut, mein gottseliges Martle –«

»Not und Sakeramentum!« Muckenfüßl stieß den Säbel auf die Steinfliesen. »Wird der Subjektivus bald silentium observieren und das Maul halten?«

Christl Haynacher guckte drein wie ein aus frommen Träumen zu bösem Leben Erweckter. Er nahm die Kappe herunter. »Guter Herr, ich tu doch bloß von meinem Martle erzählen! Das kann mir doch keiner nit verbieten. Von christgläubigen Sachen muß man doch reden dürfen?«

Gegenüber diesem unerwarteten Widerstand versagte dem Feldwebel die Kanzleisprache. Kummervoll erklärte er in makellosem Deutsch: »Da muß man einschreiten!« und trat in die Richterstube. Das war ein weißgetünchter, von Spitzbogen überwölbter Raum mit braunem Holzgerät. Früher hatte die weiße Mauer ein großes Gemälde des Jüngsten Gerichtes getragen. Der neue Landrichter hatte das Bild übertünchen lassen, weil er der Meinung war, daß es die Schuldlosen verzagt mache und die verlogene Vorsicht der Verbrecher schärfe.

Auf der Zeugenbank, neben der blassen Mutter Agnes, saß der Mälzmeister Raurisser, ein festgezimmertes Mannsbild, das angenehm nach der Bierpfanne roch und das Aktengemuffel der Richterstube durch einen Duft von gerösteter Gerste milderte. In dem braunen Gesicht waren die Zornadern an den Schläfen merklich verdickt. Aber trotz aller Sorge um den zu Pfahl und Eisen verurteilten Sohn schien der Mälzmeister vor dem Richter und der ihm innewohnenden Gefährlichkeit einen scheuen Respekt zu haben. Unbeweglich saß er auf der Bank und hielt mit der Linken die rechte Hand der Frau Agnes umklammert, die in Tapferkeit und Erbitterung um den Sohn gekämpft hatte. So oft sie sich rührte, klammerte der Mälzmeister die Faust noch fester um ihre Hand, wie in Sorge, daß sie wieder etwas Aufreizendes sagen möchte. Augenscheinlich war er kein Menschenkenner, auch gegenüber seinem Weibe nicht, mit dem er seit einem Vierteljahrhundert im gleichen Bette schlief. Frau Agnes bot nicht den Anblick, als wäre sie zu weiterem Widerspruch entschlossen. Freilich sah sie den Richter unablässig an, aber nicht mehr in Angst, sondern auf eine Art, als wäre dieser würdevolle, schwarzgewandete und weißgelökkelte Herr für sie etwas völlig Unbegreifliches und ein Gegenstand des tiefsten Ekels geworden.

Hinter erhöhtem Tische, auf dem zu beiden Seiten eines Kruzifixes viele dickbäuchigen Bücher lagen, saß der Richter in würdiger Haltung neben dem Schreiber, dem er mit großem Aufwand lateinischer und französischer Worte den Schluß eines Protokolls diktierte. Zwischen den gepuderten Haarschnörkeln der umständlich gedrechselten Roßhaarperücke stach ein hageres Gesicht heraus, mit runden, kleinen, schwarzglänzenden Spitzmausaugen. Die Zahl der Jahre, die dieser Richter auf seinen schmalen Schultern trug, war schwer zu erraten. Er hatte etwas Kindliches und dennoch Greisenhaftes, in jener rätselvollen Mischung, die stets in der innigen Ehe eines unbegründeten Selbstbewußtseins mit beklagenswerter Geistesarmut erzeugt wird. Das war der neue Landrichter, für die Leute zu Berchtesgaden eine halb beklemmende, halb lächerliche Person, die von Amts wegen das unverantwortliche Recht besaß, jede Wahrheit als Lüge, jede Lüge als Wahrheit zu erkennen und ihre tägliche Unheilsration zum Schaden der Menschheit anzustiften. In seinem Privatleben ein harmloser, vielleicht sogar ein ehrenwerter Mensch, wurde er in Ausübung seines Berufes eine um so gefährlichere Amtsbestie, je mehr er von der Unfehlbarkeit seiner richterlichen Entscheidungen überzeugt war. Ein Gleichnis für seine Justizmethode war die Form, zu der er seinen winzigen Namen aufblies. Jeder vernünftige Mensch des gleichen Namens hätte sich ›Ring‹ geschrieben. Der Landrichter Dr. Willibald hatte dazu vier überflüssige Buchstaben nötig und schrieb sich ›Hrigghh‹. In gleicher Weise formte er seine Urteile. Gewiß, er suchte die Wahrheit mit Beflissenheit. Aber er fand sie nicht. Für seinen Scharfblick verwandelten sich alle Dinge ins Gegenteil ihres Wesens.

Bei dem verstaubten Gerichtsformalismus einer Zeit, die den Dr. Willibald Hrngghh als juridische Mißgeburt erzeugte, leider als eine nach der Geburt lebendig gebliebene, konnte ein Irrtum zuweilen auch einem guten Richter widerfahren. Unter dem Heiligenschein der Daumschrauben erschien vor dem Richtertische nichts so unwahrscheinlich als die Wahrheit, nichts so glaubwürdig als ein mit Ruhe geschworener Meineid. Aber bei guten Richtern wurden die Fehlgriffe zu Ausnahmen, bei Dr. Willibald mit den vier überflüssigen Buchstaben – bei diesem würdigen Enkel der Hexenrichter, die ein unmündiges Mädelchen stundenlang über das Semen frigidum des Teufels inquirieren konnten – trat der Irrtum als beängstigende Regel auf. Wer vor seinen Richterstuhl berufen wurde, dem konnte man voraussagen: »Du sprichst die Wahrheit, dein Fall ist klar, du bist im Recht, also wirst du verurteilt werden.« Die Herren des Stiftes kannten ihn. Immer nannte ihn der Fürstpropst mit lächelnder Gnade: »Unser getreues Justizkamel!« Und ließ ihn weiter amtieren. Diese Duldung seiner Oberen war das größere Verbrechen als die bedauerliche Sünde, die eine unbegreifliche Schicksalsfügung dadurch beging, daß sie dem Lande Berchtesgaden dieses richterliche Käsgehirn als schädliche Laus in die Lebenswolle setzte.

Neben diesem Richter stand als ein ihn geistig überragender Gehilfe der Feldwebel Muckenfüßl und schnaufte sehr aufgeregt. Solange der Landrichter diktierte, mußte Muckenfüßl schweigen. Als der Streusand rieselte, fing der Feldwebel gleich zu kanzleieln an: »Euer Hoch-Ehren! Rapportiere subordinaliter, daß da draußen in loco hujus ein Subjektivus befindlich ist, der vulgo Haynacher, der das schwarzweiße Monstrum hat produzieren helfen, und deß nit genug, reißt er impertinalimentisch den Brotladen auf, räsonniert wider den Papst und macht mit landsverräterischen Rumoribus die Population im Glauben irr. Das hat mein eigener ego ipsus in loco hujus observieren müssen.«

Der magere Hals des Landrichters verlängerte sich, und weißer Puder nebelte ihm auf die schwarzen Schultern herunter. Er machte eine winkende Handbewegung und wollte sprechen. Da klang eine erregte Mädchenstimme im Flur, die Tür wurde aufgerissen, und Luisa im grünen Mantel, den der Luftzug auseinanderwehte, stand atemlos auf der Schwelle der Richterstube.

Ein leiser Laut, halb Schreck und halb Freude, fuhr über die Lippen der Mutter Agnes.

Erstaunt und unwillig betrachteten die kleinen Spitzmausaugen des Richters das junge Mädchen, das nach Atem rang. Was aus Luisas angstvollen und dennoch wundersam frohen Augen redete, aus der wechselnden Glut und Blässe ihres Gesichtes und aus dem

Zittern ihrer Hände, von denen die eine das kleine Gebetbuch und die andere den Rosenkranz an der kämpfenden Brust umklammert hielt, war menschlich so klar und leichtverständlich, daß es der Richter mit den vier überflüssigen Buchstaben mißverstehen mußte. Nach seiner Meinung war der Schuldlose immer ruhig, immer mit der Fähigkeit begnadet, sich zu beherrschen. Jede Erregung erschien ihm als verdächtig, als Zeichen eines befleckten Gewissens. Er machte den Hals noch länger, und deutlich war es an der Runzelbildung seiner niederen Stirn zu verfolgen, wie sich im Lakritzentopf seines Unverstandes die Umwandlung des ersten Staunens zur Ahnung einer verbotenen Sache vollzog. Mit strenger Würde richtete er an Muckenfüßl die Frage: »Wer hat diese verdächtig aufgeregt Jungfer citiert?«

Ehe der Feldwebel antworten konnte, trat Luisa an den Tisch und stammelte: »Herr Richter! Ich hab gesehen, daß man den schuldlosen Leupolt zum Eisen führt. Da muß ich Zeugschaft geben für ihn –«

Eine erledigende Handbewegung. Fein lächelten die überflüssigen Buchstaben und ließen nur die eine Silbe vernehmen: »Sssso?«

Die hoheitsvolle Kälte dieses Lautes schien wie Eiswasser über Luisa hinzutömen. »Herr Richter –«

Wieder jene Handbewegung, etwas kräftiger. »Augenblicklich besitze ich für formwidrige Dinge kein Ohr. Die aufgeregte Jungfer wird deponieren, wenn man sie citieren und inquirieren sollte.«

»Herr Richter?« flehte Luisa verstört. »Ist es für die Wahrheit nit allweil Zeit?«

»Nein. Jedes Ding secundum juris regulam. Nach der dubiosen Weisheit unzitierter Zeugen, auch wenn sie in Kenntnis irgendwelcher Wahrheit sich befinden sollten, wird nicht entschieden vor Gericht. Vor allem müssen die Formalitäten des Prozeßverfahrens observiert werden.«

»Herr Richter?« Luisas erschrockene Augen erweiterten sich. »Steht die Unschuld eines Menschen nit höher –«

»Nein!« unterbrach er sie. »Deshalb wird die Jungfer sich jetzt entfernen. Ich erkenne ihre unzulässige Voreingenommenheit für den Inkulpaten und bezweifle, ob man sie überhaupt zur Zeugnislegung berufen wird.«

Sie stammelte: »Aber guter Herr Richter! Da muß doch ein Irrtum –«

»Irrtümer vonseite der Gerechtigkeit, der ich diene, sind ausgeschlossen.« Dr. Willibald wollte die Feder in die Tinte tauchen, irrte sich und fuhr mit dem Kiel in die Streusandbüchse.

»Aber Herr! Ich bin's doch gewesen, mit der in selbiger Nacht der Leupolt geredet hat! Ich bin doch die einzige, die weiß –«

Wieder unterbrach er sie: »Über den Glauben, der einem Zeugen zu schenken ist, entscheidet weder die Tatsächlichkeit der Ereignisse noch die persönliche Qualität des zeugenden Subjekts, sondern einzig und allein meine richterliche Räson. Punktum!« Zu diesem Worte des Richters machte Feldwebel Muckenfüßl erfreut die Bewegung des Streusandschüttens. Die dünne Stimme des Dr. Willibald verschärfte sich: »Sollte sich die Jungfer nach dieser Aufklärung nicht entfernen, so werde ich sie durch eine Amtsperson zur Tür expedieren lassen.« Er vertiefte sich in die Durchsicht des Protokolls, das er vor einer Weile dem Schreiber diktiert hatte.

Luisa stand wie betäubt und sah den Tisch der Gerechtigkeit so ratlos an, als wäre sie in eine unverständliche Welt geraten, die ihr so schreckhaft wie unmöglich erschien. Da legte sich ein Arm um ihre Schultern, und als sie aufblickte, sah sie das blasse Gesicht und die guten Augen der Mutter Agnes. »Geh, lieb Kind!« sagte die Mälzmeisterin leise. »Der liebe Gott wird wissen, warum er's duldet. Ich will meinem Buben sagen lassen, daß du reden hättst mögen für ihn. Da wird es ihm leichter werden, wenn er leiden muß. Gott ist mit uns, lieb Kind, drum dürfen wir nit verzagen.«

Das Mädchen sah erschrocken den Feldwebel Muckenfüßl an, der nach einem Wink des Richters auf sie zutrat. »Jesus –« Mit der Hand, die den Rosenkranz zwischen den zitternden Fingern hatte, tastete Luisa ins Leere. Dann verließ sie bleich und wortlos die Richterstube. Menschen und Mauer, Licht und Dunkel, alles schwamm ihr vor den Augen. Wie im eintönigen Geräusch des Regens das Hämmern einer Traufe klingt, so hörte sie in dem schwirrenden Lärm eine fiebernde Stimme rufen: »Da gibt's kein Verbieten nit! Was wahr ist, muß einer sagen dürfen. Und tät mein gottseliges Weib nit im Himmel sein, so tät ich einen Misthaufen heißen, was Gerechtigkeit ist. Mein Weibl ist so heilig und fromm gestorben –«

Die Stimme erlosch. Ein schweres Keuchen, ein hartes Klappern genagelter Schuhsohlen. Dann die gemütlich klingende Rede: »Gelt, du Subjektissimus, jetzt kannst du silentium observieren!«

Luisa trat in die Morgensonne und preßte den Arm über die vom Himmelslicht geblendeten Augen. Dann schritt sie gegen die Marktgasse hinüber, immer schneller, und schließlich fing sie zu laufen an, daß ihr ein paar Leute verwundert nachsahen. Nicht viele. Obwohl es in der Marktgasse von Menschen wimmelte. In aufgeregten Gruppen standen Weiber und Männer beisammen. Überall war lauter Zank oder scheues Gewisper, grollendes Wortknirschen oder erbitterte Schimpferei. Überall klangen die gleichen Worte: schwarz und weiß, Heil und Verdammnis. Und immer wieder die vier Namen: Haynacher, Hasenknopfin, Lewitter und Leupolt.

Als Luisa ihres Vaters Haus erreichte, glich sie einem Menschenkind, das völlig von Sinnen ist. Sie hörte nicht den Sorgenschrei der Sus. An der blonden Magd vorüber, tastete sie gegen die Werkstatt ihres Vaters hin.

Meister Niklaus stand bei seiner neuen Arbeit und legte, als er sein Kind so kommen sah, erschrocken die beinerne Spachtel fort, mit der er gebosselt hatte an dem roten Wachs. »Um Gottes willen! Kind? Was hast du?«

Sie sah nicht die schöne Morgensonne in dem großen Raum, sah nicht die werdende Arbeit ihres Vaters: diese schlanke von Schmerz und Sehnsucht bewegte Gestalt eines jungen, arm gekleideten Weibes, das mit seitwärts gebreiteten Armen wie angeschmiedet an einer halb zertrümmerten Mauer steht und den dürstenden Blick nach oben richtet. Nur das Gesicht des Vaters schien Luisa zu sehen, nur seine Augen. Und als er das spanische Hütl von ihrem Scheitl nahm und den Rosenkranz aus ihren zuckenden Fingern löste, fragte sie mit erwürgter Stimme: »Vater, was ist Gerechtigkeit?«

Eine Weile sah er sie prüfend an. Dann antwortete er mit ruhigem Ernst: »Das kann ich dir nit sagen, Kind. Allweil hab ich an sie geglaubt, allweil hab ich sie gesucht auf Erden. Schau her, was ich gefunden hab.« Er streckte den Arm mit der hölzernen Hand.

Ihre Augen wurden groß. So stand sie zitternd. Und plötzlich mußte sie schreien in ihrem Schmerz. Und sah, wie ihr Vater erschrak. Unter rinnenden Tränen stammelte sie: »Du bist gut!« Schluchzend hing sie an seinen Hals geklammert. »So viel mißträulich bin ich gewesen! Tu mir verzeihen, Vater! Ich will dein treues Kind sein. Wie du auch deutest und redest, ich glaub an dich, und ich hab dich lieb.« Ihre Stimme erlosch, und eine Schwäche schien sie zu befallen.

Er hob sie auf seine Arme. Glück und Sorge wirrten sich im Klang seiner Worte durcheinander: »Sus! Sie muß verkrankt sein in der eisigen Kirch. Am Morgen hat sie kein Brösl gegessen. Schnell, liebe Sus! Das Kindl muß gleich was Kräftiges haben.« Er trug sie über die Treppe hinauf, in ihre Kammer.

Die Sus rannte wie verrückt in die Küche, schürte das Feuer und schaffte, als möchte sie jede Minute zur Sekunde machen. Und wie ein Husch mit dem dampfenden Schüsselchen über die Stiege hinauf. Unter der Kammertüre nahm ihr der Meister die Suppe ab und sagte fröhlich: »Vergelt's Gott, gute Sus! Das ist gegangen als wie gezaubert.« Er sah nicht das glückliche Leuchten in den Augen der Magd, sah nur das zinnerne Schüsselchen an und trug es auf vorgestreckten Händen zum Bett seines Kindes. »So, liebs Weibli, jetzt komm und iß.«

Luisa richtete sich in den Kissen auf. Noch brannten ihre Augen vom Weinen, noch schimmerte die Feuchtigkeit der Tränen auf ihren Lippen. Aber ruhig war sie, ganz ruhig. Und als sie das qualmende Schüsselchen auf dem Schoß hatte, sah sie mit einem wunderlich verträumten Blick zu ihrem Vater auf. »Es ist dir in den Augen, wie freudig du sinnest bei deiner Arbeit. Das tust du mir jetzt zu lieb, gelt ja, und tust um meinetwegen nimmer Zeit verlieren?«

Er beugte sich zu ihr nieder, küßte ihr Haar, und als wär' sie eine Schlafende, ging er auf den Fußspitzen aus der Kammer. In der Werkstatt stand er lange unbeweglich. Immer lächelte er und betrachtete sein Werk. Sich reckend, rief er über die Schulter: »Sus!«

Gleich war sie da. »Soll ich den lichtblauen Kittel antun?«

»Nit nötig! Wie irdischer du bleibst, wie besser. Stell dich dort an die sonnige Mauer hin. Schau her da, so!« Er deutete auf das rote Wachsfigürchen.

Ich scheuer Freude betrachtete Sus das neue Werk und wußte nicht, daß sie schon einmal an der Wand gestanden. So! Fast eine Stunde hielt sie unbeweglich aus. Und Meister Niklaus arbeitete so leicht und flink, als wäre seine hölzerne Hand wieder Bein und Blut geworden. Man sah es ihm an, wie ihn nach der glücklichen Wandlung, die er an seinem Kinde wahrgenommen, nun auch die Freude an seinem werdenden Werk neu belebte. Plötzlich machte

Sus eine erschrockene Bewegung, hob lauschend den Kopf, sprang zum Ofen hin und warf sich auf die Knie, als müßte sie das niedergebrannte Feuer schüren. Auch Meister Niklaus hatte den Schritt seines Kindes vernommen und sagte leis: »Da mußt nimmer erschrecken, Sus! Dem Kindl gehen die Augen fürs Leben auf. Da wird sie begreifen, was sie gestern noch nit verstanden hätt.« Er dachte bei diesen Worten nur an seine Arbeit, die des lebenden Vorbildes nicht entbehren konnte. Daß die Maria der Verkündigung nach dem Körper der Magd gebildet war, das hatte er vor Luisa immer verheimlichen müssen; sie hätte ihm das in ihrem Klosterglauben als schwere Versündigung angerechnet. Doch Sus schien aus den Worten des Meisters etwas anderes herausgehört zu haben. In ihren Zügen war der Ausdruck einer müden Qual, und heftig schüttelte sie den Kopf, wie um zu sagen: das wird sie nie verzeihen.

Luisa trat ein. Sie trug ein ziegelfarbenes Hauskleid, das sich lind an ihren Körper schmiegte. Als sie die Magd beim Ofen sah, ging sie rasch zu ihr hin und sagte mit warmer Herzlichkeit: »Laß mich das tun, liebe Sus! Alles, was dem Vater freundlich ist, will ich schaffen.« Stumm erhob sich die Magd und verließ die Werkstatt. Achtsam legte Luisa die Scheite in den Ofen. Ein Krachen und Prasseln, das Rauschen der erwachenden Flamme. »Jetzt wirst du nimmer kalt haben, Vater!« Er sah in Freude zu ihr hinüber. Sie trat an seine Seite und betrachtete das neue Werk. Eine seltsame Erschütterung befiel sie, und etwas tief Innerliches war in ihrer leisen Stimme, als sie sagte: »Das redet mir heilig in die Seel. Schaut man es an, so möcht man weinen und muß sich doch freuen dran.«

Ein frohes Aufatmen ihres Vaters. »Dann wird es, wie es sein muß.«

Sie hob die Augen. »Aber da ist kein Engel nit?«

»Eine Verkündigung soll das nit werden.«

»Eine christliche Blutzeugin?«

»Auch nit.«

»Eine Heilige?«

»Kann sein.« Ein Lächeln huschte um seinen Mund. »Es gibt doch eine heilige Kümmernis? Da kann's auch eine heilige Sehnsucht geben. Vielleicht auch eine heilige Menschheit. Was ich da machen hab müssen, das ist mir ein Bild des irdischen Lebens, das allweil leidet, allweil glaubt und in Sehnsucht allweil auf Erlösung hofft. Lang muß man harren. Einmal kommt sie.«

Luisa sah den Vater an, als hätte sie den Sinn seiner Worte nicht ganz verstanden. Wieder betrachtete sie das rote Wachs, diese von Qual und Erwartung durchglühte Frauengestalt. Wie eine Träumende flüsterte sie: »Ja, Vater, das ist wahr! Die Erlösung ist vom Kreuz zu den Menschen heruntergestiegen. Und allweil wieder kommt sie. Sonst tät man nimmer glauben können.« Ein leises Aufatmen. »Ich glaub, daß der gnädige Fürst gerecht ist und einen Schuldlosen begnaden muß.« Sie schlang die Hände ineinander und stand unbeweglich.

Bei der Stille, die in der sonnigen Werkstatt war, hörte man von ferne her ein rasselndes Geräusch – den Hall der Polizeitrommel.

13

Wo der Platz vor dem Leuthaus sich hinüberbog in die Marktgasse, war ein schweigsames Leutgedränge. Frauen und Mädchen guckten aus allen Fenstern heraus. Die Trommel rasselte. Und der Feldwebel des Pflegeramtes, begleitet von vier Soldaten Gottes, verkündete den Lauschenden: Zum ersten, daß jeder Untertan, so vom Aufenthalt der Hasenknopfischen Menscher, wie von der verbotenen Außerlandsfahrt des irrgläubigen Hasenknopf in geringster Kenntnis wäre, dies unversäumt, zur Vermeidung geziemender Straf, der Obrigkeit bekanntgeben müsse. Zum anderen, daß die Untertanen, ausgenommen den sonntäglichen Kirchgang, jede Rottierung auf der Straße, wie jedes Herumtragen von Unruh erzeugenden Redereien unter Androhung dreitägiger Inhaftierung zu vermeiden hätten. Zum dritten, daß nach gerechtem Spruch der Jäger Leupolt Raurisser wegen Ausschwätzung eines geheimen Amtsbefehls zu Pfahl und Eisen gesprochen wäre und kommenden Sonntag nach dem Hochamt seine schuldige Buße in loco hujus vor aller Leut Augen und zu wohlmeinender Warnung der Population erleiden würde. Die Trommel rasselte. Und die fürsorgliche Obrigkeit bewegte sich weiter. Das Leutgedränge rann auseinander. Die Mannsleute blieben stumm. Man sah nur manchmal ein müdes Lächeln oder einen zornfunkelnden Blick. Von den Fenstern verschwanden die Frauenhauben und die Mädchenköpfe, die Straße wurde fast leer von Erwachsenen und blieb nur ein Spielplatz der heiteren Kinder. Berchtesgaden war an diesem kühlsonnigen Hornungstage anzusehen wie die Heimat des schönsten Landfriedens. Dennoch sprangen Mißtrauen und Erbitterung, Aberglaube und Geflüster, Klatsch und Anklage, Scheu und Hoffnung von Haus zu Haus.

Für die wachsamen Augen der Obrigkeit blieb alles ein Unsichtbares. Bewegung, die ihr sichtbar wurde, herrschte nur im Hausflur des Landgerichts. Dr. Willibald Hringghh war sehr beschäftigt. Ruhelos hatte er Protokolle zu diktieren und Streusand zu bewegen. Um vor dem gefährlichen Richter als dienstwillig zu erscheinen, kamen viele, die von den Hasenknopfischen was zu wissen glaubten. Jene, die etwas wußten, blieben aus. Als der Landrichter gegen Abend das Ergebnis der aufgenommenen Protokolle revidierte, trat der seltene Fall ein, daß er scharf eine Wahrheit erkannte: »Schier sechzig Bogen! Und nichts steht drin.« Zur Beendigung seines staatsbeschützenden Tagewerks erteilte er noch die menschlich angehauchte Ordre: den Christl Haynacher aus der Verwarnungshaft zu entlassen.

Seit dem Morgen hatte der stummgewordene Verkünder vom heiligen Absterben seines Weibes jene billige Wohnung genossen, in der nicht Mond noch Sonne scheint. Als ihm nun in Milde gestattet wurde, das schwindende Abendlicht zu erblicken, begriff er das ebensowenig, wie er verstand, daß jedes Wort über den frommen Tod seiner gutgläubigen Martle ein Verbrechen wäre, für das er, wenn er es nur ein einziges Mal noch beginge, so schwer wie für Diebstahl oder Brandstiftung zu büßen hätte. Sein Gesicht war bleich und sonderbar verändert, in seinem unruhigen Blick war eine Mischung von Zorn und Trauer, von Angst und Wirrsinn. Obwohl er fürchtete, daß sein Bübl in der Wiege seit dem Morgen hatte hungern müssen, schlug er nicht den geraden Weg zu seinem Lehen ein, sondern machte einen Umweg und spähte suchend über die Mauer des Gottesackers: ob da nicht irgendwo ein frischgehügeltes Doppelgräbchen zu sehen wäre? Nichts! Nur zertretener Schnee, nur große Gräber mit dem vergilbten Rasen des vergangenen Herbstes.

Immer den Kopf schüttelnd, ging Christl Haynacher davon. Als er heimkam, fand er sein Bübl zufrieden und gesättigt, fand alle Arbeit im Stall getan und die Milch in den Rainen aufgesetzt. Dankbar lief er zur Nachbarin hinüber. Die mußte ihm verlegen sagen, daß sie den ganzen Tag nicht Zeit gefunden hätte, nach seinem Bübl zu schauen. Als Christl durch die farbige Dämmerung zurückwanderte zu seiner Haustür, murmelte er wie ein Träumender: »Die Unsichtbaren sind barmherzige Leut! Was wahr ist, müßt einer sagen dürfen.« Er trat ins Dunkel seines Hauses. Für sich zu kochen, das brachte der Christl nicht fertig. Er hob das schläfrige Bübl aus der Wiege, wickelte das Kind in einen Lodenmantel und ging mit ihm hinüber zum Gerstenacker. Als er sah, daß vom schwarzen Grabhügel seines Weibes das Kreuz verschwunden war – irgend ein Strenggläubiger oder ein Gottesmusketier hatte es herausgerissen und verworfen –, da knirschten ihm zuerst die Zähne. Zitternd setzte er sich auf die kalte Erde hin, hielt sein Kind umklammert und erzählte dem schlafenden Bübchen leise vom gottseligen Tod der ›lieben, herzguten Mutter‹. Während er so flüsterte, spähte er immer in der sinkenden Dämmerung umher, ob nicht einer erlauschen könnte, daß der Christl Haynacher erzählen mußte, was ihm bei schwerer Straf zu erzählen verboten war. Als er das Bübl heimgetragen hatte, wurde er auch in der finsteren Stube nicht stumm, schaukelte die Wiege und redete immer ins Dunkle hinein, bis er von einer Übligkeit befallen wurde. Das kam wohl nur von der Leere seines Magens. Wo nicht Mond und Sonne leuchtet, gibt es auch keine Dinge, die den Menschen stärken. Immerhin war es möglich, daß der Zustand, der den Christl Haynacher befiel, etwas Seuchenartiges hatte. Unter ähnlichen Erscheinungen erkrankten am gleichen Abend auch noch andere Leute.

Simeon Lewitter, der in der Marktgasse immer wieder das gleiche Wort hatte hören müssen: »Der Jud!« – häufig auch in der Zusammensetzung mit einer unreinlichen Silbe –, wagte sich nimmer auf die Straße, schützte seine Haustür und in der leeren Kinderstube auch alle Fenster durch eiserne Stangen, wurde ruhelos gepeinigt von der Erinnerung an den roten Tauftag vor fünfzehn Jahren, bekam vor Aufregung einen Fieberanfall und legte sich ins Bett. Das letztere tat an diesem Abend auch Pfarrer Ludwig, obwohl noch eine Minute früher nicht das geringste Zeichen von Kränklichkeit an ihm zu bemerken war. Vor Anbruch des Dunkels ließ er sich wegen Unpäßlichkeit von der auf die siebente Abendstunde anberaumten Kapitelsitzung entschuldigen. Als die Hausglocke gezogen wurde und Chorkaplan Jesunder in Begleitung der vier überflüssigen Buchstaben bei dem Patienten erschien, den man im Verdacht hatte, daß er aus bedenklichen Gründen die über die schwarzweiße Gefahr entscheidende Kapitelsitzung schwänzen möchte, schlürfte Pfarrer Ludwig gerade den schmerzstillenden Glühwein, dessen lieblicher Zimtgeruch die Stube frühlingsähnlich durchduftete. Seine Pein verbeißend, machte der Pfarrer den Versuch, die eintretenden Herren freundlich zu begrüßen. Ehe sie sein Bett erreichten, entstellte sich in schreckhafter Weise sein unheimliches Warzengesicht, und angstvoll brüllte er die taube Schwester an: »Franziskaaa! Schnell! Es kommt schon wieder – salve venia, Ihr guten Herren –« Er fuhr mit den langen mageren Beinen aus dem Bett.

Fluchtartig verließen Jesunder und Dr. Willibald Hringghh die gefährliche Krankenstube. Kaum sie verschwunden waren, sprang der Pfarrer vollends aus dem Bett, schob die erschrockene Schwester zur anderen Tür hinaus, kleidete sich hastig an, öffnete einen Schrank und zerrte einen Mantel hervor, der nicht priesterlich schwarz, sondern gebändert und farbig war wie weltliche Herrentracht. Unter dem Kissen seines Krankenbettes holte er einen großen, von Rost zerfressenen Schlüssel hervor, blies die brennende Kerze aus und sprang mit den Bewegungen eines völlig genesenen Mannes zum Fenster. Hier stand er an die Mauer gedrückt und spähte hinaus.

In dem milden Glimmlicht, das aus vielen erleuchteten Fenstern durch den Abend glänzte, schritt der Kaplan in Begleitung der vier überflüssigen Buchstaben über den weiten Hof zum Stift hinüber. Jesunder war von Pfarrer Ludwigs bedauerlichem Zustand nicht völlig überzeugt, war noch immer mißtrauisch. Doch unter dem Barett des Landrichters vollzog die fettfleckige Hirnsubstanz einen Gärungsprozeß zur Ausbutterung der mit Scharfsinn erkannten Wahrheit. »Nein, Reverende«, sagte er, »in diesem Falle tut Ihr ihm unrecht. In contrario naturae versagt jeder Versuch einer Simulation. Hier arbeitet das organon humanum ganz nach eigenem Gutdünken. Nein, Reverende, ich irre mich nicht, er ist ein wirklich schwer Leidender.« Barmherzig fügte er bei: »Ob es nicht die rote Ruhr ist? Armer, verlorener Mann!«

Als die beiden den Kapitelsaal erreichten, war die erneute Debatte über die Diffizilitäten der ungetauften Mißliebigkeit schon in leidenschaftlichem Gange. Die Sache verwirrte sich immer mehr. Der Fürst war abwesend, um bei der Allergnädigsten zu speisen.

Von Stunde zu Stunde ließ er sich Botschaft über den Verlauf der Debatte senden. Nach der dritten hoffnungslosen Nachricht, um die 10. Nachtstunde, schickte er den Grafen Tige mit dem Befehl: die Kapitularen müßten bis um elf Uhr zu einer Entscheidung kommen, damit alles Nötige noch vor Mitternacht erledigt werden könnte und der anbrechende Sonntag nicht bedroht wäre durch eine Entweihung. Man empfand den Befehl des Fürsten als eine hilfreiche Zwangslage. Doch jeder Versuch einer Abstimmung mißglückte. Schließlich blieb den erregten Herren kein anderer Ausweg, als die verschiedenen Vorschläge auf Zettel zu schreiben und den Grafen Tige als Vertreter des zarteren Alters, als eine Art von Waisenkind, das Los erküren zu lassen. Immer spricht bekanntlich der Himmel durch den Mund der Unschuld. Graf Tige fischte in graziösester Form den Schicksalsspruch aus der Urne und las: »Anatomische Trennung, Begräbnis der weißen Heilhälfte in geweihter Erde, Verscharrung des schwarzen, ewigverlorenen Abschnitzels auf dem Freimannsanger.« In Wahrheit sagte dieses durch die Wirkung der Unschuld verkündete Gottesurteil keinem der Kapitularen zu. Aber es war die unwiderrufliche Entscheidung. Man mußte sich mit ihr versöhnen. Rasch. Es fehlten nur noch wenige Minuten bis elf.

Man ließ den Freimann holen, dazu den Wildmeisterknecht, der sich aufs Zerwirken verstand. Jesunder wurde zum theologischen Kommissär, der Landrichter zum Protokollisten ad usum juris ernannt, zwei Kapitularen hatten als Zeugen zu fungieren, und wer nicht schläfrig war, schloß sich dem weltgeschichtlichen Vorgang als neugieriges Publikum an. Unter Voraustritt einiger Fackelträger bewegte sich der würdevolle Zug durch das Nachtschweigen auf die Armeseelenkammer zu. Jesunder, der den Schlüssel in Verwahrung hatte, wollte das Türschloß aufsperren. Dabei hatte er nicht mit dem gewissenhaften Formalismus der vier zwecklosen Buchstaben gerechnet. Dr. Willibald Hringghh verlangte eine peinlich genaue Untersuchung darüber: daß erstens nur ein einziger, in Verwahrung des Chorkaplans Jesunder befindlicher Schlüssel vorhanden sei; daß zweitens jede Möglichkeit eines Mißbrauchs dieses Instrumentes als absurd zu gelten hätte, und drittens die Türe noch ordnungsgemäß versperrt, das Fenster noch undurchdringlich vergittert und somit die Tatsache, daß kein menschlicher Fuß die Armeseelenkammer betreten haben konnte, als unanfechtbare Wahrheit festgestellt wäre.

Alle Punkte wurden mit gründlichster Genauigkeit erforscht und zu Protokoll genommen. »Jetzt!« sagte Dr. Willibald gnädig zum Chorkaplan. Jesunder öffnete die versperrte Tür, wißbegierig drängten die Herren heran, die Fäckelträger traten voraus in den finsteren, sonderbarerweise ein bißchen nach Zimt duftenden Raum, und da erhob sich nach stummer Verblüffung ein fürchterliches Geschrei des abergläubischen Schrecks, ein wirres Durcheinanderlallen der fassungslosesten Gemütszustände. Sogar der wahrheitsfeindliche Mann mit den vier entbehrlichen Schriftzeichen mußte als unbestreitbares Faktum erkennen, daß jener arme kleine schwarzweiße Doppeltod, der so viel gefährliche rumores erregt und so viel ratlose Verlegenheit erzeugt hatte, völlig unsichtbar geworden und spurlos aus der vergitterten, festverschlossenen Armeseelenkammer verschwunden war. Man suchte auf und unter dem Totenbrett, suchte in der Fensternische, suchte in jedem Winkel, und der Freimann mußte sogar auf Befehl des Landrichters mit einem eisernen Spürhaken in alle Mauslöcher hineinstochern.

Nichts.

Der Wildmeisterknecht und die Fackelträger flüsterten gleich von einem Höllenstreich. Ein paar Verständige unter den Kapitularen nahmen das Unbegreifliche heiter und brachen, ein bißchen schadenfroh, in Gelächter aus. Der Chorkaplan stand vor dem leeren Totenschragen, als wäre ihm ein kalter Blitzstrahl durch alle Gelenke gefahren, und unter sämtlichen Augenzeugen des unerklärlichen Rätsels befand sich nur ein einziges restlos glückliches Menschenkind: der Dr. Willibald Hringghh. Der segnete seine Weisheit, weil er in unbewußter Ahnung aller Möglichkeiten keine Formalität versäumt hatte und außer obligo war. Da gab es kein Deuten und Rütteln. Alles war formaliter erwiesen. Alles stand auf dem Papier. Nur die Wahrheit nicht. Um sie zu erforschen, begann er sich augenblicklich ans Werk zu machen, begann zu verhören, zu untersuchen, zu protokollieren. »Da bin ich neugierig, was unser justiziarisches Rhinozeros herauskitzelt!« flüsterte Graf Saur einem der Herren zu. »Glauben wir dann das Gegenteil, so sind wir der Wahrheit am nächsten.«

Den Fürstpropst konnte man aus höflichen Gründen im Verlaufe dieser Nacht von dem Vorgefallenen nicht mehr unterrichten. Aber der Kanzler von Grusdorf wurde nach Mitternacht unbarmherzig aus den Federn herausgeläutet. Als er keuchend, in dickem Pelz, mit hohen Filztöpfen über den Gichtzehen, die von Menschen umwimmelte Armeseelenkammer erreichte und sofort ein polizeiliches Schweigeverbot erließ, war das unerklärliche Wunder, nein, das gottverwünschte Teufelswerk schon ausgeschrien bei allen Lakaien, Jägerknechten und Musketieren. Wie Flugfeuer hinhüpft über trockenes Heu, so sprang die Erregung noch während der Nachtstunden von Fenster zu Fenster. In welchem Grade dabei der Respekt vor den Regierungsgewalten flöten ging, das mußte Dr. Willibald an sich selbst erfahren. Er fand vor seiner Haustür unter dem schönen Frühgeläut ein Gedränge von Menschen vor, die, in auffälligem Gegensatze zur Zeitstimmung, nicht in zwei erbitterte Parteien gespalten waren, sondern in einträchtiger Heiterkeit sich erlustigten. Als Ursache ihres Vergnügens erwies sich ein großer gelblicher Papierbogen, der an der Haustür des Landrichters befestigt war und in plumpen, fast kindlichen Schriftzügen die Verse trug:

»Ein Richter, so ein falsches Urtl fällt,
Ist eine Mißgeburt auf Gottes Welt,
Halb Leben, halb Tod,
Halb Lachen, halb Not,
Halb weiß, halb schwarz,
Halb Kot, halb Farz,
Halb Skorpion und halb ein bös Kamel,
Doch sunst ein Menschenkindl ohne Fehl«

Während das Hringghhische Perückenantlitz immer länger wurde, quirlte im Morgengrau ein fröhliches Leutgekicher. Alle lachten. Ohne Ausnahme. Jeder von diesen wohltuend Erheiterten, ob gutgläubig oder unsichtbar, hatte schon irgend einmal die schmerzhafte Wahrheitsforschung der weißgelöckelten Sauermilch am eigenen Leib erfahren.

Dr. Willibald löste mit blassen, etwas tintenfleckigen Fingerspitzen das kleine Volkslied von der Türe, ohne die Wahrheit zu erkennen, die ihm da schwarz auf gelb übermittelt wurde. So leicht man an die Einfalt der anderen glaubt, so schwierig ist es, sich von der eigenen Dummheit zu überzeugen.

Als der Landrichter im Haus verschwand, erhob sich auf der Gasse ein schadenfrohes Gelächter, ein lärmendes Durcheinanderschwatzen. Immer größer wurde im wachsenden Frühschimmer das Leutgedräng. Noch ehe die Glocken zum Hochamt riefen, waren die Stiftshöfe und alle Gassen von Berchtesgaden mit einem Menschengewimmel angefüllt, das an die viertausend Köpfe zählte. In der Sonne, die über das Dächergezack herunterglänzte, blitzten die Messingknöpfe auf den schwarzen Gewändern der Salzknappen, leuchteten die Farben der ländlichen Trachten und schimmerten die Silberschnüre der Bauernhüte und das zinnerne Schaugeschmeid der Weiber. Die vielen roten Joppen der jungen Burschen und die kirschfarbenen oder gelben Mädchenmieder erschienen wie tausend leuchtende Feuertupfen. Unter den kurzen, nur handbreit über das Knie reichenden Sonntagsröcken der Bäuerinnen waren die weißen Wadenstrümpfe wie rührsame Schneeflecken. Das bunte Gewühl dieser straffgewachsenen, festgefügten Menschengestalten, dieser gesunden Jugend und dieses noch kraftvollen Alters mit den von Sonne und Schnee gebräunten Gesichtern wäre ein herzerfreuender Anblick gewesen, wenn nicht die Zeitsorge, die Erregung der Stunde, das spähende Mißtrauen und die gereizte Heiterkeit einen Fieberglanz der Unruh in allen Augen erweckt hätte. Dieses Leutgewoge war anzusehen wie ein Menschenhauf in jenen Augenblicken, die eine Masse von Tausenden emporreißen zu schöner Begeisterung oder sie verführen zu sinnlosen, verbrecherischen Dingen.

Es gärte seit langer Zeit in diesen Bedrückten. In ihnen brannte das wühlende Erbe aus Jahrhunderten des Leidens, die gallige Unzufriedenheit über geistliche und weltliche Unerträglichkeiten, die dürstende Hoffnung auf Hilfe und das fiebernde Suchen nach dem Neuen und Besseren. Was sich formte in ihnen, hatte ein kindliches Gesicht. Zu gutmütig, um sich in Aufrührer zu verwandeln, wurden sie Träumer und Schwärmer. Das hatte unerstickbar in ihnen geglommen, schon lange, und war in den beiden letzten Jahren, seit dem großen Auspeitschen der Dreißigtausend aus Salzburg, als ein Unsichtbares hinter ihren Stirnen gewachsen. Die Behörden waren blind. Und an diesem bedrohlichen Sonntagsmorgen, an dem es aussah, als würde von der Seele des Volkes ein Schleier fortgezogen, konnte die Obrigkeit warnende Wahrnehmungen nicht machen, weil sie die zwecklos versäumte Nachtruh bei Sonnenaufgang nachholen mußte. Sogar der einzige Musketier, der vor dem Stiftstor auf Wache war, hatte die Augen geschlossen. Mit der ungeladenen Feuersteinflinte zwischen den Knien saß er schlummernd auf dem sonnenbeschienenen Wächterbänkl, ohne geweckt zu werden von dem wachsenden Stimmenlärm.

Schon manchmal, wenn Schreck und Unruh durch das kleine Land geronnen waren, hatte das Bild des sonntäglichen Kirchgangs einer heißen Suppe geglichen, in der man rührt mit einem groben Löffel. So, wie an diesem Hornungsmorgen, war es noch nie gewesen. Hatten die Zeiten der stumm ertragenen Pein, die Klagstimmen in den Andachtsnächten der Unsichtbaren, Leupolts Mahnung bei der Untersteiner Krippe, das schwarzweiße Unglück im Haynacherlehen und die Ungerechtigkeiten, die viele gerade in diesen letzten Tagen erfahren mußten, die leidende Geduld des Volkes bis zum äußersten gespannt? Und sollte nun die mit Schreck oder Aberglauben, mit frommer Scheu oder schweigendem Staunen vernommene Kunde von dem unerklärlichen Mirakel der Armeseelenkammer zum letzten Anstoß werden, der das vollgeschüttete Geduldfaß zum Bersten und Überlaufen brachte?

In der Morgensonne, die um alle Dächer, um das weite schöne Tal und um die weißen Berge einem mit tiefem Blau verbrämten, silberglitzernden Mantel wob, fingen auf drei Kirchtürmen die sieben Glocken zu läuten an, deren hallende Stimmen sich melodisch ineinander woben. Das lärmende Gewühl der Menschen begann sich zu schieben und strömte nach drei Richtungen. Inmitten dieser Menschenwoge war nur ein einziger, der allem Aufruhr dieses Morgens entzogen blieb. Das war gerade der Hauptbeteiligte, der von seinem dunkelgrünen Bauernhut drei schwarze Trauerbänder heruntergehängt hatte. Wäre Christl Haynacher nicht das unglücklichste Mannsbild der Welt gewesen, so hätter er sich an diesem Morgen beinah als einen glücklichen fühlen können. Beim ersten Wort, das er vom Mirakel in der Armeseelenkammer vernommen hatte, war es für ihn eine ausgemachte Sache, daß sein gottseliges Martle mit treuen Mutterhänden aus dem Himmel heruntergegriffen, ihr liebes Pärl aller irdischen Pein entzogen und die zwei kleinen, unzertrennlichen Seelchen hinaufgehoben hatte in den ewigen Glanz. Und das zu erzählen, das war ihm polizeilich nicht verboten. Jedem Menschen, mit dem er auf dem Kirchgang Seite an Seite geriet, verkündete er das gottschöne Wunder seiner in die Seligkeit emporgeflogenen Kinder. »Gelt, so was Heiliges macht die Mutlosen wieder gutgläubig! Schau, jetzt bin ich nach allem Elend wieder ein aufrechtes Mannsbild! Und daß ich kein Wörtl nit geredet hab von meinem gottseligen Weibl, nit von ihrem Erlösungswunder, nit von ihrem schönen und heiligen Tod? Gelt, Mensch, das kannst du bezeugen, und tät's einen kreuzweis geschworenen Eid vor dem selbigen kosten, der alles Gute verbietet.«

Während Christl so redete, hatte er immer einen nassen Schimmer in den Augen, hatte immer ein Lachen des Glückes um den von Schmerzen zuckenden Mund. Und als er zwischen tausend anderen in der Kirche war und unter dem Rauschen der Orgel in seinem Betstuhl tiefgebeugt auf den Knien kauerte, fühlte er sich in seinem Herzen als einen so treuen und dankbaren Katholiken, wie er's in seinem ganzen Leben noch nie gewesen. Und für die schwere Sünde, die er gleich nach dem Hochamt begehen mußte, bat er den lieben Herrgott im voraus um Vergebung. Anstelle des herausgerissenen Kreuzes ein neues auf das Grab seiner Martle zu stecken? Freilich, das war nicht gutgläubig und war verboten. Aber der Christl mußte das tun. Und wenn der liebe Herrgott da droben die Martle mit ihren zwei seligen Kinderlen ansieht, dann versteht er es schon und muß es verzeihen.

Alle Kirchen waren schon dicht gefüllt, Schulter an Schulter, und noch immer strömten lange Menschenzüge heran, die nimmer Einlaß fanden und vor den Toren sich anstauten zu großen Gruppen, in denen die letzten Nachzügler nur noch das Orgelspiel und die Klingeltöne, aber nimmer die Worte der Predigt vernehmen konnten.

Der Brunnenplatz und die Marktgasse waren still und leer, alle Haustüren versperrt, alle Fenster geschlossen und verhängt. Auch der Musketier vor dem Stiftstor war verschwunden, war aufgewacht und frühstückte in der Torstube seine Bratwurst. Nur die zerfließenden Schneeflecken, die Sonne und der Schatten waren noch da. Und das Brunnenrauschen.

In dieser schweigsamen Öde erschien am Ende der Marktgasse ein Stiftslakai, spähte an den Häusern hin und verduftete wieder. Nach einer kurzen Weile kehrte er zurück und schritt einer reich mit Silber verschnörkelten Sänfte voran, die von zwei Jägerknechten getragen wurde und zugezogene Gardinen hatte.

Als die Sänfte durch die Torhalle des Stiftes gaukelte, trat die Wache nicht ans Gewehr, und man trommelte nicht. Mit Rücksicht auf die Kirchenzeit.

Wenige Minuten später, unter der Brennschere und Puderquaste des parisischen Perückenmeisters, mußte Herr Anton Cajetan, welcher gutausgeschlafene Augen hatte, die Kunde des Mirakels vernehmen, das in der Nacht geschehen war. Nach dem ersten Staunen sagte er mit gerechtem Ärger, aber in bestem Deutsch:

»Welcher Schafskopf hat mir denn das schon wieder angerichtet?«

14

In der schönen, frühlingskühlen Sonnenstille läuteten die Glocken zur Wandlung. Als ihre letzten Klänge mit Gesumm verhallten, wurde es in der schlummerfriedlichen Torhalle des Stiftes ein bißchen lebendig. Unter Führung des Wildmeisters erschienen acht Jägerknechte mit vier großen, zweirädrigen Karren. Drei von diesen sanftholpernden Fahrzeugen waren mit Jagdnetzen, Stellstangen, Pflöcken und Seilen beladen. Auf dem vierten Karren befanden sich zwischen zwei großen Klappkisten die drei kleineren Kastenfallen mit den sechs Füchsen, die vor der Mittagsstunde ›geprellt‹ werden sollten, um der edlen Aurore de Neuenstein und ihrem galanten Hofstaat ein Sonntagsvergnügen zu bereiten. Der Wildmeister schmunzelte immer, wie in Erwartung eines ganz besonders fröhlichen Ereignisses. Auch die Jäger befanden sich in guter Laune. Sie waren Mitverschworene bei dem vom Grafen Tige ersonnenen Knalleffekt, der das Fuchsprellen zur Überraschung der Demoisellen lustig beschließen sollte. Munter kuderten die Jäger, als der Wildmeister befahl: »Nur langsam über den Straßengraben, daß sich die vier lieben Kostbarkeiten in den großen Kästen nit überpurzeln. Wenn die einander die Bäuch aufreißen, wär der ganze feine Jux beim Teufel!«

Der Karrenzug ging eine Strecke über die zum Tal der Ache führende Straße hinunter und dann hinauf zu der großen, noch von dünnem Schnee bedeckten Wiese, die sich an den gestutzten Hofgarten anschloß. Was man den ›Hofgarten‹ nannte, bot nicht den Anblick eines fürstlichen Parkes. Es war nur ein großes, umzäuntes Gemüsefeld, jetzt schneefleckig, mit entblätterten Beerstauden und Obstbäumen, die man der Zeitmode zulieb ein bißchen versaillisiert und mit der Schere höchst sonderbar in Form von Bechern, Leiern und Pyramiden zugestutzt hatte – ein halb komisches, halb trauriges Gleichnis für die Mißgeburten der modischen Pariserei, für das Wollen und Nichtkönnen der kleinen, durch sinnlose Verschwendung überschuldeten Höfe.

Auf der freien Wiese, die neben diesem fürstpröpstlichen Hofgarten lag, wurden die Netze für die galante Festivität des Fuchsprellens aufgestellt. Sonst war es nicht üblich, die Population an den Erlustigungen des Hofes teilnehmen zu lassen. Das niedere Volk in seinem Unverständnis war immer rasch bereit, die graziöseste Galanterie als Schweinerei zu verschreien. Drum pflegte man sonst den Festraum solcher Ergötzlichkeiten mit hohen, undurchsichtigen Jagdtüchern zu umschließen. Doch für das muntere Fuchsprellen hatte man, einem staatsweisen Rate des Herrn von Grusdorf entsprechend, die durchsichtigen Netze gewählt. Der Kanzler war der Meinung, daß der gnädig bewilligte Mitgenuß bei solch einem heiteren Spektakel eine wünschenswerte Beruhigung der bedenklich erregten Subjekte inaugurieren würde.

Der Schaulust des Volkes wurde an diesem sonnleuchtenden Hornungsmorgen auch noch auf andere Weise gedient. Während auf der Hofwiese die Netze für das Fuchsprellen gespannt wurden, brachten zwei Bußknechte aus der Torhalle den langen, schweren, mit festen Eisenklammern versehenen Schandbalken herausgetragen. Seine Farbe – er war von dem vielen eingetrockneten Blut beinahe schwarz geworden – konnte davon erzählen, daß die Schaustellung an diesem Holz der Unehr nicht nur eine qualvolle, auch eine lebensbedrohliche Sache war. Die robustesten Inkulpaten hielten das Hängen in diesen schneidenden, Haut und Muskeln zerreißenden Eisenklammern nicht länger als 10 Stunden aus, ohne der Erschöpfung und dem Blutverlust zu erliegen. Die meisten Verurteilten wurden schon gleich zu Beginn der Marter ohnmächtig, und löste man sie vom Balken, so krankten sie Wochen und Monate an den schwärenden Wunden.

Dieses häufig benötigte instrumentum justitiae aufzurichten, verursachte geringe Arbeit. Man brauchte nur aus dem dicht am Brunnen befindlichen Mauerloch den deckenden Holzstöpsel herauszuziehen und den Balkenfuß hineinzusenken. »Lupf auf!« Die zwei Freimannsleute hoben mit den Schultern. Ein kollerndes Gepolter, und nun stand der hohe Balken aufrecht, ähnlich einem Galgen ohne Querholz. Eine kleine Leiter wurde angelehnt und alle Vorbereitungen für diese Sonntagsgabe der Hringghhischen Wahrheitsforschung waren erledigt, gerade in dem Augenblick, als alle Kirchenglocken den Segen des Hochamtes melodisch auszuläuten begannen. Aus dem Schattendunkel des Tores kam ein kleiner Zug heraus: zwei Musketiere, hinter ihnen der gutwillige und deshalb ungefesselte Verbrecher zwischen dem Freimann und seinem Knechte, dann wieder zwei wachsame Soldaten Gottes und als Beschluß der etwas schläfrige Feldwebel Muckenfüßl, der, um seinem staatserhaltenden Amte zu genügen, von seiner Christenpflicht ein kleines, für den lieben Gott gewiß nicht belangreiches Zipfelchen hatte abzwicken müssen.

Leupolt Raurisser ging aufrecht, mit festem Schritt. Er hatte keine Spur von Scham oder Zorn im Gesicht. Der Blick seiner glänzenden Stahlaugen war so still, als wäre für ihn, was hier geschah, eine fremde Sache. Die sinnende Ruhe, mit der er hinauf sah ins leuchtende Blau, war fast ein heiteres Lächeln. Der Schein der Morgensonne glänzte auf seiner Stirn und auf den Strähnen seines dichten Blondhaars. Meister Raurisser hatte das beim Pflegeramt erbettelt: daß man seinem Buben den Kopf nicht schor wie einem Ehrlosen. Man hatte dem Vater diese unverdiente Gnade aus Klugheit bewilligt, weil der Mälzmeister die Güte des Bieres, das er für die Herren braute, leicht durch eine unerweisbare Bosheit zu mißliebigen Wirkungen permutieren konnte.

Am Schandpfahl durfte Leupolt das fürstpröpstliche Jägerkleid nicht tragen; man hatte ihm die Uniform jenes Aufenthalts verliehen, in dem es nicht Mond noch Sonne gibt: einen langen Kittel aus grauem Zwilch, dessen schlappe Falten einen zutreffenden Schluß auf die Feuchtigkeit der Mauern gestatteten, zwischen denen Leupolt seit seiner Heimkehr vom Königssee viele dunkle und doch von einem Stern durchleuchtete Stunden verbracht hatte. Pfarrer Ludwig, wenn er den Leupolt so gesehen hätte, würde vielleicht im Sinne Spinozas wieder gesagt haben, daß kein Ding auf Erden so bös ist, um sich nicht irgendwie in ein Gutes für die Menschen verwandeln zu können. In keiner Jägertracht, auch nicht in der Weidmannsgala mit den Silbertressen und den hohen Knöpfelgamaschen war es so deutlich wie in diesem schmiegsamen, von Sikkerwasser durchtränkten Sträflingskittel zu erkennen gewesen, welch einen schönen, starken, prachtvoll gebauten Jünglingskörper der Leupolt Raurisser von Mutter und Vater, von Gott und Natur empfangen hatte. Schade, daß Pfarrer Ludwig, der schöne Menschen immer mit Freude sah, diese Wahrnehmung nicht machen konnte; von seiner Unpäßlichkeit gepeinigt, lag er noch immer zu Bett und litt so schwer, daß er seit dem vergangenen Abend den Bader schon viermal hatte holen lassen.

Als die Karawane der Gerechtigkeit zum Brunnen kam, sagte Muckenfüßl mit einem sanften Unterton von Barmherzigkeit: »Jetzt tu nit obstinat sein, junger Inkulpatant! Und mach dem Freimann in loco hujus keine Schwulität nit!« Der Feldwebel brauchte nicht weiterzureden. Die Leiter verschmähend und mit einem Sprung, so flink, daß die erschrockenen Soldaten Gottes einen Fluchtversuch vermuteten, schwang sich Leupolt auf den marmornen Brunnenrand, stieg auf den kleinen Fußblock des Balkens, drehte hurtig den Körper, preßte den Rücken gegen den Pfahl, verschlang hinter ihm die Arme und sagte: »So! Ich steh. Jetzt haket die Eisen ein!« Gleich war der Freimannsknecht auf der Leiter, und Muckenfüßl, der für menschliche Werte nicht so völlig blind war wie der gelöckelte Rechtsbalbierer, sagte anerkennend: »Tät sich jeder Inkulpatant so kommodiätisch wie du traktieren, da wär die justiziarische Mühsamkeit für meinen ego ipsus ein sanftmütiges Knödelschlucken. So! Jetzt tu schön pazientisch aushalten. Acht Stündlein bis zum Betläuten am Abend ist eine genädige Tempora für so eine schwere Crimination.« Gähnend schritt der Feldwebel davon, um sich ein Stündl aufs obrigkeitliche Ohr zu legen. Die vier Musketiere blieben als Wache zurück, und der Freimannsknecht erledigte seine klirrende Arbeit.

Leupolt stand unbeweglich am Pfahl und zog nur die Brauen ein bißchen zusammen, als die schweren, rostrauhen und scharfkantigen Eisenbänder seine Fußknöchel, seine Handgelenke und seinen Hals umklammerten. Der körperliche Schmerz war keine Pein für ihn. Sein Leiden begann erst, als nach den letzten Glockenschlägen des Segensgeläuts der bunte Schwarm der Kirchgänger heranströmte. Von vieren hoffte Leupolt, daß sie nicht kommen würden; seiner Mutter, dem Vater und den Brüdern hätte er an diesem Tag nicht gern in die Augen gesehen; durch einen Bußknecht, der sich ihm freundlich erwies, hatte er die viere bitten lassen, den Marktplatz nicht zu betreten. Und gerne hätte er das auch einer anderen noch sagen lassen. Alle, alle sollten kommen. Nur diese Einzige nicht! Die barmherzig für ihn hatte reden wollen vor dem Richter! Die sollte ihn nicht hängen sehen am Holz der Unehr. Und nicht um seinetwegen, um ihrer selbst willen sollte sie das nicht sehen müssen. Er wußte: weil sie gerecht war, würde sie leiden bei seinem Anblick. Dieser Gedanke wurde ihm zu einer Qual. Dennoch war in dieser Marter auch eine Süßigkeit, die ihm schön durch die Seele und durch jeden Blutstropfen rieselte.

Schon begann sich ein Schwarm von Kindern um den Brunnen zu sammeln. Burschen und Mädchen blieben stehen, Männer und Weiber. Erst war's nur ein scheues Flüstern, dann ein erregtes Durcheinanderreden, ein wirrer Lärm. Immer dichter sammelten sich die Menschen, schon waren es Hunderte, ein paar tausend jetzt, ein Gewühl von Schultern und Köpfen, und Leupolt wußte, nun würde das kommen, wie es immer kam, wenn ein zum Eisen Gesprochener am Balken hing: das höhnende Geschrei, der grausame Spott, das Wasserspritzen und Kittelzupfen. Sich im Eisen reckend, hob er die Augen zum Blau und sprach mit lauter Stimme das Gebet des preußischen Königsprinzen: »Herr, wenn ich Dich nur hab, so frag ich nimmer nach Himmel und Welt; auch wenn mir Leben und Seel verschmachten, bleibst Du mein Heil und meines Herzens Trost!« Hell, wie der Klang eines stählernen Hammers tönte seine feste Jünglingsstimme über den weiten Brunnenplatz. Eine seltsame Bewegung ging über die Menschenmenge. Wie ein Rauschen war es, so, wie jenes dumpfe, wunderliche Sausen ist, wenn in der Stille vor einem Gewitter der erste Sturmstoß in die belaubten Bäume fährt. Leupolt sah das nicht und hörte keinen Laut. Das Gesicht emporgerichtet, hatte er die Augen geschlossen, weil die Sonne ihn blendete. In dem purpurnen Schein, der ihm kreisend hinschwamm über die geschlossenen Lider, standen plötzlich, gleich einer wirklichgewordenen Erinnerung, die Linien eines Holzschnittes, den er im Winter beim Wildmeister gesehen hatte: wie der Küstriner Henker dem Leutnant Katte das Haupt herunterschlägt und wie an einem Festungsfenster der kleine, magere Kronprinz Friedrich von zwei Offizieren an den Armen festgehalten wird, um nach seines Vaters Willen das Grauenvolle mit eigenen Augen anzuschauen.

Noch immer die Lider geschlossen haltend, flüsterte Leupolt: »Was ist mein Leiden dagegen? Ein Stäubl.« Seine Brust hob sich unter einem tiefen Atemzug. »Ob der Königssohn wohl so gebetet hat in jener harten und blutigen Stund? Und hat das Gebet ihn hinübergelupft in die friedsame Ruh? Da wird es auch mich hinüberlupfen über das bißl Weh. Über so einen leichten Tag! Zum ruhsamen Stündl nach der Betläutzeit!«

War sie schon da? Diese stille Stunde? Langsam öffnete Leupolt die Augen, und während ihm an Hals und Händen schon das Blut unter dem scheuernden Eisen herauströpfelte, sah er wie ein Träumender über die zusammengestaute Menschenmenge hin, die schon angewachsen war auf drei, vier Tausende. Nur ein dumpfes Gesumm, kein lautes Wort, keine höhnende Rede, kein Kittelzupfen und kein Wasserschütten. Alle Gesichter waren ihm zugewendet, alle Augen waren auf ihn gerichtet, und in jedem Aug, auf das er hinuntersah, war Erregung und Verstörtheit oder Trauer und Erbarmen.

Daß alle, die da standen, hart umpeitscht waren von der Woge der Zeit; daß jeder zu tragen hatte an einer Pein des Lebens; daß alle Gemüter und Gehirne an diesem Morgen durchwirbelt waren vom Mirakel der Armeseelenkammer; daß die Unsichtbaren fühlten: dieser Gequälte ist der Unsere, der für uns duldet und mit dem wir leiden; und daß die Gutgläubigen wußten: das ist der Leupolt Raurisser, von unseren Buben der redlichste, der Sohn der frömmsten, treuesten und gütigsten Bürgerin im Land – das war es nicht allein, was aus diesen tausend trauernden oder funkelnden Augen redete. Es war in ihrem Blick noch etwas anderes, etwas Tieferes und Stärkeres, etwas Dunkelschönes und Unnennbares. Das sah und fühlte der Blutende am ehrlosen Holz. Und zwischen dem Schwarm der Kinder, die stumm und scheu zu ihm hinaufblickten, stand eine engzusammengepreßte Gruppe von sieben alten, graubärtigen Männern. Der vorderste am Brunnen, das war der greise Fürsager von der Untersteiner Krippe, und neben ihm stand der bejahrte Fürsager von Bischofswies, der von Ilsank, von der Ramsau, vom Taubensee, vom Schwarzeneck und von der Gern. Und der Untersteiner, der zwei andere an den Armen umklammert hielt, streckte dem Leupolt das Gesicht mit vorstechendem Bart entgegen und flüsterte immer mit langsamen Lippen, wie man redet zu einem Taubgewordenen, damit er lesen soll aus den Zeichen des Mundes. Leupolt erfaßte keinen Laut; den blutenden Hals im Eisen reckend, spähte er immer auf diese welken Lippen hinunter, mit dem gleichen bohrenden Jägerblick, mit dem er droben über den Wänden den Flug eines kreisenden Adlers zu verfolgen pflegte – und plötzlich verstand er, nickte dem Alten lächelnd zu und begann mit lauter Stimme die Worte der Bergpredigt vor sich hinzusagen. Wieder ging jenes seltsame Rauschen über die tausend Köpfe und Gesichter. Von den Musketieren tuschelte einer seinem Kameraden zu: »Flink zum Muckenfüßl! Mir gefallen die Leut nit. So sind sie noch nie gewesen.«

Irgendwo ein Gewirr von lauten Rufen. Eine wachsende Unruh. Da drüben war's, wo hinter der Stiftsmauer das enge Gässel herausmündete. Und jetzt eine scharfe, in Erregung schreiende Frauenstimme. »Lasset mich durch, ihr Leut! Eine Mutter muß allweil einen Weg zu ihrem Buben haben!« Leupolt erblaßte. Er versuchte hinüberzusehen, konnte aber den Kopf im Eisen so weit nicht wenden. Es rannen ihm nur am Hals die Blutfäden dicker unter den Zwilchkittel. Und da war schon im Gedräng eine schmale Gasse offen, und Frau Agnes, mit einem Körbl zwischen den zitternden Händen, kam zum Brunnen her. Ihr Gesicht war fast so weiß wie ihre Haube. »Bub!« sagte sie. »Schau, deine Mutter ist da!« Es wurde so still, daß man im leisen Brunnengeplätscher jedes ihrer Worte bis zu den Häusern hinüber verstehen konnte. »Deine Brüder hab ich eingeriegelt im Haus. Die täten Dummheiten machen. Ich tu, was recht ist, nit mehr. Und alles hab ich bei mir, was du brauchst. Tut dich hungern? Ich hab's im Körbl.«

»Frau!« murrte ein Musketier. »Das ist verboten.«

Die Mälzmeisterin hörte das nicht. Sie sprach zu ihrem Buben hinauf: »Tut dich dürsten? Ich hab's in der Flasch.« Gleich wollte sie auspacken.

Er sah in Freude und Kummer zu ihr hinunter. »Mutter! Du Gute! Was tust du mir!«

Sie hörte nicht seine Zärtlichkeit, nur seinen Vorwurf. »Ich tu, was ich gelernt hab von der heiligsten aller Mütter. Ist die nit auch als Mutter unter dem blutigen Holz gestanden? Soll ich daheimbleiben und Krapfen backen? Da tät mich die heiligste Mutter im Leben nimmer anschauen mit ihren gütigen Augen.« Nun sah sie das Blut über seine Hände rinnen und mußte aufschreien, zerrte das weiße Tuch von ihrem Hals, fuhr damit in den Brunnen und wollte die Hände ihres Buben kühlen. Ein Musketier schob seine Feuersteinflinte zwischen Frau Agnes und den Balken. »Das ist verboten, du!« Die Augen der Mälzmeisterin funkelten. Aber sie blieb verständig, zog nur ein bißchen mit der Hand aus, in der sie das triefende Tuch umklammert hielt. »Verboten oder nit, ich tu's! Und tätst du's wehren, so schlag ich dir das nasse Tüchl ums Maul, daß du von deinem Weib noch nie eine festere Schell gekriegt hast.«

Ein heißes Auflachen von tausend Menschen. Auch das hörte die Mutter Raurisser nicht. Während ihr die Tränen über das Kinn herunterkollerten, streckte sie sich am Holz der Unehre hinauf und hob die Arme. Der Musketier wollte sie fassen, doch einer von seinen buntglitzten Kameraden packte ihn am Arm, wurde bleich und knirschte: »Die Frau tust du in Ruh lassen. Gelt!« Das hörte und sah von den Tausenden niemand, alle sahen nur die Mutter Agnes an, die mit dem nassen Tuch die blutenden Hände ihres Buben wusch. Und aus dem Menschengewühl flog über den Brunnen her eine gellende Mädchenstimme: »Recht so, Mutter!« Es war das Untersteiner Mädel mit den zerschlagenen Brüsten. »Recht so, Mutter! Und gelt, da tust nit grüßen: Gelobt sei Herr Jesuchrist!« Die letzten Worte gingen unter in dem einmütigen Aufschrei der Tausende: »Recht so, Mutter! Recht so!« Der Zorn einer erbitterten Menschenseele hatte den Tausenden das Wort der Stunde gegeben. Dann ein verblüfftes Schweigen und Schauen.

Aus der Halle des Stiftstores klang eine heitere Hifthornweise heraus, fein harmonisch ineinander geblasen. Tausend Menschen drehten die Gesichter und streckten die Hälse. Aber was in diesen Augen blitzte, war nicht die Neugier, nicht die Lachlust derer, die der deutschferne Wortschatz des Pflegeramtes als Subjekte zu bezeichnen pflegte. Herr von Grusdorf hatte sich in seinen staatsmännischen Kalkulationen wieder einmal geirrt. Sehr verhängnisvoll. Der bunte, nach Pariser Grazie strebende Zug der Fuchssprellerpaare hätte in keinem Augenblick erscheinen können, so falsch gewählt, wie dieser.

Vorerst aber sahen die Hunderte, die vor den Stäben der Läufer auseinanderwichen, dieses unnatürliche Schritthüpfen und gezierte Steifrockschwenken mit schweigendem Staunen an, den Zorn nur in den Augen.

Voraus die drei betreßten Jäger mit den in der Sonne blitzenden Hifthörnern, dann die Pagen, an deren gebänderten Stäben die Fuchsschwänze baumelten, dann die sechs Prellerpaare, als erstes Graf Tige mit der Allergnädigsten in grüner Seide und wehenden Pelzflocken, dann die fünf anderen Domizellaren mit den hübschen Beamtentöchtern, deren geschmacklos zusammengestoppelter Aufputz genau so Pariser Mode war wie der gestutzte Hofgarten ein Park von Versailles. Die Festlaune der sechs Pärchen war überaus munter. Immer gab's da was zu kichern über galante Scherze, über unzulängliches und komisch wirkendes Französisch. Unter den schmelzenden Hifthornklängen, umtänzelt von den Pagen, die mit ihren Fuchsschwänzen die Demoisellen an den Hälsen und Nasen kitzelten, hüpften und menuettierten die Prellerpaare an den Bürgern und Bauern vorüber, in deren Gedränge es laut zu werden begann. Aurore de Neuenstein, die wohl lieblich zwitscherte, aber nicht ganz so pflaumenzart, nicht ganz so unschuldsvoll und kindlich aussah wie sonst, wurde plötzlich überraschend ernst, sah fast erschrocken in das lärmende Gewühl hinein, wollte sagen: »Qu'est-ce que c'est que le peuple« – vergaß wie vor dem Haynacherlehen ihrer modischen Bildung und stotterte: »Was hawe denn die dumme Leit?« Graf Tige schien das Bedrohliche der Situation zu empfinden und befahl den Hornbläsern: »Vite! En avant!« Er zog das Händchen der Allergnädigsten, die er zierlich an erhobenen Fingerspitzen geleitet hatte, schutzfreudig unter seinen Arm und machte den anderen Pärchen jene flinke, sehr natürliche Gangart vor, die man vor Ausbruch eines Gewitterregens einzuschlagen pflegt. So gelang es ihm, den faschingsbunten Zug zur Hofwiese hinüberzubringen, bevor die erregten Subjekte ihren mißverständlichen Zorn in polizeilich unzulässigen Formen zu äußern begannen.

Es sah in dieser Stunde mit der Schaulust und Lachfreudigkeit der niederen Population sehr mager aus. Nur ein Häuflein Kinder zappelte dem hohen Netz entgegen, das den höfischen Festplatz umspannte, und außer einigen vorsichtigen Mannsleuten, denen es auf dem Brunnenplatze nimmer geheuer erschien, bestand das dankbare Publikum des beginnenden Fuchsmartyriums fast nur aus den Müttern, Schwestern und spöttischen Basen der fünf bürgerlichen Demoisellen, die man der hohen Ehre, an solchem Hofspektakel teilzunehmen, als würdig erfunden hatte. Unbekümmert um Gunst oder Mißgunst derer von da unten, fand die Prellgesellschaft innerhalb des Netzes rasch ihre vergnügte Laune wieder, und Aurore de Neuenstein zwitscherte mit entzückender Kindlichkeit die politische Meinung aus, man müsse da bald einmal »rechtschaffe dezimiere«, um wieder erquickliche Ruh ins Ländle zu bringen.

Vor der Mündung des langen, durch eng aufeinandergesteckte Rutenbogen gebildeten ›Fuchslaufes‹ stellten sich die Paare erwartungsvoll in bunte Reihe. Schulter neben Schulter. Jeder Demoiselle stand ihr Monsieur, jedem Monsieur seine Demoiselle gegenüber. Zwischen jedem Pärchen im vis-à-vis lag quer vor dem Fuchslauf die spannenbreite und drei Ellen lange Prellgurte auf dem Schnee, mit festen Holzgriffen für die Hände an den Enden. »Attention, mesdames et messieurs!« kommandierte der Wildmeister, der kein Französisch verstand und es aussprach, wie man Haselnüsse knackt. »Exit le premier renard!« Die Hifthörner bliesen eine Gavotte, die erste Kastenfalle wurde geöffnet, und gleich einer langgestreckten roten Flamme sauste der in der Falle mit einem Schwefelfaden gebrannte Fuchs durch den langen Laufgang der Rutenbogen. Im Gesichtchen der Allergnädigsten zeigte sich der Ausdruck einer fiebernden Spannung. Jetzt fuhr der Fuchs, dem die Sonne grün in die Augen funkelte, aus den Rutenbogen heraus. »Huppla!« schrie Aurore de Neuenstein mit einer von süßer Grausamkeit durchzitterten Freude ihrem Partner zu. Ein Zuck der in weißem Ziegenleder steckenden Händchen, die Prellgurte schnellte wie der Blitz in die Höhe, und der Fuchs, von dem heftigen Netzschlag an der Weiche gefaßt, flog ein Dutzend Ellen hoch in die blauen, hornungskühlen Sonnenlüfte hinauf. Heiter lachte Graf Tige: »Le voilà!« Alle die jungen, blitzenden Augen waren auf den fliegenden Fuchs gerichtet, der bei seiner Luftreise drollig zappelte, elegante Kapriolen machte und absonderliche Purzelbäume schlug. Vom Schusse seines Laufes im Fluge noch weitergetrieben, fiel er in das dritte Prellnetz. »Huppla!« Von kräftigeren Fäusten aufgeprellt, sauste er noch höher in die Luft, überschlug sich wie ein hurtiges Feuerrad mit wehendem Kometenschwänzl, fiel in das vierte Prellnetz, sauste wieder in die Höhe, und als er nach dem letzten Sonnenfluge außerhalb der glitzerbunten Reihe dieser lieblichen Jugend wie ein kleiner roter Sandsack schwer herunterplumpste in den weißen Schnee, hatte er, mit rotem Schaum vor den gefletschten Zähnen, seine irdische Ruh gefunden und war entseelt.

Die Hifthörner bliesen die melancholische Fuchstodweise. Ein Beifallsklatschen – nur innerhalb des Netzes – ein seliges Durcheinanderzwitschern; der erlöste Fuchs, der blutbefeuernde Reiz der Stunde, der rotfleckige Schnee, die Sonne, der Himmel, das silberne Bild der Berge, alles war »Superbe!« war »Magnifique!« und »Très délicat!« Nur nach dem Brunnenplatz verirrte sich kein Blick der seligblitzenden Unschuldsaugen. »Attention, mesdames et messieurs! Exit le second renard!« Die Hörner gavottierten, die rote Flamme sauste durch die Rutenbogen – »Huppla!« – und während das zweite Opfer dieser graziösesten aller Menschenfreuden gegen die Sonne wirbelte, schien es plötzlich, als wäre da drüben auf dem Brunnenplatze aller Lärm versunken in ein lautloses Schweigen.

Nein! Da drüben war es nicht völlig still geworden. Es übertönten nur die Hörner das beklommene Gesumm. Alle, die in der Nähe des Brunnens waren, hatten gesehen, daß der Blutende, den die Kraft schon verlassen wollte, sich plötzlich in den Eisen reckte und mit Schreck und Freude über das Gewoge der Köpfe nach einer Gassenstelle spähte. Viele drehten die Gesichter nach dieser Richtung und suchten mit den Augen. Und viele sahen und hörten das: wie Leupolt Raurisser an allen schmerzenden Gliedern entkräftet in sich versank, in den schneidenden Klammern hing, sich lächelnd wieder aufreckte, kraftvoll am Balken stand, verklärte, heißglänzende Augen bekam und zu Frau Agnes hinuntersagte: »Mutter, jetzt kommt das Härteste und Schönste!« Viele sahen, wie er gewaltsam seine aufrechte Kraft erzwingen wollte, wieder zu sinken begann und mit der Kehle an den Kanten des rotgewordenen Eisens hing. Und während Leupolts erloschene Stimme wieder zu beten anfing: »Herr, wenn ich Dich nur habe –«, kam ein Stoßen und Armwühlen von den Häusern durch die gestaute Menschenmenge herüber, viele Leute redeten aufgeregt durcheinander, und immer schrie eine bange, von Sorge umklammerte Mädchenstimme: »Meister, Meister –«

Den dreien, die da kamen, wurde Platz gemacht. Hundert Stimmen wirrten sich durcheinander, und dennoch hörte man das Betteln der Sus: »Ach Meister, ich tu Euch bitten, kommet mit heim! Habt Ihr nit Sorg um Euretwillen, so schauet doch Eurem Kind in die Augen!«

Wie halb von Sinnen, blaß und zitternd, mit verstörtem und dennoch gierig suchendem Blick, hing Luisa an den Vater geklammert, der sie mit dem rechten Arm umschlungen hielt und mit dem linken immer weiteren Raum in dem aufgeregten Menschengewühl erzwang. Als die flehende Magd sich vor ihn hindrängte, schob er sie aus seinem Weg und sagte durch die Zähne: »Geh, Sus! Das wirst du nit hindern. Ich tu, was ich muß.« Sie bettelte: »Meister, um aller Seligkeit willen –« Da preßte Luisa die Hand auf den Mund der Magd: »Sei nit so mutlos! Was du haben willst vom Vater, ist unbarmherzig. Wenn Gerechtigkeit nimmer bei den Richtern ist, so muß sie bei uns anderen sein.«

Meister Niklaus drängte vorwärts, und die blonde Magd, obwohl sie sich verzweifelt wehrte, wurde zurückgerissen in das lärmende Gewühl. Nun standen die beiden vor dem Brunnen, Hand in Hand. Luisa mußte die Augen schließen und preßte zitternd den Arm vor das entstellte Gesicht. Ihr Vater, die Stirn überronnen von einer kalkigen Blässe, sah zu dem Blutenden am Balken hinauf, und seine Stimme, nach einem ersten Schwanken, wurde fest und laut: »Mich hast du behüten wollen vor einem harten Ding. Um meinetwegen mußt du büßen. Helfen kann ich dir nit, Gott sei's geklagt. Aber wo du leidest, da ist mein Platz.«

Leupolt lächelte. Dann schien ihm zu entrinnen, was noch an Kraft in seinen zuckenden Gliedern war. Den Kopf im Eisen nach vorne pressend, daß ihm ein roter Sickerstrich herunterging über den grauen Kittel, sagte er mühsam: »Vergelt's Gott! Aber gelt, jetzt tust du wieder heimgehen.« In den Eisen sinkend, schloß er die Augen. »Wie das liebe Mädel zittert – Meister, das kann ich nit sehen.« Seine Stimme erlosch.

»Barmherziger!« schrie Mutter Agnes. »Mein Bub verscheint!« Aus einer Flasche füllte sie einen Zinnbecher und wollte auf den Brunnen steigen. Da faßte ein Musketier die Frau am Kittel. »Es därf nit sein, Meisterin!« Sie kreischte wie von Sinnen: »Hat nit ein römischer Musketier dem Erlöser am Kreuz einen Kühltrunk hinaufgehoben? Steht das im Urtl, daß wir gutkatholischen Christen unbarmherziger sein müssen, als die Heiden gewesen sind?« Die Erregung der Tausenden war wie wachsendes Sturmrauschen. Und der Musketier machte ratlose Augen. »Steht das im Urtl?« schrie die Mälzmeisterin. Nein. Es stand nicht drin. Dr. Halbundhalb hatte vergessen, dieses Wesentliche seinem die Wahrheit bekämpfenden Dokumente einzuverleiben. Und Mutter Agnes in ihrer Seelenangst entschied: »Was nit verboten ist, muß erlaubt sein!« Sie wollte klettern. Da war ein Kleiderwehen neben ihr, und ein tausendfacher Zuruf der erregten, näherdrängenden Menschen. »Nit, Mutter Agnes«, hatte Luisa aufgeschrien, »laß mich das tun!« Und hatte der Mälzmeisterin den Becher aus der Hand genommen und stand schon droben auf dem Gesims des Brunnens. Um zu helfen, umklammerte Frau Agnes die Knie des Mädchens: »Streck dich, Kindl, ich laß nit aus, du tust nit fallen!« Sich hinaufreckend am Holz der Unehr, schob Luisa die linke Hand hinter Leupolts Nacken und hob den Becher an seine bläulichen Lippen. »Komm! Tu trinken, du guter Mensch!« Ein wunderliches Geschrei der Tausenden. Es klang wie Zorn, wie Aufruhr, hatte etwas Erschreckendes und war doch Freude, war aufatmendes Erbarmen.

Leupolt hatte die Augen geöffnet.

Wieder sagte sie: »Komm! Tu trinken!« Und das Geschrei der drängenden Menschen verstummte plötzlich und wurde ein Staunen und Lauschen.

Er lächelte, schien nicht zu hören, was sie sagte, und sah nur in ihre Augen. Der Glanz seines Blickes und das Fadengerinne seines Blutes machten sie so verstört, daß sie heftig zu zittern begann. Sie drohte umzusinken. Während ihr alle Sinne taumelten, hörte sie wie aus einem kreisenden Brunnen herauf die bettelnde Mutterstimme: »Du tust nit fallen! Streck dich, Kindl, ich laß nit aus!« Da wurde es wieder hell vor ihrem Blick, sie konnte das Blut des Büßenden und seine Augen sehen, streckte sich an dem Lächelnden hinauf, und weil sie nicht sprechen konnte, streichelte sie nur sein Haar und hob zwischen seinen Lippen den Becher. Als er am Kinn die rinnenden Fäden des Trunkes fühlte, verstand er, konnte die verbissenen Zähne öffnen und trank. Luisa reichte den geleerten Becher hinunter und schrie: »Gib, Mutter! Gib! Er dürstet noch allweil!« Solang ihre Hand ohne Hilfe war, hatte sie nicht den Mut, zu ihm aufzublicken, auch dann nicht, als er leis ihren Namen sagte: »Luisli?« Sie sah sein Lächeln nicht, doch sie hörte es aus dem Klang seiner Stimme und senkte das Gesicht noch tiefer. Erst als sie den gefüllten Becher umklammerte, wagte sie die Augen wieder aufzurichten, hob den Trunk zu ihm hinauf und flüsterte: »So komm!«

Er trank und leerte den Becher.

Wieder schrie sie zur Mälzmeisterin hinunter: »Gib! Er dürstet!« Lächelnd schüttelte Leupolt den Kopf: »Nit, du Gütige! Es ist genug.« Aus jedem Laut seiner Stimme war es zu hören, wie die erschöpften Kräfte neu erwachten in ihm. »So heilig ist mir noch nie ein Trunk in die Seel gegangen, derzeit ich leb. Ich sag dir Vergeltsgott, Luisli!« Seine Augen flehten. »Und gelt, jetzt tust du mir was zulieb?«

Ihr blasses Gesicht erglühte. »Alles – was nit wider Gott ist.«

»So tu ich dich bitten, geh heim! Du tust es mir leichter machen. Willst du?«

Sie nickte, wandte sich von ihm ab wie ein folgsames Kind, sah nicht, wie blutig ihr Kleid und ihre Hände geworden waren, ließ sich von Mutter Agnes und vom Meister hinunterheben und sagte: »Komm, Vater, wir gehen heim. Der Leupi will's haben. So muß es sein.«

Während die beiden einen Weg durch die Mauer der Menschen suchten, hörte man, wie in der halben Stille, die noch immer herrschte, die zittrige Stimme eines alten Mannes zur Sonne hinaufschrie: »Sei gesegnet, du heilige Barmherzigkeit!«

Diesen Schrei hatte Leupolt nicht vernommen. Immer sah er den beiden nach, die verschwanden, wieder auftauchten und dann nimmer zu sehen waren. Er erwachte erst aus seiner lächelnden Versunkenheit, als tausend Arme sich erhoben und tausend Stimmen das Wort des alten Mannes wiederholten: »Sei gesegnet, du heilige Barmherzigkeit!« Dann wieder ein halbes Schweigen in der funkelnden Sonne, und Frau Agnes stammelte klagend zum Holz der Unehr hinauf: »Ach, Bub, dein liebes, dein junges Leben!« Mit dem Blick eines Glücklichen sagte er: »Man muß das Leben nit lieb haben um des Lebens willen, nur um der heiligen Stündlen wegen, die's einem schenken kann.« Noch tiefere Stille. Und plötzlich, nahe dem Brunnen, klang eine schrille Weiberstimme, wie völlig sinnlos, ähnlich dem Verzweiflungsschrei einer Wahnwitzigen: »Gott? Unser Herr und Gott? Warum hast Du uns verlassen?« Da reckte sich der Blutende in den roten Eisen. Er straffte sich in allen Gliedern, seine Augen glänzten über die tausend wogenden Köpfe hin, und seine rufende Stimme wurde wie Stahl: »Weil wir lügen und heucheln. Gottes Hilf ist bei den Mutigen, die wahrhaft sind!«

»Jesus!« stammelte Mutter Agnes erschrocken und streckte wehrend die Hände zu ihrem Sohn hinauf. Und ein Musketier stieß den Kolben seiner Flinte gegen Leupolts Füße: »Kerl, du! Willst du nach aller Gnädigkeit das Maul aufreißen und die Leut verhetzen? Du?« Inmitten eines jähen Verstummens der Tausende gab Leupolt die klingende Antwort: »Gott ist mir gnädig! Soll's jeder halten, wie er meint und muß. Ich will bei der Wahrheit bleiben.« Er hob den Kopf aus dem Eisen, daß die rote Scheuerwunde an seiner Kehle sich entblößte, und seine Stimme wurde wie der frohe Schrei eines beseligten Menschen. »Jetzt bin ich kein Unsichtbarer nimmer. Leut! Ob Leben oder Tod, ich bin ein evangelischer Christ.« Der Mutter Agnes brachen die Knie. Sie fiel auf die Brunnenstufen hin, bedeckte das Gesicht mit den Händen und mußte weinen.

Die Musketiere kreischten: »Jesus, Jesus, wo bleibt der Muckenfüßl?« Im gleichen Augenblick zappelte aus dem Stiftstor der Kamerad heraus, der fortgelaufen war, um die kanzleideutsche Obrigkeit zu ermuntern. Ein Dutzend Soldaten hatte er aus ihren Stuben herausschreien können. Von den Herren hatte er keinen gesehen. Wie der Müde in loco hujus, so schlummerte der vom Verbieten erschöpfte Kanzler, so schnarchte der gekränkte Wahrheitsmörder Halbundhalb, so träumte Jesunder aufgeregt von dem unerklärlichen Armeseelenkammerrätsel, und so duselten alle, die wach geblieben waren in der vergangenen Mirakelnacht. Nur die als Sukkurs gerufenen Musketiere klapperten diensteifrig aus dem Tor heraus und hörten das erregte Stimmengewoge hinrauschen über den Brunnenplatz. Was die Tausende durcheinanderschrien? War es Abwehr oder Zustimmung, Zorn oder Hoffnung? Es war alles zugleich und wuchs zu einem tosenden Lärm. »Gotts Not! Was ist denn da los?« Der Musketier, der neben dem Balken der Unehr stand, gab Antwort: »Der da droben am Schandholz hat sich ausgeschrien als Evangelischen. Und verhetzt das gutmütige Volk. Dem lutherischen Narren sollt man alle Knochen in Scherben schlagen!« Weil er mit dem Flintenkolben eine Bewegung machte, faßte die Mälzmeisterin gleich einer Wahnwitzigen den Mann an der Säbelkoppel: »Unmensch, du!«

»Unmensch? So?« Er schüttelte die Frau von sich ab. »Und du? Eine Gutkatholische? Du weißt wohl nit, was für eine Straf die evangelischen Ketzer verdienen?«

Noch ehe Frau Agnes antworten konnte, stand zwischen den beiden die Moidi von Unterstein, jenes Mädel, dem der alte Fürsager die blauen Faustmale der Brüste mit dem heiligen Buche bedeckt hatte. Das Gesicht des jungen Geschöpfes war so wächsern wie das Antlitz einer Sterbenden, doch in den weitgeöffneten Braunaugen glänzte etwas Freudiges und Schönes. So streckte sie sich an dem schweren Soldaten Gottes hinauf und fragte mit heller Stimme: »Was verdienen die? So sag's doch! Sag's!«

»Die verdienen, daß sie all zusammen auf den Scheiterhaufen kommen.«

Da breitete das kleine, hagere Mädel mit einem leisen, wunderlich frohen Schrei die Arme auseinander und rief: »So mußt du mich auch verbrennen. Ich bin eine evangelische Christin. Schon ins vierte Jahr.«

Ein knirschender Soldatenfluch. »Packet das unverschämte Mensch!« Drei, vier Musketiere fielen über das Mädel her, und während sie ihm die Arme hinter den Rücken preßten, drängte sich aus dem schreienden Gewühl der Menschen ein alter Bauer heraus, der Fürsager von Unterstein, kreuzte selber die Hände und streckte sie den Soldaten hin: »Nehmet mich auch gleich mit! Ich bin ein Evangelischer. Ich bin's, derzeit ich denken hab können. Und meine Buben und Töchter, meine Schwieger und meine sechzehn Enkelen, wir alle sind evangelisch.« Wie ein fröhlich Betrunkener drehte er den grauen Bart über die Schulter und schrie mit der Stimme eines jungen Menschen: »Kinderlen! Her zu mir! Unser Christenherz will maien! Jetzt geht es ins Himmelreich!« Erschrocken guckten die Musketiere die vielen Kinder des Alten an, die sich herdrängten von allen Seiten, Männer und Greise, Bürger und Bauern, Weiber, Kinder, hochstämmige Burschen und halbwüchsige Mädchen. An die vierzig, an die fünfzig und sechzig waren es, und mit jeder Sekunde wuchs ihre Zahl, und sie alle waren Kinder vom Geiste dieses Alten, auch wenn sie einen anderen Namen trugen als er.

Erschrocken sah Frau Agnes in das jauchzende Gewühl der haufenweis herbeiströmenden Bekenner hinein und griff sich mit beiden Händen an die Schläfe, daß ihr die weiße Haube zurückfiel in den Nacken. Zitternd taumelte sie gegen das Holz der Unehr hin und umklammerte die rot übersickerten Füße ihres Sohnes: »Mein Bub! Mein Blut und Fleisch! Was hast du verschuldet!«

»Nichts, Mutter!« Der Klang seiner Stimme war ruhig. »In meines Lebens heiligstem Stündl hab ich ein Wegweis der redlichen Wahrheit werden müssen.«

Sein Wort ging unter in dem wachsenden Stimmengebraus der Hunderte, die sich herandrängten, um das Schneekleid ihrer Seelen abzustreifen und Sichtbare zu werden. Fast alle, wenn sie die Hände hinboten, hatten das gleiche Wort: »Mich auch! Wie schön ist die Wahrheit! Jetzt geht es ins Himmelreich!« Immer vier oder fünfe wurden von den Musketieren in die Torhalle hineingeführt, und doppelt so viele folgten aus freiem Willen, bis die Soldaten Gottes müde wurden des Verhaftens. Nur drei von ihnen blieben beharrlich. Und da faßten sie im Gedräng einen Bauer. Der wehrte sich wie irrsinnig und kreischte: »Lasset mich aus! Ich bin ein Gutgläubiger. Mein Weibl ist römisch und meine Kinder sind's.

Die laß ich nit. Gelobt sei Jesus Christus, ich glaub ans Fegfeuer, in Ewigkeit, amen. Und wie mein Herzfleck ist mir mein Haus und Acker. Und müßt ich zum luthrischen Sand hinunter, ich wüßt nimmer, wie ich noch schnaufen könnt. So lasset mich doch aus, ihr Herren! Vor Weihbrunnkessel und Meßbuch will ich's beschwören: Ich bin ein Gutgläubiger!«

Der Blutende am Holz der Unehr wandte das Gesicht im Eisen. Er hatte seinen Widersacher von der Untersteiner Krippe erkannt. Mit einer Stimme, so hell und stark, daß sie allen Lärm übertönte, rief er hinaus in die Sonne: »Lügen heißt leiden. Und einer, an den wir glauben, hat gesagt: ›Wer mich verleugnet vor den Menschen, den will ich auch verleugnen vor meinem himmlischen Vater.‹«

Der Bauer, den die Musketiere schon freigegeben hatten, blieb stehen wie ein Gelähmter. Langsam wandte er die Augen und sah zum Balken hinauf. Ein Erblassen rann ihm über das verstörte Gesicht. Nun tat er einen tiefen Atemzug, ging auf einen der Musketiere zu und bot ihm die gekreuzten Hände hin: »Mich auch! Alles verlieren! Nur nit die Seligkeit. Ich bin evangelisch.« Der Soldat verhaftete ihn nicht, sondern sah den Bauer mit erweiterten Augen an, warf die Feuersteinflinte in den Brunnen, riß den Dreispitz und die Säbelkoppel herunter, schleuderte alles wie in Ekel von sich und sagte: »Da tu ich nimmer mit. Komm, Bruder, wir gehen selbander ins Himmelreich!« Er legte den Arm um den Hals des Bauern, küßte ihn auf die Wange und trat mit ihm in den Schatten der Torhalle.

Ein unversiegendes Herandrängen von allen Seiten. Jetzt irgendwo eine jauchzende Stimme: »Leut! Ihr lieben Leut! So schön, wie der Frühling der Wahrheit ist, so gottschön ist kein Blumenwuchs auf der besten Alm!« Das Wort des Einen wurde zum frohen Seelenschrei von Hunderten: »Frühling der Wahrheit! Frühling der Wahrheit!« In dem brausenden Bekennergewimmel, das schon den Hof des Stiftes zu füllen begann, fing einer mit klingender Kehle zu singen an. Viele Stimmen wuchsen mit freudigen Kräften hinzu. Aus Tor und Halle schwoll das Lied um den Brunnen her, sprang hinüber zu den Türen, zu den Fenstern, und rauschte über die Gasse hin:

»Nun freut euch, liebe Christengmein,
Und laßt uns fröhlich springen —«

Alle, die so sangen in dieser Frühlingsstunde ihrer Seelen, sangen das Lied in ihrem Leben zum erstenmal mit lauten und unverschüchterten Stimmen. Fast war es nicht wie Gesang. Es war wie ein unersättliches, nicht enden wollendes Aufjuchzen der Freiheit und Erlösung.

15

Der Hall des tausendstimmigen Liedes, das emporschwoll über die Dächer des Stiftes, klang auch hinüber zu der galanten Jugend, die sich à la Versailles amüsierte und kaum einen Laut dieser über alles Irdische emporgehobenen Menschenfreude vernahm. Es erging den graziös Erheiterten, wie es einem leichtsinnigen Träumer geschieht, der beim Rauschen eines fröhlichen Baches den Donner des aufsteigenden Gewitters überhört. Auf der Hofwiese gavottierten die Hifthörner in raschem Tempo, obwohl sie die klagende Fuchstodweise hätten blasen müssen. Der letzte Prellfuchs war schon seit geraumer Weile entseelt. Er zappelte nimmer, während er flog, sauste aber immer wieder hinauf ins schöne Blau. Die Allergnädigste schien sich des blutspritzenden Spiels nicht ersättigen zu können, und so wurde der leblose Tierklumpen zu einer Kostbarkeit, um die sich alle Prellerpaare in ausgelassener Heiterkeit zu raufen begannen. Nun fing auch die Zuschauermenge vor dem Netz zu wachsen an. Viele, die den Marktplatz erschrocken verlassen hatten, wurden festgehalten durch das farbige Flatterbild, doch nicht in Schaulust, sondern in Zorn. Inmitten einer erregten Frauengruppe deutete ein mauerblasses Weib auf den fliegenden Fuchs und schrie: »So prellen sie unsere Seelen, unser Gut und Leben, bis uns allen der Schnaufer vergeht. Die sollt der Teufel einmal reiten! Kreuzweis!«

Hatten die Dunklen der Unterwelt diesen Segenswunsch erhört? Aus zwei großen Kästen, die auf einen heimlichen Wink des Grafen Tige auseinanderfielen, sausten vier schwarzborstige Unholde mit Grunzen heraus, prallten gegen die gespannten Netze, rasten blind nach einer anderen Richtung, spritzten im Lauf den blutigen Schnee auseinander, wurden wie besessen und überrannten jedes lebendige Hindernis. Diesen Vorgang begleitete ein sechsstimmiges

Damengeschrei, das sich aus toller Heiterkeit sehr flink verwandelte in schrilles Angstgezeter. Gleich zu Beginn des Scherzes merkte Graf Tige, daß der graziöse Knalleffekt ein übles Ende zu nehmen drohte. Erschrocken befahl er dem Wildmeister und den Jägern: »Abfangen! Abfangen!« Es war zu spät. Mit gehobenen Röcken, grillend wie geängstigte Kinder, jagten die unter Schminke und Schönheitspflästerchen entfärbten Demoisellen sinnlos zwischen den Netzen hin und her, um den jungen, sausenden Wildschweinen zu entrinnen. Keiner gelang es. Jede wurde von solch einem blindsurrenden Borstenklotz zu Boden geworfen. Hinter den Schweinen, halb noch lachend, halb schon in Sorge, sprangen die Domizellaren und Jäger mit den blanken Hirschfängern einher.

Bevor man das erste der rasenden Schweinchen zu Boden bringen konnte, waren die sechs Demoisellen schon zum Erbarmen zugerichtet, mit zerrauften Frisuren, mit zerfetzten Kleidern, beschmutzt, vom Schnee durchnäßt, an Gesichtern und Händen mit roten Flecken gesprenkelt, die vom Abklatsch des überall ausgespritzten Fuchsblutes herrührten. Das zweite und dritte Wildschwein wurden in den Netzen erstochen. Den letzten Überläufer mußte man, bevor er den Todesstoß empfangen konnte, an den Hinterläufen unter dem tonnenartigen Steifrock der Allergnädigsten hervorzerren. Aurore de Neuenstein lag mit ausgespreizten Armen im Schnee und zeterte ununterbrochen die beiden Worte: »Mon Dieu! Mon Dieu! Mon Dieu!« – in einem wesentlich anderen Ton, als Damen zu kichern pflegen, wenn sie charmant kascholiert werden. Und während dieses weidmännische Accouchement unter beträchtlicher Kränkung zarter Prinzipien vollzogen wurde, ließ sich ein zorniges Spottgelächter vernehmen. Drei der Demoisellen huschten durch die Leierbüsche des gestutzten Hofgartens davon, um dem Hohn der Subjekte zu entrinnen. Und Aurore de Neuenstein war anzusehen wie eine Nachtwandlerin mit geöffneten Augen.

Das ungraziöse Überraschungsspiel der bösen Schweinchen schien sich bei ihr mit einer sinnverwirrenden Entdeckung zu komplizieren. Als aller Schreck schon längst überstanden war, wurde die Allergnädigste plötzlich von einer befremdenden Erschütterung der Verdauungsorgane befallen – ein Symptom, über das Graf Tige nicht minder erschrak als Aurore de Neuenstein. Zu einer Erörterung der unliebsamen Katastrophe verblieb den beiden vorerst keine Zeit. Atemlos erschien auf der Hofwiese der aus seinem Sonntagsschläfchen aufgestörte Muckenfüßl, schlotterbackig, ohne Säbel, und kreischte: »Ihr Herren und Jäger! Jesus, Jesus! Die Welt geht unter in loco hujus! Unsere Bauern rebellieren wider Himmel und Gott! Wir brauchen Hilf! Alles hinüber zum gnädigsten Fürsten!« Der Wildmeister, alle Domizellaren – ausgenommen der Graf Tige – die Pagen und Hifthornbläser sprangen mit dem stotternden Feldwebel durch den Schloßgraben zum Stift hinüber, aus dessen Höfen das Lied der tausend Bekennerstimmen in die Sonne schwoll. Sechs von den Jägern zerrten die abgestochenen Wildschweine hinter sich her.

Auf der Straße war ein ruheloses Durcheinander. Leute rannten schreiend gegen den Markt hinauf, und viele, denen die Seele angstvoll geworden, strebten hastig ihren Höfen zu: die noch Unentschlossenen, die nicht sichtbar werden wollten, und die Gutgläubigen, denen das Bekennungswunder dieses Morgens die frommen Gemüter mit Trauer und Schreck erfüllt hatte. Inmitten eines Schwarmes dieser Heimläufer kreischte ein Aufgeregter: »Mich haben die Musketiere dreimal gepackt. Allweil hab ich mich ausweisen können mit polizeimäßigen Glaubenswörteln. Wer tät denn gutgläubig sein, wenn's ich nit bin? Hättst du das Erlösungswunder meiner Martle gesehen, so tätst du glauben, Mensch! Erzählen darf ich es nit. Aber fürs Martle tu ich ein neues Kreuz schneiden. Sie hat's verdient! Wenn eins heruntergreift aus dem Himmel und meine Kinderlen hinaufholt in die Ewigkeit – so eine Gottselige wird wohl ein Kreuzl verdienen? Nit? Und müßt auch ihr Leichnam in heidnischen Boden kommen wie eine ungetaufte Katz, bevor sie stinkig wird.« Der Haynacher betrachtete unter verzerrtem Lächeln das erstochene, in Schneegebrösel und Blutklumpen eingewickelte Wildschwein, das von zwei Jägern in den Schloßgraben hinuntergezogen wurde. Mit dem Finger deutend, kicherte Christl: »Auch ein Ungetauftes! Findt aber doch eine christliche Ruhstatt. Weil's die geistlichen Herren hinunterschlucken in ihre geweihten Mägen!«

Da kam einer aus dem Tal herauf. »Christl? Jeder Redliche lauft der Wahrheit zu. Und du gehst heim?«

»Wohl, Mensch!« Der Haynacher lächelte schlau. »Mich haben sie wieder auslassen müssen. Weil ich so gutgläubig bin, wie mein Martle und jedes von meinen getauften Kinderlein gewesen ist.«

Der andere, halb in Zorn und halb in Erbarmen, machte eine Handbewegung und ging vorüber. Christl Haynacher keuchte in die Sonne hinaus: »Kann sein, mir ist ein unheiliger Zweifel durchs Hirndächl gelaufen, ich weiß nit, wann. Aber wie das Wunder mit meinen Kinderlen geschehen ist, da bin ich gutgläubig worden. Wenn aus der Seligkeit zwei liebe Händ heruntergreifen zur irdischen Not! Und lupfen das unschuldsweiße Pärl aus dem amtsmäßigen Riegel heraus! Und allweil höher hinauf zum ewigen Gottesglanz! Schau, Mensch, da mußt du doch selber sagen –« Er merkte, daß er allein stand. »So so –« Dem Christl liefen zwei Tränen über die Feuerflecken seiner Backen. »Schau, von meinen gottseligen Kinderlen will kein Mensch mehr ein Wörtl wissen!«

Diese Weisheit glich einem der wahrheitsfernen Irrtümer, wie sie der lyrisch verherrlichte Dr. Halbundhalb zu fabrizieren pflegte. Gerade in dem Augenblick, in welchem Christl seine falsche Rechnung aussprach, erwachte die Erinnerung an das Haynachersche Zwillingspaar in einer Menschenseele, der man ein so treues Gedenken gar nicht zugetraut hätte – in der Seele der allergnädigsten Aurore de Neuenstein. Von dem verwüsteten Fuchsprellplatze hatte Graf Tige den leidenden Engel in zerrupftem Zustand hinübergeleitet zu einem Salettchen des gestutzten Hofgartens. Hier saß die Neuenstein auf einem Holzbänkl. Graf Tige lag vor den Knitterbrüchen des Steifrockes auf den Knien, labte die schwache Demoiselle mit Biskuitstückelchen – und da wiederholte sich plötzlich jene befremdende Erschütterung ihres innersten Wesens. Es wurde der Allergnädigsten in beklagenswertem Grade übel, und dieses war der Augenblick, in dem Aurore de Neuenstein sich jener chose effroyable erinnern mußte, die sie auf dem Stubentische des Christl Haynacher hatte liegen sehen. Aber statt von menschlichem Erbarmen bewegt zu werden, geriet sie in einen schwer erklärlichen Jähzorn, und – billeripatsch – versetzte die Allerungnädigste dem Grafen Tige eine schallende Ohrfeige, viel kräftiger, als man es diesem zartesten aller Händchen hätte zutrauen mögen. In Tränen ausbrechend, entzog sie sich flink durch eine Ohnmacht jeder weiteren Konversation. Graf Tige mit der brennenden Wange eilte durch den gestutzten Hofgarten davon, um Hilfe für Aurore de Neuenstein herbeizurufen. Als er die sekrete Gartenmauer erreichte, hörte er das Stimmengebraus der Marktgasse und den mächtig wachsenden Klang eines verbotenen Liedes, das von Tausenden gesungen wurde. Ratlos guckte er in die Sonne und wurde von zwei Menschen, die es eilig hatten, aus dem Weg gestoßen.

Neben einem blonden, sich wie irrsinnig gebärdenden Mädel, sprang der lange Stiftspfarrer Ludwig in dünnen Hausschuhen durch Schnee und Pfützen. Der schwer erkrankte Mann konnte plötzlich so hurtig rennen wie der gesündeste Bauernbub. Über die Wasserlachen vor dem Garten des Meisters Niklaus machte Pfarrer Ludwig Sprünge wie ein Wettläufer vor dem Ziel. Er wollte atemlos in die Werkstatt treten, fand die Tür verschlossen und schrie: »Um Himmels willen, Nicki, so tu doch auf!« Hinter der Tür eine zornbebende Stimme: »Man hat mich eingesperrt.« Die Sus stammelte: »Da ist der Schlüssel!« Nun mußte der Pfarrer lachen. »Du hast ihn eingekastelt?« Dem Mädel kollerten die Tränen über das angstvolle Gesicht. »Was hätte ich denn tun sollen? Der Meister ist stärker als ich. Wie ich heimgekommen bin und hab erzählt, daß die Evangelischen hundertweis bekennen, hat der Meister gleich zum Bekenntnis laufen wollen. Da bin ich in meiner Seelenangst aus der Tür gerumpelt, hab zugesperrt und bin zu Euch gesprungen.«

»Und das Luisichen?« fragte der Pfarrer sorgenvoll. »Weiß sie, was der Meister hat tun wollen?« Sus schüttelte den Kopf: »Die hab ich droben eingesperrt in ihrem Stübl. Gar nit gemerkt hat sie's. So durstig hat sie gebetet vor dem Jesukind.«

Der Pfarrer atmete auf: »Dich sollt man zum Kanzler von Berchtesgaden machen. Du bist die Gescheiteste von uns allen. Jetzt tu das Mädel behüten, derweil ich red mit dem Meister.« Während dieser Worte des Pfarrers rüttelte der Eingesperrte immer an der Tür: »Gottes Not, so machet doch auf!«

»Ja, guter Nick! Erst muß ich das Schlüsselloch finden. Ich bin ein Kranker, mir zittern die Händ.« Dieser unanfechtbaren Wahrheit zum Trotze wußte der Pfarrer, als er die Tür geöffnet hatte und über die Schwelle gesprungen war, sehr flink wieder auf der Innenseite den Schlüssel ins Schloß zu bringen und umzudrehen.

Meister Niklaus bekam eine dunkelrote Stirne. »Pfarrer! Meinen Weg gib frei!«

»Gleich, Herzbruder! Nur ein Wörtl!«

»Gewissen und Wahrheit vertragen kein Biegen nit.«

Der Pfarrer sah, daß das Fenster offen stand und das schwere Gitter verbogen war. »Gewissen und Wahrheit sind wie eiserne Stangen. Ein bißl Biegen, wenn es vernünftig ist, vertragen sie schon. Nur gegen die Unvernunft sind sie bockbeinig. Und da ist's ein Glück, daß es noch allweil Schlosser gibt, die verläßliche Arbeit machen.«

»Pfarrer?« Meister Niklaus streckte sich. »Willst du mich hindern, als Christ meine Pflicht zu tun?«

»Ganz im Gegenteil! Ich will dich in deiner Pflicht bestärken.« Weil der Meister den Pfarrer beiseite drängen und die Schwelle gewinnen wollte, stemmte der Greis sich gegen das Türschloß, in dem noch der Schlüssel stak. »Aber Herzbruder! Tu nit so grob mit mir. Seit gestern bin ich ein todkranker Mensch.« Dem Meister fielen die Arme hinunter. Und der Pfarrer, nachdem er den Türschlüssel abgezogen hatte, sagte ruhig: »Schau, Nick! Ein Christ sein, ist ein wundervolles Ding. Aber jede Pflicht verlangt vom Menschen ein bißl Treu. Von deiner Kunst will ich nit reden. Die ist durch deine Redlichkeit eh' schon zu kurz gekommen um eine geschickte Hand. Aber willst du vergessen, daß du auch ein pflichtgetreuer Vater sein mußt? Willst du das Gute, das in deinem Mädel gewachsen ist, wieder in Scherben schlagen? Willst du dein Kind in Tod und Verzweiflung treiben?« Das Gesicht in die beiden Hände pressend, von denen nur die hölzerne nicht zitterte, stand der Meister wortlos am offenen Fenster, überglänzt von einem steilen Strahlenbündel der Mittagssonne. »Komm, Herzbruder! Setz dich zu mir aufs Bänkl her! Da wollen wir reden miteinander.«

In der friedsamen Stille, die diesen Worten folgte, richtete draußen vor der Tür die Sus sich auf und bekreuzte unter einem Atemzug der Erquickung das blasse Gesicht. Heißen Blickes emporschauend nach der Richtung, in der sie den Wohnsitz Gottes vermutete, sprach sie mit jagender Flüsterstimme zwei Gebete, zuerst ein evangelisches, dann ein gutkatholisches. Und flink über die Stiege hinauf, um abermals zu lauschen – an Luisas Tür. Deutlich konnte sie die inbrünstigen Stammellaute einer Litanei vernehmen. Leis drehte Sus den Schlüssel und trat in die weiße, sonnige Mädchenstube. Vor dem flimmernden Jesuschrein lag Luisa auf den Knien, die blutfleckigen Hände ineinander gekrampft. Sie hörte nicht, daß jemand den flehenden Hilfeschrei der Litanei zur heiligen Gottesmutter andächtig mitsprach: »Bitt für ihn – bitt für ihn –« Als Luisa wieder ein Ave Maria beginnen wollte, sagte die blonde Magd mit lauter Stimme das Amen, faßte die Haustochter unter den Armen und hob sie vom Boden auf. »Komm, Kindl! So fromm hast du gebetet, daß die heiligste Mutter ihm helfen muß! Und schau, du mußt doch das blutfleckige Kleidl heruntertun! Mußt dir die roten Händln waschen!« Lautlos bewegte Luisa die Lippen, umklammerte den Hals der Magd und preßte das Gesicht an ihre Schulter. Nach heiteren Worten suchend, führte Sus die Haustochter zu einem Sessel, begann sie zu entkleiden und stellte das Waschbecken zurecht. Dabei lauschte sie immer in den Flur hinunter. Es dauerte lang, bis drunten das Klappen der schweren Tür an des Meisters Werkstätte zu hören war. Kein Schritt. Die Sus atmete erleichtert auf. Sie wußte gleich: der Meister ist daheim geblieben, und nur der Pfarrer in seinen lautlosen Filzschuhen ist davongegangen. Als sie zum Fenster hinhuschte, sah sie den Hochwürdigen auf die Straße treten. Jetzt sprang der lange Pfarrer nimmer. Sehr achtsam umging er die Wasserlachen.

Ein Menschengerenne hin und her. Trotz des wogenden Lärms, der die Marktgasse füllte, war nicht das geringste Zeichen von Rebellion zu erkennen. Das flutende Leutegedränge hatte was Festliches. Und während der Klang des evangelischen Liedes herscholl von den Stiftshöfen, ragte auf dem Brunnenplatz der leergewordene Schandbalken über das Gewühl der Köpfe hinaus. Man hatte den Büßenden aus Staatsräson begnadigt, um die Aufregung der Subjekte zu mildern. Dieser notwendig gewordene Gnadenakt hatte die Regierungsseele des Herrn von Grusdorf bedenklich aus dem Gleichgewichte gebracht. Das stand unter verschobenem Lockenbau auf seinem Katzjammergesicht zu lesen, als er, von sechs Musketieren flankiert, hinüberwatete zum Sanssouci der Allergnädigsten, die ihn durch ein geheimnisvolles Eilbriefchen zu sich gerufen hatte. Sein Prophetengeist war so verwirrt, daß er nicht ahnen konnte, welcher familiären Bestürzung er mit seinen Gichtzehen entgegenzappelte.

Unter muntern Worten bohrte sich der Pfarrer durch das wogende Leutgewühl zu dem Hause seines Freundes Lewitter. In dem dunklen Flur, in dem es nach Gewürzen duftete, fragte er die stumme Lena: »Ist dein Herr daheim?« Da hörte er aus dem Oberstock den leisen Gesang einer müden Greisenstimme. Es war nicht das erstemal, daß Pfarrer Ludwig in Lewitters Haus diese alte, schwermütige, wunderlich verzierte Tempelweise vernahm. Er hastete über die steile Treppe hinauf und hämmerte mit dem Fingerknöchel gegen die Türe. »Simmi! Tu auf! Ich bin's! Ein Mensch!«

Eiserne Stangen klirrten, und zwei Schlüssel drehten sich in den schweren Schlössern. Simeon Lewitter schlüpfte durch einen schmalen Spalt und fragte tonlos: »Ist Gefahr?« Der Pfarrer schüttelte den Kopf. »Die Leut von heut sind ungefährlicher als die von gestern. In ihnen ist Freud und Hoffnung. Bloß die Regierung hat Magenweh. Und ich bin gestern marod geworden. Der Bader hat seine Not mit mir gehabt.«

»Den Bader hast du holen lassen?« Simeons Augen wurden groß. »Warum denn mich nit?«

»Du bist der bessere Doktor. Aber der Bader schwefelt vor unserem Justizkamel das glaubhaftere Zeugnis.«

Erschrocken fragte Lewitter: »Wirst du's nötig haben?«

Der Pfarrer lachte. »Wenn dem Willibald ein Tröpfl Verstand lebendig wird in der Stöckelmilch! Wahrscheinlich ist's nit. Aber allweil noch so möglich, wie daß der Gockel eine Henn wird, wenn man ihm freundlich zuredet. Und da sollst du außer Spiel bleiben, Simmi! Aber weil mir der Bader nit geholfen hat, drum bin ich in den Filzpatschen hergelaufen zu dir. Und du hast mir ein feines Medikament verzapft. Gelt ja?«

Ohne zu antworten, huschte Lewitter davon, brachte eine haselnußgroße Pille und schob sie dem Pfarrer zwischen die Lippen. »Jetzt brauch ich nit lügen.«

»Und ich brauch nimmer im Bett liegen. Da ist uns beiden geholfen.«

»Eine seltsame Krankheit! So glaubhaft —« Lewitters Stimme wurde leis, »wie das Mirakel der Armeseelenkammer.«

Schmunzelnd beugte sich der Pfarrer gegen das Gesicht des Freundes hin. »Gott sei Dank, Simmi, daß du nit der Landrichter bist.« Ein heiteres Lachen. In der Stille, die ihm folgte, klang der Hall des tausendstimmigen Bekennerliedes wie das ferne Rauschen einer Mühle. Herr Ludwig wurde ernst und fragte flüsternd: »Weißt du, was geschieht da drunten?«

Lewitter wehrte mit beiden Händen und schlüpfte in seine leere Kinderstube. Drinnen klirrten die eisernen Stangen. Vor sich hinnickend, stapfte der Pfarrer die Treppe hinunter. In das Gewühl der Marktgasse wagte er sich nimmer. Hinter den Häusern watete er durch die Traufenbäche und begann, bevor er seine Wohnung erreichte, heftig zu niesen. Die Folgen seiner Verkühlung in den nassen Filzpantoffeln entwickelten sich mit der Schnelligkeit eines fürstpröpstlichen Läufers. Dem Jammer seiner Schwester konnte Pfarrer Ludwig das tröstende Wort entgegenhalten: »Gott bleibt allweil barmherzig. Wie nötiger ein Leiden ist, um so flinker schickt er's.«

Brausend klang von den Stiftshöfen herauf das fromme Lied. »Tät die Regierung nit sagen, das ist Rebellion, so möcht man glauben, das ist schöner Gottesdienst.« Der Pfarrer ließ sich den Lehnstuhl ans Fenster rücken. Hier saß er, in wollene Decken gewickelt, sich immer schnäuzend, und blickte hinunter auf das Menschengewühl, das sich in dem weiten Hof mit jeder Minute vergrößerte.

Nicht nur Bauern und arme Handwerker standen da drunten, um auf die Eintragung in die Ketzerliste zu warten, auch wohlhabende Bürger des Marktes, die man noch nie als Unsichtbare verdächtigt hatte, zahlreiche Salzknappen und viele Dienstleute des Stiftes. Die fassungslose Regierung mußte die Wahrnehmung machen, daß sie seit Jahren von ›Abtrünnigen‹ umgeben war bis zu den vergoldeten Füßen ihres Thrönchens.

Nichts von Aufruhr. Kein Schimpfen und Spektakulieren. Das Verhalten der Bekenner war ruhig, war durchglänzt von einem freudigen Glück. In dichten Gruppen standen sie beisammen, und immer wieder fing einer zu singen an, und hundert und tausend fielen ein, daß ihr froher Gesang wie das Osterlied einer Orgel war. »Christen? Ketzer?« Pfarrer Ludwig sah zum Geheimfach seines Schreibtisches hinüber. »Hat der Amsterdamer Singvogel recht, so sind es tausend Gotteskinder, näher dem Himmel als der Welt. Weil sie vorwärts drängen und Wahrheit suchen.« Sinnend betrachtete er die lange Menschenkette, die sich gegen das Gerichtsgebäude hinüberschob. Bei aller friedsamen Bürgerruhe, die da drunten herrschte, gab es doch auch erregte Szenen. Es kamen gutgläubig gebliebene Frauen, verstört und weinend, um ihre evangelischen Männer und Söhne zu reuevoller Umkehr zu beschwören. Es kamen zornige Männer, die ihre ›verführten‹ Weiber und Töchter herausreißen wollten aus der Bekennerschar. Doch immer ruhiger wurden diese Wortkämpfe, je deutlicher die Regierung eine Hilflosigkeit bekundete, von der man Gefahren für Gut oder Leben nimmer zu besorgen brauchte. Wie man den Leupolt Raurisser vom Holz der Unehr heruntergenommen hatte, ließ man auch alle Verhafteten wieder frei. Die gesetzliche Macht beschränkte sich darauf, zur Festlegung der Bekennernamen ein Tribunal zu errichten, dessen Vorsitz der Kanzler von Grusdorf übernehmen sollte. Leider mußte man auf seine Mitwirkung verzichten; er war von dem Besuch bei seiner unpäßlichen Nichte Aurore de Neuenstein in einem Zustand heimgekehrt, der einem Schlagfluß ähnelte. So mußte den Vorsitz des Tribunals der aus dem Schlaf gerüttelte Dr. Halbundhalb übernehmen. Als er in gespensterhafter Blässe zur dienstlichen Mißhandlung der Wahrheit antrat, richtete Herr Anton Cajetan diese Rede an ihn: »Willibald! Daß du ein Esel bist, hab ich immer gewußt. Aber so deutlich wie in diesen Tagen hast du es noch nie bewiesen. Ich möchte weinen über die Arbeit, die du fabriziert hast. Daß du die Ehrlichen als Verbrecher erkennst und die Lumpen für Apostel der Wahrheit nimmst, das ist noch lange nicht die übelste von deinen Schädigungen des Staates. Du wirkst wie ein Fäulniskeim. In allen Redlichen erschütterst du den Glauben an die Gerechtigkeit, und den geheiligten Richterstand machst du verächtlich vor allen Subjekten. Mais, que Dieu nous soit en aide, die böse Stunde läßt dich unentbehrlich erscheinen – ich habe kein Rechtskamel, das kleiner ist. Setze dich hinauf, laß die andern atmen, suche würdevoll auszusehen und halte das Maul! Besser kannst du mir nicht dienen.« Als Beisitzer gab ihm Herr Anton Cajetan vier Kapitelherren, die beiden Chorkapläne und fünf Domizellaren. Graf Tige war nicht aufzufinden.

Die Moidi von Unterstein, die man zuerst verhaftet hatte, wurde auch zuerst verhört. Als Graf Saur die Frage an sie richtete: »Was glaubst du?«, öffnete sie das Mieder, zeigte die schwärenden Male der Faustschläge und sagte: »Ich glaube, daß es Gottes Willen nit ist, ein Menschenkind so zuzurichten.« Die Herren wurden ein bißchen betreten, und der Richter mit den verriegelten Zähnen klappte wie eine Eule die Augendeckel zu, weil der unsittliche Anblick seinen Prinzipien zuwiderlief. Dabei ließ er sich zu zwei verbotenen Worten hinreißen: »Du Schwein!« In Zorn antwortete das Mädel: »Auf den Hintern haben mich die Soldaten Gottes nit gehauen. Sonst hätt ich Euch den gezeigt. Und mir hätt's weniger weh getan.« Graf Saur beruhigte die Empörte. Dann wurde sie drei Stunden lang über alle Glaubenssätze vernommen.

Als zweiten wollte man den Fürsager von Unterstein zitieren. Da polterte ein Ungerufener in die Amtsstube: der Mälzmeister Raurisser. Er hatte die von seiner Frau versperrte Haustür in Fetzen geschlagen, um sich als evangelisch zu bekennen. Unter allem, was er zähneknirschend vor sich hinbiß, hatten nur die Worte Verstand, die er über die ›unchristliche Peinigung‹ seines Sohnes sagte; doch sein Glaubensbekenntnis war so verworren, daß man mit Sicherheit nicht unterscheiden konnte, ob der alte Raurisser schon evangelisch oder noch gutkatholisch wäre. Dieses Dilemma wurde von Graf Saur durch die salomonischen Worte entschieden: »Mein lieber Mälzmeister! Geh Er wieder heim, glaub Er, was Er wolle, und brau Er uns auch fürderhin eine so bekömmliche Biersorte wie bisher.«

Nun wurde der Alte von Unterstein vorgerufen. Sein Verhör entwickelte sich für die beiden Chorkapläne zu einem erbitterten Wortgefecht. Der Greis in seiner unerschütterlichen Ruhe, in seiner graden und schlichten Einfalt, blieb ihnen keine Antwort schuldig und übertraf an Bibelfestigkeit die zwei Theologen bei weitem. Sie hätten seine Nierenprüfung ausgedehnt bis in die Nacht, wenn Graf Saur nicht festgestellt hätte, daß mit drei Verhören fünf kostbare Stunden vertrödelt wurden. »Protokollieren wir so weiter, dann müssen wir ein halbes Jahr lang durch Tag und Nacht verhören und sind im Herbst, wenn schon die Hirsche röhren, noch immer nicht fertig.« Es war dringend notwendig, die Tribunalpraxis in ein summarisches Verfahren zu verwandeln. Es wurden sechs Tische aufgestellt. An jedem zwei Schreiber. Und nun wanderten die endlosen Reihen der Bekenner an den sich immer länger füllenden Listen vorüber. Man schrieb nur Namen, Alter, Lehen und Gnotschaft auf. Dann weiter um eine Nummer. Erst gegen die zweite Morgenstunde wurden die Stiftshöfe leer. Und als man an den Tischen des Ketzertribunals summierte, ergab sich die erschreckende Ziffer 2714.

Schon früh am Morgen begann die Zuwanderung der Bekenner aufs neue. Am Abend standen 4372 Namen verzeichnet. In der Dämmerung des dritten Abends waren es 5816, und als in den Nachmittagsstunden des folgenden Mittwochs der Strom der Subjekte, die sich als evangelisch bekannten, endlich versiegte, konnte die Regierung ihre Hände über der Ziffer 6394 zusammenschlagen. Mehr als zwei Drittel der gesamten Einwohnerzahl des gefürsteten Landes von Berchtesgaden! Herr Anton Cajetan stand ratlos und erschüttert vor dieser ungeahnten Katastrophe. Er hatte schlaflose Nächte, Herr von Grusdorf entsetzliche Tage. Der Kanzler fühlte die Last der Verantwortung, wagte sich nimmer ins Stift und maskierte seine chronische Absenz durch einen schweren Anfall von Podagra. Auch jeden Besuch bei der Allergnädigsten unterließ er. Wurde ihr Name vor ihm genannt, so bekam er einen Gallenkrampf.

An Jesunder waren Zeichen einer Melancholie zu entdecken, die in Geistesstörung überzugehen drohte. Er zankte sich ununterbrochen mit seiner verehrten Frau Mutter, versagte bei jedem Bekehrungsversuch und konnte durch Tag und Finsternis an nichts anderes denken als nur an das ungelöste Rätsel der Armeseelenkammer. Immer hängte sich sein ganzes Sinnen und Grübeln an diesen einen Verdacht: der Pfarrer Ludwig! Um dem Chorkaplan diese aberwitzige Vorstellung aus dem Gehirn herauszubeweisen, verschwendete Dr. Willibald alle Schärfe seines Geistes. Zu Dutzendmalen sagte er: »Aber Bester! Endlich muß man sich doch von einer notorischen Wahrheit überzeugen lassen!« Im Bewußtsein, etwas justiziarisch Zweckloses zu unternehmen, nur um den gequälten Jesunder von dieser Wahnvorstellung abzubringen, überraschte er den Pfarrer durch einen inquisitorischen Besuch. Der Verdächtige war jetzt wirklich krank, litt an einem Schnupfen von gewalttätigen Symptomen. Weil die Sache unbestreitbar war, begann der Landrichter an ihr zu zweifeln und sagte zu Jesunder: »Nun erkenne ich, daß Ihr nicht völlig unrecht habt.« Er mußte die infizierte Nase putzen. »Der Pfarrer simuliert.«

Während solche Gedankenblitze unter den gepuderten Roßhaarwickeln des Landrichters wetterleuchteten, ging ein hoffnungsvolles Aufatmen durch das Berchtesgadnische Land. In allen Häusern und Hütten der Bekenner war's wie ein stiller, schöner Ostermorgen der Wahrheit. Die Freude glänzte in den Augen der Evangelischen. Doch nirgends hörte man lauten Jubel, nie ein übermütiges Wort. Diese Sechstausend schienen wie erneut in ihrem Leben, wie erhoben und geläutert an allen Kräften ihres Herzens. Am Tage gingen sie fleißig ihrer Arbeit nach. Am Abend versammelten sie sich zur Fürsorge und hörten das Wort Gottes. Und im ganzen Ländl erwies es sich, daß es für die Bekenner verschiedenen Glaubens kein Ding der Unmöglichkeit ist, verträglich Seite an Seite zu leben. In den Gutgläubigen, die treu an ihrem alten Himmel hingen, zitterte wohl der Schreck und die Trauer. Auch der Zorn. Aber in diesem gesunden, prächtigen Volksschlag gab es viele Verständige, die sich gut darauf verstanden, den Nebenmenschen nicht nach der Kittelfarbe einzuschätzen, sondern nach Herz und Leben. Auch waren die Unterschiede in den Glaubenssätzen nicht so beträchtlich, daß ein nachbarliches Brückenschlagen nicht möglich gewesen wäre für Menschen, die sich nicht leiten ließen von blindem Haß. Es standen auf katholischer Seite viele Männer und Frauen, die wesensverwandt mit dem Pfarrer Ludwig und der tapferen Frau Agnes waren, jeden aufbrennenden Hader besänftigten und immer sagten: »Ist unser Erlöser nit der gleiche? Sind wir nit geboren auf gleichem Boden? Sind wir nit deutsche Leut, die zusammengehören in Freud und Pein?«

Auch in den Häusern, in denen ein ›tiefer Graben‹ ausgeschaufelt war zwischen Mann und Weib, zwischen Eltern und Kindern, begann es friedsamer zu werden, seit man nimmer zu besorgen hatte, daß man auseinandergerissen würde. Zwei Drittel der Einwohner eines Landes kann man nicht um Dach und Heimat bringen und über die Grenze jagen. Die Herren müssen zur Einsicht kommen, sie haben schon den Anfang gemacht, haben den Leupolt nach der vierten Stund am roten Balken begnadigt, haben keinen Bekenner ins Eisen geschmissen, werden sich verständigen mit den Evangelischen, wie's der Westfälische Frieden allen Deutschen vermeint hat, und müssen den Leuten ein ruhsames Nebeneinanderhausen vergönnen. Not und Elend ist aus dem Ländl hinausgeblasen, alles Böse wird linder sein, und die ›gute Zeit‹ wird kommen, auf die man in Schmerzen gewartet hat seit hundert Jahren und länger. Wie eine feste, heiße und schöne Freude war dieser Glaube in allen.

Der Fürsager von Unterstein schickte an die verschwundene, drüben im Bayrischen versteckte Hasenknopfin die Botschaft: »Komm wieder heim mit deinem Mädel! Im Ländl ist lieber Gottsfrieden.« Die Hasenknopfin konnte ihr Mißtrauen nicht überwinden, wollte die Heimkehr ihres Mannes aus dem Preußischen außerhalb der Grenze abwarten, blieb unsichtbar für die Berchtesgadnische Regierung und fühlte sich wohl auf bayerischem Boden.

Sie war eine weise Frau.

16

In der Nacht vom Donnerstag auf den Freitag schlug das Wetter um. Früh am Morgen fing es zu schneien an, still, ohne das leiseste Windwehen. Senkrecht fielen die großen Flocken aus der Luft herunter.

Im schwarzwollenen Hauskittel stand Pfarrer Ludwig am Fenster. Er hatte eine rotverschwollene Nase zwischen entzündeten Augen und mußte noch manchmal niesen. Im Widerspruch zu diesem Leiden war seine Laune überraschend heiter und wurde noch immer fröhlicher, je dichter da draußen die Flocken fielen. »Nur schön herunter mit dem weißen Leintüchl! Dann such, du justiziarisches Dromedar!«

Sehr heftig rasselte die Hausglocke. Schwester Franziska, mit erweiterten Angstaugen, trat in die Stube: »Der Hochwürdige soll hinüberkommen zum Fürsten.«

Pfarrer Ludwig schrie mit seiner vom Schnupfen noch heiseren Stimme: »Die hohen Stiefel! Flink!« Als er allein war, runzelte er die Stirne wie unter angestrengter Gedankenarbeit. Er sprang zum Kasten, zerrte einen Mantel heraus, der farbig und gebändert war wie weltliche Herrentracht, ballte ihn zu einem Knäuel zusammen und schob ihn hastig ins Ofenloch. Das gab ein hurtiges Feuer. »Es stinkt ein bißl, aber hilfreich ist es.« Pfarrer Ludwig lachte. »Der Schlüssel im tiefsten Brunnen! Der Totengräbermantel in der schönsten Glut!« Nun flink hinüber zum Schreibtisch. Er ließ das Geheimfach aufspringen, zerriß drei lateinisch beschriebene Blätter in kleine Stücke und beförderte sie ebenfalls in die Flamme. »Früher hat man die Klugen selber verbronnen, jetzt röstet man nur noch ihren Verstand. Allweil duldsamer wird die Menschheit.« Aus einer Lade nahm er zehn Guldenstücke und zwanzig Sechser, legte die Münzen schön geordnet in das Geheimfach, ließ die Feder wieder zuschnappen, zog in der Stube alle Schlüssel ab und schob sie in die Tasche. Als ihm die Schwester die Stiefel brachte, fuhr er mit den Füßen hurtig in die Schäfte. »Nach Rosenwasser riechen sie nit. Der Gnädigste wird das Näsl verziehen.« Er nahm den Radmantel um und stülpte schmunzelnd die schwarze Pelzkappe übers weiße Haar. »So, Schwester, tu mir das Haus schön hüten! Und kriegst du Besuch, so unterhalt dich gut!«

Bevor er hinaustrat in den jungen Schnee, spähte er nach den

Fenstern des Chorkaplans Jesunder und konnte gewahren, wie Frau Apollonia zurückfuhr von ihrem Lauerposten. »So so?« Er schlug den Radmantel um die Schultern, wanderte gegen das Stift, blieb wieder stehen und blickte heiter dem flinken Menschenkind entgegen, das herankam durch den Vorhang der weißen Himmelsfäden. Flaumig hing der Schnee am Federtuff des spanischen Hütls. Schultern und Ärmel des grünen Mantels waren versilbert. Kein Gebetbuch, kein Rosenkranz. Zwischen den Händen, die aus den Mantelsäumen herauslugten, zitterte ein braunes Tiegelchen, das mit einem Schweinsblasenfleck überbunden war. »Guten Morgen, Kind! Wohin denn im tiefen Winter?«

»Zur Mutter Agnes.«

Der Hochwürdige schien zu erschrecken. »Ich kann doch nit denken, daß dein besonnener Vater dich schickt?«

»Ich geh von selber.« Sie atmete schwer. »Die Mutter Agnes ist eine Gutgläubige.«

»Freilich! Aber in ihrem Haus, da liegt doch einer, der zur bösen Lawin der Siebenthalbtausend den ersten Schneeballen hat laufen lassen?«

»Wie alles ist, weiß bloß ein Einziger.« Sie hob das vergrämte Gesicht zur weißverschleierten Höhe.

»Kind? Warum hast du Tränen in den Augen?«

»Weil ich allweil denken muß –«

»An den Leupi und seine Schmerzen?«

Sie schüttelte den Kopf. »An den Kummer Gottes.«

»Freilich!« Der Pfarrer nickte. »Gott muß sorgenvolle Zeiten haben. Erschafft einen prächtigen Buben, hat seine Freud an ihm, und jetzt liegt er in Blut und Schwären.« Er legte die Hand auf ihren Arm. »Ich hätt dir den heutigen Weg gern ausgeredet. Aber ich merk, du tust dich da nimmer halten lassen. Was christliche Barmherzigkeit ist, versteh ich doch auch. Jeder gütige Menschenweg bleibt allweil ein Straßl Gottes. Und was ich dir neulich gesagt hab über deinen Vater? Also? Ist er jetzt einer von den Siebenthalbtausend?«

»Wär's gekommen, wie ich geforchten hab, ich hätt's nit überlebt.« In ihren großen nassen Augen erwachte ein froher Glanz, als wäre das die einzige Freude dieser harten Zeit: »Jetzt glaub ich, daß der Vater glaubt.«

»Siehst du! Hat man nit grad vier überflüssige Buchstaben im

Hirn, so kommt man schließlich im Leben hinter jede Wahrheit. Geh mit Gott, mein Luisichen!« Lächelnd segelte der Hochwürdige in den langen Schmierstiefeln über die weiße Welt, aufmerksam begleitet vom Späherblick der Mutter Apollonia. Frau Jesunder leistete dabei eine zwecklose Arbeit. Daß Pfarrer Ludwig zum Fürsten berufen war, das wußte sie schon, wußte sogar noch mehr, hätte aber auch gerne gewußt, welche Richtung das grüne Mäntelchen einschlug. Doch bis die neugierige Mutter Apollonia in ihrer Behausung zu einem winzigen Hinterfenster sprang, durch das sie die Welt nur in notwendigen Ausnahmefällen zu betrachten pflegte, war Luisa nimmer zu entdecken.

Sie hatte bereits das Mälzmeisterlehen betreten. Zitternd stand sie da im Flur und betrachtete ratlos die drei geschlossenen Türen. Ach, wieviel Herzklopfen verursachen die Wege der christlichen Barmherzigkeit!

In dem kleinen Flur war nichts Katholisches, nichts Evangelisches zu gewahren. Ein bißchen roch es nach Seife und lauem Wasserdampf. Doch mehr nach Frühling. Hopfenproben und geröstete Gerste duften kräftiger als manche Blumen.

Von den drei Türen war es die nach der Gartenseite, zu der man das größte Vertrauen haben konnte. Die Küchentür. Als Luisa sie öffnete, sah sie zwei Wasserbottiche mit blutfleckiger Bettwäsche und sah eine schlafende Frau. Wahrhaftig, man konnte glauben, daß Mutter Agnes schlief. So unbeweglich saß sie auf dem spreizbeinigen Bänkl über das Gesims des Gartenfensters hingesunken, vor dem der Fall der Schneefäden herunterging, und hielt das Gesicht in den Armen vergraben. Über den entblößten Scheitel rieselte ein schauerndes Zucken. Frau Agnes hörte nicht, daß jemand gekommen war. Erst diese lispelnde Stimme weckte sie: »Liebe Meisterin –« Da fuhr sie auf, als sähe sie ein Wunder. »Kindl? Du?« Luisa nickte: »Schau, da hab ich ein wehstillendes Sälbl gekocht und hab's in lindem Feuer viermal geläutert. Gestern, wie noch heller Himmel gewesen, hab ich es klären können in der Sonn. Und heißer hab ich gebetet dabei als je im Leben.« In den zitternden Händen hielt sie ihr das braune, mit Schweinsblase verschlossene Tiegelchen hin. »Magst du es haben?« Mutter Agnes versuchte zu lächeln; blieb stumm und beugte den Kopf. »Jesus!« stammelte Luisa. Erst jetzt gewahrte sie dieses Erschreckende. Die Mälzmeisterin, deren Scheitel am Sonntag vor dem Holz der Unehr noch blond gewesen, war in fünf Nächten grau geworden.

In der stillen Küche knisterte das Herdfeuer, und das siedende Wasser brodelte. Das war wie eine verträumte Stimme, die gerne singen möchte, aber nur die Weise findet und kein Wort dazu.

Frau Agnes erhob sich und legte den Arm um Luisas Schultern. »Komm!« Sie führte das Mädchen in den Flur und vor eine Tür, die sie öffnete. »Da, schau!« Es war seine Kammer. An einem Zapfenbrette hingen allerlei Jagdgeräte, die Schneereifen und Steigeisen, der Bergsack, die stählernen Schlagfallen für den Fuchsfang, die neue Feuersteinflinte und eine Armbrust aus Urgroßvaters Zeiten. Eine schmale weiße Stube, ohne Ofen, mit spärlichem Gerät, so alt, wie die Armbrust war. An der Mauer ein kleines Kruzifix. In der Ecke, dem tief in der Mauer sitzenden Fenster gegenüber, stand das plumpe Bett, mit einer grauen Wildschur und mit Kissen, von denen der Überzug heruntergenommen war.

Luisa entfärbte sich.

»Schau, da hat er noch gestern gelegen, so klaglos und gottsfreudig wie einer von den Heiligen, die sie gemartert haben.« Frau Agnes streichelte ein Kissen, das feuchte Flecken hatte. »In der Nacht ist der Wildmeister gekommen, mit zwei Jägerknechten. Die haben ihn im blutigen Verband auf ein Rößl gehoben und haben ihn fortgeführt, ich weiß nit, wohin.«

Wie eine Erlöste atmete Luisa auf.

Da sah die Mälzmeisterin sie an. »Ach, Kindl, wie tust du zittern! Komm, setz dich ein bißl da her!« Sie zog die Widerstrebende auf das leere Bett ihres Sohnes. »Mein Alter meint, die Herren hätten den Buben bloß fortgeschafft, daß er den Leuten aus den Augen wär. Krieg ich Botschaft, wo er ist, so schick ich ihm gleich dein Tigerl, gelt!« Sie konnte lächeln. »Ob's heilsam ist oder nit, es wird ihm wohltun. Darf ich es ihm sagen?«

»Was, Meisterin?«

»Daß es von dir ist.«

Sie nickte.

»Und daß du ihm gut bist?«

»Ja, Mutter!«

»Und daß ihr zwei, wenn die verständigen Zeiten wieder einkehren —«

Luisa bekam das strenge Klostergesicht. »Das nit! Eine Hoffnung tät Sünd werden. Er ist drüben, ich bin, wo ich sein muß. Da ist kein Weg nimmer.«

»Eins von Euch beiden muß doch fügsam werden. Wie soll's denn enden?«

Ein Lächeln. »Mit einem einsamen Tod.«

Das ging der Mälzmeisterin gegen die gesunde Natur. »Ach geh, du Schäfle! Tät ich vom Sterben reden, so hätt's Verstand. Bei dir ist's Narretei. Das mach ich dir nit zum Fürwurf. Ist doch die halbe Welt verdreht!« Der Zorn war in dieser ausgeglichenen Frau eine seltene Sache. Jetzt wurde er wach. »Tät unser Herrgott doch endlich einmal einen Stecken nehmen und die ganze hirnkranke Menschheit so lang karbatschen, bis sie alle bettelten: Hör auf, wir wollen verstandsam bleiben!« Sie wurde ruhiger und klagte: »Er tut's halt nit. Der muß einen Geduldfaden haben, daß man ihn auf der Weltkugel nit aufknäulen könnt in hunderttausend Jahr. Freilich, unser Herrgott hat Zeit zum Warten. Wir Menschen nit. Komm, Kindl! Wir wollen ein Wörtl reden mit ihm. Eine schmerzhafte Mutter und von allen Jüngferlen das frömmste. Da muß er doch hören! Meinst du nit auch?«

»Ja, Mutter Agnes!«

»Aber das Tiegerl mußt du auslassen. Schau nur, was du für glühheiße Händlen hast! Was Heilsams muß allweil kühl haben.« Sie stellte den kleinen braunen Tiegel an das Fenster, dessen Scheiben mit Schnee behangen waren. »So, Kindl!«

Nun knieten die beiden vor dem Kruzifix auf die frischgescheuerten Dielen nieder und falteten die Hände. Aus aller Frömmigkeit ihres Herzens sprach Mutter Agnes den ›Notschrei der wahren Christen im tiefsten Elend‹. Und Luisa, mit einer von Süßigkeit durchfieberten Inbrunst, betete die Worte: »Hilf uns, o Herr! Hilf uns, Du Gütiger und Gerechter, Du Allbarmherziger! Hilf uns, Du ewiger Vater!« Das hatte sie schon hundertmal gebetet, mit einer Seele, die nur glauben konnte, nicht denken. Jetzt zum erstenmal zuckte ihr durch die Verzückung des Gebets ein menschlicher Gedanke: »Christen sind sie doch auch! Die von da drüben! Sie glauben an Gott und Erlöser. Da sind sie doch keine Heiden nit!« Sie mußte zittern, beschuldigte sich einer schweren Sünde und empfand doch eine Freude, die den Klang ihrer betenden Worte noch heißer und inniger machte. –

Um die gleiche Stunde betete auch ein anderer, nur in taumelnder Seele, mit stummen Lippen, die sich so matt bewegten wie der Mund eines Verschmachtenden. Sein Gesicht glühte, seine Augen waren geschlossen, sein Körper wurde geschüttelt vom Wundfieber. Im Hallturmer Jägerhaus, das nur einen Büchsenschuß von der bayerischen Grenze entfernt stand – in einem Bodenraum, über dem die Lücken des Schindeldaches verkrustet waren mit angewehten Schneeklumpen – lag er ausgestreckt auf dem Heu, in seinem Bergjägerkleid, mit nackten Füßen. Rotgesprenkelte Wundverbände umwanden die Fußknöchel, die Handgelenke und den Hals.

Nun zuckten seine Glieder. Der wachsende Schmerz hatte ihn aus dem Fiebertaumel gerüttelt. Halb sich aufrichtend, ließ er die heißen Augen hingleiten über die niedere Balkenwand und über die Schneekrusten, die zwischen den Schindeln hingen. Undeutlich hörte er aus dem Unterstock des Hauses eine fluchende Stimme heraufklingen. Und sein Blick fragte: ›Wo bin ich?‹ Er schloß die Augen wieder. »Herr, wenn ich Dich nur hab –« Die Worte des Gebetes flüsternd, fiel er zurück aufs Heu. Sein zerrissenes Erinnern mischte sich mit jagenden Fieberbildern. Er hörte die Mutter reden, sah ein Gewoge von Köpfen und Schultern, fühlte den schmerzenden Druck der Eisenbänder, die zu glühen schienen, vernahm das schöne Brausen des evangelischen Bekennerliedes, sah die zwei Augen, die er mehr als sein Leben liebte, spürte einen Becher an den Lippen und hörte eine zärtliche Stimme: »Komm, tu trinken.« Er lächelte, und mit diesem Lächeln schlief er ein.

Es knarrte auf der hölzernen Treppe. Aus dem offenen Stiegenloch tauchte ein geselchtes Mannsbild heraus, lang und dürr, mit einem weißen Schnauzer in dem mageren, wettergebräunten Gesicht, mit wasserblauen, mißmutigen Augen. Das war der fürstpröpstliche Grenzjäger Matthias Schneck. Der staatsmännische Auftrag, den ihm der Wildmeister hinterlassen hatte, war ihm ungemütlich. »Kreuzteufel und Elend!« knirschte er vor sich hin, während er aufmerksam den Schlafenden im Heu betrachtete. Ein guter und fester Jäger war der Leupolt, von der ganzen Berchtesgadnischen Jägerei der beste, freilich, aber halt auch ein Ketzer, ein ewig verfluchter! So was hat ein guter Katholik wie der Hiesel Schneck nicht gern unterm Dach. »Teufel, Teufel, eine abgestochene Sau wär mir lieber im Haus.« Nach diesem Weisheitsspruch zog der Alte den Schnauzer zurück, tappte über die steile Stiegenleiter in die Herdstube hinunter, zog über seinem Kopf die Bodenklappe zu und schimpfte: »Kreuzteufel und narrischer Himmelhund! Allweil und allweil schlaft er!«

»So?« erwiderte ein kleines, abgearbeitetes Weibl mit versunkenen Kinderaugen in einem weißen Runzelgesicht. Weil sie das kurze, nur wenig über die Knie reichende Röckl trug, sah sie noch kleiner aus, als sie war, und glich einem braunen Borkenstöpsel, der auf zwei weißbeinernen Stricknadeln steht. Auch schien es ihr an häuslichem Verstand zu mangeln. Sie kochte was in einer kleinen Pfanne, für die ein winziges Feuer ausgereicht hätte; aber auf dem Herdstein rauschte eine große Flamme, von der eine sengende Hitze ausging. Und noch immer legte das Weibl einen Ast um den anderen dazu. Und sagte: »Du! Schneck! Wann's dir nit recht ist, daß er schlaft, so hättst du ihn ja wecken können.«

»Wecken? Wecken?« Ganz rasend wurde der Hiesel. »Du Gans ohne Federn! So was tut man doch nit.«

Das Weibl schmunzelte. »Warum denn nit?«

»Höll, Himmel und Haberstroh! Hast nit ein bißl Verstand unter dem Hafendeckel? Ein einzigsmal seit der Ewigkeit hat unser grundgütiger Herrgott ein boshaftes Stündl verspürt, und da hat er ihm so ein Weiberleut ausstudiert! Kreuz Teufel, enk sollt man hauen den ganzen Tag. Der hat vierundzwanzig Stündlen. Wann sie nit reichen, könnt man die Nacht noch hernehmen dazu! Verstehst?«

»Ja, ja, Schneck, versteh schon!«

»Also, in Gottes Namen!« Er setzte sich auf die Mauerbank und begann für einen Schneemarsch die Filzgamaschen um die Waden zu schnüren. Sooft der Riemen nicht in die Haftel schlüpfen wollte, gab's einen fürchterlichen Fluch. Das Fluchen ist ein verhölltes Ding, und wo sich der Teufel rührt, wird's finster. Wohl möglich, daß die alten Balkenmauern in den fünfunddreißig Jahren, seit der Schneck und die Schneckin zwischen ihnen hausen, vom vielen Fluchen des Hiesel so schwarz wurden. Augenblicklich waren diese teufelsfarbenen Wände auch noch angeglüht von der großen Flamme. Alles in der Stube funkelte, der ganze Herd mit der Rauchmuschel darüber, in der anderen Ecke das zweischläfrige Bett mit den hochgetürmten Kissen, in der dritten Ecke der Tisch, in der vierten der alte Geschirrkasten und die Geweihstangen, die als Kleiderrechen an die Balken genagelt waren. Kaum merkte man inmitten dieser Funkelglut, daß draußen Tag war. Auch sonst hatte die Stube noch was Höllisches. Neben der Tür, die ins Freie führte, ging ein niederes Türchen in den Geißstall. Da trug man an den

Sohlen immer was über die Schwelle. Drum roch es beim Hiesel Schneck – außer nach Ruß, nach Rauchtabak und geschmierten Bergschuhen – auch sehr heftig nach Ziegenpillen und Bockmist. Dennoch merkte man es der Stube an, daß sie behütet wurde von zwei fleißigen Frauenhänden. Gegen den Stallgeruch konnte die Schneckin nicht aufkommen, weil sie sich seit dreißig Jahren an ihn gewöhnt hatte und nur selten merkte, daß er da war. Die Ziegen hatten alle paar Jährchen gewechselt, der Geruch war der gleiche geblieben. Auch der Hiesel Schneck. Der hatte schon vor fünfunddreißig Jahren, in der ersten Woche nach der Hochzeit, so lästerlich geflucht. Das war der jungen Schneckin hart auf die Seele gefallen. Und eines Tages hatte sie gebettelt: »Tu dich doch nit allweil so versündigen, Mann!« Da hatte er in Zorn gebrüllt: »Kreuzteufel, Himmelhund und Höllement! Wer sagt denn, daß ich mich versündig? Wie denn? Wann denn? Wo denn?« Seit damals wußte die Schneckin, daß das Sakermentieren am Hiesel nur eine Haut war, wie am Fichtenbaum die Borke. Die ist rauh, das Holz ist gut. So gewöhnte sich die Schneckin an die höllmentischen Borsten ihres Schneck, wie sie sich um der guten Geißmilch willen an die Düfte des Bockmistes gewöhnen mußte. Länger als ein Vierteljahrhundert hatte sie der Schneckischen Flüche nimmer geachtet. Erst im vergangenen Herbste hatte sie wieder Ohren dafür bekommen. Das ließ sie den Hiesel aus triftigen Gründen nicht merken.

Als er die Filzgamaschen prall an seine Waden hingeflucht hatte, nahm er Branntwein und Ziegenkäs in den Bergsack, hängte die Feuersteinflinte hinter die Schultern, warf den Wettermantel drüber und sagte leis: »Paß auf, Schneckin! Das Süppl, Kreuzteufel, das muß er haben! Aber ordentlich versalzen mußt du's. Verstehst?«

»Wohl, Schneck, versteh schon. Ich salz, daß der Bub verdursten muß über Nacht.«

»Höllement und Himmelhund, verstehst du denn nit, du Schaf ohne Woll! Nit gar so fest! Bloß daß er merkt, wie gut er's überall haben könnt, viel besser als bei uns. Verstehst?«

»Ja, ja, Schneck, gut versteh ich.«

»Daß er frieren muß da droben wie die Feldmaus an Weihnachten, das wird mithelfen. Und du mußt ihm halt allweil fürreden, daß er keine hundert Sprüng nit braucht bis zur bayrischen Grenz. Verstehst?«

»Ja, Schneck, versteh schon. Allweil stell ich mich ans Bodenfenster und sag: Ja guck nur, guck, wie gut man von da den Grenzbaum sieht!«

»No also! Endlich verstehst ein bißl! Und wirst wohl wissen, wie's der Wildmeister haben will. Kein Wörtl von der luthrischen Narretei. Tu fürsichtig das Maul halten! Wir zwei sind gute Christen. Kreuzhöllement! Unser Herrgott ist unser Brot. Verstehst? Wie flinker er nüberspringt ins Bayrische, um so lieber ist es den Herren, Verstehst?«

»Wohl, Schneck, versteh schon! Wenn's nächtet, ist der Bub nimmer droben am Heuboden.«

»Gott soll's geben!« Der Hiesel ging zur Türe. »Gelobt sei Jesus Christus und die heilige Mutter Marie.«

Ruhig sagte das kleine Weibl am Herd: »Von nun an bis in Ewigkeit, amen!« Und legte drei schwere Holzprügel in die große, rauschende Flamme.

»Höll, Himmelhund und narrische Fasnacht, was tust du denn so unsinnig feuern, Weib?«

»Daß ich nit frieren muß.« Dabei rannen der Schneckin die Schweißperlen über das von der Hitze halb gebratene Gesicht. »Verstehst?« Nein, das verstand der Hiesel nicht. Er fing über die Dummheit der Weiber wie ein Wilder zu fluchen an und schlug die Türe hinter sich zu. Man hörte noch immer seine wütenden Himmelhunde bellen, als seine Schritte schon versunken waren im tiefgewordenen Schnee. Kaum er draußen war, sprang die Schneckin zur Treppe hinüber und lupfte die Bodenklappe, daß die Wärme hinaufströmen konnte. Und wieder zum Herd, und wieder ein paar feste Prügel ins Feuer. Sie kostete, was sie gekocht hatte, und weil die Milchsuppe ein bißchen nach dem Geißstall bitterte, rührte die Schneckin ein Löffelchen Honig hinein. Daß einer im Wundfieber nichts Heißen trinken soll, das wußte sie auch. Drum sprang sie in den weißen Flockenfall hinaus, um das Blechschüsselchen mit der dampfenden Suppe im Schnee zu kühlen. Wieder kostete sie und nickte zufrieden. In der Art, wie die Schneckin das alles tat, war etwas Mutterhaftes. Sieben Kinder hatte sie ihrem Höllementshiesel geboren, alle in dieser schwarzen Stube, und keines hatte sie behalten. Drei waren an den Blattern gestorben, die zwei ältesten Buben dienten bei der Schellenberger Saline, der dritte war Soldat bei der Reichsarmee, und das jüngste von ihren Kindern, ihr liebes

Mädel, hatte im vergangenen Sommer einen Halleiner Knappen geheiratet. Bei der Schneckin waren nur der Hiesel, seine Himmelhunde und der Bockmist geblieben.

Achtsam trug sie das kühle Schüsselchen über die steile Treppe hinauf, huschelte sich neben dem Schlafenden ins Heu, betrachtete sein glühendes Gesicht und streichelte den Wundverband an seinem Handgelenk. Dann saß sie unbeweglich, bis der Schlummernde zu erwachen schien. Sie schob ihm sacht die Hand unter den Nacken. Als er die Augen öffnete, hob sie das Schüsselchen und sagte freundlich: »So komm, tu trinken!«

Mit einem erstickten Laut riß Leupolt den Kopf in die Höhe, sah verstört in die Augen der alten Frau, schob die Schüssel von sich fort und fiel zurück.

»Bub? Tust mir leicht nit trauen?«

Leupolt schwieg.

Da neigte die Schneckin den Mund zu seinem Ohr. »Es ist ein heilig Ding, ist deins und meins. Komm, lieber Bruder in Christ, tu trinken!«

Noch während sie sprach, umklammerte er mit zuckenden Händen ihren Arm und fragte: »Bist du am Sonntag auf dem Markt gewesen?«

»Wohl, Bub, da hab ich dich leiden sehen.«

»Hast du gesehen, daß eine mich trinken hat lassen aus ihrem Becher?«

»Ja, Bub!«

»So hab ich es nit geträumt?« Aufatmend nahm er das Schüsselchen aus ihren Händen, trank mit gierigen Zügen und sagte lächelnd: »Vergelt's Gott, gute Schwester!« Er schloß die Augen, noch immer lächelnd. Nach einer Weile fragte er leis: »Wer bist du?«

»Die Schneckin, Bub! Kennst du mich nit?«

»Das Weib des Jägers an der Grenz? Und bist du am Sonntag auch den Weg der Wahrheit gegangen?« Die Frau blieb stumm und verfärbte sich ein bißchen. Leupolt öffnete die Augen.

»Warum nit, Schwester?«

Ruhig sagte sie: »Den Schneck tät's umbringen.«

Er nickte. »Jeder, wie er meint, daß es recht ist.« Seine Brauen zogen sich zusammen. »Drunten in der Herdstub hab ich einen schelten hören. Ist das der Schneck gewesen?«

»Wohl, Bub! So tut er allweil.«

»Weil du evangelisch bist?«

Sie schüttelte den Kopf. »Das weiß er nit.«

»Kann's ein Mannsbild geben, das nit Augen hat für die Seel in seinem Weib?«

Ein bißchen lächelte sie. »So ist der Schneck. Tät die Himmelsglock herunterfallen auf die Welt, da müßt ich dem Meinigen sagen: Du, Schneck, paß auf! Sonst merkt er es nit.« Sie sah, daß Leupolt die Zähne übereinanderbiß. Erschrocken fragte sie: »Hast du Schmerzen?«

»Nit arg.«

»Ich will dich pflegen. Drunten in der Herdstub hätt ich's leichter. Meinst du, daß du hinunterkommst?«

Mit ihrer Hilfe hob er sich aus dem Heu. Die Füße trugen ihn nicht. »Mußt mich halt noch ein Stündl liegen lassen. Dein guter Trunk wird helfen, daß ich zu Kräften komm.« Er hielt mit seinen glühenden Fingern die Hand der Schneckin umspannt. »Weiß meine Mutter, wo man mich hingeführt hat?«

»Bub, da bin ich überfragt.«

»Magst du ihr Botschaft geben?«

Das hatte der Wildmeister über Auftrag der Regierung streng verboten. »Ja, Bub«, sagte die Schneckin, »das wird sich schon machen lassen. Ich hab am Ellbogen ein Überbein und red dem Meinigen ein, daß es blutet. Verstehst, ein Überbein blutet doch nie. Und da lauft der Meinige gleich zum Jud um ein Pflaster. So ein Jud ist allweil schlau. Und lügen kann er halt nit, der Schneck, verstehst? Da redet er allweil so dumm daher, daß man alles merkt. Und der Jud wird's dem Pfarrer sagen, und der Pfarrer tragt's deiner Mutter zu. Ja, Bub, die Wahrheit geht allweil den kürzesten Weg.«

»So ist alles gut.«

Schweigend lag er und atmete ruhig, bis der Fieberschlaf ihn wieder befiel.

Unter dem verschneiten Dache war es warm geworden. Zwischen den Schindeln begannen die Schneeklumpen zu schmelzen, und die Tropfen fielen so reichlich von den Balken, wie sie im tauenden Frühling von den Bäumen fallen.

Pfarrer Ludwig trat in das Fürstenzimmer, aus dem die verschnörkelte Pariserei allen deutschen Hausrat verdrängt hatte.

Herr Anton Cajetan, in einem Hofkleid aus schwarzem Atlas, unter frischgepudertem Lockenbau, schlürfte seine Morgenschokolade. Er hatte unausgeschlafene Augen. Spinettspiel und Cyperwein hatten sich wirkungsvoller erwiesen als sonst. Zehntausend Untertanen und siebentausend Abtrünnige! Und die innersten Regierungsstätten ein Tummelplatz erschreckender Mirakel – die gereizten Seelenzustände der schönen Freundin en titre noch gar nicht in Rechnung gezogen – wie soll man da schlafen können als Fürst? Mit einem Augenwink schickte Herr Anton Cajetan den Lakai aus dem Zimmer und trat erregt dem Pfarrer zu. »Was sagst du zu dieser konsternierenden Sache! Fast siebentausend!« Da sah er die verschwollene Nase des Pfarrers und wich zurück. »Es scheint, daß du wirklich katarrhalisch bist?«

»Haben Euer Liebden daran gezweifelt? Aber es wird schon besser. Und im Abflauen ist eine Krankheit nimmer ansteckend.«

»Immerhin wollen wir vorsichtig sein und den Tisch entre nous postieren. Nimm Platz – da drüben!« Forschend betrachtete Herr Anton Cajetan den Greis. »Ich will deine Meinung hören. Man muß zu einer Dezision kommen, was man tun soll. Der Salzburger Hof, an den ich einen Kurier detachiert habe, schweigt sich aus. Und die Gehirne meiner eigenen Kanzleikamele befinden sich in einer desolaten Konstitution.«

»Wenn man nur merkt, wie man dran ist mit ihnen. Da schadet's minder.«

»Weißt du mir einen Rat?«

Dem Pfarrer stieg das Blut ins Gesicht. Er hatte sich nichts Gutes von dieser Stunde erwartet. Nun fühlte er die Verantwortung. War es nicht denkbar, daß diese Stunde auch Segen bringen konnte? »Einen Rat?« Er atmete tief und nickte. »Es geht da um unser Ländl und Volk. Kann sein, um mehr! Um ein notwendiges Ding im Reich –«

»Was, Reich!« lehnte Anton Cajetan verdrießlich ab. »Laß Nebensächliches à part! Was soll ich tun in dieser desperaten Fatalität?« Der Fürst tauchte ein Biskuit in die Schokolade.

Pfarrer Ludwig zog die Brauen zusammen. »Man kann von

zehntausend Untertanen nit siebentausend über die Grenz jagen. An verläßlichen Stiftsleuten bringen Euer Liebden kein halbes Hundert nimmer auf. Fünfzig wider siebentausend, das ist so siegreich wie ein Frosch wider einen Ochsen.« Zur Bekräftigung dieser Wahrheit mußte der Pfarrer niesen.

Anton Cajetan streckte mißmutig die Hand. »Rück weiter vom Tische!« Seufzend schob er das lindgeweichte Biskuit an seinen Bestimmungsort. »Du meinst also?«

»Daß Euer Gnaden sich mit den Siebentausend in Güt verständigen müssen.«

»Ganz meine Meinung.«

»Ja, Herr?« fuhr es dem Pfarrer mit freudigem Laut heraus.

»Wie denkst du dir die Bekehrungsmethode?«

»Bekehrung?« Dem Enttäuschten wurden die Augen groß. »Freilich, wenn es an den Brotkorb geht, werden viele umfallen. Alle Schwachmütigen. Zu Eurem Nutzen wär es, Euch die Tüchtigen zu erhalten. Oder Euer Ländl wird blutarm werden wie ein junges Weib, dem der Mann genommen ist.«

»Ludwig, du bist opulent an unpriesterlichen Bildern. Oder –« Anton Cajetan richtete einen mißtrauischen Blick auf den Pfarrer. »Bist du vielleicht deines eigenen Glaubens nicht mehr sicher?«

»Doch, Herr!« Die große Warze des Pfarrers zuckte ein bißchen. »Aber ich spür, daß viele von diesen Abtrünnigen die besseren Menschen sind als manche von den Treugebliebenen.«

Zornig fuhr der Fürst vom Sessel auf und bespritzte die schimmernde Hose mit Schokolade. Auf das weiße Fenster zutretend, tupfte er mit dem Spitzentuch die Flecken vom schwarzen Atlas. Dann lachte er kurz und murrte: »Die besseren Menschen! Diese Treulosen an ihrem Fürsten und Gott!«

»Alles Neue faßt am tiefsten die Menschen an, in deren Seelen der fruchtbarste Boden ist. Das blüht in einer sehnsüchtigen Seel, erhebt den Menschen, macht ihn stärker und schöner in allen Kräften, zündet in seinem Blut und Herzen ein lauteres Feuer an. Und das sind die Leut, die Ihr nit verjagen dürft. Bekehren? Nein, Herr! Und hält man sie nit zurück, so wird das Land seine fleißigsten Händ verlieren.«

Etwas ruhiger geworden, kehrte Anton Cajetan zum Tisch zurück und setzte sich wieder zu seiner Schokolade. »Man darf doch diese üblen Dinge nicht laufen lassen, wie sie laufen? Wenn sich auch ein hilfreicher Weg im Augenblick nicht präsentiert, so hat man als Fürst doch seine Verpflichtungen. Wer Herr heißt, trägt das Schwert nicht umsonst. Man muß die Rädelsführer zu fassen suchen, muß aus dem Weg räumen, was der Ordnung contre coeur ist. Ein Fürst, der es unterließe, wäre ein Erwürger seiner eigenen Herrschaft.«

Der Pfarrer bekam eine rote Stirn. »So sprachen wohl auch die römischen Cäsaren, als sie das Christentum zu verfolgen begannen. Haben sie es ausgerottet?«

Anton Cajetan verlor seine gebesserte Laune wieder. »Christentum und evangelische Narretei sind verschiedene Dinge.«

»Für Euch als Priester. Nit für Euch als Fürst. Ist das deutsche Blut im Schwedenkrieg umsonst geflossen? Sind die Protestanten nach den Satzungen des Westfälischen Friedens nit privilegiert im ganzen Reich?«

Der Fürstpropst, vom Sessel aufspringend, vergaß seiner Würde so weit, daß er mit der Faust wie ein Bauer losdrosch auf die Tischplatte. »Diese siebentausend Rebellen meines Landes sind keine Protestanten. Das sind hirnverdrehte Schwarmgeister, die ihren Wahn herausspinnen aus besoffenen Gehirnen. Diese verrückten Kujons haben doch niemals noch einen Prediger ihres Glaubens gehört.«

»Vielleicht ist eben deswegen ihr Glauben so fest!«

»Oh! Pamphletierst du gegen den eigenen Stand?«

»Das nit! Ich glaub, daß für die Menschen nichts nötiger ist als eine hilfreiche Seelenweisung. Aber es kann die Schwachgewordenen nit arg im Glauben festen, wenn neben dem Priester allweil der Muckenfüßl mit seinem gefährlichen Notizbuch steht: Brauchst du das Weihwasser und den Rosenkranz? Glaubst du ans Fegfeuer? Und wenn du nit glauben magst, so mußt du zahlen!«

Der Fürstpropst wurde nachdenklich.

Das sah der Pfarrer und sagte mit herzlicher Mahnung: »Ihr spürt es doch in Euch selber, daß da endlich ein Wandel kommen muß. Lieber Herr! Schauet das Leben doch an! Sonst überall ist Wahl und Freiheit. Was tät man sagen, wenn der Muckenfüßl austrommeln wollt: ›Subjekt, du darfst nur den schwarzen Rettich essen, nit den weißen!‹ Oft vertragt einer halt den schwarzen nit, weil er so raß ist.«

Empört fuhr Anton Cajetan auf: »Vergleichst du die Religion mit einem Rettichschwanz?«

»Ach, Herr, so ein kleines, unverdauliches Schwänzl hat jedes Ding auf der Welt.«

»Das sind Parabeln, auf die ich mich nicht einlassen kann.« Heißer Unmut begann im Fürsten zu wühlen. »Das Volk ist undankbar. Es sollte kapieren, daß es heute besser dran ist als in vergangenen Zeiten.«

»Besser?« Der Blick des Pfarrers war wie ein Rückschauen in grauenvolle Bilder. »Wahr ist's, der Henker hat ein bißl weniger Arbeit heut als vor hundert Jahren. Da hat man dem deutschen Land durch Ketzerbrennen, Ersäufen und Köpfen eine schauderhafte Zahl von rechtschaffenen Leuten entzogen. Und hat für die Kirch nichts anderes zustand gebracht als üblen Geruch.«

»Sie hat ihren Schaden observiert und hat es abgestellt.«

»Um ihre widerspenstigen Kinder leben zu lassen und sie lieber so lang zu peinigen, bis sie die Rute küssen.«

Der Fürst machte echauffiert einen Gang durch das Zimmer und sagte gereizt: »Rom könnte nicht mehr bleiben, was es ist, wenn es aufhören wollte, die Widersacher zu bestrafen. In solchen Dingen muß man konsequent sein.«

»Was hat's geholfen, Herr? Aus lauter römischer Konsequenz ist das halbe deutsche Reich schon lutherisch. Und haben die justiziarischen Seifenschläger bei uns nit ausposaunt: Das Land ist rein, und wollt man suchen mit des Diogenes Latern, es wär kein Evangelischer nimmer zu finden. Und jetzt? Siebentausend bei uns! Und in Salzburg waren es über die Dreißigtausend! Gefahr und Ketten, Not und Armut haben die Salzburger lieber ertragen wollen als untreu werden ihrem Seelentrost. Man hat die Weiber aus den Armen der Männer gerissen, Tausende von Kindern hat man ihnen weggenommen –«

»Ludwig?« unterbrach Herr Anton Cajetan. »Hast du geheime Verbindung mit Salzburg? Da müßte ich deiner Neugier einen Riegel vorschieben.«

»Mich wird er nit drucken, Herr!« Der Pfarrer zog den Atem rückwärts, um nicht niesen zu müssen. »Drucken und einengen wird er nur Euch. Verschließt alle Grenzen mit eisernen Mauern und tausend Musketieren – die Botschaft, die Euer Völkl hören will, wird allweil einen Weg zu seinem Herzen finden.« Er streckte die Hände. In seiner Erregung fiel es ihm nicht auf, wie schnell der Allergnädigste vor der Infektionsgefahr retirierte. »Herr! Ich bitt Euch, laßt Euch raten von mir! Rühren Euch die Kanzleischöpse einen bösen Brei in den fürstlichen Topf, so seid doch Ihr es, der ihn austunken muß. Was in den Siebentausend zu heißem Leben geboren ist, das macht der Muckenfüßl nimmer zum Kadaver. Das ist in ihnen wie gesundes Frühlingsholz. Versenkt es in Eurem Königssee bis auf den Grund, beschwert es mit Steinen, laßt eine Eisdeck drüberwachsen! Das Eis wird springen, die Felsbrocken werden zerfallen, und das gute Holz steigt wieder in die Höh. Es wird aus der schmerzhaften Tief heraufbrausen mit einem Stoß und Auftrieb – – das könnt Euch umschmeißen, Herr!«

Der Fürst war bleich geworden, ging hastig zur Tür und schrie in den Flur hinaus: »Ist dieser gottverlassene Filou noch immer nicht zurück?« Man hörte die verneinende Antwort eines Lakaien.

Stumm betrachtete Pfarrer Ludwig den Fürsten, jäh herausgerissen aus aller keimenden Hoffnung. Der Ausdruck schweren Kummers sprach aus seinem verschwollenen Gesicht, aus den vom Schnupfen tränenden Augen.

Anton Cajetan hatte die Türe krachend ins Schloß geworfen, wanderte hilflos durch die prunkvolle Stube und sagte ein paarmal flink hintereinander: »Das muß man überlegen! Das muß man sich doch überlegen!«

»Ja, Herr! Ein füreiliger Entschluß könnt Euch ein böses Sträßl in die Zukunft bauen.« Die Stimme des Pfarrers klang so hart, daß der Fürst verwundert aufsah. Ganz still war's einen Augenblick in dem großen Raum. »Zu End müssen wir das allweil reden, Herr! Ich tu's, und wenn's um den Hals geht.«

»Eine anrüchige Einleitung! Was willst du sagen?«

»Ich mein', es handelt sich da nit nur um Gott und Himmel. Es kommt mir so für, als tät hinter dem unverträglichen Eigensinn, mit dem die Katholiken und Evangelischen gegeneinander hadern, noch was anderes stecken. Römisch? Evangelisch? Das liegt doch nit so weit überzwerch, daß man sich unter deutschen Nachbarsleuten nit verstehen könnt.«

Verdrossen murrte der Fürst: »Gott muß sich schön was denken, wenn er dich als katholischen Priester so räsonnieren hört!«

»Da glaub ich erstens, daß Gott was Gescheiteres zu tun hat, als auf mich aufzupassen. Und zweitens mein' ich, daß es ihm gleich ist, ob die Menschen von rechts oder von links zu ihm kommen. Wenn sie nur nit ausbleiben. Und schauet, Herr, zwischen einem Katholiken, wenn es kein schlechter, und einem Evangelischen, wenn es ein rechter ist, wär allweil ein ruhvolles Nebeneinanderleben möglich. Nit zwischen den Hetzern und Streithammeln. Da ist Krieg, bis ihnen die bösen Kräft entrinnen. Ich will hoffen auf den Sieg des Guten. Hoffnung muß das ewige Laster aller Menschheit bleiben. Und da glaub ich, Herr, daß der Hader um die Religion in Deutschland nur halb herausgewachsen ist aus dem Kirchboden. Das geht noch auf was anderes zurück als auf die sprenkligen Glaubensfarben und auf das dreißigjährige Morden im Reich. Das Ding ist älter. Der Gegensatz im Glauben hat's nur erneut und aufgeblasen zu gefährlicher Unform.«

»Ich verstehe nicht. Was meinst du damit?«

»Den bockbeinigen Eigensinn und die händelsüchtige Rechthaberei der Deutschen! Der tiefe Graben, der überall aufgerissen ist zwischen allen deutschen Stämmen, will ein Sumpfloch werden, in dem das Beste der deutschen Kraft versinkt. Sonst ist die unglückselige Torheit nur daheim gewesen in den Herbergen und Studentenbursen, auf den Märkten und Kirchweihen. Jetzt hängen sich die landsmännischen Galläpfel an alles Große und Wichtige im Reich. Ein verzweifeltes Elend! Überall die gleiche Narretei und Unvernunft: daß man den anderen, weil er anders redet, in anderem Hut oder Kittel geht, allweil minder einwertet als sich selber.«

Ungeduldig sagte Herr Anton Cajetan: »Das war so, seit es Deutsche gibt. Und es wird so bleiben.«

»Dann werden die Deutschen dran zu Grund gehen.«

»Ach, Torheit! Und hat es sich seit zwei Jahrhunderten immer mehr verschärft – wer ist der Schuldige?«

Der Pfarrer nickte. »Wahr ist's, er hat uns Römischen eine bittere Mahlzeit eingebrockt. Aber wer weiß, ob das Ding mit ihm so weit gegangen wär, wenn man auf unsrer Seit ein bißl einsichtsvoller hätt sein können, ein bißl menschlicher und – weniger konsequent.«

»Ludwig?« fiel Herr Anton Cajetan dem Pfarrer zornig in die Rede. »Willst du nicht lieber gleich hinübergehen zur Ketzerliste und dich inskribieren?«

Der Pfarrer lächelte. »Ich? Nein, Herr! Ich mein' nur, eine Sonn, die sticht, bleibt allweil auch eine Sonn, die geleuchtet hat.« Etwas

Heißes und Bestürmendes kam in den Klang seiner Worte, obwohl sie leiser wurden. »Herr? Habt Ihr nie seine Bibel gelesen? Nur um der Sprach willen? Als deutsches Buch?«

Anton Cajetan machte mit den Schultern eine graziöse Bewegung. »Deutsch!«

»Ein kurzes Wörtl! Aber die kürzesten, Herr, sind allweil die tiefsten – wie Gott und Herz, wie Glück und Not.« Noch leiser wurde die vor Erregung bebende Stimme des Pfarrers. »Herr! Des Luthers Bibel, und wär's nur um ihrer kraftvollen und neugeborenen Sprach willen, ist ein Gesundbrunnen, eine heimatliche Erweckung für uns Deutsche. Wie der Heiland gesprochen hat zur Tochter des Jairus, so spricht jedes Blatt dieses Buches zum deutschen Volk: Steh auf und rede! Und das, Herr, das vor allem ist der geheimnisvolle Zauber, den dieses Buch auf unsere deutschen Bürger und Bauern übt! Das verstehen sie, wenn sie lesen. Und spüren, daß sie dem vaterländischen Boden noch nit entwachsen, noch nit pariserisch oder spanisch geworden sind, sondern allweil noch mit Blut und Herz an der Heimat hängen.« Die hagere Gestalt des Greises streckte sich, und in seinem Blick war ein Hoffnungsglanz wie in den Augen eines Jünglings, der von den Heiligkeiten seiner Liebe spricht. »Besinnen sich die Herren ihrer Pflicht und Herkunft nit, ihres nötigen Rückwegs in die Heimat, so wird das deutsche Bürgertum und das Volk der deutschen Bauern dem kranken Reich einen Weg zu gesundem Heil und zu neuer Zukunft bauen – auch ohne die Herren!« Pfarrer Ludwig vermochte nicht weiter zu sprechen, weil er heftig niesen mußte, so unerwartet, daß er sich nimmer völlig beiseite wenden konnte.

Der Fürstpropst war in aufmerksamer Spannung näher getreten. Jetzt wich er fluchtartig zurück, brachte sein Spitzentüchelchen und das goldene Riechsalzfläschl in flinke Tätigkeit und klagte erbittert: »Eh bien, nun hast du mir auch noch mitten in die Physiognomie hineingenossen.«

Der Pfarrer tat einen schweren Atemzug. »Das ist traurig, Herr: denken müssen, daß ich Euch vielleicht beredet hätt zu einem verständigen Entschluß – wenn ich nit katarrhalisch wär. Ja, ja, die kleinen Ursächlen und die betrübsamen Wirkungen!« Er versuchte sich seiner Erregung durch ein heiteres Wort zu entwinden. »Vielleicht wär auch die Welt nit erschaffen worden, wenn sich der liebe Gott vor dem ersten Schöpfungstag im kühlen Chaos ein Tropfnäsl geholt hätt.«

»Mon cher! Du beginnst impertinent zu werden. Es war nicht nur gesundheitsgefährlich, heute mit dir zu konferieren, ich muß auch die Wahrnehmung machen, daß ich mich gründlich in dir getäuscht habe. Inkommodiere mich nicht mehr mit deinem Volk! Wo tauber Same in morastigem Acker fault, da siehst du Frühlingssaat. Dein Volk ist widerspenstig und voll Eigennutz. Dein Volk ist dumm. Dein Volk ist schlecht.«

Das Gesicht des Pfarrers bekam so grimmige Züge, daß es mit seinen häßlichen Warzen dem Antlitz eines mehr als verdächtigen Menschen glich. »Nein, Herr! Das Volk ist weder gut noch bös, ist weder weiß noch schwarz. Das Volk ist grau, wie sein Elend ist. So hat man das Volk mit Seelenzwang, mit Jammer und Not gefärbt. Und nit zu verkennen ist das, Euer Liebden, daß in geistlichen Fürstentümern das Volk weit elender ist als unter weltlichen Herren. Die geistlichen Fürsten sagen: ›Selig sind die Armen, denn ihrer ist das Himmelreich.‹ Und weil sie als Priester wollen müssen, daß jeder selig wird, drum sorgen sie als Fürsten dafür, daß jedermann arm ist.«

Im Zorn machte Herr Anton Cajetan eine Bewegung, als möchte er auf den Pfarrer zuschreiten. Doch er hielt sich ferne. »Mein langer Ludovice! Du bist entweder ein großer Mensch oder ein ganz erstaunlicher Narr.«

»Wofür entscheiden sich Euer Liebden?«

»Für das letztere.«

»Da werde ich mit dem Ratschlag, den ich noch geben muß, kaum Glück haben. Aber geben muß ich ihn. Und daß ich vom fürstlichen Priester hab reden müssen, ist schon eine Staffel gewesen. Den Entschluß, den die Not Eures Lands und die Sorg um das Reich von Euch fordern, könnt Ihr niemals finden als Priester. Nur als Fürst. In Euch selber könnt Ihr Euch nit auseinanderschneiden. So müßt Ihr den Schnitt zwischen Euch und Eurem Ländl machen.«

»Oh?« Herr Anton Cajetan schien sich sehr zu amüsieren. »Abdanken, meinst du?«

»Wär nit genug.«

»Wie anspruchsvoll!«

Je mehr im Fürsten die Heiterkeit erwachte, um so ernster wurde der Pfarrer. »Schauet das Reich doch an! Wie ist da alles zerstückelt und zerrissen. Festen Halt hat nur das groß und stark Aneinandergeschmiedete. Es gibt Stimmen, die sagen, es wär die einzige Genesung der Deutschen: ein Volk, ein Reich, ein Herr! So sag ich nit. Die Stammverschiedenheit ist wie gute Hefengärung im schweren deutschen Teig. Nur fest aneinanderschlingen müßt man sich. Und müßt das wüst ins Unkraut schießende Spötteln, das sinnlose, hochmütige, blitzdumme Aufmucken unterlassen, bei denen im Süden wider die im Norden, bei den Schwaben gegen die Sachsen, bei denen im Norden wider die im Süden. Ist denn das um Herrgotts willen so ein schweres Kunststück, von einem Bruder zu sagen: So ist er, und wie er ist, so müssen wir ihn nehmen und nutzen!«

»Laß das!« unterbrach der Fürst. »Was geht das mich an! Ich bin kuriös auf dein Rezept.«

»Wollt Ihr handeln als deutscher Fürst, so müßt Ihr aus der Landsnot, die Euch bedrückt, einen Nutzen heraushämmern für das Reich. Müßt helfen dazu, daß ein gewichtiger Teil im Reich noch standhafter ins Wachsen kommt.«

»Ich verstehe deine sibyllinische Weisheit nicht.« Der sarkastische Ton verriet, daß Herr Anton Cajetan doch schon ein bißchen was zu ahnen begann. Es gewitterte sehr merklich in seinen schwarzgefärbten Augenbrauen.

»Beugt sich in Euch der Fürst vor dem Priester, so macht Ihr unser Völkl elend, und Euer Land verblutet. Stellt Ihr den Fürsten über den Priester, laßt Ihr Euch das Landwohl nit verpanschen von der berühmten Konsequenz und macht Ihr Frieden mit den Siebentausend, so fallt Ihr in Streit und Hader mit allen Hitzköpfen unseres geweihten Standes. Herr! Da gibt's nur einen einzigen Ausweg.«

Die bleichen Lippen des Fürsten wurden schmal. »Und welchen?«

»Erlöst Euch selber und Euer Land aus allem Zwist, stärket durch Euer Bröckl Fürstenherrlichkeit ein gesundes Land im Reich und bindet den Berchtesgadnischen Sehnsuchtswinkel an das feste Bayern. Da seid Ihr als Fürst wie als Priester ledig aller Not und habt den Ärger und die giftigen Schulden los. Der neue Landsherr wird mit reichen Mitteln den stockenden Blutsaft unseres Völkls wieder in Gang bringen und wird sich als weltlicher Fürst mit den

Siebentausend so leicht verständigen, wie es für Euch als fürstlichen Priester unmöglich ist.«

Anton Cajetan legte die Hände hinter den Rücken. »Du? Bist du ein bezahlter Emissär des bayerischen Kurfürsten?«

»Herr!« Es dauerte eine Weile, ehe der Pfarrer weitersprach. »Das muß ich heiter nehmen. Wär es ernst, so müßt ich mit Kummer fragen: ›Was ist siebzigjährige Treu eines Untertan gegen sein Land und seinen Fürsten?‹ Und die Antwort tät lauten: ›Eine schauderhafte Dummheit!‹«

Es war dem Fürsten anzumerken, daß Zorn und Verstand, Stolz und Hilflosigkeit einen harten Kampf in ihm ausfochten. Er begann französisch zu sprechen und kehrte wieder zu seinem ungeliebten Deutsch zurück: »Mag sein, daß ich mich im Wort vergriffen habe. Aber ich kapiere noch immer nicht, wie du dich einer solchen Kühnheit vermessen kannst.«

»Kühnheit? Das ist nur ein schmerzhaftes Rechenexempel. Handel und Steuern gehen rückwärts, die Schuldzinsen fressen bei Butz und Stingel auf, was eingeht, und das Borgen wird allweil hoffnungsloser. Lang wird's ohnehin nimmer dauern mit der Stiftsherrlichkeit zu Berchtesgaden. Und Eure Landsnot mit entschlossenem Mut verwandeln in einen deutschen Hilfswillen? Herr? Wär das nit schöner als der fürstpröpstliche Bankerott und das Elend der Siebentausend, die heut noch an Seelenfreiheit und Erlösung glauben?«

Ratlos faßte Herr Anton Cajetan seine gepuderten Locken zwischen die schönberingten Hände. »Wenn's nicht so wahr wäre! Zum Verzweifeln ist das!« Er fiel auf einen Sessel und sagte kleinlaut: »Du meinst also?«

Im Pfarrer schien eine neue Hoffnung zu erwachen. Doch beim ersten Schritt, den er machte, um seinem verzagten Fürsten näher zu sein, wehrte Anton Cajetan erschrocken: »Nein! Bleibe, wo du stehst! Ich fühle bereits, daß ich niesen muß.« Ein paar französische Jammersätze. Dann ein deutscher Ausbruch seines verstörten Zornes. »Glaubst du denn, man legt einen Fürstenhut ab, wie man eine Perücke zum Frisieren gibt? Und die vielen, die da in Mitleidenschaft geraten!« Anton Cajetan sprach im Plural, obwohl er nur an ein Persönchen im Singular dachte. »Aber ich muß gestehen, die Dinge liegen so desperat – ich werde nicht umhin können, meiner fürstlichen Seele diese schwere Dezision –« Das Zeitwort blieb ungesprochen. Lauschend hatte der Fürst die weißen Locken erhoben. Bevor er den Sessel noch verlassen konnte, kam der Lakai mit einem gesiegelten Schreiben auf silbernem Teller. »Ah, ah, bienvenu, mon cher!« Halb noch zitternd, halb schon wieder lächelnd, brach der Fürst mit ungeduldigen Fingern das große rote Siegel auf, schickte gnädig den Lakai aus dem Zimmer und begann zu lesen. Je mehr sein blasses Antlitz während des Lesens sich aufheiterte, um so bleicher wurde der Pfarrer. Als er sah, wie fröhlich der Fürst das Schreiben in seinem Frack verwahrte, sagte er ruhig: »Ich schätz die Salzburger Hilf auf fünf-, sechshundert Musketier und ein Dutzend Kapuziner. Hätten Euer Liebden Geld oder einen deutschen Rat verlangt, so wär die Antwort magerer ausgefallen.«

Mit halbem Lachen fragte der Fürst: »Hast du mir, während ich las, über die Schulter geguckt?«

»Nein, Herr! Ich hab mein katarrhalisches Bannfleckl nit verlassen. Aber die Gradschauenden kommen allweil in den Verdacht, daß sie um die Mauer blinzeln.«

»Du sollst dich hüten, irgendwie in Verdacht zu geraten. Da wär es möglich, daß du mißliebige Experienzen machen mußt.«

»Soll's kommen, wie's mag, ich kann noch allweil von Glück sagen. Wär ich vor hundert Jahren geboren worden, mit meinen zwei grauslichen Warzen im Gesicht, so hätt ich als Teufelsbündler auf den Scheiterhaufen müssen.« Ein versunkenes Lachen. »Es ist unverkennbar, Zeit und Menschen gehen nach aufwärts.«

Herr Anton Cajetan war überaus liebenswürdig. »Mein guter Pfarrer! Du hast die Warzen nicht nur im Gesicht, auch im Gehirn und an der Seele. Das kann lebensgefährlich werden.«

»Vielleicht! Aber schauet, Herr, ich bin von den Glücklichen einer, denen nichts mehr geschehen kann. Mein Gott ist mein Gott. Jeder Tag bringt mich vorwärts auf dem Weg zu ihm.«

Der Fürst lachte munter. »So muß ich dich, wenn du strafbar werden solltest, zu einem langen Leben verdammen.« Ein Handwink, und der Pfarrer Ludwig war entlassen. Schon stand er bei der Tür. Da klang es hinter ihm mit spöttischem Laut: »A propos, mon cher! Ich höre, man beschuldigt dich einer üblen Sache.«

»Soooo?« Der Pfarrer schmunzelte. »Vielleicht einer Menschlichkeit? Die wär von allen Zeitverbrechen das größte.«

Anton Cajetan schien sich zu ärgern. »Man hat dich in Verdacht, daß du der Wundertäter warst, der das Mirakel in der Armeseelenkammer wirkte und die schwarzweiße Gefahr verschwinden ließ in die ewige Ruhe.«

Behaglich wiegte Pfarrer Ludwig den grauen Kopf. »Schau! Was für ein netter Einfall! Hätt ich ihn gehabt, ich tät mich um seinetwegen nit schämen.«

Ein paar heftige Schritte des Fürsten. Und ein Ton wie aus Wolkenhöhe. »Ludwig? Lügst du?«

»Mein gütiger Herr!« antwortete der Greis mit Seelenruhe. »Die redlichsten Wahrheiten schauen allweil einer Lug so zum Verwechseln ähnlich wie ein Rattenschweif dem Schnauzer des Muckenfüßl.«

Der Fürst verhehlte seinen Mißmut nimmer. »Weil du so gern diesen dienststeifrigen Mann zitierst, wirst du vielleicht Gelegenheit finden, dich eingehend mit ihm zu okkupieren.« Noch über die Schulter die strenge Mahnung: »Daß es Dienstgeheimnisse gibt, das weißt du.« Herr Anton Cajetan verzog das Gesicht, als ob er niesen müßte, und zerrte das Riechfläschl aus der Atlasweste.

Das konnte der Pfarrer noch sehen. Halb belustigt, halb mit dem Groll seines wühlenden Kummers, murrte er in Gedanken vor sich hin: »Meinen Schnupfen hat er! Jetzt kriegt ihn die allergnädigste Aurore de Neuenstein. Und der vergönn ich ihn.« Er grüßte freundlich die Lakaien im Korridor. Als er durch den reichlich fallenden Schnee hinüberschritt zu seinem Hause, war er nicht ärmer um eine Hoffnung. Die Stunde mit dem Fürsten war so gewesen, wie er befürchtet hatte, daß sie sein würde. Und war für Augenblicke ein irrender Hoffnungsgedanke in ihm erwacht, so war's geschehen wider Verstand und besseres Wissen. »Er ist, wie er ist. So bleibt er bis zu seiner letzten Schlittenfahrt, und so muß man ihn nehmen. Nur daß er mich jetzt grad rufen hat lassen – das vergrämt mich ein bißl.« Bei diesem Gedanken spähte er zu den Fenstern des Chorkaplans Jesunder hinüber. Frau Apollonia, obwohl keine Evangelische, war unsichtbar. »Da haben sie also nichts gefunden. Sonst tät sie vergnügt aus dem Fenster grinsen.« Nein, es war für den emeritierten Stiftspfarrer Ludwig keine Überraschung, als er seine Haustür eingedrückt, alle Schränke und den Schreibtisch erbrochen fand. Von dem Silbergeld im aufgemeißelten Geheimfach fehlte kein Sechser. Unleugbar, die Polizei war ehrlich.

Eine Überraschung war der Besuch des Feldwebels Muckenfüßl und der Soldaten Gottes nur für die Schwester Franziska gewesen.

Eine ganz fürchterliche. Sie weinte, daß es zum Herzzerbrechen war. Der Pfarrer legte ihr zärtlich den Arm um die Schultern und schrie ihr ins Ohr: »Geh, sei gescheit und trink ein Schnäpsle! Das richtet dich wieder auf.«

Es blieb unentschieden, ob sie das verstanden hatte. Unter Tränen sah sie den Bruder an und klagte: »Ach, Gott, wie viel haben sie gefragt! Aber weißt du, ich hab allweil falsch gehört.«

»Ja, ja, Schwester! Wenn der Mensch nur immer weiß, wie er seine mangelhaften Instrumente gebrauchen muß.« Der Pfarrer nahm den Radmantel ab, zog die Schmierstiefel aus und begann in der übel zugerichteten Stube wieder Ordnung zu machen.

18

Die folgenden Tage waren im Lande Berchtesgaden reich an Überraschungen. Nachdem es einen Tag und eine Nacht lang tüchtig geschneit hatte, kam blauer Himmel mit klarer Sonne. Die Welt sah aus wie neu vom lieben Herrgott versilbert. Und am Samstag, in den Morgenstunden, wurde zu Berchtesgaden ausgetrommelt, daß der allergnädigste Herr Fürst, um wieder einmal inmitten seiner getreuen Landeskinder zu weilen, für den folgenden Sonntag im Schützenhaus ein fröhliches Fastnachtsschießen angeordnet hätte, mit vielen Preisen und Aufmunterungen für die besten Schützen des Landes. Nicht nur die Mitglieder der hochehrenwerten Schützengesellschaft vom heiligen Martin wären eingeladen, sondern alle Mannsleute, so eine Schußwaffe besäßen. Die Austrommlung endete mit dem munteren Vers:

»Wie mehrer die Gäst,
So schöner das Fest,
So froher der Fürst,
's gibt Freibier und Würst!«

Unter den vielen, die das zu Berchtesgaden austrommeln hörten, befand sich auch der Hiesel Schneck, der bei dem Juden ein Pflaster für das Überbein seiner Schneckin hatte holen müssen. Das Schützenfest schien ihm keine Freude zu bereiten. Die unzählbaren Himmelhunde, die er hinaufknurren ließ zur Sonne, bewiesen, daß der Hiesel Schneck in übler Laune war. Ihn quälte der Ärger darüber, daß so ein Jud wieder einmal schlauer gewesen war als der redlichste von allen Christen. Hiesel hatte geschwiegen wie ein luthrisches Grab, auf dem kein Hügel und kein Kreuzl ist. Dennoch hatte Lewitter plötzlich ganz genau gewußt, wo Leupolt Raurisser versteckt war, und hatte dem Hiesel nicht nur die Quetschbehandlung eines Überbeins auseinandergesetzt, sondern hatte ihm auch Verbandzeug, ein fieberstillendes Mittel und etwas zum Waschen für schwärende Wunden mitgegeben, obwohl sich der gewissenhafte Schneck wie ein Rasender dagegen gewehrt hatte. Man trägt als treuer Christ in seinem Bergsack nicht gern eine obrigkeitlich verbotene Sache, die für einen Luthrischen wohltätig ist. Unter grimmigen Flüchen fühlte er mit seiner braunen Tatze immer wieder nach hinten, ob das verdächtige Päckl nicht gottsgnädigerweis so spurlos verschwinden möchte wie die preußische Gefahr aus der Armeseelenkammer. Aber wenn im Menschengedräng einer gegen ihn hinpuffte, brüllte er gleich: »Blitzhimmelsausen und Höllementshund, gib doch Obacht, ich hab was Gläsernes auf'm Buckl.«

Bei dieser angstvollen Fürsorge war er nicht in der Laune, sehr aufmerksam auf die Muckenfüßlsche Überraschung zu horchen. Auch hatte der Hiesel Schneck in diesen Tagen eine viel größere Überraschung schon erlebt. Damals, als es zu schneien anfing. Da war er spät am Abend heimgekehrt, in der sicheren Erwartung, daß der unbequeme, vermaledeite Ketzer schon über die bayrische Grenze gesprungen wäre und nimmer droben läge auf dem Heuboden. Teilweise war auch eingetroffen, was die Schneckin ihrem Schneck versprochen hatte. Leupolt lag nimmer auf der Heuschütt, sondern herunten neben dem Herdfeuer im Ehebett des Hiesel. Und die Schneckin hockte im Ofenwinkel auf einem Strohsack, den sie so breit gemacht hatte, daß er zwieschläfrig zu benutzen war. Hiesel ließ die wildesten Höllemente los, wenn auch – weil Leupolt schlief – mit gedämpfter Stimme. Da mochte die Schneckin hundertmal flüstern: »Verstehst?« – der Schneck verstand nicht und war verbohrt in die unzutreffende Meinung, daß es die Schneckin ›aber schon ganz saudumm‹ angestellt haben müßte. »Soll den Kerl über die Grenz hatzen und laßt ihn ins Bett hupfen! Kreuzhimmel, Bluthöllement und Bratwürst übereinander!« Grollend saß er auf dem Herdrand. Schließlich, wenn er in dieser Schneenacht neben seiner Schneckin liegen wollte, blieb ihm nichts anderes übrig, als mit dem Strohsack vorlieb zu nehmen. Bis lange nach Mitternacht bellten seine gedämpften Himmelhunde. Am Morgen, freilich, da sah auch der Hiesel das ein, daß man mit einem Fieber, in dem ›alle Knöchelen scheppern‹, nicht ins Bayrische hinüberlaufen kann. Und jetzt, unter den Rasselklängen der Muckenfüßlschen Austrommlung, erzeugte der Schneck in seinem langsamen Gehirn den Trostgedanken: »Wenn ich dem Buben das jüdische Päckl zutrag, daß er bald über die Grenz hupfen kann, so tu ich bloß, was die Herren haben wollen. Verstehst?« Die vielen Himmelhundsmonologe, die er mit sich führte, verhinderten ihn, auf dem Marktplatz und während des Heimweges der freudigen Bewegung zu achten, die der Feldwebel Muckenfüßl mit seiner sonst so gefürchteten Trommel in der Bevölkerung erweckt hatte.

So splendid und wohlwollend hatte sich der Landesfürst schon lange nicht mehr erwiesen. War in der Verkündigung auch nicht deutlich ausgesprochen, was sie bezweckte, so war doch ihr schöner Sinn so klar wie die alte Sonne über dem jungen Schnee. Die Gutgläubigen nahmen die Ansage des Festes als deutliche Mahnung zur Verträglichkeit, die Evangelischen empfanden sie als Friedensverheißung, als Wegweis zu naher Verständigung und zur Freiheit der Seelen. Seit Menschengedenken war zu Berchtesgaden nimmer so gut und herzlich von der Obrigkeit gesprochen worden, wie es an diesem silbernen Samstage tausendstimmig geschah. In allen Häusern wurde gesungen und gelacht, aus allen Truhen wurde das Feiertagsgewand und versteckter Schmuck herausgenestelt. Überall an den Fenstern saßen die Mannsleute und putzten ihre Schießgewehre. In der Mittagsstunde böllerten durch das sonnfunkelnde Tal die Probeschüsse. Einer sagte: »Wie wenn beim größten von allen Bauern eine Hochzeit wär!« Und bekam die lachende Antwort: »Das wird wohl ein Metzensäckl Pulver wert sein, wenn der gnädigste Herr Fürst mit seinem Völkl Versöhnung feiert!«

Den ganzen Nachmittag umstanden Scharen von Mädchen und Kindern das Schützenhaus, um den gewaltigen Vorbereitungen zuzuschauen, die für das Fest getroffen wurden. Die Mannsleute, die man sonst nur zähe zur Fronarbeit herbeibrachte, boten sich ungerufen zur Hilfeleistung. Von der großen Festwiese neben dem Schützenhaus wurde der Schnee fortgeschaufelt, und Lachen, frohes Geschrei und dröhnendes Hammerklopfen begleitete den flinken Bau des »Mahlsaales«, einer mächtigen Bretterbude, die ein paar tausend Schützenbrüder fassen konnte, um in Verträglichkeit und Frohsinn bei Freibier und Speckwürsten mit den gütigen Herren beisammenzusitzen. Man arbeitete noch bei Fackelschein bis gegen Mitternacht.

Der große Morgen kam. Die Tausende auf Berchtesgadnischer Erde waren willig zur Freude. Nur der liebe Gott schien an diesem Versöhnungstage kein rechtes Wohlgefallen zu haben und steckte die Sonne in einen mächtigen Wolkensack. Feine Eiskristalle rieselten aus dem Grau herunter, scharf wie Nadelspitzen. Das verdarb keinem Fröhlichen die Laune.

Als man zum Kirchgang läutete, war die Zuwanderung der Andächtigen ein bißchen schütter. Die Erlösung von allem Gewissenszwang vorausgenießend, hielten die Evangelischen den Gottesdienst dieses Freudentages daheim in ihren Stuben ab oder besuchten eine Fürsagung, ohne Schneekleid, völlig sichtbar. Erst nach dem Hochamt, während mit allen Glocken der Gottesfriede dieses Sonntages verkündet wurde, begannen die Marktgasse, der Brunnenplatz und die Stiftshöfe sich zu füllen mit einem farbenbunten und fröhlich gestimmten Menschengewühl. Obwohl es immer nebelte, sah die lärmende Bewegung der farbigen Menge sich an wie ein jubelndes Lebensfest. Die Frauen und Mädchen hatten sich aufgeputzt und waren durch Jugend, Gesundheit, Freude und hoffendes Vertrauen noch schmucker geziert als durch die feuerfarbenen Mieder, durch das leuchtende Bänderwerk und die mattfunkelnden Schaumünzen. Stolz trugen die Mannsleute ihre klobigen Schießgewehre, und fast jeder hatte auf seinem gebänderten Hütl ein paar von den Blumen stecken, die bei frierendem Winter blühen in den warmen Bauernstuben. Dem wirbelnden Frohsinn dieses Bildes tat es keinen Eintrag, daß im Gewühl der Leute keiner von den Herren zu sehen war. Es tauchte nur der Feldwebel Muckenfüßl auf, dem ein paar Musketiere bei der Ordnung des tausendköpfigen Schützenzuges behilflich waren. Als die Hifthörner der fürstlichen Jägerei den Festruf bliesen und die Trompeten und Klarinetten der Salzknappen mit ihrer lustig dudelnden Marschmusik einfielen, erhoben die Tausende dieser fröhlichen, von harter Zeit erlösten Menschen ein Jauchzen, daß ihr Freudenspektakel alles Blechgeschmetter übertönte.

Wie ein vom Glück dieses Tages Ausgeschlossener, mit unfrohen Augen, Zorn und trauernde Erbitterung in dem blassen Warzengesicht, saß Pfarrer Ludwig am Fenster seiner Stube und blickte hinunter auf das fröhliche Gepräng des Schützenzuges. »Ob in Sonn oder unter Wolken – gibt's auf der Welt ein schöneres Ding als die vertrauensselige Freud eines hoffenden Volkes? Und gibt's auf Erden ein übleres, als dieser Tag es bringen wird?« Immer wieder brannte in ihm der Gedanke: ›Reiß das Fenster auf, schrei diesen Jauchzenden eine Warnung zu!‹ Nicht die fürstliche Mahnung an das Dienstgeheimnis hielt ihn zurück, nur die Erkenntnis, daß seine Warnung das Schicksal dieses Tages nicht wenden, sondern Aufruhr und Totschlag heraufbeschwören würde.

Der weite Hof unter dem Fenster des Pfarrers war leer und still geworden. Immer ferner tönten die fröhlichen Jauchzer, das Klarinettenquieksen und der Trompetenklang. Nun das donnerähnliche Dröhnen eines Böllerschlages. Dann knatterten die Stutzenschüsse durcheinander, als hätten hundert Heinzelmännchen zu dreschen begonnen. Das ging zwei Stunden lang so weiter. Dann läuteten die Mittagsglocken. Auf der Festwiese verstummten die Schüsse. Und nebelnde Stille lag über den Dächern des Stiftes. Jetzt der Hufschlag eines Pferdes. Von der Salzburger Straße kam ein erzbischöflicher Dragoner über den Hof geritten und verschwand im Stiftstor. Pfarrer Ludwig nickte. »Die Konsequenz! Sechs Füß hat sie! Und hat zwei Köpf, von denen jeder was anderes denkt.« Wenige Minuten später mußte er zu der beschämenden Einsicht gelangen, daß er die salzburgische Hilfe militärisch unterboten, katechetisch überschätzt hatte: nicht ein volles Dutzend Kapuziner, nur neune; aber statt der fünfhundert Soldaten, auf die er geraten hatte, kamen achthundert Musketiere, scharf bewaffnet, dazu ein halbes Tausend Dragoner, hoch zu Roß. »Guck nur!« knirschte der Pfarrer vor sich hin. »Neben der Gotteshilf macht Salzburg noch ein gutes Geschäft! Den ganzen Heerwurm müssen ihm unsere Bauern füttern, wer weiß, wie lang!«

Es litt ihn nimmer in der Stube. Flink in die hohen Schmierstiefel, aus dem Haus und hinunter zur Festwiese. Auf einem Fußsteig, der über die verschneiten Wiesengehänge kletterte, blieb er erschrocken stehen und spähte zur Fahrstraße hinüber. Unter den vielen Leuten, die nach der Festwiese strebten, sah er den Meister Niklaus und Luisa. Der Pfarrer schrie den Namen des Freundes und watete durch den tiefen Schnee. Als er die Straße erreichte, war er so atemlos, daß er kaum zu sprechen vermochte: »Kehr um, Nicki! Führ dein Mädel heim und laß dich einsperren von der Sus!«

»Hochwürden?« stammelte Luisa. Und der Meister fragte erblassend: »Um Gottes willen, was ist denn los?«

»Getroffen, Nicki!« Der Pfarrer lachte grell. »Um Gotts willen ist was los! Und da wirst du dir denken können, wie es ausschaut.« Er faßte Luisas Arm und flüsterte: »Mädel! Wenn du deinen redlichen Vater nit auch noch verlieren willst, so schau, daß du ihn heimbringst in die Werkstatt und zu seiner Arbeit! Geh, Nicki, sei verständig! Noch ein letztesmal! Ich tät's nit raten, wenn es nit sein müßt. Und du, Mädel, tu beten vor deinem Jesuschrein! Andächtiger als je!« Die Stimme des Pfarrers bekam einen harten Zornklang. »Heut wird deine fromme Seel noch was umzudeuten kriegen. Die Heilige Mutter soll dir's geben, daß du eine Deutung findest, die deinen standhaften Glauben nit verdächtig macht vor den Konsequenten.«

Luisa, deren Gesicht sich entfärbt hatte, umklammerte stumm die lebende Hand des Vaters. Und Niklaus stammelte: »Mensch! Was ist denn?«

Heiser lachend deutete Pfarrer Ludwig mit dem Hakenstock gegen die Wolken. »Guck doch in die Höh! Da mußt du doch merken, daß heut ein Tag ist, an dem unser Herrgott sich in seinen ewigen Mantel wickelt und um die Menschen trauert.« Er sagte mit heißer Mahnung: »Geh heim, Nicki! Deinem Kind zulieb!«

»Und du?«

»Ich bin doch ein Priester, nit? So einer ist allweil auf dem Weg zu den Hoffnungslosen. Wie heut, so neugierig bin ich noch nie gewesen, ob der Amsterdamer recht hat, wenn er sagt, es wär kein Ding auf Erden so schlecht, daß es nit ein Gutes werden könnt für die Menschen.« War's noch vom Schnupfen, oder hatte es einen neuen Grund, daß dem Pfarrer das Wasser in die Augen trat? Dann sagte er zu Luisa: »Laß den Vater nimmer aus! Mädlen, die tapfere Kinder sind, werden die besten Frauen.« Er wandte sich ab und eilte die Straße hinunter. Das Gesumm einer großen Volksmenge klang ihm durch den ziehenden Nebel entgegen. Hunderte von Frauen, Mädchen und Kindern umstanden in heiterer Laune die große Bretterbude des Mahlsaales, in dem die Trompeten und Klarinetten der Salzknappen eine lustige Tanzweise spielten. Fast alle Mannsleute waren schon im Saal versammelt. Nur ein paar Burschen wimmelten in ihren roten Joppen noch vergnügt umher, schäkerten mit der weiblichen Jugend oder machten harmlose

Späße über die Bratwürste, die noch immer nicht duften wollten, und über die geduldigen Mägen der Herren, die noch unsichtbarer wären, als es die Evangelischen vor dem Bekennertag gewesen. Unter Muckenfüßls kanzleideutschem Kommando drängten sich Lakaien und Musketiere im Frauengewühl umher, faßten die rotjoppigen Buben an und schoben sie in den Saal, immer unter der gleichen Mahnung: »Flink, nur flink! Die Bräuknecht haben schon angezapft!« Nun schoben sie den letzten von den Burschen durch die enge Tür hinein, die aussah wie ein Festungsschlupf. Und durch den Türspalt leuchtete das rote Flackerlicht der Kienfackeln heraus, die man in der fensterlosen Bretterbude angezündet hatte, um sie hell zu machen.

Die Weibsleut guckten ein bißchen verwundert drein, weil an die zwanzig, mit Flinten und Terzerolen bewaffnete Musketiere vor der Saaltür aufzogen wie eine kriegsmäßige Wache. Als Muckenfüßl mit den Lakaien und Jägerknechten das Schützenhaus besetzte, in dessen Halle die Schießgewehre der Bauern verwahrt standen, kam Pfarrer Ludwig in Hast von der Straße herübergeschritten. Er spähte mit blitzenden Augen, sprang auf die Saaltür zu und wollte eintreten. Zwei Musketiere kreuzten vor seiner Brust die Flinten. »Rückwärts, Hochwürden! Niemand darf passieren. Befehl des gnädigsten Herrn!«

»Aber Leut!« Der Pfarrer lachte. »Ich will doch auch meine Freimaß haben und mein Würstl! Geh, seid doch nit gar so neidisch!« Er hatte die beiden Flinten beiseite geschoben und drückte die Saaltür vor sich auf. Ein Musketier faßte ihn am Radmantel. »Wirst du auslassen?« Mit einem zornigen Fauststreich machte der Pfarrer sich frei und trat in den von einem wogenden Mannsgewühl, von dudelnder Musik, von Flackerschein und Fackelqualm, von Lärm und Gelächter erfüllten Brettersaal. An langen, leeren Tischen saßen die Bürger und Bauern, die Handwerker und Salzknappen auf hochbeinigen Holzbänken. In den schmalen Gassen drängten sich Hunderte umher, die noch keinen Platz gefunden. Die roten Joppen leuchteten wie Blutflecken, und die Gesichter, die schmutzig wurden vom Fackelruß, schienen in der trüben Flackerhelle verzerrt zu einem ruhelosen Grinsen. Und doch war Freude in allen Gesichtern, fröhliche Erwartung in allen Augen. Freilich, derbe Späße gab es in Hülle und Fülle, weil man schon wartete seit einer halben Stunde und noch immer den Duft keiner

Bratwurst witterte. Doch in jedem Scherz war heitere Geduld, war noch immer ehrfürchtige Dankbarkeit für den allergnädigsten Wirt dieses freudenreichen Versöhnungstages. Nur in der hintersten Saalecke, wo die rotjoppigen Burschen dick beisammen saßen, begann es ein bißchen übermütig zu werden; da trommelten sie mit den Fäusten auf die Tische und begannen kleine Spottlieder zu singen, wie der Augenblick sie gebar.

Als der Pfarrer, noch in den Radmantel gewickelt, von der Türschwelle stumm hineinsah in dieses heiter lärmende Männergewühl, war sein Gesicht entstellt, daß ihn die Leute nicht gleich erkannten. Es mußte erst ein Fröhlicher schreien: »Herr Jöi! Unser gütiges Pfarrherrle!« Und einer brüllte über alle Tische: »Leut! Jetzt geht's aber an! Der erste von unseren Herren ist da!« Während der Lärm sich ein bißchen dämpfte, drängten viele gegen den Pfarrer Ludwig hin, zu einem Gruß, zu einem Händedruck. Von einer nahen Bank erhob sich einer, der ein kleines Bübl auf dem Arm hatte. In seinen Augen war ein verstörter Blick, doch unter dem Braunbart lachte sein blasser Mund, als wäre er der Fröhlichste unter diesen tausend Festfrohen. Rittlings über der Bank stehend, winkte er mit dem Arm und kreischte: »Hochwürden! Zu mir her! Euch geb ich mein Plätzl. Ich muß nit sitzen. Mich halten Herz und Seel in der Höh.« Der Christl Haynacher lachte wie ein Glücklicher und preßte das scheu guckende Bübchen an seine Brust. »Jetzt, Hochwürden, ist alles am Tag! Gelt ja? Mir müssen die Leut Vergeltsgott sagen. Wär mein Weibl nit so heilig und fromm gestorben, und hätt mein Weibl nit hilfreich aus dem ewigen Glanz heruntergegriffen zur kreistenden Menschennot? Da täten wir trauern und seufzen müssen, gelt! Jetzt können wir Freud haben und wieder glauben. Alle Herzviertelen sind wieder schön beisammen. Und Fried und Brüderschaft ist überall auf der gottschönen Welt. Die guten Herren! Die soll unser Herrgott segnen für den heutigen Tag.« Während Christl Haynacher so redete, mit umkippenden Tönen, schrien es die anderen von Tisch zu Tisch, daß von den Herren der erste gekommen wäre. Die dudelnde Knappenmusik geriet außer Takt und verstummte. Aller Lärm versickerte, es wurde immer stiller im Saal. Und da streckte sich der Pfarrer, hob die beiden Hände aus dem Mantel und rief: »Ihr guten Leut! Laßt mich ein brüderlichs Wörtl reden mit euch!«

Überall ein Gucken und Hälsestrecken, von allen Bänken erhoben sich die Männer und Burschen, einer der schlechtgezimmerten Tische knickte krachend zusammen, ein Gelächter, dann viele Stimmen, die zum Schweigen mahnten. Jetzt war die Ruhe da. Nur noch das Rauschen der Fackelflammen, das schwere Atmen der vielen Hunderte in dem qualmigen Raum. Und da lauschten sie alle – nicht auf den Pfarrer, der mit zerdrückter Stimme zu reden begann. Sie lauschten auf das Unerklärliche, das von draußen hereinklang durch die fensterlosen Bretterwände. Es war ein aufwirbelndes Geschrei von vielen Weibern und Kindern. Wie gellende Angst war es anzuhören. Und es mußte doch Freude sein? Kamen die Herren? Fragende Rufe schwirrten von Tisch zu Tisch. Und einer kreischte mit Lachen: »Hört ihr die Mädeln juchzen? Jetzt kommt der gnädigste Herr Fürst! Höi, Trompeter! Blaset den Herrengruß!« Ein fröhliches Blechgeschmetter. Niemand hörte mehr auf den Pfarrer. Seine Stimme versank im lärmenden Festjubel dieser treuen, beglückten Untertanen.

Vor der Saaltür ein Gepolter und ein aufgeregtes Stimmengewirr. Immer deutlicher hob sich aus ihm die schrillende Stimme eines Mädels heraus. Es war wie das Zetergeschrei einer Irrsinnigen. Ein Gerüttel an der kleinen Tür. Jetzt patschte da draußen ein Pistolenschuß – nicht wie ein Pulverknall, nur wie das Klatschen einer festen Peitsche – und über die Schwelle der aufgedrückten Türe stürzte schreiend ein junges Geschöpf herein, jenes Untersteiner Mädel, das unter dem Holz der Unehr, am Bekennersonntag, als erste mit verzückter Freude gerufen hatte: »So müßt ihr mich auch verbrennen! Ich bin eine evangelische Christin!«

Was sie schrie und lallte, während sie hintaumelte gegen die erste Bank, war im aufrauschenden Lärm des Saales nicht zu verstehen. Immer schreiend, stieg sie neben dem stumm gewordenen Christl Haynacher auf die Bank, sprang auf die Tischplatte und stand da droben, mit aufgereckten Armen, einer Verzückten ähnlich, oder einer Wahnwitzigen. Immer lallte und schrie das Mädel, die Augen erweitert, das Gesicht wie Kalk so weiß. Im versinkenden Lärm des Saales klang vom Tisch der Salzknappen eine verzweifelte Bubenstimme: »Barmherziger Herrgott! Moidi! Du blutest!« Sie drehte das Gesicht gegen die Stelle hin, von der die Stimme kam, lächelte ein bißchen, reckte sich und rief: »Ihr lieben Brüder! Haltet fest am Gütigen, der für uns gestorben ist am Kreuz! Hilf ist nur im Himmel noch. Hilf ist nimmer auf der Welt. Gewalt ist über uns! Zehntausend heidnische Dragoner reiten über das Schneefeld her!« Das Mädel wankte, straffte sich wieder an allen Gliedern, wollte reden, hatte keinen Laut mehr und preßte die zitternden Fäuste gegen das Mieder. In der Stille, die plötzlich im Saal entstand, hörte man sie mit leiser und froher Stimme sagen: »Herr Jesu, dir leb ich – Herr Jesu, dir sterb ich –« Viele Hände streckten sich nach der Sinkenden, Pfarrer Ludwig fing die Erloschene in seinen Armen auf, und Christl Haynacher, dessen Bübl das Gesicht am Hals des Vaters versteckte und zu greinen begann, brüllte plötzlich wie ein Betrunkener: »Herrgott! Herrgott! Ist's noch allweil nit genug?«

Ein tausendstimmiger Laut im Saal, wie das Aufstöhnen eines gewaltigen Tieres, dem das mordende Eisen ins Leben fährt. Nun ein dumpfes Gewühl, ein Zusammenkrachen aller Tische und Bänke – und jetzt ein mahnender Männerschrei, so kraftvoll und gebietend, daß er die tausend Verstörten beherrschte und zum Lauschen zwang: »Ihr Leut! Ihr guten Leut!« Pfarrer Ludwig war heiser geworden von diesem Schrei. »Schauet her! Ich hab den Tod auf den Armen. Drum muß ich ein Wörtl sagen für euer Leben. Heut geht Gewalt vor Recht. Die Zeit wird kommen, in der sich's wendet. Seid besonnen, ihr guten Leut! Oder ihr stoßt euch alle, eure Weiber und Kinder, ins hilflose Elend! Christ sein heißt nicht zuschlagen mit Fäusten und Tischfüßen, einander würgen und niedertrampeln. Christ sein heißt noch allweil, ein Mensch unter Menschen bleiben und sein Leidwesen dem gütigen Heiland in die Hand legen. Der wird uns aufrichten, der wird uns helfen!« Man hörte von draußen den Schritt einer marschierenden Truppe, hörte die Trommel, die schon nah bei der Tür war. Pfarrer Ludwig, dem die Arme unter der Last zu zittern begannen, die sie trugen, sagte ruhig: »Drei evangelische Brüder sollen mir helfen. Wir wollen das fromme Christenkind, das in Gottes Reich gegangen ist, heimtragen zu seiner Mutter.«

»Nachbar!« keuchte der Haynacher. »Nimm mein Bübl ein bißl! Da muß man helfen.« Er sprang an die Seite des Pfarrers und raunte auf eine Art, wie die Fieberkranken reden: »Gelobt sei Jesuchrist und die heilige Mutter Marie.« Jetzt kamen die Salzburgischen Gottesmusketiere unter Trommelschlag in den Saal marschiert, zu vieren dicht aneinandergedrängt, die Gewehrläufe vorgestreckt, den Finger am Bügel. Außer dem Schrittklappen und den soldatischen Befehlsworten war kaum ein Laut im Saal. Die Leute wichen vor dem immer breiter werdenden Soldatengürtel zurück, die einen scheu und mit blassen Gesichtern, die anderen mit dem stummen Zorn auf der Stirn und in den Augen. Den ersten aufwühlenden Sturm in ihnen hatte das Wort des Pfarrers bezwungen. Wehrlosigkeit und noch ein Härteres: die Bitterkeit der Enttäuschten, die Trauer über den Betrug, der da begangen wurde an ihrem frohen, gläubigen Vertrauen.

Hinter der Kette der Musketiere stehend, verkündete Muckenfüßl das pröpstliche Edikt auf Konfiskation aller Schützengewehre. Jedem reumütigen Subjekte sei die Gnade des Fürsten zugesagt, jedem Widerspenstigen das strengste Gericht. Zur Ermahnung der Seelen sei von einer fürsorglichen Obrigkeit beschlossen worden, jede Gnotschaft des Landes mit achtzig Musketieren und fünfzig Dragonern samt Rößl zu belegen, für deren Bedarf an Zehrung und Trank die Gnotschaft aufzukommen hätte, insolang, als eine Besserung des rebellischen Geistes nicht in glaubhaftem Ausmaß sichtbar würde. Nach dieser Verkündigung formierten die Musketiere eine Gasse durch den ganzen Saal. Eine Gnotschaft nach der anderen wurde aufgerufen. Wenn die Männer, die zur gleichen Gnotschaft gehörten, alle beisammen waren, wurden sie paarweis abgeführt. Einige Burschen, die sich unehrerbietig zu äußern wagten, wurden verhaftet. Auch einen von den vier Trägern der ›schön und gottselig gestorbenen‹ Moidi von Unterstein – den Christl Haynacher – mußte man festnehmen. Bei seiner Verhaftung gebärdete sich der hirnverdrehte Suspiziosus, wie Muckenfüßl ihn nannte, so rebellisch, daß die Anwendung von eisernen Handschellen nötig wurde.

Draußen im Schnee, zwischen Mahlsaal und Schützenhalle, standen, gleichmäßig abgezählt und in militärischer Ordnung ausgerichtet, für jede Gnotschaft die achtzig Musketiere und die fünfzig berittenen Dragoner parat. Bei jedem Trupp – gleich einem Leutnant neben seiner Kompanie – befand sich ein Kapuziner.

Die Abwanderung der Gnotschaftsleute mit ihrer militärischen Bedeckung dauerte bis in die Dunkelheit. Und die Soldaten, die ihr Quartier zu Berchtesgaden bekamen, bewiesen noch vor Anbruch der Nacht, daß sie nicht nur dem Himmel, sondern auch der Kunst zu dienen vermochten. Mit großen Töpfen und langen Tüncherpinseln wanderten sie durch die Gassen und bemalten an jedem Haus, in welchem ein der Ketzerliste Einverleibter wohnte, die Türen und Fensterstöcke mit knallroter Farbe.

19

Spät am Abend wurde an der Haustür des Meisters Niklaus gepocht, so leise, daß es die drei, die in der Werkstatt waren, nicht gleich vernahmen. Der Meister, um ruhig zu bleiben, hatte sich zu seiner Arbeit gestellt. Und Luisa und Sus waren mit ihren Spinnrädern aus der Küche zu ihm in die Werkstatt gekommen. Helle Kerzen brannten auf dem eisernen Reif. An dem großen Fenster war der Laden geschlossen. Nur das Schnurren der Spinnräder und manchmal der Schritt des Meisters, wenn er zurücktrat, um sein Werk zu betrachten. Da hörte Luisa das kaum vernehmliche Klopfen. Ihre Augen vergrößerten sich, als sie stammelte: »Vater! Es pocht.« Die Sus wollte zur Türe. »Bleib!« sagte der Meister. »Ich selber geh.« Er brauchte keine Frage zu tun; beim Hall seiner Schritte klang es draußen in der Nacht: »Tu auf, Nicki! Ein Mensch!«

»Gott sei gelobt!« Aufatmend stieß der Meister den Riegel zurück und hob den Sperrbalken aus dem Mauerloch, während Sus und Luisa wortlos aus der Werkstatt gesprungen kamen. Der Pfarrer trat in den Flur, und Sus verwahrte die Türe wieder. »Gotts Gruß zum traurigen Abend! Weil ich nur bei euch bin. Aufatmen tu ich.« Pfarrer Ludwig hängte den Radmantel an das Zapfenbrett und fragte die Sus: »Hast du noch warmes Wasser? Ich muß mich waschen. 's ist eine Zeit, in der man rot wird, vor Zorn oder von was anderem.« An seinem schwarzen Gewande sah man die eingetrockneten Blutflecken nicht, nur an den Händen. »Jesus?« stammelte Luisa. »Ist's Euer Blut?«

Er schüttelte den Kopf. »Das tät ich lieber sehen. Es wär um meine paar letzten Tröpflen minder schad.«

Die Sus war in die Küche gesprungen, in der ein mattes Ölflämmchen glomm, und schöpfte Wasser aus der kupfernen Herdkufe. Nun kamen die anderen drei zu ihr, und der Pfarrer wusch die zitternden Hände. Schwer atmend fragte er über die Schulter: »Wißt ihr schon, was geschehen ist?« Die beiden Mädchen schwiegen. Der Meister nickte. »Da brauchen wir nimmer reden drüber.« Pfarrer Ludwig griff nach dem Handtuch und schob die Sus von sich, die vor ihm auf die Dielen hinkniete, um sein Gewand zu säubern. »Das nit! Mannsbilderhosen sind leichter waschen, wenn man sie nit am Leib hat.« Er legte den Arm um die Schulter des Meisters. »Nick? Weißt du, was eine Mutter ist?«

»Das weiß man, glaub ich.«

»Was meinst du, daß eine Mutter sagt, wenn ihr liebes Kind am Morgen lachend aus dem Haus gegangen ist, und man bringt es ihr am Abend heim, wie ich das Moidi hab bringen müssen?«

Mühsam antwortete der Meister. »Ich wüßt nit, was ich schreien tät.«

»In Unterstein hat eine Mutter ihres toten Mädels Kopf zwischen die Händ genommen und in freudiger Ruh gesagt: Mein Kindl, dich muß der Heiland lieb haben, uns anderen ist er feind, drum müssen wir weiterschnaufen in der irdischen Not!« Mit beiden Händen rüttelte der Pfarrer die Schultern des Meisters. »Mensch! Kann's einer besser sagen, wie die Zeit ist?« Dann wandte er sich an die Sus: »Tätst du dich trauen, daß du zum Simmi hinüberspringst?«

»Ich trau mich alles, wenn's für den Meister ist.«

»Für den ist's auch. Heut möcht' ich, daß wir beisammen sind. Traut der Lewitter sich nit aus dem Haus, so sag ihm, daß ich krank wär. Da kommt er. Gelogen ist's nit. Alles leidet in mir, was Leben heißt. Aber fürsichtig mußt du sein. Sonst packen dich die Soldaten Gottes mit Gelobt sei Jesuchrist!«

»Soll mich nur einer anrühren!« Das weißblonde Mädel sprang zur Haustür. Der Meister ging mit ihr, und als er im dunklen Flur den Riegel aufstieß, sagte er leise: »Vergelt's Gott, du Treue!«

In der Küche legte Pfarrer Ludwig die Hand auf Luisas Scheitel. »Also? Hast du die fromme Deutung für den heutigen Versöhnungstag schon gefunden?«

Sie sah verstört zu ihm auf. »Hochwürden! Ich weiß nimmer, wo die Christen sind.«

»Christen sind überall. Nur finden muß man sie können. Und selber muß man einer sein.«

Die Tränen fielen über ihr blasses Gesicht. »Ich seh keinen Weg nimmer. Überall ist Wirrnis und Sünd. Dürft ich nit morgen kommen um einen Seelentrost?«

»Ja, komm nur!« Er streichelte ihr schönes Haar. »Ich will dich trösten.« Die Stimme dämpfend, beugte er sich zu ihrem Ohr. »Seit dem Morgen weiß Mutter Agnes, wo der Leupolt ist. Beim Hiesel Schneck.«

Sie fing zu zittern an. »Wo hauset der?«

An der Flurtür klapperte der Sperrbalken. Und draußen, in der nebligen Dunkelheit, huschte die Sus um die Bretterplanke des Gartens. Als sie hinüberkam zum Leuthaus, mußte sie in einen finsteren Schuppen springen. Hufschläge klapperten über das Pflaster her, und mit dem Lärm, den die vielen genagelten Bauernsohlen machten, vermischte sich das Marschgeklirre der Soldaten Gottes. Es waren die Bischofswiesener, an die siebenhundert Männer und Burschen, mit ihren achtzig Musketieren und fünfzig berittenen Dragonern, von denen jeder den blanken Säbel in der Faust hatte.

Am Schwänzl des Zuges ging der Hiesel Schneck. Er hatte sich angeschlossen, weil er den weiten Weg nicht einsam wandern wollte, und weil er als Gutgläubiger sich verpflichtet hielt, dem Pater Kapuziner während des langen Nachtmarsches ein bißl Gesellschaft zu leisten. »Ja, ja, verstehst?« Er fluchte aus Rücksicht auf den geweihten Wandergesellen überraschend wenig, war aber doch in verdrießlicher Laune, weil er schon wieder was Verbotenes im Rucksack tragen mußte. Freilich, immer noch lieber als das gläserne Judenfläschl war ihm das irdene Tiegelchen. Sollte er's auch einem ewig Verfluchten zutragen, so kam's doch von der Mälzmeisterin, von einem rechtschaffenen Christenweibl.

Die Bauern wanderten schweigend zwischen den Soldatenreihen. Ihre Gestalten waren schwarz in der frostigen Nacht, die der Schnee nur wenig aufhellte. Kein Stern war da, um einen Glanz in ihren Augen zu wecken. Dennoch hoben sie immer wieder die Gesichter zum Himmel. Und während sie paarweis gingen, hielten viele sich bei den Händen gefaßt, wie Blinde und Sehende, die einander führen.

Hinter Bischofswiesen, wo unter Weibergeschrei und Hundegebell die Austeilung der Soldatenquartiere begann, mußte Hiesel Schneck seinen Nachtweg in Einsamkeit erledigen. Jetzt, da ihn der Kapuziner nimmer hörte, konnte er fluchen nach Bedarf. Er fluchte, so oft ihm der Strohsack einfiel. Manchmal sakermentierte er und wußte selber nicht recht, warum. Auch dem Hiesel Schneck, so eisentreu er an seinem Fürsten hing, hatte der Versöhnungstag mißfallen. Kein Gedanke verriet ihm diese Wahrheit; sie war nur in seinem Blut, in seinen Flüchen. Und ohne daß er es merkte, verwandelte sie diesen Höllementskünstler so folgenschwer, daß er die neue Überraschung, der seine Nagelflöße entgegenwanderten, wesentlich anders aufnahm, als es geschehen wäre, wenn er das leutselige Schützenfest nicht erlebt, das Blut der Moidi von Unterstein nicht hätte rinnen sehen.

Als er vor dem Hallturm in das waldige Seitentälchen ablenkte, konnte er gewahren, daß in seinem Herdstübl noch die Specklampe brannte. Obwohl er kein Übersparsamer war und eigentlich gar nicht verstand, warum ihn diese leuchtende Sache so fürchterlich erboste, fing er ein Himmelhundstreiben an, daß der Schnee davon knirschte. Immer schlug er mit der Faust in die Luft und nannte seine Schneckin einen Kindsschädel ohne Hirn, ein Grillenei ohne Dotter, sogar eine Sau ohne Speck, was doch sicher eine unmögliche Sache ist. Die Wut, die in ihm rasselte, beeinträchtigte die getrübten Verstandeskräfte des Hiesel Schneck bis zu völliger Urteilslosigkeit. Fluchend und schnaubend tappte er durch den Schnee. Nah bei der Haustür wurde er festgehalten vom Anblick einer Schneefährte, die er sich, ein so geschulter Weidmann er war, durchaus nicht erklären konnte. Es waren große, kreisrunde, tief in den Schnee gesenkte Tapper. Welch ein ungeheuerliches Nachtvieh mochte das Haus des Hiesel Schneck umwandert haben? Auch nicht der beste fürstpröpstliche Hirsch trat solche Fährten aus! Es blieb dem Hiesel keine andere Lösung, als diese Schneelöcher – die das Blechschüsselchen der Schneckin schmolz, wenn sie die Mahlzeit des Fieberkranken kühlte – für Huftritte des Teufels zu halten, der sich nach dem Verbleib der ihm zustehenden Ketzerseele ein bißchen erkundigt hatte. »Also, da haben wir's!« Das Gruseln kannte der Hiesel nicht. Für ihn als redlichen Christenmenschen war der Teufel eine Sache, so ungefährlich wie ein Eichkätzl. Aber dem strohdummen Weibl, diesem Igel ohne Borsten, gedachte er ein paar schmerzhafte Stacheln einzusetzen. Schon drehte er sich gegen die Haustür. Da hielt ihn der Klang der beiden Stimmen fest, die aus der Herdstube heraustönten. Unter einem knirschenden Himmelhündchen beugte er sich gegen das Fenster hin und guckte in den milden Schein.

Eine flackernde Lampe, auf dem Herd noch eine rote Glut. Leupolt lag aufgestützt im Bette, den Fieberbrand auf den Wangen. Sein Hals und die Handgelenke waren frisch verbunden. Jetzt wusch ihm das Schneckenweibl, das auf dem Lehmboden kniete, mit zärtlicher Vorsicht die breite Wunde, die den Knöchel des rechten Fußes umzog. Dabei redeten die beiden mit ruhigen Stimmen, und es machte den Hiesel Schneck ein bißchen perplex, weil die zwei zu einander Bruder und Schwester sagten. Diese Verwandtschaft war was völlig Neues für ihn.

»Seit der Herbstzeit?« fragte der Leupolt.

»Wohl, Bruder!« Die Schneckin begann die lange, weiße Binde zu wickeln.

»Wie ist das gekommen, Schwester, daß deine Seel sich erhoben hat? Hast du ein Unrecht erfahren müssen?«

Sie schüttelte den grauen Kopf. »Mein liebes Mädl, verstehst, die ist verheuret an einen Knappen in Hallein. Und im Herbst, wie die Hirsch geröhrt haben und mein Schneck allweil draußen hat sein müssen im Holz, da ist sie über einen Sonntag bei mir auf Besuch gewesen. Allweil hat mich das Mädl angeschaut so scheu und verzagt, und allweil hab ich fragen müssen: ›Was ist denn?‹ Sie hat nit rausrucken wollen mit der Farb. Ich frag: ›Gelt ja, jetzt flucht halt der Deinige auch?‹ Und das Mädl – jetzt ist sie ein Weibl und bald ein Mutterl, aber noch allweil muß ich halt Mädl sagen – und das Mädl beutelt ihr Köpfl. Ich frag: ›Herr Jesus, er wird dich doch um Himmels willen nit prügeln, der Deinig?‹ Und das Mädel sagt: ›Der Meinig ist von allen der beste, grad wie der Vater Schneck!‹ Und tut mich halsen wie irrsinnig und heult mir ins Ohr: ›Mein Hansl ist evangelisch und ich bin's auch, gelt, tu's nur dem Vater nit sagen, der tät versterben dran!‹«

Der Hiesel Schneck verstarb nicht, stand nur im Schnee, wie verwandelt zu einer hölzernen Säule.

»Erst hab ich gemeint vor Schreck, es tät mir das Blut gerinnen!« sagte die Schneckin. »Aber wenn's schon wahr sein muß, daß ihr Hansl verhöllt ist, wird doch sein Weibl nit einschichtig aufs Himmelreich trachten? Verstehst? Beisammensein ist allweil das Best, ob in Kält oder Glut. Und schau, da hat mir mein Mädl was fürgelesen von einem lutherischen Blättl. Schöner und fester hab ich nie noch ein deutsches Mannsbild reden hören. Das ist einem eingegangen, ich kann's nit sagen. Alles hat mir das Kindl verzählt: wie ihr der Hansl das Evangelische allweil fürgeredet hat, verstehst? Und gählings ist es in mir gewesen.« Die Schneckin guckte den Leupolt an. »Wenn einem sein liebes Mädl so was sagt? Verstehst? Da muß man doch glauben.«

»Nit allweil!«

Diese beiden Worte waren so leis gesprochen, daß der Hiesel sie nicht verstand. Aber deutlich hörte er das wehe Klagen seines

Schneckenweibls: »Schau, und so ist's halt, wie es ist. Und die junge, evangelische Gottesfreud wär so schön in meiner Seel! Bloß eins ist hart: daß ich herüben bin, und mein Schneck ist drüben. Und kommt er drauf – im ganzen Leben hat mir der gute Kerl noch nie ein Streichl gegeben, verstehst – aber muß er merken, daß er eine evangelische Schneckin hat, da haut er mir alle Knöchelen im Leib auf Scherben.«

Das tat der Hiesel nicht, obwohl er was gemerkt hatte, wenn auch ein bißchen langsam. Unbeweglich stand er im Schnee und hörte den Leupolt sagen: »Dein Schneck ist ein redliches Mannsbild. Und heut ist Versöhnungstag gewesen. Fried und Seelenfreiheit wird hausen im Ländl. Schwester, wie gottesfreudig müssen heut alle Leut gewesen sein!« Der Fiebernde ließ sich hinfallen auf das Kissen. »Von allen Schmerzen, die mich angefallen haben, ist das der härteste: daß ich heut nit sehen hab dürfen, wie Herren und Leut einander die Hand bieten auf Glück und Treu!«

Da taumelte der Hiesel Schneck vom Fenster zurück, als hätte ihm dieses gläubige Wort einen Stoß vor die Brust gegeben. Er fand keinen Fluch, ließ nicht den kleinsten seiner Himmelhunde bellen. Weglos stapfte er in den Schnee hinaus, irrte hin und her wie ein Tier, das von der Drehkrankheit befallen ist, und als er den Waldsaum fand, wußte er nicht, wie, da ließ er sich hinfallen und keuchte in die Nacht hinaus: »Die Herren! Was die Herren alles treiben! Ach Jesus, Jesus!« Schauernd an allen Knochen, grub er das Gesicht zwischen die Fäuste und begann zu weinen wie ein kleines Kind. Das war eine Beschäftigung, die er schon sechzig Jahre lang nimmer getrieben hatte. Drum zerriß ihm die ungewohnte Übung fast die Rippen.

War eine Stunde oder mehr vergangen? Vom Schneckenhäusl klang ein sorgenvoller Erkundungsschrei in die Nacht hinaus: »Schneeeheeeeck!« Nach einer Weile wieder. Die Schneckin sorgte sich, obwohl sie wußte, daß ihr Schneck Augen an den Schuhsohlen hatte. Und wo sich glückhafte Leute versöhnen, wird das Sitzleder dauerhaft. »Die haben ihn halt nit fortlassen vom Freibierbänkl.« Sie verkürzte den Docht der Lampe und raschelte sich in die Strohsackmulde. »Gut Nacht, Leupi!« Der Fiebernde schlief bereits. Auch die Schneckin brauchte nicht lang, um einzutunken. Sie erwachte erst, als der Hiesel Schneck sich wortlos hinlegte auf den Strohsack. »Gott sei Lob und Dank«, sagte sie, »weil du nur daheim bist. Ist's lustig gewesen?«

»In Ruh laß mich!« knurrte er durch die Zähne.

»No, no, geh, verzähl doch ein bißl was!«

Da gab der Hiesel eine stumme Antwort. Sonst pflegte er so zu liegen, daß die Schneckin ihr graues Köpfl an seine Schulter lehnen konnte, und da waren ihr am Morgen immer die Falten seines Hemdärmels in die Wange gedrückt. Jetzt drehte er sich heftig auf die Seite hinüber. Ganz und gar.

»Schneck! Jesus! Wirst doch nit krank sein?«

»Was Gescheiteres fällt dir nimmer ein? Du?« Nein, der Schneck brachte es nicht fertig, zu seiner Schneckin zu sagen: »Du Christin ohne Herrgott!«

Verwundert sann das Weibl in der Finsternis über die unerklärliche Tatsache nach, daß der Hiesel nicht fluchte. Da mußte ihm doch was weh tun, wie einem Baum, der im Frühling nicht grünen will. Bei diesem Schweigen stöhnte plötzlich der Hiesel: »Ganz schauderhaft ist so was!«

»Was denn?« fragte das Weibl erschrocken.

»Wie heut der Bockmist stinkt!«

»Schneck, da mußt du dich verkühlt haben! Beim Katarrhi hat einer allweil so ein empfindsames Naserl.« Sie setzte sich auf. »Wart, da koch ich dir gleich ein heißes Weinsüppl mit Nagerlblüten.«

Jetzt fluchte der Hiesel, und zwar so fürchterlich, daß die Schneckin rasch zur Einsicht gelangte: »Krank ist er nit!« Nach vielen stichelhärigen Himmelhunden murrte er: »Jetzt wirst du mich aber doch bald schlafen lassen, verstehst? Rumpel dich auf'n Strohsack hin, du Wagen ohne Deichsel!« Weiter gab er keine Antwort mehr und tat so, als ob er schliefe. Seine Augen blieben offen, bis der Morgen graute. Ohne auf die Geißmilchsuppe zu warten, stapfte er, von seinen kummervollen Himmelhunden begleitet, in das Schneegeriesel des Morgens hinaus.

Die Schneckin sah ihm in ratloser Sorge nach. Was war denn nur mit ihrem Hiesel? Hatte er beim Schützenfest was Unverständiges angerichtet? Sie lief hinüber zum Hallturm. Ob da nicht von den Soldaten was zu erfahren wäre? Ja, die wußten was! Sehr viel. Wenn auch nichts vom Hiesel. Und als die Schneckin heimkam, merkte es Leupolt gleich an ihrem blassen Gesicht, daß etwas Hartes geschehen war. Schweigend hörte er an, was sie vom Versöhnungstag erzählte. Dann nahm er ihre Hand. »Nit trauern, Schwester! Soll man uns jede Bruck zerbrechen. Es ist ein Baumeister, der einen neuen Weg für uns auftut.«

»Ja, Bub, da muß man glauben dran. Sonst tät man verzagen.« Nachdenklich sah die Schneckin vor sich hin. »Jetzt weiß ich, warum der Schneck heut nacht so gewesen ist. Falschheiten vertragt er nit. So ist er! Jetzt kommt's auf, wo er den Bockmist hat schmecken müssen. Verstehst?« Für alle Fälle wollte die Schneckin dafür sorgen, daß die empfindsam gewordene Nase des Hiesel wenigstens unter dem eigenen Dache nimmer gekränkt würde. Drum leistete sie an diesem Tag im Geißstall eine Arbeit, daß sie an den König Augias hätte denken können, wenn sie was von ihm gewußt hätte.

Zur Mahlzeit kam der Schneck nicht heim. Erst am Abend. Der Schneckin, die gleich zum Herd sprang, um sein Essen aufzuwärmen, vergönnte er keinen Blick. Er ging zum Bett und griff in den Rucksack. »Heut in der Nacht, verstehst, da hab ich vergessen, daß mir die Mälzmeisterin was mitgegeben hat für dich.«

»Die Mutter?« fuhr Leupolt in Freude auf.

»Ob's deine Mutter ist, weiß ich nit«, sagte der Hiesel gallig, »auf der Welt gibt's allerlei Verwandtschaften. Himmelkreuzbluthöllement, es könnt am End gar noch aufkommen, daß du mein Schwager bist.«

Der Sinn dieser Worte war für die Schneckin eine dunkle Sache. Und Leupolt hörte nicht, was der Hiesel redete; langsam, weil seine entzündeten Hände noch nicht gehorchen wollten, wickelte er das Päckl auf und schälte das braune Tiegelchen aus der Leinwand. Eine Salbe? Sonst nichts? Kein Gruß, keine Nachricht? Endlich faßte er das kleine, versteckte Blättl und las bei der Feuerhelle des Herdes die winzig zusammengedrängte Schrift: ›Mein herzlieber Bub! Die Sorg ist linder, seit ich weiß, wo du bist. Es wird sich schon geben, daß ich schicken kann, was du nötig hast. Kommen darf ich nit. Tu mir bald gesunden, tu allweil hoffen, Bub, Hoffnung ist eine so feste Sach wie Gott, der sie uns armen Menschen gegeben hat. Das Sälbl ist vom Luisli. Sie hat's selber gebracht, das liebe Kind, hat's in der Sonn geläutert und hat dich lieb. Alles ander müssen wir Gott befehlen. Ich tu dich grüßen. Bleib, wie du bist, mein Bub, da bist du kein schlechter nit. Das weiß ich, deine Mutter in Treu.‹

Hätten der Schneck und die Schneckin jetzt hinübergeguckt zu ihrem zwieschläfrigen Bett, so hätten sie sehen können, wie die Augen eines Glücklichen leuchten. Aber die Schneckin mußte auf die Schüssel achten, die sie zum Tische trug, und der Hiesel starrte kummervoll in den Herrgottswinkel. Das Schneckweibl hielt es für nötig, zu fragen: »Wie hat's denn die Mälzmeisterin erfahren, daß der Leupi bei uns ist?«

»Was weiß denn ich?« brüllte der Hiesel. »Kreuzhimmelhundblutshöllement, es gibt halt söllene Fensterln, wo einer was auskundschaften kann, wenn er ausputzte Luser hat!« Wie sonderbar, daß der Hiesel jetzt so unverständliche Sachen redete! Sonst pflegte er nur Dinge zu sagen, die jedes Kind verstand. Seufzend ging die Schneckin zum Herd. Und Leupolt sagte wie ein Träumender: »In der tiefsten Freud wird auch die höchste Not ein Lindes. Magst du mir nit erzählen, Schneck, wie's gestern gewesen ist?« Der Hiesel beutelte wütend den Kopf, schob die Schüssel fort, riß den Tabakbeutel vom Gürtel und begann die Holzpfeife zu stopfen. »So was ist schauderhaft! Ganz schauderhaft!« Das bezog die Schneckin natürlich auf den Bockmist und sagte gekränkt: »Schau hinaus ins Geißstallerl! Ob's nit so sauber ist, daß man am Sonntag vom Stallboden essen könnt.« Mit Tränen in den Augen zündete sie einen Kienbrand an und verließ die Stube, um draußen noch ein bißchen nachzufegen. Da wurde plötzlich der Hiesel Schneck ein völlig anderer. Alle Wut erlosch in ihm. Schweigend sah er die kleine Stalltür an, in den kreisrunden Augen einen so hilflosen Kummer, daß sein weißschnauziges Gesicht etwas Kindhaftes bekam. Wie zerschlagen an allen Knochen trat er zum Herd, um ein glühendes Kohlenbröckl in die Pfeife zu legen.

»Schneck!« sagte Leupolt. »Weil das gute Weibl draußen ist, wollen wir's ausreden als grade Menschen. Ich spring nit hinüber zum Grenzbaum, tu nit flüchten. Vergönn mir das Plätzl in deinem Haus! Ich will's vergelten. Sobald die Füß mich tragen, leg ich mich hinauf ins Heu. Kann ich wieder laufen, so mußt du mich helfen lassen bei deinem harten Dienst. Daß du's leichter hast. Ich versprech dir, daß ich nichts tu, was dir Ungelegenheiten macht. Ich will nit konventikeln und heimlichen Weg laufen. Will sein, wie du wollen mußt, daß ich bin. Ist dir's recht so?« Er streckte die Hand.

»Meinetwegen!« murrte der Hiesel, ohne die Hand zu fassen. »Stapfen wir selbander durchs Holz, so kannst du mir auseinanderkletzeln, was denn eigentlich dran ist – an der luthrischen Narretei. Daß in der besten Menschenseel so ein Unsinn zündet! Es ist halt, weil einer verstehn will, was er nit versteht. Verstehst?«

»Fragst du, so geb ich Antwort.« Wieder streckte Leupolt die Hand. »Magst du nit einschlagen? Wir sind doch Gesellen, wo Verlaß ist auf einander. Nit?«

Der Hiesel bewies, daß er trotz aller Bescheidenheit seines Verstandes klüger sein konnte als andere Menschen. »Mannderl«, sagte er, »wenn ich dein verschwollenes Pratzl drucken tät, möchtest du einen schönen Brüller machen!« Er guckte über die Schulter, weil er aus dem Geißstall ein heftiges Wassergeplätscher vernahm. »So was ist schauderhaft! Ganz schauderhaft!« Er sprang zur Stalltür hinüber. »Du! Kreuzhimmelhundshöllement und christgläubiges Elend! Wirst du nit bald auf'n Strohsack rutschen? Verkühlst dich ja draußen! Du Zeiserl ohne Kröpfl!« Keinen Kropf zu haben, ist eigentlich eine schöne Sache. Aber der Hiesel dachte bei diesem wütenden Kosenamen an einen Vogel, dem Gott wohl keinen Gesang gegeben hatte, dafür aber Federn, mit denen man schreiben kann.

Die gekränkte Schneckin plätscherte noch eine Stunde lang. Als sie endlich die Ruhe suchte, lag ihr Schneck schon hinübergedreht nach der feindseligen Seite. »So«, sagte sie, »jetzt wirst du ihn aber nimmer schmecken!« Das stimmte. Gegen den Knasterqualm, den der Hiesel in die Stube geblasen hatte, kam der Geißstall nicht merklich auf. Dennoch knurrte der Unversöhnliche in die Nacht: »Ganz schauderhaft ist so was! Schauderhaft!« Da drehte sich auch die Schneckin beleidigt auf die andere Seite, und während ihre Tränen kollerten, hielt der Hiesel verzweifelt seinen brennenden Schädel zwischen den Fäusten. Die Stube des Grenzjägers beim Hallturm war in dieser Nacht eine Parabel des Lebens, in welchem Trostlosigkeit und Hoffnung, Glück und Not, Zorn und Liebe in unvereinbarem Widerspruche beieinander wohnen.

Leupolt sah mit offenen Augen ins Dunkel, das braune Tiegelchen zwischen den Händen. Wie in der klingenden Mondnacht auf dem Königssee, so waren wieder in ihm zwei kämpfende Gedanken, die einander hart bedrängten. Seine Trauer über das üble Herrenwerk des Versöhnungstages und seine Sorgen um die leidenden Brüder umschatteten die blühende Botschaft der Mutter: »Sie hat dich lieb.« Aus dieser Zwiesprach seines Kummers und seiner Träume riß ihn ein Himmelsköter des Hiesel Schneck, der wütend in die Finsternis hineinbellte: »Wie du – jetzt hätt ich vor lauter Schauderei schiergar vergessen! Hörst oder nit? Du Haubenstock ohne Mascherl! Wirst du dich bald umdrehen, ja? Und den überbeinigen Ellbogen gib her! Verstehst?« Der Hiesel mochte schneller zugegriffen haben, als die Schneckin zu geben bereit war. Sie ließ ein so wehleidiges Quieksen vernehmen, daß Leupolt erschrocken fragte: »Schneck? Was tust du denn deinem Weibl?«

»Nit mehr, als was mir der Jud zur Schuldigkeit aufgetragen hat, verstehst? Soll die saumäßige Zeitnot ausschauen, wie sie mag, ein Überbein ist allweil ein Überbein.« In der Finsternis bügelte der Hiesel Schneck das neugewachsene Ellbogenknöcherl seiner Schneckin. Weil sie wieder ein bißchen wimmerte, brüllte er: »Ja, pfeif nur, pfeif, du Spinnrädl ohne Schmier! Wenn's dir wohltät, gelt, da könnt ich rippeln bis vierzehn Täg nach der Ewigkeit.« Nun ließ das Schneckenweibl keinen Laut mehr vernehmen. Als der Hiesel mit dem Knochenbügeln endlich Feierabend machte, konnte die Schneckin nicht in Abrede stellen, daß ihr Überbein sich merklich verkleinert hatte. Sie beobachtete auch noch eine andere Wirkung der gewalttätigen Kur: ihr Schneck war von der ›jüdischen Doktorei‹ so müde geworden, daß er vor dem Einschlafen vergaß, sich auf die feindselige Seite hinüberzudrehen. Mit Vorsicht rückte die Schneckin auf der Raschelmatratze ein bißchen näher, fand das Kissen wieder, an das sie seit fünfunddreißig Jahren gewöhnt war, und schloß als zufriedenes Menschenkind die Augen.

20

Am Morgen, als der Hiesel mit seinem verschwiegenen Christenkummer sich wieder hinausfluchte in die tröstende Waldeinsamkeit und sein Weib von den Schneckischen Hemdärmelfalten auf der Wange eine Zeichnung hatte, ähnlich den Eisblumen am Fenster, fühlte sich Leupolt Raurisser, obwohl ihm vom Wundfieber noch immer die Pulse hämmerten, so weit bei Kräften, daß er hinüberhumpeln konnte zur Fensterbank. Und da wurde er sein eigener Arzt – weil er das kostbare braune Tiegelchen von keiner anderen Hand berühren ließ.

Zwischen wechselndem Schneegestöber blinzelte manchmal die Sonne durch das verschneite Fenster, während Leupolt vor dem Zinnspiegelchen der Schneckin saß, wie einer, der sich selbst rasieren muß. Ein feingeglätteter Holzspan diente ihm als ärztliches Messer, mit dem er die Halswunde so sauber schabte, daß die Schneckin gestehen mußte: »Viel besser schaut's aus!« Mit zärtlicher Achtsamkeit verteilte er die in der Morgensonne der Liebe geläuterte Wundsalbe über den frischen Leinwandstreif. »So!« sagte er, als alles Rote am Hals bedeckt und die lange Binde darumgewickelt war. Dabei glänzten ihm die Augen, wie sie nur einem Menschen glänzen können, der ein unsagbares Wohlgefühl empfindet. Und immer schüttelte er lächelnd den Kopf, so oft die Schneckin barmherzig klagte: »Jesus, Jesus, es muß dir ja grausam wehtun!« Mit den Fußknöcheln hatte er leichtere Arbeit. Auch beim Verbinden der Handgelenke durfte ihm die Schneckin nicht beispringen; er nahm die Zähne zu Hilfe. Und gleich, mit dem Bergstecken des Hiesel, versuchte er's, in der Stube auf und ab zu schreiten. Immer besser ging's. Freilich, der braune Tiegel war ausgeräumt bis auf das letzte Glitzerbröselchen. »Da muß mein Schneck halt wieder ein Sälbl holen, verstehst?«

»Mehr braucht's nit. Das hilft aufs erstemal. Ich spür's.«

Die Schneckin mußte zu ihren Geißen. Als sie wieder in die Stube kam, war Leupolt umgezogen, saß hinter dem Herd auf dem kummervollen Strohsack des Hiesel und las den kleinen Zettel der Mutter, las so lange, als wäre das winzige Stück Papier ein Buch ohne Ende.

Hundertmal im Verlauf des Tages sagte das Schneckenweibl: »Heut am Abend freut er sich, mein Schneck! Weil er sein Bett wieder hat, verstehst?« Aber am Abend freute sich der Hiesel gar nicht. Auch während der folgenden Tage, unter wehendem Schneegestöber, blieb er so mürrisch, so verdrossen, so rätselhaft traurig, daß in der Schneckin der beklommene Verdacht erwachte: der Hiesel hat was gemerkt von ihrem evangelischen Geheimnis. Aber nein! »Da tät er doch dreinschlagen mit dem Bergstecken, tät umfallen vor lauter Kümmernis und tot sein! Verstehst?« Stundenlang, wenn der Schneck mit den Fuchseisen draußen im Gestöber war, beredete sie's mit Leupolt. Der sagte: »Es ist was anderes. Grausen tut ihm. Was er sehen hat müssen beim Schützenfest, das verwindet er nimmer. Nit viel im Leben ist härter, als übel von einem Herren denken müssen, dem man zugeschworen ist in Treu und Ehrfurcht.«

Die Schneckin tat einen Seufzer: »Ach, lieber Herr Jesus! Was für eine schieche Zeit ist das!« Von den schrecklichen Dingen, die im Land geschahen, wußte sie nur wenig. Die hohen Schneewächten legten um das einsame Haus einen schützenden Riegel. Und was die Schneckin drüben im Hallturm von der eindringlichen Bekehrung hörte, die mit Musketieren und Kapuzinern betrieben wurde, mit Strafgeldern, Angebereien, Ausstoßungen aus den Handwerksgilden, Haussuchungen und Polizeischikanen – das verschwieg sie vor Leupolt. Einen Wundkranken darf man nicht aufregen. Auch sonst hatte das Schneckenweibl ihre Not mit ihm. Immer wollte er arbeiten, sich nützlich machen. Jede Pflege wies er ab. Sie schalt: »So geht's nit weiter, Bub! Du mußt dich wieder verbinden lassen.« Er streichelte lächelnd ihre Hand: »Nit, Weibl! Ich spür schon das Heiljucken. Nachhelfen muß man bloß bei schwachen und mühsamen Dingen. Den starken und guten Sachen muß man ihr Sträßl lassen und muß ihnen Zeit vergunnen. Komm! Es nächtet. Tu für den Schneck das Mus kochen! Wenn das Feuer scheint, ist liebe Stund. Da sag ich dir wieder ein Lied.« Als die Flamme züngelte und die schwarze Stube rotscheinig wurde, sang er leis in die flackernde Feuerhelle:

»Herz, laß dich nie nichts dauern mit Trauern! Sei stille!
Wie Gott es fügt, so sei's vergnügt dein Wille.
Bleib nur in allem Handel ohn' Wandel! Steh feste!
Wie's Gott verleiht, ist's allezeit das Beste.
Du sollst nit heut dich sorgen ums Morgen! Der Eine
Steht allem für und gibt auch dir das Deine.«

Das Schneckenweibl brach in Tränen aus wie ein armseliges Häuflein Elend und klagte: »Bub! Tät's unser Herrgott allweil aufs beste richten, so könnt der Schneck nit im Ländl bleiben, wenn's so kommen tät, daß ich auf Wanderschaft müßt. Verstehst?« Wie die Schneckin es meinte, so verstand es Leupolt nicht. Sie hatte es nicht übers Herz gebracht, ihm zu sagen, was drüben im Hallturm zu hören war: daß man zu Berchtsgaden zwischen Judica und Palmarum das Exulations-Edikt wider alle Verstockten anschlagen würde, die vor dem Karfreitag nicht reumütig zurückgekehrt wären zum alten, allein seligmachenden Glauben. Leupolt verstand nur, daß Kummer und Verstörtheit dem alten Schneckenweibl fast die Seele zerdrückten. Er streckte die Hand, deren Gelenk umwulstet war von dem starrgewordenen Verband, legte sie auf den Arm der Weinenden und wiederholte mit tröstender Herzlichkeit den Vers:

>»Du sollst nit heut dich sorgen ums Morgen! Der Eine
>Steht allem für und gibt auch dir das Deine!«

Draußen vor der Huastür pochte Hiesel Schneck den Schnee von den Schuhen. Als er eintrat, versuchte er zu lachen und warf unter dem fröhlich tuenden Gebell eines kleinen Himmelhundes zwei schöne Füchse, die er aus den Fallen genommen, vor die Herdmauer. »Also! Hat der Mensch auch wieder einmal ein bißl Freud! Verstehst? Für d' Füchslen, freilich, war's Vergnügen minder.« Mit seinem gereizten Lachen mischte sich ein wühlender Zornklang. »Was müssen die Rindviecher hinschnufeln zum eisernen Fensterl! Da kann einer allweil was hören! Verstehst?« Er drehte sich gegen die Balkenwand, um sein von Schnee umwickeltes Zeug an die Geweihzacken zu hängen. »Freilich, was Guts ist allweil dabei. Wird halt die Meinige jetzt ein ofenwarms Pelzkragerl auf ihren Kirchenmantel kriegen!« Dieses zärtliche Versprechen hatte eine sonderbare Wirkung. Heftig zusammenzuckend, ließ die Schneckin den Kochlöffel ins Mus fallen, fuhr mit den Fäusten nach den Augen und bekam einen Schreikrampf, der sich zu hilflosem Schluchzen löste. Eine Weile stand der Hiesel wie versteinert. Dann fing er mit gesteigertem Höllementsreichtum zu fluchen an und brüllte: »Du Wiedehipfin ohne Schöpfl! Warum flennst du denn jetzt?«

»Weil – weil ich merk –«

»Was?« fragte der Hiesel erschrocken.

»Daß du mir – eine Freud machen willst – und grad für'n Kirchenmantel – Jesus, Jesus, für'n Kirchenmantel!« Unter den Tränenstürzen ihrer Verstörtheit vergaß sie völlig, daß sie das Mus für ihren Schneck gekocht hatte, war der Meinung, es wäre die Kost des Fieberkranken, und trug das Schüsselchen in die Dunkelheit hinaus, um es im Schnee zu kühlen. Bei dieser Gelegenheit konnte der Hiesel Schneck die überraschende Entdeckung machen, daß nicht der ketzergierige Satan, sondern die menschliche Barmherzigkeit seiner Schneckin die ›unsinnigen Tapper‹ in den Neuschnee hineingefährtet hatte. Nachdenklich wiederholte er das Kummerwort der letzten Nächte: »Ganz schauderhaft ist so was!« Dann fluchte er unter heftigem Faustgefuchtel so entsetzlich nach allen

Windrichtungen, daß die schwarze Stube sich noch dunkler zu schwärzen schien. Leupolt sagte lächelnd: »So was ist seltsam.«

»Was?« brüllte der rasende Schneck.

»Wie die Lieb oft herausredet aus der Menschenseel.«

Dieses Wort machte den Hiesel zuerst bestürzt. Dann schrie er: »Wann ich raufen muß mit der Meinigen, da tu dich nit einmischen! Schau lieber, daß du bald mit mir auf ein rechtschaffens Waldstraßl kommst. Daß man reden kann miteinander. Oder verstehst nit, du luthrischer Narrenkasten ohne Riegel, daß einer verstehn will, was er nit versteht? Verstehst?«

Leupolt gab keine Antwort. Er lächelte nur –

In dem kleinen Jägerhaus kamen stille Tage. Keine schönen. Es stöberte, daß der Schnee vor der Hausmauer immer höher wuchs. Manchmal in den Nächten krachte das alte Dach unter der weißen Last. Dann plötzlich, von einem Tag auf den anderen, setzte der Föhnsturm ein, mit Brausen und Toben, mit klatschenden Regengüssen.

Die Herren zu Berchtesgaden schienen den Jäger Leupolt Raurisser entweder vergessen zu haben, oder sie erwarteten von ihm noch immer, daß er seinem fürstlichen Herrn die Gefälligkeit erweisen möchte, jenseits der bayerischen Grenze zu verschwinden. Es kam vom Stifte keine Nachricht, kein Befehl. Alle paar Tage brachte das Schneckenweibl ein Bündel, das jemand im Hallturm für den Hiesel abgegeben hatte. Immer war's eine Sendung der Mutter Agnes für ihren Sohn. Schließlich hatte Leupolt alles beisammen, was ein Jäger braucht – ausgenommen die Flinte. Am Tage nach dem Versöhnungsfest hatte die Polizei seine Waffen konfisziert. Bei jeder Sendung war ein verstecktes Zettelchen der Mutter, die sich um die Gesundheit ihres Buben sorgte. Über die Dinge, die zu Berchtesgaden geschahen, schrieb sie kein Wort. Es hieß nur immer: ›Ach, das Leben ist nimmer schön!‹ – ›Bub, man weiß bald nimmer, was man denken und glauben soll!‹ – ›Ach, Bub, sei froh, daß du weit bist vom Marktbrunnen! Der Schandpfahl hat nimmer Feierabend.‹ Nie ein Wort über Luisa, nie ein Gruß von ihr. Nur einmal, als sich schon die ersten Frühlingszeichen an den sonnseitigen Gehängen entdecken ließen, schrieb Mutter Agnes: ›Hab gestern ein liebes Veigerl gesehen, das nimmer blühen mag. Da hilft kein Wörtl nit. Man muß an die Sonn glauben, die dem armen Blüml das Köpfl wieder aufrichtet.‹ Als Leupolt dieses Zettelchen gelesen hatte, trat er zum Fenster, sah in den rauschenden Regen hinaus und sagte: »Die Sonn ist bloß hinter Wolken. Da ist sie allweil. Komm, Schneck, nimm den Mantel, ich geh mit dir hinaus ins Holz. Wo die Bäum wachsen, wohnt der Herrgott.«

»Wohl!« brummte Hiesel. »Aber was für einer?«

Draußen wurde dem langen Schneck die Nässe ungemütlich. Er wußte eine Holzhütte zu finden, brachte ein Feuerchen in Brand, stopfte seine Holzpfeife und fing wieder zu fragen an, wie immer, wenn er mit Leupolt allein war. Dabei schien er nur die Worte des anderen zu hören, nicht den Herzklang, von dem sie erfüllt waren, nicht die ruhige Festigkeit, die in ihnen glänzte. Wieder schüttelte er nach stundenlangem Lauschen den grauen Kopf: »Da kann mir einer sagen, was er will, ich versteh's halt nit!« Etwas Verzweiflungsvolles brannte ihm in den kummervollen Augen. »Aber was soll denn einer machen, wenn er muß?« Das war wieder eine von den dunklen Reden, die der Hiesel sich angewöhnt hatte seit dem Versöhnungsfest.

»Schneck? Magst du mir nit sagen, was dich druckt?«

Der Alte erhob sich vom Feuer. »Der Verstand druckt mich nit. Sonst tät ich's verstehn. Verstehst?«

Je näher es auf die Osterwoche ging, um so wortkarger wurde der Hiesel Schneck, ersann immer seltsamere Flüche und fand für sein Schneckenweibl immer wunderlichere Vergleiche, denen das Nötigste fehlte. Er nannte sie ein Wasser ohne Brunnenrohr, ein Mühlrad ohne Mehl, ein Bänkl ohne Füß, ein Zöpfl ohne Haar, sogar eine arme Seel ohne Fegfeuer. Mit Menschen zusammenzukommen, das schien der Hiesel zu fürchten wie ein Gebrannter das Feuer. Die angstvolle Schneckin quälte ihn eines Tages mit hundert verwirrten Fragen. Der Hiesel schwieg sich aus, beteuerte ein Dutzendmal, daß so was schauderhaft wäre, ganz schauderhaft, nahm die Feuersteinflinte und ließ seine Himmelhunde hinausknurren in den nassen Frühlingswald. Die Schneckin, völlig verdreht, wollte ihm nachlaufen. Leupolt hielt sie zurück und sagte: »Laß ihn, Weibl! Im Holz draußen findt er die Ruh schon wieder. Ein guter Mensch ist er. Und was er hören und sehen muß, das geht ihm über den Herzfrieden.« Wenn Leupolt auch wenig wußte von den Dingen im Land, so wußte er doch so viel, daß er sein Versprechen, keinen heimlichen Weg zu machen, wie eine Kette zu empfinden begann. Einmal sagte er zur Schneckin: »Nit helfen können ist das Härteste.«

Es war in diesen Wochen im Lande Berchtesgaden ein neuer Gruß erfunden worden, nicht von der Polizei, sondern von denen, die ihn verschwiegen vor ihr. Begegnete einer dem anderen und hatten sie mit den Augen geblinzelt, so sagte der eine: »Schieche Zeit, Bruder!« Und der andere knirschte zwischen den Zähnen: »Gott soll's geben, daß der Helfer kommt!«

Der Weg zu den Stiftsgefängnissen wurde in dieser Zeit das belebteste Sträßl im Land. Um der jungen Mädchen willen gab es blutige Schlägereien zwischen den Burschen und Musketieren. Die Soldaten und ihre Rosse fraßen die evangelischen Bauern arm. Was in den Seelen der Bedrückten noch übrig blieb an Hoffnungsfestigkeit, das wurde gebeizt und gesotten bei den stundenlangen Hauspredigten der Kapuziner. Von ihrem schwitzenden Eifer kam ein Sprichwort in Umlauf: ›Der tröpfelt wie ein Bußprediger.‹ Und was diese emsige Seelsorge, was die Musketiere und ihre fressenden Gäule, die Polizeiverhöre und die Herbergsstunden ohne Mond und Sonne nicht fertig brachten, das vollendete die Verhetzung innerhalb der evangelischen Familien, die Behinderung eines jeden Erwerbs, der Frondienst und die Geldbuße, die Viehpfändung, der Entzug des Hauslehens und noch eine andere dunkle Sache, die im ganzen Lande wie ein drückender Alp auf allen Menschen lag. Es schien, als ginge in den Häusern einer umher, der nicht zu sehen, nicht zu hören und nicht zu greifen war, jedes Wort erschnappte, jede Rede verdrehte, jeden Gedanken herauskitzelte und denunzierte. Dank diesem emsigen Lauschergeiste war der Landrichter Willibald Halbundhalb durch die gesteigerten Geschäfte seiner Wahrheitsforschung so grausam überbürdet, daß man ihm vier Assessoren zur Hilfe beigeben mußte. Weil der Herbergsraum ohne Mond und Sonne stets überfüllt war, wurde, um Platz zu sparen und die Einkünfte des Stiftes zu erhöhen, alles minder Gravierende durch hohe Geldbußen erledigt. Das hatte einen doppelten Erfolg: zum erstenmal seit Jahren konnte die Rechnungskammer des Stiftes die an Ostern fälligen Schuldzinsen glatt begleichen, und noch vor dem Palmsonntag konnte man amtlich registrieren, daß von den Siebenthalbtausend der jubelnden Bekennertage schon mehr als die Hälfte bußbereit wieder heimkehrte zum ›fürstpröpstlichen Glauben‹. Gegen die dreitausend noch Verstockten wurde das Exulations-Edikt an allen Kirchtoren von Berchtesgaden angeschlagen.

Wie schweres Nebelgewölk, so lag die dumpfe Herztrauer der

Wehrlosen über dem ganzen Land. Aber auch diese Zeit, so unerträglich sie war, konnte den Witz des gesunden Volkes nicht völlig ersticken. Unter das Polizeigebot, das neben dem Exulations-Edikte angenagelt war und jeden ›Befund dreier gleichzeitiger Personen auf der Straße‹ mit schwerer Strafe bedrohte, hatte einer die Frage geschrieben: ›Wie ist das bei einer schwangeren Mutter, die mit Zwillingen geht? Das sind doch auch drei Gleichzeitige? Muß da der Muckenfüßl vor dem Grillenhäusl auf die Überzähligen passen? Oder muß er die Haustür einschlagen?‹ Der Wahrheitsforscher mit den vier überflüssigen Federstrichen, der den Dichter des Volksliedes vom Dr. Halbundhalb noch immer nicht ausgeforscht hatte, mußte sich mit einem neuen Geheimnis der Schriftenkunde befassen, um es nicht zu lösen.

Die Sonne begann zu lachen und machte die Tage vor dem Osterfeste lind und schön. Auf den Talwiesen begann das erste Grün zu spitzen, an den Bächen kätzelten die Weidenstauden und auf den Berghängen schrumpfte der Schnee immer weiter durch die Wälder empor.

Am Morgen des Karfreitags wanderte Hiesel Schneck mit seiner Schneckin nach Bischofswiesen, um das heilige Grab zu besuchen – der Hiesel trotz der himmelschönen Frühlingsfrühe verdrossener als je, das Schneckenweibl bei aller Seelenangst viel freudenreicher als seit Wochen. Wie warm die Sonne heizte, das schien die Schneckin nicht zu bemerken; sonst hätte sie nicht das dickgefütterte Wintermäntelchen mit dem neuen Fuchspelzkragen spazierengeschleppt. Jedem Menschen, dem die beiden begegneten, sah die Schneckin fragend in die Augen. Dann bekam der andere einen scheuen Blick und dachte: ›Der bin ich verdächtig!‹ Die Schneckin aber schmunzelte stolz: ›Dem gefallt mein Fuchspelz auch!‹

Um für Hiesel einen freien Morgen zu machen, hatte Leupolt den Hegerdienst übernommen. Seine Karfreitagsandacht hielt er im Bergwald. Nur der Gott, an den er glaubte, sah den Leupolt Raurisser zwischen den ersten Frühlingsblumen des Waldes knien, mit gefalteten Händen, mit entblößtem Scheitel, mit klingender Menschenseele, mit hoffendem Glanz in den Augen. Wie aus Holz geschnitten sah er aus, in dem verwitterten Bergjägerkleid, mit den starr und grau gewordenen Wundverbänden um den Hals, um Fußknöchel und Handgelenke. Das Rauschen der Frühlingswässer und leises Vogelgezwitscher war um ihn her, und durch das kahle Gezweig der Buchen, an denen die Knospen zu schwellen begannen, spann die Morgensonne ihre funkelnden Fäden. Als er heimkam ins stille Jägerhaus, brannte er auf dem Herd ein Feuer an und hängte den kupfernen Wasserkessel drüber. Mit dem warmen Wasser weichte er die zusammengekrusteten Verbände auf. Die Wunden waren geheilt. Die erneute Haut umzog den braunen Hals wie ein weißes Band. Ebenso war's an den Fußknöcheln und Handgelenken. Lächelnd flüsterte Leupolt vor sich hin: »Vergelt's Gott, Luisli!« Und weil er's nicht übers Herz brachte, die Verbandlappen fortzuwerfen, verbrannte er sie im Herdfeuer. Aus der Flamme quoll ein feiner Harzduft heraus, der an den Wohlgeruch des keimenden Waldes erinnerte. Leupolt wusch sich und zog die Feiertagskleider an, die seine Mutter ihm geschickt hatte. Im Herrgottswinkel aß er die Geißmilchsuppe. Dann setzte er sich vor der Haustür auf das sonnige Bänkl. Wie still und schön war diese heilige Frühe! Jedes Gefühl in ihm verwandelte sich in dankbare Andacht, die schmerzend umschleiert war von den Gedanken an die leidenden Glaubensbrüder. Wie mochte es aussehen in den Herzen der Schwachgewordenen, die unter Gewalt und Pein die Wahrheit ihrer Seelen verleugnet hatten? Wie in den Herzen der aufrecht Gebliebenen, die keinem Zwang sich beugten und doch der Stunde entgegenzitterten, in der sie, verarmt und schutzlos, zum Exulantenstecken greifen und die Heimat verlassen mußten, um einem ungewissen Schicksal entgegenzuwandern.

»Gott soll dich hüten, mein liebes Glück! Ich geh mit der ersten Schar.«

Ruhigen Auges hinausblickend in den Glanz der Morgensonne, überlegte er, wie er den Wandernden nützen könnte, welchen Weg sie nehmen, wohin sie sich wenden sollten auf der Suche nach einer neuen Heimat. Übers Wasser nach England oder Amerika? Auf Landwegen nach Holland oder Dänemark? Solchen Weg hatten viele von den Salzburgern genommen. Leupolt schüttelte den Kopf. »Sind wir nit deutsche Leut? Wir gehören auf deutschen Boden!« Da gab's nur einen einzigen Weg: über den Main und über die Elbe hinunter, ins preußische Land. Aber wie für die weite Wanderung alle nötigen Mittel finden, Zehrung für die Verarmten, Pflege für die Erkrankten, neues Heimatland, Boden für den Hausbau, Balken und Kalk, Hausrat und Ackerzeug? Wer wird da brüderlich und barmherzig sein? Wer wird helfen? Leupolt hob das

Gesicht zur Sonne. »Einer, der allweil hilft!« Da fiel ihm etwas zwischen die Hände, die er auf den Knien liegen hatte. Wie der Schauer eines heiligen Geheimnisses durchrieselte es ihn, als er das goldgelbe Aurikelsträußchen betrachtete, das ihm zugeflogen war, als wär es heruntergefallen vom Himmel. Ein heißer Glücksgedanke durchzuckte sein Herz. Gleich verwarf er ihn wieder. An das Luisli zu denken, war Torheit, war Irrsinn!

Jetzt hörte er hinter der Hausecke die Sprünge eines flinken Fußes über kiesigen Grund. Er lief zur Hauskante hinüber und sah ein blondschopfiges Mädel zwischen den Fichtenstauden verschwinden. War das nicht die Tochter der Hasenknopfin? Dann war der Hasenknopf von seiner Wanderung ins Preußische heimgekommen! Und in dem Sträußl war eine Botschaft! Leupolt suchte zwischen den Blüten. Unter den grünen Stengeln knisterte was: ein kleiner Zettel, eng beschrieben mit verstellter Schrift, in der Ecke ein Kreis mit vier Punkten – das nur den Verläßlichsten bekannte Namenszeichen des Hasenknopf. Leupolt las: ›Es ist ein heilig Ding, ist deins und meins. Dem mußt du dienen. Vor dem Neumond, am Abend um die fünfte Stund, da kommen von Reichenhall zwei Auslandrische geritten, ein evangelischer Herr mit seinem Diener. Die mußt du erwarten, wo man die verbronnene Plaienburg sieht. Tu dich ausweisen mit deinen Wundmalen. Du mußt um Christi willen gehorsamen, auch wenn es so ausschauen tät, als wär's gegen Treu und Eid. Es ist nit so, ist alles zu christlicher Hilf. Es wollen die zwo in der Neumondnacht zu einem, der nimmer lebt und ewig lebendig bleibt. Da mußt du sie unsichtig führen und gut behüten. In Jesu leb ich, in Jesu sterb ich. Den Zettel mußt du verbrennen. Gleich.‹ Ein zweitesmal las er, ein drittesmal. Dann ging er ins Haus, legte den Zettel auf die glühenden Kohlen und sah ihn zu Asche werden.

»Ein Helfer kommt!«

Die Freude machte ihm das Blut in den Adern heiß, machte ihm das Herz gegen die Rippen hämmern. Den Helfer führen? Zu einem, der nimmer lebt? Das war der Tote Mann, der Ramsauer Waldberg, auf dem die Evangelischen in der Neumondnacht sich versammelten.

Stunde um Stunde wartete Leupolt mit Ungeduld auf den Hiesel Schneck. Der mußte ihm das Versprechen zurückgeben, keinen heimlichen Weg zu machen. Die Mittagsstunde ging vorüber, ohne daß die Hausleute kamen. Erst gegen Abend zappelte das Schneckenweibl über die Wiese her, schwitzend unter dem Fuchspelz ihres Kirchenmantels. Von weitem rief sie dem Leupolt, der wartend vor der Haustür stand, die Frage zu: ob der Schneck schon daheim wäre? Als Leupolt den Kopf schüttelte, fing die Schneckin in seltsamer Verstörtheit zu klagen an, sie hätte eine Besorgung gehabt; die hätte ein bißl lang gedauert; und als sie wieder zurückgekommen wäre ins Wirtshaus, wäre der Hiesel nimmer dagewesen; sie hätte ihn überall gesucht, nirgends gefunden und hätte gemeint, er wäre schon heimgelaufen. »Und jetzt ist er nit da! Jesus, Jesus, ich muß ihm was sagen!« Sie lief zur Straße zurück, guckte und schrie, kam heim, begann die Fastenspeise zu kochen und rannte wieder vor die Haustür, um nach dem Hiesel auszuschauen. Endlich, da es schon zu dämmern anfing, sah sie ihn kommen.

Ganz langsam ging er, merklich gebeugt, als wäre er seit dem Morgen um ein paar drückende Jährchen älter geworden. Als er sein Weibl so aufgeregt schwatzen hörte, blieb er stumm, tat einen schweren Atemzug und guckte zum Himmel hinauf. Plötzlich machte er einen raschen Griff, faßte mit der groben Pranke die Hand seines Weibes und sagte wunderlich zart und leise: »Schneckkin! Paß auf! Jetzt muß ich dir was sagen. Dir z'lieb, verstehst? Heut hab ich mich einschreiben lassen als luthrischer Exulant.« Das Schneckenweibl stand wie zu Stein erstarrt. Ihre Tränen begannen zu rinnen, bevor sie sich rühren konnte. Von einem Schreikrampf befallen, schlug sie die Hände über dem Kopf zusammen und klagte in den sternschönen Frühlingsabend hinaus: »O Jesus, Jesus! So ein Unglück! Und ich, bloß daß ich nit fort hätt müssen von dir, verstehst, ich hab mich heut wieder bekehren lassen vom Kapuziner!«

Es gab zu dieser Stunde im trauervollen Lande Berchtesgaden nicht viele Menschen, die so unglücklich waren wie der evangelische Hiesel Schneck und seine neukatholische Schneckin.

21

Nach Ostern, am Vormittage vor der Neumondnacht im April, fuhr ein Leiterwägelchen, das von Berchtesgaden kam, durch Bischofswiesen gegen den Hallturm. Die Sus kutschierte. Hinter ihr saßen zwei Paare, die nicht zueinander gehörten und sich doch bei den Händen gefaßt hielten: Meister Niklaus und Mutter Agnes auf dem ersten Brett, Pfarrer Ludwig und das Luisli auf dem anderen. Ihre Gesichter und Augen erzählten von harten Tagen. Während der Fahrt durch Bischofswiesen redete keins von den Fünfen ein Wort. Und die Sus schlenkerte immer die Zügel und trieb das Gäulchen, als könne sie es kaum erwarten, zum letzten Hause des erschreckenden Dorfes zu kommen.

Ein Frühlingsmorgen, voll Sonne, duftend von allem Reiz des neu Erstehenden in der Natur. Was dieser Morgenglanz an Leben umschimmerte, war Trauer, Menschenelend und Verwüstung. Viele Häuser standen leer und hatten rot angestrichene Türen und Fensterstöcke. Die Leute, die man aus ihren Lehen getrieben hatte, wohnten hinter den Hausgärten in Bretterschuppen. Mit dem eng übereinandergestellten Hausrat sahen diese Zufluchtsstätten aus wie Trödelbuden eines unfröhlichen Jahrmarktes. Nur wenige Häuser waren gegen früher völlig unverändert. Dazwischen lagen bewohnte Lehen, deren gewaschene Fensterstöcke und Türen nur noch einen matten, rötlichen Schiller hatten – das Zeichen der Heimkehr zum fürstpröpstlichen Glauben. Wer sich aus der Bekennerliste streichen ließ, bekam mit der Anwartschaft auf die ewige Seligkeit auch ein Fläschl Terpentin, um Türen und Fensterstöcke wieder gutgläubig zu machen.

Lenzfreude und munteres Leben ließ sich auch an den Häusern nicht entdecken, die noch bewohnt waren. Alte Weibsleute hockten stumm in den Höfen; an den Fenstern sah man verschüchterte Kindergesichter; bejahrte Männer waren beim Umgraben der Gärten. Durch offene Türen sah man in leere Ställe. Das Vieh war davongetrieben. Den Bußfertigen hatte man reichlich des Himmels Gnade zugesagt, aber die Rinder nicht mehr zurückgegeben. Die waren von der Salzburgischen Soldateska schon aufgefressen, bevor im Bauer die christliche Reue erwachte. Neben einem geplünderten Hause war ein Feld überstreut mit den Holzscherben zerschlagener Kästen und Bettstellen; es erinnerte an des Haynachers Gerstenacker, auf dem die Holzfetzen der Kreuze herumlagen, die der Christl unermüdlich, mit einem an Wahnwitz grenzenden Eigensinn auf das Grab seiner Martle steckte, und die von gutgläubigen Händen immer wieder zertrümmert wurden. Dann kam in der Dorfgasse ein grau und schwarz gesprenkeltes Loch, die Brandstätte dreier Höfe. Überall fingen die Bäume und Hecken zu grünen an; die Obstbäume der niedergebrannten Höfe trieben keine Knospe mehr; sie waren von der Feuerhitze versengt, waren fuchsig rot wie verschmachtete Wacholderbüsche.

Nur die spielenden oder brünstig trabenden Hunde, die den Frühling in sich verspürten, und die gackernden Hennen schienen zu Bischofswiesen noch beweisen zu wollen, daß die Freuden des Lebens nie ganz erlöschen. Hörte man fröhliche Menschenstimmen, so kam's von den Soldaten Gottes, die in der Sonne auf Bänken saßen und mit dem Knöchelbecher einander das Plündergut und die Bekehrungsgroschen abnahmen. Im Gärtl des Wirtshauses war eine halbe Kompanie beisammen. Als die Soldaten das Leiterwägelchen kommen sahen, reckten sie die Köpfe, und ein Lustiger rief: »Ihr tapferen Eisenbeißer! Zum Sturm! Da rutschen zwei saubere Weibsleut her!« Gleich kam das ganze buntgelitzte Rudel herangesaust. Die Sus bekam ein zorniges Gesicht, Luisa wurde bleich, und Mutter Agnes schrie der blonden Magd über die Schulter zu: »Tu doch das Rößl treiben!« Das Gäulchen war schon umstellt und festgehalten.

Da zuckte Pfarrer Ludwig vom Sitzbrett auf. In seiner schwarzen hageren Länge sah er wunderlich aus, verblüffend durch sein grimmiges Warzengesicht mit dem wehenden Weißhaar. Die Soldaten stutzten und wurden unschlüssig. Weil der Pfarrer das merkte, konnte er einen heiteren Ton finden: »Die sturmfreudigen Herren haben sich umsonst bemüht. Mutter Mälzmeisterin, zeig den gütigen Kindlen Seiner apostolischen Majestät den Passierschein der Pflegerkanzlei! Die vier Leut da sind vom gnädigsten Herrn Fürsten meinem Schutz vertraut. Ich bin Kapitelherr des Stiftes.« Diese beiden letzten Sätze waren eine anderthalbfache Lüge. Auf einem Spaziergang war Pfarrer Ludwig dem Wägelchen begegnet; in seiner Sorge um den Freund war er aufgesprungen und mitgefahren, ohne zu wissen, wohin. Und seit dem Versöhnungsschießen stand Pfarrer Ludwig auf der schwarzen Tafel, was bedeutete, daß man ihm an Pfingsten zu Ehren des heiligen Geistes die Kapitelfähigkeit herunterkratzen würde. Er schien der Meinung zu sein, daß er die kurze

Zeit seiner stiftsherrlichen Unverletzlichkeit noch ausnützen müßte, stieg über das Vorderbrett, nahm der Sus die Zügel aus der Hand, klatschte dem Gaul eins über den runden Hinterbacken und lachte unter dem Geholper des flinkwerdenden Wagens: »Wenn der Mensch nur allweil bei der Wahrheit bleibt! Da findet er überall offenen Weg.« Hinter dem Rädergerassel verklangen die Späße der Musketiere.

Meister Niklaus drehte mit zornfunkelnden Augen das blasse Gesicht und ließ die Feder eines Stockdegens, den er gelockert hatte, wieder einschnappen. »Alles um Gottes wegen!«

»Nit, Vater!« Luisa legte die zitternde Hand auf seinen Arm. »Tu nit lästern! Das wär kein Segen für den heutigen Weg. Gott ist fern von den bösen Dingen, die jetzt geschehen auf der Welt. Warum er sie nit hindert, das versteh ich nimmer.«

»Ach, Kindl!« seufzte die Mälzmeisterin. »Beim Anblick der irdischen Narretei wird sich der Allgütige halt denken: ich muß die blinden Schermäus einmal wursteln lassen, bis sie einsehen, wie schafköpfig und strohdumm sie sind.«

»Ganz so wird's wohl nit sein.« Im Gesicht des Pfarrers tänzelte die große Warze. Er gab der Sus die Zügel und kletterte zu seinem Brett zurück. »Ein solches Experiment deines Allgütigen wär für die Menschheit ein bißl zu kostspielig.«

»Allmächtig ist er aber doch? Warum also laßt er so viel Zwidrigkeiten zu?«

»Lang dauert's nimmer, bis ich hinaufkomm zu ihm. Da will ich ihn fragen. Dann schreib ich dir ein Wolkenbrieferl und schick's mit dem Weihnachtsengel.«

Halb erheitert schüttelte die Mälzmeisterin den graugewordenen Kopf. »Und allweil noch ein Späßl!«

»Ist's nit hilfreicher als der Jammer, als der Zweifel und die Schimpferei?«

Von diesem Wortwechsel hatte Meister Niklaus nicht viel gehört. Immer hatte er zurückschauen müssen zu dem verwüsteten Dorf. »Wie schön ist das Örtl gewesen! Und jetzt!«

»Ja, Nicki! Kein Wunder, wenn einem die Wanderlust in die Sohlen fahrt. Gestern hat sich als Exulant einer einschreiben lassen, von dem ich es nie erwartet hätt. Der Christl Haynacher.«

Erregt, eine irrende Verstörtheit in den Augen, sagte Niklaus: »Sogar der bekennt!«

»Das nit! Der exuliert als Katholik. Augen kriegt er, aus denen was Schreckhaftes herausschaut. Und allweil ist das seine Klag, daß die undankbare Menschheit sein schwarzweißes Pärl schon völlig verschwitzt hat.« Der Pfarrer nickte. »Wahr ist's! Außer dem Christl und meinem hochverehrten Herrn Amtsbruder Jesunder denkt an das traurige Doppeltödl nur noch ein einziger! Bei Tag und bei Nacht!«

Ernst fragte der Meister: »Wer, Ludwig?«

»Das Justizkamel!« Der Pfarrer lächelte. »Er bohrt und bohrt und bringt es halt nit heraus. Und den Christl – den einzigen, der ihm sagen hätt können, wie das Wunder geschehen ist – den hat er gestern hinauswerfen lassen aus der Kanzlei. Da ist der Christl geraden Wegs zum Exulantentischl gelaufen.«

Der Meister knirschte erbittert vor sich hin: »Es wühlt in jedem.« Was war an diesem kleinen Wort? Die Sus bekam erweiterte Augen, und Luisa erschrak, daß ihre Züge sich veränderten. »Vater?« Die angstvolle Frage blieb ohne Antwort. Zwei Grenzmusketiere, die auf der Straße marschierten, hatten das Wägelchen kommen sehen und verstellten ihm den Weg. Der eine, ein altgedienter Soldat, faßte den Gaul am Zaum. »Wohin, ihr Leut?«

»Zum Hallturm hinaus.«

»Da lasset uns aufsitzen, wir haben einen pressanten Dienstweg. Sonst müßt ich das Wägl in Beschlag nehmen.«

»Es geht schon!« sagte die Mälzmeisterin flink. »Komm, Sus, gib das Bockbrettl her! Du hast noch Platz zwischen dem Meister und mir.« Während die Musketiere aufkletterten, flüsterte der jüngere dem älteren zu: »Tu sie ausfragen!« Dieser Musketier schien die Aufmerksamkeit des Pfarrers zu erwecken. Er gab seinem Freunde einen Stups und zwinkerte gegen den Soldaten hin. Der war auch dem Meister schon aufgefallen, wegen des schwarzen Bartgestrüpps, das ein bißchen an den Fasching erinnerte. Seine Bewegungen waren nicht sehr militärisch. Der ältere Musketier fragte so unermüdlich, daß schließlich nur Mutter Agnes noch Antwort gab. Der Junge mit dem sonderbaren Bart sprach keine Silbe mehr. Als das Wägelchen in der Nähe des Hallturmes vor der Herberg hielt, glitt er flink vom Wagen herunter, salutierte faschingsmäßig und ging rasch davon. »Ein wüster Kerl, ein grauslicher!« murrte die Sus, während sie dem Rößl das Zaumzeug über die Ohren zog.

Der Pfarrer nahm den Meister beiseite. »Ich laß mir einen Finger abschneiden, wenn das nit ein Polizeispion gewesen ist. Was er beim Hallturm sucht, das kann ich mir denken.« Seine Stimme wurde noch leiser. »Heut in der Nacht ist Neumond.« Er sah zum weißen Schneegrat des Toten Mannes hinauf. »Verstehst du, Nick?«

Der Meister atmete in schwüler Unruh. Und drüben beim Wägelchen nahm Mutter Agnes Luisas Gesicht, das in Glut und Blässe wechselte, zwischen zärtliche Hände. »Nit aufregen, Kind! Es wird schon alles gut gehen. Fest beispringen mußt du mir halt!« Luisa nickte, und ihre suchenden Augen füllten sich mit Tränen. »Nit, Kindl! Du gehst einem Lachen entgegen, keinem Leid. Wär ich ein Bub, so tät ich sieben glückselige Sprüng machen um dich.« Frau Agnes schmiegte die Wange an Luisas Haar. »Alles in dir ist Sehnsucht worden. Sonst hab ich allweil gehofft auf meinen Herrgott, heut hoff ich auf dich. Mein Bub hat doch Augen. Nit?«

Der Pfarrer kam. »Also, wir machen es, wie's beredet ist?«

Mutter Agnes bettelte: »Wär's nit doch am besten, ich tät gleich hinüberlaufen zu ihm?«

»Bei den Schneckischen hättst du ein hartes Reden. Komm, die Herbergmutter wird schon wen haben, der ihn holen kann. Derweil bestellen wir für unser Sechse eine feste Mahlzeit.«

Frau Agnes und Luisa sagten das gleiche Wort: »Ich kann nit essen.«

»Das muß man können.« Der Pfarrer legte den beiden die Arme um die Schultern. »Ach, ihr Weiberleutlen! Ob Freud oder Weh, allweil hängt ihr zuerst den Magen an den Bindfaden.«

Niklaus stand noch immer auf der Straße, spähte zum Toten Mann hinauf und wieder hinüber gegen die Büsche, hinter denen der Musketier mit dem sonderbaren Bart verschwunden war. Nun ging der Meister zur Herberg hinüber. Da kam die Sus gelaufen, mit großgeöffneten Sorgenaugen: »Meister? Was ist das für ein Wörtl gewesen? Daß es wühlt in jedem?«

Den Kopf beugend, fragte er in Trauer: »Verstehst du das nit?« Eine Weile stand sie unbewegt, dann nickte sie stumm. Ganz leis wurde seine Stimme. »Wenn's so kommen müßt? Was tätst du, Sus?«

Mit einem Lächeln, aus dem alle treue Tiefe ihres aufgeopferten Lebens herausglänzte, sagte sie: »Bleibt der Meister, so bleib ich. Geht der Meister, so geh ich.«

An den beiden surrte ein junger Bub vorbei. Der sprang hinüber zum Schneckenhäusl. Nach einer Weile brachte er die Botschaft: »Der Jäger Raurisser ist nit daheim, ist droben am Berg. Am Nachmittag, hat die Schneckin gesagt, gegen die vierte Stund muß er heimkommen.« Das wurde nun eine qualvolle Zeit des Wartens. Alle paar Minuten guckte Frau Agnes nach der Sonnenuhr, die über der Herbergstür an der Mauer war. »Heut muß die Sonn langsamer laufen wie sonst.« Noch ehe der Schattenstrich hinrückte gegen die Vier, verlor die Mälzmeisterin ihre letzte Geduld. Sie umklammerte die heiße Hand des Mädchens. »Komm! Jetzt springen wir ihm entgegen, den Berg hinauf, und schreien uns die Seelen aus dem Hals. Darf der Kuckuck schreien im Frühling, warum sollen die Menschen nit schreien dürfen?« Sie riß das wortlose Mädchen mit sich fort. Zum Haus des Hiesel Schneck hinüber war es nicht weit. In dem engen Wiesentälchen konnte man den Weg nicht verfehlen. Auch war der Pfad gut ausgetreten von den Schneckischen Nagelflößen. Drei schwarze Ziegen trotteten mit kleinen Bimmelschellen und klunkernden Eutern über den Weg, man hörte die müde Stimme des Schneckenweibs locken, und durch die Stauden schimmerte in der Sonne die alte Balkenmauer.

Ein erstickter Laut. Mutter Agnes fing an allen Gliedern zu zittern an. »Mein Bub! Da kommt er!« Nun ein leises Betteln: »Kindl? Gelt? Das erste Wörtl tust du der Mutter lassen!« Nur nicken konnte Luisa und sprang in den knospenden Buchenwald hinein. Mutter Agnes, immer fröhlicher atmend, hing mit leuchtendem Blick an der festen Gestalt des Sohnes, den das Gewirr der Stauden noch umschleierte. Er war ohne Waffe, trug den Bergsack auf dem Rücken, den langen Griesstecken in der Faust. Gleich sah die Mutter: der ist gesund, gesünder als je! Huschend glitt vor ihren Gedanken ein Bild vorüber: der Marktplatz zu Berchtesgaden, der Brunnen mit den Musketieren, das erregte Menschengewühl und der Blutende am Holz der Unehr.

Leupolt, langsamer schreitend, blickte nicht auf den Pfad, sah und lauschte immer gegen den Hallturm hinüber. Und plötzlich sprang er auf die Stauden zu, wandte sich gegen die bayrische Grenze und verschwand hinter brechendem Gezweig.

»Leupi!« schrie die Mutter mit erdrosseltem Laut.

Ein Rauschen im Gebüsch. Nun tauchte er aus den Stauden heraus, Schreck und Hoffnung in den Augen. Ein heißer, glückselger Schrei: »Herr Jesus! Mutter!« Hätte sie es noch nie gewußt, wie er hing an ihr, mit jeder Faser seines Lebens, mit jedem Blutstropfen seines Herzens, so hätte ihr's dieser Schrei gesagt, dieses glückliche Aufglänzen seiner Augen. Lachend wie ein Kind, stieß er den Griesstecken in den Wiesgrund, warf das Hütl dazu und sprang ihr entgegen: »Mutter! Mutter! Mutter!« Verstummend riß er sie an sich, und sie hing an seinem Hals geklammert, in Freude stöhnend unter dem Druck seiner stählernen Arme.

Nicht weit von den beiden stand eine Zitternde im Schatten des Waldes und preßte das Gesicht in die Hände. Noch in keiner träumenden Sonnenstunde, noch in keinem Blutschauer ihres jungen Leibes, in keiner von den schlaflosen, mit wirrem Gebet durchstammelten Nächten hatte sie so brennend den Durst nach dem Augenblick empfunden, in dem seine Arme sie umklammern würden, wie er jetzt die Mutter umschlungen hielt.

Er hob das Gesicht. Weil die Haube seiner Mutter zurückgefallen war in den Nacken, sah er das graugewordene Haar. Schweigend küßte er den entfärbten Scheitel, preßte die Mutter noch fester an sich, erschrak – und fragte: »Hab ich dir weh getan?«

Mit feuchten Augen lachte sie an ihm hinauf. »Das ist doch einer Mutter liebste Freud, wenn sie merkt, wie stark ihre Buben sind. Jetzt ist mir's mit blauen Flecken auf den Leib geschrieben, wie gesund du wieder bist.« Sie sah die weiße Narbe an seinem Hals und strich mit den Fingerspitzen drüber. »Du, das ist schön geheilt.«

Er nickte. »Was du mir geschickt hast von ihr, ist wie ein Wunder gewesen. Sag ihr ein Vergeltsgott von mir! Sag ihr: mir ist gewesen wie einem Baum, wenn ihm der Frühling die Eisrind forthaucht! Mutter, wie lebt sie? Wann hast du sie das letztmal gesehen?«

Ein Erglühen ging ihr über das Gesicht. »Nit lang ist's her.«

»Das mußt du mir alles erzählen – einmal – nit jetzt.« Er warf einen forschenden Blick nach dem Stand der Sonne. »Heut haben wir nit viel Zeit. Ich muß einen Weg machen, den ich nit versäumen darf. Aber allweil reicht's noch ein paar Vaterunser lang. Muß ich halt nachher doppelt springen.« Er sah nicht, wie sie erblaßte. »Da drüben, komm, wo der Baum liegt, können wir uns niedersetzen.« Die Wange an ihr Haar schmiegend, führte er sie über den Weg hinüber. Als sie auf dem Baumblock saßen, nahm er ihre Hände. »Wie geht's dem Vater und den Brüdern?«

Alle Freude war zerdrückt in ihr. »Wie's einem halt gehen kann in heutiger Zeit. Keiner hat mehr ein richtiges Lachen.«

Da sagte er froh uns fest: »Die Zeit wird besser. Tu dich gedulden.« Eine Sorge schien ihn zu befallen. »Mutter? Daß du bei mir bist, so? Wirst du das nit ungut bezahlen müssen?«

Sie schüttelte den Kopf. »Ich hab Verlaub.«

Zögernd wiederholte er dieses Wort. »Verlaub?« Sein Blick wurde schärfer. »Von wem?«

»Vom gnädigen Herrn.« Sie sah, wie sein Körper sich streckte. Angstvoll umklammerte sie seine Hand und brachte kaum einen klaren Laut heraus. »Gestern – da hat er mich rufen lassen – und hat mich in aller Güt gefragt, ob mich nit bangen tät nach dir –«

»Güt–« Er machte mit der Hand eine Bewegung. »Nein, Mutter! Güt ist ein ander Ding. Rechtschaffene Güt vergönnt jeder Menschenseel, was ihr heilig ist, will nit ausbrennen, was tief im Leben sitzt. Du sollst mir die Botschaft des Fürsten nit ausrichten. Da bist du mir zu gut dafür. Verstanden hab ich schon.« Eine Sekunde schwieg er. »Am Osterdienstag hat mir der Wildmeister einen Deuter geschickt. Heut schicken sie mir die Mutter. Weil sie meinen, was meinem Herzen das Wärmste ist, das tät mich umschmeißen! – Mutter? Hast du dir nit gesagt: das ist mein Leupi?«

»Allweil und allweil hab ich mir's fürgesagt. Und bin halt doch gesprungen in Freud und Zutrauen. Tust du mir das verdenken, Bub?«

Er zog sie an sich, streichelte mit schwerer Hand ihr erloschenes Haar und sagte ruhig: »Ich soll mich bußfertig erweisen? Gelt? Soll den Glauben niederdrucken, soll lügen wider Gott und gegen mich selber? Und alles, was sie Untreu heißen, tät mir verziehen sein? Weil sie meinen: die Dritthalbtausend, die noch standhalten, die sich nit haben umwerfen lassen von Kapuziner und Musketier, von Geldbuß und Hausbrand, von Not und Elend, von Kinderaugen und Landslieb – die soll mein Beispiel wacklig machen und umreißen? Gelt?«

Sie zitterte. »Ach Bub –«

»Ich will nit reden von der Wahrheit in mir, von Ehr und Treu. Keiner, Mutter, ist um seiner selbst willen auf der Welt. Jeder ist um der anderen wegen da. Und ein Wegweiser darf nit Brennholz werden. Ein Sturm kann ihn werfen, und faul kann er werden im Balken. Da müßt ihn aber erst das Alter dürr machen. Ich bin jung, mich wirft kein Sturm nit, und was Faulkrankes ist mir nit in der Seel. Die Brüder und Schwestern, die in Not und Verzweiflung nach einem Helfer dürsten –« Verstummend, von einem Schreck befallen, hob er das Gesicht gegen die Sonne und stammelte: »Jesus! Mutter, du gute! Jetzt muß ich fort. Ich muß!« Mit hetzenden Sprüngen jagte er über den Weg hinüber, riß den Griesstecken aus der Erde, raffte das Hütl vom Boden auf, kam zurückgesprungen und schlang den Arm um den Hals der Mutter. »Sag's dem gnädigen Herrn! Ein anderes Wörtl hab ich nit. Daß ich dich sehen hab dürfen, das soll dir unser Herrgott in Güt vergelten.«

Eine letzte Hoffnung in den Augen, flehte sie zu ihm hinauf: »Der unsere?«

Um seinen Mund ging ein schmerzendes Lächeln. »Muß ich halt sagen: der deine und der meinige. Tu mir den meinen nit schelten, und ich will den deinigen in Ehren halten. Wir zwei, Mutter, haben uns noch allweil verstanden. Täten es uns die anderen nachmachen, so wär der Weltboden ein Frühlingsacker. Tu mir den Vater grüßen, gelt! Jetzt muß ich –«

Sie hielt seinen Arm umklammert, und ihre Stimme schrillte: »Luisli! Luisli! Allgütiger, so hilf mir doch!«

Leupolt, sich verfärbend, stand einen Augenblick wie zu Stein verwandelt. Das traf ihn, als wär's ein Balkenstoß gegen seine Kehle, und wurde binnen drei Herzschlägen für ihn eine trinkende Freude, ein Rausch seiner Liebe. Die sein Gedanke und seine Sehnsucht war bei Traum und Wachen, die Seele seiner Seele, das Blut seines Blutes, der süßeste Inhalt seines Lebens – da stand sie vor ihm, hold und liebenswert, eine zur Blume entbronnene Knospe, ein weibgewordenes Gebet, die Hände nach ihm gestreckt, die nassen Augen glänzend und bekennend. Alle Welt versank ihm, er sah die Mutter nimmer, sah nicht den Meister und den Hochwürdigen, die inmitten des ergrünenden Tälchens standen. »Luisli!« Ein Sprung, der wie ein Aufjauchzen seines jungen Körpers war.

Erschrocken stieß sie die Arme vor sich hin, wie um ihn fernzuhalten. Oder wollte sie seine Hände fassen, seine Brust berühren, seinen Hals umwinden? Und versagte ihr nur die Kraft? Ihre Arme fielen. Halb einer Ohnmacht nahe, stand sie vor ihm. Alles Blut war aus ihren Wangen entflohen. Nur ihre Augen lebten und hatten Glanz, waren voll Scham und Sehnsucht, voll Zweifel und Hoffnung. »Leupi?« Das war ein Laut, als spräche nicht ihr Mund, nur ihre Seele. »Magst du dich nit besinnen? Tust du es nit mir zulieb? Und deiner Seel wegen hat mir der liebe Gott befohlen, daß ich die Wahrheit reden muß. Derzeit du am Holz gehangen, ist alles Kühle und Fromme in mir ein anderes geworden. Tu ich beten, so kann ich nimmer an die Heiligen denken, muß allweil denken an dich. Jede Nacht ist mir ein einziges Träumen von dir. Jeder neue Morgen hat mir den Glauben in die Seel geschrien: heut kommt der Leupi. Ich hab geharret den ganzen Tag. Am Abend ums Betläuten hab ich in Trauer sagen müssen: heut wieder nit! Und hab in der Nacht aus Sünd und Seligkeit tausendmal die Händ gehoben – nach meinem Herrgott oder nach dir, ich weiß nit recht – so lieb bist du mir worden, ich kann's nit sagen –« Verstummend preßte sie das erglühende Gesicht in die Hände, und ihr feines, schmuckes Körperchen krümmte sich tief zusammen.

Frau Agnes, zwischen Hoffnung und Sorge, nickte immer wieder ihrem Buben zu und machte mit den Händen nachhelfende Bewegungen. Und neben dem Meister Niklaus, der in Unruh die zwei jungen Menschen betrachtete, als würde hier nicht nur das Lebensglück seines Kindes, auch noch etwas anderes entschieden – neben diesem erregten Manne stand der lange Pfarrer, hielt den Kopf zwischen die Schultern gezogen, schlenkerte seinen Hakenstock, guckte mißmutig drein und murrte: »Da wird's halt wieder aufkommen, daß Manndl und Weibl schwerer wiegen als Himmel und Höll!«

Leupolt schwieg noch immer, unbeweglich, den Bergstecken vor sich hingestemmt, einen frohen, heiligen Glanz in den Augen, ein Lächeln seiner tiefen Freude um die stummen Lippen. Nun beugte er sich langsam gegen das Mädchen hin und sagte leis: »So heb doch das Köpfl, Luisli! Schau mich an! Ein rechtes Vergeltsgott muß man einem in die Augen sagen. Du hast mich zum reichsten Mannsbild auf der Welt gemacht. Jetzt ist mir alles ein Maigarten und Sonnenweg. Vergelt's Gott, du Liebe!« Er streckte die Hand und ließ sie zärtlich hingleiten über ihr schimmerndes Haar. Als hätte diese Berührung seine feste Ruhe verwandelt in einen Sturm des Durstes nach ihr, so klammerte er plötzlich den Arm um ihren Nacken und preßte den Mund auf ihren Scheitel. »Daß ich dein bin und keiner anderen nimmer? Gelt, Luisli, das weißt du?«

In Freude stammelte Frau Agnes: »Gott sei Lob und Dank!« Und Luisa, unter glückseligem Auflachen, verschönt, erglühend, nahm sein Gesicht zwischen die zitternden Hände: »Gelt, jetzt gehst du mit uns?«

Er schüttelte den Kopf. »Heut nit. Das kann nit sein, Herzliebe!« Ein rascher Blick nach der Sonne. »Heut hab ich einen Weg. Da darf mir auch das Glück und alle Herzfreud keinen Riegel nit drüberschieben.«

Meister Niklaus bekam ein brennendes Gesicht, und die mißmutige Laune, die in dem Warzengesicht des Pfarrers gewittert hatte, schien sich merklich zu bessern.

Erschrocken bettelte Luisa: »Schau, je flinker du bereuen tust, so gottsfreudiger machst du deinen Weg.«

»Bereuen?« Er richtete sich auf. Sein Lächeln blieb. »Ich wüßt nit, was ich bereuen müßt. Mein Weg ist ein anderer, als du meinst. Das ist ein Festes. Ich geh mit der ersten Exulantenschar. Aber kommen tu ich noch. Zu dir. Und frag dich, ob du mitgehst.«

Sie wehrte mit den Händen.

»Nit so! Das mußt du dir in Ruh überlegen. Kannst du es tun, so sollst du auf jedem Weg meine Händ unter deinen Füßlen spüren. Mußt du nein sagen, so bleib ich allweil – ich weiß nit, wo – der deinige bis zum letzten Schnaufer.« Ein tiefer Atemzug. »Jetzt muß ich fort. Die Sonn will über den Berg hinüber.« Seine Hand umschloß die ihre. »Du Liebe! Alle Gütigen im Himmel sollen dich hüten! – Und dich, Mutter!« Ein paar flinke Sprünge, und er war schon drüben bei den Stauden. Da verstellte ihm einer den Weg. Betroffen wandte Leupolt das Gesicht und sah in die leuchtenden Augen des Meister Niklaus.

Ein leises, fröhliches Wort. »Bub, du hast es mir leicht gemacht. Ich will bekennen.«

In heißer Freude klammerte Leupolt die Hand um die Schulter des Meisters. Ein Zögern, ein kurzer Kampf, nun ein rasches, lachendes Flüstern: »Tu dich aufrichten! Ein Helfer kommt.« Dann sprang er in die Stauden und war verschwunden. Wie ein Träumender sah Niklaus zu seinem Kind hinüber, das schluchzend am Hals der Mutter Agnes hing.

Pfarrer Ludwig kam auf den Meister zugegangen, viel größer, als er vor einer Minute ausgesehen hatte. »Nick? Was sagst du?« Er deutete mit dem Hakenstock gegen die Stauden hin, die hinter dem Verschwundenen noch schwankten. »Wie der Bub davongesprungen ist, da hab ich mir was denken müssen.« Seine Stimme bekam einen jungen Klang. »Römisch oder evangelisch? Das ist die Frag nit. Zwei feste Geschwister, die Zeit und der Menschenverstand, die werden Brücken bauen. Die Frag für uns ist: deutsch oder undeutsch? Laßt den deutschen Boden verkuhwedelt sein, pariserisiert und versaut, wie er mag –« Wieder deutete er gegen die Stauden hin: »Die Rass' schlagt allweil wieder durch. Wie der Bub da, sind tausend und hunderttausend im Reich. Sie wissen es nit. Und hegen es doch in sich wie ein heiliges Feuer. Wann das Aufwachen kommt? Wann dem blauen Untersberg da draußen die schläfrigen Riegel springen? Ob morgen oder in hundert Jahr, ich weiß nit, wann – – ich weiß nur: es kommt!« Er legte dem Freunde lächelnd den Arm um die Schultern und deutete gegen die Buchen, in deren Wipfelgezweig eine Ringdrossel flötete. »Lus, Nicki! Ein deutsches Lied! Ist's nit noch schöner, als wie der Amsterdamer Vogel singt?«

In das leise Lachen des Pfarrers schnitt ein klagender Mädchenlaut hinein. Luisa taumelte auf den Vater zu und weinte: »Tu mich wieder zu den frommen Schwestern ins Kloster! Alles in mir ist Sünd, die mich verbrennt. Beten kann ich nimmer, wenn ich nit bet für ihn. Und jedes Gebet für ihn ist Frevel wider Gott. So kann ich nimmer leben. Alles ist Trauer, alles ist Elend! Wo ist die Ruh?« Aufschreiend lief sie mit flatterndem Kleid durch das leuchtende Tälchen. Und die Mälzmeisterin zappelte erschrocken der verzweifelten Mädchenseele nach, klagend, bettelnd, mit beruhigenden Worten, schließlich ein bißchen scheltend. Auch Meister Niklaus wollte springen. Der Pfarrer hielt ihn am Ärmel fest. »Nur nit verlieren, was die Neuenstein als Kontenanz bezeichnet. Laß das kleine Weibl sich ausheulen. Ein Wasser oder ein tiefer Graben ist nit in der Näh. Und daß sie wie ein Eichkätzl auf einen Baum hinaufkraxelt und herunterspringt, ist mehr als zweifelhaft!«

Während die beiden Männer davonschritten durch die Nachmittagssonne, hörte man die Sorgenstimme der Schneckin und das Schellengebimmel der Ziegen, die aus ihrem reinlichen Ställchen mit erleichterten Eutern wieder hinaustrabten zu ihrer duftenden Frühlingsweide.

Über dem tiefen Reichenhaller Talbecken glänzte der milde Nachmittag. Alle Wiesen grün, mit den blassen Kelchen der Herbstzeitlosen, mit Himmelsschlüsseln, Margariten und Steinnelken. In der Talsohle sproßten bereits die Hecken, und der Fichtenwald war schneefrei bis hinauf zur halben Höhe. Alle Bergspitzen stachen weiß wie funkelnde Silberstufen in das Blau des Himmels. Taubenschwärme und Viehherden waren auf den Feldern, und viele Drosseln huschten bei der Käferjagd an den Hecken hin.

Über die harte Straße, die von Reichenhall emporführte zu den Ruinen der Plaienburg und gegen den Hallturm, klapperten die Hufe von sechs Pferden. Voran ein Reitknecht in bürgerlicher Reisetracht und ein hochgestiefelter, steifzopfiger Soldat. Jeder führte am Zügel ein mit Mantelsäcken und Ledertaschen beladenes Packpferd. Dann kamen zwei Reiter, die sich in französischer Sprache unterhielten. Zur Linken ritt ein bejahrter Herr in vornehmer Reisekleidung aus braunem Tuch, mit offenem Mantelkragen. Aus der weißen Perücke sah ein freundliches Gesicht heraus. Das war der preußische Geheimrat von Danckelmann, der Präsident des zu Regensburg amtierenden Corpus evangelicorum, dem die Wahrung der durch den Westfälischen Frieden gewährleisteten Rechte der Protestanten im deutschen Süden übertragen war. Während des großen Jagens, das die Scharen der Salzburger in die Fremde trieb, hatte Danckelmann viele Tausendzüge der Exulanten ins Brandenburgische und nach dem schwachbevölkerten Ostpreußen geleitet. Jetzt ritt er zu Herrn Anton Cajetan, als Gesandter des Königs von Preußen, dessen Hilfe die Berchtesgadnischen Bekenner in ihrer Verzweiflung angerufen hatten. Der mit der Bärentatze geschriebene Auftrag des Königs an Danckelmann hatte gelautet: ›Betrachte dir die Petenten genau. Ist es zweifelhaftes Volk, so laß die Hände davon. Faulpelze, Gotteskomödianten und Mauldrescher können wir auf unserem mageren Boden nich gebrauchen, haben schon genug davon, so des Wegräumens bedarf. Seind es tüchtige Leut, insonderheit Protestanten bis auf die Knochen, so nimm ihrer, so viele du erwischen kannst. Aller Beistand soll ihnen bewilliget sein. Bei gutem Menschenkauf muß der Sparmeister ein Verschwender werden. Oder er wäre als Fürst ein gottverlorener Esel. Wär auch kein Preuße nich. Preußen muß sich helfen, wie es kann. Mach er seine Sache gut!‹

Am Abend vor Danckelmanns Abreise von Regensburg hatte sich unangemeldet ein Begleiter bei ihm eingestellt, der auf abgehetztem Pferde über Ansbach gekommen war. In der Art, wie der Geheimrat mit diesem jungen Reisekameraden sprach, den er zur Rechten reiten ließ, war bei aller Höflichkeit eine stete Fürsorge, bald für den jungen Reiter selbst, bald für seinen glanzhaarigen Fuchs, der mit der schlanken, zart erscheinenden Hand, von der er gelenkt wurde, nicht einverstanden schien und schäumend an der Stange kaute.

Im Gespräch der beiden war keine Rede vom Zweck ihrer Reise. In hurtig gleitendem Französisch, das der Jüngere besser beherrschte als der Geheimrat, sprachen sie von der Herrlichkeit der Natur, von der zaubervollen Keuschheit der Frühlingslandschaft und von der Schönheit der Berge, deren Anblick den staunenden Jüngling heiß erregte. Immer sprach er. Sprach mit einer klangvollen, ungemein melodischen Stimme. Warf er manchmal zwischen das Französische einen kurzen deutschen Satz hinein, so war das ein sonderbares unbehilfliches Gemisch aus Fremdwörtern, altmodischer Beamtensprache, pommerischem Platt und Berliner Vulgärdialekt. Und hurtig kehrte er wieder zum Französischen zurück, in dem er mit Geist und Klarheit auszusprechen vermochte, was Glut in ihm war. Für sein leidenschaftliches Entzücken fand er Worte, wie ein von Schönheit berauschter Poet sie findet in schwärmender Ekstase. Plötzlich ein kühles Ernstwerden des altklugen Knabengesichtes. »Danckelmann! Sehen Sie doch! Diese schwarze, fruchtbare Erde! Das ist ein Boden, auf dem nur gesunde, feste Kerle wachsen können. Wär es anders, so wär's eine Pflichtwidrigkeit der Natur, eine Gewissenlosigkeit Gottes. Aber Gott muß doch höchste Verantwortung sein, Natur ist ewiggewordene Pflicht.« Da machte, an steil abfallender Wegstelle, das Pferd des jungen Reiters einen scheuenden Seitensprung. Erschrocken suchte der Geheimrat den Zügel des steigenden Gaules zu haschen. Das war überflüssig. Das Pferd hatte sich schon beruhigt und gehorchte. Der schlanke Reiter streifte seinen Begleiter mit einem halb mißmutigen, halb ironischen Blick. »Ich kann reiten, lieber Danckelmann! Auch wenn es manchmal so aussieht, als hätt ich es nicht gelernt.«

Der alte Herr schien seinen Schreck noch nicht überwunden zu haben und glich einem sorgenvollen Pädagogen, der sich verantwortlich fühlt für einen zu unberechenbaren Streichen geneigten

Schützling. Und dieser Schützling, ein Einundzwanzigjähriger von feiner Zierlichkeit, war Soldat und trug die Offiziersuniform eines preußischen Regiments, mit dem Rangzeichen des Obristen. In seiner Erscheinung war etwas seltsam Gegensätzliches. Körperliche Schwäche schien vereinigt zu sein mit innerlicher Kraft. Er hatte als Soldat eine schlechte Haltung. Dennoch konnte man sich keine Tracht denken, die besser zu ihm gepaßt hätte als dieser dunkelblaue Soldatenrock mit den roten Aufschlägen. Der saß nicht sonderlich straff und militärisch an der zarten Jünglingsgestalt, die manchmal so gebeugt und haltlos erschien, als möchte die gelbe Hose mit dem ganzen zierlichen Figürchen schlapp hineinsinken in die braunen Reitstiefel. Doch wenn ein neuer Ausblick zwischen den Kulissen der Landschaft den jungen Reiter entzückte, straffte das Feuer seines Innern auch den versunkenen Körper. Dann schien er ein anderer zu werden. Seine Bewegungen waren flink und zugleich bedachtsam; es war in ihnen eine Mischung von feurigem Vorwärtstrieb und einer zähen Kunst des Sichruhigverhaltens, eine Mischung aus Seele und Willen, aus der Kraft eines ehrgeizigen Jünglings und der Ruhe eines klugen Greises.

Er trug nicht den soldatischen Zopf. Hinter dem betreßten Dreispitz war das braune Haar von einer schwarzen Bandmasche locker zusammengefaßt. Zwischen gelösten Haarwischen, mit denen der milde Bergwind spielte, schob sich hager ein ovales Gesicht hervor, nicht schön, doch scharf und edel geschnitten, Stirn und Nasenrücken eine gerade Linie, bei der man zugleich an einen Widderkopf und an griechischen Profilschnitt denken mußte – ein Gesicht, das einer sanften Mutter gleichen wollte und ähnlicher einem strengen Vater war. Wie große strahlenflinke Sterne glänzten aus diesem Gesichte zwei feuchte, enthusiastische Augen heraus, in der Gier des unermüdlichen Spähens ein bißchen vorgequollen – Augen, die etwas seelisch Verzücktes hatten und etwas von der Trauer eines gequälten Tieres. Es war Leidenschaft und dennoch Stille in diesem ruhelos gleitenden Blick, ein Gemenge aus Spottlust und jugendlichem Frohsinn, aus allem Zartgefühl und allen tiefgründigen Wildheiten einer rätselvollen Menschenseele. Abstoßend und anziehend war dieser Blick, mißtrauisch und gläubig, befremdend und erstaunlich, überredend und bezwingend. Und diese Augen waren jetzt durchleuchtet, dieses Gesicht durchglüht von der Freude an allem Frühlingsreiz der aufblühenden Bergnatur. Bei unersättlichem Schauen verhielt der junge Oberst plötzlich mit einem kaum sichtbaren Zügelruck das Pferd, daß es unbeweglich stand. In den Bügeln sich hebend, reckte er den schmächtigen Körper, tat einen wohligen Atemzug und sagte in der Art eines Berauschten: »Danckelmann! In dieser Stunde ist ein Gefühl in mir, das mich nicht mehr verlassen wird bis zu meiner Todesstunde.«

Wie erlöst von seiner Sorge fragte der Geheimrat: »Das Gefühl der erneuten Freude am Leben?«

»Nein. Das Gefühl der Freiheit. Nie in meinem Leben genoß ich eine freie Stunde. Jetzt trinke ich Freiheit. Sie ist das Beste im Menschen.« Ein heiteres Auflachen. Und jäh ein Umschlag ins Müde und Gallige. »Gute Dinge verlangen ihren Preis. Ich habe die Freiheit dieser Tage teuer bezahlt.« Er gab dem Pferd, das nach einer grünen Staude haschte, einen unwilligen Sporendruck, und weil es den saftigen Zweig nicht lassen wollte, schlug er ihm jähzornig die Reitpeitsche zwischen die Ohren. Mit jagenden Sprüngen nahm der erschrockene Gaul die steile Weghöhe; droben, wo die Straße sich wieder abwärts senkte, durfte das Pferd in ruhigen Schritt fallen. Als Danckelmann mit bekümmertem Antlitz nachgeträppelt kam, fragte der junge Oberst auf sonderbare Art über die Schulter: »Ganz offen, unter uns, was redet man über meine Braut?«

Nach kurzem Schweigen der Verlegenheit sagte der Geheimrat: »Man erzählt, sie wäre eine überaus gottesfürchtige Dame.«

Der junge Oberst schien erheitert zu sein. »Da hat man unter ihren unerquicklichen Eigenschaften die übelste herausgefischt.« Ein Lippenzucken, fast hochmütig und verächtlich. »Welch ein geistiges Armutszeugnis ist die Gottesfurcht! Gott ist groß und gerecht. Größe ist nie ohne Güte. Und was Gerechtigkeit ist, das brauchen nur die Schelme zu fürchten. Gott lieben und ihm vertrauen, jeder nach seiner Art, das ist besser als Gott fürchten.« Gebeugt im Sattel, die großen runden Augen ins Leere gerichtet, sagte er langsam: »Wenn einer, wie ich, in bösen Nächten eine herzzerdrückende Angst vor dem Ewigen fühlt, so hat das seine Ursachen. Solch ein verzweifelt sündenloses Frauenzimmer hat keinen Anlaß, vor dem Himmel zu zittern.« Ein wehes Lächeln, das sich zum Spott erheben wollte und Trauer blieb. »Nun ist's entschieden. Wie das Mensch ist, das man wählte für mich, so muß ich es lieben. Ich will's erzwingen. Noch ist sie mir widerlich. Ihr verschlucktes Kichern ist etwas Entsetzliches. Ich liebe das Lachen und die Heiterkeit. Nur müssen sie aus Herz und Gehirn kommen, nicht aus den Gedärmen. Unter allen, die in Wahl kamen, hat man die ledernste für mich ausgesucht. Und das mein Freudenbissen für ein ganzes Leben!«

Tiefe Schwermut umschleierte alles Schöne in seinen Augen. Was der Geheimrat mit vorsichtiger Mahnung zu ihm redete, schien er nicht zu hören. Plötzlich, wie ein Erwachender, streckte er sich, weil er den flötenden Schlag einer Ringdrossel vernommen hatte. Mit stillen Augen sah er umher, war ruhig und sagte ernst: »Es ist wohl so, weil es so sein muß. Damit ich lerne, unter dem meschanten Gesindel für mich allein zu bleiben. Würde der Olympier eine Olympierin finden, das gäbe Söhne, die diese miserable Welt übern Haufen schmeißen, um aus den Scherben eine neue zu machen, die besser ist.« Über dieses Wort befiel ihn selbst ein Verwundern, das sich vor dem seltsamen Blick seines Begleiters verwandelte in einen knabenhaften Schreck. Sein verjüngtes Gesicht war glühend vor Scham, seine flüsternde Stimme hatte fast den Klang einer ängstlichen Bitte: »Danckelmann! Sie werden vergessen, was ich da sagte in meiner Torheit.« Nach einer Weile, die Zügel des Gaules kräftiger fassend, sprach er hart vor sich hin: »Es ist meines Vaters Wille. Da gibt es keine Antwort als Gehorsam. Ich darf und will den Vater durch Stützigkeit nicht mehr irre machen, seit er mit Überraschung zu der Ansicht kam, daß etwas in mir steckt. Es gab eine rote Stunde, in der ich ihn für einen Tollhäusler hielt. Nun weiß ich, daß sein Verstand um so tiefer ist, je langsamer er sich offenbart. Ich muß mich strecken nach seiner Größe. Wenn später alles drunter und drüber ginge, würde er im sicheren Steinsarg über mich lachen. Das wäre noch übler als sein grober Stock gewesen. Besser, ein um eigene Schuld Geprügelter zu sein, als fühlen, daß man verachtet wird.«

Er deutete mit der Reitgerte nach den blühenden Erikastauden, die den südwärts blickenden Straßenrain überwucherten. »Wie schön! Was Frühling heißt, ist der einzige überzeugende Gottesbeweis.« Er lächelte. »Bei uns daheim in der Heide sind sie noch schöner.« Das Pferd verhaltend, sah er in die nördliche Ferne. »Heimat? Ich sehe Moor und Sand. Sehe den Rauch der schmacklosen Abendsuppen von Zorndorf, sehe den schlammigen Fluß, armselige Dörfer und schläfrige Menschen.« Er trieb das Pferd, hatte enggereihte Falten auf der jungen Stirn und lachte. Ein Blick in das von einem weißen Bach durchsprudelte Waldtal, über dessen Wipfel der Hügel mit den Ruinen der Plaienburg hervortauchte, entriß ihm einen Ausruf des Entzückens. Alle Freude des Schauens sprudelte jugendlich aus ihm heraus. Immer deutete seine Hand mit der Reitgerte. Immer sprach er, immer fröhlicher und erregter, in enthusiastischen Ausdrücken, in französischen Verzückungen, die sich anhörten wie Verse. Plötzlich ein müder Blick auf den Begleiter. Dazu in deutscher Sprache die halb verdrießliche, halb ironische Frage: »Wat, Geheimrat? Ick quaßle wohl wieder etwas kopiösemang?«

Danckelmann antwortete lächelnd: »Kein Wort, das ich nicht gerne gehört hätte.«

Der junge Oberst, wieder französisch, sagte mit irrendem Blick: »Wenn man seine Fehler nur einsieht. Da ist Hoffnung vorhanden, daß ich noch der Einsilbigste aller Deutschen werde.« Verstummend trieb er das Pferd. Die Straße führte auf ebener Strecke in einen hochstämmigen Wald, der verwüstet war vom Bergwinter. Wirr hingen Hunderte von Bäumen durcheinander, die unter dem Schneedruck niedergebrochen waren. »Hier sieht es aus wie im verunheiligten Deutschen Reich.« Kühler Abendschatten fiel über die beiden Reiter herab. Die Pferde trabten. Danckelmann schaukelte sich gewandt im Sattel. Sein Begleiter bockelte mit losen Ellenbogen, zeichnete schlaffen Körpers jede Unebenheit des Bodens nach, schien das alles nicht zu fühlen und war in Gedanken versunken. Da kam eine Lawinengasse, die der stürzende Schnee von der Berghöhe hinuntergebrochen hatte bis in die Bachtiefe. Die Straße war überworfen von einem breiten Buckel festgestampfter Schneemassen, aus denen zersplitterte Äste und zerquetschte Wipfel hervorlugten. Danckelmann hielt: »Wie bringen wir da die Pferde hinüber?«

Drüben stand der Soldat. Er hatte seine beiden Gäule dem Reitknecht des Geheimrats übergeben und wollte über die Schneewulsten herüberklettern, um das Pferd seines Vorgesetzten zu führen. Der rief ihm ärgerlich zu: »Bleib, wo de bist!« Die Reitgerte zischte. Ein Dutzend wilder, hin und her schwankender Sätze, und der glanzhaarige Fuchs mit seinem Reiter war drüben. Der junge Oberst lachte. Die Sache schien ihm Spaß gemacht zu haben. Nun sah er verwundert den Soldaten an. »Kerl? Wat machste da? 'n

Cavalerist des Königs von Preußen jehört mit seinen Arsch in den Sattel. Nich mit den Stiebeln in die Drecksuppe.« Erschrocken rannte der Soldat in seinen zerlumpten Klapperschäften davon, daß der steife Zopf hinter seinem Nacken pendelte. Erst jetzt erinnerte sich der Oberst seines Begleiters. »Ach –« Er wandte das Pferd. Da fiel ihm ein Bild von hinreißender Schönheit in die Augen. Zwischen den schwarzgrünen Baumwänden der Lawinengasse sah man einen Ausschnitt des Reichenhaller Tales. Die winzigen Dächer, die Herden auf der Weide, alles funkelte vom Glanz der Abendsonne, nicht wie etwas Irdisches, sondern wie ein märchenhaftes Spielzeug, in Schimmer herausgeschnitten aus blankem Kupfer. Und hinter diesem frohen Geglitzer stand ernst und schön, in tiefes Blau getaucht, die steile Schattenwand des Hohen Staufen. Der Berg mit seiner weißen, von Glanz umzüngelten Höhe war anzusehen wie ein Riesenfürst auf seinem Thron, wie ein kaiserlicher Greis im wallenden Weißhaar, unbeweglich, mit schlummernden Augen, auf der hohen, reinen Stirn die strahlenzuckende Krone.

»Danckelmann!« Das klang wie der atemlose Schrei eines von Freude verwirrten Kindes. »Kommen Sie! Das müssen Sie sehen! Gibt es denn solche Dinge auf der Welt? Geheimrat! So kommen Sie doch endlich! Das Herrliche beginnt zu erlöschen.«

Eben kletterte Danckelmann mit seinem Falben vorsichtig über den Lawinenschnee herunter. Was er noch zu sehen bekam, war verdämmernde Schönheit.

Der junge Oberst saß unbeweglich im Sattel, das scharfgeschnittene Gesicht zur Höhe gehoben. Als die letzte Strahlenflamme des weißen, sich blau umschleiernden Berghauptes zu schwinden begann und nur noch eine dünne Feuerlinie die steilen Schneegrate säumte, trank er einen tiefen Atemzug in seine schmale Brust und sagte langsam: »Ich habe gesehen, was noch keiner sah.«

Danckelmann, ein bißchen verstimmt, betrachtete ihn verwundert, eine Frage nur in den Augen.

»Ich sah das Gewesene und sah das Kommende.« Ein Lächeln von heiliger Innerlichkeit. Ruhig wandte er das Pferd und ritt in den stillen, dunkelnden Wald hinein. Blitze flammten in seinen herrlichen, stahlblauen, weitgeöffneten Augen. Jäh beugte er sich aus dem Sattel und legte seine Hand auf den Arm des Begleiters. »Nein! Ich habe nicht zu teuer bezahlt. Um einen Hauch von Freiheit zu atmen, kann man kuschen wie ein Hund. So stark ist keiner, daß ihn Gemeinheiten, die er erleben muß, nicht schwach machen. Man muß hinunter, Danckelmann, tief hinunter, um die Wege zur Höhe zu finden.« Er zog die bartlosen Lippen von den Zähnen. »Im Mai oder Juni sperren sie mich in das Grillenhaus einer fürchterlichen Ehe. Ich genieße die ersten und letzten Tage meiner Freiheit. Was kommt, ist Pflicht. Sie wird hart sein.« Der Ernst dieses Wortes schlug über in einen klagenden Laut. »Wer hilft mir?« Dann sagte er deutsch: »Ick bin ein egariertes Schaf des Lebens, habe keen Menschenskind, das mich zu wat nütze is, habe nur mir selbst, den dubiosesten von allen Wegweisern.« Das Gesicht, das der Geheimrat zu diesen Worten machte, schien dem jungen Oberst die verlorene Heiterkeit zurückzugeben. Lustig tippte er mit der Reitgerte nach seinem Begleiter, als möchte er vom Mantelkragen des würdigen Herrn eine Fliege fortkitzeln, und fragte französisch: »Ist das nicht wie ein spaßhaftes Wunder? Daß ich da so lakaienfern und unbeschnüffelt reite wie in einem Märchenwald und noch immer auf meinen Schultern einen Kopf habe.«

Erst erschrak der Geheimrat. Dann sagte er aufatmend: »Ein Glück, daß man diesen jungen Kopf nicht abhauen ließ, wie es der Kaiser erwartete.«

Froher Spott umzuckte den feinen Mund des anderen. »Weil er's zu erwarten schien, begann ich zu begreifen, wie steif ich diesen Kopf aufsetzen muß.«

Eine Lichtwoge strömte in das Düster des Waldes herein. Die Straße öffnete sich gegen einen Wiesenhang von smaragdenem Frühlingsgrün, noch überhaucht von einem letzten Sonnenschimmer, der durch tiefgeschnittene Bergschatten herfunkelte aus der westlichen Ferne. Der Reitknecht des Geheimrats kam den Herren entgegen getrabt und meldete: »Der Jäger ist da. Auch das Mädchen für die Weisung zur Herberg.« Die Reiter lenkten von der Straße weg in ein Seitentälchen, das umhuschelt war von knospenden Erlenstauden. Überall Finkenschlag, Meisengezwitscher und immer aufs neue der melodische Lockruf einer Ringdrossel. Das Tälchen schon tief umschattet, und über ihm das zitronenfarbene Leuchten des reinen Abendhimmels. Bei den zwei Packpferden, die zu grasen begannen, stand mit scheuem Blick die Tochter der Hasenknopfin; neben ihr, aufrecht und äußerlich ruhig, der Jäger Leupolt Raurisser im grauverwitterten Bergzeug, in der Hand den langen Griesstecken, hinter dem Rücken den Waldsack. Auf seiner

Stirne brannte noch die Nachglut seiner Begegnung mit Luisa und der Mutter. Als er die zwei Herren kommen sah, erwachte ein dürstendes Forschen in seinem Blick. Welcher von den beiden war der Helfer für seiner Brüder verzweiflungsvolle Seelennot? Welcher hatte die starke Hand des ersehnten Retters? Das junge, windige Soldätl? Das schlapp herunterrutschte vom Gaul? Den Hut ziehend, hoffenden Glanz in den Augen, trat Leupolt auf den Geheimrat zu: »Gottslieben Gruß in meiner notvollen Heimat. Es ist ein heilig Ding, ist Euers und meins. Ich bin geboten zu Eurem Dienst. Viel gute Herzen harren auf Euch in Drangnus und Sorgen.«

Noch im Sattel fragte Danckelmann: »Kann er sich ausweisen?«

Leupolt, wie es ihm der Zettel des Hasenknopf befohlen hatte, entblößte die breite weiße Narbe an seinem braunen Hals. Da fühlte er, daß ein Arm sich um seine Schulter legte. Neben ihm stand das Soldätl, hatte einen glänzenden Blick und sagte ernst: »So invulnerabel is sein Glaube? Daß ihn keen Eisen lädieren kann?«

Verwirrt vom Leuchten dieser stahlblauen Augen, antwortete Leupolt verlegen: »Herr, ich versteh nit.« Sich dem Arm des Offiziers entwindend, sah er zu Danckelmann auf. »Lang dürfen wir uns nit verhalten. Es geht über mürben Schnee, und der Weg ist weit. Wir müssen vor Nacht im Hüttl sein. Da können wir rasten. Wer geht außer Euch noch mit?«

»Wir alle, sobald die Pferde versorgt sind.«

»Vier Leut?« Der Jäger schüttelte den Kopf. »Mir ist geboten: du führst einen Herrn und seinen Diener. Es geht um heilige Sachen. Da muß man es machen, wie's recht ist.«

Danckelmann wollte ärgerlich erwidern. Da wehrte der junge Offizier französisch: »Das ist ein gewissenhafter Mensch. Was er haben will, muß geschehen.« Mit Wohlgefallen betrachtete er den Jäger und sagte deutsch: »Er führt uns beede. Det is der Herr, ick bin der Diener.« Er ging auf den Soldaten zu. »Hänne! Meine Grammatik!« Der Mann riß hurtig ein kleines Buch aus der Satteltasche, reichte es seinem Herrn und salutierte so wunderlich eckig, daß Leupolt schmunzeln mußte. Der Offizier schob das Buch in die Rocktasche. »Weiter, Hänne! Versorg man die Gäule gut! Gieß er nich zu viel hinter de Binde und molestier er die Menscher nich. Man kann es missen. Uff morjen!«

Als der Soldat und der Bediente hinter dem Mädel, das sie zur

Herberg führen sollte, davonritten, rief Leupolt: »He! Wo ist denn das Zeug für die Herren?«

»Unsere Mäntel haben wir!« sagte Danckelmann. »Was noch? Ist Zehrung nötig?«

»Das nit. Mit Zehrung hat die Schneckin das Hüttl gut versorgt.«

»Wer?« staunte der junge Offizier.

»Die Schneckin.« Leupolt war auf den Bedienten zugegangen. »Wo sind die Hemmeder? Jeder von den Herren muß ein Hemmed haben.«

Neugierig fragte das feine Soldätl: »Wat is det: ein Himmat?«

Danckelmann verdolmetschte: »Je crois qu'il veut dire une chemise.«

»Mais voilà –« der junge Oberst zog in heiterer Laune den Soldatenrock auseinander, »ick habe bereits ein Himmat.«

Leupolt blieb ernst. »Durch den Schnee hinauf wird's schwitzen heißen. Und droben geht ein schneidiger Luft. Da müssen die Herrn in trückene Wäsch kommen.«

»Danckelmann, det is 'n fürsorglicher Mensch.« Der junge Oberst rief dem Soldaten zu: »Flink, Hänne, raus mit 'n Himmat!« Und wieder zu Danckelmann, französisch: »Ich beginne Deutsch zu lernen.«

Als Leupolt das zusammengewickelte Päckl mit den zwei Hemden erhielt, fragte er: »Und die Bergschuh?«

Der Geheimrat wurde ungeduldig. »Er sieht doch, daß wir tüchtig gestiefelt sind.«

»Ja, Herr, das sind grad die richtigen Rutschkarren. Die bleiben Euch stecken im Schnee, wie das Mäusl in einem Mehlsack.«

»Wat anders als meine königlich preußischen Kommißkanonen hab ick nich!« lachte der Oberst. »Die muß ick ooch heil wieder heimbringen. Sonst kreiden se mich beim Regiment den außerdienstlichen Schaden an.«

Auch Danckelmann wurde heiter. »Soll ich vielleicht die Lackschuhe meiner Gesandtengala auspacken?«

Leupolt verstand, daß da nichts zu wollen war, und sagte zu der Tochter der Hasenknopfin: »Weißt, fremde Leut, die sich bei uns nit auskennen! Sind die Rößlen versorgt, so spring zum Hiesel Schneck. Er soll meine neuen Schuh zum Holzerhüttl hinaufbringen. Die passen dem gnädigen Herrn. Und für das Soldätl, das Füßlen hat wie ein Weiberleut, muß die Schneckin ihre Sonntagstäpperlen hergeben. Und feste Söckeln. Und Schneegamaschen. Wenn der Schneck sich tummelt, kann er droben sein im Hüttl, bis wir kommen. Unser Umweg um die Grenz ist weit. Und im Hüttl soll der Schneck gut feuern. Daß die Herren nit frieren müssen. Gelt?« Das Mädel sprang den Gäulen voraus. Leupolt gab das Hemdenpäckl mit dem Kragen des Geheimrats in seinen Rucksack und schob den Militärmantel des Obersten hinter die Tragriemen. »So. Ihr Herren! Los!« Bei der ersten Haselnußstaude zog er das Messer.

»Wat macht er da?«

»Für die Herren schneid ich einen guten Stecken.«

»Ick will keenen Stock!« sagte das junge Soldätl mit seltsamer Heftigkeit.

»Muß ich den Stecken halt tragen derweil, bis der Herr ihn nimmt.« Leupolt reichte dem Geheimrat den eigenen Bergstock. »Der ist minder schwer, weil er dürr ist.« Im Weiterschreiten säuberte er die zwei geschnittenen Stöcke von den Zweigen.

Durch das von Stauden eingedeckte Tälchen lief ein Fußpfad hinauf, der unter dem Widerschein des leuchtenden Himmels wie Messing glänzte. Der junge Oberst war immer voraus. Er schien die Wanderung in der Abendkühle und in der reinen Höhenluft wie eine sein ganzes Wesen belebende Erfrischung zu genießen. Einmal blieb er stehen, breitete die Arme aus, als möchte er alle Schönheit des Abends in seine Seele reißen, und deklamierte französische Verse mit dem Pathos eines verzückten Schauspielers. Häufig glitt er aus, kam aber nie zu Fall, rettete sich jedesmal mit einem kecken Sprung auf sicheren Boden und lachte.

Danckelmann begann mit dem Jäger zu reden, fragte nach den Berchtesgadnischen Bekennern, nach ihrer Not, nach ihren Plänen. Leupolt, während er antwortete, hob immer lauschend den Kopf. Endlich merkte er, daß dieses leise Klirren, das ihn an Grenzmusketiere denken ließ, von den Sporen der Herren kam. »Die müssen weg. Da könnt's im Holz einen Purzelbaum geben.« Erst schnallte er dem Geheimrat die Riemen von den Füßen, dann holte er mit flinken Sprüngen den anderen ein, kniete vor ihm nieder, löste seine Sporen und band ihm kreuzweis eine feste Schnur um jede Stiefelsohle. »Da rutschet Ihr minder.«

»Sieh mal«, lachte das Soldätl, »sonne Strippe, richtig appliziert, kann zu allerlei nützlichen Dingen servieren. Zum Hängen und zum Fest-uff-die-Beene-stellen.«

»So, Herr!« Leupolt erhob sich. »Und nit so hitzig beim Steigen. Da verliert man fürzeitig den Schnaufer. Bei uns, wo steiler Bergweg ist, da grüßt man allweil: Zeit lassen.«

»'n gutes Wort!« Die blitzenden Stahlaugen träumten ins Weite.

»Zeit lassen?« Freundlich legte der junge Oberst dem Jäger die Hand auf die Schulter. »Also, her mit 'n Stock! En avant, voran! Von 'nem Verständjen läßt man sich jerne dirigieren.«

Sie stiegen der von schwarzen Wäldern umflossenen, von tausend Schneeflecken durchwürfelten Höhe zu. Das Tauschen der Wildwässer hing wie das Lied eines Unsichtbaren in der schimmernden Abendluft.

23

Vor der letzten Dämmerung raffelte Hiesel Schneck durch den Bergwald hinauf, begleitet von einem Ringelspiel seiner wütenden Himmelhunde. Zeitlebens war ihm vieltausendmal die Galle übergelaufen. Aber bei so schlechtem Humor wie seit Ostern war er noch selten gewesen. Seine verzweifelte Schneckin mußte unablässig heulen. Freilich, wie hätte ein ›Neuevangelikaner‹, gleich dem Hiesel Schneck, sich friedsam vertragen können mit so einem ›rekatholizierten Weiberleut‹! Und noch viel rasender machte ihn dieses andere: daß man in der Wildmeisterei sein mutiges Bekennertum so wenig ernst nahm! Ganz fürchterlich hatten sie über ihn gelacht, als er am Osterdienstag in der Jagdkanzlei erschienen war. Der Wildmeister hatte ihn angeböllert: »Mach, daß du heimkommst, du Kalbskopf, du überzwercher! Und eh du den evangelischen Rausch nit verschlafen hast, kommst du mir nimmer zum Rapport!« Diese Unterschätzung seiner heiligsten Gefühle hatte dem Hiesel Schneck den evangelischen Eigensinn wie mit großen glühenden Nägeln hineingehämmert in das kleine Kinderhirn. »Jetzt grad mit Fleiß! Kreuzteufelsausen und Höllementsnot in der Sauwelt übereinand!« Er guckte zum Himmel hinauf, nicht um den Wohnort seines neuen Gottes zu suchen, sondern weil er den knurrenden Falzlaut einer streichenden Schnepfe vernommen hatte. Wie ein graues Pudelköpfl mit langen Wackelohren kam sie in der Dämmerung über die Birkenwipfel hergeschwommen. »Wart, du!« Hiesel riß die Feuersteinflinte vom Buckel und pulverte. Die Schnepfe fiel nicht. Sie ließ nur etwas fallen. Die Wut über diesen Hohn erzeugte im Hiesel Schneck den langschwänzigsten aller Himmelhunde, die seinem Gemüt noch jemals entronnen waren. »Mir vergunnt halt mein luthrischer Herrgott kein Faserl nimmer, seit ihm die Schnekkin wieder kündigt hat.«

Den Kopf in die Dämmerung bohrend, fluchte er sich über den steilen Hang hinauf. Was Graues klunkerte ihm auf dem Rücken: die zwei Paar Schneegamaschen. Und was Schwarzes klingelte vor seinem betrübten Herzen: die neuen Bergschuhe des Leupolt und die netten Sonntagstäpperlen des Schneckenweibls. Das Raurissersche Schuhwerk und die Gamaschen waren für den Hiesel eine erklärliche Sache. Wozu man aber beim evangelischen Weltumsturz die Feiertagshäferln seiner Schneckin benötigte? Das verstand er nicht. Trotz allem Nachdenken kam er nicht drauf. Er hatte die Botschaft der Hasenknopfischen Tochter nur ausgeführt, weil er dunkel hoffte, daß er irgend eine Feindseligkeit gegen den wildmeisterischen Glauben wäre.

Bei Anbruch der Finsternis erreichte er die Holzerhütte. Tisch, Bänkl oder Sessel gab's da nicht. Nur eine große Stangentruhe mit Heu zur Liegestatt, ein bißchen Geschirr und im schwarzberußten Balkenwinkel ein niederes Sitzmäuerchen um die Aschengrube. Hiesel schürte im Herdloch ein Feuer an, daß es waberte, und machte verdutzte Augen, als er das Wandkästl mit allerlei schmackhaften Dingen angeräumt fand. Da waren Speckwürste und ein Krug mit Milch, Weißbrot und geselchtes Wildpret, ein paar Dutzend Eier und frische Butter. Die Schneckische Seelenverzweiflung begann sich zu mildern. Gleich fing er zu knuspern an und hätte alles, was man für Seine Exzellenz den Gesandten des Königs von Preußen eingewirtschaftet hatte, ratzenkahl aufgefressen, wenn nicht Leupolt auf der Hüttenschwelle erschienen wäre: »Barmherziger Herrgott, Hiesel, das ist doch die Zehrung für meine Herrenleut!« Der Evangelikaner riß das Butterbrot, das er zwischen den Zähnen hatte, erschrocken aus dem Rachen und warf es ins Feuer. »Nit schlecht!« Hinter diesen zwei dunkelsinnigen Worten ließ er ein Himmelhündchen einherschwänzeln.

Auf dem letzten Hang vor der Hütte, als man den wegweisenden Feuerschein sehen konnte, war Leupolt den Herren vorausgesprungen, um ein Wort mit dem Hiesel zu reden. Er nahm den

Schneck nicht gerne mit hinauf zur heiligen Fürsagung in der Neumondnacht. Aber es mußte sein. Ohne Hilfe hätte Leupolt den Geheimrat nimmer über den schweren Schnee der Höhe gebracht. »Kaum, daß ich ihn herlupfen hab können bis zum Hüttl. Drunten hab ich gemeint, es fällt mir zuerst das klebere Soldätl um. Aber wie mühsamer der Weg, um so lebfrischer ist das Männdl geworden. Sein Herr, der Alte, ist ein fürnehmes Mannsbild. Aber das feine Soldätl – es muß schon wahr sein, daß die niederen Leut oft die besseren sind als wie die Gottsöbersten. Jetzt gib mir die Hand her, Schneck! Tu mir versprechen, daß du den Schnabel halten willst über die heutige Nacht. Es geht um unser Not und Erlösung, Mensch! Gelt, du machst mir nit Schand und Unehr?«

Hiesel streckte die braune Tatze und brummte: »Ich bin doch ein Evangelischer.«

»Ja, Schneck, aber was für einer!« sagte Leupolt bekümmert. Weil er Stimmen hörte, zerrte er den Bergsack herunter, packte die zwei Hemden aus, riß ein brennendes Scheit aus dem Feuer und sprang in die Nacht: »Höi, huuup!« Als er die Herren in die Herdhelle der Hüttentür brachte, ging von den erhitzten Bergsteigern in der Nachtkühle der Dampf auf, wie von Pferden bei einer Schlittenfahrt. »Nur gleich herein ins Hüttl! Mein Kamerad, der Schneck, hat warm gemacht.«

»Ah, je comprends«, lachte der junge Oberst, nahm den Dreispitz ab und schüttelte den Schweiß von der Stirne, »c'est le Cheneque de la Chenequine!« Er spähte vergnügt in die vom Feuerschein durchzüngelte Hütte.

»Ist sein Kamerad ein vertrauenswürdiger Mann?« fragte der Geheimrat halblaut, zwischen hurtigem Atempumpen. »Ein Protestant?«

»Verträulich ist er, der Schneck, ah ja! Kann auch sein, er wird noch richtig ein Evangelischer. Glauben tu ich es nit.«

Von dieser leisen Zwiesprach hatte der Hiesel keinen Laut vernommen. Nur die französischen Worte hatte er gehört, dabei sehr deutlich die Worte Schneck und Schneckin. Daraus zog er den Schluß, daß das feinbeinlete Soldätl das Französische nicht gut verstand; wenn die Kapitelherren auf der Jagd parisisch redeten, hieß Schneck immer »Tätewoh«. Ein bißchen wunderte sich der Hiesel darüber, daß man auch drunten im lutherischen Sand von ihm und seiner Schneckin was wußte. Aber die Sache machte ihn auch mißtrauisch. Was konnte man in einer Sprache, die ihm fremd war, nicht alles über ihn reden! Er begann den heiteren Soldaten sehr unfreundlich zu betrachten. Der war doch auch in jener Gegend daheim, aus der das lutherische Elend gekommen war, das seit dem Versöhnungsschießen dem Hiesel Schneck das Köpfl so schauderhaft zerwirbelte. Bocksteif, ohne zu grüßen, stand er mit seinem rotangestrahlten Schädel neben dem wabernden Feuer, bis ihn Leupolt mit dem Eimer zum Brunnen um Waschwasser schickte. Kaum war er draußen in der Nacht, da himmelhündelte er so wütend in den Ganter hinein, daß das Blech davon einen summenden Widerhall bekam. Noch ein zweitesmal mußte er um Wasser laufen und schimpfte: »Sauberkeit laß ich mir gefallen! Aber so waschen! So was Weiberleutigs paßt doch nit für ein Mannsbild. Freilich, ausschauen tut er eh wie die magere Schwester vom Lazarus!« Und als nun der Hiesel sogar zum drittenmal mit dem Eimer springen mußte, gewann er über das kühlungsbedürftige Soldätl die Meinung: »Das ist kein Mensch nit! Wie er pritschelt und fludert im Wasser! Mit seine mageren Flügerln! Da laß ich mich köpfen: das muß ein verwunschener Eisvogel sein!« Endlich gab es für den Hiesel Raum und Rast in der Hütte. Leupolt scheuerte die Pfanne und klapperte die Eier hinein. Die zerfließende Butter begann angenehm zu duften.

Der hohen, vom nassen Schnee durchweichten Reitstiefel ledig, staken die Füße der Herren in den hölzernen Hüttenpantoffeln der beiden Jäger. Der blaue Soldatenrock mit den roten Aufschlägen, der schokoladfarbene Reitfrack des Geheimrats und die zwei dampfenden Hemden hingen auf den Herdstangen. Danckelmann, mit etwas konfus gewordener Perücke, drehte sich vor dem Feuer hin und her. Der junge Oberst, hemdärmelig in seinen Militärmantel gewickelt, hatte sich auf das Herdmäuerchen niedergelassen. Erfrischt, das Antlitz brennend, saß er gegen die Balkenwand gelehnt und blickte mit vorgeschobener Nase in den Funkenflug, der viele glitzerige Sternchen hinwehte an die berußte Sparrendecke. Plötzlich, wie ein Erwachender, schien er etwas zu suchen, fand das kleine Buch, rückte näher ans Feuer und fing zu lesen an, alles um sich her vergessend. Danckelmann schien das nicht gerne zu sehen. Unter einem Seufzer fragte er: »Schon wieder Voltaire?«

»Nein!« Der junge Oberst hob dem Geheimrat das kleine Buch vor die Nase. Es war eine Taschenausgabe der Lutherischen Bibel.

In Verblüffung sagte der alte Herr: »So fromm?«

»Auch das nicht. Ich studiere diese deutsche Grammatik, um mein Kutscherdeutsch nach Möglichkeit zu verbessern.«

Der Hiesel, weil die Herren französisch redeten, brannte wütend seine Pfeife an und blies Wolken vor sich hin, daß er völlig eingewickelt wurde von diesem grauen Vorhang. Ein paarmal fuchtelte der Oberst mit der Hand den beizenden Knasterqualm vor seiner Nase weg. Halb in Zorn und halb erheitert rief er zu Danckelmann hinüber: »Der fehlt noch in der Tabagie. Er würde zu hohen Ehren kommen.« Leupolt, als sein mahnendes Augenblinzeln beim Hiesel kein Verständnis fand, sprang von der Pfanne weg, zog dem Schneck die Pfeife aus den Zähnen und öffnete die Hüttentür. Jetzt kapierte der Hiesel Schneck und brummelte gallig: »Ah, freilich, die Preißen! Die rauchen bloß Muskatblütln und Pomeranzen! Was?« Erschrocken sah Leupolt zu den Herren hinüber. Die schienen von der Weisheit des Hiesel Schneck keinen Laut vernommen zu haben. Danckelmann hatte sich auf die Heutruhe gesetzt und schien ein Nickerchen zu machen. Der andere war in das Buch versunken, war seltsam erregt, wie befallen von einem wühlenden Seelensturm. Im Rauschen der Herdflamme eine lautwerdende, von innerem Aufruhr bebende Stimme. Den Rücken gebeugt, das Gesicht fast niedergetaucht auf das kleine Buch, las der junge Oberst: »Absalom sprach zu Joab: Warum bin ich von Gessur kommen? Es wäre mir besser, daß ich noch da wäre. So laß mich nun das Angesicht des Königs sehen! Ist aber eine Missetat an mir, so töte mich!«

Leupolt, der die Stelle aus dem zweiten Buche Samuels erkannte, lauschte mit glänzenden Augen. Nun sah er betroffen auf das schreckhaft verwandelte Gesicht des jungen Soldaten. Der las zwischen knirschenden Zähnen, die verzerrten Wangen von Tränen überglitzert, fast in der Art eines Menschen, der an der hinfallenden Krankheit leidet und einen Stoß seines Übels zu empfinden scheint: »Und Joab ging hinein zum Könige und sagte es ihm an. Und er rief dem Absalom, daß er hinein zum Könige kam, und er fiel nieder vor dem Könige, auf sein Antlitz zur Erde. Und der König küßte Absalom.« Verstummend preßte er das Gesicht auf die Blätter. War das ein Schluchzen? Oder war es ein Lachen? Nun ein jähes Aufzucken des vom Haar umwirrten Gesichtes. Und ein kreischender Laut, zu Danckelmann hinüber, in französischer Sprache:

»Absalom starb an der Eiche. Wo sterbe ich?« Ein jähes Erlöschen alles seelischen Aufruhrs, ein ruhiges Lächeln, ein heiterer Klang in der melodischen Stimme: »Wenn's auf dem Boden eines deutschen Sieges wäre, sollt' es mir recht sein in jeder Stunde.«

Danckelmann, der aus seinem Müdigkeitsdusel noch nicht völlig ermuntert war, sah ratlos drein. Und Leupolt fragte in Sorge: »Ist dem jungen Herrn übel?«

»Mais non!« Der Oberst lachte. »Mich is wohler denn je. Det war nur Rebelljon der Jedärme. Mir hungert.«

Kopfschüttelnd verließ Hiesel Schneck die Hütte, stolperte in die Nacht hinaus und klagte: »So was! Und söllene Leut möchten die deutsche Welt verbessern und den alten Herrgott umnageln. Ich versteh's nit! Kreuzhimmelhöllementshundsviecherei!« Zur Beruhigung seiner verärgerten Seele hatte er die Pfeife mit herausgenommen. Er schlug Feuer, daß die Funken stoben, wühlte den stinkenden Schwamm unter die Tabaksasche, und als die Pfeife festen Zug hatte, blies er einen dicken Rauchfaden durch ein Astloch der Hüttentür. »So, schmeck's du Preiß, du abzirkelter!« Er fühlte sein Gemüt erleichtert, trat auf einen Felsschnacken hinaus und spähte in die schwarze, von schönen Sternen überfunkelte Neumondnacht. Zu den strahlenden Lichtern der Ewigkeit zog es den Blick des Hiesel nicht empor. Immer guckte er hinunter auf das dustere Loch einer kleinen Talmulde und mummelte melancholisch: »Ob wohl jetzt das liebe alte Radl ohne Wagen rekatholisch träumt oder evangelikanisch?«

In der Hütte klapperten die irdenen Teller. Flinkes Französisch. Immer wieder das heitere Lachen des Soldätleins. Dann ein lebhafter Wortwechsel, der von energischem Deutsch unterbrochen wurde: »Denk er an seine fumfzich Jahre, Danckelmann! Leg er sich hin aufs Heu! Sans façon! Ick will's.« Merkwürdig, dachte der Hiesel Schneck, wie im Preußischen ein Knechtl reden darf mit seinem Herrn! Dann guckte er wieder in die Tiefe. Da draußen, gegen Bischofswiesen zu, gaukelte was durch den schwarzen Wald gegen den Grassattel hinter dem Toten Mann hinauf wie ein winziges Sternchen. »Was ist denn da los?« So viel wußte der Hiesel schon: daß von den Evangelischen keiner mit einer Latern zur heimlichen Fürsagung wandert. Die machen sich seit dem Versöhnungsschießen unsichtbarer als je. Was war da los? Um an eine Gefahr für die Brüder in Christ zu denken, dazu war die Bekennerseele des Hiesel noch nicht evangelisch genug. Er fand für das gaukelnde Laternenrätsel nur die Lösung: daß da einer von der Jägerei zu Berg stiege, um für den Fürsten oder für die – »Sagen wir halt: Allergnädigste!« – einen Auerhahn zu verlusen. Diese Vorstellung, statt sein Jägerherz zu erfreuen, machte den Hiesel so traurig, daß er sich auf den Schnee hinsetzen und das Gesicht in die Fäuste drücken mußte. Eine Hand legte sich auf seine Schulter: »Komm, Schneck, und schlaf ein Stündl! Wir müssen uns heut noch plagen in der Nacht.«

In der Hütte kein Feuer mehr. Doch zwischen der Asche lag noch eine große Kohlenglut und strahlte ihren roten Schimmer in den stillen Raum. Der Geheimrat, mit seinem Mantelkragen zugedeckt, lag im Heu und schnarchte ein bißchen. Auf dem Sitzmäuerchen, gegen die Balken gelehnt, schlief der junge Oberst, das Gesicht vom Haar überhangen, klein zusammengehuschelt in dem dunklen Militärmantel. »Was einer ist als Mensch, das sieht man allweil am besten im Schlaf!« so philosophierte der Hiesel Schneck. »Dahocken tut das Preißerl wie ein Häufl Elend.« Freilich, eine Minute später hockte dieser lange Weise nicht viel anders in seinem Winkel. Der Schlaf ist einer von den Gleichmachern des Lebens. Tod, Notdurft und Wollust heißen die anderen.

Leupolt hatte sich lautlos zum Sitzmäuerchen hingeschlichen. Seine Augen blieben offen. Manchmal schob er sacht einen Holzstorren unter die Kohlen, damit die Glut nicht völlig ohne Nahrung bliebe und die schlafenden Herren nicht frieren müßten. Fing das Holz unter den Kohlen zu glosten an, so pufften fahle Rauchfäden aus der Asche heraus, und kleine bläuliche Flammen tanzten über die Glut, wie Frühlingsschmetterlinge um eine rote Blume gaukeln. Sinnend blickte Leupolt in das Spiel der kleinen Feuerseelen, sah zwei heiße, von Tränen umflossene, in Scham und Sehnsucht bekennende Mädchenaugen und hörte eine leise, von Erregung fiebernde Stimme flüstern: »Du bist mir so lieb geworden, ich kann's nit sagen.« Da weckte ihn ein stöhnender Laut aus seinem gläubigen Sinnen. Der junge Soldat schien böse Träume zu haben; sein gebeugter Jünglingskörper zuckte unter den Falten des Militärmantels. Halblaute Worte, deutsch und französisch, wirrten sich durcheinander. Die Hände begannen zu stoßen, als möchten sie sich einer Fessel entwinden, und plötzlich streckten sie sich mit gespreizten Fingern, wie zur Abwehr eines grauenvollen Bildes.

Die Augen des Träumers waren starr geöffnet, hatten den Blick eines verzweifelten Menschen, und eine von Zorn und Angst durchrüttelte Knabenstimme bettelte: »Nich schlagen, Vater! Alles, was du willst! Nur nich schlagen!«

»Junger Herr!« Leupolt faßte den Mantel des Traumverstörten und zupfte. »Ihr träumet ungut. Da muß man Euch wecken.«

Ein stumm gleitender Blick des Erwachens, ein staunendes Beschauen des von Rotglut durchschimmerten Raumes. Fester gegen die Balkenmauer rückend, hüllte sich der junge Oberst wieder in seinen Mantel, schloß die Augen und sagte mißmutig: »Weck er mich, wenn es Zeit is. Nich früher.«

Wieder die rotflimmernde Stille, das schwere Atemziehen des Geheimrates und das Duselgebrumm des Hiesel Schneck. Leupolt saß unbeweglich, beugte nur manchmal den Kopf, um durch das kleine Fenster nach dem Stand der Sterne zu schauen. Als es auf Mitternacht zuging, legte er Kienspäne über die Glut, gab ein paar kleine Scheite in die sich ermunternde Flamme, goß die Geißmilch in die Kupferkanne und stellte sie über den Feuerbock. Nun weckte er den jungen Schläfer am Herd. »Herr! Zeit ist's!« Der Oberst fuhr in die Höhe, straffte sich nach militärischer Art und sprach ins Leere: »Me voilà! Je ne dors plus! Befehlen Sie, Vater! Ick will gehorchen.« Da hörte er das freundliche Herdgeprassel, schien völlig zu erwachen, streifte mit einem prüfenden Blick den Jäger und sagte ruhig: »An jedem Morgen soll man sich erinnern, daß man Gottes is. Sprech' er ein Gebet!«

Leupolt kniete auf das Herdmäuerchen hin, verschlang die Hände vor der Brust und betete: »Herr, wenn ich dich nur hab, so frag ich nimmer nach Himmel und Welt. Auch wenn mir Leben und Seel verschmachten, du bleibst mein Heil und meines Herzens Trost.« Gleich bei den ersten Worten des Gebetes hatte der junge Oberst blitzschnell das Gesicht gegen den Jäger gedreht. In seinen Augen war eine Verblüffung, die sich in Zorn zu verwandeln drohte. Leupolts Anblick schien den Erregten wieder zu beruhigen. Mehr neugierig als unmutig fragte er: »Wie kommt er zu diesem Gebet?«

»So hat uns auf dem Toten Mann ein Salzburger fürgebetet, der uns die Botschaft gebracht hat aus dem Preußischen. Er hat erzählt: so hätt er den preußischen Königsprinzen beten hören, der den Exulanten beigesprungen ist mit hilfreicher Güt. Jetzt bet ich allweil so. Die schönen, gottsfreudigen Wörtlen haben mich hinübergehoben über viel Hartes.«

Der junge Oberst legte die Hand auf Leupolts Arm. »Det Gebet for sich alleene macht es nich. Gott is am willigsten, den Starken zu sekourieren, der sich spontanément zu helfen weiß.« Lächelnd ging er zur Heutruhe, weckte den Geheimrat, indem er ihn mit einem Halm an der Nase kitzelte, brach über Danckelmanns Ermunterungsseufzer in Lachen aus und begann mit ihm in französischer Sprache ein hurtiges Geplauder. Dabei rasselte sich auch der Hiesel Schneck aus seinem letzten Schnarcher heraus, schien nicht zu wissen, wessen Gottes er war, und begrüßte die Mitternachtsstunde mit einem gegen die Haare gebürsteten Himmelhund.

Nach der Geißmilchsuppe brachte die Schuhprobe ein paar muntere Minuten. Dem Geheimrat saßen die neuen Schuhe des Leupolt wie angemessen. Die Sonntagstäpperlen des Schneckenweibls mußten, um für das schlanke ›Weiberleutsfüßl‹ des Soldätleins zu passen, zwischen Leder und Söckeln noch ein bißchen mit Heu gepolstert werden. Die Schneegamaschen, die darüberkamen, hielten alles verläßlich zusammen. Und nun hinaus in die kühle, schwarze, von großen, strahlenschießenden Sternen durchfunkelte Neumondfrühe. Ein schönes Rauschen ging über die finstern Wipfel hin. Alle paar Schritte stehen bleibend, spähte der junge Oberst unersättlich in diesen wundersamen Nachtzauber. Mit enthusiastischen Worten stammelte er sein Entzücken vor sich hin und sagte französisch zu Danckelmann: »So groß und weit und herrlich sind die Nächte in der Tiefe nicht. Auf der Höhe zu wandeln, hat seine kostbaren Reize.« Er tappte bis an die Hüften in ein Schneeloch hinunter, zog sich lachend heraus und scherzte: »Tiens, voilà mon sort, auf herrlicher Höhe gibt es auch Löcher, um sich die Knochen zu brechen – eine Erfahrung, die mir nicht neu ist, obwohl ich zum erstenmal im Leben einen rechtschaffenen Berg besteige.« Hiesel, der sich über das viele Französisch ärgerte, knurrte spöttisch: »Gelt ja, sterngucken und bergkraxeln passen nit gut zu einander! Verstehst? Mit'm Nasenspitzl in der Höh geht's allweil abwärts, nie nit aufwärts.« Kopfschüttelnd tappte er davon. »Und söllene Kniespatzen möchten die christliche Welt umschustern.« Der junge Oberst, der den Sinn dieser Worte nur halb, aber zureichend die Grobheit ihres Tones verstanden hatte, rief erheitert zu Danckelmann zurück: »n' agreabler deutscher Bruder!«

Da mahnte Leupolt, der den Geheimrat am Henkel hatte: »Schneck! Mach langsame und feste Tapper, daß der Herr hinter dir in gute Stapfen kommt.« Nun wanderten sie schweigend hintereinander. Manchmal trug die gefrorene Schneedecke, dann kamen wieder mürbe Stellen, an denen man hinunterbrach bis übers Knie. Schon nach einer Viertelstunde fragte Danckelmann in Erschöpfung: »Haben wir noch weit?«

»Nit, Herr! Ein paar Vaterunser. Sonst ist die Fürsagung allweil ganz da draußen gewesen auf dem Toten Mann. Heut ist sie ein Stündl herwärts. Daß die Herren nit gar so weit steigen müssen, bloß ein Katzensprüngl.« Seufzend machte der Geheimrat die Bemerkung: »Die Katzen von Berchtesgaden, nach ihren Sprüngen zu schließen, scheinen Tiger zu sein.« Aus dem geschlossenen Walde ging es hinaus auf eine freie, steile Schneelehne, an die hundert Schritte breit. Schneck und der junge Oberst hatten den weißen Steilhang schon zur Hälfte überquert, als ihn Leupolt mit dem Geheimrat erreichte. »Jetzt ein bißl Fürsicht, Herr! Der Schnee könnt rutschen.« Leupolt hatte kaum gesprochen, als sich über die Lehne her ein leiser, lachender Schrei vernehmen ließ. Mit dem jungen Oberst war eine stubengroße Schneescholle ins Gleiten geraten. Und je mehr der Lachende sich plagte, um aus der rutschenden Masse herauszukommen, desto tiefer sank er in den gleitenden Teig. »Jesus!« brüllte der Hiesel Schneck. Er dachte an die Wände, die da drunten waren, und machte Sprünge wie ein irrsinniger Wolf. Und von der anderen Seite der Lehne kam Leupolt schief heruntergesaust und überholte die rutschende Scholle. Zwischen zwei Felszacken eingestemmt, warf er seine Brust dem gleitenden Schnee entgegen. Er wurde weiß überschüttet. Die fahrende Masse stockte einen Augenblick, und da sprang der Hiesel über die Wulsten her, riß das halb versunkene Soldätl, das noch immer lachte, aus dem Schnee heraus, umklammerte den schlanken Körper unter den Armen und steuerte mit wilden Sprüngen, die der andere gelehrig mitmachte, gegen den festen Waldgrund hinüber. »Hiesel?« schrie Leupolt aus der Nacht heraus. »Hast du ihn?«

»Wohl!«

Von droben klang die aufgeregte Stimme des Geheimrates: »Ist etwas geschehen?«

»Nit sorgen, Herr!« antwortete Leupolt. »Ist alles gut! Ich komm schon.«

Drüben am Waldsaum, neben einer Fichte, die von den Frühlingslawinen schiefgebogen war, schüttelte der junge Offizier die Schneebrocken von seiner Uniform, während der Hiesel Schneck mit Lachen sagte: »Gott sei Lob und Dank!« Man vernahm aus der Tiefe herauf einen schweren, krachenden Plumps. Wieder lachte der Hiesel. »Hörst es, Preißerl!«

»Wat war n' det?«

»Der Schnee. Verstehst? Wär der Leupi nit gewesen, so täten wir jetzt da drunt liegen! Kreuzsausen und Himmelhund! Und 's Schneckenweibl könnt ihre Sonntagstäpperlen suchen, sie weiß nit, wo!«

Da legte der junge Oberst dem Hiesel Schneck die Hand auf den Arm. »Ick hab ihn for 'nen Rüpel jehalten und merke, daß er 'n janz famoser Patron is.« Ein feines, herzliches Auflachen. »Die Haut scheint bei uns deutschen Brüdern nich det Wesentliche zu sein. Man muß hinter's Leder kieken. Geb er mich seine Hand!« Der Hiesel rührte seine Tatze nicht, weil er lauschend den weißen Schädel strecken mußte. »Du, da!« sagte er scheu und leise. »Lus!« Er deutete gegen die Höhe, über der die großen Sterne des Berghimmels funkelten. Hatte das summende Rauschen des Waldes einen geheimnisvollen Mitsänger gefunden? Wie das Klingen einer fernen und sanften Glocke war es, war wie das rhythmische Murmeln eines ruhig fließenden Baches, hatte dennoch einen leidenschaftlichen, von Leid und banger Sehnsucht durchzitterten Unterton, verstärkte sich und sank, wurde vernehmlicher und schmolz aufs neue zusammen mit dem Rauschen der Bäume, daß es nimmer von ihm zu scheiden war.

»Wat is 'n det?«

»Ich hab als Evangeliker noch ein bißl junge Ohrwascheln. Aber täusch ich mich nit, so singen da droben hinter dem Bergsattel die Unsichtbaren.« Ein lauer, föhniger Windhauch, der am Morgen voranging, wehte über den Hang herunter, und der Liedklang vieler menschlicher Stimmen wurde deutlich. Der junge Offizier erkannte das Lutherlied. In einer Erregung, die ihn schüttelte wie einen Fieberkranken, riß er den Dreispitz herunter, preßte ihn wie mit den Fäusten gegen die Brust, sah unbeweglich zu den strahlenden Sternen hinauf und sprach die Worte der letzten Liedstrophe, die da droben gesungen wurde, mit lauter Stimme in die Nacht:

>»Nehmen sie den Leib,
Gut, Ehr, Kind und Weib,
Laß fahren hin,
Sie haben's kein Gewinn,
Das Reich muß uns doch bleiben.«

Nur noch das Rauschen im Wald und der schweigende Sternglanz, von dessen Widerschein die Schneekristalle an den Felszakken feine, farbige Lichterchen bekamen. Der junge Oberst drückte den Dreispitz über den Scheitel und begann mit ungeduldiger Hast das steile Gehäng hinaufzuklettern. »Komm er!« Bei einer Wende des Waldsaumes trafen die zwei mit den beiden anderen zusammen und atemlos begann der Geheimrat ein französisches Gewirbel seiner Sorge herauszustammeln. Der junge Oberst machte eine unmutige Handbewegung und sagte deutsch, mit einer soldatisch harten Stimme: »Laß er, Danckelmann! Wir haben kostbare Minuten verläppert. Dort oben seind unsere neuen Kinder. Eenen, der leidet, darf man nich warten lassen. Hinauf!« Er kletterte, als hätte dieses Wort ihm Kräfte gegeben, die alles Zarte seines Körpers verwandelten zu stählernem Willen. Leupolt Raurisser, von einer schweren Erschütterung befallen, tastete nach der Schulter des Grenzjägers. »Hies!« Die Stimme wollte leise sein und war doch ein glückheißes Jauchzen. »Ich bin ein Blinder gewesen.« Seine Hand deutete hinter dem Steigenden her, den die Dunkelheit zu umschleiern begann. »Der ist der Helfer!« Ein frohes Aufatmen. Dann ein heiteres Flüstern: »Komm! Der braucht uns nit. Wir müssen das alte Knechtl hinter ihm herlupfen.« Jetzt ging es flink nach aufwärts, ohne daß der Geheimrat sich plagen mußte. Ein Eichhörnchen schnalzte. Ein zweites. Leupolt gab Antwort mit dem gleichen Laut, und Danckelmann fragte: »Was ist das?«

»Es sind die Wächter.« Wie graue Steinblöcke, in den Kitteln der Unsichtbaren, standen die Wächter im Schnee, der eine am Waldsaum, der andere draußen auf dem freien Hang. Als die Aufwärtssteigenden schon verschwunden waren, klang auf dem Schneefeld eine leise Knabenstimme: »Vater? Meinst du, er ist dabeigewesen?« Aus der Finsternis des Waldes antwortete die Stimme eines alten Mannes, so voll Inbrunst wie die Stimme eines Betenden in tiefstem Leide: »Gott soll's geben, Bübl, daß der Helfer kommen ist. Oder es müßt die deutsche Welt verzweifeln.«

Nach stummer Weile ein flehender Laut: »Mir banget, Vater! Darf ich hinüber zu dir?«

»Jetzt nit. Dort ist dein Plätzl. Da hat man dich hingestellt. Da mußt du bleiben, bis der Morgen kommt. Ein Hoffender muß verlässig sein.«

Nur noch das Rauschen der schwarzen Wipfel. Und manchmal sprang eine kleine Schneescholle lautlos über den weißen Hang in die schwarze Tiefe hinunter.

24

Unter dem Gewimmel der Sterne, die groß und glanzvoll am schwarzblauen Himmel funkelten, erreichten die vier Männer einen steinigen Grat, von dem die Frühlingssonne den Schnee schon fortgeschmolzen hatte. Wie eine große Muschel wölbte sich die Felsmauer, auf deren Höhe sie standen, um einen halbgerodeten Waldfleck, dessen wenige Bäume finster emporstachen aus einer grauweißen, absonderlich gewellten Fläche. Man hörte undeutlich den Klang einer greisen Stimme und sah einen matten Glutschein, der übriggeblieben war von einem erloschenen Feuer. Leupolt trat auf den jungen Oberst zu, der suchend in das Zwielicht spähte. »Schauet, gnädiger Herr, da ist die heilige Fürsagung.«

»Ick sehe niemand. Wo seind die Leute?«

»Grad vor uns. Mehr als tausend müssen es sein.«

Vor dem Glutschein da drunten bewegte sich ein graublauer Schatten. »Eenen seh ich«, sagte der junge Offizier, »nee, viele seind es, viele!« Der Platz unter der Felswand, auf dem die Evangelischen knieten, standen oder saßen, eng aneinander gedrängt mit ihren weißen Kitteln und Kapuzen, im Halbkreis um den Glutschein herum, glich einem Gewirre mehlgrauer Maulwurfshügel, die mit schwachen Schimmerlinien gesäumt waren und sich immer hoben und senkten. Es war ein Bild, das ergreifend und geheimnisvoll berührte, aber auch befremdend war, so sehr, daß es auf die mangelhaft entwickelte Evangelikanerseele des Hiesel Schneck belustigend wirkte. Er buckelte sich zusammen, hämmerte mit der Faust aufs Knie und ließ ein halbverschlucktes Lachen vernehmen: »Ho ho hohohooo!« Das Gesicht des jungen Obersten fuhr nach ihm herum, und die zornscharfe Stimme sagte: »Was hat er? Ick finde an diesen Menschen nichts Lächerliches.«

»Gotts Not und Elend«, stotterte der Hiesel erschrocken, »ich versteh's halt nit, verstehst?«

Leupolt legte zuerst dem jungen Offizier, dann dem Geheimrat den Mantel um die Schultern. »Es weht ein schneidiger Luft, wenn's auf den Morgen zugeht. Die Herren müssen sich gut einwickeln. Ich steig derweil zu den Alten hinunter und red mit ihnen.« Lautlos verschwand er hinter den Schrofen in der Finsternis. Während er über das Felsgezack hinunterstieg, hörte er immer deutlicher die Stimme des Fürsagers von Unterstein: »Die Törigen nahmen ihre Lampen; aber sie nahmen nit Öl mit sich. Die Klugen aber nahmen Öl in ihren Gefäßen samt ihren Lampen. Da nun der Bräutigam verzog, wurden sie alle schläfrig und entschliefen. Zur Mitternacht aber ward ein Geschrei: Siehe, der Bräutigam kommt, gehet aus, ihm entgegen!« Die sanfte Stimme des Alten wurde unterbrochen durch einen verzückten Knabenschrei: »Da steiget einer aus dem Berg heraus! Ein Lichtschein ist um ihn her!«

Aus tausend Kehlen ein wunderlicher Laut. Alle weißen Gestalten zuckten auf. Einer, der gegen die Felswand hingesprungen war, erkannte den Jäger und rief: »Der Leupi!« Von Mund zu Mund ging es, wie ein frohes Rauschen, wie ein Aufatmen der Hoffnung: »Der Leupi Raurisser ist kommen!« Viele drängten ihm entgegen. Er stand wie eine graue Säule im Schnee und rief über das Gewühl der ihm entgegendrängenden Weißgestalten hin: »Ein jeder soll bleiben an seinem Platz. Jeder soll Ruh halten. Ich bring den Morgen unserer Not. Nur einen Schnaufer Geduld noch, ihr guten Leut! Erst muß ich reden mit den Alten.« Das Gedräng der Weißgestalten wich auseinander. Wieder bildete sich der Halbkreis, wie er zuvor gewesen. Ein erregtes Stimmengewirr. Man hörte seltsames Aufkichern, hörte leise, fast krankhaft klingende Schreie, hörte das Fiebergestammel einer Verzweiflung, die in Freude verwandelt war, und hörte lallende Laute, wie Betrunkene sie ausstoßen, die lachen möchten und näher dem Weinen sind.

Droben auf der schwarzen Felsmauer sagte einer, dem die Stimme kaum gehorchen wollte: »Danckelmann, das ist erschütternd! Was müssen diese Menschen gelitten haben!«

Auf der weißen Rodung, rings um den roten Glutschein, war Stille. Von der alten Fichte, die sich schwarz neben der Kohlenglut erhob, sprangen elf Weißverhüllte auf Leupolt zu, die Fürsager der neun berchtesgadnischen Gnotschaften, bei ihnen der Mann der Hasenknopfin von Unterstein und der Christoph Raschp von der Wies, die in der Osterwoche heimgekehrt waren aus dem Preußischen. Alle streckten die Hände nach dem Jäger, alle stammelten die gleiche Frage: »Ist er kommen?« Leupolt deutete gegen die Höhe. Etwas wundersam Frohes war in seiner Stimme: »Da droben steht er. Ihr sehet ihn nit in der Finsternis. Und er ist doch unser Licht, ist unser Helfer in aller Not!« Einer von den Alten schrie wie ein Entrückter: »Holz in die Glut! Leut, es taget über unseren Seelen!« Viele sprangen gegen den Glutschein hin. Die Scheite klapperten und klirrten. Ein Knistern und Geprassel. Schwarze Rauchwolken umwirbelten die alte Fichte. Ein Leuchten, ein wechselndes Lichtgezitter. Schön und lodernd stieg die wachsende Flamme gegen die Sonne hinauf. Die knorrigen Wetterbäume schienen funkelnde Blüten zu tragen, der Schneegrund war überwoben von blitzendem Glanz und violettem Schatten, alle nahen Felswände begannen zu glimmen, und die tausend Weißgestalten standen angestrahlt, als wären ihre Leinwandkittel verwandelt in purpurne Gewänder. »Zündet die Kienbränd!« rief der Alte von Unterstein. »Wir Fürsager, alle neun, wir steigen hinauf und holen den Helfer zum Feuer!«

»Ihr müßt den Umweg machen über den Karrensteig!« sagte Leupolt. »Unser Helfer tät auch herkommen über das Wändl. Der zwingt jeden Weg. Aber es ist ein Müder bei ihm. Der muß ein linderes Sträßl haben. Und eh wir den Helfer holen, müssen wir sicher sein, daß sich kein Unbeschaffener nit eingeschlichen hat durch die Wächterzeil.« Er hob die Arme: »Die Gnotschaftsmeister! Zu mir!« Neun Männer kamen gesprungen, von verschiedenen Stellen her. Zu ihnen sagte Leupolt: »Das Feuer ist hell. Jeder zu seiner Gnotschaft! Schauet jedem unter die Kapp, jedem in die Augen! Wär einer dabei, dem ihr nit trauet auf Stein und Bein, so müßt ihr ihn ausweisen aus der Wächterzeil.« Er ließ einen Kienbrand aufflammen am Feuerstoß. »Kommet, Fürsager, ich führ euch.« Während im Ring der rotbestrahlten Weißgestalten die Gnotschaften sich voneinander sonderten, ging der Zug der Kienbrandträger gegen den dichteren Wald hinüber. Hinter den Bäumen verschwanden die Lichter halb und gaukelten mit rauchigem Schein. Bei den Gnotschaftsplätzen, wo einer um den andern sich gegen das Feuer wenden und die Kapuze heben mußte, schrie plötzlich eine Knabenstimme: »Wir Bischofswiesener sind hundertfünfe, da sind zwei Überzählige.« Ein zorniges Hindrängen. Aus den Reihen der Männer wühlten sich zwei Weißverhüllte mit schlagenden Armen heraus und sprangen in wilden Sätzen hinunter gegen den tieferen Wald der Ramsauer Talseite. Die Verfolger jagten sie über die Wächterzeile hinaus. Ein flinker Bub vermochte den einen noch zu haschen, riß ihm die Kapuze herunter, bekam einen Faustschlag ins Gesicht, taumelte über den Schnee und behielt zwischen seinen Fingern die schwarzen Zotten eines falschen Bartes.

»Ich bin nit schuld, Leut!« sagte der Gnotschaftsmeister. »Jeder von den meinen hat mir die heilige Losung sagen müssen. Daß bei uns die Polizeischnufler umschliefen wie die Mäus in der Mehlkammer, das spüren wir lang.« Aus der Unruh der anderen rief der Hasenknopf heraus: »Wie härter die Prüfung, so fester unsere Seelen. Bloß um den Leupi muß ich mich sorgen. Der ist sichtbar gewesen. Da blüht es ihm morgen, daß er Sonn und Mond nimmer sieht.«

»Dem Leupi wird einer beistehen, der stark in ihm gewesen ist am Bekennertag. Sell droben – schauet, Leut! – da bringen die Fürsager den Morgen unserer Not vom sternscheinigen Himmel her! Machet die Augen sichtbar! Alle! Vor dem Helfer dürfen wir uns nicht verstecken.« Der Gnotschaftsmeister streifte die weiße Kapuze in den Nacken zurück. Bei der Feuerhelle sah man ein hageres Gesicht, in dem zwei sehnsüchtige Augen brannten. Wie dieser eine, so taten alle. Tausend Gesichter enthüllten sich, junge und graubärtige, und alle waren einander ähnlich, hatten den gleichen dürstenden Hoffnungsglanz in den Augen, das gleiche stumme Leiden, das sie standhaft ertragen hatten um ihres Glaubens willen. Alle diese heißfunkelnden deutschen Bauernaugen waren emporgerichtet zur Höhe der Felsmauer, über deren Saum die von rotem Licht umzitterten Kienbrandträger mit den zwei fremden Herren herunterkamen.

Der Hallturmer Grenzjäger war nicht bei ihnen. Der war in der Finsternis zurückgeblieben. Was er sah, dieses Wunderliche, zu Lachen reizende und doch Ergreifende, bedrängte ihm hart das langsame Kindergehirn und machte ihn völlig hilflos. Mit dem Kopf zwischen den Fäusten, stand er wie ein Holzklotz, guckte dem Gaukelzug der Kienbrände nach, getraute sich nimmer zu lachen und klagte in das Nachtschweigen: »Herr Jesu mein, ich versteh's nit! Und ich versteh's halt nit!«

Die Kienbrände qualmten im schwarzen Wald. Nun kamen sie auf die Rodung. Deutlich sahen die Tausend beim Feuerschein den alten würdigen Herrn im braunen Mantelkragen; er ging entblößten Hauptes, und seine weiße Perücke war im Flammenschein wie ein aus Kupfer gebuckelter Helm. An seiner Seite schritt ein andrer, klein, mager, gebeugt; das eckig vorgeschobene Jünglingsgesicht zwischen den losen Haarwischen ging immer hin und her; immer spähten seine Augen; der dunkle Soldatenmantel war von roten Feuerlinien umzeichnet, und die Tressen glitzerten an seinem Dreispitz wie die Juwelen eines Diadems. Das stumme Schauen der Tausend verwandelte sich in unruhiges Stimmengesumm: »Ein Soldat! Da kommt ein Soldat!« Schreck und Sorge klangen aus diesen Lauten. Die Leiden der vergangenen Wochen wirkten auch in den Seelen der Evangelischen. Manchen durchfieberte noch das zornvolle Grauen, das er davongetragen hatte vom Versöhnungsschießen, und alle waren sie eingedenk der Mißhandlungen, die sie erlitten hatten von den Musketieren und Dragonern. »Ein Soldat! Da kommt nichts Gutes. Ein Soldat hat allweil den Teufel am Bändel.«

Der Hasenknopf versuchte die Aufgeregten zu beschwichtigen. »Ohne Sorg, Leut! Bei den Preußen ist's allweil so: ob was Irdisches oder Heiliges, überall ist ein Soldat dabei. Das sind nit solche Landschäden wie die unseren. Ein Soldat des Königs von Preußen ist voll rechtschaffener Zucht, ist allweil eine Landshilf und ein Leutfreund.« Das klang so unwahrscheinlich, daß es nicht beruhigend wirkte. Die Hände erhebend, mahnte der Hasenknopf: »Aber Brüder! Ich bin doch gewesen im Preußischen, hab's doch selber gesehen, wie da auf jedem Bodenfleck der Menschenfleiß und das Recht hausen. Was ich euch erzählt hab von des Königs Güt und vom Hilfswillen der evangelischen Leut? Ist das alles gählings verschwitzt? Bloß weil an einem Soldatenhütl die Litzen glanzen? Was geht der Soldat euch an? Der ist halt mitgeritten zur Sicherheit für den Herrn. Für uns ist der die Hauptsach. Als Fürstand des evangelischen Korpus von Regensburg ist er für die Salzburger Exulanten ein Baum und Schild gewesen.« Das Mißtrauen der Leute schien nicht völlig zu schwinden, aber sie wurden ruhiger und sahen dem Zug der Kienbrandträger mit schweratmender Erwartung entgegen.

Eine Stille, in der nur das Rauschen der großen Flamme noch zu hören war, das Fauchen des Morgenwindes, der immer schärfer blies, und das hurtige Summen der fernen Talbäche. Die Fürsager kamen mit den beiden Herren zum Feuerstoß und warfen auf eine schweigsame, festliche Art die Kienbrände in die Flamme. Danckelmann trat gegen den Halbkreis hin und schwenkte freundlich und dennoch würdevoll die Reisemütze gegen die tausend Männer: »Grüß Gott, ihr lieben Leute! Ihr habt um Hilfe nachgesucht, ich bringe sie im Namen meines allergnädigsten Herrn, des Königs von Preußen, des Treuesten und Väterlichsten aller Evangelischen.« Schüchtern antworteten viele Stimmen: »Grüß Gott! Grüß Gott!« Und alle Augen hingen an dem würdigen alten Herrn, zu dem man Vertrauen haben konnte. Nur ein einziger, Leupolt Raurisser, sah in erregter Erwartung immer den anderen an. Der war bescheiden hinter dem Geheimrat zurückgeblieben, hatte ein bißchen geschmunzelt, als Danckelmann vom Väterlichsten aller Evangelischen sprach, war auf das Feuer zugeschritten und hielt nun, während seine Augen neugierig über die vielen Gesichter huschten, die kleinen Hände wie ein Frierender nah an die Flamme. Im Schatten der Helle war seine zierliche Gestalt eine schwarze Fläche, in der sich nichts unterscheiden ließ, und war nicht wie der Umriß eines Jünglings, sondern wie die Silhouette eines müden Greises. Rote Glutlinien umschimmerten den schwarzen Riß und drängten ihn noch dünner zusammen.

»Ist der Mann anwesend«, fragte Danckelmann, »der zu Regensburg im Auftrag der Evangelischen von Berchtesgaden bei mir war?«

»Wohl, Herr!« Der Hasenknopf trat vor und machte, obwohl er keinen Hut hatte, eine Handbewegung, als müßte er den Kopf entblößen.

»Hat er den Leuten alles aufrichtig erzählt, was er auf seiner Reise durchs Preußische wahrgenommen?«

»Wohl, Herr! Von allem Guten hab ich verzählt, vom evangelischen Hilfswillen und von der festen Ordnung im Land. Von der Sicherheit, in der jeder Bürger und Bauer lebt. Und von der Glaubensfreiheit, von den unbedrückten Seelen, von den evangelischen Gotteshäusern, von den Kanzelherren, die so gottfest predigen, und von den Pfarrhöfen, in denen gütige Frauen hausen, mit einem Häufl von lieben Kindern.« Bei dieser Feststellung fiel dem Hasenknopf eine wichtige Sache ein, die er den Leuten noch nicht erzählt hatte. Er wandte sich gegen den Halbkreis der Gnotschaften. »Wahr ist's, Leut, in der Gegend von Jüterbog« – man kicherte ein bißchen bei diesem wunderlichen Namen – »da bin ich in einem winzigen Pfarrhöfl gewesen. Leut, da hat's gewummelt als wie im Immenkorb. Sind erst fufzehn Jährlen verheuret gewesen, das Pfarrle und die Pfarrfrau, und haben siebzehn Kinderlen gehabt, das achtzehnte schon unterwegs.« Im Ring der Leute prasselte ein heiteres Lachen auf, und man hörte eine Bubenstimme: »Sakrawolt, wie gottfest muß das preußische Pfarrmänndle gepredigt haben!« Wieder ein hundertstimmiges Lachen. Das klang so froh, als wär' es für diese bedrückten Herzen ein wohltuendes Erlösungswunder: daß sie nach Monaten des Leidens das ausgehungerte Zwerchfell ein bißchen bewegen durften. Während das Gelächter hinknatterte über die vielen Köpfe, rief das magere Schwarzfigürchen vom Feuerstoß französisch zu Danckelmann hinüber: »Das ist die wirksamste Pastorenpredigt, von der ich noch je vernommen habe. Sie hat tausend betrübte Christen im Handumdrehen fröhlich gemacht. Der fähige Gottesmann muß Konsistorialrat werden.«

Es blieb auch in der Stimme des Hasenknopf ein munterer Klang zurück. »Wie von allem Guten, Herr, so hab ich den Leuten auch redlich verzählt von allem Harten. Daß die Steuern nit linder sind als bei uns. Freilich, die schlupfen wieder fürs Leutwohl ins Land hinein und gehen nit für Schuldzinsen und parisische Krebsföhlen drauf. Muß der Bauer im Preußischen zahlen, so kriegt er auch was. Arg plagen muß er sich. Der Boden ist mühsam. Da muß man tief hinunterackern, muß dreifach misten, und schwitzen muß man um Halm und Frucht. Aber die Leut sind riegelsam, und der Wuchs ist überall gut. Die Küh haben Euter wie Metzenkörb, und die Ross' haben Flachsen wie Eisen. Die Arbeit muß einer gern haben im Preußischen. Sonst wär die Freud am Leben ein bißl mager. Die Gegend schaut aus, als hätt sie der Höllische eben geklopft mit seiner Ofenschaufel. Kein Berg und kein Bergl nit. Alles Wasser lauft sandig und langsam. Nirgends ein lustiger Bach. Der Wind muß die Mühlen treiben, sonst tät die Halbscheid der Preußen kein Mehl nit haben. Aber lebfreudig sind sie doch allweil und lachen gern. Sind standhafte Leut. Wie man sagt bei uns: ›Herr Jesu, dir leb ich, dir sterb ich!‹ – so sagen's die Preußen bei aller Gottslieb von ihrem Land und König. Aber wie die Leut da drunten reden!

Man lust und lust und versteht's nit recht. Da müssen wir im Deutschen ein bißl umlernen, wenn wir ins Preußische kommen. Bei uns im Wirtshäusl schafft einer an: ›Gelt, Marianndl, bist so gut und bringst mir ein paar Schweinshaxln!‹ Im Preußischen muß einer kommandieren: ›He! 'n Eisbein! Wuppdich!‹« Wieder prasselte ein Lachen über die tausend Köpfe hin. »Wahr ist's, Leut, die Preußischen reden kurzzipflet und flink. Oft tut's unsereinem weh in den Ohrwascheln, ich weiß nit, warum. Im Anfang hat's mich schier aus dem Häusl gebracht. Da kommt so ein Preuß und sagt was. Du meinst, daß er beißen möcht. Hörst du aber ein bißl gutwillig hin, so kommt's dir für, als möcht er ganz freundlich Grüßgott sagen. Er kann's halt nit anders. Sein Maulofen hat nit die richtig Wärm. Ist schad drum. Täten die Preußischen mit unsereinem reden, wie sie schaffen und einwendig sind – wahr ist's, Leut, die müßt man gern haben.«

»Jedes Land hat seinen Boden, jedes Volk seine Art«, fiel Danckelmann ein, »man muß das nehmen, wie es ist. Bei euch im Süden ist auch nicht alles, wie es den Preußen zusagt.« Er schien gegenüber den Weisheiten der Hasenknopfischen Preußenforschung die Geduld ein bißchen verloren zu haben. Hinter ihm, beim Feuerstoß, klang ein herzliches Knabenlachen. Dann halblaut das französische Wort: »Dieser ehrliche Mann hat recht, mein lieber Geheimrat! Wir sollten versuchen, etwas Wärme hinter das Klappergebiß zu bringen.« Wieder lachend, drehte der junge Oberst die Brust gegen die Flamme, breitete die mageren Ärmchen und sperrte, ein bißchen in parodistischer Art, die Zähne auseinander, um den heißen Hauch des Feuerstoßes reichlich in seine Brust zu saugen. Da fand auch Danckelmann seine freundliche Ruhe wieder. Er sagte: die Evangelischen dürften aller zureichenden Hilfe gewärtig sein; doch läge es dem König von Preußen fern, dem Lande Berchtesgaden einen Untertan abwendig zu machen; Hilfe hätten nur jene zu erwarten, die als Exulanten eingeschrieben, also von ihrem Fürsten innerlich schon gelöst wären und sich einwandfrei als Protestanten erkennen ließen; deshalb wäre, ehe man von der Hilfe sprechen dürfte, eine Prüfung ihrer Glaubenssätze unerläßlich; man könnte nicht tausend Menschen auf ihren Glauben befragen; so möchten die Evangelischen einen aus ihrer Mitte wählen, der die notwendigen Fragen für sie alle zu beantworten hätte. Gleich riefen Hunderte von Stimmen: »Der Leupi Raurisser.« Danckelmann sagte:

»Das scheint die Majorität zu sein. Wer dagegen wäre, daß dieser Mann für eure Seelen Zeugnis gibt, soll die Hand aufstrecken.« Keine Hand erhob sich.

Dem Jäger war eine heiße Verlegenheitsglut über das Gesicht geflogen. Jetzt nahm er im Feuerschein den grünen Hut vor die Brust. »Vergelt's Gott, meine Brüder! Das ist mir Ehr, die ich als heilig spür.« Er ging auf den jungen Oberst zu: »Fraget, gütiger Herr! Ich will alles ehrlich sagen, was mir in Herz und Seel ist.« Das feurig angestrahlte Soldätl machte verdutzte Augen und sagte, fast erschrocken: »Vor mich! Nee!« Höflich komplimentierend deutete er auf Danckelmann. Der fragte schon mit würdevollem Ernst: »Was glaubt Er von Gott, vom Geiste, von Gottes Sohn und vom Werke der Erlösung?« Ein praktisch erfahrener Katechet schien Danckelmann nicht zu sein; was er fragte, war für den ersten Anhieb reichlich viel. Der junge Oberst, ohne eine Miene zu verziehen, flüsterte dem Geheimrat französisch zu: »Milder! Milder! Ich wär schon in Verlegenheit!« Auch Leupolt mußte sich eine Weile besinnen, um die vier Antworten verständig zusammenzubinden. Dann sprach er mit der Ruhe eines reifen Menschen, mit der Inbrunst eines gläubigen Herzens und doch mit der Einfalt eines Kindes. Alles sagte er, daß jedes Wort zu erweisen war durch eine Stelle der Bibel. Und als der Geheimrat mit lauter Stimme fragte: »Glaubt ihr das alle so?« – da fuhren die paar tausend weißen Arme in die Höhe, und die tausend Stimmen riefen wie aus einer einzigen, andachtsvollen Seele heraus: »Wir glauben!« Das war im sternfunkelnden Nachtschweigen, beim Rauschen des Feuers und in der Traumstille des zwischen Winter und Frühling kämpfenden Waldes ein so wundervoller Laut, daß der junge Oberst vor tiefer Erschütterung bleich wurde bis in die schmalen, hart aufeinander gepreßten Lippen. Vorgebeugt, das spitz herausgeschobene Gesicht scharf abgehoben von der Feuerhelle, die übereinander gepreßten Hände auf den Degenknauf gestützt wie auf einen Krückstock, sah er mit groß erweiterten Augen den Jäger an und spähte über alle Gesichter hin, über das rötliche Glimmbild der wunderlich gestalteten Felsen und über das Funkelgewölbe des schwarzblauen Himmels, den fern im Osten schon eine matte Lichtahnung des kommenden Morgens überschlich.

Auch Danckelmann schien unter dem Eindruck dieses Augenblicks zu stehen. Seine Stimme klang unsicher, als er fragte: »Was glaubt er von der Taufe, von der Sündenvergebung und vom heiligen Abendmahl?« Da brauchte Leopold sich nicht zu besinnen. Was er sagte, riß die Tausend wieder zu dem frohen Schrei empor: »Wir glauben!« Dennoch schien der Geheimrat nicht völlig zufriedengestellt. Diese fromme evangelische Seelenmusik erschien ihm nicht völlig frei von Klängen, die ein strenger Protestant als halb katholisch empfinden konnte. Eine Einwendung erhob er nicht, sondern fragte weiter: »Was glaubt er von Himmel und Hölle?«

»Himmel ist überall, wo der Herrgott ist. Und allweil bei Gott und in ewiger Freud ist die Wohnstatt der Guten, wenn sie verschnauft haben als redliche Christen. Zu jeder sauberen Seel in ihrer Todesstund sagt Jesuchrist: Noch heute wirst du bei mir im Paradiese sein! – Überall, wo Gott nit weilen mag, ist Höll und ewige Pein. Da hausen die Unverbesserlichen im Bösen.«

»Glaubt ihr das alle so?«

»Wir glauben!«

»So sag er mir –«

Der junge Oberst legte wehrend die Hand auf den Arm des Geheimrats. Der merkte das in seinem Eifer nicht und fragte: »Sag er mir, was glaubt er vom sogenannten Fegefeuer?«

»Ans Fegefeuer glaub ich nit.«

»Warum nicht?«

»Weil Gottes Weisheit das Nutzlose nit erschafft und ein zweckloses Ding zwischen Himmel und Höll nit dulden kann. Die im unsauberen Laster und in der Sünd Verstockten kommen aus dem Feuer nimmer heraus. Da reicht die Höll. Die redlichen Willens sind, die sündigen nit unverzeihlich und kommen nit hinein ins Feuer. Da reicht der Himmel. Ohne Schuld auf Erden ist bloß ein einziger gewesen. Der Menschensohn. Was sonst noch lebt, und tät es der Beste sein, ist alles wie ein Hälml, das sich biegt unter hartem Wind und sich wieder aufrichtet in guter Stund. Wozu ein Fegefeuer? Redliche Reu hebt jede schwachgewordene Seel dem Herrgott entgegen. Da ist siebenfache Freud in der Höh. So steht's geschrieben. So ist es.«

Noch ehe Danckelmann eine Frage an die Tausend richtete, riefen schon alle Stimmen: »Ans Fegefeuer glauben wir nit.«

»Was hält er von jenen, die anderen Glaubens sind als er?«

Leupolt schwieg, seine Brauen zogen sich zusammen.

»Warum unterläßt er es, zu antworten?«

Da wandte der Jäger die trauernden Augen von dem würdigen Manne ab, sah den jungen Oberst an und sagte ruhig: »Herr! Meine Mutter, von allen Müttern die beste, ist eine gutkatholische Frau.«

»Will er damit sagen –?« fiel Danckelmann ein. Weiter kam er nicht. Neben ihm klang eine leise, scharfe Stimme: »Assez!« Wieder legte sich die schlanke weiße Jünglingshand auf seinen Arm. Dann ein flinkes Gewirbel französischer Worte, halb ernst, halb mit spöttischem Klang: »Wir wollen da Schluß machen. Wer katechisieren will, soll's besser verstehen als der andere. Jeder von diesen Christen, mein lieber Danckelmann, glaubt hundertmal mehr als Sie. Von mir nicht zu reden. Ich stehe nackt und frierend vor diesen warm umwickelten Seelen.« Er trat erregt auf Leupolt zu, betrachtete ihn mit einem freundlich forschenden Blick und fragte mit leiser Zärtlichkeit, die seine Stimme völlig veränderte: »Hat Er ooch 'ne Schwester?«

Der Jäger schüttelte stumm den Kopf.

»Schade!« Und langsam, fast schleppend – als wär' es für ihn eine Gedankenarbeit, die reindeutschen Worte zu finden – sprach der kleine, zierliche Offizier zu dem glühenden Gesicht des Jägers hinauf: »Mutter is der Name alles Gütigen uff Erden. Det Treueste und Wärmste heißt Schwester. Er hätte verdient, 'ne Schwester zu haben.« Seine weiße schlanke Hand faßte eine Falte an Leupolts Kittel. Der zärtliche Klang war erloschen, die Stimme verwandelt zu harter Strenge. »Er ist so 'n reinlicher Christ wie 'n wohljeschaffener Mensch. Wird Er ooch 'n ebenso beschaffener Bürger werden?« Ein huschendes Lächeln. »Wat hält Er von der weltlichen Obrigkeit?«

»Daß sie so nötig ist wie die hilfreiche Sonn über dem Boden und wie die Feuchtigkeit im Acker. Wenn's die richtige ist, die allweil im Land das Gute und Rechte will, das Leben nit nötet, die Seelen nit zwängt, so muß man ihr gehorsamen auf Schnaufer und Sterben.«

»So? Meint er?« Wieder dieses flinkverschwindende Lächeln. »Und welches ist unter solcher Obrigkeit die notwendigste Tugend eines guten Bürgers?«

»Die Treu.«

»Ooch. Es gibt 'ne bessere.«

»Mutige Tapferkeit wider jeden Landesfeind.«

»Ooch. Es gibt 'ne bessere.«

Leupolt schwieg, verwirrt durch den funkelnden Stahlglanz dieser strengen Jünglingsaugen.

»Ick will's ihm sagen: die Pflicht. Det is der Hammer for alle steinernen Nüsse des Lebens. Un weeß er ooch, wat for'n Unterschied is zwischen Fürst und Bürger? Ick will's ihm sagen. Ein guter Fürst und 'n pflichtvergessener Bürger, da is der Fürst der höhere. Ein guter Bürger und 'n pflichtvergessener Fürst, da is der Bürger der bessere. Ein pflichtgetreuer Fürst und ein pflichtgetreuer Bürger, da is keen Unterschied nich. Jeder ein Diener seines Volkes.« Nun das leise, feinspielende Lächeln wieder. »Na? Kann er det ooch glauben?«

»Wohl, Herr!« Mit zitternden Fäusten preßte Leupold den Hut an die Brust. »Jetzt steht das für mich geschrieben. So ist es. Da glaub ich dran.«

»Denn soll 'r seinen Glauben den anderen predigen. So fleißig und gottfest, wie der Pastor von Jüterbog det Predigen verstund. Und Preußen wird Wachstum haben. Jeb er mich seine Hand! Will er dans cet esprit der Unsere werden, denn bin ick der Seine. Und nu ruf er die anderen her. Denen will ick sagen, wie der König von Preußen ihnen helfen wird. Besser sollen sie's naturellement nich haben als unsere Preußen. Aber ooch nich schlechter.«

In einem Sturm von Glück und Freude schrie Leupolts klingende Stimme in das schöne kalte Nachtschweigen: »Her zu unserem Herrn, ihr Brüder in Christ! Der Helfer will reden zu euch!« Wie eine große, rauschende weißgraue Woge strömte neben dem Feuerstoß der Halbkreis der Gnotschaften gegen den Jäger hin und schloß sich um die beiden Herren und die Fürsager zu einem engen Ring. Die Vordersten warfen sich auf die Knie und kauerten sich auf den Boden, damit die hinter ihnen Stehenden sehn und hören könnten. In diesem Ring von vorgestreckten Köpfen, von glanzäugigen, zwischen grellem Feuerschein und schwarzem Schatten wechselnden Gesichtern klang die langsame, nach deutschem Ausdruck ringende, scharfgepreßte und dennoch wohllautende Stimme des Sprechenden. Bei der atemlosen Stille, mit der sie lauschten, vernahmen die Tausend jedes Wort.

Nur ein einziger verstand nicht; der einsame Hiesel Schneck auf der rotglimmenden Felswand droben. Über die Wand hinunterzusteigen und hinüberzuspringen zum Ring der Lauschenden – auf diesen Einfall konnte er nicht kommen. So erfindungsreich und beweglich war sein sechzigjähriges Kindergehirnchen nicht. Gewissenhaft blieb der Hiesel, wo man ihn hatte stehen lassen. Obwohl er sich mit dem halben Leib hinaushängte über den Steinrand und die braunen Tatzen wie Suppenschüsseln um die Ohrmuscheln wölbte, konnte er nur manchmal ein Wort erschnappen. Da drunten wurde alles beredet: die Lösung von der Leibeigenschaft auf Kosten des Königs von Preußen; das Reisegeld für die völlig Unbemittelten, die alles verloren hatten; Führung und Fürsorge, Verpflegung und Unterkunft für die Dauer der weiten Wanderung bis ins Brandenburgische und nach Ostpreußen; die Zuteilung von gutem Ackerboden in fruchtbarer Gegend; zwanzig Morgen Feld für den einzelnen Mann, zwanzig bis dreißig Morgen für kinderreiche Familien; Bauholz, Steine, Kalk und Arbeitshilfe für Errichtung von Wohnstätten; Begabung mit Rindern, Pferden und Akkergerät; unbedrückende, auf viele Jahre verteilte Rückzahlung der empfangenen Werte; zehnjährige Steuerfreiheit für das neue Dach; Einteilung in die Seelsorge; freier Gottesdienst und Freiheit der Seelen.

Daß da drunten beim Feuerstoß der Schnapsgutter oder ein Weinkrug reichlich herumgereicht worden wäre, davon hatte der Hiesel Schneck trotz seiner ruhelos spähenden Luchsaugen nicht das Geringste gewahren können. Drum blieb es ihm auch völlig unverständlich, daß die Tausend beim lodernden Feuerstoß und in ihren grellbeleuchteten Schneekitteln sich zu gebärden begannen wie froh und selig Betrunkene. Alle drängten sie jubelnd gegen die fremden Herren hin, jeder wollte einen Händedruck des Helfers erhaschen, und die freudigen Jauchzer schrillten durcheinander, als würde da drunten nicht eine polizeilich verbotene Trutzversammlung abgehalten, sondern eine heilige, das Blut und die Seelen durchleuchtende Sonnwendfeier. Aus dem freudetrunkenen Gewirbel der tausend Seligkeitslaute hörte der verdutzte Hiesel eine verzückte Bubenstimme herausschrillen: »Du Kaiser im Untersberg! Schlaf weiter, so lang, wie du magst! Da ist ein Lebendiger, der uns auflupft aus aller deutschen Not!« Dann eine Greisenstimme mit trunkenem Schrei und voll junggewordener Kraft: »Du Schneekittel, du mutloser und trauriger! Ich brauch dich nimmer. Gucket, Brüder, wie lustig mein Lugenröckl brennt!« Wie dieser eine tat, so taten hundert, so taten alle. Gleich großen weißen Vögeln flogen die Kittel und Kapuzen der Sichtbargewordenen ins

Feuer. Die lodernde Flamme wuchs und schlug noch höher empor, als die Wipfel der höchsten Bäume standen.

Mit großen Augen guckte der Hiesel Schneck hinunter auf diese märchenhafte Sache, die er nicht begriff. Das verrückte Durcheinandergewirr und das jubelnde Geschrei erschien ihm als etwas Lächerliches und stimmte ihn doch so sonderbar traurig, daß er am liebsten wieder heulen hätte mögen wie damals in jener Schneenacht, die ihm die evangelikanischen Heimlichkeiten seines Schneckenweibls verraten hatte. Um sich dieser unbehaglichen Gefühlsbedrückung zu entreißen, rührte er mit den Fäusten in der Luft herum und knurrte gallig hinauf zum sternschönen Himmel: »Mar' und Josef, ich versteh's nit, kruzikruzisaxundfixige Weltsnoterei und Höllementshund du verteufelter, und ich versteh's halt nit!«

Wie der heilige Georg mit seiner Lanze losgestochen hatte auf den menschenfressenden Giftdrachen, so stieß der Hiesel den Eisenspitz seines Bergsteckens zwischen die Steinrippen der unbegreiflichen Welt und sauste mit wütenden Sprüngen über den steilen Hang hinunter zur Holzerhütte, um in der Herdgrube ein Feuer anzuschüren, wie es Leupolt ihm aufgetragen hatte. Seine Pflicht und Schuldigkeit tat der Hiesel unter allen Umständen, auch wenn er nicht verstand, wozu es nötig war. In dieser Hinsicht konnte man den Schneck mit einem guten Preußen vergleichen, freilich unter dem Risiko, daß der sonst so gutmütige Hiesel mit seinem Bergstekken unbarmherzig auf jeden losdreschen würde, der so was Schauderhaftes über ihn aussprach.

25

Um die Dächer von Berchtesgaden blaute die Morgenfrühe, die nach der Neumondnacht zu leuchten begann. Die höchsten, noch weißen Bergzinnen waren schon rosig angestrahlt, die Täler noch umsponnen von grauem Frühschatten. Auf drei Türmen läuteten die Glocken. Frauen und Mädchen wanderten schweigsam zur Messe. Sie trugen das Gebetbuch und den Rosenkranz zwischen vorgestreckten Händen. Neben den vielen Musketieren waren nur wenige Mannsleute und Burschen zu sehen, selten einer mit frohen Augen.

Nicht nur die müden Menschengesichter, auch die Häuser und

ihre Mauern erzählten von den erbitterten Glaubenskämpfen der vergangenen Wochen. Viele Kaufgewölbe waren geschlossen. Zwischen Häusern mit grünen Fensterläden und Flurpfosten stand immer wieder eines, dessen Türen und Kreuzstöcke mit Mohnfarbe angestrichen waren. Dadurch hatte die Marktgasse unleugbar an malerischem Reiz gewonnen. Das prächtige, reichlich verschwendete Rot und das saftige Frühlingsgrün stimmte gut mit dem silbernen Weiß der Mauern zusammen, das freilich der früher üblichen Reinheit ein bißchen entbehrte. Mit Kohle oder schwarzer Wagenschmiere, sogar mit einer Farbe, die man sonst bei künstlerischer Betätigung nicht zu verwenden pflegt, waren auf den weißen Mauern phantasievolle Teufelsgestalten mit schweinsartig geringelten Schwänzchen angemalt. Diese Zeugnisse einer naiven Volkskunst waren textlich belebt durch Stoßseufzer der christlichen Nächstenliebe, gegen die man den Vorwurf einer gewissen Eintönigkeit erheben mußte. Auf jeder Mauer wiederholten sich die gleichen Geistesblitze: »Luthrischer Siach!«, »Du Salzlecker!«, »Verhöllter Saukerl!«, »Schwarzweißer Preiß!«, »Evangelischer Teufelsbraten!« Von dieser, seit dem Versöhnungsschießen epidemisch gewordenen Volkskunst waren auch die Mauern der Gutgläubigen nicht verschont geblieben. Es erwies sich wieder einmal das Sprichwort: ›Schrei hinein in den Wald und so hallt's heraus.‹ Man hatte die Wände der Treugebliebenen geziert durch Mönchsköpfe mit Ablaßzetteln als ausgestreckte Zungen, durch Heilige mit Geldsäcken unter den Armen, durch Kapuziner mit Säbel, Muskete und Bratwurstkränzl. Diese Bilder waren aber nur noch fragmentarisch vorhanden, weil man sie wieder heruntergekratzt hatte. Das war polizeilich erlaubt: an ketzerischen Mauern war jedes Erlösungswerk verboten; hier hieß es: »Volksstimme, Gottesstimme.«

Häufig waren Häuser zu sehen, deren Türen und Fensterstöcke nach ausgiebiger Terpentintaufe nur noch einen blaßroten Schimmer hatten. Man durfte da nicht immer auf eine reumütige Heimkehr zum fürstpröpstlichen Glauben schließen. Gleich in den ersten Nächten nach dem Versöhnungsschießen hatten ›evangelikanischen Inkulpanten‹, wie Muckenfüßl rapportierte, zu heimtückischem Ausgleich auch die Fensterstöcke und Haustüren gutgläubiger Nachbarn mit roter Farbe bestrichen. Viel Terpentin war nötig. Die Preise der erlösenden Flüssigkeit stiegen. Weil man schließlich – helfe, was helfen kann – die fälschlich verketzerten Haustüren mit Kirschwasser, mit Zwetschgengeist und doppelt gebranntem Enzian waschen mußte, ergab es sich, daß alles, was unter die Bezeichnung Spiritus fiel, im Lande Berchtesgaden eine schwer erschwingliche Sache wurde. Der Rausch war ein seltenes Ding, man sah auch an Sonn- und Feiertagen keinen Betrunkenen mehr, und Pfarrer Ludwig konnte heiter zu Lewitter sagen: »Er hat doch recht, der Amsterdamer! Keine Sach des Lebens ist so kotzmiserablig, daß sie nit irgendwie zur moralischen Besserung der Menschheit dienen könnt.«

Wie fast alle Häuser der Marktgasse, so hatten auch die großen, altersdunklen Torflügel des Stiftes ein neuzeitliches Aussehen. An ihnen waren die vier großen, engbedruckten Papierbogen mit den vielen Paragraphen des Exulationsediktes angeschlagen; der Mann mit den entbehrlichen Schriftzeichen hatte hier die zwecklose Buchstabenverschwendung zu einer Orgie ausgestaltet. Und wie ein Herrscher sich umgeben sieht von seinen Generälen und Soldaten, so war das große Papierquartett der Landsverweisung aller Evangelischen im Ring umnagelt mit allen Polizeiverboten, die aus dem Schoß der Bekehrungswochen herausgesprungen waren. An diesen weißen Zetteln ging der stille Strom der Kirchgänger vorüber. Und ging vorüber an einem wunderlich blickenden Menschen, der auf den Marmorstufen des Marktbrunnens hockte, zwischen den Armen ein schlummerndes Bübchen, auf dem Bauernhut drei von Sonne und Regen verblichene Trauerbänder. Jedesmal, wenn zwischen den Weibsleuten ein Mannsbild an ihm vorüberging, rief er mit erwürgter Stimme die gleichen Worte: »Höi! Luset! Kauft nit einer meinen Hausrat, meine Küh und meine Geißen, mein Feld und mein Futter? Ich geb's um den halben Preis. Bloß der Gerstenacker muß mein bleiben für den gottsfreien Blumenwuchs. Da soll man nit misten und mähen. Das ander alles kann einer haben um den halben Preis.« Ein sonderbares Lächeln. »Jeder kann's kaufen. Alles ist gutkatholische War.« Die Leute sahen den Christl Haynacher in Erbarmen an oder schüttelten die Köpfe. Manche erkannten ihn nimmer. Er hatte sich verändert. Sehr.

Nach der Woche ohne Mond und Sonne, die ihm das Versöhnungsschießen eingetragen hatte, war Christl Haynacher ein geduldiger Mann geworden. Er versorgte seine Küh und Geißen, kochte für sein Bübl das Mus, richtete unverdrossen auf dem Grabhügel seiner Martle ein neues Kreuz wieder auf, wenn das ander verschwunden war, schreinerte schließlich die nötigen Kreuze im Vorrat für eine ganze Woche, und verschwieg gehorsam die polizeilich verbotene Geschichte vom gottseligen Absterben seines Weibes. Nur von dem heiligen Mirakel erzählte er, das seine zwei »Preußenkinderlen« aus der Armeseelenkammer in den Glanz des Himmels hinaufgehoben hatte. So blieb er, bis der Kanzler von Grusdorf aus Gründen der Staatsräson in der geduldigen Ergebung des Christl Haynacher einen Wandel hervorrief. Unter Androhung vierzehntägiger Haftstrafe verbot man dem Christl, etwas »Kreuzähnliches« auf das Grab seiner Martle zu stecken, und zwei Dutzend Stockstreiche sollten ihm gewährleistet sein, wenn er nur einem einzigen Menschen noch die Himmelfahrtsgeschichte seines ungetauftgetauften Zwillingspärchens vorschwindle. »So so?« sagte Christl, als ihm Muckenfüßl diese Regierungsverlautbarung aus dem gefährlichen Notizbuch vorgelesen hatte. Das Grab seines Weibes blieb ohne Kreuz, und um das Schweigen leichter zu erlernen, vermied es Christl, mit Menschen beisammen zu sein, wurde erschreckend mager und bekam die Augen eines wilden Tieres.

Vor zwei Tagen hatte man ihn zum Landgericht befohlen. Der Mutter Jesunder war es aufgefallen, daß der Haynacher immer häufiger in der Kirche fehlte. Nun sollte er die schwarze Seele weißwaschen. Während seine verstörten Augen über den Tisch der Gerechtigkeit glitten, sagte er ruhig: »Mein Bübl muß sein Mus haben. Eine Magd kann ich nit bezahlen. Soll ich fleißig die Meß besuchen, so müssen mir die Herren eine Kindsmagd stellen.« Trotz andauernden Kopfschüttelns wollte sich aus dem justiziarischen Sauermilchgehirn keine verwertbare Butter absondern. Bezahlte man dem Haynacher eine Magd, so mußte doch wieder das Mädel die Kirche versäumen. Das war also gehupft wie gesprungen. Und dem Stifte kam es billiger zu stehen, wenn der Himmel nur um das Kirchengebet des Christl Haynacher verkürzt wurde. Man mußte die Sache auf sich beruhen lassen. Damit aber das Verhör nicht völlig ohne Resultat bliebe, stellte der Landrichter in miraculi sororum geminarum causa an den Christl Haynacher allerlei schwerbegreifliche Fragen. Der wortkarge Haynacher, als er merkte, daß ihm das Reden nicht nur gestattet, sogar befohlen war, wurde überaus gesprächig, bekam einen heilig entrückten Blick und schilderte das gottschöne Wunder seiner Martle so genau, als wäre er selbst dabei gewesen. »Und schauet, lieber Herr, da ist's in der Finsternis allweil heller worden. Wie die Sonn an einem Frühlingsmorgen, so ist der lichtscheinige Himmelsglanz hergefallen über das gottsliebe Pärl. Zwei treue Mutterhände haben herausgelangt aus der Höh –«

»Ssssssso?« Der Landrichter ließ den Puder seiner Wuckelperücke nebeln. »Feldwebel! Schmeiß er das besoffene Schwein aus meiner Kanzlei!« Das geschah. Und wie es geschah, in einem so gottsheiligen Augenblick, das richtete im Verstand des Christl Haynacher eine so verheerende Wirkung an, daß er wie ein Verrückter hinüberlief zur Exulationskommission und sich einschrieb in die Liste der evangelischen Emigranten, mit der ausdrücklichen Beifügung: »als gutkatholischer Christ«. So ganz verstört war er, daß ihm bei der Eintragung sein Bübchen nicht einfiel. Und nun bot er schon den zweiten Tag seine Habe zum Verkauf: »Ich geb's um den halben Preis! Bloß der Gerstenacker soll bleiben für den gottsfreien Blumenwuchs. Da soll man nit misten und mähen.« Immer dünner wurde der Zug der Kirchgänger. Jetzt öffnete sich die Tür eines nahen Hauses, und würdevoll erschienen die vier entbehrlichen Federstriche, mit großer Aktenmappe, mit tadellos überpudertem Gehirnpelz. Mißmutig musterten die kleinen Mausaugen die frischgeweißte Hauswand. Sei es, daß man die tünchende Schicht zu dünn genommen, sei es, daß die Feuchtigkeit der Morgenluft den Kalk transparent machte, so oder so, das vierzeilige Lied, das ein unerforschbarer Missetäter mit roter Farbe auf diese Mauer geschrieben hatte, leuchtete deutlich durch:

»Du Christenschnufler, du Gottesentdecker,
Tust du als fleißiger Seelenschmecker
Dem Inkulpaten durch's Nasenloch gucken?
Oder mußt du dich tiefer bucken?«

In Anbetracht der Gedankenspiele, die das doppelhöckerige Justizgehirn des Landrichters durchkribbeln mußten, konnte man, als sein Scharfblick von der getünchten Mauer hinüberglitt zum Christl Haynacher, eine Besserung seiner Laune kaum erhoffen. Dennoch kam sie. Mit einem fast heiteren Lächeln blieb er vor dem Bauer stehen. »Nun? Er hat sich ja, wie ich höre, inskribieren lassen als Exulant?«

»Wohl, Herr!« Langsam hob Christl Haynacher die tiefliegenden Augen. »Aber nit als Evangelischer. Ich und mein Bübl, wir bleiben gutkatholische Christen bis zur erlösenden Sterbstund.«

Das Lächeln des Landrichters wurde noch fröhlicher. »Ich observiere mit Satisfaktion, daß er seinen Deszendenten ausdrücklich als katholisch nominiert und will es ad notam nehmen.« Dieses Deutsch verstand der Christl nicht. Er guckte stumm. »Aber meint er nicht, mein guter Haynacher, daß es, wenn, auch außerdienstlich, ein hoher Gerichtsbeamter mit ihm spricht, generaliter empfehlenswürdig wäre, sich vom Sitzfleisch zu erheben?«

»Das geht nit, Herr, mein Bübl schlaft. Es hat nit schlafen können die ganze Nacht. Ein bißl Ruh, Herr, muß man einer Menschenseel vergönnen.«

»Ja. Gut! Bleib er also sitzen! Aber hat diese Schlafsucht seines Kindes nicht eine andere Ursache? Man hat mir rapportiert, daß er viel mit seinem Bübchen redet, auf eine sonderbare Weise.«

»So so?« Der Bauer legte den Hut mit den Trauerbändern auf die Marmorstufe und strich sich mit der Hand übers Haar, das hinter dem rechten Ohr einen weißlichen Fleck bekam, vom vielen Kratzen.

Im Blick des Landrichters glänzte die Freude eines inquisitorischen Fundes. »Da erzählt er wohl jetzt seinem Kinde, was den Leuten zu erzählen ihm verboten ist?«

»Gott bewahr!« Christls Augen funkelten wie Wolfslichter. »Ich tu nit schwatzen, Herr! Ich tu dem Bübl, wenn es nit schlafen kann, ein Liedl singen.«

»Man rapportiert mir aber, das wäre geredet, nicht gesungen.«

Ein hartes Lachen irrte um Christls aschgraue Lippen. »Jeder singt, wie er's kann. Und wie man ihn läßt.« Der Haynacher erhob sich, schmiegte das wachgewordene Bübl an seine Brust und sagte fromm: »Gelobt sei Jesuchrist und die heilige Mutter Marie, dreitausendmal in Ewigkeit, amen!« Ehe die vier überflüssigen Buchstaben denkfähig wurden, war der Haynacher schon davongegangen. Erst nach einer Weile vermochte Doktor Halbundhalb die Wahrheit zu ergründen: es handelte sich da um einen schwachsinnigen Menschen, der, als Inskribierter, nicht im klaren war über die politische Zuständigkeit seines eingestandenermaßen katholischen Deszendenten. »Man kann das Kind einem solchen Narren nicht länger lassen. Das wäre unmenschlich.« In diesem Gedankengange wurde der Landrichter durch einen jungen, schon zu körperlicher Rundung neigenden Klosterbruder unterbrochen, der aus dem Stiftshof herauskam und auf ihn zutrat. Obwohl er glatt rasiert war, erinnerte er merklich an den Grenzmusketier mit dem zottigen Faschingsbart. Das gedunsene Gesicht sah ein bißchen ermüdet aus, ein bißchen abgehetzt. Die Hände in die Kuttenärmel geschoben, verneigte er sich demütig und sprach ein paar leise Worte – nicht: ›Gelobt sei Jesus Christus!‹ – er sagte was anderes und flüsterte vom Leupolt Raurisser. Doktor Willibald stutzte. Rasch verschwanden die beiden in der Torhalle des Stiftes.

Eine Viertelstunde später trabten auf flinken Gäulen zwei Dragoner und ein berittener fürstpröpstlicher Jäger gegen die zum Hallturm führende Straße hinaus, vorüber am aufblühenden Freudengärtl der allergnädigsten Aurore de Neuenstein, die eben aus ihrem Schlafzimmer auf das zierlich verschnörkelte Altänchen heraustrat, um in der milden Sonne des schönen Lenzmorgens ihre Schokolade einzunehmen. Trotz der frühen Stunde trug das kindhafte Fräulein kein bequemes Deshabillé, sondern war schon geschnürt, wenn auch nicht völlig zur zarten Wespentaille wie sonst. Frisch war sie noch nicht, aber schon geschminkt und schönbepflastert. Sehr reichlich. Sonst hatte sie nur immer zwei Schönheitspflästerchen neckisch verwendet. Jetzt trug sie ein halbes Dutzend. Das hatte unliebsame Ursachen. Ihr holdes Unschuldsgesichtchen war seit einiger Zeit verpustelt, als wäre sie eine Liebhaberin heftig gewürzter Speisen geworden. Auch schien sie von dem Familienübel derer von Grusdorf befallen zu sein: von der Gicht. Täglich nahm sie ein gesalzenes Bad, so heiß, wie es eine zarte Menschenhaut nur mit Aufwand größter Tapferkeit zu ertragen vermag. Auch an seelischen Depressionen krankte sie und wurde häufig von Weinkrämpfen befallen, wie ein den weißen Mäuschen zuneigender Zechbruder sie im besoffenen Elend zu bekommen pflegt. Doch an jedem Abend, wenn der Landesherr sich mit seiner Freundin en titre zur gemeinsamen Mahlzeit setzte, wurde Aurore de Neuenstein überraschend liebenswürdig, sprühte von Heiterkeit und wußte ihren maître adoré in eine Stimmung zu versetzen, die ihn seiner vielen abtrünnigen Subjekte völlig vergessen ließ. In solch einer gutgelaunten, für köstlichen Nachtschlaf sorgenden Stunde äußerte er einmal die anerkennende Meinung: einer reizvolleren Freundin könne sich auch der König von Polen nicht erfreuen, dem doch bekanntlich die größte Auswahl zur Verfügung stünde.

Dankbar für ein so ehrenvolles Kompliment, überbot sich Aurore de Neuenstein in entzückenden Munterkeiten, die ihr um so leichter gelangen, weil Graf Tige, an langwieriger Verkühlung leidend, sich chronisch von der intimen Tafel der Allergnädigsten exkusieren ließ. Das nannte Herr Anton Cajetan »so verwunderlich wie das unerforschliche Rätsel der Armeseelenkammer«. Nicht ganz begreiflich war ihm der Zustand andauernder Feindseligkeit, der zwischen seiner niedlichen Freundin und ihrem morosen Onkel von Grusdorf zu bestehen schien. Bei einer Diskussion dieses erstaunlichen Familienzwistes vergaß Aurore de Neuenstein wieder einmal ihrer feinen Pariser Bildung und schwäbelte in bebendem Zorn: »E rechts Kameel isch'r. Wo was schief geht im Ländle, isch'r ratlos und weiß koi Mittel nit.« Sie selbst erschrak über diesen heimatlichen Ausbruch ihrer dunkelsten Unruhe. Herr Anton Cajetan aber hatte nur eine politische Wahrheit herausgehört, die ihn nachdenklich klagen ließ: »Ein großer, in allen Relationen versierter Staatsmann ist so selten wie ein reiner Engel auf Erden.« Er küßte galant das Händchen seiner verblüfften Freundin, die erleichtert aufatmete. Über solch jähes Erschrecken, wie über das ruhelose Mißtrauen, von dem sie stets erfüllt schien, konnte sie nie einen völlig hüllenden Schleier ziehen. Wenn die harmloseste Sache geschah, wenn der Klopfer an ihrem Gartentor gerührt wurde, wenn ein Lakai erschien, wurde sie immer zuerst von einer heftigen Konfusion befallen, bevor sie ihre Kontenanz und ihr unschuldsvolles Lächeln wieder fand. Und als sie auf ihrem Altänchen das Hufgeklapper hörte und die beiden Dragoner in Begleitung eines fürstpröpstlichen Jägers so hurtig traben sah, erschrak sie à tel point, daß sie unter der rosigen Schminke erblaßte. Allerdings, diesmal entbehrte ihr Schreck auch einer realen Beziehung nicht. Vor einigen Tagen hatte sie, für alle unvorhergesehenen Fälle, ihre kostbarsten Schmuckstücke, die Mehrzahl ihrer Pariser Toiletten, ihre feinste brabantische Spitzenwäsche und zwei schwere Kassetten mit klug ersparten Dukaten nach Reichenhall geschickt, über die Berchtesgadnische Grenze. Just dieser Grenze trabten die zwei Dragoner und der fürstpröpstliche Jäger entgegen, mit einer Eile, als hätten sie auf amtlichen Befehl was flüchtig Gewordenes wieder einzufangen. In der ersten Bestürzung zeterte Aurore de Neuenstein: »Soldate! Soldate! Was isch denn? Halt! Ihr saudumme Kerle, höret ihr denn nit?«

Sie hörten nicht. Und die Allergnädigste verbrachte eine qualvolle Stunde, bis ihre Zofe aus der Pflegerkanzlei die beruhigende

Nachricht brachte, daß die Drei nur davongeritten wären, um den Leupolt Raurisser wegen Teilnahme an einer nächtlichen Fürsagung dem Aufenthalt ohne Mond und Sonne entgegenzuführen. Zur Beruhigung des überstandenen Nervensturmes nahm Aurore de Neuenstein ein dampfendes Salzbad, ungefähr um die gleiche Stunde, in der die drei Berittenen die Grenzwache beim Hallturm erreichten. Hier gab's einen Aufenthalt. Vornehme Gäste wurden feierlich empfangen, der Gesandte des Königs von Preußen mit seinem Geleitsoffizier, dem Obristen von Berg. Eine Eilstafette mußte absausen, um dem fürstpröpstlichen Hof die Ankunft des Gesandten zu melden. Erst, als die beiden Herren im Schritt davonritten, hinter einer Ehreneskorte von sechs Dragonern, fanden die Drei, die zum Hiesel Schneck wollten, einen Führer.

Das kleine Jägerhaus lag schweigsam, mit verschlossener Tür. Im offenen Geißstall plätscherte was. Als die Soldaten durch den niederen Einschlupf guckten, erschrak das Schneckenweibl fürchterlich. Die Drei sprangen auf die Stubentür zu und fanden den Hiesel schnarchend im Bett. »Kerl, was liegst du am lichten Tag in den Federn? Das ist verdächtig.« Mit einer an ihm seltenen Beweglichkeit des Geistes antwortete Schneck: »Heut in der Nacht bin ich beim Hahnverlusen gewesen. Verstehst?« Der fürstpröpstliche Jäger bestätigte: »Allweil schlaft man nach dem Hahnverlusen.« Er wandte sich an Hiesel: »Deinetwegen kommen wir nit. Wo ist der Raurisser?«

Schneck, dem das Blut in die Stirn fuhr, nahm seine Zuflucht zu einem gesunden Himmelhund: »Kreuzteufel und Höllementsnoterei, was weiß denn ich?« Damit der Schläfer auf dem Heuboden erwachen und durch eine Dachluke entspringen möchte, schrie er aus Leibeskräften: »Ich bin doch nit dem Leupi seine Kindsmagd! Wird halt draußen im Wald sein. Das hat er nit schmecken können, der Leupi, daß die Dragoner kommen.« Das Wort war wie ein Trompetenstoß. Droben über der Stubendecke ein leichtes Gepolter. ›Gott sei Dank‹, dachte Hiesel, ›jetzt fahrt er davon!‹ Dabei tat er, um jedes Geräusch da droben zu übertönen, einen brüllenden Fluch um den andern und strampelte mit den Beinen gegen die Bettlade. Er war ein prächtiges Mannsbild, der Schneck, nur kein Menschenkenner. An der Decke wurde die Stiegenklappe gehoben, und man hörte eine ruhige Stimme sagen: »Ich bin daheim. Und komme schon. Gleich.« Die Schneckin heulte in ihre Schürze, und

Hiesel knirschte wütend gegen die Wand: »So ein Rindvieh, so ein ehrenhafts!«

Leupolt kam über die Stiege herunter, in dem verwitterten Bergjägerkleid, das er in der Nacht getragen hatte. »Was soll's, ihr Leut?«

»Du mußt mit uns. Befehl der Stiftskanzlei.«

»Gut!« Seine Augen glänzten. Als ihn die Dragoner packten, ihm die Hände hinter den Rücken zogen und den Strick um die Gelenke schnürten, sagte er lächelnd: »Das wär nit nötig. Ich geh gutwillig. Jetzt ist kein Weg nimmer, der nit der Erlösung zulauft.« Er drehte das Gesicht. »Vergelt's Gott, Mutter Schneckin! Für alles. Und Vergelt's Gott, Hies! Dir bleib ich gut.« Er trat hinaus in die Sonne, die drei anderen hinter ihm. Mit einem fürchterlich gestichelten Himmelsköter sprang Hiesel Schneck aus dem Bett heraus, im Hemd. Das war seit vierzig Jahren, trotz seltener Wäsche, ein bißchen eingegangen und kurz geworden. Man sah, was man nicht sehen wollte. Der Hiesel hatte magergeselchte Beine, fast so haarig wie Ziegenläufe. Gar nicht appetitlich sah er aus. Dennoch war etwas Schönes an ihm, als er die schüttelnden Arme hob und hinaufklagte zur schwarzen Stubendecke: »Herrgott, Herrgott, was für eine Welt ist das, verstehst! Wo der Redlichste nimmer sicher ist seiner Haut und Seel!« Eine knirschende Wut befiel ihn. »Her da, Schneckin! Her zu mir!« Er machte mit dem Zeigefinger eine Bewegung, wie schlechte Hundepädagogen sie zu machen pflegen, wenn sie einen widerspenstigen Teckel heranbefehlen. Als er das schluchzende Weibl umklammert hielt, brüllte er in seinem ehrlichen Menschenzorn: »Jetzt, Schneckin, verstehst, jetzt hat der christliche Hafen bei mir ein Loch. Heut in der Nacht, verstehst, da bin ich noch allweil kein richtiger Evangelikaner gewesen. Jetzt bin ich einer. Gottsherrgottsakerment, ich exulier, ich exulier und ich exulier, jetzt grad mit Fleiß! Verstehst, Alte?«

»Wohl, Schneck, versteh schon!« weinte sie. »Aber ehnder du exulieren kannst, mußt du allweil ins Hösl schlupfen! Verstehst?« Der Hiesel verstand nicht. Er sprang unter einem Himmelhund, der so lang wurde wie eine Wagendeichsel, zum kleinen Fenster hin und legte sich, um hinauszugucken, mit beiden Armen in die Nische. Dadurch wurde das kurze Hemd noch kürzer. Auch die Stimme des Schneck erinnerte an ein klagendes Kind: »Herr Jesus, Jesus, Schneckin, jetzt binden die Saubrüder, die gottverfluchten, den Buben an die Rösser an!« So schrecklich, wie es für den Hiesel aussah, war es in Wirklichkeit nicht. Als die zwei Dragoner aufgestiegen waren, knüpfte jeder ein Ende des Strickes, mit dem sie Leupolt gefesselt hatten, an den Sattelknauf. Und fort. Der Jäger zwischen den beiden Gäulen. Die hatten keinen allzulangen Schritt. Da war schon mitzukommen. Aber sobald die Reiter auf der breiten Straße waren, fingen sie zu traben an, weniger aus Diensteifer als aus Neugier; sie wollten den Einzug des preußischen Gesandten zu Berchtesgaden nicht versäumen. Leupolt mußte springen, verlor den Hut und sagte: »Leut! Mein Hütl! Haltet ein bißl!«

Ein Dragoner lachte: »Wo du hinkommst, brauchst du kein Hütl nimmer. Sei froh, wenn du den Kopf behaltst.« Und weil er sah, wie flink der Leupolt Raurisser zu springen verstand, begann er den Gaul zu spornen, als wäre er neugierig, welcher von beiden der bessere Springer wäre, der Jäger oder das Roß. Die gefesselten Hände hinter dem Rücken, den Kopf in den Nacken zurückgelegt, das Gesicht umweht von den feuchten Strähnen des Blondhaars, die Brust nach vorne geschoben, mit ruhig pumpenden Atemzügen, so sprang der Jäger und war nicht langsamer als die Gäule. In seinen Augen schwamm ein heißer und froher Glanz, in seiner Seele der Gedanke: ›Dort, wo ich hinspring, ist der Helfer und mein Glück.‹ Die Dragoner, die für ihre Gäule ehrgeizig wurden, begannen zu galoppieren. Leupolt sprang, ein Lächeln um den halb offenen, durstig atmenden Mund. Der junge, schlanke, stahlsehnige Jäger, der das Beste seiner Kraft herausholte aus den beschwingten Gliedern, bot einen Anblick, daß der Herrgott, hätte er auf ihn heruntergeschaut, in Stolz und Freude hätte sagen müssen: »Wie schön und kraftvoll ist der Mensch, den ich erschuf!«

Schon tauchten die Dächer und der Kirchturm von Bischofswiesen über die Hügel. Auf der harten Kalksteinstraße war der hämmernde Hufschlag weit zu hören. Nahe den ersten Häusern ritten im Schritt die sechs Dragoner, die man dem preußischen Gesandten als Ehreneskorte gegeben hatte. Der junge Oberst, mitten im französischen Geplauder, drehte das Gesicht nach Art eines wachsamen Soldaten, sah den springenden Menschen zwischen den beiden hetzenden Gäulen, erkannte den Jäger, riß unter einem kurzen Laut das Pferd herum und jagte den Dragonern entgegen. Ein Dutzend Schritte vor ihnen verhielt er den Fuchs und streckte die Reitpeitsche seitwärts, als wär's eine Schranke, über die es kein

Hinüber gab. »Ne bougez pas! Gredins!« Seine Augen blitzten. In der Gewohnheit der Sprache, die ihm geläufiger war als die Sprache der Heimat, quirlten die jähzornigen Worte aus ihm heraus: »Hé! Vous! Êtes-vous des soldats allemands ou des bourreaux? Rendez la liberté à cet homme! Wollt ihr? Hein? Gebt den Mann da frei!« Danckelmann, mit Sorge in den Augen, kam herangetrabt und wisperte französische Worte. »Ach wat!« Ein unwilliges Kopfschütteln. »Det duld ick nich. Sei es uff preußischem Sand oder fremdem Boden.« Der junge Oberst gab dem Fuchs einen Sporendruck und trieb ihn gegen die beiden Dragoner hin. »Wat hat der Mann da verbrochen?« Die Dragoner, ohne zu antworten, machten verdutzte Köpfe, und Leupolt, zwischen den schnaufenden Gäulen, stand aufrecht, mit glanzvollen Augen, so kraftvoll atmend, daß ihm die Schultern und der Brustkorb auf und nieder gingen. »Habt ihr Wolle in den Ohren? Ick frage, wat der da verbrochen hat.«

Verdrossen murmelte einer von den Dragonern: »So ein luthrischer Siach ist er.«

»Wat?« Eine rasche Wendung gegen den Geheimrat: »Est-ce que vous avez compris? Moi pas.«

Danckelmann verdolmetschte: »Il prétend que le chasseur est un de ces infâmes luthériens.«

»Oh?« Der junge Oberst lächelte. »Sonst hat er nischt verschuldet?«

»Nit um ein Härlhaar!« sagte der Fürstpröpstliche. »Ist allweil der Beste von unserer Jägerei gewesen.«

Gegen den linken Dragoner hinreitend, befahl der junge Oberst: »Er! Vom Gaul herunter!« Weil der Dragoner zögerte, wurde die Stimme schärfer. »Kennt er keenen Offizier nich? Runter vom Gaul! Den Mann da vom Strick!« Jetzt stieg der Dragoner aus dem Sattel; während er den Strick vom Gaul und von Leupolts Händen nestelte, brummte er immer vor sich hin, nicht freundlich. Der junge Oberst lachte. »Na, Kerl, er kann sich seinem Herrgott rekompensieren, daß er keen Preuße nich is. Sonst säß er morgen im verdienten Loch.«

Als Leupolt frei war, hob er die leuchtenden Augen. »Vergelt's Gott, Herr! Man spürt, daß der Helfer kommen ist.«

»Zeig er mich seine Hände!« Sich niederbeugend, betrachtete der Oberst neugierig die weißen Narbenbänder, die sich um Leupolts Handgelenke zogen. Man sah nur die eingewürgten Striemen, kein

283

Blut. Wieder ein heiteres Lachen: »Det luthrische Leder is dauerhaft. Kann er reiten? So steig er uff den leeren Gaul! Und komm er an meine Seite.« Der junge Offizier in der Mitte, Danckelmann zur Rechten, der hutlose Leupolt Raurisser zur Linken, so ritten die drei davon. Immer schwatzte der Oberst mit dem Geheimrat. Plötzlich wandte er das fröhliche Gesicht dem Jäger zu: »Wie lange hat er so springen jemußt?«

»Vom Hallturm bis zu Euch, Herr!«

»Parbleu!« Ein drolliges Staunen war in den großen Stahlaugen. »Mir jeht die Puste aus, wenn ick hundert Sprünge mache. Wat muß er Luft in die Lungen haben und Schmalz in die Beene.« Französisch zu Danckelmann: »Das wird ein Preuße, um den der Ritt sich gelohnt hat.« Der Lachende verstummte, seine Augen glitten staunend ins Weite. Hinter dem Untersberg und seinen vorgelagerten Waldnasen hatte der hohe Göhl sich hervorgeschoben, die ganze herrliche Silberkette bis zum Steinernen Meer. Und ihr zu Füßen der keimende Frühling. »Wie schön ist das!« In enthusiastischem Entzücken, mit einem Wirbelsturm von Worten, schüttete der Begeisterte alle Freude einer andächtigen Knabenseele aus sich heraus. Und griff hinüber zum Arm des Jägers, mit einem Ton, der etwas Beleidigendes hatte: »Kerl, sonne Heimat verläßt er?«

Leupolts Stirne wurde heiß. Dann tat er einen tiefen Atemzug und sagte ruhig: »Man tut's nur um Gottes wegen.«

Der junge Oberst blieb stumm, war nachdenklich, saß gebeugt im Sattel und blickte immer vor sich hin. Jetzt ein Aufzucken, ein ernster Blick auf den Geheimrat. »Danckelmann!« Nach diesem deutschen Namen die französischen Worte: »Nun beginne ich die Menschen erst zu begreifen, die wir gesehen haben in dieser Nacht. Welch ein gottverlorener Esel muß ein Fürst sein, der solche Untertanen über die Grenze jagt. Von diesen Christen soll Preußen noch Gewinn haben. Und ich will sorgen dafür, daß sie Gewinn haben von Preußen.« Sie hatten die ersten Häuser von Bischofswiesen erreicht. Es kamen die Brandstätten, die geplünderten Ställe. Der schweigsam gewordene Offizier, mit vorgeschobenem Gesicht, ließ immer die Augen gleiten. Er schien nur das Bild der Verwüstung zu sehen, nicht die Musketiere, die neben der Straße salutierten, nicht die Männer und Burschen, die zu den Zäunen gesprungen kamen, ein hoffendes Erkennen im Blick. Mit einem Laut des Ekels wandte er sich von einer Wiese ab, die überstreut war mit zertrümmertem

Hausgerät, und sagte französisch zu Danckelmann: »Trab! Dieser Lieblichkeit muß man entrinnen. Wir Deutsche mögen viel Gutes haben. Witz und Geist besitzen die Franzosen. Nur ihre Sprache konnte das aktuelle Wortspiel ersinnen: chrétien, crétinisme.« Er ritt, mit gebeugtem Kopf, ritt immer schneller, hielt die Augen halb geschlossen und hatte was Greisenhaftes in dem jungen Gesicht. Schon lange war das verwüstete Dorf hinter grünenden Hügeln verschwunden, als Leupolt sagte: »Da kommen die berchtesgadnischen Herren.«

Der Oberst straffte ruckartig den Körper, ließ den Geheimrat vorausreiten, war verwandelt in einen anderen Menschen, war jung, war liebenswürdig, aufmerksam auf jedes Wort und machte, während Danckelmann den Obristen von Berg als seinen Begleitoffizier den zwei Kapitelherren vorstellte, so graziöse Komplimente, als hätte die erfahrenste Dame der großen Welt sie ihm einstudiert. Graf Tige begann über dieses zierliche Wesen zu schmunzeln und flüsterte dem Domizellaren von Stutzing in die Perücke: »Der? Ein Soldat? Ach nein! Das ist ein maskierter Tanzmeister.« Besser schien der junge preußische Offizier dem Grafen Saur zu gefallen. Der Kapitular fand während des Weiterrittes Vergnügen an dem eleganten Französisch, das gespickt war mit prickelnden Wortspielen, mit enthusiastischen Hymnen auf die Schönheit des berchtesgadnischen Landes. Mitten im heitersten Geplauder wurde der junge Oberst ernst: »Cher comte! Eine Angelegenheit, die mir dringlich erscheint! Ein Mann wurde entgegen den Reichsgesetzen in brutaler Weise wie ein Verbrecher mißhandelt, nur weil er Protestant ist. Ich habe den Schuldlosen unter meinen Schutz genommen und stelle die Bitte, daß mir dieser Landkundige für die Dauer meines Aufenthaltes zugeteilt werde zu meinem persönlichen Dienst.«

»Ich glaube das zusagen zu können, auch ohne Rücksprache mit meinem Allergnädigsten. Wer ist der Mann?«

»Der da hinten auf dem Dragonergaul, der junge Mensch ohne Hut.«

Graf Saur wandte die Augen und schien sehr unliebsam berührt zu sein; doch höflich sagte er: »Ihr Wunsch, Herr Oberst, ist bewilligt. Seine Liebden, der Fürstpropst, werden meiner Ansicht beistimmen.«

Das Wohlgefallen, das Graf Saur an dem preußischen Offizier

gefunden hatte, schien erloschen zu sein; er wandte sich im Gespräch fast nur an Danckelmann.

Lächelnd und schweigsam, mit ruhelos gleitenden Augen, ritt der junge Oberst neben den beiden her.

26

Vor dem Leuthaus zu Berchtesgaden war eine Ehrenwache aufgezogen. Die drei Gesandtenzimmer waren in Bereitschaft gesetzt, im Salon war zum Imbiß gedeckt, die Betten hatte man mit Pariser Essenzen parfümiert, und ein Lakai vom persönlichen Dienst Seiner Liebden überwachte alle Vorbereitungen. Weil es trotz der heftig duftenden Blumenwässer in den lange nicht mehr benützten Zimmern noch immer sehr merklich muffelte, hatte man zur Lüftung alle Fenster aufgerissen. Freundlich schimmerte die Frühlingssonne des milden Nachmittags auf den Gesimsen, und durch die offenen Fenster quoll ein gedämpftes Stimmengesumm. Der ganze Hof des Leuthauses – ausgenommen eine von den Polizeisoldaten freigehaltene Gasse – war angefüllt mit einer gestauten Menschenmenge. Immer hörte man die kanzleideutschen Befehle Muckenfüßls, der überaus aufgeregt war und ungeachtet des ihm innewohnenden Begriffsvermögens in eine Eigenschaft des Hiesel Schneck verfiel: er verstand etwas nicht. Seit Wochen war es zu Berchtesgaden eine Rarität gewesen, wenn man ein Mannsbild auf der Gasse sah. Nun plötzlich wimmelte es von Männern und Burschen. Muckenfüßl erkannte die meisten von ihnen als Inskribierte. »Die Sach ist perplexierend!« sagte er zum Kommandanten der Ehrenwache. »Wir von der Polizei, wir haben doch in loco hujus nit ausgeratscht, wer da von Reichenhall her adveniert? Und doch muß jeder evangelische Floh schon einen Schmeck davon haben. Dem landesverräterischen Gesindel sticht die Freud wie Schneckenhörndln per oculos heraus!« Diese Muckenfüßl'sche Beobachtung war kein Irrtum. Den paar hundert Männern und Burschen, die sich außerhalb des Polizeispaliers mit entblößten Köpfen Schulter an Schulter drängten, glänzte in den abgezehrten Gesichtern der Hoffnungstrost, den sie in der Morgendämmerung heimgetragen hatten vom Toten Mann.

Als die Herren geritten kamen, ließ sich kein Zuruf und kein Gruß vernehmen; außer dem Pferdegetrappel und dem Gewehrklappern der salutierenden Musketiere kaum ein Laut. Jene, die nur aus Neugier zusammengelaufen waren, guckten stumm, und die anderen, die das Erlösungsfeuer der Neumondnacht gesehen hatten, grüßten nur mit einem Augenleuchten, mit einem lächelnden Aufatmen. In der Stille, die den Empfang der fremden Herren umringte, gab es an der Ecke des Leuthauses plötzlich ein Gedränge. Ein aufgeregtes Mädel wollte sich aus dem Gewühl herausarbeiten und bettelte immer: »Lasset mich doch hinaus, ich muß zum Meister heim!« Es war die Sus. Sie kämpfte mit Ellenbogen und Fäusten. Als sie sich endlich freien Weg erstritten hatte, rannte sie, daß ihr Rock wie eine Fahne flatterte. Vor der Haustür preßte sie die Fäuste auf die Brust, als möchte sie gewaltsam still machen, was in ihr hämmerte. Aus der Werkstatt klangen gleichmäßige Meißelschläge, und im Gesicht der Sus verriet sich eine grübelnde Gedankenarbeit. Wie sollte sie das machen: daß der Meister nicht herausgerissen würde aus seiner schönen Arbeit und daß Luisa doch erfuhr, welchen hutlosen Reiter die Sus auf einem Dragonergaul hatte sitzen sehen? Ruhig trat sie in die Werkstatt des Meisters. Er hämmerte mit festen Streichen vor dem roten Wachsmodell an der lebensgroßen Holzstatue der ›heiligen Menschheit‹. Neben dem Ofen saß Luisa hinter dem Spinnrad, mit gesenkten Augen. Der Meister, ohne die Arbeit zu unterbrechen, fragte: »Was ist los im Markt?«

»Zwei Fremde sind eingeritten, ein fürnehmes Mannsbild und ein junger Soldat. Die Stiftsherren haben die Gäste zum Leuthaus komplimentiert.«

Der Meister hämmerte weiter. Es war ihm nicht aufgefallen, daß die Stimme der Sus anders klang wie sonst. Aber Luisa, unter raschem Handgriff nach dem Rädl, hob das Gesicht und sah die Augen der Magd in stummer Sprache auf sich gerichtet. Dann wandte sich die Sus und ging. Die Wangen überhaucht von einer fieberhaften Röte, erhob sich Luisa. »Kind?« fragte Niklaus unter den hallenden Hammerschlägen. »Wohin?«

»Ich muß die Sus was fragen.«

Seit Wochen war es der Meister so gewöhnt, daß Luisa immer bei ihm blieb, wenn er arbeitete. Es fehlte ihm was, sobald er das Spinnrad nicht schnurren hörte. »Kommst du wieder?«

»Gleich, Vater!« Draußen im Flur fand Luisa die Magd, die schon wartete. »Sus?« Das war keine Stimme, nur ein Hauch. »Was Ungutes?«

Sus faßte die Haustochter bei der Hand, zog sie in die Küche, schlang den Arm um ihre Schultern und flüsterte: »Mit den Herren ist der Leupolt eingeritten.«

Ein Erblassen über Luisas Stirn. »Gefangen?«

»Frei und wie von den Herren einer ist er auf gesatteltem Gaul gesessen. Das tät nit sein können, wenn ihn der Fürst nit begnadigt hätt.«

Luisa stand mit geschlossenen Augen. »Begnadigt?«

»Er wird halt reumütig geworden sein, eurem Glück zulieb!« Ein heißes Drängen kam in die Stimme der Sus. »Kindl, jetzt sei gescheit! Ich seh doch, wie du vor Sehnsucht schier versterben mußt. Denk nit an Höll oder Himmel, denk an dein Glück! Unter allem Heiligen ist Glück und Freud das Heiligste in der Menschenseel.«

Noch immer zitterte Luisa in der Erschütterung, von der sie befallen war. »Begnadigt? Das muß man der Mutter Agnes zu wissen tun.« Sie riß sich aus den Armen der Sus und sprang zur Haustür hinaus, ohne Hut und Tuch, in dem ziegelfarbenen Hauskleid, angetan mit der grünen Spinnschürze. Wie wunderlich die Leute auf der Gasse sie ansahen, das merkte sie nicht. Vor dem Leuthaus war, so gierig auch Luisas Augen suchten, kein gesatteter Gaul und kein begnadigter Reiter zu gewahren, nur die Schildwach vor der Tür und ein Schwarm von Burschen, die in freudiger Erregung miteinander flüsterten. Wußten die es auch schon, daß der Leupolt begnadigt war? Und zwei Herren kamen feierlich zum Leuthaus gegangen, festlich gekleidet und frisch gepudert, der Stiftsdekan mit dem abgemagerten, gichtisch knaxenden Kanzler von Grusdorf. Beriefen die beiden den Leupold zum Fürsten? Und die leere Sänfte, die ihr in der Marktgasse begegnete, voraus zwei Läufer, auf deren blauen Seidenkappen die Straußenfedern so zufriedene Bewegungen machten? Holte die Sänfte den Leupolt? Zum Vergelt für die ungerechten Leiden? In Luisa wurde alles zu einem Märchen, zu einem Kindertraum, und war doch nichts anderes als der glühende, sinnverwirrende Blutschauer eines liebenden Weibes. Sie war so ganz in das Glück dieser Stunde verloren, daß sie eine Frau nicht erkannte, an der sie doch sonst nicht blind vorüberging.

Hatte dieser gnadenreiche Tag alle Menschen so verdreht gemacht, wie Luisa war? Auch Mutter Jesunder zappelte an dem Mädchen vorbei, als hätten ihre Augen das Sehen verlernt. Was aus dem verstörten Runzelgesicht der Frau Apollonia herausblinkerte, war keine Gnadenfreude. Sie machte in ihrer Sorge um den leidenden Sohn einen Weg, den sie in ihrem Leben noch nie gegangen war.

Die rätselvolle Seelenkrankheit, an welcher Jesunder litt, hatte sich in der vergangenen Nacht zu einer schrecklichen Traumkrise ausgewachsen. Die auf ewig verdammte Marta Haynacherin war ihm erschienen als grauenhafte Feuergestalt, war an sein weißes Bett getreten und hatte in fehlerfreiem Latein zu ihm gesprochen: »Gib mir meine Kinder wieder, das schwarze und das weiße!« Unter kaltem Angstschweiß hatte er geantwortet, ebenfalls im besten, ciceronischen Idiom: »Ich habe sie nicht, ich möchte doch selber wissen, wo sie sind.« Und die entsetzliche, unerbittliche Haynacherin: »Du hast sie, gib sie mir wieder! Ich weiß, du verschlucktest sie wie ein Wolf das schwarze und weiße Lämmlein!« Etwas Ähnliches hatte er selbst schon in Augenblicken geistiger Verwirrung höchst unmedizinisch vermutet, wenn er auch angenommen hatte, daß das unzertrennliche Pärchen nur in seinen Gehirnwindungen eingekapselt wäre, nicht in seinem Unterleib. Verzweifelt schrie er, mit einer Stimme, die nicht so traumhaft blieb, sondern so laut wurde, daß man sie vernehmen konnte im ganzen Haus: »So nimm sie dir, schneide sie mir aus dem Bauch heraus, ich muß es dulden in christlicher Ergebung!« Das war der Moment gewesen, in dem die Mutter Jesunder ungemein real, mit weißer Nachthaube und rotem Unterrock bekleidet, in den mystischen Traumvorgang hereingesprungen war. Zitternd und unter Tränen hatte der wachgewordene Sohn am Hals der Mutter gehangen und jedes Bekenntnis verweigert. Erst im Lauf des Vormittags, noch immer in den schwülen Wöchnerkissen liegend, hatte er soviel Tapferkeit gefunden, um seiner kummervollen Mutter den lateinischen Traum ins Deutsche zu übersetzen. Frau Jesunder rannte im ersten Schreck zum Bader. Der scheuerte sich ratlos hinter den Ohren. Sie lief zum Stiftsphysikus. Der lachte in einer Anwandlung von Gemütsroheit, sprach von vaporibus obstinatis und empfahl die schattenseitige Applizierung von lauwarmer Sole, sanft gemildert durch Olivenöl. Unmöglich! Wie hätte sich Mutter Jesunder ihrem hochwürdigsten Herrn Sohn gegenüber zur Anwendung solch einer unpriesterlichen Maßregel entschließen können? Und da wußte sie schließlich in ihrer Verzweiflung keine andere Hilfe mehr, nur diesen von ihr noch nie betretenen, mit den glühenden Steinen christlicher Vorwürfe gepflasterten Weg: zum getauften Juden Simeon Lewitter.

Als sie scheu in das enge Gässelchen hineinsurrte, erreichte Luisa in entgegengesetzter Richtung das schattige Häusergewinkel hinter der nördlichen Stiftsmauer. Vor der Hintertür von Pfarrer Ludwigs Wohnung stockte für einen Augenblick ihr jagender Fuß. Einen Rat holen? Dieser Gedanke, kaum geboren, war schon wieder verworfen. Das zitternde Jubelklingen in ihrem Herzen? War das nicht von allen Ratgebern der verläßlichste? Weiter mit wehendem Rock und fliegender Schürze! Auf der Schwelle des Mälzmeisterhauses ein Stoßgebet und ohne Besinnen hinein in die Stube. Wie freundlich diese schmucke, schimmerblanke Stube war! Hinter dem weißgescheuerten Tisch, im sonnigen Herrgottswinkel, saß Mutter Agnes und schneiderte. Die große Schere fiel ihr klappernd aus der Hand.

»Mutter!« War das der Hilfeschrei einer versinkenden Menschenseele oder der scheue, atemlose Jauchzer eines auferstandenen Herzens? »Mutter! Mutter! Unser Leupi ist da!« Bevor Frau Agnes noch herauskam aus der Bank, hing Luisa schon an ihrem Hals geklammert. Eine Weile hielten sich die beiden schweigend umschlungen, und man hörte in dieser Stille das scharfe Tacken einer großen Pendeluhr. Das klang wie eine stählerne Mahnung der unerbittlich schwindenden Zeit und sagte immer die gleiche, befehlende Silbe: »Tu's! – Tu's! – Tu's!-« Die Mälzmeisterin fand zwischen Weinen und Lachen zuerst die Sprache. »So red doch, Kind! Um Christi Barmherzigkeit! Wo ist denn mein Bub?«

»Mit den Herren ist er eingeritten im Leuthaus. Und ist begnadigt vom gütigen Fürsten.«

Aller Aufruhr in Mutter Agnes beschwichtigte sich. »Siehst du, Kind! Hab ich's nit allweil gesagt!« Lächelnd hob sie die nassen Augen zu dem mit Palmzweigen geschmückten Kreuz im Herrgottswinkel. »Auf den da droben ist Verlaß! Tät der ganze Weltkäfig ein schecketes Narrenhaus werden, beim Ewigen bleibt allweil der glashelle Verstand daheim.« Sie fühlte, wie der schlanke Mädchenkörper in ihren Armen bebte. »Komm, liebes Kind! Tu dich hersetzen zu mir! Und sag, wo hast du denn unseren Buben gesehen? Beim Leuthaus drüben? Da ist er doch nimmer weit von uns? Da muß er doch kommen? Bald!« Nun fuhr der Mälzmeisterin eine Hausfrauensorge durch das Mutterglück. »O du heiliger Schnee, jetzt kommt der Bub, und sein Stübl ist nit parat! Ist noch allweil, wie's gewesen ist nach dem roten Tag. Das müssen wir richten. Komm, Kindl, und hilf! Wir zwei, wir betten unseren Buben, daß er in seinem Nest ein Träumen haben soll wie ein Schwalbenmänndl im Mai!« Sie lachte aus fröhlichem Herzen. »Ach, Mädel, da brauchst du nit so sorgenvoll dreingucken! Er tut's nit allein. Da kannst du dich verlassen drauf. Aber flink, Weible, jetzt müssen wir schaffen!«

Schlüssel klapperten, Schubladen quieksten, Kastentüren flogen auf und zu. Und immer dieses glückliche Stammeln und Schwatzen. Es blieb aber doch in aller lachenden Freude noch immer ein leiser Sorgenklang. Leupolt? Als ein Reumütiger heimkehrend zum fürstpröpstlichen Glauben? Luisa konnte das hoffen, Mutter Agnes nicht. Während sie schaffte und die Kissen schüttelte, wurde jedes Wort in ihr lebendig, das ihr Sohn im Jägerkobel zu Bartholomä und da draußen im Buchenwald beim Haus des Hiesel Schneck zu ihr gesprochen hatte. Die Sonne macht Tag um Tag ihren Wandel durch, geht unter und morgen wieder auf. Der Leupi färbelt nicht. Der bleibt, wie er war. Aber gekommen ist er doch! Ist frei! Und da muß er doch auch begnadigt sein! Das freudige Wunder ist geschehen. Wie? Der Herrgott wird's wissen. Es ist von aller unnötigen Arbeit die dümmste: daß sich die verdrehten Menschen bei ihrem Seelengezappel allweil den Kopf des Ewigen zerbrechen. Wie's Gott macht, ist es wohlgetan. Allweil! Und um so größer und schöner sind seine treuen Wunder, je minder so ein armseliger Menschenverstand sie begreift. Als Mutter Agnes zu diesem Schlußgedanken kam, wurde ihr Lachen so frei, daß auch Luisa immer froher und gläubiger wurde. In Leupis kleinem Stübl lagen die Kissen frisch bezogen auf dem weißen Bett. Da fragte Luisa mit glühendem Gesicht: »Meinst du nit, man tät ein paar Blümlein finden?«

»Freilich, liebs Weible, spring nur! Draußen im Gärtl, wo viel Sonn gewesen, da blüht schon was!« Während Luisa durch die Küche davonhuschte, sprang die Mälzmeisterin in die Wohnstube hinüber, um Weihwasser zu holen und die Kammer ihres heimkehrenden Buben zu segnen. Schon hob sie die Hände, um das zinnerne Kesselchen vom Türpfosten herunterzunehmen. Da sanken ihr die Arme wieder. »Er tät's nit haben wollen. So darf ich's nit tun.« Den Kopf beugend, preßte sie das Gesicht in die Hände. Ein Schatten glitt über das sonnige Fenster, und auf der Pflasterung vor der Haustür klang ein fester Schritt. Den kannte Mutter Agnes, wie die Sterne ihren Weg am Himmel kennen; aber das freudige Erschrecken fuhr ihr so lähmend in alle Glieder, daß sie nicht von der Stelle kam. War's eine Ewigkeit, war's eine Sekunde – Leupolt stand schon auf der Stubenschwelle, mit dem frohen Lachen eines Glücklichen, brauchte keinen Hut herunterzunehmen, weil er keinen hatte, riß die Mutter an sich und hielt sie umschlungen. Erst weinte sich Frau Agnes an seiner Schulter tüchtig aus, um die Unsicherheit ihres Glückes loszuwerden. Immer streichelte Leupolt ihr grau gewordenes Haar, bis sie ruhiger wurde und fragen konnte: »Darfst du jetzt bleiben? Daheim?«

»Den Abend und die Nacht. Ja, Mutter! Morgen muß ich bei meinem neuen Herrn zum Dienst antreten.«

»Bei –« Die Sprache versagte ihr. »Dein neuer Herr? Wer ist das?«

»Der starke Helfer in unserer Not. Ach, Mutter, wie schön ist das Leben, wenn es Trost und Hoffnung hat und einen graden, sauberen Weg.«

Sie wollte was sagen, mußte aber immer ihren Buben ansehen. So aufrecht, mit so festem Gesicht und so leuchtenden Augen hatte sie ihn noch nie gesehen. War das an ihres lieben Herrgotts schwerbegreiflichem Wunder das Beste? Oder wußte der Leupi schon, daß sein Luisli im Haus war? Jesus, das Luisli! Auf das kleine Weibl, das um die Blumen gelaufen war, hatte die Mälzmeisterin ganz vergessen. Und da klingelte draußen im Hausflur schon das winzige Schuhwerk über die Dielen. »Bub, da ist wer!« stammelte Frau Agnes. »Tu dich gedulden einen Schnaufer lang!« Sie glitt aus der Stube, zog die Türe hinter sich zu und haschte auf der Kammerschwelle das Mädel. Zwischen den Händen hielt Luisa einen rund und hübsch gebundenen Strauß von roten Aurikeln, der aussah wie ein großer reifer Apfel mit festem Stiel. Dieser Vergleich mußte der Mälzmeisterin eingefallen sein, weil sie sagte: »Komm, du Everl, du liebs, deine paradeisischen Blümlen sollen gleich an das Plätzl kommen, für das der gescheite Herrgott sie erschaffen hat.« Zärtlich schob sie das Mädel in die Stube, klinkte hurtig die Türe wieder zu und flüsterte in einer wirbligen Mischung von Glück und Trauer. »Finden und hergeben! Zwei Wörtlen! Und alles ist gesagt, was Freud einer Mutter heißt.« Von der mütterlichen Klugheit sprach sie nicht, handelte aber doch nach ihrem Gebot, drehte leis im Schloß der Stubentüre den Schlüssel um, zog ihn ab und schob ihn in die Schürzentasche. »So!« Jetzt sollten ihr die beiden nimmer aus der Stube kommen, bevor sie nicht eins miteinander wären. Draußen im offenen Buchenwald an der bayrischen Grenze, wo die Welt wohl einen Schlagbaum hat und doch nicht vernagelt ist mit Brettern, da konnten zwei verrückte Menschenkinder rennen, Gott weiß, wohin. Zwischen vier festen Mauern mußten sie aushalten, bis der gefrorene Verstand ihnen ausschlug zu verheißungsvollen Frühlingsknospen.

Diese menschliche Logik war so fehlerlos wie das Traumlatein des Chorkaplans Jesunder. Dennoch hatte sie einen Haken. Vorerst, als die Mälzmeisterin an der Türe lauschte, schien tiefster Friede in der Stube zu herrschen. Man konnte nur hören, wie die alte Pendeluhr das mahnende Knack und Tack der schmelzenden Zeit verkündete. Da war es für Mutter Agnes eine ausgemachte Sache: die zwei jungen Leut mit ihren brennenden Herzen hatten kürzeren Prozeß gemacht, als ihn der Landrichter Halbundhalb mit Tinte, Streusandbüchse und zahllosen Überflüssigkeiten zu machen pflegte, hatten sich herzhaft um den Hals genommen und hingen Schnabel an Schnabel.

So war es nicht. Es war viel schöner. Luisa stand mit dem Rücken gegen die heimtückisch geschlossene Tür gelehnt, ohne zu ahnen, welche Gewalttätigkeit sich da vollzogen hatte, hielt den runden Apfel der roten Aurikeln zwischen den fiebernden Händen und sah in Glut, mit Bangen und doch in sehnsüchtigem Hoffen, zu diesem stummen, prachtvollen Menschen hinauf, den die Staubwolken der Reichenhaller Straße bis über die Hüften so weiß überpulvert hatten, als hätte er durch eine Mehlkiste springen müssen. Er stand ein paar Schritte vor ihr, sah sie immer an und konnte nicht reden, konnte nur lächeln in seiner Freude. Neben Gott und Ehre war sie ihm stets das Schönste des Lebens gewesen; aber so reizvoll wie in dieser Stunde hatte er sie noch nie gesehen, auch nicht im Hallturmer Buchenwald; da draußen war die Pflicht zwischen ihr und ihm gestanden; jetzt stand das Glück bei ihnen und übergoß für ihn die Geliebte mit einem Zauber ohnegleichen. Ihr ziegelfarbenes Hauskleid brannte wie Mohn in der Sonne, und vor der grünen Spinnschürze, an der noch viele glitzernde Fäden hingen, flackerte beim Zittern ihrer Hände der rote Aurikelbuschen. Aber schöner und feiner blühten noch die Farben ihrer selbst, der rosige Bluthauch und die blaßblauen Adern ihres schlanken Halses, die Glut auf ihren Wangen, die dunkle Tiefe der glänzenden Augen und der sanfte Schimmer des reichen Haars. Es war in seinem dürstenden Blick: daß er sie gern in der ersten Freude an sich gerissen hätte, um sie nimmer zu lassen. Und die alte Pendeluhr, als wäre sie der Pfarrer Ludwig, mahnte immer: »Tu's! Tu's! Tu's!« Er überwand es. Luisa war ihm viel zu lieb und zu kostbar, als daß er sie hätte berühren mögen mit seinen verstaubten, von der Zügelschwärze beschmutzten Händen. Auch lag noch immer zwischen ihnen ein tiefer Graben, den die Liebe erst überbrücken mußte; doch er fühlte, daß das Glück der gegenwärtigen Stunde diese Brücke bauen würde. »Deine Blumen, Luisli?« sagte er und deutete nur ein bißchen mit der Hand. »Sind die für mich?«

In ihrer Verwirrung schien sie nicht recht zu wissen, welche Antwort sie gab. Es war ein Wort, das den innersten Schatz ihres Herzens vor ihm entschleierte. Mit glücklichen Augen zu ihm aufblickend, sagte sie: »Für dich ist alles.«

Da nahm er die roten Blumen . »Vergelt's Gott, du Meine! Daß ich nit lüg, das weißt du. Deine Blumen, auch wenn sie dürr geworden, sollen mir allweil das Beste sein, was der Frühling verschenken kann. Und komm! Wir wissen, was wir einander gelten. Da wollen wir alles nach Pflicht und Treu bereden.« Sie mußte sich am Tisch zu dem Fenster setzen, durch das die Sonne hereinglänzte. Willig tat sie, was er haben wollte. Er saß ihr gegenüber. An seinem Kittel wischte er den Staub und die Riemenschwärze von den Fingern, wölbte zärtlich die Hände um Luisas roten Blütenapfel, sah ihr in die Augen und beugte sich über die Tischplatte zu ihr hinüber: »Schau, ich frag dich gleich mit dem ersten Wörtl: Gehst du mit mir?«

Sie erschrak, daß ihr Gesicht sich veränderte. Dennoch war es nicht mehr der gleiche verstörende Schreck wie draußen im Hallturmer Buchenwald. Was aus ihren erloschenen Worten herauszitterte, war mehr Sorge als Angst: »Ach, Jesus! Gehst du denn wirklich?«

»Ja, Luisli! Von morgen den fünften Tag. Ich führ den ersten

Zug. Das sind die Ärmsten. Die führ ich. Unser Weg geht über Reichenhall, über Ingolstadt, Bayreuth und Wittenberg hinunter ins Brandenburgische und auf Ostpreußen zu.«

Sie wollte sprechen und brachte keinen Laut heraus.

Leupolt sah, daß ihre Augen sich mit Tränen füllten. Die roten Blumen an seinen weißnarbigen Hals pressend, beugte er sich noch näher zu ihr hin und flüsterte aus aller Glut seines Herzens: »Gehst du mit mir? Ich mein', dein guter Vater tät uns das Glück nit wehren. Dich hat er lieb. Kann sein, daß er hinzieht, wo wir hausen werden. Sorg mußt du nit haben. Ich krieg einen Herrn, der mir gütig ist. Von Vater und Mutter hab ich ein bißl was, versteh mich auf mein Sach und bin ein richtiger Schaffer. Verschwören kann es der Redlichste nit, was kommt. Aber ich trau mir's zu, daß ich dir und mir ein Glück bau, fest fürs Leben wie eine eiserne Mauer. – Luisli? Kommst du mit?«

Sie wehrte mit schwachen Händen und klagte: »Es geht nit, geht nit, Leupi! Alles in mir ist dein. Und schelten kann ich es nimmer, daß du da drüben bist. Aber hinüber zu dir?« Den Mut, ihn anzusehen, hatte sie nicht. Sie sprach ins Leere hinaus. »Das wär' wider Gott und die Seligkeit. Ich kann nit verlassen, was mir heilig und ewig ist.«

»Das müßt nit sein. Deswegen könnten wir allweil in Treu und Glück miteinander leben. Mußt du nit schelten, was ich glaub, so will ich allweil in Ehren halten, was dir heilig ist. Geh, schau mir doch ein bißl in die Augen, Liebe! Ich tät mich viel leichter reden.« Er legte seine Hand auf die ihre. »Kannst du es tun, so gibst du mir Leben und Glück. Mußt du es wehren, so legst du mir das einschichtige Elend auf Leib und Seel. Verzweifeln werd ich nit müssen. Bloß allweil dürsten nach dir. Und im Dürsten muß ich mich aufstrecken, geh meinen graden Weg und tu meine Pflicht als Mensch und Christ. Ich kann nit anders. – Luisli!« Hoffender Jubel klang aus diesem Namen. Er sah, wie ihre heißen Augen sich ihm zuwandten und wie sie hingen an ihm. Und sah, wie alles Wirre und Hilflose in ihrem lieben Gesicht sich zu mildern und zu lösen begann. »Luisli? Meinst du nit, wir zwei, die uns so lieb gewonnen, könnten für Tausend, die an der gleichen Irrnis leiden, ein gutes Fürbild sein? Daß man nit hadern und streiten muß um Himmel und Herrgott? Und daß man als deutsche Leut in Glück und Fried miteinander hausen könnt? Herrgott bei Herrgott, Glauben bei Glauben und Herz neben Herz.«

Zitternd faßte sie ihren Kopf mit den Händen, schüttelte immer das stumme Nein und konnte doch mit ihrem Blick seine Augen nimmer lassen. Ein Schwimmen und Gleiten kam ihr in die Sinne, ein Brausen und Klingen war in ihren Ohren, in ihrem Blut. Sie verstand seine Worte nimmer, hörte und fühlte nur die Zärtlichkeit und die zwingende Macht seiner Stimme. Alle Sehnsuchtsbilder schlafloser Nächte wurden wach in ihr. Was so rein und freudig in ihrem Herzen zu glühen begann? Konnte das Sünde sein? Dürfte das in ihr lebendig werden, wenn nicht Gott es in ihre Seele gegeben hätte, wie er den Aurikelblüten das leuchtende Blut, dem Himmel das keusche Blau und der Sonne die linde Frühlingswärme gab? Dieser Glaube wuchs ihr fest in die Seele, immer ruhiger und froher wurde sie, und je länger und tiefer sie in Leupolts glänzende Augen sah, um so heißer fühlte sie, daß sie das grausame Nein nimmer sagen konnte.

Bei aller Redlichkeit war Leupolt doch auch ein guter, flinkschauender Jäger. Gleich merkte er den erlösenden Umschwung, der sich in Luisa vollzog, huschte mit glückseligem Auflachen zu ihr hinüber, saß an ihrer Seite, legte den Arm um ihre Schultern und zog sie an sich. Sie wehrte sich nimmer, drängte sich aufatmend an seine Brust und schmiegte unter frohem Lächeln die Wange an seinen Hals. Er neigte in seiner brennenden Freude schon das Gesicht, um sie zu küssen. Und immer sagte die Uhr an der Mauer: »Tu's! Tu's! Tu's!« Aber der alte Räderkasten kannte den jungen Leupolt nicht. Der war zu gewissenhaft. Dem hatte die Neumondnacht ein eisernes Wort ins Leben gegossen: Pflicht! »Schau, Luisli«, sagte er an ihrem Ohr, »ich spür doch, wie sich alles in dir zum Guten wendet. Nehmen darf ich dich nit, du mußt dich geben, frei und unberedet! Luisli? Gehst du mit mir?«

Schon wollte sie nicken, schon hob sie die Arme zu seinem Hals. Da fiel ihr plötzlich etwas Steinernes in das erblassende Gesicht. Und erschrocken starrten ihre erweiterten Augen auf eine schreckliche Sache – auf diese unerbittliche Uhr an der weißen Mauer. So freundlich klang ihre tackende Stimme und war doch ein höhnender Mord an dem blühenden Glück dieser Stunde. Nicht wie der hilfreiche Pfarrer Ludwig war diese Uhr. Sie war wie der Chorkaplan Jesunder, der eine gläubige Seele bei schönem Orgelrauschen hinausgestoßen hatte aus dem Gotteshaus.

Ein altes Meisterstück. Geschaffen von einem grüblerischen Handwerker, dem Gedanken unter dem Haardach wuchsen. Der hatte sich gesagt: ›Die laufende Zeit ist Gottes Kind, der sein Geschöpf bewacht in jeder Sekunde und die schwachen Menschen mit jedem Pendelschlag vor dem Bösen warnt und sie ermahnt zum Guten.‹ Aus solchem Gedanken hatte der geschickte Mann diese verhängnisvolle Uhr geschaffen. Ein silbernes Zifferblatt mit geschnörkelten Zeigern. Über dem Kreis der Stundenzahlen wachte das Auge Gottes, nicht gemalt, sondern plastisch und lebendig. Inmitten eines von Flammen umloderten Dreiecks funkelte das dunkle Auge mit weißen Winkeln. Durch einen unsichtbaren Mechanismus – wie die ewige Vorsehung unter Schleiern waltet – war das ruhelose Auge mit dem Pendelgang verbunden. Tackte der Pendel hin und her, so glitt das wachende Auge her und hin. Sah es nach rechts, so war es freundlich, und seitwärts aus dem Uhrgehäuse hob sich mit winkendem Palmzweig ein weißbeschwingter Engel hervor. Sah es nach links, so war es zornig, und ein schwarzgeflügelter Teufel fischte mit dem Höllenzagel nach einer ewig verdammten Seele.

Leupolt, ungeduldig auf eine Antwort harrend, fragte in Herzlichkeit: »Luisli? Gehst du mit mir?«

Das Weiße des gleitenden Auges flimmerte zornig nach links, und der Höllische kicherte boshaft: »Tu's!«

Wie eine Fiebernde stammelte Luisa: »Ich kann's nit sagen. Das muß ich erst mit Gott bereden in der Kirch.«

Freundlich glänzte das dunkle Auge nach rechts, und der Engel mahnte: »Tu's!«

»Mein alles bist du! Mein Glück und mein Leben! Du kannst mich doch nit verlassen? Schau mir doch in die Augen! Nimm mich um den Hals! Gelt ja, du bleibst die Meine?«

Bevor der huschende Warnerblick das Weiße schrecklich nach links hin drehen und der ewige Widersacher alles Menschenglückes die scheinheilige Verführungssilbe schmunzeln konnte, riß sich Luisa mit erloschenem Schrei aus Leupolts Armen, kämpfte sich aus der Bank heraus, deutete verstört auf das Auge Gottes und preßte zitternd das Gesicht in die Hände. Die Uhr an der Mauer sagte: »Tu's!« Und Luisa wußte nimmer, ob da der Engel oder der Höllische geredet hatte. Wie eine Irrsinnige sprang sie zur Tür hinüber, fand sie verschlossen und wurde von einem grauenvollen Entsetzen befallen. Als Leupolt, bleich und bestürzt, dem Mädel nachgesprungen kam, stieß ihn Luisa mit den Fäusten von sich, tastete nach der Klinke, riß und rüttelte an der Tür und fing zu schreien an wie ein angstvolles Kind in den Gichtern. Mit Leupolts stammelnden Worten mischte sich draußen im Flur das erschrockene Klagen der Mutter Agnes. Der Schlüssel klapperte im Schloß, die Tür sprang auf, und Luisa jagte an der ratlosen Mälzmeisterin vorüber, durch den Flur, hinaus in die Sonne.

»Bub? Herr Jesus, was ist denn da?«

»Ich weiß nit, Mutter, was da geschehen ist. Weiß nur, mein Glück und Leben und alles ist in Scherben!«

Diesen von Gram zerdrückten Schrei konnte Luisa noch hören. Ein verständiges Besinnen schien sie zu überkommen, weil sie die fürchterliche Uhr nimmer sah. Aber da klang das verführerische Teufelskichern, so nah, als wär' es versteckt in ihren Zöpfen: »Tu's!« Die Hände über die Ohren pressend, huschte sie in ihrem ziegelroten Kleid wie eine wehende Flamme hinüber zum Stiftshof und dem Tor der Kirche zu.

Das war gerade der Augenblick, in welchem Simeon Lewitter, nach gründlicher Untersuchung der ciceronischen Traumzustände des Chorkaplans Jesunder, sehr nachdenklich heraustrat aus der Pfarrei. Er sah das Mädel vorüberflattern und in der Kirche verschwinden. »Was ist nur da schon wieder? Mir scheint, die ganze Welt hat scheckige Zwillingskinder im Gehirn.« Seufzend täppelte er seiner heiligen Kinderstube zu, kehrte wieder um, spähte zu den Fenstern seines langen Freundes Ludwig hinauf und trat nach einigem Zögern in das Gerichtsgebäude.

Die vier überflüssigen Buchstaben waren sehr beschäftigt und verzogen sich zu einer mißtrauischen Grimasse, als Lewitter schüchtern sagte: »Ich hätte ein Wörtl zu reden. Unter vier Augen.« Er mußte erst noch beifügen, daß es sich um Leben und Verstand eines wackeren Mannes handle, ehe Doktor Halbundhalb sich entschließen konnte, seine Gehirnlatwerge vom Formaljustiziarischen loszureißen, den Schreiber aus der Stube zu schicken und sich einzulassen auf eine sekrete Konversation.

»Also?«

Lewitter faßte sich kurz: seit dem Verschwinden des Haynacherschen Zwillingspärchens aus der Armeseelenkammer wäre der Chorkaplan von Wahnvorstellungen befallen, die seinen Verstand bedrohen. Jetzt bilde er sich ein –

»Mir schon bekannt!« unterbrach der Allwissende unter der mehligen Roßhaarperücke. »Zuerst die sinnlose Annahme, daß

Pfarrer Ludwig der Schuldige wäre – eine Hypothese, die sich bei aller Plausibilität als verfehlt in nuce erwies – und nun dieser neue beklagenswerte Wahn! Der Mann erbarmt mich. Hoffentlich findet Ihr ein rettendes Remedium?«

»Es gibt nur ein einziges. Man muß dem Jesunder über den Verbleib des Pärleins die Wahrheit mitteilen.«

»Ausgeschlossen!« sagte der Landrichter mit Energie und mit einer das Thema erledigenden Handbewegung.

Lewitter schmunzelte, kaum merklich. »Ist denn die Wahrheit Euer Gestreng bekannt?«

Der Landrichter schob den Hals der Gerechtigkeit lang aus der Krause heraus. Wie der Himmel dunstet, wenn er in unmutige Laune gerät, so senkte sich aus den weißen Lockenschnecken ein nebliger Niederschlag. »Vermutet Ihr, daß es jemals eine Wahrheit gab, die ich nicht erforschte?«

»Da dürft Ihr sie dem armen Jesunder nit vorenthalten. Seid barmherzig, Herr!«

»Unmöglich.«

»Dann sitzt der leidende Chorkaplan an Pfingsten im Narrenturm. Das wird für die Regierung kein erquicklicher Fürgang sein. Und könnte traurige Folgen haben. Der Bevölkerung dürfte das wie eine offenkundige Gottesstraf erscheinen, und es wär nit undenkbar, daß es zu neuem Aufruhr kommt, der die Exulantenliste wieder um viele hundert Namen vermehrt. Was wird der Allergnädigste Herr da sagen? Und mir, Gestreng, wird es nit zu verübeln sein, daß ich mich dem Fürsten gegenüber salvieren muß, nachdem mein nützlicher Rat das verdiente Gehör nit gefunden hat.«

Herr Willibald Hringghh, einem folgenschweren Dilemma gegenübergestellt und in Erinnerung der Standrede seines Allergnädigsten, begann vor Aufregung und Ratlosigkeit so heftig zu transpirieren, daß seine niedere Stirn wie übersät erschien mit zahllosen Glassplitterchen. Gerade, um seinem Allergnädigsten eine schmerzende Unerquicklichkeit zu ersparen, hatte er unter heftigen Seelenkämpfen mit seinem Amtsgewissen jede weitere Untersuchung in Sachen des an der Armenseelenkammer begangenen Raubes niedergeschlagen. Es war ihm vor Wochen ein Gerede zu Ohren gekommen. Dem hatte er mit wahrheitsschädlicher Emsigkeit nachgeforscht und hatte einen Zeugen eruiert, der unter Eid bekundete: er wäre in der Mirakelnacht am Gottesacker vorbeigekommen und hätte deutlich gesehen, daß ein junger, schlanker Mensch in einem hellfarbigen, gebänderten und gemäschelten Herrenmantel hurtig mit einer Schaufel ein Loch in den Boden grübe; dabei hätte der Zeuge sich nur gedacht, daß wohl einer von den lustigen Domizellaren wieder einmal einen übermütigen Streich verüben möchte; mehr wisse er nicht. Schon vierundzwanzig Stunden nach der Streubesandung dieses Protokolles wußte Willibald, der Wahrheitsforscher, wesentlich mehr und hatte den geheimnisvollen Totengräber verläßlich ausgeforscht: den Grafen Tige. Mit justiziarischer Schlingensicherheit war nachzuweisen, daß – nicht in der zweiten, wohl aber in der ersten Kapitelnacht, es lag hier einer von jenen häufigen Irrtümern vor, wie sie einem Zeugen bei Zeitbestimmungen leicht zu widerfahren pflegen – der leichtsinnige und frivole Junker in jener Nacht das Bett seiner Domizellarenstube nicht berührt, nach anzunehmender Friedhofsschändung die restlichen Nachtstunden in den innersten Gemächern der allergnädigsten Aurore de Neuenstein verbracht und so den Leichenschmack gewissenlos in das Freudengärtlein des vertrauensseligen Landesfürsten transferiert hatte. Durch diesen Sachbefund war nicht nur die fleckenlose Unschuld des widersinnig verdächtigten Pfarrers zur Evidenz erwiesen; es hatte sich auch die betrübsame Angelegenheit für die vier zu Tod erschrockenen Entbehrlichkeitslettern in eine res sacra verwandelt, vor der die Gerechtigkeit ihre Augen doppelt verbinden mußte. Und drum hatte das ›getreue Justizkamel‹ den für die Herzensruhe des Landesfürsten gefährlichen Akt mit submissester Ergebenheit in dem durch Riegel und Vorhangschlösser gesicherten Geheimarchiv seiner Kanzlei verschwinden lassen. Wie hätte man nun dem verrückten Jesunder, der sogar seine Träume hinausbrüllte in die Welt, solch eine delikate Wahrheit anvertrauen dürfen? »Unmöglich!« Aber diese neue Gefahr nun! Gottesstrafe, Aufruhr, Wachstum der Exulantenliste und Verderb des ganzen, bisher so glücklich geratenen Bekehrungswerkes! In dieser desperaten Lage fand der schwitzende Wahrheitsgräber keinen anderen Ausweg, als sich dem klugen Simeon Lewitter ohne Rückhalt zu eröffnen.

»Freilich«, nickte Simmi unter leisem Lächeln, »das kann man dem armen Jesunder nit preisgeben!«

»Was aber soll man tun?«

»Man wird – die Wahrheit in allen Ehren – zur Rettung des

beklagenswerten Mannes einen barmherzigen Schwindel ersinnen müssen.«
»Glaubt Ihr damit zu reüssieren?«
»Vielleicht. Wenn Euer Gestreng mir hilfreich beistehen wollen?«
»Mit Freuden!« Die weißen Perückenschnecken des Landrichters machten, weil die vier Überflüssigen einen tiefen Atemzug der Erleichterung aus sich herausbliesen, eine sonderbare Nickbewegung. »Seid meines Dankes gewiß für alle Fälle. Und weil wir schon von getrübten Gehirnen reden – habt Ihr nicht in letzter Zeit dem Christl Haynacher Eure Beachtung als Arzt gewidmet?«
»Warum?« fragte Lewitter ernst.
»Der gute Mann scheint völlig schwachsinnig geworden zu sein. Wir sorgen uns um seinen katholischen Deszendenten. Auch Mukkenfüßl ist der Meinung, daß man da einschreiten müßte. Bald.«
»Euer Gestreng!« Simeons Brauen zogen sich hart zusammen. »Da muß ich auf das eindringlichste abraten. Ich bitt Euch, laßt diesen Mann in Fried! Der Haynacher ist bei vollem Verstand – «
Eine erledigende Handbewegung unterbrach den Arzt. »Diesmal irrt Ihr Euch, mein guter Lewitter!« Und lächelnd trug Herr Willibald seinen weiß überlöckelten Unverstand zur Tür hinüber, um den beurlaubten Schreiber herbeizurufen für weitere Mißhandlung der irdischen Gerechtigkeit.
Schweigend verließ Lewitter die mufflige Pfründenstube der Frau Justitia. Draußen in der Sonne sah er seinen langen Freund mit wehenden Rockflügeln herüberkommen vom Mälzmeisterhaus, ein heiteres Lachen auf dem zwinkernden Warzengesicht. »Mein gescheiter Simmi!« Lustig legte der Pfarrer seinen Arm um die Schultern Lewitters. »Jetzt rat einmal, warum von heut auf morgen ein liebes junges Menschenglück zu Berchtesgaden in Scherben gehen soll?«
Simeon fragte nur mit den Augen. Und der Pfarrer lachte: »Weil vor anno Tobak ein Nürnberger Uhrmacher ein geschickter Kampl, aber ein gotteslästerlicher Hornochs gewesen ist!« Der weitere Gedankenaustausch der beiden Freunde wurde gestört durch einen feierlichen Staatsakt, der sich vor ihren Augen im großen Stiftshofe vollzog. Die Trommeln der Torwache rasselten, daß man an Krieg und Schlachten hätte denken mögen. Zwischen einem Spalier von präsentierenden Musketieren, denen unter dem Drei-

spitz bolzensteif der Zopf hervorstach, sah man hinter den Läufern mit ihren baumelnden Straußenfedern eine lindgeschaukelte Sänfte gleiten. Durch ihr blitzblankes Fenster gewahrte man einen würdevollen Herrn in goldstrotzender Gesandtengala und neben ihm einen kleinen, bescheiden uniformierten jungen Offizier mit neugierigem Spitzgesicht.

27

Im gotischen Saal der Entschlüsse, auf dessen Kronleuchtern bei noch halbem Tag alle Kerzen brannten, war feierlicher Empfang des preußischen Gesandten. Herr Anton Cajetan im Prunkornat saß auf dem berchtesgadnischen Thron, flankiert von den Würdenträgern. Für Danckelmann und seinen Begleitoffizier hatte man Samtstühle und einen goldgeschnörkelten Tisch mit Schreibgerät vor den Thronstufen aufgestellt, die Kapitelherren und Domizellaren standen in doppelter Reihe, und der Kanzler von Grusdorf, pompös perückiert, verlas mit Würde das Kreditiv:

> »Wir Friedrich Wilhelm von Gottes Gnaden König in Preußen, Markgraf zu Brandenburg usw. usw. geben Ew. Lbd. hierdurch zu vernehmen, wasmaßen wir gut befunden, Unsern Geheimen Hof-Rath von Danckelmann dorthin abzuschicken, um unsere daselbst emigrierenden neuen Unterthanen in staatsrechtlichen Schutz zu übernehmen und deren bewegliches oder allda verbleibendes Vermögen in Sicherheit zu erheben. Wir ersuchen Ew. Lbd., Sie wollen Uns die Freundschaft erweisen, besagtem Geheimen Hof-Rath von Danckelmann zu baldiger Ausrichtung solcher Ihm aufgetragenen Commission alles dasjenige angedeyen zu lassen, was desfalls dem Westphälischen Friedens-Schluß und anderen Reichs-Constitutionen gemäß ist, gestalt wir uns solches zuversichtlich promittiren, und wollen auch Wir gegen Ew. Lbd. zur Bezeugung angenehmer Gefälligkeiten stets willig verbleiben.
> Berlin, den 22. März 1733.   Friedrich Wilhelm.
> An den Herrn Abt zu Berchtesgaden.«

Der Kanzler hatte vor dem Wörtchen Abt verlegen gestockt.

Dem Fürsten fuhr um dieser unzulänglichen Titulierung willen das Blut ins Gesicht; doch er lächelte nachsichtig und flüsterte Herrn von Grusdorf heiter zu: »Man scheint uns in Berlin für Kapuziner zu halten.« Dann begann er mit Danckelmann eine liebenswürdige Konversation in französischer Sprache, die für den ganzen Verlauf des feierlichen Aktes, wie späterhin für die geschäftlichen Debatten beibehalten wurde. Bei der Vorstellung des jungen Obristen von Berg sagte Danckelmann empfehlend zum Fürsten: »Für unsere Majestät eine persona gratissima.«

Ein fröhliches Auflachen des kleinen, zierlichen Offiziers. »Der freundliche Geheimrat übertreibt. Will man gratia mit Gnade übersetzen, dann freilich stimmt es. Seine Majestät mein Herr und König haben mich vor kurzem gnädlich dem Schafott eschappieren lassen.«

»Mit Recht!« sagte Herr Anton Cajetan, nachdem er seine Verblüffung überwunden hatte. »Es wäre schade gewesen um einen ebenso klugen wie wahrheitsliebenden Kopf. Allzu unverzeihlich werden wohl die Verfehlungen des Herrn Obersten nicht gewesen sein?«

»Insubordination und andere Sträflichkeiten schwersten Kalibers.«

»Insubordination?« lachte der Fürst. »Unter dem preußischen Drill?«

»Ausnahmen bestätigen die Regel. Ich gelte als der einzige unbrauchbare Soldat der preußischen Armee.«

»Dann werden der Herr Oberst, der jung zu hohem militärischem Grad gelangte, sich wohl durch andere Vorzüge ausgezeichnet haben.« Ohne eine Antwort abzuwarten, wandte sich Herr Anton Cajetan dem Geheimrat zu. Höflich den Ärger darüber verschleiernd, daß man einem Gesandten für das gefürstete Berchtesgaden als Begleitoffizier einen begnadeten Militärverbrecher beigegeben hatte, versprach er, an einem der nächsten Tage eine Kommission zur Vorberatung zu berufen, und lud die preußischen Herren für den vierten Tag zu einem Großen Jagen mit anschließender Fürstentafel. Nach würdevoller Verneigung betonte der Geheimrat seine kurzbemessene Zeit. Ohngeachtet mancher Orientierung, die er bereits bei evangelischen Männern eingeholt hätte, bedürfe er dreier Tage, um mit ihnen alles Notwendige über Reiseweg und Ansiedlung zu bereden. Für den vierten Tag stelle er sich der Einladung Seiner Liebden mit Freunden zu Diensten, am fünften Tage müsse er seine Rückreise antreten, und so bäte er, sofort in die geschäftlichen Verhandlungen einzutreten. Verdutzte Augen im ganzen Saal. Herr Anton Cajetan blieb höflich, zog sich mit seinen Würdenträgern zu einer Besprechung zurück, erschien nicht mehr, weil er zum Tee bei Aurore de Neuenstein erwartet wurde, und designierte den Kanzler, den Dekan und Grafen Saur zur geschäftlichen Verhandlung. Das Kleeblatt setzte sich mit den preußischen Herrn inmitten der gespannten Kapitularen um den goldgeschnörkelten Tisch. Als die Unterhaltung begann, erschien verspätet der Pfarrer Ludwig. Weil es keinem der Kapitularen einfiel, ihn den preußischen Herren vorzustellen, besorgte er das selbst. Der junge Oberst reichte ihm freundlich die Hand, sah aufmerksam zu dem heiteren Warzengesicht hinauf und plauderte munter, während am goldenen Tische ernst verhandelt wurde. Weil Ludwig bei schwächlichem Französisch einen Schnitzer um den anderen herauswimmelte, begannen sich die Domizellaren zu belustigen. Das störte den Pfarrer nicht. Zufrieden mit der neuen Bekanntschaft, die er geschlossen hatte, ging er zu seinem Kapitelstuhl und kreuzte die Arme.

Die Verhandlung gestaltete sich zäh und spann sich in die Länge. Nie beteiligte sich der junge Oberst. Er betrachtete aufmerksam die gotischen Ornamente oder musterte die Gesichter aller Anwesenden. Nach der zweiten Debattenstunde war der erste Verhandlungspunkt – Höhe der Ablösung für die Leibeigenschaft – noch immer nicht erledigt. Herr von Grusdorf wollte unter 20 Gulden pro Kopf nicht heruntergehen und hielt in schlechtem Französisch Reden von der Länge gereizter Sonntagspredigten. Der junge Oberst verriet Zeichen von Ungeduld, tauchte die Kielfeder ein und begann mit hurtiger Hand schief über ein Blatt zu schreiben. Außer Danckelmann, der ein bißchen irritiert erschien, achtete niemand dieses Vorganges. Der junge Oberst schrieb: »Unsere Forderungen: 1) Jeder evangelische Exulant ist als preußischer Untertan zu erachten, dem der Schutz seines Königs gebührt. – 2) Für alle Strafen, die um des evangelischen Bekenntnisses willen verhängt wurden, wird von Stund an volle Amnestie gewährt; neue Verurteilungen werden nicht ausgesprochen. – 3) Der erste Zug der Exulanten verläßt die berchtesgadnische Grenze am fünften Tage post datum; die weiteren Züge folgen nach Verwertung des liegenden

Besitzes. – 4) Bei Verkauf des evangelischen Eigentums werden Bedrückungen nicht erfolgen; die Berchtesgadnische Regierung haftet für Eingang der Kaufschillinge bis zu vier Fünfteln des landüblichen Wertes. – 5) Die Leibeigenschaft wird pro Kopf, Mann, Weib oder Kind, mit 5 Gulden abgelöst; dafür haftet der preußische Staatsschatz. – 6) Geheimrat von Danckelmann und seine Begleiter sind für drei Tage zu freizügigem Besuch des Landes ermächtigt, um mit den Evangelischen alles Notwendige festzusetzen; diese Genehmigung ist rückwirkend für den bisherigen Reiseverlauf.«

Dieses Blatt reichte der junge Oberst dem Geheimrat. Dem wurde unter den weißen Locken die Stirn ein bißchen heiß. Er gab das Blatt nach kurzem Zögern mit einem zustimmenden Augenwink zurück. Der junge Oberst machte eine Abschrift, verwahrte sie zwischen den Knöpfen seines blauen Soldatenrockes und erhob sich. »Bewilligen mir die Herren ein paar Worte?« Der Kanzler sah verdutzt den Geheimrat an: »Ist Herr Oberst von Berg berechtigt –« Danckelmann sagte rasch: »Herr von Berg scheint geheime Aufträge Seiner Majestät empfangen zu haben – als Offizier.« Schweigen im Saal. Lächelnd und liebenswürdig sagte der Oberst: »Die Herren werden rascher zu einem Entschluß gelangen, wenn sie durch unsere Gegenwart sich nicht behindert fühlen. Hier sind unsere schriftlich niedergelegten Vorschläge. Wir ersuchen um ihre unveränderte Annahme bis zur zehnten Abendstunde.« Auch der Geheimrat nahm seinen Dreispitz unter den Arm. Herr von Grusdorf, der mit einem raschen Blick das Blatt überflogen hatte, stammelte entgeistert: »Wenn aber die Regierung begründete Veranlassung zur Abwehr dieser Wünsche hätte?« Danckelmann hob die Schultern und deutete auf seinen Begleitoffizier. Der Kanzler drehte die runden Augen hinüber: »Würde das etwa gar den – den – den Krieg bedeuten?« Da fand der junge Oberst ein heiteres, herzliches Lachen: »Ich bin so begeistert von den Herrlichkeiten Ihres zaubervollen Landes, daß ich jedem preußischen Grenadier den Genuß so erhabener Schönheit vergönnen würde.« Schritt um Schritt zurücktretend, machte er nach allen Seiten hin so zierliche Verneigungen, daß Graf Tige seinen Witz vom maskierten Tanzmeister wiederholte. Eine Wirkung erzielte der depossedierte Verkündigungsengel der allergnädigsten Aurore de Neuenstein mit seinem Scherzwort nicht. Die Gesichter aller Kapitularen blieben lang. Nur einer lachte vergnügt und ließ seine große Warze hüpfen. Graf Saur begleitete die Herren zur Sänfte. Hinter ihnen im Kapitelsaal erhob sich ein Heidenlärm. Auch bei jener Nachtsitzung über das Schicksal des schwarzweißen Doppeltödchens war es nicht lebhafter zugegangen.

Zwischen vier hellbrennenden Wachsfackeln gaukelte die Sänfte durch die stille, abenddunkle Marktgasse. Danckelmann schwieg, weil der Polizeifeldwebel sich immer dicht neben dem Fenster hielt; und der junge Oberst, der die durchwachte Nacht zu spüren begann, nickte bei diesem sanften Geschaukel ein bißchen ein. Im Leuthaus war für die beiden Herren zum Nachtmahl gedeckt; der fürstpröpstliche Lakai wurde höflich verabschiedet, und der steifzöpfige, stiefelklappernde Soldat mußte bedienen; er machte die Sache, wie man eine Kanone lädt und abfeuert. Der junge Oberst begann mit Gier zu schlingen, trank den schweren Klosterwein wie Wasser, schwatzte immer sein quirlendes Französisch und fragte endlich den wortkargen Geheimrat: »Hab ich Ihm die diplomatische Laune verdorben?«

»Das nicht, aber – was tun wir, wenn Ihre römische Kurzangebundenheit eine Abfuhr erleidet?«

Ein heiteres Lachen. »Wozu soll ich mir den Kopf über Dinge zerbrechen, von denen ich voraussetze, daß sie nicht eintreffen. Die Herren haben nicht danach ausgesehen, als wollten sie mit eisernem Schädel durch die Mauer fahren.« Ohne bösartig zu werden, begann der junge Oberst die Köpfe der Kapitelherren mit drolliger Spottlust zu silhouettieren. »Nur einer war dabei, der mir gefallen hat, der Lange mit dem prächtigen Weißkopf und den zwei schrecklichen Warzen. Der hat etwas Rolandeskes, hat Menschlichkeit in den deutschen Augen und Gedanken hinter der Stirne. Dennoch ist er heiter. Das ist ein Mensch mit erhöhter Seele.«

»Glauben Sie, daß er –«

Gleich verstand der junge Oberst. »Ein heimlicher Protestant? Der? Nein, Ihre evangelische Seele ist hochmütig, lieber Geheimrat. Wir dürfen nicht jeden wertvollen Menschen für uns in Beschlag nehmen. Sokrates und Leonidas waren Heiden, Salomo war Jude. Und der lange Weißkopf? Ich wette, der ist ein Katholik vom reinsten Wasser.« Nach kurzem Schweigen wieder das muntere Auflachen. »Ich ertappe mich manchmal bei einer höchst unnordischen Sympathie für die Katholiken. Sie sind mir in manchen Dingen lieber als unsere Orthodoxen, hinter deren Eisblöcken noch immer der verloschene Scheiterhaufen ein bißchen raucht.« Die schmalen Lippen lächelten malitiös. »Vor zwei Jahren, als ich gute Worte nötig hatte, schrieb mir ein katholischer Abt aus der Rheingegend diesen Vers in meinen Canisius:

> Ein schlechter Protestant, ein schlechter Katholik,
> Da frißt der Teufel den Segen, das Glück.
> Ein guter Katholik, ein guter Protestant,
> Und driefach wächst die Ernte im Land.

Glauben Sie, Danckelmann, daß jemals einer von unseren Oberkonsistorialräten einen solchen Vers in den Katechismus eines katholischen Prinzen schreiben würde?«

»So darf man die Dinge nicht nehmen, Königliche Hoheit! Man muß als Staatsmann Distance bewahren, um sich von Fall zu Fall das Notwendige überlegen zu können.«

»Ruhe? Für alle Fälle? Nein, Danckelmann! Das ist die unergiebigste Eigenschaft der Menschen.« Ein lächelndes Sinnen. »Zeit lassen? Beim Bergsteigen mag es vernünftig sein, wenn man kurzen Atem hat. Heut, als dieser Jäger zwischen den grausamen Dragonergäulen sprang wie ein Hirsch, bewies er, daß das Hilfreiche die eiserne Ausdauer ist, die schnelle Kraft und der leidenschaftliche Wille. Im Leben und in der Geschichte, wenn die Schose vorwärts gehen soll, muß Sturm wehen. Komm ich einmal zur Arbeit, so will ich in der ersten Stunde was beginnen, worüber die Welt zusammenfahren soll bis in die Knochen.« Sich erhebend, leerte er sein Weinglas und winkte auf etwas parodistische Art mit der Hand. »Gute Nacht, mein ruhsamer Geheimrat! Ich sehne mich nach meinem Nachtgebet. Das will ich piano erledigen, damit es Ihm den Schlummer nicht davonpfeift.«

Ein paar Minuten später, als der junge Oberst in ›Himmat‹ und Reithose auf dem Bett saß, und der Soldat ihm die von der Schneenässe eng gewordenen Stiefel herunterziehen wollte, hörte man zwei Stimmen im Salon. Dann streckte Danckelmann den Kopf zur Tür herein: »Der Bote war da. Alles bewilligt.«

»Na also!« Ein kurzes, fast kindliches Auflachen der melodischen Stimme. Dazu in flinkem Französisch: »Hat man 120 000 wohldressierte Kerle hinter sich, so kann man sich vernünftige Worte erlauben. Umwege und geduldige Schwäche machen sich schlecht bezahlt. Entschlossene Gradheit bleibt immer die beste Politik.« Und wieder deutsch: »Na, Hänne, nu zieh mal feste! Spuck in die la main! Denn wird's schon jehen.«

Der Geheimrat legte sich mit erleichtertem Gemüt zu Bett. Er hatte schon eine berchtesgadnisch-salzburgisch-österreichische Koalition in der Luft hängen sehen. Jetzt konnte er aufatmen. Kaum lag er in den Kissen, da hörte er durch zwei Mauern sanft gedämpft das ›Nachtgebet‹ des jungen Obersten herüberklingen: pedantische Flötenläufe, erst langsam und immer schneller, Töne wie Soldaten, die nach dem Paradeschritt den Sturmlauf üben. Dann ein innig träumendes Adagio, das einer Klavierübung von Bach entnommen und für die Flöte zugeschnitten war. Erst gegen Mitternacht verstummten die zärtlichen Klänge. Das blieb politisch nicht ohne Folgen. In der Geisterstunde wurde Herr von Grusdorf aus dem ersten Schlaf herausgebimmelt, um von Muckenfüßl den überraschenden Geheimrapport entgegenzunehmen, daß der impertinalimentische Patron, der sich in loco hujus vor den Kapitelherren so arroganzialiter aufgespielt hätte, gar kein prussianischer Offizier sein könnte, sondern probabilitätisch ein verkappter Musikant und Schwegelpfeifer wäre. Graf Tige hatte also mit seinem maskierten Tanzmeister nicht weit daneben geraten. Aber wie die Dinge lagen, war nichts mehr zu ändern. Man konnte nur bei den bevorstehenden Hoffestlichkeiten die Verteilung der Jagdstände und die Tischordnung eo modo dirigieren, daß dieser zweifelhafte Kumpan aus der allergnädigsten Nähe Seiner Liebden removiert wurde.

Eine dunkle Nacht verging. In den Bürgerhäusern der Marktgasse war nach der zehnten Abendstunde das Brennen von Licht seit dem Versöhnungsschießen polizeilich verboten. Aurore de Neuenstein und ihr Schlafzimmer standen selbstredend außerhalb des Wirkungskreises der mittleren Regierungsorgane. An der schon halb zum Unlustschlößchen gewordenen Villa blinzelte durch die herzförmigen Ausschnitte der geschlossenen Fensterläden ein rosiger Schein heraus, der erst kurz vor Anbruch des Morgens erlosch. Da die sekrete Sänfte sich schon vor Mitternacht gegen das Stift bewegt hatte, war den Polizeiwächtern diese zwecklose Lichtvergeudung der Allergnädigsten nicht erklärlich; sie rieten auf Gespensterfurcht; unmöglich konnten sie vermuten, daß Aurore de Neuenstein die restlichen Nachtstunden zum Einpacken noch unentfernter Kostbarkeiten verwendete. Ein ahnungsvoller Engel, sah sie den Strapazen des Großen Jagens, das sie als parisische Diana verschönen sollte, mit dunkler Besorgnis entgegen und wollte die drei folgenden Tage, in denen sie dank einer immer wirksamen Ausrede von allen zärtlichen Verpflichtungen enthoben war, noch gut für ihre Zukunft benützen. Kurz vor Anbruch des Tages verließen zwei schwerbepackte Saumtiere, von Aurorens verläßlichem Hausknecht geleitet, das in der Frühlingswärme still erblühende Freudengärtlein in der Richtung gegen Reichenhall.

Unter dem gleichen Frühgrau pochte Leupolt Raurisser an die noch verschlossene Tür des Leuthauses. Eine Stunde später, während die kommende Sonne alle westlichen Bergspitzen mit Rosenglut zu überschütten begann, ritten die zwei preußischen Herren gegen Unterstein hinaus, begleitet von dem steifzopfigen Soldaten und von Leupolt, der ernst und blaß war, doch so ruhig, daß die Herren, wenn sie mit ihm sprachen, keinen Wandel gegen den vergangenen Tag an ihm bemerkten. Als die Reiter am Haynacherlehen vorüberkamen, grüßte Leupolt in herzlichem Erbarmen den Christl, der wunderlich erregt vom Zauntor seines Gehöftes gegen das Sudhaus hinüberspähte. Lange stand er und guckte so. Jetzt tat er einen schweren Atemzug. »Da kommt er!« Dem Haynacherlehen wanderte ein kleiner, zaundürrer Bauer entgegen, in dessen schmunzelndem Runzelgesicht zwei flinke Wieselaugen funkelten. »Gelobt sei Jesus Christus und die heilige Mutter Marie.«

»In Ewigkeit, amen!« sagte Christl und scheuerte den weißen Haarfleck hinter dem Ohr.

Der kleine Bauer stieß den Stecken auf den Boden. »Daß wir gleich alles ausreden: den Hausrat, 's Vieh und 's Futter mußt du mir aufweisen. Dein Feld und den Waldzipf kenn ich. Wieviel verlangst du für alles?«

»Die Nachbarsleut schätzen mein Sach katholisch auf vierzehnhundert Gulden.«

»Ich hab dich ausrufen hören, du gibst es um den halben Preis?«

»Was ich sag, ist Stein und Eisen.« Christls tiefliegende Augen begannen zu funkeln. »Daß man der Martle ihr Gerstenfeld nit ackern und misten darf, das müssen wir protokollarisch machen. Was mein Bübl braucht an Wäsch und Zuig, und was –« Dem Christl kam ein Schwanken in die Stimme. »Was noch übrig ist von meiner Martle, das nimm ich mit. Alles andere ist dein.«

»Schauen wir's an.« Der Bauer nahm die Sache genau. Jedes Stück Hausrat untersuchte er bis auf die Leimfugen; jede Ziege hob er auf seinen Schoß, jeder Kuh knutschte er das Maul, den Hals, die Wampe, das Euter, und jedem Kälbl guckte er aufmerksam unter den Schwanz. Der stumme Christl stand mit aschfarbenem Gesicht daneben. »Gut! Vierhundert kriegst du bei der Unterschrift, dreihundert bei der Übergabe. Wann soll ich zum Protokollieren kommen?«

»Gleich.«

Der kleine Bauer lachte. »Pressiert's dir denn gar so?«

»Wohl.« Christl Haynacher trug sein Bübl zur Nachbarin hinüber und wanderte mit dem Käufer zum Landgericht. Das wunderliche Kaufdokument mit dem Paragraph über das Gerstenfeld – nit ackern und nit misten – verursachte den vier überflüssigen Buchstaben eine muntere Viertelstunde. Als Christl unterschrieben hatte, fragte ihn der Landrichter lachend: »Wann will er denn exulieren?«

»Morgen.« Der Haynacher hob die brennenden Augen. »Am liebsten tät ich's noch heut.«

»Heute? Nein. Heut nachmittag wird er schön daheim bleiben. Da wird noch etwas zu erledigen sein.«

Christl lächelte sonderbar. »Was wär denn das?«

»Seine Neugier wird sich gedulden können.« Eine entlassende Handbewegung. Als die zwei Bauern mit schweren Schuhen davongepoltert waren, schwang sich der muntere Liebling der Gerechtigkeit zu einem philosophischen Erguß über die in Bauernköpfen generaliter grassierende Verbohrtheit auf. Seine heitere Laune sollte sich noch weiterhin erhöhen. Pfarrer Ludwig betrat schmunzelnd die Amtsstube. »Oh? Reverende? Was führt Euch zu mir?«

Das Schmunzeln des Pfarrers verstärkte sich. »Um ehrlich zu sein: ein Werk der Barmherzigkeit. Oder, um gleich in medias res zu hupfen: ich will –« Nach einem Augenwink auf den Schreiber sprach er lateinisch weiter: »Ich will meine schwerbedrückte Seele entlasten und ehrlich zu Protokoll geben, daß ich es gewesen bin, der das Haynachersche Zwillingspärl verschwinden ließ.«

Der Landrichter schickte hurtig den Schreiber aus der Stube und platzte los. Was Lustigeres war ihm zeit seines Lebens noch nicht begegnet. Zwischen Lachen und Lachen sagte er: »Unglaublich! Dieser Lewitter! Soviel Schlauheit hätt' ich ihm gar nicht zugetraut, obwohl man in dieser Materie von einem Juden viel attendieren darf.« Es dauerte ein Weilchen, bis er sich von seiner unjustiziarischen Fröhlichkeit so weit erholt hatte, um die Gänsefeder in die Streusandbüchse tauchen zu können. Die Feder schrieb nicht. »Seht doch«, sagte der muntere Willibald, »wie klug meine Feder ist! Sie weigert sich, bei dieser barmherzigen Torheit mitzuagieren.« Er griff nach einem anderen Kiel. Diesmal fand er beim Eintauchen das richtige Tintenfaß. »Also?« Dabei lachte er schon wieder. »Was soll ich protokollieren?«

»Daß ich aus Erbarmen mit dem unglücklichen Vater, aus Mitleid mit dem armseligen Pärl, auch sonst aus Vernunfts- und Menschlichkeitsgründen dem beklagenswerten Kapitelstreit ein notwendiges Ende bereitet habe.« Pfarrer Ludwig war sehr ernst geworden. »Was ich bekenne, Euer Gestreng, ist die reine Wahrheit. Mit einem Schlüssel, den ich aus der Zeit meiner Amtstätigkeit noch besaß, hab ich in jener Kapitelnacht die Armeseelenkammer aufgesperrt. Um mich unkenntlich zu machen, hab ich einen gemäschelten Herrenmantel umgehangen, den ich mir vor Jahren für ein höfisches Maskenfest hab schneidern lassen. So vermummelt hab ich das arme Pärl im Friedhof zur ewigen Ruh bestattet. Mein priesterliches Gewissen ist ohne Vorwurf. Lewitter hat uns das im Kapitel doch auseinandergesetzt: mit der Verwebung der Muskeln, mit der Diffusion des Blutes, et cetera. Da muß doch vom getauften Blut was übergeflossen sein ins ungetaufte, also quasi eine Mittaufe des nur leblos scheinenden Körperchens erfolgt sein. Nit?«

»Aaaaah! Glänzend debattiert!« staunte der hocherfreute Richter, der nun auch den Grafen Tige, wenigstens inbetreff seiner nächtlichen Friedhofstätigkeit, gerechtfertigt sah. »Warum habt Ihr denn diese hilfreiche Konklusion nicht im Kapitel vorgebracht?«

»Weil sie mir erst post festum eingefallen ist. Daß ich also bis zu einem gewissen Grad gegen kirchliche und weltliche Gesetze handelte, das weiß ich. Und bekennen muß ich es, weil ich nicht will, daß ein halbwegs Schuldloser leiden soll um meinetwillen.«

»Sssssso!« sagte der von fröhlichem Glück erstrahlende Landrichter nach einer Weile, indem er unter das letzte Wort des Protokolls einen netten Schnörkel machte. »Und wirklich, Reverende, dieses Bekenntnis wollt Ihr unterschreiben?« Pfarrer Ludwig, ohne zu antworten, nahm die Feder und kritzelte seinen Namen unter das Protokoll. Da bewegten sich die vier überflüssigen Buchstaben. Mit einer Herzlichkeit, wie sie noch kein anderes Menschenkind von ihm erfahren hatte, streckte Willibald Hringghh dem Pfarrer die Hände hin und sagte voll Rührung: »Reicht mir Eure hilfreiche Christenhand! Ich muß sie drücken. Es ist mir doch bekannt, daß Jesunder stets Euer Gegner war. Um so ehrenwerter ist es von Euch, daß Ihr einem so erbitterten Widersacher zu Hilfe kommt, der nahe daran war, die übelsten Dinge über Euch heraufzubeschwören.«

»Herr Richter!« Pfarrer Ludwig blieb noch immer ernst. »Ich hab keinen Schwindel gemacht, ich hab die Wahrheit gesagt.«

Ein fröhliches Lachen erschütterte das Sauermilchgehirn der Gerechtigkeit. »Die reinste Wahrheit! Auch im Groben famos erfunden. Aber permittiert mir, Euch aus dem reichen Tresor meiner richterlichen Experienzen auf ein paar laienhafte Dissonanzen aufmerksam zu machen. Da ist von einem Schlüssel die Rede. Wenn nun der Richter früge: ›Wo ist dieser Schlüssel?‹ Nein, Ihr sollt mir nicht antworten. Ich will es Euch sagen.« Der vergnügte Willibald lächelte allwissend. »Nicht wahr? Diesen Schlüssel habt Ihr in einen tiefen Brunnen geworfen?«

»Stimmt!«

»Und den gemäschelten Herrenmantel habt Ihr wohl verbrannt in Eurem Stubenofen?«

»Stimmt!«

»Aber! Reverende!« Der Landrichter lachte, daß von den heftigen Schüttelbewegungen die Roßhaarwuckeln seiner Perücke weißlich zu qualmen begannen. »Euch, der die herrliche Sache mit der diffundierenden Taufe zu finden wußte, sollte doch auch hier etwas Witzigeres einfallen. Der tiefe Brunnen und das Ofenfeuer sind die abgedroschensten Hilflosigkeiten vor dem Richtertische. Doch um Euch einleuchtend zu demonstrieren, wie laienhaft in juridischem Sinn Eure barmherzige fabula ersonnen ist, will ich noch eine Frage stellen. In welcher Nacht behauptet Ihr das angebliche crimen verübt zu haben? Ihr wollt doch wohl nicht sagen: ›In der ersten?‹ Nämlich in der Nacht, in der es durch einen mir bekannten Täter wirklich geschah! Da ist doch zu beweisen, daß Ihr im Kapitel wart. Nun also? Wann?«

»In der anderen Nacht.«

»Aber Hochwürden!« Die justiziarischen Mausaugen blitzten von überlegenem Humor. »Da wart Ihr doch, wie ich mich selbst überzeugte, ein schwerleidender Patient.«

»Ich hab die Krankheit simuliert, um das Kapitel schwänzen zu können.«

»Ausgezeichnet!« Hell auflachend klatschte Doktor Willibald die Hand auf den geduldigen Tisch der Justitia. »Ich will Euch sogar gestehen, daß eine ähnliche Konjektur auch mich zu befallen drohte, bevor sich der Gegenbeweis ergab. Daß man vor dem Scharfblick eines Richters mancherlei Krankheiten zu simulieren versucht, ist mir nicht neu. Es gibt da Simulanten von erstaunlicher Fertigkeit. Aber –« Erst mußte der Landrichter die Tränen fortwischen, die ihm der Witz des Vorganges aus den Molchaugen beizte. »So geschickt hat noch niemals einer von meinen Inkulpaten simuliert, daß ich von seiner fingierten Krankheit infiziert wurde. Ihr seid der erste, der das reüssierte. Eure simulatio hat mir vierzehn Tage beschert, in denen meine Nase permutiert war zu einer qualvollen Hölle. Nun? Was sagt Ihr jetzt?«

Der Pfarrer schwieg. Seine große Warze begann zu hüpfen, und dann brach er in ein Gelächter aus, daß er mit beiden Händen die Mitte seiner Länge umklammern mußte. Eine völlig gegensätzliche Wandlung vollzog sich im Molkentopf des Hringghhischen Verstandes. Ernst geworden, mit schöner Würde, erhob er sich vom Fundament der vier überflüssigen Lettern. »Merkt Ihr jetzt, wie aussichtslos es ist, vor einem erfahrenen Richter einen unrealen Bären produzieren zu wollen? Aber gestattet nun, daß ich den armen Jesunder sofort von seinem Wahn kuriere. Ich danke Euch, liebster Hochwürden! Ihr habt mir in mancher Hinsicht eine große Gefälligkeit erwiesen. Grüßt mir auch den klugen, vortrefflichen Lewitter!«

Als Pfarrer Ludwig hinaustrat in die Sonne, faltete er wie ein frommes Kind die Hände und sprach ohne Worte zum blauen Himmel hinauf: ›Du lieber Herrgott! Gibt's denn irgendwo auf der Welt noch einen größeren Schafskopf? Sag mir's! Dann reis' ich hin. So was Unwahrscheinliches muß man mit Händen greifen, bevor man's glauben kann.‹ Lachend ging er zu seinem Haus hinüber. Doch diese Heiterkeit war ohne Dauer. Seine Augen wurden ernst, fast traurig. »Und so was richtet über Schicksal und Ehr, über Leben und Tod der Menschen.«

Bevor noch eine Stunde verflossen war, trat Doktor Willibald Hringghh mit dem Lächeln des Siegers in die Stube des Pfarrers. »Gestreng?« fragte Herr Ludwig. »Was noch?« Die Sauermilch der vier Überflüssigen wurde geistreich. »Der gemäschelte Herrenmantel«, Willibald zog das Protokoll aus dem Busen, »soll verdiente Gesellschaft erhalten.« Ging auf den Ofen zu und schob das Dokument der Gerechtigkeit ins Feuerloch. Der Pfarrer schüttelte den Kopf: »Das muß ich mißbilligen. Wenn Jesunder das Prozeßverfahren gegen mich fordert?«

»Er wird es unterlassen.« Lächelnd streckte sich Doktor Halbundhalb zum Ohr des langen Pfarrers hinauf. »Um eine gelinde, politisch notwendig gewordene Verfehlung gegen meine Amtspflicht von mir abzulösen, hab ich beim Chorkaplan gebeichtet. Es war die einzige Methode, die ihn zwingen konnte, das Geheimnis zu bewahren.« Seiner siegreichen Klugheit voll bewußt, sah der weise Richter dem Pfarrer in die Augen. »Als ich mein Confiteor begann, war der arme Jesunder noch ein gequälter Narr, bei der Absolution schon ein sanierter Mensch. Namentlich das Motiv der diffundierenden Taufe hat ihn ungemein beruhigt. Und die Hilfe kam, als die Not am höchsten war. Den Verstörten bedrückte bereits der Wahn, daß er preußische Zwillinge gebären müßte. Eben, da ich kam, wollte er seine verzweifelte Mutter zur Hebamme schicken.«

Pfarrer Ludwig, als er allein blieb, sprach mit einem kleinen Zusatz die Worte des spinozistischen Briefes vor sich hin: »Alles Wissen und Geschehen, auch alle Narretei und Dummheit, muß dem Leben dienen, damit der Mensch teilhaftig werde des ihm möglichen Glückes!« Dann fort, zu seinem Freunde Simmi. Und von Lewitters Haus hinüber zum Meister Niklaus. Er traf ihn mit Luisa und Sus bei der Mahlzeit, setzte sich zu ihnen, schien besser gelaunt als je und erzählte die Geschichte vom preußischen Kapitelsieg. »Die wissen, wie man's zu machen hat. Einen feindseligen Hammel muß man aufs Maul schlagen, kitzelt man ihm freundlich die Ohren, so stößt er.« Während der Pfarrer schwatzte, huschten seine forschenden Augen immer wieder zu Luisa hinüber. Ihr Gesicht war wie aus Alabaster geschnitten und erzählte stumm von einer herzzerdrückenden Kummernacht. Nie hob sie den Blick, sprach keine Silbe und atmete schwer. »Ja«, sagte der Pfarrer, »gestern im Kapitel hab' ich lachen können. Dafür hab' ich kurz vorher einen netten Schreck mit der guten Mälzmeisterin erlebt. Übrigens, Luisli, weißt du denn schon, daß der Leupi wieder daheim ist?«

Luisa nickte stumm und beugte das Gesicht noch tiefer gegen den Tisch. »Kind?« fragte der Meister halb erstaunt und halb erschrocken. »Und da sagst du mir kein Wörtl davon? Ist was geschehen zwischen euch? Du bist seit gestern, daß ich dich schier nimmer kenn.« Sie wollte sprechen und brachte keinen Laut aus der Kehle. Die Sus wurde rot bis unter die Haarwurzeln, und Niklaus fragte nicht weiter, weil ihm der Pfarrer unter der Tischplatte einen mahnenden Puff versetzte und dazu verständlich mit den Augen zwinkerte: »Ja, Nick, da hab ich wieder einmal sehen können, wieviel Wunderliches in Menschenköpfen umeinanderhupft. Du weißt doch, was für ein gescheites, wahrhaft frommes Weibl die Mälzmeisterin ist. Und gestern, ich sitz daheim, und da surrt der Mutter Agnes ihr Mädel zu mir herein in die Stub, heult wie unsinnig und bettelt, ich soll doch um Gottes willen gleich hinüberkommen, die Mutter Agnes hätt den Verstand verloren.«

Niklaus sah ratlos den lächelnden Pfarrer an, die Sus stammelte ein ›Jesus Maria!‹, und Luisa hob das blasse Gesicht mit erweiterten Augen, aus denen alle Qual einer verstörten Seele redete.

»Da kannst du dir denken, Nicki, wie ich gesprungen bin. Ich komm hinüber, da sitzt der prächtige Bub auf der Herrgottsbank, hat ein Gesicht wie ein Gestorbener, und hält mit den Armen die Mutter fest, als müßt er Sorg haben, daß sie was Unsinniges anstellen möchte. ›Was ist denn?‹ frag ich. Und da kriegt die Mälzmeisterin ein bißl Luft, reißt sich von ihrem Buben los, springt zur Mauer hinüber – und du weißt doch, bei den Mälzmeisterischen hängt so eine hirnrissige, lästerliche Gottesaugenuhr in der Stub. Und jetzt rat, was die Mutter Agnes getan hat? Ausgesehen hat's freilich, als wär sie verrückt. Aber flink bin ich draufgekommen, daß sie gescheiter ist als wir alle. Und so springt das zornwütige Weibl auf die Mauer zu, packt die dumme Uhr, reißt sie von der Wand herunter, trampelt mit den Schuhsohlen drauf herum, wie man was Giftiges totmacht, und schreit dazu in Kummer und Tränen: ›Frömmigkeit, ja, Frömmigkeit! Rechte Frömmigkeit ist das Schönste auf der Welt, aber kindischer Aberglauben ist allweil das Schiechste vor Gottes Blick!‹ Ich sag dir, Nicki –« Pfarrer Ludwig verstummte, sah über den Tisch hinüber und fragte verwundert: »Luisli? Ist dir nit gut?«

Wankend, als wäre sie nah dem Erlöschen, hatte Luisa sich erhoben. Der Meister erschrak, die Sus sprang auf. Und da taumelte

Luisa schon zur Tür hinaus, den einen Arm vor die Augen gepreßt, mit der anderen Hand ins Leere tastend. Die Sus sprang ihr nach mit einem erstickten Sorgenschrei. Den Meister, der das gleiche tun wollte, faßte Pfarrer Ludwig am Arm. »Bleib, Nicki! Die Sus macht das schon. Die weiß, wie man vor einer füreiligen Dummheit den Schlüssel im Türschlößl umdreht.«

»Mensch!« zürnte der Meister. »Was treibst du denn da?«

»Was der Simmi treibt, wenn er für eine Krankheit das richtige Tränkl mischt.« Lächelnd legte der Pfarrer den Arm um den Hals des Freundes. »Sei nit neugierig! Das Kind muß in sich selber das Rechte finden.«

»Pfarrer!« stammelte Niklaus.

»Verstehst du nit? Hast du im Leben noch nie erfahren, zu was die hungrige Lieb einen treiben kann?«

Ohne zu antworten, grub Meister Niklaus seine Stirn in die Hände.

Der Pfarrer betrachtete ihn mit einem herzlichen Blick und verließ ohne weiteres Wort die Stube.

Auf dem Heimwege begegnete er einem heftig monologisierenden Menschenkind. In der milden Mittagssonne schusselte der weißschnauzige Hiesel Schneck am Pfarrer vorüber und strebte durch die Stiftshöfe gegen den Brunnenplatz. In seinem Gesicht war eine Mischung gegensätzlicher Seelenstimmungen. Man konnte da ebensogut auf fuchsteufelswilde Himmelhundslaune wie auf freudenreiche Befriedigung raten. Die letztere schien im Hiesel das Übergewicht zu gewinnen, als er beim Marktbrunnen sein Schneckenweibl daherzappeln sah, so festtäglich aufgeputzt wie ihr Schneck. Hätte jedes von den beiden noch einen Rosmarinstrauß an der Brust gehabt, so hätte man sie für ein goldenes Hochzeitspaar halten können. »So«, sagte die Schneckin, »jetzt haben wir's!« Dabei war auch an ihr das gleiche, seltsame Durcheinander von Kummer und Glück zu gewahren. Sie tat einen steinschweren Atemzug und wiederholte lächelnd: »Jetzt haben wir's!«

»Und wie!« Der Hiesel legte den Arm um das alte Weibl und tuschelte zärtlich, ohne den winzigsten Himmelsköter. »Jetzt ist alles wieder in der schönsten Ordnung!«

Der Schneckin brannte ein mädchenhaftes Erglühen über das Runzelgesicht. Verwundert guckte sie am Hiesel hinauf und flötete: »Jesus, wer hat's dir denn schon wieder verraten?«

»Was?«

»Daß ich mich dir z'lieb wieder einschreiben hab lassen als evangelikanische Exulantin.«

Der Hiesel Schneck, dem der himmelwärtsstrebende Schnauzer sonderbar zu zittern anfing, hob zuerst sprachlos die geballten Fäuste gegen das Frühlingsblau hinauf und verzog das schmerzhafte Maul bis zu den Ohren. Dann fuhr ihm aus der verzweifelten Seele eine langschwänzige Höllementskreatur heraus. Diesem Fluchgeprassel folgte die weinerliche Klage: »Du Narrenkapp ohne Bändel! Du Feiertagsschmarren ohne Schmalz! Du alte Fuierbüx ohne Zündloch! Hast du denn um Gottes willen nit ein bißl Verstand unterm Kuferdeckel!« Weil die Schneckin bitterlich zu heulen anfing, wurde der Hiesel etwas sanfter. »Weibl, so geht's nit! So kommen wir zwei unser Lebtag nimmer auf gleich. Kreuzteufelundkruzi –« Kummervoll erwischte er den Himmelhund, der aus ihm herausfahren wollte, beim Schwanz und verschluckte ihn wieder. »Verstehst du denn nit? So was von Füreiligkeit! Du bei die Evangelikanischen drent! Und ich seit halber Zwölfe wieder der beste Katholik! Wir zwei, wir bleiben doch allweil grabenweit auseinander, wenn sich nit eins mit der Gottesfreudigkeit ein bißl zruckhalten kann. Verstehst?«

Die Schneckin hatte verstanden. Drum flossen ihre Tränen so reichlich, daß dem Hiesel das Erbarmen in die wirblige Seele tröpfelte. »Geh, deswegen mußt du nit so grausam röhren! Es gibt auf der Welt kein Narrenstückl, das man nit wieder aufpolieren könnt.«

Mit nassen Augen guckte sie hinauf zu seinem zitternden Schnauzer. »Meinst, ich soll mich gleich wieder ausstreichen lassen?«

»Ausstreichen? Was? Du Roß ohne Schweif! Da müßt sich der Kommissar was Nobels denken von dir. Der tät doch sagen: du bist ja wie's Wetterweibl um Ostern, bald drin im Häusl, bald wieder draußen. Ah na! So soll mir keiner nit reden von meiner Schneckin. Verstehst? Ich bring die Sach schon wieder auf gleich. Der Hiesel kann's machen, wie er mag. Da lachen die kommissarischen Schöpsnasen und sagen halt wieder auf französisch: Tätewoh! Meinetwegen! Ein Buckel wie der Schneckische vertragt's.«

Den Hut lüftend, als wäre ihm schwül geworden unter dem struppigen Haardach, surrte der Hiesel Schneck, eine Perlenkette neuartig gelöckelter Himmelhunde drechselnd, hinüber zur Kommissariatskanzlei. Die Schneckin konnte nur neun Vaterunser beten, da war der Hiesel schon wieder da. »So, Weibl! Jetzt hat der Schmarren wieder sein Schmalz! Jetzt soll's auf der Welt kein' bessern Evangelikaner nimmer geben, als wie der Hiesel Schneck einer ist. Verstehst?« Trotz aller Ruhe, mit der sich der Hiesel aufspielte, schien doch ein böses Gewissenswürmchen an seiner Seele zu nagen. Jählings erblassend zog er sein Weibl mit sich fort, so flink, daß die Schneckin das Aussehen einer schiefen Zappelfigur bekam. Und das geschah aus keinem anderen Grunde, als weil der Hiesel Schneck den heitergestimmten Landrichter in amtlicher Begleitung aus dem schattigen Stiftstor heraustreten sah in die Sonne.

28

Zur Linken der vierfach entbehrlichen Gerechtigkeit wandelte der Feldwebel Muckenfüßl mit dem Krückstock der polizeilichen Gewalt. Hinter den beiden marschierten vier Soldaten Gottes mit aufgepflanzten Bajonetten. Dieses Doppelkleeblatt der Weltbeglückung verfügte sich ins Tal der Ache und zum Lehen des Christl Haynacher.

In dem sonst so stillen Gehöfte war es lebhaft. Vieh wurde davongetrieben; bei den Hecken fing man die gackernden Hennen; Heu und Stroh wurde auf einen Leiterwagen geladen, und ein paar lustig schwatzende Burschen schleppten allerlei Hausgerät aus dem Flur und stellten es in die Sonne. Nachbarsleute standen bei der Hecke; sie schwatzten leis miteinander oder guckten zum Haus hinüber, wo der Christl Haynacher auf der Türbank saß, das schlafende Bübl mit leisen Bewegungen auf seinem Schoße wiegend. Sein verzerrtes Gesicht war aschenfarbig, und die tief eingesunkenen Augen brannten aus bläulichen Ringen heraus. Dennoch bot er den Anblick eines ruhigen Menschen und lächelte immer ins Leere, als wären die Dinge, die um ihn her geschahen, für sein Herz und Hirn eine ferne Sache. Manchmal machte er mit der Hand einen raschen Griff nach seiner Hüfte, um zu fühlen, ob die Geldkatze noch da wäre, die er nach der Übergabe umgeschnallt hatte. Einer von den Nachbarn ging auf den Christl zu und sagte: »Mensch! Warum tust denn du exulieren? Du bist doch ein Gutkatholischer!«

»Wohl! Und was für ein guter!« nickte der Haynacher und schaukelte sein Bübchen. »Aber exulieren tu ich.«

»Du Narr! Warum denn?«

Das lächelnde Gesicht des Christl wurde wie eine starre Maske. »Warum?« Er hob die funkelnden Tieraugen. »Schnaufen muß ich wieder können. Luft muß ich haben. Ein Kreuz muß ich aufstekken, ich weiß nit wo. Und erzählen muß ich dürfen, wie gottselig meine Martle gestorben ist.« Ein heiseres Aufkichern. »Mein Vieh und mein Zuig ist alles verkitscht. Morgen, eh die Sonn kommt, bin ich schon über der Grenz. Gott soll euch gutbleiben, ihr Nachbarsleut! Mich sehet ihr nimmer.« Da rief bei der Hecke drüben eine schrille Weiberstimme, wie warnend: »Christl! Die Soldaten Gottes kommen.«

»So so?« sagte Christl. Was gingen ihn die Soldaten Gottes an? »Die kommen, ich weiß nit zu wem. Bloß nit zu mir. Bei mir ist alles protokollarisch. Mein Kopfgeld hab ich schon gestern gezahlt. Zwanzig Gulden, Nachbar!« Er lachte wieder. »Weil ich ein Gutkatholischer bin. Als Lutherischer hätt' ich's billiger haben können, um fufzehn Gulden. Ja, Nachbar, der richtige Glauben ist einen Batzen wert. Da zahlt einer gern. Gelt, ja?«

Der Nachbar schüttelte den Kopf, ohne zu antworten, guckte scheu zur Straße hinüber und ging auf die Hecke zu. Er hatte ein gutes Gewissen, seine Haustür und seine Kreuzstöcke waren nicht rot angestrichen, aber wenn die Soldaten Gottes kommen, ist's immer besser, man ist weit davon. Auch die Leute, die nach protokollarischem Recht das Haynacherlehen ausräumten, stellten ihre muntere Arbeit ein und drückten sich hinter die Scheune. Würdevoll, die Amtsmiene mit einiger Heiterkeit aufgeschmälzt, betrat der Landrichter unter Muckenfüßls kanzleideutschem Geleit den stillgewordenen Hofraum des Haynacherlehens und gab den vier Gottessoldaten einen Wink, sich vorerst in Reserve zu halten. Schweigend schritten die beiden der Haustür zu. Weil sie die Sonne über dem Nacken hatten, krochen ihre verkürzten Schatten wie kleine schwarze Teufelchen vor ihnen her.

»Grüß Gott, ihr Herren!« sagte Christl ruhig, nur ein bißchen verwundert. »Aufstehen kann ich nit. Mein Bübl schlaft.«

»So wird er es wecken müssen. Um Abschied von ihm zu nehmen.« Die vier entbehrlichen hatten das reinste Deutsch gesprochen. Dennoch verstand der Christl nicht. Doktor Halbundhalb mußte sich entschließen, etwas deutlicher zu werden: die Regierung hätte nichts dagegen einzuwenden, daß der Haynacher das Land verlasse; einen unverbesserlichen Narren gewaltsam festzuhalten, läge nicht im Interesse der Obrigkeit; keinesfalls aber dürfe sie damit einverstanden sein, daß ihr ein zweifellos katholischer Deszendent entzogen würde, der sich zu einem verwendbaren Subjekte auszuwachsen verspräche. Weil Christl noch immer so wunderlich dreinguckte, fiel Muckenfüßl erläuternd ein: »Kapierst du denn nit, du Rhinoceratissimus? Du selber därfst marschieren, wie's dir quodlibetiert. Dein Kindl bleibt in loco hujus.«

Trotz des gehäuften Lateins begann im Haynacher das Verständnis zu erwachen. Sein Gesicht entfärbte sich, seine Augen wuchsen, und fester schlossen sich seine Arme um das schlummernde Bübl.

»Man hat für sein Kind eine freundliche Unterkunft eruiert und wird es christlich erziehen«, sagte der Landrichter mit beruhigender Milde, »wobei natürlich dem Kindsvater die Pflegekosten zufallen, die er für zehn Jahre zu deponieren hat, mit 26 Gulden pro anno.«

»Herr?« Das war kein verständlicher Laut, war wie ein gurgelndes Husten. Der Christl tat ein paar schwere Atemzüge, wurde wieder ruhig, schüttelte den Kopf und konnte lächeln. »Guter Herr, da müßt Ihr Euch verschaut haben in der Hausnummer. Ich bin kein Evangelischer nit, dem man sein katholisches Kind wegnehmen därf. Ich bin noch allweil –« Er verstummte, weil er im Gesicht des Feldwebels etwas gesehen hatte, was ihm kalt in die Adern fiel. Langsam erhob er sich, preßte das Kind an seinen Hals, wich ein paar Schritte zurück und ließ die Augen irren wie ein gefangenes Tier, das nach einem Ausweg späht.

Aus reicher Erfahrung verstand sich Muckenfüßl auf das leiseste Anzeichen von Renitenz; er hatte gegen die Musketiere mit zwei Fingern eine Gabel und dann einen bogenförmigen Wink gemacht. Solang diese Ordre nicht ausgeführt war, erschien ihm Milde empfehlenswerter als polizeiliche Strenge. Mit biersanfter Herzlichkeit sagte er zum Haynacher: »Jetzt tu nit obstinat sein, du verdrehter Subjektivus! Und mach keine Spurifaxen nit, wo's die Obrigkeit in loco hujus deinem Kindl aus christlicher Pietätigkeit so gütig vermeint.« Der Landrichter, als wäre seine amtliche Mitwirkung bei diesem gutgläubigen Vorgang beendet, trat gegen die Hecke hin und betrachtete aufmerksam das ungeackerte Gerstenfeld, auf dem die Frühlingsblumen zu blühen begannen, obwohl da keine Menschenhand gesät hatte. Und Muckenfüßl hängte den Krückstock der Polizeigewalt an seine Säbelkuppel, trat mit ermunterndem Lachen auf den Christl Haynacher zu, streckte die gespreizten Finger wie eine freundliche Kindsmagd und sagte wohlwollend: »Schau, Christl, sei ein bißl intelligentisch. Tu gehorsamen und gib halt in Gottes Namen das Würml her!«

Der Haynacher sah aus, als möchte er in seinem ratlosen Gram einen Kniefall machen und um Gnade betteln; aber sein Körper streckte sich hart; dabei klang seine Stimme wie das Klagen eines gequälten Kindes: »Jesus, Jesus, nit um Leben und Sterben, mein Bübl laß ich nit aus.«

»Was einer nit gibt, das muß man nehmen.« Wieder, und diesmal mit obrigkeitlichem Unterton, fügte der Feldwebel bei: »In Gottes Namen!«

Der irrende Blick des Bauern sah vom Straßenzaun zwei Musketiere herankommen. Nun hörte er die klirrenden Sprünge der beiden anderen, die ums Haus herumgelaufen waren und hinter der Mauerkante hervortauchten. Ein Ausweg war da nimmer. Im Gesicht des Christl Haynacher, dem die Verzweiflung das Gehirn zerwirrte, vollzog sich eine grauenvolle Veränderung. Unter heiserem Auflachen riß er das große Bauernmesser von seiner Hüfte und grub es mit raschem Stoß in das Herz seines schlummernden Kindes. Das Bübchen zuckte nur ein bißchen, wie die Kinder im Traum zusammenfahren, und ließ das Köpfl auf der Schulter des Vaters liegen, als schliefe es friedlich noch immer weiter. Das Gesicht des Christl war so weiß wie die Mauer seines verlorenen Hauses. Die rechte Hand war rot geworden. Er streckte sie hinauf gegen die Sonne und schrie: »Meines Kindes Blut soll kommen über alle, die uns Menschen plagen im Namen Gottes!« Mit Sprüngen, wie ein von Hunden gehetztes Wild sie macht, unter rasselnden Atemzügen, rannte er gegen die Hecke hin, warf sich durch die Stauden und gewann den Gerstenacker, während hinter ihm das Geschrei der Obrigkeit, der Musketiere und der erschrockenen Nachbarsleute zeterte.

Hinfallend auf die beiden Knie, ließ der Haynacher das entseelte Bübchen von seiner Schulter gleiten und stieß das blutige Messer, das zwischen Griff und Klinge eine stählerne Querstange hatte, in den grünwerdenden Grabhügel der Martle. »So, Weibl!« keuchte er. »Jetzt hast du dein Kreuz!« Ein grelles Lachen zerriß ihm die Stimme: »Ist kein heiliges nit, aber eins, das die Herren nimmer verbieten können.« Er zuckte vom Boden auf. Mit dem Ausdruck eines entrückten Bekenners hob er die roten Hände und schrie zum Himmel: »Sie hat's verdient! Von allen Christenseelen die frömmste! Und ist gestorben, so schön, wie seit dem heiligen Peter und Paul kein römischer Bischof nimmer sterben hat können auf seinem vergoldeten Sessel!« Nach diesem Schrei überkam ihn eine steinerne Ruhe. Das verzerrte Gesicht drehend, gewahrte er bei der grün überhauchten Hecke die obere Hälfte des schwarzen Landrichters mit dem kalkweißen Gesicht und der schneeblanken Perücke. Er sah nicht den Feldwebel, der mit geschwungenem Säbel halblateinisch kommandierte, sah nicht die Musketiere, die sich durch die Hecke warfen, sah nicht die schreienden Leute. Nur den Doktor Willibald Hringghh. Mit zuckenden Händen griff er in die Luft. »Wie, du! Komm her! Oder traust du dich nit?« Ein wildes, jedem menschlichen Klang entrücktes Lachen, gleich dem Gebrüll eines gepeinigten Tieres. »Schau her, du! Meine Händ sind leer. Ich hab kein Messer nimmer. Und mag nit greifen nach einem Prügel. Soviel wie ein räudiger Hund verdienst du nit.« Mit greifenden Fäusten stürzte er auf die erschrocken wackelnde Perücke zu. »Für einen wie du, da reichen zehn römischkatholische Finger aus!« Dem Christl Haynacher fiel der Kopf vornüber, und seine Fäuste sanken. Zwei obrigkeitstreue Bajonette waren ihm in die Brust gefahren. Übersprudelt vom roten Brunnen seines Lebens, fiel er auf den Gerstenacker hin und lag wie ein Entseelter in den jungen Blumen. Nun bewegten stoßende Atemzüge seine Brust. Er tat die Augen auf, die er schon geschlossen hatte, hob sich mit stemmenden Armen vom Boden und sprach in Verzückung: »Es ist ein Gott, und ich glaub. Ihr Sünder, euer Irrtum ist des Erbarmens wert. Mehr sag ich nimmer.« Lächelnd fiel er zurück, und das Leben entrann ihm.

Drüben bei der Hecke des Nachbarlehens fingen die Leute wie verrückt zu schreien an. Die Musketiere standen mit verdutzten Gesichtern, als begriffen sie nicht recht, was da im Handumdrehen geschehen war, und Muckenfüßl fühlte eine Anwandlung von Übligkeit, weil er Blut in solcher Menge nicht sehen konnte. Nur Doktor Willibald Hringghh, obwohl seine Nase so weiß wie seine Perücke war, erkämpfte bis zu amtlich notwendigem Grade seine

Fassung, lüftete das Barettchen und sagte kurzatmig: »Hier hat Gott gewaltet und seine ewige Gerechtigkeit.« Mit kummervoller Einsicht fügte er bei: »Zu spät erkenne ich die Wahrheit, daß dieser unglückliche Mensch kein Schwachkopf, sondern ein geborener Verbrecher war.« Getreu seinen Pflichten, erledigte er die peinlich genaue Inaugenscheinnahme des Tatortes, begab sich in das leergewordene Haus, ließ Tisch und Stühle in die ausgeräumte Stube zurücktragen und verfaßte unter häufigem Kopfschütteln ein ausführliches Protokoll. In seinem Amtseifer überhörte er den wachsenden Lärm, der vom Gerstenacker des Christl Haynacher herüberscholl.

Als der Landrichter bei rotwerdender Sonne das ausgestorbene Haus verließ, befiehl ihn vor dem Anblick des lärmenden Gewühls von zwei-, dreihundert Menschen ein sichtliches Unbehagen. Er fühlte sich zwischen dem Muckenfüßlschen Polizeisäbel und den gottsmilitärischen Bajonetten nicht mehr sicher und schlug ein überhastetes Tempo an. Dadurch gestaltete er die Situation noch unerquicklicher. Eine schreiende, schmähende, von Zorn durchfieberte Leutmenge rannte hinter ihm her und begann mit Steinen zu werfen. Es wäre zu bösen Dingen gekommen, wenn nicht eine unerwartete Wendung das Trauerspiel dieser Stunde halb und halb in das Gegenteil verkehrt hätte. Ein großer Rattenpinscher, der, gereizt durch die Blutwitterung, schon immer aufgeregt gebelfert hatte und nun den springenden Landrichter erspähte, mißverstand die Sachlage, verwechselte die Gerechtigkeit mit dem Verbrechertum, schoß wie ein Pfeil hinter dem Fliehenden her und riß ihm nicht nur einen langen Flügel aus dem richterlichen Talar, auch noch ein mageres Stück Fleisch aus einer Körpergegend, die sogar ein Liebling der Justitia beim Sitzen nicht zu entbehren vermag.

Aller Zorn der aufgeregten Menschen schlug in befreiendes Hohngelächter um, als sie den siegreichen Rattler das schwarze, ein bißchen rotgetüpfelte Fähnlein der Gerechtigkeit so stolz in der stichelhärigen Schnauze umhertragen sahen. Und während Muckenfüßl und die Musketiere rasch den klagenden Herrn davonführten, der eine purpurne Träufelspur seines amtlichen Waltens hinter sich zurückließ, rief ein junger Mensch, den die Amnestie aller Evangelischen erst am Morgen aus dem Aufenthalt ohne Mond und Sonne erlöst hatte: »Gucket, Leut! Jetzt hat er einen von seinen vier überflüssigen Buchstaben eingebüßt! Gott soll's geben zum

Wohl der Menschen, daß man ihm die drei anderen auch noch ausknuspert. Kann er die Gerechtigkeit nimmer im Sitzfleck haben, so könnt man hoffen, daß sie ihm hinaufsteigt ins Gehirn.«

Bevor die Sonne noch über den Toten Mann hinuntertauchte, kamen viele Musketiere und Dragoner zum Gerstenacker des Christl Haynacher marschiert, um die in staatsgefährlichem Grad gestörte Bürgerruhe wiederherzustellen. Als man die beiden kaltgewordenen Menschenkinder, Vater und Bübl, zur Armenseelenkammer brachte, war die Geldkatze des Christl spurlos verschwunden. Nach Anbruch der Dunkelheit wurden die zwei Entseelten, die als gutgetaufte Christen ein unverlierbares Anrecht auf heiligen Boden hatten, ohne Aufsehen im Friedhof bestattet. Und der von seinem bedrohlichen Wahn geheilte Jesunder benützte diese Gelegenheit, um unauffällig den durch ein schwarzes Heidenkind entweihten Gottesacker neu zu konsekrieren. Er vollzog die heilige Handlung so nachdrücklich, daß er mit einiger Berechtigung hoffen durfte, die Weihe würde sogar bis zur Außenseite der Friedhofsmauer penetrieren.

Solang die Polizeistunde noch nicht geschlagen hatte, ging es auf dem Brunnenplatz und in der Marktgasse sehr unruhig zu – am unruhigsten im Hof des Leuthauses. Da standen ein paar hundert Menschen beisammen. Die hätten gerne noch erfahren, was die zwei preußischen Herren mit ihrem Nachtbesuch beim Kanzler von Grusdorf zur Beruhigung der evangelischen Mütter und Väter auszurichten vermochten. Die Polizeistunde schlug, ohne daß die Harrenden eine Nachricht hörten; sie mußten heim in ihre Stuben, mußten sich im Bangen um ihre Kinder noch gedulden durch eine lange Sorgennacht.

Früh am Morgen rasselte die Polizeitrommel. Der Feldwebel Muckenfüßl begleitete sie nicht. An seiner Stelle mußte ein anderes Polizeiorgan der lauschenden Population verkünden: daß, zum ersten, die exulierenden Väter und Mütter das unbedrängte Verfügungsrecht über Verbleib oder Mitreise ihrer Kinder hätten. Und zum anderen: daß der allergnädigste Fürst den traurigen Vorfall im Haynacherlehen aus gerechter Empfindung beklage und die beiden Beamten, denen eine folgenschwere Unüberlegtheit vorzuwerfen sei, ihres Amtes enthoben hätte.

Es war eine aufgeregte Nachtstunde gewesen, in der sich Anton Cajetan diesen Entschluß von der fürstlichen Seele gerungen hatte.

Den Feldwebel Muckenfüßl fallen zu lassen, war ihm nicht allzuschwer geworden; nach unten hin verdünnen sich die Regierungsverpflichtungen. Doch gern hätte er den armen Willibald gehalten, aus Dankbarkeit für mancherlei sekrete Dienstleistungen. Man beriet alle rettenden Möglichkeiten und fand keinen Ausweg. Willibald mußte hinuntertauchen in das Nichts, weniger aus Ursache der »folgenschweren Unüberlegtheit«, als weil er durch den Verlust eines notwendigen Buchstäbchens dem Fluch einer Lächerlichkeit überliefert war, die ihm jedes weitere Wirken als getreues Justizkamel entschieden verweigerte. Dem Stiftsherren, der dem Beklagenswerten diese Botschaft mit dem Pflaster eines gnädigen Ruhegehaltes überbrachte, konnte der leidende Mann nicht in die Augen schauen, weil er zu besserer Bequemlichkeit des nähenden Stiftsphysikus auf der sehenden Seite liegen mußte.

Zum kummervollen Nikodemus Muckenfüßl hatte man keinen Stiftsherrn geschickt, nur einen fürstpröpstlichen Lakai. Der entthronte Feldwebel, obwohl er auf ein durststillendes Versorgungspöstchen im Stiftskeller hoffen durfte, gab durch längere Zeit keine Perle seines Sprachschatzes von sich. »So, du Rindvieh«, sagte seine tapfere, unverdrossene Frau zu ihm, »jetzt red lateinisch!«

Im Verlaufe dieses Tages konnte Pfarrer Ludwig von seinem Fenster aus eine Wahrnehmung machen, die ihn wieder an den Amsterdamer Singvogel und an die These denken ließ, daß alles Geschehen unter der Sonne, so hart und übel es auch wäre, sich doch immer wieder verwandle zu einer aufwärts führenden Staffel des Lebens, zu einer Glückshilfe für die Menschen. Der Tod des Christl Haynacher war ein Werk der Erlösung für hundert bedrückte Herzen geworden. Viele Frauen, evangelische Mütter, die in Sorge gewesen waren um den Besitz ihrer Kinder, wanderten zum Friedhof und legten Sträuße und kleine Kränze von Frühlingsblumen auf das frische Grab. Der alte Mesner konnte sich nicht erinnern, daß seit Menschengedenken ein Friedhofshügel so reichen Schmuck empfangen hätte als die Ruhestätte des Christl. Wie sehr man diesen Blutzeugen der Vaterliebe in Ehren hielt, das erwies sich auch an einem Vorfall, der sich auf des Haynachers Gerstenacker ereignete. Hier gedachte gleich am Morgen nach Christls Tod der kleine, magere Bauer mit den schlauen Augen eine nutzbringende Tätigkeit zu entwickeln. Er wollte das brachliegende Feld mit dem Spaten umgraben – das wäre nicht ›geackert‹ – und wollte schaffweise die Jauche ausgießen – das wäre nicht ›gemistet‹ in protokollarischem Sinne. Dieser klugen Auslegung dessen, was schwarz auf weiß geschrieben stand, schlossen sich die Nachbarn des Haynacherlehens nicht an. Sie verprügelten neben dem Grab der Martle den vifen Protokollisten so fürchterlich, daß er das Misten für längere Zeit versäumte.

Außer dem sühnenden Schwertstreich, der auf die Amtsperükken des Landrichters und des Polizeifeldwebels niedergefahren war, tat die Regierung auch sonst noch unter den vier preußischen Augen ihr Möglichstes, um die Stimmung der Population nach Kräften zu besänftigen. Alle Polizeiverbote, die einen Hauch des Muckenfüßlschen Geistes atmeten, wurden vom Stiftstor entfernt, so daß sich die vier Bogen des Exulationsediktes aller würdigen Sozietät entblößt sahen. Wie den Kanzler von Grusdorf bisher das Verbieten ermüdet hatte, so fatiguierte ihn jetzt das Erlauben.

Aus Rücksicht auf die gereizte Stimmung der Subjekte wurden auch alle Vorbereitungen für das Große Jagen mit Ausschluß der Öffentlichkeit betrieben. Die zahlreichen Fahrzeuge mit den Stellnetzen und hohen Tüchern, die Menagerievehikel mit den Hirschkäfigen, Sauzwingern und Fuchskästen, die Küchenwagen und Proviantkarren, alles wurde zu nachtschlafender Zeit in Bewegung gesetzt, um der kritischen Neugier des Volkes entrückt zu bleiben. Im alten Tiergarten des Wimbachtales arbeiteten unter Leitung des Wildmeisters und der Jägerei zweihundert Musketiere und Dragoner drei Tage und Nächte lang, um die eingegatterten Wildbestände in die Käfigfallen zu treiben, sie nach dem Hintersee zu verbringen, an dessen Ufern das große Prunkjagen stattfinden sollte, und sie dort nach dem höfischen Rang der Schützen in die Kammern der zu den Ständen führenden Ausläufe zu verteilen. Was da jagdlich mit vielen Kunstkniffen inszeniert wurde – in einer Jahreszeit, in der die Hirsche keine Geweihe trugen und jede Kreatur des Waldes und der Berge die Spuren der winterlichen Entbehrung zeigte –, war ›edles Weidwerk‹ im gleichen Sinne, in dem der gestutzte Hofgarten als fürstlicher Park und der verflossene Doktor Halbundhalb als himmlischer Sendbote der ewigen Gerechtigkeit gelten konnte. Wie unter dem Strom der Pariser Moschusdüfte viel Gesundes auf deutschem Boden permutiert war zu üblem Geruch, so war auch der höfische Jagdbetrieb verwandelt zu einer französischen Fratze dessen, was man seit Jahrhunderten als deutsches

Weidwerk verstand. Und im Stifte hatten sie ihren Ehrgeiz dareingesetzt, dem Gesandten des Königs von Preußen weidlich zu imponieren und ihm den gutkatholischen Wildsegen ausgiebig unter die evangelische Nase zu reiben. Zahlreiche Einladungen waren ergangen. Weil nach altem Brauch an einem Großen Jagen, das man auch als Kapiteljagd bezeichnete, alle Stiftsherren teilzunehmen pflegten, konnte man auch den Stiftspfarrer Ludwig um die ihm gebührende Invitation nicht verkürzen. Er nahm sie an, weil sie ihm ein Wiedersehen mit dem jungen Offizier in Aussicht stellte, der sich ihm mit heiteren Worten in das alte deutsche Herz hineingeplaudert hatte. »Jetzt schau nur«, sagte der Pfarrer zu seiner Schwester, »daß du noch ein Fläschel Terpentin erwischen kannst, um aus meinem grünen Jagdfrack die verjährten Weintrenzer herauszuputzen!«

Am Vorabend des Großen Jagens konnte der Wildmeister seinem allergnädigsten Fürsten melden, daß für das weidmännische spectaculum alles in bester Bereitschaft wäre und daß auch der Himmel einen selten schönen Frühlingsmorgen verspräche. Auf die vierte Frühstunde war das Rendezvous in den Stiftshöfen angesagt. Schon um Mitternacht begannen die Pfannenfeuer aufzulodern und überglänzten die Stiftsmauern mit grellem Zitterschein. Um zwei Uhr rückte alles aus, was zur fürstlich-pröpstlichen Jägerei gehörte. Punkt halb vier erschien Graf Saur, der als Oberjägermeister fungierte. Dann trafen von zwei zu zwei Minuten, je nach ihrem höfischen Rang, die Jagdgäste ein, zuerst die Stiftsbeamten, drauf die Offiziere der salzburgischen Soldateska, nach ihnen die Domizellaren, von denen die Barone Stutzing und Kulmer zur Einholung der Allergnädigsten ausgeschickt wurden, dann die Kapitularen und der Kanzler von Grusdorf. Alle Herren zu Pferde. Es war ein Gewieher, ein Rosseschnauben und Hufgeträppel, daß die Stiftsmauern davon widerhallten. Fünf Minuten vor vier erschienen die zwei preußischen Herren mit den beiden Jägern, die man ihnen attachiert hatte – Geheimrat von Danckelmann mit dem Leupolt Raurisser, Oberst von Berg mit dem Hiesel Schneck, der seinem Jagdherrn aus diplomatischer Courtoisie und mit einigem Schmunzeln als »Auchevangelischer« bezeichnet wurde. Zwei Minuten vor vier intonierten die Hörner den Dianengruß. Aurore de Neuenstein, in einem grünen, durch goldene Nesteln schürzbaren Reitkleide mit flimmernden Stickereien, kam auf einem zierlichen Pferdchen allerniedlichst in Begleitung ihrer beiden Kavaliere angaloppiert. Die Dianenweise schwenkte hinüber in den schmetternden Herrengruß, und aus dem Stiftsportal, dessen Flügel sich wie durch Zauber öffneten, trat, von Windlichtträgern und Läufern flankiert, der Landesfürst hervor, in grüner, goldstrotzender Prunkjagdgala. Er küßte das Händchen seiner hübschen, etwas reichlich schönbepflasterten Freundin, begrüßte liebenswürdig den Gesandten, merklich gedämpfter den jungen Oberst, stieg zu Pferd und gab das Zeichen zum Ausritt. Die Hörner bliesen den »Aufbruch zur Jagd«. Hinter den hopsenden Läufern und zwischen den gaukelnden Wachsfackeln setzte sich die lange Kavalkade in klappernde Bewegung. Als man außerhalb der letzten Häuser auf der Ramsauer Straße war, wurden die Wachsfackeln ausgelöscht, um den romantischen Reiz des Rittes zu erhöhen und in den vollen Genuß des strahlenden Sternzaubers zu gelangen.

Der junge Oberst, der, solange die Fackeln noch gebrannt hatten, mit beißendem Spott diesen »kleinhöfischen Seifenblasenschwindel« so unbarmherzig persiflierte, daß Danckelmann in verlegene Unruh geriet, wurde plötzlich ein stumm Entzückter, als die Lichter erloschen und diese von den Geheimnissen der Ewigkeit durchblitzte Nacht ihn umgab. Der reine Himmel wie ein stahlblauer Schild, gegen Osten hin schon milchig aufgehellt. Die Berge in das tiefe Blau und in die falbe Helle schwarz hineingezeichnet, mit weißen Schneemützen in der Höhe. Stern an Stern in zitterndem Gefunkel. Die Milchstraße wie ein mit Goldsand überstreutes Band. Gleich einem ewigen Feuerzeichen stand das Sternbild des Orion über dem Toten Mann, und wie eine große Fackel, strahlenschießend, brannte in einer Bergscharte des hohen Göhls die Venus. Neben der Straße brauste die weißquirlende Ramsauer Ache so laut, daß alles Hufgetäppel unhörbar wurde. Wie eine herrlich summende Glockenstimme schwamm das ruhelose Wasserrauschen durch die sternfunkelnde Schönheit der erlöschenden Nacht.

»Danckelmann!« Es klang wie die Stimme eines Fiebernden. »Das ist eine von den Wunderstunden, die mich Heiden zum Christen machen. Man fühlt den Atem Gottes, fühlt die Größe seines Werkes, fühlt seinen ewigen Willen zum Schönen.« In dieses enthusiastische Seelenjauchzen zwitscherte ein heiteres Auflachen der Allergnädigsten hinein. Der Oberst, vom Französischen ins Deutsche fallend, stieß mit galligem Ärger vor sich hin: »Na ja, un denn freecht man sich, wer ihm det Schöne mit so 'nem Geschmeiß bedreckte.«

Dieses Gespräch wurde durch ein Wort des Fürsten unterbrochen, der den Geheimrat an seine Seite rief. Nun ritten die Drei hinter den hopsenden Läufern an der Spitze des Zuges, zur Rechten Herr Anton Cajetan, zur Linken der Gesandte, in der Mitte das ruhelos piepsende Evasvögelchen. Die Laune der Allergnädigsten en titre hatte bei aller Munterkeit etwas Gereiztes und erinnerte an den Geschmack einer versalzenen Suppe, den ein geschickter Koch durch exotische Gewürze prickelnd zu meliorieren verstand. Der hüllende Nachtschleier verleitete sie zu gewagten jeux de mots, die sie bei hellerem Lichte auch in galantester Stunde vermieden hätte, und manchmal, wenn sie so pfefferig aufkicherte, wandte sie flink das Gesicht nach der Richtung hin, aus der das Wortgewirbel des Grafen Tige, ihres verschnupften Verkündigungsengels, zu vernehmen war.

Der junge Oberst, immer emporspähend zu dem grauwerdenden Gezack der Berge, ritt einsam vor den beiden Jägern her, die auf dem Rücken die vier aus den fürstpröpstlichen Waffenschränken für die preußischen Herren ausgesuchten Jagdflinten trugen. Leupolt, wie verwachsen mit dem Sattel, sah immer auf die Ohren seines Pferdes. Hiesel Schneck, der unruhig hin und her wetzte, schob immer wieder den Zeigefinger zwischen die Lippen, um ihn zu netzen und den Zug des Windes prüfen zu können. »Heut bleibt's Wetter nit sauber. Kreuzteufel und Hundsnoterei! Der Wind fackelt umeinander, als tät er noch allweil nit wissen, ob er evangelikanisch oder gutkatholisch ist. Verstehst? Kunnt sein, wir kriegen heut ein Donnerwetter. Und was für eins!«

»Sonn ist allweil!« sagte Leupolt leise.

Während Hiesel grübelte, um den Sinn dieser drei Worte herauszukitzeln, die wunderlich geklungen hatten, lenkte der einsame Reiter vor ihm sein Pferd aus der Reihe. Gleich fragte der Hiesel dienstwillig: »Herr? Was ist denn?« Er bekam keine Antwort. Der junge Oberst ließ den Kanzler und die Kapitularen an sich vorüberreiten, lenkte sein Pferd neben den steifbeinigen Hoppelgaul des Pfarrers hin und sprach den langen Reiter französisch an: »Hochwürden? Wollen Sie für mich in dieser Nacht den Dolmetscher Ihrer schönen Heimat machen?«

»Gern, Herr Oberst!« Der Pfarrer lachte. »Ich besorge nur, daß mein wackliges Französisch Ihre verwöhnten Ohren mißhandelt.«

»Für die mangelhafte Form wird mich der Inhalt entschädigen. Den finde ich bei Ihnen. Und Ihr Französisch, lieber Hochwürden, ist immer noch besser als mein erbärmliches Deutsch.«

Sie ritten Seite an Seite, wurden beim Geplauder warm, heiter, fast kameradschaftlich, und mit wachsendem Vergnügen beantwortete Pfarrer Ludwig die vielen neugierigen Fragen des jungen Offiziers. Bei Anbruch des grauen Morgens erreichte der Jagdzug die ersten Häuser der Ramsau, und der Oberst verstummte. Er hatte die getröstete Trauer und die neuerweckte Hoffnung, die unter diesen niederen Dächern wohnte, vor zwei Tagen in der Sonne gesehen, und die Erinnerung machte ihn nachdenklich. Plötzlich fragte er: »Was meinen Sie, Hochwürden, wie werden die Exulanten sich auf dem neuen Boden eingewöhnen – da drunten?«

»Schwer. Aber nur um der dickeren Luft willen und aus Sehnsucht nach dem Bild der Berge. Alles andere, die neue Art der Arbeit, Knappheit des Lebens, Umgang mit neuen Menschen, neue Pflicht und neuer Weg, das alles wird ihnen leicht werden. Es ist ein fügsamer und verläßlicher Menschenschlag. Und die Zweitausend, die wandern müssen –« die Stimme des Pfarrers wurde leis, »das sind von den Unseren nicht die Schlechtesten.«

Ein rasches, zustimmendes Nicken. »Raten Sie mir, Hochwürden! Jeden Ratschlag will ich mit eisernem Griffel in mein Gedächtnis graben. Wie muß man sie nehmen? Wie muß man sie behandeln?«

»Das ist mit einem einzigen Wort zu sagen: freundlich. Dann hat man sie. Bei ihrem gesunden Seelenmagen vertragen sie alles. Immer sind sie ohne Neid, auch gegenüber dem Besserwissen. Nur muß der Klügere ihnen das vormachen, daß er, was er besser wissen will, auch besser kann. Lacht einer über sie, weil er vermutet, daß sie die Dümmeren wären – oder hält sie einer für minderwertig, nur weil sie anders sind –, der hat sie verloren. Für immer.«

Dem jungen Offizier fuhr es heiß in das aufmerksame Gesicht. »Waren Sie viel auf Reisen, da drunten?« Er deutete mit flinker Handbewegung gegen Norden.

»Ich? Nein.« Der Pfarrer lächelte. »Regensburg war der Nordpol meines Lebens. Über die Donau bin ich nie hinausgekommen.«

»Was veranlaßte Sie, mir zu sagen, was Sie eben sagten?«

Pfarrer Ludwig sah dem Oberst in die von der Nacht umschleierten Augen. »Das war die Klage vieler Salzburger, die lieber wieder heimkehrten in die Knechtschaft ihrer Seelen.«

Sinnend schwieg der junge Oberst, mit einer Furche zwischen den Brauen. Dann sprach er rasch und erregt ein Wort, dessen Zusammenhang mit dem Gespräch der Pfarrer nicht ganz zu begreifen schien: »Ein Glück, daß es in jedem verschweinten Jahrhundert doch überall und immer noch Menschen gibt, die rein, verständig und redlich sind.« Wieder das nachdenkliche Schweigen. Dann unter heiterem Lächeln das italienische Sprichwort: »Chi ha tempo, ha vita.«

Das Latein des Pfarrers reichte aus, um das zu verstehen: ›Wer lernt mit der Zeit, wird leben.‹

Da legte sich die schmale Hand des anderen auf das im Steigbügel weit ausgebuckelte Knie des langen Pfarrers. »Sagen Sie mir alles, liebe Hochwürden, was Ihre Sorge um die Exulierenden zu sagen für notwendig hält.« Und während der Pfarrer sprach, mit aller Herzlichkeit seines Glaubens an den Wert der Menschen, die seiner Heimat entnommen wurden, lauschte der junge Oberst so aufmerksam, daß er keinen Blick mehr auf die wechselnden Bilder der Landschaft warf, das Tagwerden und den ersten Glanz der Sonne nicht bemerkte, den klingenden Morgengruß der Hörner nicht vernahm und kein Auge hatte für den aufleuchtenden Farbenprunk des Jagdzuges. Erst als die Kavalkade auf einer kleinen Rodung am Seeufer ins Stocken kam, blickte er auf wie ein Erwachender. In der Windstille zwischen den dunklen Waldmauern kräuselte nicht die leiseste Welle den Spiegel des blaugrünen Wassers. Der See als See war kaum zu erkennen; man sah nur, daß die Schilfbeete nach aufwärts und nach abwärts grünten; daß die Fichtenmauer mit zierlichen Wipfeln zur Höhe strebte und gleichgestaltig, nur etwas blässer, in die Tiefe wuchs; daß die von der Sonne rosig angeglühten Felsriesen mit den gleißenden Schneefeldern hoch hinaufkletterten ins Blau und ebenso tief hinuntersanken ins Bodenlose; und daß ein leuchtender Himmel da droben war, ein leuchtender Himmel da drunten. Vor diesem zaubervollen Bilde verjüngte und erhellte sich das ernste Gesicht des fremden Offiziers. Mit einem fast mädchenhaften Lächeln sagte er vor sich hin: »Wie schön!«

Stimmengewirbel, heiteres Lachen und ein flinkes déjeuner à cheval. Weißgekleidete Köche und rotweinfarben kostümierte Küfer mit Hirschlederschürzen sprangen im Heidekraut umher und hoben die kunstvoll aus Holz geschnitzten Platten und die silbernen Becher zu den Herren hinauf. Unter hilfreicher Mitwirkung der Natur hatte die ganze Aufmachung des festlich prunkenden Bildes etwas Pompöses, etwas wahrhaft Fürstliches. Der junge Oberst sah mit sonderbaren Augen den Pfarrer Ludwig an: »Ist das Kloster zu Berchtesgaden so reich?«

»Gewesen einmal! Was man heute verschluckt und verpulvert, wird man in fünfzig oder sechzig Jahren bezahlen mit bayerischer Münze.« Das war vom Pfarrer sehr ernst gesagt, fast traurig; dennoch lachte der junge Oberst heiter, fast spöttisch auf: »Tout le monde à la façon du roi de Pologne, sauf le grand économe de Berlin!« Das helle Knabenlachen klang hinüber zu der Stelle, wo Aurore de Neuenstein neben dem frühstückenden Fürsten huldreichen Cercle hielt; Herr von Grusdorf drehte das morose Gesicht über die Schulter, und Danckelmann geriet in Verlegenheit. Schon mehrmals hatte der Geheimrat zarte Versuche gemacht, den jungen Oberst ins Gespräch mit dem allergnädigsten Paar en titre zu ziehen; aber so höflich Herr Anton Cajetan sich gegen Danckelmann gab, so schwerhörig war er für diese diplomatischen Vermittlungsversuche; und als der Geheimrat seine Bemühung erneuerte, fand er Widerstand auf der anderen Seite – der junge Oberst machte eine nur Danckelmann verständliche Handbewegung und wandte sich wieder seinem Gespräch mit dem Pfarrer zu. Die Fabel vom verkleideten Schwegelpfeifer schien zu wirksamer Publizität gediehen zu sein. Es begann auffällig zu werden, wie der Begleitoffizier des preußischen Gesandten von allen Kapitularen geschnitten wurde. So auffällig war es, daß es sogar für den Hiesel Schneck nicht unbemerkbar blieb. »Du!« sagte er zu Leupolt Raurisser, der mit ihm zwischen den Gäulen am Ufer stand. »Dein preißischer Helfer? Verstehst? Der muß nit gar viel Reputation haben.«

»So? Meinst du?« Leupolt fand an diesem Morgen das erste Lächeln.

»Wohl! Um den kümmert sich keine Katz nit.«

Leupolt hob von der Erde einen kleinen Kalksplitter auf, hielt ihn auf der Hand dem Schneck vor die verdrießliche Nase und fragte: »Was ist das?«

»So ein Steinl halt, so ein dreckets, wie's hunderttausend gibt.«

Ein Kopfschütteln. »Das ist nichts anderes, Hiesel, als wie der große Eisberg da droben, von dem's bloß einen einzigen gibt.« Leupolt ließ von der ausgestreckten Hand den Kiesel in den See fallen. Gaukelnd sank die flache Steinscheibe in die blaugrüne Himmelstiefe, schien immer größer zu werden und war umspielt von regenbogenfarbenen Ringen. Der Hiesel guckte mit runden Augen, verstand wieder etwas nicht und brummelte nach einem vorsichtigen Höllementsköter: »Auf'm Stand droben wird's aufkommen, was er für einer ist. Grad neugierig bin ich auf die preißische Pulverei.« Mißtrauisch guckte er zu dem kleinen mageren Soldätl hinüber, das lebhaft mit dem Pfarrer sprach und eben in hurtigem Französisch sagte: »Auf irgend eine Weise muß es doch kommen einmal. Der Hader um Gott und Kirchenmauer kann doch auf deutschem Boden nicht ewig währen, kann doch alles Zusammengehörige nicht immer von neuem entzweireißen! Sie, Hochwürden, als menschlich fühlender Priester? Halten Sie denn das für völlig ausgeschlossen, daß sich zwischen Katholizismus und Lutheranertum in absehbarer Zeit eine friedliche Einigung in allen Glaubensdingen ergibt?«

»Das kann und wird nicht kommen, Herr Oberst! Aber man darf als Deutscher etwas anderes erhoffen: daß man in einer kommenden Stunde der Not sich brüderlich Schulter an Schulter preßt. Und daß der drohende Untergang uns allen, ob römisch oder evangelisch, das deutsche Lebensgesetz hineinschreit in die Herzen: Liebe deinen Gott, achte den Glauben des anderen und bleibe dir bewußt bei jedem Zornschrei und bei jedem Lachen, daß du ein Deutscher bist. Kommt es so, dann ist alles gut. Und das kann ich glauben.«

In dem strengen Gesicht des jungen Offiziers, um dessen schmalen und dennoch edel gezeichneten Mund ein leises Lächeln dämmerte, blitzten die stahlblanken, herrlichen Augen. »Da müßte man die Stunde segnen, die uns Deutschen von aller Not die schwerste über die bockbeinigen Köpfe hagelt.«

Ein klingender Hornruf. An den Waldmauern ein mehrfaches Echo. Geklirr und Bewegung. Heiter, nur mit etwas geschraubten Tönen zwitschernd, trabte die Allergnädigste zwischen Herrn Anton Cajetan und dem Geheimrat auf einen weißbesandeten Waldweg zu. Ihr schwarzgetüpfeltes Unschuldsgesicht war vom genossenen Wein und von der Anstrengung des Rittes gerötet. Manchmal reckte sie sich ärgerlich im Sattel und atmete dazu in einer Art, als wäre der Wunsch in ihr, etwas minder geschnürt zu sein. Hinter den Dreien hielten sich dienstbereit die Domizellaren von Stutzing und Kulmer, die zu weidmännischer Nachhilfe für Aurore de Neuenstein und ihre zierliche Feuerbüchse auf den Fürstenstand befohlen waren. Unter dem köstlichen Spiel von Lichtern und Schatten ging's eine Viertelstunde empor durch den von grauen und weißen Felsklötzen durchwürfelten Frühlingswald. Danckelmann fand gerechten Anlaß, das jagdliche Arrangement mit Begeisterung zu loben. Von Stellnetzen und hohen Tüchern war nichts zu sehen. Die Kammern und Ausläufe des massenhaft zusammengefangenen und eingepferchten Wildes blieben unsichtbar. Alles Künstliche war durch Tausende von eingepflöckten Fichtenbäumchen und durch Moosballen so dick maskiert, daß man sich immer in Gottes freier Natur zu befinden glaubte. Nur selten hörte man irgendwo eine Jägerstimme, und manchmal klangen Pflockschläge vom Hintersee herauf, wo jetzt, nach Abzug der Herrschaften vom Frühstücksplatz, die letzten Vorbereitungen für die weidmännische Apotheose des Großen Jagens getroffen wurden: für den Seebogen und die Wasserjagd.

In der Nähe des Fürstenstandes, neben dem ein Hornquartett den Herrengruß ins Grüne schmetterte und hinüberschmolz in die zärtliche Dianenweise, stieg man aus dem Sattel. Aurore de Neuenstein brauchte, um niederzukommen, vier galante Domizellarenhände. Dragoner, die schon gewartet hatten, führten die Pferde davon. Vier Büchsenspanner geleiteten Herrn Anton Cajetan zum Fürstenstand, der aussah wie eine mit grünem Sammet tapezierte Kanzel. Als der Fürstpropst dem Geheimrat schon »Weidmannsheil!« gewünscht hatte, zwitscherte Aurore de Neuenstein französisch über die Schulter: »Meine beste, liebste Exzellenz! Nicht wahr, Sie sagen gelegentlich Ihrem kleinen Pfeifer, daß er ein großer Flegel ist. Adieu!«

Bis zur Fürstenkanzel waren es in sanfter Steigung kaum hundert Schritte; sie schienen der Allergnädigsten en titre wachsende Atembeschwerden zu verursachen.

29

Die Stände des Großen Jagens waren so weit voneinander entfernt, daß kein Schütze seinen Nachbar gewahren oder durch unvorsichtige Schießerei gefährden konnte. Man schien einsam für sich im Walde zu sitzen. Dem jungen Oberst, als er mit dem Hiesel Schneck seinen grünumflochtenen Stand erklettert hatte, schien das zu gefallen. Es war ihm anzumerken an der Art, wie er, behaglich aufatmend, sich auf die Bank niederließ, die Arme kreuzte, die schlanke Nase vorschob und mit den flinken Blitzaugen fröhlich herumguckte in dem von der Morgensonne durchwobenen Bergwald. Inzwischen lud der Hiesel gewissenhaft die beiden Feuersteinflinten, schüttete Feinkraut ins Pfänndl, legte die Waffen schußfertig über die Auflagstangen und huschelte sich hinter seinen Jagdherrn. »So, jetzt bin ich neugierig, was wir ausrichten miteinander.« Dem jungen Offizier, dem das Bild des stillen Waldes genügte, schien jede Neugier auf den Verlauf des Großen Jagens zu mangeln. Das war wieder gut für den Hiesel Schneck. Solang er nicht gefragt wurde, konnte er schweigen wie der Tod. Nur über die Lage der Stände durfte er Auskunft geben. Rechts, gegen die Berghöhe, lagen die Stände des Herrn von Grusdorf, des Grafen Saur, des preußischen Gesandten und zu oberst der Doppelstand des Herrn Anton Cajetan und der Allergnädigsten; zur Linken, gegen den See hinunter, die Stände der Stiftsherren und Domizellaren, der salzburgischen Offiziere und der Stiftsbeamten in strenger Rangabstufung. Über alle übrigen Geheimnisse des Großen Jagens mußte Hiesel unverbrüchliches Schweigen bewahren; es konnte für einen Gast den Reiz des Jagens nicht erhöhen, wenn er im voraus wußte, was da kommen würde, und daß je drei Füchse für den Fürsten, die Allergnädigste und den preußischen Gesandten, je zwei Füchse für den Grafen Saur und den Kanzler, je ein Fuchs für den Oberst von Berg und jeden Kapitelherren, drei Füchse für vier Domizellaren und je zwei Füchse für fünf salzburgische Offiziere und für sieben Stiftsbeamte in den mehr oder minder wahrscheinlichen Tod springen mußten. Nach ähnlicher Abstufung waren auch die Wildschweine, das Kahlwild, die Gemsen und »Prunkhirsche« für den Aussprung nach den verschiedenen Ständen eingekammert. Alles war gerichtet aufs Schnürchen. Hätte die gleiche ordnungsgemäße Vorsehung, wie die Fürsten sie bei ihren französisch frisierten

Hofjagden zu erzielen wußten, auch im Heiligen Römischen Reiche geherrscht, welch ein Segen wäre das für das deutsche Volk gewesen.

Ganz konnte Hiesel Schneck nicht schweigen. Er deutete mit dem Finger und tuschelte: »Da droben, da kommt bald was! Verstehst? Da droben, wo der weiße Steinbrocken liegt.« Das hätte der junge Oberst auch ohne den barmherzigen Fingerwink des Hiesel erraten können. Von dem weißen Steinbrocken zog sich eine Bodenmulde gegen den Stand herunter, auf beiden Seiten abgesperrt durch dichtstehende Fichtenbäumchen. Kam da droben ein Wild, so hatte es einen Auslauf von 200 Schritten bis zum Stand, mußte auf 30 Schritt am Schützen vorbei und konnte, wenn sein Leben bis dahin erhalten blieb, in einem grünen Heckentrichter verschwinden, um der »Seekammer« und einem unanzweifelbaren Schicksal entgegenzuspringen. Vorerst war lautlose Stille im schönen, frühlingsduftenden Bergwald, der wohlig unter dem Glanz der Sonne träumte und keine Ahnung davon hatte, wie übel er mißbraucht wurde. Darüber schien sich auch der junge Oberst keine Gedanken zu machen. Die träumende Waldstille gefiel ihm, und seine Augen glänzten.

Hoch droben wurde mit hallendem Hörnerklang das Jagen angeblasen, und es dauerte nicht lang, so krachten bei der Fürstenkanzel zahlreiche, flink aufeinanderfolgende Schüsse, man hörte das jauchzende Piepstimmchen der Allergnädigsten und dann die melancholische Fuchstodweise des Hornquartetts. Bumm, bumm, bummbum, knatterte es unter herrlichem Echo von den Ständen des Geheimrats, des Grafen Saur und des Kanzlers herunter, und geheimnisvoll zischelte der Hiesel Schneck: »Hö! Obacht! Es kommt was.«

Lachend drehte der junge Oberst das Gesicht: »Mon cher monsieur Cheneque! Ick habe selber Oogen.«

»Was hast?« fragte Hiesel verdutzt. Sein Jagdherr deutete mit beiden Zeigefingern auf seine fröhlich glänzenden Augen. Jetzt verstand der Hiesel. »Ah so!« Und des weiteren hielt er wütend das Maul, obwohl der verhöllte Preiß, weil er keinen Griff nach der Flinte machte, den heranschnürenden Fuchs nicht zu sehen schien. Der rote Bruder Reineke erledigte seine Promenade in den voraussichtlichen Tod mit ruhiger Gemütlichkeit, spähte und lauschte nach allen Seiten, ließ die gestreckte Rute zittern, kam bis auf 40

Schritte heran, setzte sich erstaunt auf die Hinterbacken und betrachtete den jungen Oberst äußerst aufmerksam. Dieses persönliche Interesse schien ein gegenseitiges zu sein und währte so lang, daß Hiesel Schneck in Besorgnis durch die Zähne knirschte: »Himmelherrgottblutsakerment, so schieß doch einmal!«

»Neeee!« klang die melodische Frohstimme des jungen Nichtschützen. »Det brave Fückschen soll Mäuse fangen, die dem Bauer am Hafer knabbern.« So freundlich diese Stimme sich anhörte, so mißtrauisch machte sie den Fuchs. Er sauste unter dem Geböller, das auf den tieferen Nachbarständen losging, wie der Blitz davon und verschwand in dem grünen Heckentrichter, der ihn einem minder barmherzigen Vorgang entgegenlenkte. Hiesel Schneck schlug fassungslos die braunen Tatzen über dem Haardach zusammen, vergaß seines evangelikanischen Herrgotts und ließ aus empörter Jägerseele den gutkatholischen Seufzer herausfahren: »O du Mar' und Josef und alle vierzehn Helfer in der christlichen Not!« Bedrückt von einem sorgenvollen Zukunftsgedanken, guckte er in das grüne Loch, in dem der Fuchs verschwunden war. Da kam – eines jagdbaren Keilers hatte man den maskierten Schwegelpfeifer nicht gewürdigt – unter Horngeschmetter, hurtigem Flintenknall und rollendem Echo eine schwere Bache mit zwei kleinen Überläufern durch die Mulde heruntergesurrt, vornehmlich grunzend in ihrer ahnungsvollen Angst um die beiden Borstenkinder. Der Hiesel Schneck, weil er mit Recht vermutete, daß sich das gewitzte Wildschwein nicht neugierig vor einen Preißen hinsetzen würde, konnte seinen Jägerseelensturm nicht länger im Zaum halten. »Hö! Du! Verstehst? Dö Sau frißt keine Mäuslen nit! Da wirst dich ein bißl tummeln müssen!« Er packte eine der beiden Flinten, um sie seinem Jagdherrn hinzubieten. Der schob sie mit der Hand zurück: »Uff so 'n jutes Muttchen losknallen? Neeee!« Wortlos schüttelte Hiesel Schneck den Schädel mit dem zitternden Schnauzer, schien sich in bedenklicher Nähe eines Gehirnschlages zu befinden und klagte: »Da fehlt's weit!«

Neues Horngeschmetter, eine gesteigerte Knallerei auf allen Ständen, und durch die Mulde trollten in zerzaustem Winterkleid zwei junge Hirsche herab, die ihre Geweihe schon abgeworfen hatten. Auch sie passierten unbeschossen den Stand des jungen Offiziers. Das begriff der Hiesel, und seine grimmige Laune schien sich zu bessern. Aber gleich darauf ereignete sich etwas Schauderhaftes, etwas für den Hiesel völlig Unfaßbares. Unter einem Fortissimo der Hörner, die eine Steigerung aller Reize des Großen Jagens zu verkünden schienen, sausten mit wundervollen Fluchten zwei Gemsböcke durch die Mulde herunter, mit schön gebogenen Krukken über den weißgelben Backen, noch im schwarzen, wenig geschädigten Winterkleid, bei ihrem dichten Pelzwerke kugelrund erscheinend, die wackelnde Bartsäge über den Rücken hin. Vom aufwärtsziehenden Sonnenwinde gewarnt, wollten sie seitwärts aus der Mulde fahren, prallten gegen die elastische Fichtenhecke, wurden zurückgeschleudert und überschlugen sich, rafften sich wieder auf und hetzten nun mit schnellen Weitsprüngen geraden Weges gegen den Stand herunter. »Aber jetzt«, lachte der Hiesel Schneck, »gelt ja, jetzt rührt sich der Preiß ein bißl!« Das stimmte. Der junge Oberst war aufgesprungen, konnte sich an dem prachtvollen, ihn heiß erregenden Bilde nicht sattschauen, wirbelte sein fast kindhaftes Entzücken mit einem französischen Wortgeprassel aus sich heraus, und als die beiden Gemsböcke drei Schritte vor ihm mit hohen Fluchten über die grünverkleidete Kanzeltreppe setzten, applaudierte er so leidenschaftlich, wie er's noch niemals in einer französischen Komödie getan hatte, schlug den sprachlosen Hiesel Schneck begeistert auf die Schulter und lachte: »Menschenskind! Det war jeradezu himmlisch!«

»Da legst dich nieder!« murrte der Hiesel trostlos und wälzte in verstörter Seele den Gedanken umher, wie das mit ihm werden würde, wenn alle Preißen so schauderhafte Jäger sind? Da lief er, wenn er exulierte, einem Leben entgegen, bei dem er sich Tag für Tag so namenlos ärgern mußte, daß ihm schließlich vor Gift und Zorn die weidmännische Galle verläßlich platzen würde. Etwas Verzweiflungsvolles redete aus seinen Wasseraugen, als er zögernd fragte: »Herr? Sind im luthrischen Sand da drunt die Jäger alle so wie Ös?«

»Wie wer?«

Im Hiesel begann es zu kochen. »Kreuzikruzi –« Der Himmelhund, der nur ein bißchen aus dem Schneck herausgeblinzelt hatte, blieb ungeboren. »Verstehst denn nit? Der Ös bist du! Und wissen muß ich, ob im Preißischen alle Jäger so sind wie du?«

Der junge Oberst lachte erheitert. »Neee! Da bin ick der Eenzichste. De anderen sind alle die gleichen Schlächter und Pulverschweine als hierzuland.«

»So so? Jetzt weiß ich, wie ich dran bin.« Hiesel Schneck tat einen Atemzug der Erleichterung, also gab's im Preißischen auch gute und richtige Jäger; da brauchte sich der Hiesel doch nicht gerade mit dem da einzulassen! Bei dieser schlauen Rechnung erschien dem halbgesottenen Evangelikaner das Exulieren minder schauderhaft als vor einer Minute. Und hurtig rührte sich wieder der gewissenhafte Jäger in ihm. »Psssst! Obacht!« Der Klang der Hörner in der Höhe wurde feierlich. Und droben bei dem weißen Stein erschien mit ruhigem Schritt ein guter Kronenhirsch, fein abgezeichnet vom grünen Hintergrund, mit vorgebuchteter Kehlzotte, über dem straff erhobenen Haupt das prächtig verästelte Zwölfergeweih. Leis kicherte Hiesel: »Gelt, Preißerl, da schaust!« Verwundert sah der junge Offizier den langsam niedersteigenden Hirsch und wieder den Jäger an: »Werfen denn hier de ollen Hirsche det Jeweih nich ab im Frühling?«

»Jöises!« klagte der Hiesel. »Jetzt weiß der so was nit! Wann's halt ein Geschnittener ist! Verstehst?«

»Wat?«

»Kreuzsakra! Den hat halt der Wildschneider im Herbst kastriert. Da wirft einer 's Geweih nimmer ab. Söllene sind an die Dreißig im Jagen.«

»Ach, det arme Luder!« Mit einer harten Furche zwischen den Brauen griff der junge Oberst rasch nach der Flinte. Ein Ruck an die Wange. Im Feuer überschlug sich der Hirsch, lag verendet zwischen den Steinblöcken, und der Schütze, unmutig das Gewehr fortstellend, sagte mit leiser Stimme: »Délivré des bienfaits de la providence humaine!«

Jetzt applaudierte der Hiesel Schneck, ohne zu verstehen, daß dieser barmherzige Erlösungsschuß für seinen Jagdherrn alles andere, nur keine weidmännische Freude war. Was der Hiesel in seiner vergnügten Anerkennung noch schwatzen wollte, ging unter in einem Heidenlärm, der plötzlich den Wald zu erfüllen begann. Unter dem Geschmetter der Hörner, die ›Schluß des Jagens‹ bliesen, klangen die jauchzenden Stimmen der Jäger und vieler zur Jagdfron befohlener Musketiere und Dragoner durch den Wald herunter, näher und näher. Bei den Ständen hallten die aufgeregten Hussarufe und Halalischreie, mit denen man dem wundgeschossenen Wild den Fangstoß versetzte, überall schoß der Hetz- oder Standlaut der Schweißhunde und Saupacker, manchmal auch das

Aufheulen eines Hundes, dem ein weidkranker Gemsbock das nadelscharfe Krickel durch die Gedärme gerissen hatte; bald in der Höhe, bald in der Tiefe sang ein Jagdhorn den ›Sautod‹, den ›Hirschtod‹, den ›Gemstod‹, den ›Fuchstod‹; und dieser ganze, noch immer wachsende Heidenspektakel wälzte sich von den Ständen gegen den See hinunter, um sich völlig auszutoben in der höfischen, treu nach französischem Muster zugeschnittenen Apotheose des Großen Jagens.

Als der junge Oberst, schon angewidert von den roten Bildern, die er gesehen hatte, mit dem aufgeregten Hiesel Schneck hinunterkam ans Wasser, war das herrliche spectaculum Dianae bereits in Gang. Schützen, Jäger, Musketiere und Hundejungen mit den in den Halszwingen heulenden Bracken standen rings um das Ufer her. Das schöne Spiegelbild der Wasserfläche war zerwirbelt von rinnenden Wellenkreisen. Jubelnde Hornfanfaren, hallendes Echo an den Felswänden. Und vom Südufer des Sees, wo hinter einer dunklen Wipfelsäge das sonnglänzende Dach der fürstpröpstlichen Försterei emporspitzte, glitt das mit falschen Blumen, Bändergirlanden, Fähnlein und Wimpelchen grellfarbig aufgeputzte Schiff der gesegneten Göttin rauschend gegen die Seemitte. Auf einem geschnitzten Hirsch, der mit vergoldetem Riesengeweih als Galion sich herausstreckte über den Schiffsschnabel, ritt – nicht Herr Anton Cajetan – nur der fürstliche Wildmeister à la place du maître adoré. Hinter ihm, in einer vergoldeten Muschel, stand die heftig atmende, ein bißchen blaß gewordene Diana mit hellenischer Lanze und einem funkelnden Halbmöndchen über dem gepuderten Lockenbau. Auf der anschließenden, grüngeländerten Plattform hatten sich rings um den Allergnädigsten Herrn die bevorzugten Jagdgäste höchster Rangordnung und die hilfsbereiten Domizellaren versammelt, alle mit langen Jagdspeeren bewaffnet. Und hinter der Plattform rauschte das Wasser weiß um die zwanzig Ruderschaufeln, die von maskierten Schiffern, von haarigen Faungestalten regiert wurden. Eine neue Fanfare, ein Hussajubel und Brackengeläute rings um den schimmernden See, ein dröhnender Böllerschuß mit endlos rollendem Echo, und aus einer grünen Triumphpforte – wie ein schlammiger Wasserschwall sich im Bogen hervorstürzt aus einer jäh geöffneten Schleuse – schnellte sich eine braune, schwarze, rötliche Zappelmasse vom Ufer in das aufspritzende Wasser: das in der »Seekammer« angesammelte Wildgewühl, hinter dem die Hetzhunde her waren. Von beiden Ufern klatschten die gelösten Bracken heulend in die Wellen hinein, trieben den schwimmenden Wildknäuel gegen den flitterfarbig heranrauschenden Dianentempel, und da stießen und stachen vom goldenen Sitz der Göttin und von beiden Seiten der grünen Plattform das hellenische Länzlein und die langen Speere auf und nieder, daß es immer blitzte von den zuckenden Klingen. Das erstochene Wild drehte die Bäuche nach oben, wobei das schöne blaugrüne Wasser sich mit schmutzigem Rot zu färben begann. Und Jubelgeschrei und Hörnerschall ohne Ende. Das gefiel nicht allen, die es sahen. Pfarrer Ludwig, der in seinem verblichenen Jagdfrack an eine grün umwickelte Hopfenstange erinnern konnte, war gar nicht zum Ufer gekommen. Und der junge Oberst knirschte in Zorn und Ekel vor sich hin: »Fui Deibel!« Den Hiesel Schneck seinen langgeschwänzten Himmelhunden überlassend, wandte er sich vom Ufer ab und schritt immer tiefer in den Wald hinein.

Eine Stunde später, als schon der Streckenruf, der Fürstengruß und die Dianenweise geblasen waren, mußten viele Jäger durch den Wald springen und den Namen des Obersten von Berg zwischen die Bäume schreien. Er ließ sich von Leupolt finden, dessen Stimme er kannte, deutete mit der Gerte, die er im Wald gebrochen hatte, über das Ramsauer Tal und gegen den Toten Mann hinauf, lächelte schmal und sagte: »Det war schöner!« Die Freude über dieses Wort schoß dem Leupolt Raurisser mit heißer Blutwelle in das ernste Gesicht, das zu mannhaft war, um den Gram der vergangenen Tage merken zu lassen. Dann rief er, zum Zeichen für die suchenden Jäger, ein klingendes Hojoh in den Wald. Sie kamen gesprungen, mit ihnen auch der schauderhaft abgehetzte Hiesel Schneck. Die Freude lachte ihm aus den Augen, als er seinen Jagdherrn wieder hatte, der freilich ein Preiß war – aber was für ein Schütz! »Kreuzikruziundsikerafaxhöllementshündl, hat der dem Hirsch dös preißische Kügerl aufizirkelt aufs richtige Fleckl! Verstehst?« Das wurde – wie für den verewigten Christl Haynacher das Wunder der Armeseelenkammer – für das Kindergehirn des Hiesel Schneck eine ruhelos schnurrende, unsterbliche Geschichte. Während ihr schweigsamer Held zwischen den heiter schwatzenden Grünröcken der Försterei am See entgegenwanderte, klang das beginnende Tafelkonzert der fürstpröpstlichen Hofkapelle durch den Wald wie sommerliches Grillengezirp. Auch die Mittagsschwüle des heißgewordenen Frühlingstages hatte was Sommerliches. Wechselnde Windzüge zerrten die Wipfel hin und her, und kleine, kugelige Weißwolken schwammen in auseinanderstrebenden Reihen über die wildzerrissenen Schneegrate der Mühlsturzhörner empor.

Daß die Sonne sich ein bißchen verschleierte, das war ein Glück für die Strecke, die auf einer Wiese der Försterei in langen Linien ausgerichtet lag, bewacht von den schweißleckenden Bracken. Den reichsten Weidmannssegen schien die huldreiche Göttin dieses Tages sich selbst beschert zu haben; fast ein Viertel des erlegten Wildes war gekennzeichnet durch die kirschroten Seidenmaschen der heute noch allergnädigsten Aurore de Neuenstein. Und gerade um diese rotgezierten, wie mit Mohnsträußen geschmückten Wildstücke sumste die größte Fliegenmenge. Die kleinen, zarten Dianenhände hatten, bis die Lanze ans Leben ging, sehr häufig zustechen müssen. Die vielen allergnädigsten Wunden besaßen für das Fliegengesums einen anziehenden Reiz. Schweißgeruch und säuerliche Düfte umwitterten das Leichenfeld französischer Jagdfreude und wehten bei jedem Umschlag des Windes hinüber bis zur offenen Mahlstätte, von der die Tafelmusik und der fröhliche Becherlärm der grünen Herren hinausklang in die Waldstille. An die Försterei war ein großer Holzsöller angebaut, ganz eingewickelt in Fichtengrün, die Zwischenräume der das Dach tragenden Balken durchschlungen von Girlanden aus den ersten Blumen des Frühlings. Durch die Lücken leuchtete das Farbengepräng der Mahlgesellschaft heraus, und überall sah man weiße Köche, gelbe Schüsselträger, blaue Läufer und weinrotfarbene Küfer springen. Unter dem bewimpelten Torbogen, zu dem vier breite Stufen hinaufstiegen, erschien der Geheimrat in sorgenvoller Erregung, sah den winkenden Hiesel Schneck und rief mit dem Lachen eines Erlösten: »Endlich? Kommt er?« Ungeduldig schritt er dem Erwarteten entgegen und überbrachte ihm die Kunde eines diplomatischen Sieges. Man hatte den Oberst von Berg ganz unten an der Tafel bei dem alten Pfarrer und den jungen Domizellaren plaziert. Danckelmann hatte sich ins Mittel gelegt, und nun erwartete den Verspäteten der Platz an der Herzseite der Allergnädigsten.

»Meinen schuldigen Dank, lieber Geheimrat, aber ich setze mich zum Pfarrer. Der hat mehr Charme in seinen haarigen Warzen als das Mensch an allen rosigen Nuditäten. Die Sorte hab ich satt.« Danckelmann war ratlos. Eine Änderung erschien ihm völlig unmöglich. »Alles ist möglich. Man muß nur wollen!« Und der junge Oberst, höflich nach allen Seiten komplimentierend, ging in der Mahlhalle geraden Weges zum unteren Ende der Tafel und auf den Pfarrer zu, legte dem Grafen Tige die Hand auf die Schulter und sagte liebenswürdig: »Verzeihen Sie, Graf! Jedem das Seine. Ihr Platz, vermute ich, ist dort oben.« Der Domizellar erhob sich verdutzt, errötete mit zartem Farbenspiel und hatte noch keine Antwort gefunden, als der junge Oberst schon behaglich auf dem eroberten Sessel saß. Nach dem leeren Platz an der Herzseite der Allergnädigsten schien Graf Tige keine Sehnsucht zu empfinden, war wütend und ließ für sich, um in Gefechtsnähe zu bleiben, dem jungen Oberst gegenüber einen Sessel zwischen die Barone von Stutzing und Kulmer schieben. Dabei hörte man von der allergnädigsten tête der Tafel ein so auffälliges Dianenlachen, daß die Annahme, der Geheimrat hätte eine witzige Ausrede gefunden, nicht unberechtigt war.

»Hochwürden!« sagte der junge Oberst unter dem Gezirp der Tafelmusik zum Pfarrer. »Im Walde hab ich nachgedacht über alles, was wir sprachen auf dem Wege durch die Ramsau. Sie haben recht mit Ihrer Forderung nach verständnisvoller Freundlichkeit. Aber Schuld ist auf beiden Seiten. Mir ist da – Dichter sind immer Propheten und Erzieher – eine alte deutsche Fabel eingefallen. Die muß ich Ihnen erzählen. Vielleicht auf dem Heimweg.«

Pfarrer Ludwig kam zu keiner Antwort, weil Graf Tige in gereizter Fehdelust über den Tisch herüber fragte: »Verzeihen Sie meine Neugier, Herr Oberst! Ihr Name, von Berg? Das ist wohl preußischer Beamtenadel?«

»Jawohl, lieber Graf!« Ein graziöses Kompliment begleitete diese Worte. »Die Männer meines Hauses haben von jeher ihren Stolz dareingesetzt, die treuesten Diener des Staates zu sein.«

»Gedenken auch Sie diesen Stolz in sich zu erziehen?«

Mit einem fast komischen Ernst antwortete der junge Offizier: »Seit einiger Zeit beginne ich das zu lernen.«

»Bei Ihrer Jugend kann diese Übung noch nicht lange gedauert haben.« Graf Tige lachte. »In Preußen scheint Mangel an gereiften Männern zu herrschen, weil man die Zwanzigjährigen zu Obristen macht. In welcher Bataille haben Sie sich diesen Lohn erworben?«

Ein hartes Lächeln, hinter dem es kaum merklich wetterleuchtete. »In einem Kampf, bei dem es um Kopf und Kragen ging.«

Graf Tige guckte mit verwunderten Augen. »War denn Preußen zu Ihren Lebzeiten in einen Krieg verwickelt? Allerdings, die preußische Sandbüchse liegt so entfernt von uns, daß man es nicht immer gewahren kann, wenn sich der Sand da unten ein bißchen bewegt.«

Pfarrer Ludwig bekam einen roten Kopf. »Denken Sie nicht übel von uns, Herr Oberst! Auch hierzulande gibt es wohlerzogene Leute.«

Das schien der junge Offizier nicht zu hören. Sein Gesicht war bleich. Nur auf den Backenknochen, die man plötzlich schärfer sah als zuvor, glühten zwei kleine rote Flecken. Seine Augen, die unbeweglich auf den Grafen gerichtet waren, hatten etwas Verschleiertes. Nun verschwand die Blässe, das Blut stieg ihm ins Gesicht, schwellte die Schläfenadern, und unter der schönen Stirne brannte der Feuerblick einer stolzen und furchtlosen Seele. So nickte er dem Pfarrer lächelnd zu und sprach dann mit heiter klingender Stimme über den Tisch hinüber: »Der Sand da unten gedenkt noch Wellen zu schlagen, die man spüren wird in der ganzen Welt. Ich glaube, der König dieser kleinen Sandbüchse wird unter den Großen der Erde noch eine stattliche Figur abgeben. Möglich, daß ich das nicht erlebe. Ich habe nicht den Wunsch, sehr alt zu werden. Aber manchmal wünsche ich, in hundert oder zweihundert Jahren wieder für einen Tag auf die Welt zu kommen, nur um zu sehen, was aus Preußen geworden ist. Ich hoffe: viel!« Nun fand er ein Lächeln, auch für den Grafen Tige. »Setzen Sie gütigst diesen Glauben auf Rechnung meiner verzeihlichen Liebe zu dem Lande, das mich gebar. Im übrigen weiß ich sehr wohl, daß ich mich als Gast an dieser Tafel jeder bescheidenen Höflichkeit gegen den liebenswürdigsten meiner Wirte zu befleißigen habe.«

Das Gespräch wurde durch eine lärmvolle Sensation unterbrochen. Sie war verursacht durch eine zwiefache Neuigkeit der Speisenordnung: auf großen, braunglänzenden Prunkschüsseln aus sächsischem Porzellan wurden nach Krapfenart gebackene Kartoffeln aufgetragen, zwei Dinge, die man zu Berchtesgaden bislang noch nie gesehen hatte. Das gab Veranlassung, daß viele Becher sich erhoben, um Seiner Liebden für diese Überraschung die verdiente Reverenz zu erweisen. Trunk und Zutrunk über die Tafel hin und her. Man lupfte die Kannen, wie die Bürstenbinder schlucken, und völlerte, wie es Mode und Gewohnheit war. Dazu, immer lärmvoller, das französische Lautgewirbel, gut und schlecht, manchmal durchwürfelt mit einigen deutschen Worten, die sich ausnahmen wie feste Steine in glitzerndem Wassergeriesel. Bei diesem Spektakel fanden der junge Oberst und Pfarrer Ludwig sich im Gespräch zusammen. Nach ihren Augen und Gesichtern zu schließen, redeten sie von ernsten Dingen. Immer lauschte Graf Tige hinüber, in der Erwartung, die erlittene Abfuhr wettzumachen und ein Häkchen zu finden, an das eine Bosheit anzuspießen war. Als er das Wort Exulanten hörte, fragte er lachend: »Werden die Dritthalbtausend, um die Sie uns erleichtern, auch Platz finden in dem kleinen Berlin?«

»Nicht gut. Aber man wird brüderlich zusammenrücken.« Der junge Oberst wandte sich wieder an den Pfarrer: »Ich bin Ihrer Meinung, liebste Hochwürden! Ein Volk, das fähig ist eines starken und tiefen Glaubens, ist immer ein Volk, das aufwärts steigt. Brave Kerle, die aus ehrlichem Herzen glauben, sind die Streiter, mit denen man siegt. Solche Leute haben wir in Deutschland. Auf Ihrer und auf unserer Seite. Das ist eine Verheißung. Drum ist es Fürstentorheit, an den Religionen wie an einem kranken Gaul herumkurieren zu wollen. Man darf ihnen die Gesundung nicht erschweren, die sie suchen aus Natur und eigenem Antrieb. Dann gibt sich alles von selbst. Daß die Hölle mit ihren gewichtlosen Flammen im Inneren der Erde steckt? Das wird man nicht mehr glauben können, wenn gelehrte Männer wie Newton beweisen lernten, daß die Erde in ihrem Inneren schwerer an Gewicht ist als an der Oberfläche. Alle Jerichotrompeten überleben sich.«

Graf Tige schmunzelte. »Sie? Als bibelfester Protestant? Sie bezweifeln, daß die Sonne vor Jericho stillgestanden? Ich glaube das.«

Ruhig, doch mit leisem Spottzucken, antwortete der junge Oberst. »Da glauben Sie etwas Unbestreitbares, lieber Graf! Kopernikus und Kepler haben doch bewiesen, daß die Sonne immer stillsteht. Da dürfte sie vor Jericho kaum eine Ausnahme gemacht haben.«

Heiteres Gelächter erhob sich rings um die beiden. Und Graf Tige unternahm geärgert einen neuen Ausfall. »Das Gewicht des Erdkernes wäre noch immer kein Beweis gegen die Hölle. Verfluchte, mit Sünden belastete Seelen müssen doch schwerer sein als die verklärten Geister in der Höhe. Oder schätzen Sie das Gewicht einer verdammten Seele leichter ein?«

»Es gibt solche, die im Tausend noch keinen Gänsekiel aufwiegen.«

»Oh? Was für Seelen können Sie meinen?«

»Die Seelen aller verdammten Fürsten, die auf Erden miserabel regierten und ihre Völker ins Unglück brachten. Gewissenlose Herrscher sind von allen pflichtwidrigen Menschen die verfluchenswertesten. Sie haben nur die eine Entschuldigung, daß sie ihren Beruf nicht von anderen lernen konnten wie ein Schusterjunge von seinem Meister, sondern ihn erziehen mußten in sich selbst. Der Fürstenpädagoge à la mode, dieser Machiavell, dieser dümmste und schädlichste von allen Schulbonzen der Erde, erzieht den Herrscher, der seines Volkes erster und treuester Diener sein soll, nur zum Hauptschwein seiner eichelfressenden Herde. Auch das Salböl macht die Könige nicht. Sie machen sich selbst zu Fürsten oder bleiben Schelme, bleiben die übelsten Ursächer des Aufruhrs. Tiefer als alle anderen Fürsten der Welt müssen das die deutschen Fürsten sich ins Gewissen schreiben. Bei anderen Völkern führt aller Aufruhr, den fürstliche Mißwirtschaft erzeugte, über die Verelendigung der Nation wieder zurück zum Despotismus. Bei den Deutschen wäre Aufruhr der Weg zu ewigem Untergang. Ich kann mir jedes romanische Volk als Oligarchie oder Republik denken. Nicht das deutsche. Für uns Deutsche ist echte Monarchie und gewissenhaftes Königtum so unentbehrlich wie der Atem für die menschliche Lunge. Wehe jedem deutschen Fürsten und Bürger, der diese Wahrheit nicht voll erkennt und nur der geringsten seiner Pflichten sich entschlägt.«

Inmitten des heiteren Tafeltrubels blieb nach diesen Worten um den jungen Oberst her ein schweigsames Inselchen. Ein salzburgischer Hauptmann flüsterte seinem Nachbar zu: »Dieser junge Mensch ist vorlaut und unerquicklich, aber – er fesselt mich wider Willen.« Und der andere sagte: »Ein wunderlicher Patron! Der Kleinste an der Tafel, nur ein Suppenlöffel voll Mannsbild. Aber seine Augen funkeln, als möchte er einem Riesen die Nase aus dem Gesicht reißen.«

Bevor Graf Tige sich von seiner Verblüffung erholen und einen neuen Lanzenstoß seines Geistes versuchen konnte, umklammerte Pfarrer Ludwig die Hand des jungen Offiziers: »Herr Oberst, ich möchte wünschen, Sie wären ein deutscher Fürstensohn.« Dieses Wort verwandelte sich für den Grafen Tige zu einem Futterkörnchen seines Witzes: »Äußere Anflüge sind vorhanden! Oder sollten Sie nicht wissen, Herr Oberst, daß Sie einige Ähnlichkeit mit den Bildern besitzen, die von Ihrem berühmt gewordenen Kronprinzen Friedrich in Umlauf sind?«

»Wahrhaftig?« In dem strengen, von versunkenen Schmerzen erzählenden Jünglingsgesicht erschien ein seltsames Lächeln. »Sie sind der erste, der mir eine so überraschende Mitteilung macht.«

Dieser unerschütterlichen Ruhe gegenüber wurde Graf Tige ungezogen in Blick und Ton. »Der einzige sind Sie wohl nicht, der in Preußen unter Mißachtung des königlichen Soldatenzopfes diese freigeistige Haarmasche nach hohem Muster trägt. Wenn Fürsten oder Fürstensöhne um guter oder übler Eigenschaften willen berühmt oder berüchtigt werden, findet sich mancher, der sich frisiert nach ihrer Silhouette.«

Pfarrer Ludwig erschrak, doch der junge Offizier behielt das unveränderliche Lächeln und sagte mit dem gewinnendsten Klang seiner Stimme: »Da haben Sie eine überaus treffende Bemerkung gemacht, mein lieber Graf! Nachahmung ist die billigste und erbärmlichste Kunst aller Menschen. Wenn sie ihre Blähungen blasen hören, glauben sie den Donner zu kopieren und wähnen Jupiter zu sein. In solchen Künsten sündigen gerade wir Deutschen am verwerflichsten. Wollen wir nicht völlig zu Affen werden, so muß ein Erlöser kommen, der uns wieder zu selbstbewußten Menschen macht. Verzeihen Sie also bei aller Allgemeinheit dieses deutschen Lasters auch mir eine kleine Sünde der Eitelkeit! Man ist leider, wie man ist. Gott scheint kein Töpfer zu sein. Eines ehrlichen Töpfers Bestreben ist es, nur runde und gute Töpfe zu drehen. Gott dreht nicht nur so vortreffliche Menschen, wie Sie einer sind, mein liebster Graf! Er dreht auch Menschen von so verzweifelt buckliger Art, wie ich einer bin. Aber ich will nicht unverbesserlich sein und verspreche Ihnen, meine Frisur so entschieden zu ändern, daß fernerhin an mir keine Spur von Perückenähnlichkeit mit einem Menschen zu finden sein wird, den ich um seiner üblen Vergangenheit willen heute noch häßlicher sehe, als ihn der eigene Vater sehen mußte.«

Während Pfarrer Ludwig sich schweigend auf dem Sessel zurückbeugte und den jungen Oberst mit großen, forschenden Augen betrachtete, warf der salzburgische Hauptmann mißbilligend ein: »So sollte ein Offizier nicht sprechen von seinem zukünftigen König. Der Gott aller soldatischen Religion heißt Loyalität und muß nach obenhin so blind sein wie die Justitia.«

»Verzeihen Sie, Herr Kamerad, die Religion des preußischen Offiziers muß eine andere sein. Sie muß hellsehende Augen haben nach oben und nach unten. Ihr einziges Dogma muß lauten: die Arbeit zu tun, die von einem klugen Führer befohlen ist, seine Pflicht höher einzuschätzen als sein Glück, sich selbst zu verleugnen und sein ganzes Leben den Zukunftszwecken des Staates, dem Wohl seines Volkes zu unterwerfen und nur den einzigen Ehrgeiz zu besitzen, ein guter Preuße zu sein und ein deutsches Herz zu haben.«

Der salzburgische Hauptmann schüttelte den Kopf und lachte: »Herr Oberst, Sie predigen die soldatische Sklaverei.«

»Im Gegenteil, Herr Kamerad! Der freieste Mensch ist nicht jener, der immer tun kann, was ihm persönlich zusagt. Der ist der freieste, der die notwendigen Gesetze am redlichsten achtet, seiner vaterländischen Pflicht am willigsten genügt und kein Stäubchen von Vorwurf oder Reue auf seiner Seele fühlt. Und das freieste von allen Völkern ist jenes, das die meisten Soldaten solcher Art besitzt. Da sollen die Feinde kommen. Man haut sie auf die Köpfe.«

»Oh, wie gewalttätig!« warf der sanft blickende Domizellar von Stutzing ein. »Sie scheinen gering von dem zu denken, was man hier auf Erden als Frieden bezeichnet?«

»Nein! Friede ist das schönste von den Dingen der Welt. Nur nicht möglich unter allen Umständen. Die Friedfertigen um jeden Preis zerstören wohl keine fremden Häuser, aber sie bauen auch das eigene nicht auf.« In der Erregung, mit der der junge Oberst sprach, wurden seine Gesichtsmuskeln von nervösen Reizungen befallen, die aussahen wie Grimassen. »Es gibt gewiß viel bessere Dinge auf der Welt als Soldat sein müssen. Aber solange die Menschen bleiben, wie sie sind – und sie werden immer so bleiben –, so lange ist jenes Volk auf Erden am sichersten, das die schlagfertigste und gewissenhafteste Armee erzieht. Eine solche Armee ist nicht nur höchste Geborgenheit des Staates, nicht nur eine militärische, auch eine moralische Macht, eine Schule der Selbsterziehung des Volkes.«

»Und Sie meinen«, spottete Graf Tige, »eine Armee von solch fabulöser Beschaffenheit wäre die preußische?«

»Ja.«

»Was hat sie denn schon geleistet? Für uns in der Ferne erscheint sie nur als Gamaschenklotz ohne Zweck.«

»Dieser Klotz wird sich bewegen.«

»Wann?«

»Sobald das Wort gesprochen wird, das ihn belebt. Sie, lieber Graf, als angehender Priester der katholischen Kirche, werden vermutlich ohne Kinder bleiben.« Die brennende Verlegenheitsröte übersehend, die dem Neuensteinischen Verkündigungsengel in die Wangen fuhr, sprach der junge Oberst mit jagenden Worten weiter: »Aber Brüder und Schwestern haben Sie wohl? Deren Kinder und Kindeskinder werden mitzehren an den deutschen Früchten jenes beweglich gewordenen Gamaschenklotzes. Deutscher Boden droht die Schüssel für alle fressenden Hunde der Nachbarschaft zu werden. Die vergönnen uns die eigene Mahlzeit nur, wenn wir die Faust haben, den nach unseren Knochen Lüsternen die Zähne einzuschlagen. Sieger wird keiner, der nicht alles gibt, was in ihm ist. Diese Opferfreudigkeit wollen wir in unseren Offizieren und Soldaten, in unserem ganzen Volk erziehen. Dann wird dafür gesorgt sein, daß uns die Welt nicht unterkriegt. Das gelänge ihr nur, wenn man ihresgleichen wäre. Wir haben die Pflicht und die Absicht, uns wesentlich zu unterscheiden von ihr. Dann wird die Zeit kommen, in der das kleine Preußen zu wachsen gedenkt. Und was ein Segen für Preußen ist, wird zum Heil werden für alle Deutschen. Der Aufstieg und die politische Neugeburt des deutschen Volkes wird uns nicht durch den strohdreschenden Reichstag und nicht durch die schimmelig und hohl gewordene römische Kaiserpuppe beschert werden, sondern durch das junge, erstarkende Preußen der Zukunft.«

Diesen Worten folgte an der Tafel ein etwas unfrohes, fast höhnisches Gelächter. Nur Pfarrer Ludwig blieb ernst und grollte in Zorn: »Wie kann man da lachen? Wenn jeder Deutsche so denken würde, müßte man nicht in Durst, in Zweifel und Sehnsucht auf den Augenblick harren, der den Kaiser im Untersberg von seiner finsteren Schlafsucht kurieren wird.«

Graf Tige sagte mit spottender Heiterkeit: »Wie reizend, Hochwürden! Ihre siebzig Jahre befinden sich in kindlicher Märchenlaune!«

Da beugte sich der junge Oberst, die zitternden Hände um den Champagnerbecher geklammert, über die Tafel hinüber. In dem vorgestreckten Spitzgesicht flammten die Augen, während er mit leiser und dennoch scharfklingender Stimme sprach: »Die Kindermärchen der Völker sind ihre schönsten und tiefsten Sehnsuchtsschreie. Solche Sehnsucht braucht nur beharrlich zu sein, um die Erfüllung zu erzwingen.«

»Herr Oberst!« Die Stimme des hübschen Domizellaren erinnerte ein bißchen an das parisische Gezwitscher der Allergnädigsten. »Das stimmt nicht für Märchen. Die erfüllen sich nie. Noch weniger stimmt es für politische Phantastereien. Ihr heimatliches Selbstbewußtsein in allen Ehren! Ich mache Ihnen hierüber sogar mein Kompliment. Es frägt sich nur, ob das deutsche Volk und die deutschen Fürsten auch gewillt wären, sich von Preußen an den Roßschwanz nehmen zu lassen.«

Das Gesicht des jungen Offiziers, in dem alle Erregung plötzlich erloschen schien, war verwandelt zu ruhigem Lächeln. So wandte er sich dem Pfarrer zu und sagte: »Man muß die Deutschen selig machen gegen ihren Willen. Oder sie werden es nicht.«

30

An der fürstpröpstlichen Jagdtafel ereignete sich abermals eine kulinarische Überraschung: man servierte neben dem Champagner zum erstenmal heißen, schwarzen Kaffee, von dem die Sage verbreitet war, daß er den Appetit zu reizen vermöchte, den Durst erneuerte und gegen den Katzenjammer ein vorbeugendes Remedium wäre. Auch noch aus einem anderen Grunde war die dampfende Köstlichkeit, die überaus angenehm duftete, an der Tafel willkommen. Wer nicht zureichende Weinhitze in sich hatte und der natürlichen Blutwärme entbehrte, fröstelte schon ein bißchen. Bei sinkendem Nachmittag verkühlten die Frühlingslüfte. Das böse Wetter, das der windkundige Hiesel Schneck vorausgeahnt hatte, begann sein Herannahen bemerkbar zu machen. Immer häufiger erloschen die Sonnenlichter zwischen den von Windstößen geschaukelten Girlandenbogen.

Graukühler Schatten überschleierte die farbenbunte Tafel, als Graf Saur sich erhob, eine schmetternde Fanfare blasen ließ und die witzigen Verse seines Dianentoastes zu sprechen begann. Eine galant durchprickelte Stimmung herrschte an der lauschenden Tafel. Nur die gefeierte Göttin selbst schien jedem munteren Lächeln entrückt zu sein und sollte – entre la coupe et les lèvres – den jauchzenden Zuruf »Vive la reine divine de la chasse!« nicht mehr erwarten können. Sei es, daß Aurore de Neuenstein sich durch die jähe Dämpfung der Frühlingstemperatur in nachteiligem Grade angeschauert fühlte, oder sei es, daß die Ermüdung nach dem emsigen Lanzenschwingen, der allzu reichlich genossene Champagner oder andere Umstände mit im Spiele waren – sie wurde während des geistreichen Reimgeklingels plötzlich zwischen den schwarzen Schönheitspflästerchen so blaß, daß ihr schmales Unschuldsgesicht beinah einer preußischen Miniaturstandarte zu vergleichen war. Gewaltsam die contenance bewahrend, schloß sie die Augen und überlegte flink alle hilfreichen Möglichkeiten einer Ohnmacht. Es war für diesen klugen Gedanken bereits zu spät. Inmitten einer Lachsalve, die ein entzückender Dianenscherz des Grafen Saur entfesselte, mußte sie sich hastig erheben, um in fluchtartiger Eile den Tisch und die Mahlhalle zu verlassen. Auch das gelang nicht mehr. Weil die Natur schneller arbeitete als alle französisch geschulte Geistesgegenwart, kam die unpaß gewordene Göttin nur bis zur Söllerbrüstung und fand hier zwingende Veranlassung, sich rasch über den grüngirlandierten Balkenbord hinauszubeugen. Ein solcher Vorgang war bei zeitgenössischen Trinkgelagen keine ungewöhnliche Erscheinung. Dennoch verlor Graf Saur den Faden seiner witzigen Reime, und eine unbehagliche Verblüffung rieselte über die ganze Tafelrunde, von Herrn Anton Cajetan bis hinunter zum Grafen Tige.

Kanzler von Grusdorf, der sich gleichfalls entfärbte, als wäre er von der Indisposition seiner Nichte schon infiziert, versuchte der Leidenden durch die naheliegende Vermutung zu Hilfe zu kommen: »Ach, Barmherziger, augenscheinlich hat sie die heftig bewegte Schaukelfahrt auf dem Dianenschiffe nicht gut vertragen!« Niemand lachte, alle Herren schienen teilnahmsvoll und besorgt zu sein. Dennoch wuchs das Bedrückende der Tafelstimmung. Und in der halben Stille, die für einen Augenblick entstanden war, sagte der junge Oberst mit der Ruhe eines großen Gelehrten, dem die Entdeckung einer unanzweifelbaren Wahrheit gelang: »Das? Eine Artemis? Nein. Das ist eine Göttin der guten Hoffnung.«

Dieser Moment bewies, wie wohlerzogen alle diese adligen Herren waren und wie sehr sie sich nach reichlich verschlucktem Wein zu beherrschen wußten. Keiner von ihnen wollte das klärende Wort des jungen Offiziers verstanden haben, wie vernehmlich es auch gesprochen war. Immerhin hatte die Macht der Wahrheit für einigen menschlichen Farbenwechsel gesorgt, der sich konträr vollzog: Herr Anton Cajetan war bleich geworden, Graf Tige dagegen dunkelrot. Es hätte, dank aller höfischen Galanterie, die Situation vielleicht noch gerettet werden können, wenn nicht Aurore de Neuenstein selbst, unterstützt durch das Bewußtsein einer leidlich gesicherten Zukunft, sie verloren gegeben hätte. Im Zustande merklicher Erholung betätigte sie mit flinker Grazie ihr Brabanter Spitzentüchelchen, trat tapfer auf die Tafel zu, griff nach dem Champagnerbecher ihres sprachlosen, in einen Kreidestein verwandelten Onkels, leerte den Kelch bis auf den letzten Tropfen, stellte den Becher mit hörbarem Klaps wieder hin und zwitscherte in ihrem zierlichen Französisch: »Weshalb so erstaunt, meine Herren? So etwas Ähnliches hat sich seit Mutter Evas Zeiten schon mehrmals ereignet. Ich bin nicht die erste.«

Da war es mit aller hoheitsvollen Selbstbeherrschung des Herrn Anton Cajetan, der sich fern jeder Schuld zu fühlen vermochte, jäh und gründlich vorbei. Sich erhebend, sagte er kalt, doch immer noch mit Würde: »Madame! Um die Grenzen unseres Landes zu verlassen, sind Ihnen vierundzwanzig Stunden Zeit gegeben.«

Während Herr von Grusdorf eine Knickbewegung tiefster Erschütterung machte, wurde Aurore de Neuenstein überaus heiter. »Vierundzwanzig Stunden? Ach, wie gnädig!« Das waren die letzten französischen Laute, die man am fürstpröpstlichen Hofe von ihr vernahm. Trotz aller Peinlichkeit des Augenblicks erwachte in Aurore de Neuenstein der schwäbische Mutterwitz. Mit den Fingerspitzen das geschürzte Reitkleid auseinanderspreitend, machte sie vor Herrn Anton Cajetan einen tadellosen Hofknicks und sagte lustig in ihrem niedlichen Dillinger Idiom: »So groß, wie Dei' Ländl isch, bring i dees Hüpfle über de Grenzbaum fertig in em halbe Stündle.« Lustig lachend, sichtlich erfreut über den sieghaften Abgang, den sie gefunden, schwebte die vermenschlichte Göttin des Großen Jagens der bewimpelten Söllerpforte entgegen. Huldreich winkte sie mit dem hübschen Händchen nach allen Richtungen der Tafelrunde, ohne den sorgenvollen Grafen Tige einer besonderen célébration des adieux zu würdigen, und nickte noch freundlich und versöhnt dem jungen Oberst zu, der nun sichtliches Wohlgefallen an ihr zu finden begann und fast so begeistert applaudierte, wie er's beim Anblick der beiden fliehenden Gemsböcke getan hatte.

Das drohende Unwetter begünstigte Aurorens Abschied. Alle

Pferde der Jagdgesellschaft waren schon bereit zum Heimritt. Munter schwatzend ließ die Neuenstein sich in den Sattel heben und galoppierte mit ihrem Kammerlakai und Büchsenspanner davon, um in Reichenhall so ziemlich alles wiederzufinden, was sie zu Berchtesgaden unter beträchtlichem accroissement der Stiftsschulden klug zurückgelegt hatte.

Dem vorsichtigen Wildmeister, der für die prompte Bereitschaft der Pferde gesorgt hatte, war auch ein willkommenes Erlösungswerk an der schwülgewordenen Stimmung in der Söllerhalle zu verdanken. Er brachte Seiner Liebden die Meldung des bedenklichen Wetterumschlages. »Wollen die gnädigen Herren nit naß werden bis aufs Häutl, so wird's wohl nötig sein, daß man reitet auf der Stell.«

Einem turbulenten Aufbruch von der Tafel folgte ein beschleunigtes Abschiednehmen unter fröhlichem Horngeschmetter. Herr Anton Cajetan, der nicht gerne naß wurde, zog es vor, sich einen einsam-stillen, aber trockenen Schmollwinkel in der Försterei bereiten zu lassen, auch auf die Gefahr einer schlaflosen Nacht, die umwittert zu werden drohte von den üblen Verwesungsdüften der riesigen Wildstrecke. Beim Abschied zeigte er eine bewundernswerte Haltung und war in so guter Laune, wie man nach kleinen, harmlos verlaufenen Scherzen zu sein pflegt. Den unerquicklichen Schwegelpfeifer und begnadigten Militärverbrecher in diplomatisch zulässigem Ausmaß ignorierend, bedachten Seine Liebden den Geheimrat von Danckelmann mit erlesenen Liebenswürdigkeiten und entbanden ihn gnädigst von allen ceremoniellen Abschiedspflichten. Bei der Rückkehr nach Berchtesgaden würde Seine Exzellenz das fürstliche Rekreditiv im Leuthaus vorfinden. Herr Anton Cajetan unterließ es, beizufügen, daß dieses historische Dokument als letzte Amtstätigkeit des weiland Kanzlers von Grusdorf zu erachten sei.

Vermochte der bedrohte Staatsmann unter der Stimme seines Herrn zu lesen? Mit bleichen Lippen stammelte der entlastete Elefant Aurorens: »Euer Liebden! Ich bin trostlos –«

Eisig unterbrach ihn der Fürst: »Da suche er seinen Trost, wo er ihn zu finden hofft.« Das war klar gesprochen. Dennoch erwachte in der Schlotterkreide des Herrn von Grusdorf nur zögernd die Erkenntnis, daß er in diesem Augenblick ein bedauernswerter Schicksalsgenosse des Doktor Willibald Hringghh und des Polizeifeldwebels Muckenfüßl geworden war.

Der schöne Schmetterklang des Fürstengrußes, an den sich keine Dianenweise mehr anzärtelte, geleitete Herrn Cajetan unter bleigrauem Himmel zur Försterei, und als er in der niederen Tür verschwunden war, löste sich bei dämmerndem Abend aller Pomp des Großen Jagens auf in ein Wettrennen vieler Gäule, deren Reiter die schützenden Dächer von Berchtesgaden noch vor dem drohenden Platzregen zu erreichen hofften.

Weit hinter der jagenden Klapperkavalkade der Stiftsherren und Domizellaren blieben fünf Reiter zurück, weil der junge Oberst den Pfarrer Ludwig, der sich an den Sattellappen die Waden aufgewetzt hatte und nur mit bescheidener Geschwindigkeit noch vorwärts kam, nicht der Einsamkeit überlassen wollte. Bei Ausbruch des Regens erreichten die Fünf, zwischen Ramsau und Berchtesgaden, in der Schmiede von Ilsank einen schützenden Unterstand. Die große Werkstätte gab Raum für die Reiter und Pferde. In der Esse, deren Kohlen noch glühten, schürte Leupolt ein Feuer an. Und während draußen in der sinkenden Nacht der wilde Frühlingsregen der Berge trommelte und in der großen Schmiedhöhle das Feuergeflacker alle rußigen Dinge vergoldete, ließ sich Pfarrer Ludwig vom alten Hufschneider, der ein geschickter Viehdoktor war, die aufgescheuerten Waden mit Hirschtalg salben und mollig mit Leinwand überbinden. Danckelmann hatte sich gegen den Amboß gelehnt, der junge Oberst saß auf einem umgestürzten Schubkarren, das rechte Bein übers linke Knie gelegt, die Hände um den braunen Reitstiefel geschlungen. Immer schwatzten und lachten die drei. Der wunderliche Reiz dieser Stunde im Flackerglanz, das mystische Wechselbild zwischen Glut und Schwärze, die Nachwirkung der feurigen Klosterweine und des Champagners, das Erinnern an alle schönen Natur- und Waldbilder des Tages, an die qualmenden, ekelhaften Blutströme des Großen Jagens, an den zum Spott herausfordernden, lächerlichen Abklatsch des französischen Hofschwindels und an die Komödie der gesegneten, so munter zum Orkus entschwundenen Göttin Diana – das alles wirbelte im Gespräch der drei mit Ernst und Laune, mit Zorn und Hohn, mit Witz und sprühendem Übermut durcheinander und gab ihnen eine Stunde, an der sie Freude hatten. Sie lachten bei diesem Schwatzen so oft und so fröhlich, daß Hiesel Schneck, der immer mitlachen mußte, ohne zu wissen warum, ein bißchen wütend wurde und nach einem mäßig geschwänzten Himmelhündchen zum schweigsamen Leupolt Raurisser sagte: »Was die für kreuzlustige Sachen reden müssen! Und unsereiner versteht's halt nit. Aufpassen tu ich wie der Haftelmacher. Und versteh's halt nit! Kreuzhimmel und Höllementsnot, hol' doch der Teufel die ganze Französianerei! Wann einer, der schießen kann wie das preißische Soldätl, wann so einer ebbes sagt? Und zittert und fiebert und augenblitzt! Da muß er doch reden, als wie er schießt! Und so was möcht halt unsereiner verstehn! Verstehst?«

Raurisser schien nicht zu hören. Neben dem Essenfeuer an der schwarzen Mauer lehnend, alles Harten und Schönen des eigenen Lebens vergessend, in der Faust die zusammengebundenen Zügel der drei Herrengäule, sah Leupolt unbeweglich zu dem jungen Oberst hinüber, lauschte mit großen glänzenden Augen, lauschte mit einem gläubigen Lächeln seiner Freude auf jeden Laut dieser melodischen, wundersam bezwingenden Stimme, verstand so wenig wie der Hiesel Schneck und verstand doch mehr, viel mehr, als der Hiesel verstanden hätte, wenn er der beste Franzose gewesen wäre.

Jetzt sprach der junge Offizier allein. Die zwei Herren, mit vorgebeugten Gesichtern, hörten gefesselt zu, lachten immer wieder erheitert auf, vergaßen des Lachens und wurden ernst. In dem Bild, das der leidenschaftlich Sprechende bot, war der gleiche, schwerbegreifliche Gegensatz wie in seinem ganzen Wesen. Grell angestrahlt von der Feuerhelle, in dem schmucklosen, fast ärmlichen Soldatenkleid mit den Funkelknöpfen, auf dem gestürzten, randlosen Karren sitzend, neben den stampfenden, schnaubenden, durch das Essenfeuer beunruhigten Gäulen, und neben der Finsternis da draußen, in der das Getrommel des schweren Regens war, das falbe, dem Flammenschein von Brandstätten gleichende Aufleuchten der umnebelten Blitze, das Donnerrollen des Frühlingsgewitters, bald wie knatternde Gewehrsalven, bald wie dröhnende Kanonenschläge – sah er aus wie ein junger Heerführer, der in einer Feldnacht zwischen Kampf und Kampf vor einem lodernden Wachtfeuer ruht, sich müde fühlt und doch von lebensprühender Erregung durchfiebert ist, alle wühlende Sorge in sich mit Heiterkeit zu umschleiern vermag, so zu den Seinen redet, ruhig und gläubig in die dunkle Ferne späht und mit der deutenden, blitzschnell zuckenden Hand Befehl um Befehl erteilt. Doch sein Gesicht war alles andere, nur nicht soldatisch. Das spitz vorgeschobene, heißwangige

Antlitz mit dem lächelnden Spöttermund und den strahlenden Feueraugen war das Gesicht eines geistvollen, vom Funken der Stunde erfaßten Poeten, der sich immer wandelte, Ernst und Witz durcheinanderschüttelte, mit sich und den anderen zu spielen schien – bald sprach wie ein kluger Geist und bald wie ein träumender Knabe –, allen Esprit der französischen Sprache erschöpfte und mit diesem fremdländischen Wortgefunkel ein altes, sinnvolles Märchen der Deutschen erzählte: die Fabel von dem weisen und liebenswürdigen Jüngling, der sich alle Menschen der Welt zu Freunden machte.

Dieser Jüngling war so kraftvoll und klug, daß sein Verstand gegen jede Gefahr und Not einen siegreichen Gedanken fand. Und war so schön und gütig, daß sein warmer Blick und sein herzliches Lächeln jeden Neider und Gegner verwandelte in einen Freund. Alle Seelen flogen ihm zu, alle Wege der Welt erschlossen sich ihm. Die einen sagten: »Sein Verstand erzwingt es.« Die anderen: »Nein, sein gewinnendes Herz!« Das sagten die Leute so oft, bis Herz und Hirn im Körper des Jünglings von Eifersucht befallen wurden. In einer Gewitternacht, als der Jüngling schlummerte, fingen Herz und Hirn in ihm wie erbitterte Widersacher zu hadern an und vergaßen, daß sie brüderliche Teile des gleichen Körpers waren. »Du da droben unter der Stirne«, sagte das gekränkte Herz, »sei nicht so stolz! Die sieghafte Kraft unseres Herrn entspringt nicht deinen erfindungsreichen, doch kalten Ratschlägen. Nur mir allein verdankt er seine Erfolge, dem fröhlichen Blut, mit dem ich ihn erfülle, dem gewinnenden Glanz, den ich entzünde in seinem Blick!« Höhnisch lachte das beleidigte Gehirn: »Du aufgedunsener Fleischklumpen! Bist du vom Größenwahn befallen? Wenn er mich nicht hätte, wäre unser Herr ein stumpfsinniges Tier. Nur die Funken meines Geistes erwecken in ihm das Göttliche und machen ihn zum Sieger in aller Gefahr.« Zornig antwortete das Herz: »Du lügst! Alle Freunde unseres Herrn verärgerst du durch dein spottendes Besserwissen. Immer hab ich zu tun, um durch freundliche Güte wieder zu mildern, was du versalzen hast.« Und das Gehirn erwiderte: »Du schwächlicher Versöhnungslappen! Jeden kühnen Gedanken, den ich erwecke in unserem Herrn, verwässerst du durch säuselndes Wohlwollen, durch nachgiebige Biederkeit!« Mit Tränen antwortete das geschmähte Herz: »Das hab ich satt! Ich lasse mich nicht länger unterschätzen. Gott befohlen!« Lachend sagte das triumphierende Hirn: »Vergnügte Reise! Jetzt will ich beweisen, was ich vermag, auf mich allein gestellt.«

Das Herz entsprang den Rippen des Schlafenden und glich einem roten Frosch, der schwerfällig hinhüpfte durch den Staub der Straße. Das Gehirn entschlüpfte der Stirn und war wie eine weißgraue Tarantel, die sich mit vielen Gedankenbeinen hastig bewegte. So zogen die beiden in die Welt, jedes für sich allein. Eines frühen Morgens kehrten sie zurück, und jedes weinte vor Freude beim Anblick des anderen. Klagend erzählte das aus vielen Wunden blutende Herz: »Ach, wie erbärmlich ist es mir ergangen! Überall nannten sie mich die hüpfende Qualle. Jeden liebevollen Schrei meiner Güte haben sie gedeutet als ein Zeichen meiner Schwäche, haben mich verlacht, verhöhnt und mit den Füßen beiseitegestoßen! Hilf mir, du kluges Gehirn, sonst muß ich verbluten!« Und das vor Schmerzen zuckende Hirn erzählte: »Ach, wie niederträchtig sind der Unverstand und die Bosheit der Erde mit mir umgesprungen! Überall nannten sie mich den giftigen, stechenden Skorpion. Jeden Funken meines Geistes verleumdeten sie als weltbedrohendes Feuer. Kaum entrann ich ihren Lügen und Drachenzähnen. Hilf mir, du gutes Herz, ich bin müde zum Sterben!«

Da suchten die beiden eine reine Quelle, um zu baden. Als sie versöhnt dem Haus ihres Herren entgegenwanderten, vernahmen sie die Klagen und das Hohngelächter vieler Menschen. Die hatten den schlafenden Jüngling für tot gehalten und wollten ihn begraben. Jene, denen er Gutes getan, betrauerten seinen Tod. Doch jene, die er kraftvoll überwunden, beschimpften seine Leiche und verteilten unter sich die funkelnden Waffen seiner Siege. Schon wollten sie den stählernen Sarg für ewig über seinem wehrlosen Körper schließen. Da schlüpfte ihm das geläuterte Herz unter die Rippen, das reingewordene Gehirn unter die Stirne. Und das Herz begann zu hämmern, wie das Gehirn es ihm gebot, und das Hirn, vom pochenden Herzen befeuert, begann seine leuchtenden Funken zu sprühen. Die strahlenden Augen des Jünglings öffneten sich, mit frohem Lächeln erhob er sich, und gedoppelte Kraft erfüllte seine Glieder. Jubelnd umringten ihn seine Getreuen, erschrocken beugten sich seine Feinde, und von Stund an war der Jüngling schöner und gütiger, war kühner und klüger, als er je gewesen. Und weil er um der Ewigkeit willen nicht untergehen kann, solange die Welt besteht, drum wird die Wahrheit seiner

Geschichte nicht enden mit den Märchenworten: Starb er nicht lange schon, so lebt er noch heute.

Der junge Oberst, der seine Fabel mit spottender Grazie begonnen hatte, war ernst geworden. Als er verstummte, blieb sein Mund eine schmale Linie, und seine großen Augen blickten in die Essenglut, als wäre sie das redende Geheimnis kommender Dinge. Wie ein Erwachender sah er auf, weil er die Stimme des Pfarrers hörte. Der war auf ihn zugetreten. »Herr Oberst, ich danke Ihnen.« Er streckte dem jungen Offizier die Hand hin, die dieser lächelnd ergriff. »Ich bin ein alter Mann. Aber solang ich noch atme, soll mir diese Fabel ein Lehrbuch des deutschen Lebens bleiben.« Tief atmend, nickte der Pfarrer. »Fabel! Die Todesnot der schlafenden Deutschen wird sie zur Wahrheit machen. Freilich gehört auch der helfende Mann dazu.«

Da sagte Leupolt Raurisser neben der glühenden Esse: »Ihr Herren! Das Sturmwetter hat aufgehört. Die Nacht wird schön.« Er führte die drei Herrengäule durch das Tor der Schmiede auf die finstere Straße hinaus. Mit dem klirrenden Hufschlag mischte sich hinter ihm ein fröhliches, fast übermütiges Knabenlachen. Es galt dem Aussehen des Pfarrers. In dem verwaschenen Jagdrock und mit den klumpig von weißer Leinwand umwickelten Waden sah er so komisch aus, daß er selber nicht ernst bleiben konnte. Und als man heimritt durch die vom Bachrauschen erfüllte Finsternis, leuchteten die beiden milchigen Wickelklötze wie führende Laternen.

Gegen Westen, wo der Himmel klar geworden, schimmerten schon die Sterne. Über Berchtesgaden und den Zinnen des Untersberges hing noch eine schwarze Wolke, in der es manchmal aufdämmerte wie fernes Leuchten.

Aus dem Tal der Ache ritten die Herren gegen die Höhe des Marktes hinauf. Und Leupolt Raurisser stammelte erschrocken: »Da droben! Was ist denn das? Allmächtiger, das ist Feuerschein! Das Stift und der ganze Markt muß brennen.« Die fünf Gäule jagten. Als erster gewann der junge Oberst die Kante des Hügels und stand mit seinem Pferde schwarz eingezeichnet in diesen seltsam glimmenden Schein, der nicht von den Dächern der Stiftsgebäude und des Marktes ausging. Es war ein großes, von allen Steinspitzen, Felskanten und Baumwipfeln ausströmendes Elmsfeuer, gleich einem gebänderten Nordlicht um die breite Zinne des Untersberges herumgewunden, mit zarten Purpurstrahlen, die sanft hinaufzüngelten gegen die glimmenden Säume der schwarzen Wolken. Das war anzusehen, als trüge der Untersberg eine geisterhafte Riesenkrone, die, kaum daß sie zu schimmern begonnen hatte, schon wieder zu versinken begann im schwarzen Dunkel. Während die Herren in Erregung debattierten, lallte der abergläubische Hiesel Schneck: »Herr Jesus! Leupi! Was kann denn das sein?« Ein froher Atemzug. Und eine Stimme wie der Klang eines Betenden: »Der Kaiser im Untersberg hat eine freudige Seele. Die leuchtet so.«

Für den ganzen Rest des Heimrittes beherrschte die wundersame Lichterscheinung das Gespräch der Herren und überschimmerte auch wie Weihe den Abschied, den sie vor dem Leuthaus voneinander nahmen. Der grüblerische Ernst des jungen Obristen schlug erst wieder um in seine knabenhafte Heiterkeit, als er auf seinem Bette saß und sich die Stiefel herunterziehen ließ, während ihm Danckelmann das Rekreditiv Seiner Liebden vorlas:

»Durchlauchtigster König! Eure Königliche Majestät, besonders gnädiger Herr! – Was Ew. Königliche Majestät zu Faveur Unserer in dero Königlich- und Chur-Fürstlichen Lande auf Veranlassung einer Religions- und Gewissens-Freyheit emigrirenden Unterthanen vorschrifftlich an Uns gelangen lassen, hat der anhero geschickte Geheime Hof-Rath von Danckelmann behöriger Orten geziemend überreichet, und gleich wie Wir sowohl in Regard Ew. Königlichen Majestät höchst-venerierenden Vorschreibens, als auch derer selbst redenden Völker-Rechts-, auch Civil-Gesätzen gemäß denen Emigranten das Ihrige angedeyen zu lassen, Unserer desfalls eigen aufgestellten Comission die angemessenen Befehle ertheilet, sofort dieses Geschäfft durch die sorgfältige Negotia gedachten abgeordneten Geheimen Hof-Raths nunmehro zu seiner vollkommenen, Zweiffels ohne vergnügten Endschafft gediehen, mithin demselben seiner dabey bezeigten Conduite halben ein anständiges Zeugnis zu ertheilen Anlaß nehmen, und Uns der Hoffnung erleuchten, Ew. Majestät möge in Höchstdero so wohlexerzierter wie forchtbarer Armee noch viele dermaßen hartnäckig und viktorios battaillirende Offiziers als Höchstdero jugendlichen und musikalischen Obristen von Berg possediren, also zweiffeln auch nicht, es werden ew. Königli-

che Majestät diese ultra vinculum instrumenti pacis demselben begünstigte Zubilligung so ansehen, wie Wir ambirt haben, das Königliche hohe Vor-Wort mit ersinnlichster Hochachtung erfüllen zu mögen, und damit verbleiben
Von Gottes Gnaden des Heiligen Römischen Reichs Fürst, Propst und Herr zu Berchtesgaden
Ew. Königlichen Majestät
allzeit Dienst-gefließnister
Cajetan Antoni.«

Die beiden Hände auf die Schenkel klatschend, platzte der junge Oberst los: »I Jott, wat for 'ne Gedärmverwicklung.« Er wurde ernst. »Wüßt man nich, daß es deutsch is, man möchte es nich glooben.« Dem Geheimrat zunickend, streifte er die Reithose von den mageren Beinen und huschelte sich unter das ungetüme Federbett. Nach Gewohnheit brachte der Soldat das Lederetui mit der Elfenbeinflöte zum Nachtgebet. »Nee, Hänne, laß man heute! Wir wollen musikalisch nich weiter in schlechte Reputation jeraten. Um Viere weckste! Ich reite vor Tag.« Er drehte sich lachend gegen die Wand. Nach Art eines memorierenden Schülers, dem ein Stück Weisheit nicht hinein will in den Schädel, wiederholte er mit halblauter Stimme mehrmals die schöne Wortbildung: »Dienstgefließnister, dienstgefließnister, dienstgefließnister –« Ein munteres Aufkichern. »Na also! Et jeht en avant mit's Deutsche.«

31

Bei grauendem Morgen brannte die Lampe in der Wohnstube des Mälzmeisterhauses. Der alte Raurisser, mit rotglühendem Kopf, saß im Herrgottswinkel, wickelte kleine Geldrollen und stopfte sie in eine neue Lederkatze, die aussah wie ein Tiroler Bauerngürtel. Mit buntem Garn waren die Anfangsbuchstaben von Leupolts Namen und sein Geburtsjahr 1707 eingestickt; und rechts und links eine Gemse, die mit enggestellten Läufen auf einem spitzigen Kegelchen stand. Immer dicker und schwerer wurde der schöne Schatzbehälter. Und als der Meister beim Wickeln seufzend eine Pause machte, sagte Mutter Agnes, mit Augen und Stimme bettelnd: »Gib, Alterle, gib! Sein Weg ist weit.« Der Meister wickelte wieder. Und Frau Agnes packte. Zwei große Rucksäcke standen schon fertig geschnürt auf der Fensterbank. Jetzt füllte sie mit zitternden Händen den dritten Sack und huschte immer wieder davon, um ein für ihren Buben brauchbares Stück zu holen, das ihr noch einfiel. Als der kugelrunde Sack verschnürt war, packte sie alles, was die Magd mit verheulten Augen als Zehrungsbeitrag für die Exulanten herbeischleppte, in den großen Wäschekorb auf der Ofenbank: geselchtes Wildbret, geräucherte Saiblinge, Schinken und Speckwürste, ein paar hundert hartgesottene Eier, Schmalzbüchsen und Buttertöpfe, Salztüten, Schnapsgutter und Weinflaschen, Brotlaibe und süße Wecken. Immer war es der Mälzmeisterin noch zu wenig. »Lauf, Mädel, und bring! Da muß man geben!« Zustimmend tackte die Gottesaugenuhr an der Mauer: »Tu's! Tu's! Tu's!« Ob's der Engel oder das Teufelchen sagte, immer klang es mit der gleichen heimlichen Freundlichkeit, und immer blickte das rollende Gottesauge im Zustand des Wohlwollens gegen die Ofenbank, blickte nur finster, wenn es hinüberschielte gegen die laut werdende Straße. An der schönen alten Uhr, die sich in tadellosem Gang befand, war nicht die geringste Spur einer irrsinnigen Mißhandlung zu erkennen. Da mußte der Pfarrer Ludwig, als er dem Luisli jene sonderbare Uhrgeschichte erzählte, entweder an Wahnvorstellungen gelitten haben wie der Chorkaplan Jesunder, oder der Pfarrer hatte wieder einmal gelogen, diesmal anscheinend ohne Erfolg. Mit Spinozas Lehre von den für das Menschenglück ersprießlichen Geschehnissen schien es in diesem Falle nicht zu stimmen.

Leupolt kam zur Tür herein, in dem verwitterten Bergjägerkleid, das er getragen hatte, als er die preußischen Herren hinaufführte zum Toten Mann. »Jetzt bin ich fertig.« Frau Agnes schien nicht zu hören; beim Packen beugte sie nur das Gesicht ein bißchen tiefer gegen den Korb hinunter. Für den Vater war das ruhige Wort des Sohnes wie ein Stoß vor die Brust gewesen. Mit tattrigen Händen schnallte er die zwei Kappen der Lederkatze zu. »So, Bub!« Er schob sich aus der Bank heraus. »Schau, da ist, was du kriegst von mir. Sei halt ein bißl gescheit und gib nit alles für die anderen aus. Für dich muß auch was bleiben.«

»Vergelt's Gott! Tust du die Brüder nit verkürzen?«

Der Alte schüttelte den Kopf. »Beredet haben wir schon alles.

Machen wir's kurz. Ich muß ins Bräuhaus hinüber.« Als er die Arme um den Hals des Sohnes legte, war er noch mannhaft. Kaum aber spürte er den eisernen Zärtlichkeitsdruck seines Buben, da verlor er alle Fassung, wühlte das Gesicht an die Brust des Sohnes und keuchte: »Bub, ich wollt, ich tät mitdürfen!«

»Ja, du!« grollte Mutter Agnes beim Packen mit zerdrückter Stimme über die Schulter. »Du wärst der Richtige beim Exulieren! Wo du schon den Schnaufer verlierst bis hinüber zum Bräuhaus. Möcht wissen, was du sagen tätst auf der Wanderschaft, wenn du Wasser trinken müßtest statt Tag für Tag deine fünf Maß Bier.« Nun drehte sie das blasse Gesicht und blinzelte dem Sohne zu, daß er's dem Vater leichter machen sollte.

»Komm, Vater!« sagte Leupolt ruhig. »Tu dich aufrichten als festes Mannsbild! Bloß die Füß laufen von einander fort. Die Herzen bleiben allweil beisammen.«

»Bub! Bub!« Meister Raurisser, hin und her geworfen zwischen Zorn und Kummer, war einem Schreikrampf nahe. »Alles Gute für dich! Alles Gute auf der Welt! Du hast's verdient! Und so einen Buben jagen sie aus dem Land! Die Herrgottsakermenter! Wenn sich so was nit strafen tät, da müßt unser Herrgott – Jesus, Jesus, zu was für einem Herrgott muß ich denn hinaufschreien?« Er wollte die geballten Fäuste gegen die Stubendecke heben und klammerte die Arme wieder um den Hals des Sohnes. »Bub! Mein Bub, du mein lieber! Alles Gute für dich – und alles – Bub, ich kann nimmer, es reißt mich auseinander!« Wie ein Betrunkener machte er sich los, taumelte gegen die Türe hin und brüllte: »Kronäugeln tu ich ins Bier, vergiften tu ich die Unmenschen, die rotzmiserabligen!« Er schlug die Tür hinter sich zu, daß es wie ein Böllerschuß durch das Haus hallte.

Erschrocken sah Leupolt die Mutter an. Sie schüttelte den Kopf und wischte die Tränen von den Wangen. »Auf die Wörtlen därf man beim Vater nit gehen. Ist er drüben im Bräuhaus, so sucht er wieder das beste Malz für die Herren aus. Wahr ist's, Bub, es hat nit leicht ein Kind auf der Welt einen bräveren Vater wie du!« Mit fahrigen Händen fing sie wieder zu packen an. Und Leupolt stand inmitten der Stube, unbeweglich, den Kopf zwischen den Fäusten. Nach einer Weile sagte er zaghaft: »Mutter! So kann's Luisli doch nit gemeint haben. Der Einsamkeit zulaufen müssen, das ist hart. Meinst du nit, ich sollt noch eine letzte Frag an das liebe Mädel tun?«

Erst nach einer Weile konnte Frau Agnes antworten: »Da muß ich abraten. Will Gott es haben, so gibt er's. Mag er es nit, so mußt du es leiden.« Als sie das Gesicht von dem fertiggepackten Korb abwandte und ihren Buben ansah, mußte sie barmherzig sagen: »Fürgestern hab ich mit dem hochwürdigen Herrn geredet. Der hofft noch allweil.« In der Gottesaugenuhr ein leises Geräusch, wie von einem schnurrenden Rädchen; dann schlug die Uhr mit schönen, tiefen Klängen die sechste Morgenstunde. Frau Agnes ging auf den Tisch zu und löschte die Lampe. »Jetzt müssen wir voneinander. Schau, es tagt! Da mußt du auf dem Markt beim Brunnen sein, wenn die Notigen und Ratlosen kommen. Du bist ihr Helfer und Wegweiser.« Ihr Gesicht bekam etwas weiß Versteinertes, während sie zur Türe ging und den Riegel vorschob. Stumm, mit müden Bewegungen, trat sie an jedes Fenster und zog die blauen Vorhänge zu. Eine milde, neblige Dämmerung war in der Stube. Mutter Agnes ging zur Gottesaugenuhr, löste die Gewichte von den Schnüren und hängte den Perpendikel aus; der Engel und das Teufelchen blieben auf halbem Wege stecken, jedes auf der Schwelle seiner Pforte; das Auge Gottes, weder böse noch freundlich, blickte ruhig aus der Mitte des von Strahlen umzüngelten Dreiecks, und Mutter Agnes sagte, nicht laut, nur in ihrem zerrissenen Herzen: »Die Uhr soll von der jetzigen Stund an nimmer schlagen, solang ich noch leb.« Ganz ruhig war sie, als sie auf Leupolt zutrat. Von ihrem Schmerz war nichts an ihr zu erkennen; heiß und gläubig strahlte die Liebe in ihren Augen. »Bub! Ich kann dich nit segnen, wie's deinem Glauben recht ist. Darf ich dich segnen, wie's mein Herz versteht?«

»Eine Mutter darf alles.« Er ließ sich hinfallen auf die beiden Knie, faltete in einer starren, hölzernen Art die Hände vor der Brust und sah mit glänzenden Augen zum weißen Gesicht der Mutter hinauf. Wortlos, kaum merklich die stumm betenden Lippen rührend, besprengte sie ihrem Sohn den Scheitel, das Gesicht, die Schultern und die Hände mit geweihtem Wasser. Und bekreuzigte ihm die Stirne, den Mund und die Brust. »Im Namen Gott des Vaters, Gott des Sohnes und Gott des Heiligen Geistes! Ist Gerechtigkeit im Himmel, und da glaub ich dran, so muß die gütige Dreifaltigkeit dich hüten auf jedem Weg. An deiner sauberen Seel ist nie kein Fleck und Schaden gewesen. Nie hast du ein Ding getan, von dem ich sagen hätt müssen: das ist schlecht. Allweil bist du die Freud deiner Mutter geblieben –« Die Stimme versagte ihr. Wie von einem Frostschauer gerüttelt, beugte sie sich zu ihm hinunter und preßte das Gesicht auf seinen Scheitel. »Vergelt's Gott, Bub!« Er umklammerte die Mutter, ohne einen Laut zu finden, und küßte den Schoß, der ihn geboren hatte. Dann sah er zu ihr hinauf. »Dich und mich – gelt, Mutter – uns schneidet man nit auseinander? Und nit mit der schärfsten Säg.«

Nur den Kopf konnte sie schütteln. Und nun wurde sie von einer Verstörtheit befallen, die sich ansah wie Raserei. Die Hände mit gespreizten Fingern emporstreckend, schrie Mutter Agnes zur Höhe hinauf: »Allmächtiger! Rührst du dich nit ein bißl? Siehst du nit, wie's zugeht in tausend Mutterherzen von Berchtesgaden?«

Am verhüllten Fenster ein heftiges Pochen. Und eine Stimme: »Bruder Leupi?«

Die beiden in der Stube umklammerten sich stumm. Erst als das Pochen am Fenster sich wiederholte, konnte Leupolt antworten: »Wohl! Ich bin noch daheim.«

»Geh, komm! Die armen Leut wissen nit aus und ein. Alle schreien nach dir.«

»Ich komm.« Er sprang vom Boden auf, umhalste und küßte die Mutter – »Gelt, du Liebe, jetzt muß es sein?« – vergaß den Rucksack, den er tragen sollte, vergaß die Geldkatze und den Zehrungskorb und kam auf der Straße gerade zurecht, um ein kränkliches Weib, das zwischen schreienden Kindern ohnmächtig geworden war, von der Erde aufzulupfen und auf einen Wagen zu heben.

Aus hundert Stuben von Berchtesgaden war der Abschiedsjammer herausgetreten über die Schwelle, mit zärtlichem Gestammel und Schluchzen, mit Umarmungen, die nicht enden wollten, mit Kindergeschrei und Muttertränen, mit erbitterten Zornflüchen und himmelschreienden Klagen zerrissener Herzen. Der ganze Marktplatz und alle zuführenden Gassen waren unter dem Frühlingsblau und in der milden Morgensonne verwandelt zu einer einzigen großen Stube des Menschengrams. Alle Glaubensfeindschaft und aller religiöse Gegensatz schien erloschen und verschwunden; der Schmerz der Wandernden, die man aus der Heimat jagte, war übergeflogen in die Herzen der Bleibenden; in allen war das Gefühl der Zusammengehörigkeit wach geworden, die nachbarliche Freundlichkeit und das menschliche Erbarmen.

Immer dichter und lärmender füllte sich die lange Marktgasse. Von den Armen und Ärmsten, die nicht zu bleiben brauchten, bis

Haus oder Feld verkauft war, hatten sich neunhundertundsieben zur ersten Schar unter Leupolts Führung gemeldet, Greise, Männer und Weiber, Burschen, Mädchen und Kinder. Unter ihnen auch Kranke, die nimmer bleiben, nicht länger warten wollten auf den Tag der Seelenfreiheit. Ein Bauer hatte seine siebzehnjährige Tochter, die den Fuß gebrochen, auf eine Kraxe gebunden und brachte sie auf dem Rücken getragen. Den Jakob Aschauer, einen Hundertjährigen, der schon ein Sterbender war, mußten seine graukenpfigen Söhne auf den Leiterwagen heben und betten im Stroh. Jede Mahnung, zu bleiben und den nahen Tod in der Heimat zu erwarten, lehnte der Greis mit harter Handbewegung ab und sagte: »Das ist vor Zeiten ein Sprichwort gewesen: ›Wen Gott lieb hat, den läßt er fallen ins berchtesgadnische Land.‹ Jetzt ist eine Zeit gekommen, daß aus Berchtesgaden hinauskriechen möchte, wer immer laufen kann.« Erschüttert durch diese Worte, das Gesicht in Tränen überflossen und vom Geist befallen, stieg ein junges Weib auf den Wagen des Greises, hob die Arme zum Himmel und begann zu predigen über das Wort: »Gehe von deinem Vaterland, von deiner Freundschaft und deiner Mutter Haus in ein Land, das ich dir zeigen werde.« Beim Brunnen begannen die Evangelischen das Lutherlied zu singen:

»Eine feste Burg ist unser Gott –«

und auf der anderen Seite der Marktgasse sangen Hunderte das Wanderlied der Salzburger:

»Ich bin ein armer Exulant
Und därf daheim nit bleiben,
Man tut mich aus dem Vaterland
Um Gottes Wort vertreiben –«

Mit dem inbrünstigen Klang der singenden Stimmen, mit dem verzückten Lautgestammel des predigenden Weibes und mit den klingenden Helferworten des Leupolt Raurisser, der ruhelos von Wagen zu Wagen sprang, vermischte sich das Gerassel der verspäteten Karren, das Gebrüll der Kühe, das Ziegengemecker und das Blöken der ängstlichen Schafe. Der Tier- und Menschentrubel des Brunnenplatzes und der Gasse glich dem Bild eines Viehmarktes, dessen Geschäft und Handel unterbrochen wurde durch die Nachricht einer bösen, alle Menschen verstörenden Landsnot.

Köpfe und Arme streckten sich aus allen Fenstern, und von überall warf man Kleiderbündel und Päcklein mit Geld und Eßwaren herunter auf die Wagen der Exulanten. Aus allen Türen kamen Frauen, Männer und Mägde, um herbeizuschleppen, was sie zu geben hatten. Pfarrer Ludwig mit seiner Schwester, Lewitter und die stumme Lena, die Sus und Meister Niklaus brachten große Körbe. Und die Mälzmeisterin, als sie ihrem Buben die Geldkatze um die Hüften geschnallt und die Rucksäcke mit dem Zehrkorb untergebracht hatte auf dem Scharwagen, unter dessen Bocksitz die eiserne Truhe mit den preußischen Hilfsgeldern an die Leitern angeschmiedet war, lief von Karren zu Karren: »Ihr guten Leutlen, brauchet ihr noch was?« Sie sprang in alle Kaufläden, raffte zusammen, was nötig war, hatte kein Geld mehr und mußte immer sagen: »Schreibet nur auf! Ich zahl schon!«

Zwischen Gram und Schluchzen spielten sich Szenen ab, über die man in unbedrückter Stunde hätte lachen müssen und die der Jammer der Abschiedsstunde zu einer herzerschütternden Begebenheit machte. Zwei Geschwister, die einander verlassen mußten, hielten einen kleinen weißen Hund, den sie lieb hatten, am Strickl und stritten verzweifelt miteinander, weil ihn jedes dem andern überlassen wollte. »Nimm ihn, um Gottes Barmherzigkeit, so nimm ihn doch, du tust mir was Liebes an!« Auf einem Wagen spielte ein ähnlicher Streit, noch tränenreicher, noch verzweifelter. Drei Kinder, die beim Vater blieben, hingen am Hals der exulierenden Mutter und beschworen sie, den kleinen Käfig mitzunehmen, in dem ein Distelfink zwischen den Stäben scheu umherflatterte. »Nimm, Mutterle, nimm, du hast das Vögerl soviel lieb, du kannst nit leben ohne das Vögerl!« Und die Mutter, vom Schluchzen geschüttelt: »Nit! Und tausendmal nit! Wandern muß ich nach meines Herrgotts Willen. Euer Vögerl ist nit des Himmels und nit der Höll. Eh tät ich lieber sterben am Fleck, eh daß ich meinen Kinderlen die singende Freud aus dem Leben tät reißen mögen.« Ihr Schluchzen verwindend, mit den Zähnen knirschend, preßte sie den kleinen Käfig zum letztenmal an ihre nasse Wange und schlang mit dem anderen Arm die Blondköpfe der weinenden Kinder an ihre Brust. Und neben dem Wagen, zwischen einem Ziegenknäul, redete ein junger Bauer mit erbitterten Worten zu seinem blassen, unbeweglichen Weib: »Um aller Seligkeit willen, tu dich besinnen im letzten

Stündl! Weibl, Weibl, bist du denn ganz verloren, daß du mich lassen und mit den Luthrischen laufen kannst?«

Die ekstatisch glänzenden Augen zur Höhe gerichtet, sagte sie leis: »Ich geh, weil der liebe Gott mich ruft.«

Er klagte: »Weibl, Weibl, du laufst dem Satan zu!« Und weil in ihm die Sorge noch größer war als der Zorn, machte er das schützende Kreuzzeichen auf ihre Stirn.

Da sah sie ihm lächelnd in die Augen. »Vergelt's Gott, du Gütiger! Jetzt kann mir die Höll nimmer schaden. Deine Lieb hat ein heiliges Kreuz über mich gemacht.«

Ein alter Mann und eine alte Frau, beide mit bleichen, entstellten Gesichtern, hingen an die Arme ihres zwanzigjährigen Sohnes geklammert und beschworen ihn zur Reue und zu christlichem Bleiben. Er zog die Alten an sich, hielt ihre Köpfe an seine Rippen gepreßt und sagte: »Es ist auf der Welt kein Ding, das mir lieber wär als Mutter und Vater. Aber Gott ist mehr. Ihr habt euch anders besonnen und ich tu's nit schelten. Jeder so, wie er muß. Ich getrau mich bei eurem Glauben nit selig werden. Und lügen kann ich nit. Ich tät mich schämen müssen vor dem Leupi, der geblutet hat für uns alle. Jedem Redlichen muß die Wahrheit heiliger sein als Glück und Leben.«

Das hörte einer, dem dieses verzückte Wort den letzten Blutstropfen aus den bärtigen Wangen jagte. »Meister?« stammelte die Sus erschrocken. Er sagte zwischen den Zähnen: »Gib! Und gib! Wie mehr, so lieber ist mir's. Ich hab einen Weg.« Vorüber an lautem Schluchzen und stillem Weinen, vorüber an Zorn und Gram, an Tieren und Menschen. Beim Brunnen sah er den Pfarrer und drängte sich hin zu ihm. Der fragte betroffen: »Nick? Ist dir nit gut?«

Der Meister sah ihm in die Augen. »So geht's nit länger. Ich kann's nimmer hehlen. Ob Ruh oder Elend, ich muß bekennen heut.«

»Dein Gesicht hat mir's kürzer gesagt.« Der Pfarrer legte den Arm um den Hals des Freundes. »Tu, was du mußt! Jetzt red ich dir nimmer ab.« Seine trauernden Augen irrten über den tausendköpfigen Jammer hin, der die Gasse füllte. »Aber was du tun mußt, tu als mutiger Mensch! Der Weg zum Listenkommissar ist leicht. Erst geh den härteren zu deinem Kind.«

Der Meister nickte und bot dem Freunde die linke Hand, die

lebende. Stumm ging er davon und sah nimmer, daß ein leises Lächeln den traurigen Ernst im Warzengesicht des Pfarrers milderte. Um sich in der langen Gasse nicht wieder vorüberwühlen zu müssen an Menschen und Tieren, schritt der Meister hinüber zum gestutzten Hofgarten und suchte den Heimweg hinter den Zäunen. Wie das Rauschen eines großen Wassers begleitete ihn der klagende Lärm der Marktgasse.

Friedlich umschimmerte die Morgensonne sein Haus inmitten des Gartens, in dem die Rosenstauden zu knospen begannen. Der Meister trat in den Flur und rief über die Treppe hinauf: »Kind? Wo bist du?«

In der Werkstätte ein erwürgter Laut.

Durch das Fenster mit den verbogenen Eisenstäben flutete eine goldschöne Sonnenfülle in den großen, schweigsamen Raum, umglänzte die Holzstatue der ›heiligen Menschheit‹ und streifte den Schoß des jungen Mädchens, das im ziegelfarbenen Hauskleid hinter dem Spinnrad auf der Holzbank saß, ähnlicher dem jungen Tod als einem atmenden Menschenkind. Schweigend betrachtete Niklaus seine Tochter, in deren Augen eine angstvolle Frage brannte. Dann glitt sein Blick, der wie ein gramvolles Abschiednehmen war, über die Mauern, über alles Gerät, und blieb an seinem Werke haften: an der schlanken, von dürstendem Erwarten durchglühten Gestalt des jungen, ärmlich gekleideten Weibes, das die Arme auseinanderbreitet und verklärt einem kommenden Wunder entgegenblickt, aus starrem Holz verwandelt zu heißem Leben, durchleuchtet von opferwilliger Liebe und hoffendem Glauben. Die Hand auf seine Stirne legend, mit einem halb bitteren, halb frohen Lächeln, wiederholte der Meister leis die Worte, die er an dieser Stelle vor vielen Wochen zu seinem Kinde gesprochen hatte: »Lang muß man harren auf Erlösung. Einmal kommt sie.« Er wandte das Gesicht. Sorge und Zärtlichkeit waren in seiner Stimme. »Kind! Jetzt muß ich dir sagen, was dir hart sein wird.«

Sie schrie: »Was ist ihm geschehen?«

»Wen meinst du? Den Leupi?« Wieder das wehe und dennoch freudige Lächeln. »Mußt du schneller an den Leupi denken als an mich? Da hab nit Sorg! Der ist ein Aufrechter, geht den Weg seiner redlichen Pflicht, hat die Wahrheit im Herzen und ist ein Helfer für hundert Leidende. Er geht mit den Ärmsten. Heut. Mit mir hat er nit geredet, und ich bring dir keinen Gruß. Was ich dir sagen muß, lieb Kind, geht nit um den Leupi. Das geht um dich und mich. Ich muß dir sagen –«

Sie wehrte mit beiden Händen. Das glühende Rot, das ihre Wangen überflossen hatte, war wieder verwandelt in wächserne Blässe. »Vater!« Für einen Augenblick überkam's ihre Sinne wie Schwindel. »Ich hab verstanden. Du bringst dein Herz nit über den heutigen Tag hinüber. Du mußt – bekennen?«

»Ja.« Er trat zu ihr hin. »Und daß ich nimmer lügen kann? Auch nit um deinetwillen? Kind? Muß deine fromme Seel mich drum verdammen?«

Sich zusammenkrümmend, preßte sie das Gesicht in die Hände, schüttelte den Kopf und klagte: »Bloß ein Einziger weiß, wie alles ist. Ich such es allweil und kann's nit finden. Dich hab ich lieb ohne Reu und Schmerzen. Mehr weiß ich nimmer.«

Da sprang er zu ihr hin, warf sich vor ihr auf die Knie, zog ihr die Arme herunter, küßte lachend ihre Hände, die naß waren von ihren Tränen, sah zu ihren schwimmenden Augen hinauf, schmiegte das Gesicht an ihre Schulter und stammelte: »Kind! Jetzt hast du deinem Vater das Leben geschenkt. Und der Weg, den ich tun muß um der Wahrheit willen, ist mir ein leichter und schöner.« Sich erhebend, umschlang er sie, küßte ihre Wange, ihre Stirn, ihre Augen – sprang mit frohem Auflachen zur Tür hinüber und war verschwunden.

Unbeweglich saß Luisa auf der Bank und sah die Tür mit erloschenen Augen an, als wäre alles Denken in ihr erdrückt. Da quoll in der schönen Sonne, die ihren Leib umflutete, durch die Mauern ein Rauschen zu ihr herein, das leis die Fensterscheiben erzittern machte. War es das Brausen eines stürzenden Baches? Oder der ferne Lärm von tausendstimmigem Menschengeschrei, in dem alles war, nur Freude nicht?

»Vater!« Bei diesem gellenden Laut voll Schreck und Grauen griffen ihre Hände gegen die Türe hin. »Vater! Vater! Vater!« Das Spinnrad fortstoßend, daß es über die Dielen kollerte, sprang Luisa von der Bank, jagte über die Schwelle, jagte mit gestreckten Armen hinaus in die Sonne. »Vater! Vater!« Wie eine Verzweifelnde hetzte sie an der Gartenplanke hin, gegen den Markt hinüber, in dem roten wehenden Kleid, einer fliegenden Flamme gleich, und war nicht die einzige, die so rannte, so verstört und ganz von Sinnen. Überall, auf der Straße, auf den Fußwegen, auf den Wiesen, überall sah man viele springende Menschen, die aufgeregt mit den Armen fuchtelten und wirre Worte kreischten, als wäre ein großes Schadenfeuer ausgebrochen, das alle Dächer und jedes atmende Leben bedrohte. Auch dröhnende Schläge, wie beginnender Feuerlärm! Auf drei Türmen fingen alle Glocken zu läuten an und füllten die sonnigen Lüfte mit schwebendem Hall. Sollte das ein mahnender Abschiedsgruß der Kirche an die wandernden Seelen sein, die sie verlor? Oder war es ein pröpstliches Freudengeläut, das die Reinigung des berchtesgadnischen Landes von allem Irrglauben verkündete?

Bei der Reichenhaller Straße kam Luisa nimmer weiter. Zwischen anderen Menschen, welche weinten oder beteten, stand sie an die Scheunenmauer des Leuthauses gepreßt, mit angstvoll erweiterten Augen im blassen Gesicht, keiner Handbewegung und keines Lautes fähig. Ihr gegenüber lugte über den Ziegelbord der sekreten Mauer das stille, ausgeräumte Unlustschlößchen der weiland Allergnädigsten mit niedergelassenen Jalousien hervor, und zwischen der weißen Mauer und dem versteinten Mädchen war die enge Straße vollgepfropft durch Menschen, Tiere und Karren, durch den vorwärts drängenden Zug der Exulanten, dem vier rotjoppige Burschen mit ledernen Reisetaschen, mit schweren Rucksäcken und langen Wanderstecken voranschritten, auf den grünen Bubenhüten die ersten Blumen des Frühlings, mit rotgeränderten Augen in den erbitterten Gesichtern. Einer von den Vieren sang mit der Stimme eines Wahnsinnigen, zwei waren stumm und ließen die Köpfe hängen, der vierte kreischte immer wieder die zwei gleichen Worte gegen die strahlende Sonne hinauf: »Gottsheilige Himmelsfreud! Gottsheilige Himmelsfreud!« Nur Leute, die ganz in der Nähe waren, verstanden diese Worte. Wie bei einer Hinrichtung das Trommelgerassel den letzten Schrei des Verurteilten erstickt, so übertönten die läutenden Kirchenglocken allen klagenden Zorn und Jammer dieser Stunde, in welcher tausend gläubige, redliche Menschen die Heimat verlieren mußten, an der sie hingen mit Blut und Seele.

Daß jeder Seufzer, jedes Wort und jeder Schrei erlosch in der wogenden Glockenfülle, das milderte den erschreckenden Vorgang dieses großen Jagens nicht, das sich ohne Hifthörner, ohne glitzte Jägergala und ohne französische Reimsprüche vollzog und dennoch mehr des menschlichen Herzblutes verschüttete, als draußen in der Schönheitsrunde des Hintersees an rauchendem Wildblut hineingeronnen war in den Frühlingsboden des deutschen Waldes. Weil alle Menschenklage versank im Glockenhall, im Rädergerassel und Viehgeplärr, verwandelte sich das Bild des gramvollen Zuges zu einem grausam durchschauerten Anblick, der schreiende Farben hatte und dennoch wirkte wie ein stummes, unbegreifliches Schattenspiel. Auf den Karren und Wagen hielten verstörte Menschen einander umschlungen, drehten immer die Gesichter nach rückwärts und deuteten mit zuckenden Armen; die im Stroh gebetteten Kranken machten sinnlose Handbewegungen und versuchten sich aufzurichten; Bleibende, die von den Exulierenden nicht lassen konnten, liefen zwischen den Viehtreibern und den von Staub überqualmten Tieren umher, umarmten unersättlich die Scheidenden, hingen mit einer Hand an die Wagenleitern geklammert und griffen mit der anderen unter unverständlichen Worten immer zu den Weibern und Kindern hinauf, die droben saßen auf den Brettern. Hinter dem Scharwagen des Zuges, dem letzten aller Karren, kam der vielhundertköpfige Schwarm der Rüstigen, der Männer, Weiber und Kinder, die nicht zu fahren brauchten, sondern den heimatlichen Boden verlassen konnten auf den eigenen Sohlen. Die Zahl der Wandernden hatte sich verdreifacht durch die für immer oder nur bis zum Tage des nächsten Exulantenzuges Bleibenden, und sie hingen Arm in Arm an den Wanderleuten, um einem Vater, einer Mutter, einem Bruder, einer Schwester noch das Geleit zu geben für eine Strecke des bitteren Weges.

Hinter dem Zuge schritt Leupolt Raurisser als der Letzte. Er ging gebeugt, wie bedrückt von einer schweren Bürde. Vier schwarzweiße Bänder wehten von seinem Jägerhut, als Zeichen des Führers. An den Knauf seines langen Wandersteckens hatte ihm Frau Agnes ein rotes Aurikelsträußchen gebunden. Er hielt den Arm um die Mutter gelegt, die ohne Haube, mit zerrauftem Grauhaar neben ihm herschritt und das blasse, von schmutzigen Tränenstrichen überzogene Gesicht an seiner Schulter liegen hatte. Diesen zwei Letzten folgte noch ein Gedränge von Kindern und Leuten, mit scheuen Augen, wie weltfremde Menschen in erschrockenem Staunen herlaufen hinter den Affen und Kamelen eines nie gesehenen Gauklerzuges. Als dieser stille Schwarm unter dem schönen Glockendröhnen sich vorüberschob an der sekreten Mauer des frühlingsblühenden und doch verwelkten Freudengärtleins Seiner

Liebden, straffte sich plötzlich der gebeugte Körper des jungen Jägers. Unter den Menschen, die neben dem Zuge dicht gepreßt an der Scheunenwand des Leuthauses standen, hatte Leupolt das mohnfarbene Kleid gesehen.

»Bub?« fragte Frau Agnes und sah zu ihm hinauf.

»Nichts, Mutter! Komm!« Er legte den Arm noch fester um die Zitternde. Bei ruhigem Weiterschreiten drehte er das ernste Gesicht und blickte über den grauen Scheitel der Mutter hinüber zu dem rotleuchtenden Farbenfleck an der Scheunenwand. Ein wehes Zukken irrte um seinen Mund. Kein Laut. Nur sein Herz und seine heißen Augen hatten gesprochen: ›Du da drüben! Dich soll der Herrgott schützen und hüten! Mein Glück ist tot, nur meine Pflicht lebendig.‹

Die Glocken dröhnten. Ihr Hall umschleierte den Lärm des Zuges, jeden klagenden Menschenruf und jeden Schrei der getriebenen Tiere. Nur dieses ungesprochene Wort erstickten die stimmgewaltigen Glocken nicht. Wie klingendes Feuer war es aus trauernden Augen in eine zu Tod erschrockene Mädchenseele gefallen.

Das Staubgewölk des Zuges qualmte weiter und weiter gegen die Reichenhaller Straße hinaus. Die Menschen, die zu beiden Seiten des Weges gestanden, begannen sich zu verlaufen, die Glocken verstummten. Und noch immer stand Luisa an der Balkenwand, unbeweglich, rot, wie im Blut ihres Leidens angenagelt an die Mauer. Von den Bleibenden, die den Exulanten das Geleit gegeben, kamen schon viele zurück, die einen blaß und stumm, andere unter aufgeregtem Schwatzen, wieder andere mit den Händen vor den Augen. Immer dünner wurde die Reihe der Heimkehrenden. Jetzt kam eine einsame Frau mit grauem Scheitel. Sie ging so still und ruhig, als hätte der Jammer der verwichenen Glockenstunde keine Gewalt über sie gewonnen. Nur ihre Hände taten etwas Widersinniges. Wie Fieberkranke seltsam mit irgend einem Dinge spielen, so zog Frau Agnes den Saum ihrer Schürze durch die zitternden Finger, hin und her, wie eine müde Näherin einen langen Faden zieht. Nun blieb sie stehen, nicht erschrocken und nicht erfreut. Hatte sie geträumt? Oder hatte sie dieses leise Wort, das der letzte Laut ihres Sohnes gewesen war und noch immer nachklang in ihrem bedrückten Herzen, wirklich vernommen?

»Mutter?«

Sie wandte das Gesicht gegen die Scheune hin, ihre gütigen

Augen wurden streng, und während die Tränen langsam über ihre Mundwinkel kollerten, betrachtete sie das unbewegliche Mädchen und sagte ruhig: »Mutter? So soll jedes ärmste, gottverlassene Elendskindl sagen dürfen zu mir. Du nit!« Der Kopf sank ihr auf die Brust, und so ging sie davon, immer tiefer gebeugt, den Saum der Schürze durch ihre Finger ziehend.

Leute, die an der Scheune vorübergingen, verhielten sich und sprachen zu Luisa, barmherzig und erschrocken. Sie hörte keinen Laut, sah keinen Menschen. Ihr klagender Blick irrte umher, mit einem Ausdruck des Entsetzens, als wären alle Bilder und Dinge der Welt etwas Fremdes, etwas Unbegreifliches und Quälendes für sie geworden. Lautlos betend klammerte sie vor der Brust die Hände ineinander, fing zu schreiten an und fand nach einem verstörten Hin und Her den Weg zum Haus ihres Vaters. Immer rascher wurden ihre Schritte. Als sie zu den Bretterplanken des Gartens kam, begann sie zu laufen, begann in unverständlichen Worten zu lallen, rannte sinnlos dem Haus entgegen, streckte die Hände und schrie mit erwürgter Stimme immer wieder die zwei gleichen Worte: »Vater, Sus! – Vater, Sus!« Kein Laut im Haus. Sie lief in die Küche. »Vater! Vater!« Sie jagte zurück, stieß die Tür der Werkstätte vor sich auf, sah das von Sonne umglänzte Holzbild der ›heiligen Menschheit‹ und schrie mit der schrillen Stimme eines zu Tod geängstigten Kindes: »Sus! Barmherzige Sus? Wo bist du?« Keuchend hetzte sie über die Treppe hinauf, rüttelte an der unverschlossenen Tür der Wohnstube, ohne sie öffnen zu können – »Vater! Vater! Vater!« – sprang in ihre Kammer, riß das ziegelfarbene Hauskleid von sich herunter und kleidete sich in Hast, als wäre ein hoher Feiertag erschienen und sie müßte zur Kirche gehen. Unter heißem Schluchzen, das sich anhörte wie ein glückliches, nur etwas unbehilfliches Lachen, warf sie sich auf den Boden hin, schlug an ihrem Klosterkoffer den Deckel auf und nahm das brennende, von Tränen überströmte Gesicht zwischen die Hände, um aus ihrem verstörten Kopf herauszugrübeln, was man braucht auf einem weiten, weiten, viele Wochen währenden Wanderweg.

Nur nach dem Allernötigsten griff sie: nach dem wächsernen Jesuskind und nach der goldglitzernden Madonna. Voll Inbrunst küßte sie jedes der zwei heiligen Bildwerke, bevor sie es achtsam einwickelte in linde, verläßliche Wolle. Dazu die kleinen Leuchter, das silberne Ämpelchen und die künstlichen Blumen, sieben Heiligenbilder und die Silhouetten des Vaters und der Mutter, die über dem Bett gehangen und die der Vater mit seiner linken Hand geschnitten hatte, bevor sein Kind zu ihm heimkehrte aus dem Kloster. Nach der Hetze dieser Arbeit sprang sie zum Fenster und lauschte gegen die Reichenhaller Straße. Der Lärm des Exulantenzuges klang nur noch wie mattes Summen aus weiter Ferne.

»Hilf mir, hilf mir, heilige Gottesmutter, oder ich komm zu spät!«

Mit dem Einpacken des Weihbrunnkesselchens ging es so flink, daß sie es vorher zu leeren vergaß. Der Klosterkoffer war nicht wasserdicht, unten tröpfelte es merklich heraus. Dafür hatte Luisa keine Augen, weil sie besonders sorgfältig die Weihwasserflasche, die sie nach der schrecklichen Warnung der Gottesaugenuhr aus der Kirche heimgebracht hatte, mit zwei Paar Strümpfen überziehen mußte. Da lag nun alles, was ihr heilig, kostbar und unentbehrlich war, wohlgeborgen in ihrem Koffer. Und jetzt dazu, was noch Platz hatte an Kleidern, Wäsche, Schuhen und täglich nötigen Dingen. Dann sprang sie wieder zum Fenster hin und lauschte hinaus in die milde Sonne. Außer dem Lärm der Nähe war kein Laut mehr zu hören. Auf der Reichenhaller Straße alles still! Totenstill! In Schreck, in neuer Verzweiflung flog sie zur Tür und schrie, daß es hallte in der Stille des Hauses: »Vater! Vater!« Keine Antwort kam. Sie jagte über die Treppe hinunter. Und wieder in die Werkstätte. »Vater!« Hinaus in den Garten. »Vater! Vater!« Da kam ihr die Besinnung: der Vater ist gegangen, um zu bekennen, um sich einzuschreiben in die Liste der Evangelischen. Diesen Gedanken empfand sie wie ein tröstendes Glück. Und morgen wird der Vater nachkommen, vielleicht noch heute. Und wer, wie ihr Vater, so mild und menschlich über alle Dinge des Lebens urteilt, wird es verstehen, daß man den Leupi keine Nacht mit so sterbenstraurigen Augen erleben lassen darf.

Diese Wahrheit gab ihr Tapferkeit und Ruhe in das irrsinnig hämmernde Herz. Die Ruhe währte aber nicht länger, als bis Luisa droben war in ihrer weißen Kammer. Sie selber wußte nicht, wie es kam. Es war, als hätte an der weißen Mauer, nur sichtbar für ihre fromme Seele, eine warnende Schrift zu brennen begonnen. Das Gesicht mit den Händen verhüllend, fiel sie auf den Boden hin, geschüttelt von einem Schluchzen, das ihr junges Leben zu zerreißen drohte. Und da streckte sie schon die Hände, um alles für die weite, schöne Wanderung Gepackte wieder herauszuzerren aus der tröpfelnden Klostertruhe. Plötzlich waren ihre Finger unbeweglich. Ihre Tränen versiegten. Ein frohes, glückliches Leuchten war in ihren Augen. »Lang muß man harren auf Erlösung! Einmal kommt sie.«

Vor Luisas Abreise aus dem Kloster hatte die gütige, kluge, fürsorgliche Oberin auf der Innenseite des Kofferdeckels ein geweihtes, von jungfräulichen Rosen umwundenes Schutzengelbild festgekleistert und sogar noch mit goldfarbenem Lack überstrichen, damit es nur ja nicht mehr herunterfallen könnte und für den frommen Klostervogel ein verläßlicher Wegweis bliebe in allen Gefahren der bösen Welt. Mit einer langen Stange, die unten eine Lanze und oben eine Fahne war, durchstach der geharnischte und geflügelte Schutzengel die Herzgegend eines Drachen. Und die Fahne trug in gotischen Lettern den wunderwirkenden Spruch:

»Wo auch der bös Feind Uibles sinnt,
  Dein Engel wird ihn gstillen.
Was frumb dein truies Herz beginnt,
  Ist allweil sHimmels Willen.
Seel, laß dein Glück nit zagen,
  Gott wirz auf Händen tragen,
    Hab rechten Mut
    Und sEnd ist gut!«

Wie kann doch ein Schutzengel, wenn's nur der richtige ist, vieltausendmal hilfreicher und klüger sein als eine Nürnberger Gottsaugenuhr! Und wie die liebe, herzensgute Frau Oberin sich freuen würde, wenn sie wüßte, daß ihre treue Fürsorge ein junges Menschenglück gerettet hatte, das schon zerbrechen wollte zum siebenten- und letztenmal! Heiß beseligt, in dankbarer Freude küßte Luisa das erlösende Bild. Dann flink den Deckel zu und den Schlüssel abgezogen. Den spanischen Hut mit dem weißen Federtuff übers braunblonde Haar, den grünen Radmantel um die Schultern! Und während die schmal gewordenen Mädchenwangen glühten wie am Johannistag die Rosen im Garten, lernte der kleine Klosterkoffer kennen, was eine Schlittenfahrt ohne Schnee bedeutet. Mit schrillem Rutsch ging's über die Schwelle der jungfräulichen Kammer hinaus, durch den Oberstock, über die Treppe hinunter, und überall auf der hurtigen Glücksreise ließ der pfeifende Wanderschlitten eine feuchte Tröpfelfährte hinter sich zurück.

»Vater! Vater! Vater!«

Flink hinein in die Werkstätte. Mit einem Rötelstift, der zum Handwerkszeug des Meisters gehörte, schrieb Luisa auf die weißgescheuerte Spinnbank: »Lieber Vater! Ich bins derweilen vorausgewandert, weils den Leupi seine traurichen Augen nich därf warten laß übernacht. Gelt du kommest bald. In Glück und Freiden dein erlösenes Kint.« Schöner und fehlerfreier, als es auf der Bank geschrieben stand, klang das in Luisas brennendem Herzen. Sie hatte bei der klugen, fürsorglichen Frau Oberin besser beten als schreiben gelernt.

Eine Vaterunserlänge später bekamen viele Berchtesgadener eine atemlose und einsame Exulantin zu sehen, deren Anblick niemand zu Gram und Zorn bewegte, niemand erschütterte zu Tränen. Wie das junge, bildhübsche Mädel im grünen wehenden Radmantel, mit erhitztem Gesicht und strahlenden Glücksaugen ihren kleinen, träufelnden Koffer auf einem großen Schubkarren in sehnsüchtiger Ungeduld über die Reichenhaller Straße hinausradelte, das war mehr als ein liebliches, war ein ergreifendes Bild. Dennoch erschien es den Leuten so komisch, daß sie zuerst verwundert gucken, dann heiter schmunzeln und schließlich ohne jedes Zartgefühl darüber lachen mußten. Während in einem erlösten und beglückten Erdenkind von allen schönen Träumen des Lebens der allerschönste zur Wahrheit wurde, kamen törichte Menschen zu der völlig unzutreffenden Vermutung, diese verspätete und drum so eilfertige, immer betende, weinende und lachende Emigrantin hätte einen reichlichen Schoppen über den für ein Mädchen zulässigen Durst getrunken.

Wenn es so schwerfällt, das Natürlichste des Natürlichen klar zu erkennen? Wie darf man sich wundern darüber, daß dem Menschengeist zuweilen auch bei den Klarstellungen des Übernatürlichen ein wesentlicher Irrtum widerfährt?

32

Nach allem Seelensturm des verflossenen Morgens lag die Sonnenstille des Mittags über dem leeren Haus des Meisters. Die heimgekehrten Schwalben umflogen den First, bauten an ihren Nestern oder saßen auf den geschnitzten Holzzieraten des Giebels.

Die Elfuhrglocke hatte schon geläutet, als Meister Niklaus herüberkam vom Leuthaus. Die Sus, mit dem großen leergewordenen Korb über den Zöpfen, betrachtete immer wieder in Sorge den wortlos vor sich hinbrütenden Mann an ihrer Seite. Von der Freude, mit der er die Hände seines verständig gewordenen Kindes geküßt hatte, war nichts mehr an ihm zu merken. Auf den Erlösungsjubel, den ihm das offene Bekenntnis seines Glaubens in die Seele gegossen, war ein drückender Stein gefallen. Seiner Einzeichnung in die Exulantenliste hatte man kein Hindernis bereitet, hatte auch der Sus keine Schwierigkeiten gemacht, als sie ruhig und entschlossen ihre paar Buchstäbchen dicht unter den Namen des Meisters kritzelte. Wegen seines Kindes erklärte die Kommission: die Jungfer Zechmeister wäre als notorische Katholikin in zureichenden Jahren, um selbst über ihr Schicksal entscheiden zu können. Des weiteren müsse der Meister bedenken, daß man einen so geschickten und notablen Künstler nicht über die Landesgrenze ziehen lassen könne, auf die Gefahr hin, daß er die berchtesgadnische Holzschneidekunst im Auslande verbreite, zur Schädigung der Heimat und zum Nutzen der Augsburgischen, der Nürnberger oder gar der preußischen industria. Die Entscheidung der Kommission hatte einige Ähnlichkeit mit dem vom Grafen Saur über den Mälzmeister gefällten Urteil: »Glaube er, was er wolle, und brau er uns auch fürderhin eine so bekömmliche Biersorte wie bisher.« Wenn der Meister sein illustres Kunstvermögen der Heimat treu erhalte, wolle man ihm in Glaubenssachen keine fühlbaren Diffizilitäten bereiten; wäre aber sein Entschluß zur Exulation ein unabänderlicher, so könne sein Auszug nur erfolgen unter zureichender Kautionsstellung für allen Schadenersatz und nach Ablegung eines heiligen, von zwei Bürgen unterstützten Eides, daß er im Ausland für alle Lebenszeit auf jede Betätigung seiner Kunst verzichte. »Ihr Herren, das heißt mein Leben erwürgen!« Ein Achselzucken war die Antwort.

Vor seiner Haustür blieb Meister Niklaus in der Sonne stehen, beugte den Kopf und bedeckte die Augen mit der linken Hand. Die Sus wurde bleich bis in die Mundwinkel. Aber sie hatte doch die Kraft, um ruhig zu sagen: »Ich mein', der Meister sollt sich zu seiner schönen Arbeit stellen. Da ist ihm noch allweil jedes harte Ding ein träglich es worden. Ich schaff derweil, daß der Meister nit warten muß auf die Mahlzeit.«

Er nickte. »Ja, gute Sus! Vergiß auch nit, daß der Hochwürdige und seine Schwester zum Essen kommen. Da ist noch Zeit, daß ich reden kann mit dem Kind. Wir müssen's nehmen, wie es ist. Heut haben wir soviel an Seelennot und Elend umlaufen sehen, daß wir nit klagen dürfen, wenn uns ein schmerzhaftes Steinl hineingedrückt wird in den eigenen Leib.« Er öffnete die Tür seiner Werkstätte. »Kind?« In dem großen Raume blieb es still. Der Meister rief in den Flur hinaus: »Das Kind muß droben in seinem Stübl sein. Gelt, sag ihr, sie soll zu mir herunterkommen, gleich!« Draußen huschte die Sus über die Stiege hinauf. Der Meister vertauschte den Gassenrock mit dem leichten Arbeitskittel und band das lederne Schurzfell um. Eine Weile stand er unbeweglich und betrachtete sein fast vollendetes Werk: die ›heilige Menschheit‹. Schon dieses stille, halb zufrieden, halb mißtrauisch forschende Sinnen schien ihm die drückende Seelenlast des Augenblicks zu erleichtern. Er hörte nicht, daß droben die Sus ein paarmal den Namen seiner Tochter schrie. Aufatmend griff er nach dem schweren eisernen Schlägel und wollte unter den vielen Meißeln das Hohleisen aussuchen, das er brauchte, um eine Gewandfalte zu vertiefen. Da sah er das umgeworfene Spinnrad und ging, um es aufzuheben. Von der weißen Spinnbank leuchtete ihm die rote Schrift entgegen, der Glücksbrief seines ausgewanderten Kindes. Er las. In der Faust den eisernen Schlägel, stieß er einen tonlosen Laut aus der Kehle.

Da stürzte die Sus mit entfärbtem Gesicht in die Werkstatt: »Meister –« Die gleichen Worte, die sie ihm hatte sagen wollen, schrie er selbst: »Das Kind ist fort! Ist dem Glück und dem Leupi zugesprungen.« Auflachend und doch mit schwimmenden Augen, schleuderte Niklaus den schweren Schlägel zur Werkbank hinüber. Und während die gewichtige Eisenmasse gegen den bankförmigen Unterbau der Statue schmetterte, riß er das Schurzfell herunter und sprang zur Türe.

»Das Gassenröckl!« Die Sus raffte den braunen Rock vom Sessel und wollte dem Meister nachspringen. Hinter ihr ein Knirschen, wie wenn ein Brett in Splitter geht. Sus drehte das Gesicht und sah, daß die Statue der ›heiligen Menschheit‹ sich zu bewegen begann, als hätte sie jede Hoffnung auf den Himmel verloren und möchte sich mit ausgebreiteten Armen niederneigen zur treueren Erde. Der Stoß des Eisenschlägels hatte den Unterbau schiefgedrückt; das viele Zentner schwere Gewicht der Statue knickte das schräge Brett, und die Bildsäule drohte vornüber zu stürzen. »Meister!« schrie die Sus mit gellendem Laut, sprang gegen die Werkbank hin, um das Unglück zu verhüten, und fing mit Brust und Armen das fallende Bildwerk auf. Sie war ein festes, kraftvolles Mädel, die Sus. Dennoch brach sie unter dem Stoß, mit dem die schwere Holzmasse gegen ihren Körper schlug, auf die Knie hinunter. »Meister! Meister!« Immer schrie sie, immer schwächer klang ihre Stimme. Mit dem Rest ihrer schwindenden Kräfte hielt sie die Statue umklammert, um zu hindern, daß die Bildsäule gegen den Boden schlüge und Schaden nähme. »Meister!« Tiefer und tiefer wurde das tapfere Mädel gegen die Dielen niedergedrückt und lag unter der pressenden Holzmasse ausgestreckt wie ein Weib, das in Liebe den Mann empfängt. »Meister, ach, Meister –« Das waren Laute des Schmerzes, bei erlöschenden Sinnen noch durchzittert von der Freude, daß des Meisters Arbeit, die für den Glauben der Sus von allen Herrlichkeiten des Lebens die herrlichste war, keinen Fehl und Makel erlitten hatte. Und schon so matt und müde war dieser letzte Schrei, daß er nimmer hinausklang aus der Stille des sonnenlos gewordenen Raumes. In keuchenden Zügen ging der Atem der Ohnmächtigen.

Vor dem Fenster, durch das der sonnige Himmel hereinblaute, klang zuweilen ein feiner Schwalbenschrei.

Und drüben beim Leuthaus rannte Meister Niklaus über die Reichenhaller Straße hinaus. Von einer Höhe konnte er das Gelände bis Bischofswiesen überschauen. Die Straße war leer. Nur in weiter Ferne ließ sich der neblige Dunst erkennen, der von der Staubwolke des Exulantenzuges zurückgeblieben war.

»Gott mit dir, mein Kind! Glück ist mehr als alles andere.«

Der Meister wandte sich und ging vorüber am Leuthaus, gegen den Brunnenplatz. Die Marktgasse war wie ausgestorben. Nur spielende Kinder. Nicht viele. Und das Pflaster war bedeckt mit zerknickten Strohhalmen und mit dem Unrat, den die ausgewanderten Tiere zurückgelassen hatten.

Vor dem Stiftstor trafen sie zusammen, Meister Niklaus und Pfarrer Ludwig. »Nicki?« Ein erwartungsvoller Blick war in den Augen des Pfarrers.

»Das Kind ist fort.«

»Also!« Lächelnd sah Herr Ludwig hinauf in das reine Blau.

»Der Ewige arbeitet doch verläßlicher als ein Nürnberger Spielwerk.«

»Mensch? Wahrhaftig? Daß mein Kind dem Leupi nachspringen muß? Das hast du erwartet?«

»Drum hab ich mich doch bei dir heut zum Essen geladen. Daß du dein Suppl nit allein verschlingen mußt. Und komm! Wir müssen das gleich der Mutter Agnes bringen. Die verzweifelt schier.« Sie wandten sich gegen das Stiftstor. »Guck, Nicki! Eine Parabel der Zeit!« Der Pfarrer deutete auf die Fülle des Unrates, der das Pflaster bedeckte. »Das bleibt der Regierung vom heutigen Tag. Sie wird nit lernen davon. Statt den nutzbaren Mist für einen Acker zusammenzukehren, wird sie ihn vornehm liegen lassen, bis ihn der nächste Regen verwässert. Staatskunst, Nicki, Staatskunst!«

Als Mutter Agnes die Botschaft vom Glück ihres Sohnes hörte, tat sie einen Schrei, fiel auf die Mauerbank und wurde von einem so heftigen Zittern der Beine befallen, daß die Absätze ihrer Schuhe auf dem Fußboden ein flinkes Getrommel erhoben. Meister Raurisser, der vom Bräuhaus heimkam und seine Frau so finden mußte, fragte in Sorge: »Mutter, was hast du denn?«

»Freud – Freud – Freud –« Sonst brachte sie unter dem Sturz ihrer frohen Tränen kein Wort heraus.

Pfarrer Ludwig, als er mit Meister Nick aus der Stube ging, deutete auf eine ungefährlich gewordene Sache an der weißen Mauer. Und draußen auf der Straße sagte er: »Der Dillinger Landschaden, der Grusdorf, die überflüssigen Buchstaben, der Muckenfüßl und die Gottesaugenuhr mit ihrem böshaften Teufel! Alles im Kehrichtfaß der Vergangenheit! Nick, es geht halt doch ein bißl aufwärts mit der Menschheit! Deswegen muß sie nit grad eine heilige sein.« Sie kamen zur Pfarrpfründe, und Herr Ludwig klinkte an der Haustür, die er verschlossen fand. »Die Schwester ist schon voraus zu dir.« Um den Weg zu kürzen, gingen sie hinter den Häusern am gestutzten Hofgarten vorüber, dessen lächerlich beschnittene Bäume unter Frühlingshilfe den Versuch begannen, aus der Pariserei herauszuwachsen und sich wieder aufzustrecken zu natürlicher Form.

Beim Plankentor des Meisters blieben die beiden stehen und lauschten. Im Haus eine schreiende Stimme. »Meine Schwester!« stammelte der Pfarrer. Sie sprangen in den Flur, sahen die Tür der Werkstatt offen und fanden neben der schreienden Schwester Franziska die Sus, wie tot, von Blut umronnen, die Arme noch immer um die Statue geklammert. Der Meister taumelte. Und Pfarrer Ludwig brüllte der Schwester ins Ohr: »Zum Lewitter! Lauf, was du laufen kannst!« Nur mühsam gelang es den beiden Männern, die schwere Statue vom Körper der Ohnmächtigen emporzuheben. »Ach, Mädel, du gutes!« schrie der Meister, hob die regungslose, von Blut überströmte Sus auf seine Arme und trug sie über die Treppe hinauf. Ohne zu denken, nur weil es von den Türen die nächste war, trug er die Blutende in Luisas Kammer und rannte um Essig, um alles, was beleben konnte. Nichts wollte helfen. Die geschlossenen Augen taten sich nicht auf, kein Herzschlag war an der Sus zu spüren, kein Atemhauch vor den blassen Lippen, an denen ein leises, unabänderliches Lächeln zu erkennen war. Nur das Blut sickerte noch immer aus den Wunden, die das scharfkantige Holz in ihren Körper geschnitten hatte.

Schwester Franziska und Lewitter mit seiner Tasche traten in die Kammer.

»Komm, Nicki!« Pfarrer Ludwig legte den Arm um den Hals des Meisters. »Wir zwei sind überflüssig.« Sie gingen hinüber in die Wohnstube. Der Pfarrer stand am Fenster. Stumm und unbeweglich saß Niklaus am Tisch; nur seine Augen bewegten sich, wenn durch die Krippenwand ein matter Laut aus der Kammer klang oder wenn auf der Stiege draußen die hastigen Täppelschritte der Schwester Franziska zu hören waren. Und plötzlich warf er das Gesicht auf die Tischplatte hin.

Der Pfarrer trat zu ihm und rüttelte ihn an der Schulter. »Nicki! Bleib der Mensch, der du bist! Tu reden, Nicki!«

Meister Niklaus hob das blasse Gesicht. »Einsam versunken, mein Kind ins Kloster gesteckt – um Gottes willen!« Er hob die hölzerne Hand und betrachtete sie. »Daß ich es überleben hab können? Ich glaub, am Leben hat mich nur die Hoffnung gehalten, daß ich doch wieder schaffen könnt – einmal.« Wieder streckte er die künstliche Hand vor sich hin. »Das ist das leichtere gewesen.« Er nahm den Kopf zwischen die Fäuste, und seine Stimme wurde tonlos. »Das andere hat erst angefangen, wie ich gemeint hab, ich wär schon wieder ein ruhiger Mensch. Fünf Jahr hab ich nimmer gewußt, daß ich an Leib und Blut noch allweil ein Mannsbild bin. Und gählings – wie ein schweres Leiden, das kommt, man weiß nit wie – hat's angefangen: die Ruhlosigkeit in den Nächten, am Tag das Nachschauen hinter den Weibsleuten, wenn mir ein junges Geschöpf in die Näh gekommen ist. Nur Eine, die allweil bei mir war, hab ich nie drum angesehn. Sie ist mir immer das kleine Mädel gewesen, als das sie zu uns ins Haus gekommen ist. Und ist schon über die achtzehn Jahr gewesen. Im Frühling einmal, da hat sie sich im Garten einen Dorn in den Finger gestoßen und ist gekommen: ich sollt ihr helfen. Und wie ich sie bei der Hand hab und frag: Tut's weh? – und sie schüttelt den Kopf, da hab ich spüren müssen, wie sie zittert. Ich schau sie verwundert an. Und gählings merk ich, wie schmuck sie geworden ist. Mir ist der Teufel ins hungrige Blut gefahren –«

»Was für einer?« fragte der Pfarrer. »Der von der Gottesaugenuhr?«

Niklaus, ohne zu hören, redete vor sich hin: »Ich bin erschrocken über mich. Und hab sie fortgeschoben. Und da brennt ihr Gesicht wie Kohlenglut. Sie schaut mich an mit ihren treuen, barmherzigen Tieraugen und sagt: ›Was liegt an mir? Der Meister muß Ruh haben.‹«

Zwei leise Worte: »Heilige Menschheit!«

Der andere schwieg. Nach einer Weile sagte er in Qual: »Sie hat sich um meinetwegen zerschlagen mit Vater, Mutter und Geschwistern, hat ihr junges Leben hingelegt vor meine Füß und hat gegeben, wie man ein Kräutl gibt, das heilsam ist für Not und Trauer eines Menschen. Kann sein, es ist ein Unrecht gewesen, daß ich genommen hab. Hungert einer, so stiehlt er beim Bäcken. Nie hab ich sie lieb gehabt. Ich bin ihr nur gut gewesen, nur dankbar.« Er preßte die Zähne übereinander. »Wie mein Kind wieder im Haus gewesen ist, hab ich einen Riegel fürgeschoben und hab die Sus nimmer angerührt. Allweil ist ihre treue Sorg um mich die gleiche geblieben. Jedes andre – kann sein, ich selber – hätt heut in der Werkstatt fallen lassen, was ich in Müh geschaffen hab. Die Sus hat helfen müssen. Wie's zugegangen ist, das weiß ich nit. Ich weiß nur, die Sus ist so. Sie muß dran sterben. Ich leb.« Langsam hob er das Gesicht. »Pfarrer! Tät man einen verblutenden Leib noch anbinden können an einen Lebendigen, so müßt ich bitten: du sollst mich trauen mit der Sus!« Er wandte die Augen zur Krippenwand. »Jetzt hab ich sie lieb.«

Schweigend trat der Pfarrer auf ihn zu und strich ihm mit der Hand über das Haar. Dem Meister fuhr das Gesicht herum, weil er draußen einen Schritt vernahm. Simeon Lewitter trat in die Stube. Und Niklaus, vom Sessel aufzuckend, keuchte: »Ist Hilf?« Ohne die Antwort abzuwarten, sprang er auf die Türe zu. Simmi breitete wehrend die Arme auseinander: »Nit! Tu bleiben!« Er führte den Zitternden wieder zum Sessel und sprach zu ihm in seiner sanften, halblauten Art. Der Pfarrer, schweigend, ging zur Holzverschalung der Mauer und drückte auf den versteckten Knopf. Lautlos öffneten sich die beiden Flügeltüren der Krippe. Die sonnige Fensterhelle leuchtete hinein in die Nische, machte alle Farben der hundert Figürchen flimmern, umglänzte die drei Gestalten unter dem Kreuze, gab dem Frühlingsbild der zierlichen Landschaft einen warmen Schein – und ohne daß die kleinen Lampen brannten, glitzerten die winzigen, aus Glassplittern gebildeten Fenster an Kirche und Hütten, als wär's um die Morgenstunde, die einen strahlenden Tag verspricht.

»Komm, Nicki! Oder wär's nit so in dir, daß du beten mußt?«

Nun standen die drei Männer wortlos vor der Nische, jeder mit dem Arm um den Hals des anderen. Dieses Schweigen war das verbrüderte Gebet ihres duldsamen Glaubens, war das ungesungene Lied ihres gemeinsamen Harrens auf einen Menschenmorgen, der kommen mußte – nach Jahrhunderten, meinte der eine; nach Jahrzehnten, glaubte der andere; bald, so hoffte der dritte.

Auf den Kirchtürmen schlugen die Glocken mit schwebendem Hall die erste Mittagsstunde.

Das war die gleiche Stunde, in der die siebenhundert vom großen Jagen aus dem Land Gepeitschten ihr letztes Gebet auf heimatlichem Boden zum Himmel sangen.

Sie hatten die steigende Wegstrecke vor dem Hallturm erreicht. Alle Gesichter der Wandernden waren der Ferne zugerichtet, der sie entgegenschritten. Nur die Augen der Kranken, die, mit den Köpfen gegen die Zugtiere, gebettet lagen im Wagenstroh, waren rückwärts gerichtet nach dem Lande, das sie verließen. Und plötzlich, während die lange Karrenzeile schwerfällig hinaufkletterte über die Steigung, hob der hundertjährige Jakob Aschauer die dürren, gichtisch verkrümmten Hände aus den Strohhalmen, tat einen klagenden Schrei und griff mit zuckenden Fingern gegen die blaue Heimat, die schon versunken war hinter Hügeln und Gehölzen und noch ein letztesmal heraufstieg mit gewellten Frühlingswiesen, mit blitzenden Gewässern, mit sammetgrünen Fichtengehängen, mit sonnbeglänzten Dächern und Mauern, mit den erwachenden Almen und den kettengleich ins Endlose geschichteten Silberkanten der noch von Schnee umschütteten Zinnen. Und alles hineingewoben ins reine Blau, alles umschmeichelt von warmer Sonne, alles umgossen vom schönen Frieden der lautlosen Ferne. Wieder ein Klagelaut, so schrill wie ein Falkenschrei. Und die mühsame Stimme des Hundertjährigen: »Leut! Ihr Leut! Ach luget sell naus! Das Ländl! Das liebe Ländl! Das Paradies, aus dem sie uns alle verjagen!«

Das faßte einen um den anderen; alle Gesichter wandten sich; hundert Stimmen rannen zusammen; der Zug der Wagen staute sich; die Viehtreiber ließen die Stricke der Tiere fallen, um die Fäuste vor die Augen zu pressen; viele Kinder fingen zu weinen an und klammerten sich an die Röcke, an die Hälse der Mütter; Männer und Buben umschlangen sich mit den Armen, und die siebenhundertfache Trauer und Liebe floß ineinander zu einem einzigen, machtvollen Seelenschrei, der ähnlich war dem Brausen eines stürzenden Wildbachs. Die Arme breiteten sie auseinander wie Gekreuzigte, sie schrien verzückte Laute in das Hallgewoge dieses hundertfältigen Schmerzes und griffen nach der Erde, die sie verlassen mußten für immer. Kein Fluch und keine Verwünschung war zu hören. Nur Segensworte, nur Laute der inbrünstigen Treue. Und Leupolt Raurisser, um dessen Schultern die schwarzseidenen Bänder des Führers flatterten, hob neben dem Wagen des Hundertjährigen die Hände gegen das Blau. Sein Gesicht war entstellt. Aus seinen Augen, die trocken geblieben waren in der härtesten seiner Qualen, stürzten die Tränen, während er mit klingender Stimme den Psalm begann:

»Aus tiefer Not schrei ich zu dir,
Herr Gott, erhör mein Rufen –«

Die Siebenhundert fielen ein, auf den Wagenbrettern und im Staub der Straße lagen sie auf den Knien, und ihr betendes Lied, ihr letztes auf dem Boden der Heimat, schwamm in den Lüften wie das Feiertagsgeläut einer schönen, heiligen Glocke.

Als sie zu tönen anfing, kamen aus einem Seitentälchen zwei alte Leute, ein kleines Weibl mit kurzem Rock und ein langes, geselchtes Mannsbild mit weißem Schnauzer. Vor einem schwerbeladenen Karren, an den drei Ziegen und ein Geißbock angebunden waren,

hingen die beiden in den Zugriemen. Beim Hall des Liedes blieben sie stehen und guckten, das Weib in Rührung, der Lange auf eine verdutzte Art, als wäre ihm etwas unverständlich an den Klängen, die ihm entgegenrauschten. Er riß die Augen auf und atmete schwül. In seinem braunen Gesicht erwachte etwas wie der Spiegelschein eines erschrockenen Gedankens. Immer härter schnaufend, sah er sein Weibl an. »Du! Schneckin!«
»Was?«
»Wir zwei gehören da nit dazu. Die Leut da müssen einen Glauben haben als wie ein Baum. Der unser ist bloß ein Stäudl, geht hin und her und wackelt bei jedem Wind. Wir zwei, verstehst, wir zwei gehören sell hin, wo der Bockmist düftelt.« Er hatte den Karren schon gewendet. Die Schneckin begann zu weinen, und der Hiesel knurrte: »Kreuzhöllementsverteufelter Himmelhund, verstehst du denn nit, du Schneehas ohne Löffel! Das ist doch kein Fürwurf.« Immer bitterlicher weinte das Schneckenweibl. Da wurde der grobe Hiesel barmherzig und legte den Arm um den kleinen, kurzröckigen Stöpsel. »Schau, was Guts hat unsere Narrenschopferei halt doch gehabt. Verstehst?« Das Weib schüttelte kummervoll den grauen Kopf, und tröstend sagte der Hiesel: »So sauber, wie jetzt, ist unser Geißstallerl seit dreißig Jährlen noch nie gewesen.« Die schwimmenden Augen der Schneckin wurden heller. Soviel Anerkennung hatte sie in ihrem ganzen Leben noch nie geerntet. Mit dankbarem Lächeln sah sie am Hiesel hinauf und flüsterte wie ein schämiges Mädel: »Vergelt's Gott, Schneck!« Der quieksende Karren mit den Meckerziegen verschwand hinter den Stauden, während auf der Straße die fromme Glaubensglocke der Siebenhundert immer machtvoller und inbrünstiger tönte:

»Ob bei uns ist der Sünden viel,
Bei Gott ist viel mehr Gnaden.
Sein Hand zu helfen hat kein Ziel,
Wie groß auch sei der Schaden.
  Er ist allein der rechte Hirt,
  Der Israel erlösen wird
  Aus seinen Sünden allen.«

Als das Lied zu Ende klang, war tiefe Stille über den siebenhundert gebeugten Köpfen. Leises Schluchzen. Und der hundertjährige Aschauer bettelte mit erloschener Stimme: »Ich kann nit fahren, solang ich die Heimat seh, ach Leut, ach lasset mich bleiben, solang ein Aichtl Sonnenlicht über dem Ländl hängt. Wenn's finsteret, will ich fahren von Herzen gern.« Das Wort lief hin über die lange Reihe der Karren, und hundert Stimmen riefen: »Wie's der Älteste haben will, so muß man es machen.« Für jeden war's eine tröstende Freude, daß er die Heimat noch schauen durfte einige Stunden lang und sie erst verlassen mußte, wenn die Nacht sie umschleierte.

Nach allem Gram und Kummer dieses Tages hörte man heitere Worte. Alle bedrückten, müd gewordenen Herzen lebten auf, und die schmale Zeile des Exulantenzuges löste sich in die Breite. Die Hirten trieben das Vieh in den Laubwald, um es weiden zu lassen; die Frauen und Mädchen stiegen von den Karren, um die Ziegen und Kühe zu melken, damit die Kinder ihre Milch bekämen; und die Männer und Buben trugen Holz zusammen für die Kochstätten. An die hundert kleine Feuer fingen zu brennen an, und in der Windstille des milden Nachmittags stiegen die Rauchsäulen wie blaue Bäume zum Himmel hinauf.

Die Sonne wurde Gold, die Berge im Osten brannten, die steilen Wälder im Westen wurden eisenblau, und die jungen Buben begannen zu singen wie beim Sonnwendfeuer, wie vor dem Fenster einer Almerin. Und gählings geschah ein Ding, daß alle Leute verwundert die Köpfe streckten. Leupolt Raurisser rannte gegen die Talstraße hinunter, so flink, daß die schwarzweißen Bänder waagrecht hinter seinem Nacken standen. Weil er auf der mit Karren vollgepfropften Straße nicht flink genug vorwärts kam, sprang er im Zickzack zwischen den weidenden Kühen. Und als die Straße frei wurde, fing er ein Rasen an, noch wilder und schöner als zwischen den galoppierenden Dragonergäulen. Weit vor ihm, in der Tiefe der Talstraße, kam ein winziges Fuhrwerkelchen daher: ein Schubkarren mit einem kleinen Koffer. Zwischen der Gabel bewegte sich was Junges, hurtig Zappelndes, mit einem weißen Federbusch auf dem spanischen Hut. Über dem Koffer lag der grüne Mantel, schön gefaltet, weiß überpulvert vom Straßenstaub.

Leupolt schrie den Namen seines Glückes, daß von allen Wäldern ein Echo kam.

Sie hörte den Schrei, setzte den Karren nieder und blieb unbeweglich.

Nun stand er vor ihr, heiß atmend vom jagenden Lauf, mit Augen, die wie Sterne glänzten. Er streckte die Hände und wagte sein

Glück nicht zu berühren. Nach der ersten glühenden Scham tat Luisa einen frohen Atemzug. Eine wundersame Ruhe überkam ihr Wesen. Sie sah zu ihm hinauf. »Willst du mich nehmen, Leupi? Ich kann nit leben ohne dich. Gott wird's verstehen. Der hat dich geschaffen. Da muß er auch wissen, wie du bist.«

Er stammelte: »Jesus!« Und wagte zuerst nur ihre Hand zu fassen. Als er den Druck ihrer Finger fühlte, kam's wie ein lachender Taumel über ihn.

Der spanische Hut verlor seinen graden Sitz. Und erst eine sehr beträchtliche Weile später konnte Luisa sagen: »Evangelisch kann ich nit werden. Daß ich im Herzen bei meiner Wahrheit bleib? Tust du mir das verstatten?«

»Bleib, wie du bist, und allweil wirst du die Richtige sein.« Droben auf der Straßenhöhe riefen viele Stimmen seinen Namen. »Die brauchen mich. Komm, Bräutl!« Er wollte die Gabel des Schubkarrens fassen, richtete sich wieder auf und fragte in Sorge: »Dein Vater, Luisli? Kann er denn schnaufen ohne dich? Tut er mir denn mein Glück vergönnen?«

Sie sagte gläubig: »Der kommt uns nach. Heut hat er bekennen müssen und ist eingeschrieben.«

Ein heißer, frohseliger Jauchzer. Und der geduldige Schubkarren mußte noch eine Weile rasten. Hat man sein Mädel um den Hals, so kann man keine Karrengabel in den Händen haben. Und als das Rädl wieder lief, blieb Leupolt stumm. Weil er sinnen mußte. Nun ein heiteres Auflachen. Hundert Schritte vor dem ersten Exulantenwagen stellte er den Karren nieder, nahm den grünen Mantel vom Koffer, schüttelte den Staub davon und faßte die Hand seines Glückes. »Komm! Ich such dir ein feines Plätzl.« Zwischen den Stauden fand er eines. »Schau nur, wie alles blüht um dich herum! Da mußt du warten ein Vaterunser lang.« Er sprang davon, und der Karren mußte sausen, obwohl es aufwärts ging.

Auf dem Rücken eine Sesselkraxe, die er von einem Bauer geborgt hatte, kam er wieder. »Schatzl? Gelt, du hast keinen Wanderschein?«

Sie schüttelte den Kopf. »Weil ich nur dich hab! Mir ist's genug.«

»Aber den Grenzmusketieren nit!« Er konnte nicht ernst werden, immer mußte er lachen in seiner Freude. »Sie täten dich ohne Loskauf, Paß und Polizeiverlaub nit über den Schlagbaum lassen. Schatz, es geht nimmer anders, ich muß dich hinüberschwärzen in unser Glück. Aber deine Füßlen sollen keinen Weg nit machen, der ein Unrecht ist. Hab ich die Freud, so muß ich auch die Schuld haben.« Er ließ sich niederfallen auf die Knie und flüsterte selig: »Komm! Steig auf! Und leg deinen Mantel auf die Krax! Da hast du es linder.«

Ein scheues Zögern, ein leises Auflachen.

Leicht erhob sich Leupolt mit seiner lieben Last. In der Rechten den Stecken, die Linke nach oben gestreckt als Halt für Luisas Hände, so schritt er flink zwischen den Stauden hin, auf versteckten Wegen, wie nur die Jäger sie kennen. Im dämmrigen Fichtenwald verschwand er.

Eine Weile später ging die Sonne unter. Es finsterte schon, und die Sterne glänzten, als Leupolt wiederkam, mit der leeren Kraxe auf dem Rücken.

Nun war's lebendig in der Karrenzeile. An der Spitze des Zuges tönten drei Rufe eines Alphorns. Dann fingen die Räder zu knattern an, und die lange Wagenreihe kletterte in der Dunkelheit über den Rest der Höhe hinauf zur fürstpröpstlichen Grenze. Kleine Lichter – wie Sterne, die auf die Erde gefallen – waren ausgestreut über die ganze Länge des Zuges: die Wagenlaternen, und in zwei Reihen die Kienlichter, die von den Jungbuben getragen wurden.

Das Paßgeschäft beim Hallturm währte vier Stunden lang. Die Grenzmusketiere nahmen es genau. Es war schon über Mitternacht, als hinter dem Scharwagen mit knarrender Feierlichkeit der berchtesgadnische Schlagbaum herunterfiel. Außerhalb der Grenze ordnete Leupolt den Zug. Und als die Lichterkette sich in Bewegung setzte, sprang er durch den finstern Hochwald davon. Bei den alten, zerstörten Festungswerken der bayerischen Grenzhut stand er wieder am Saum der Straße. Nicht allein.

Nun schritt er dem Zug voraus, den Arm um Luisas Schultern geschlungen. Sie hatte den Hut heruntergenommen und trug ihn am Gürtel.

»Luisli? Siehst du den schönen Stern da draußen? Das ist der Nordstern. Sell müssen wir hin. Dort ist das Land des gütigen Helfers.«

Sie nickte stumm und schmiegte sich enger an seine Brust. Beugte er sich ein bißchen nieder, so fanden seine Lippen ihr lindes Haar. Und hob sie das Gesicht, so sah er beim Sternschein einen Glanz in ihren Augen, ohne die Tränen zu sehen, die ihr von den

Wimpern fielen. Die einzige, die nasse Wangen hatte, war sie nicht. Viele weinten in der Finsternis; die Frauen und Mädchen, die auf den Karren saßen; und alle Mütter, auf deren Schoß und an deren Brüsten die müden Kinder schliefen oder die furchtsamen wachten.

Ein Rauschen in der Nacht. Man wußte nicht, wo. Bald klang es ferne, bald wieder nah.

Die Viere, die hinter Leupolt an der Spitze des Zuges schritten, fingen zu singen an. Die Stimmen der Wandernden fielen ein. Sie sangen das Stablied der Evangelischen, von dem man erzählte, daß es der gadnische Bergmann Josef Schaitberger ersonnen hätte, den man vor vierzig Jahren aus der Heimat trieb.

> »Jesu, mein Wanderstab, mit Dir kann ich sorglos ziehen
> Aus meinem lieben Land! Dir kann ich fliehen,
> Wenn mich des Feindes List aus meiner Ruhstatt jagt!
> Du bleibst mein bester Freund, wenn Pharao mich plagt.
>
> Jesu, mein Wanderstab, auf Dich kann ich mich lehnen,
> Ach, sieh meine Flucht und zähl meine heißen Tränen,
> Ich weiß, Du zählst sie, Du hältst sie in Deiner Hand,
> Sei Du mein Himmelreich und mein neues Heimatland!
>
> Jesu, mein Wanderstab, mein Licht, das nie sich neiget,
> Hilf Deinem müden Knecht, der bittend sich beuget!
> Bleib bei mir, bleib bei mir, bleib jetzt und für und für,
> Der Tag hat enden müssen, es ist die Nacht vor mir.
>
> Jesu, mein Wanderstab, die Heimat bleibt dahinten,
> Mein Blick ist naß und sucht und kann sie nit finden.
> Herr Jesu, kühl mir die Augen mit Deiner Hand,
> Wo Du bist, Herr, da ist Heimat und Vaterland!«